温祖荫 著

亚洲文学史话

海峡出版发行集团 | 海峡文艺出版社
THE STRAITS PUBLISHING & DISTRIBUTING GROUP | HAIXIA LITERATURE & ART PUBLISHING HOUSE

前　言

亚洲是人类文明的发源地之一，也是世界文学的摇篮。早在公元前四五千年，在西亚的两河流域，南亚的恒河流域，东亚的黄河流域，就有了世界上最早的居民，从而形成了巴比伦、印度、中国等文明古国。世界上最早的一批书是从这些国家传出来的，因为他们最先发明了文字。巴比伦人把文字写在潮湿的泥板上，然后把它晒干，借以保存古籍。印度人把文字写在贝叶和白桦树皮上。中国人把文字刻在龟甲或竹简上，到了东汉由蔡伦发明了造纸术，于是，世界上出现了第一批用纸写成的书籍。

亚洲结出了世界文学中第一批璀璨的果实。其中，有世界上最早和最优美的神话传说，有世界上最早和最为庞大的诗歌总集——印度的《吠陀》，有世界上最早的史诗——巴比伦的《吉尔伽美什》，有极其宏伟而浩瀚的印度大史诗《摩诃婆罗多》和《罗摩衍那》，有世界上最早和最丰富的文学总集——希伯来的《旧约》，有世界上最早的历史散文集——中国的《国语》、《左传》，有世界上最庞大和最神奇的故事集——阿拉伯的《一千零一夜》，有世界上第一部长篇小说——日本的《源氏物语》，有世界上最富有诗情画意的抒情戏剧——印度的《沙恭达罗》，有世界上最早描写人民抗暴斗争的名剧——印度的《小泥车》，有世界上最早的游侠小说——印度的《十公子传》，还有缠绵悱恻、曲折动人的朝鲜古典小说《春香传》、越南古典长诗《金云翘传》等；在世界文学中，构成了一幅幅具有东方特色的，琳琅满目、万紫千红的织锦。在亚洲的近现代文学中，也涌现了许多具有世界声誉的伟大的作家，如中国的鲁迅、茅盾，印度的泰戈尔，日本的夏目漱石、川端康成，印尼的杜尔，菲律宾的黎萨尔等等。因此，亚洲文学是世界文学中极为珍贵和不可分割的一部分。

亚洲文学不同于西方文学的一脉相承，它是互相交流，彼此影响的。自中古以来，亚洲形成了三个文学交流中心：西亚地区以阿拉伯为中心，包括叙利亚、伊拉克、黎巴嫩、伊朗等国，他们接受阿拉伯文学和伊斯兰教的影响；东亚地区以中国为中心，包括朝鲜、日本、越南等国，他们接受中国文学和中国的儒家思想的影响；南亚地区以印度为中心，包括泰国、缅甸、印度尼西亚、柬埔寨等国，他们接受印度古典文学和佛教思想的影响。从而使亚洲文学形式多样，内容丰富多彩，地域和民族特色浓郁。

世界人类的文化和文学是由东方影响西方的。希腊罗马是西方文学的摇篮，而希腊罗马文学的繁荣又接受了亚洲文学的影响。光是一部希伯来人创作的《旧约》，就影响了西方几代作家，其中包括大诗人但丁、弥尔顿、拜伦。阿拉伯人的《一千零一夜》，同样神迷了西方几代人：薄伽丘、乔叟、塞万提斯、莎士比亚、歌德、丁尼生的创作都受过它的影响。法国启蒙运动思想家伏尔泰说："如果你想知道地球上发生了什么事情，你得先把眼睛转向东方——那是一切艺术的摇篮，西方的一切都应该归功于它。"亚洲文学的杰出的艺术成就，更令西方作家叹为观止。司汤达认为《一千零一夜》美妙的故事给了他无穷的乐趣。德国诗人吕克特认为印度大史诗《罗摩衍那》在"高尚的心术，深沉的情感"方面，"就是荷马史诗《伊利亚特》也比不上"。德国剧作家席勒赞美《沙恭达罗》说："在古代希腊竟没有一部诗能够在美妙的女性温柔方面，或者在美妙的爱情方面能与《沙恭达罗》相比于万一。"

但亚洲文学在近代以来受到很大的摧残。这和西方殖民主义的入侵有着直接的关系。1757 年开始，印度逐渐沦为英国的殖民地。1840 年以后，中国沦为半封建半殖民地的国家。在四大文明古国中，巴比伦最先灭亡（公元前五世纪被波斯帝国所灭），1920 年，巴比伦本土伊拉克亦受英国托管。随着这种军事占领，接着就是政治、文化和经济的占领。西方殖民主义者肆意破坏和盗窃这些国家的古文化，宣扬西方的文化和文学，甚至禁止被占领国人民使用自己的语言文字。因此，亚洲文学犹如灿烂的明珠，被蒙上了羞辱的灰尘，失却了光彩。这造成了亚洲人不懂亚洲文学或懂得很少的可悲的局面。

我们珍视人类遗留下来的一切宝贵的文学遗产，在引进西方文学的同时，更要积极地发扬亚洲文学的光辉成就，还它真实的历史面目。我们要像吸取西方文学精华一样，吸取亚洲文学的精华，作为发展本民族文学的养料。本书按地理的划分，将亚洲各国文学名著的介绍和文学史的知识结合起来编写，做到上下联系，纵横沟通，知识性和欣赏性统一，也是一部国别文学史。本书分作上、下篇。上篇为西亚和南亚文学，包括六个国家的文学简史和十三部名著赏析。下篇为东亚和东南亚文学，包括八个国家的文学简史和十四部名著赏析。文学史的编写力求做到简明扼要、准确生动。文学名著分析，深入浅出，注重艺术鉴赏。本书可供中等以上文学爱好者阅读，亦可作为高等院校外国文学和东方文学教学的参考教材和自学用书。不当之处，望读者批评指正！

2013年秋于福建师范大学

目 录

上篇 西亚与南亚文学

巴比伦文学史话 /3
希伯来文学史话 /10
波斯文学史话 /26
论菲尔多西的《王书》 /37
论内扎米的《蕾莉与马杰农》 /43
论萨迪的《蔷薇园》 /52
阿拉伯文学史话 /60
论《一千零一夜》 /69
土耳其文学史话 /79
论凯马尔的《瘦子麦麦德》 /85
印度文学史话 /92
论广博的《摩诃婆罗多》 /111
论蚁垤的《罗摩衍那》 /125
论首陀罗迦的《小泥车》 /142
论迦梨陀娑的《沙恭达罗》 /149
论泰戈尔的《戈拉》 /161

下篇　东亚与东南亚文学

朝鲜文学史话　/181
论朝鲜古小说《春香传》　/194
日本文学史话　/200
论紫式部的《源氏物语》
——兼与《红楼梦》比较　/225
论岛崎藤村的《破戒》　/245
论夏目漱石的《从此以后》　/253
论小林多喜二的创作　/260
论日本汉诗与名家的诗作　/272
蒙古文学史话　/287
论蒙古英雄史诗《江格尔》　/297
越南文学史话　/308
论阮攸的《金云翘传》　/316
论越南汉诗与中华文化　/329
缅甸文学史话　/340
泰国文学史话　/349
印度尼西亚文学史话　/360
论杜尔的《人世间》　/372
菲律宾文学史话　/384
论黎萨尔的《不许犯我》　/389

上篇

西亚与南亚文学

巴比伦文学史话

亚洲西部有两条著名的河流，东面的叫底格里斯河，西面的叫幼发拉底河，均发源于阿尔明尼亚山脉，从北往南流，注入波斯湾。在两河之间有一块平原，希腊文叫美索不达米亚，意为“河间之地”。这是世界上人类文明最早的发源地之一。

巴比伦位于美索不达米亚的中部。南部为苏麦尔人居住的地区，北部为阿卡德人居住的地区。这是个富庶繁荣的地方，古希腊历史学家希罗多德曾记叙过他所看到的情景：平原上运河纵横交错，播下去的种子能收获二百至三百倍，小麦和大麦的穗子有四个指头宽，谷子和芝麻简直长得和树一样。

苏麦尔人（一译“苏美尔人”）是两河流域最早的居民。他们矮小健壮，圆头大耳，聪明能干，平原上满布的运河便是他们的杰作。大约在公元前3000年，苏麦尔人在两河流域建立了几十个小国，创造了比较发达的文化。到公元前两千多年，北部地区阿卡德人兴起，这是些身躯高大、生满卷曲胡子的人。他们征服了苏麦尔人。阿卡德国王萨尔贡一世自称为“天下四方之王”。但过不久，王国便衰落了。到公元前18世纪，两河流域中部的巴比伦小国强盛起来。它的国王汉谟拉比征服了周围所有的小国，建立了包括苏麦尔人、阿卡德人在内的两河流域的统一国家，制定法典，维护奴隶制社会的阶级关系，从而使巴比伦达到一个全盛时期。

巴比伦文学应当包括苏麦尔人和阿卡德人的民间口头创作在内。苏麦尔人创造了西亚最古老的文字——楔形文字。两河流域缺乏石块，也没有埃及的那种纸草。苏麦尔人把黏土制成四方形的泥板，用小棒在上面画出图形文字，构成一组组的楔形。现在巴比伦文学中一些名著得以流传，便是靠这种从地下发掘出来的泥板。古巴比伦文学是人类最早的文学之一，可以分作神话传说和诗歌创作两大类。

一、神话传说

苏麦尔人原来崇奉自然神，他们敬拜天体：太阳、月亮、五行星宿为神。各小国都有自己的保护神。当巴比伦建立统一国家后，信仰才趋于统一。巴比伦国王和僧侣尊奉土著神马尔都克为主神，并宣布他是万神之王。如今流传下来的著名神话《咏世界创造》，便是歌颂马尔都克神的。它记载在七块泥板上。

世界上最初没有天地，只有海洋，构成太初的混沌。海洋深渊有一个统治者提阿马特，生了诸神。后来诸神要起来推翻她的统治。提阿马特大怒，要进行报复，诸神恐惧。只有大神马尔都克不怕，他表示要和提阿马特决斗以搭救众神，但有一个条件，他胜利了，诸神必须服从他的领导。诸神同意了。马尔都克经过一番残酷的战斗，终于斗败提阿马特。他把提阿马特剖成两半，一半做天，一半做地。接着，他在天上创造了日月星辰，在地上创造了各种动物和植物。然后，他用黏土和一个叛神的血创造了人类。大功告成之日，众神在天上建立了一个巴比伦天国，拥戴马尔都克为众神之王。这个天国和地上的巴比伦王国遥相呼应。这神话表现了两河流域人民对宇宙开创、天地万物形成的一种丰富的想象，也反映了由信仰多神教到信仰专一的神的过程。神话突出了以巴比伦为中心的重要位置，加强人们对“王权神授”的宗教观念的认识。

第二个著名的神话是关于洪水的传说。这在史诗《吉尔伽美什》第十一块泥板中有详细的记载。有一回，神要惩罚人类的罪恶，决定发一场大水来淹没整个大地。但神想搭救虔诚的凡人乌特那庇什提牟（名字意思为“见到生命的人”），便托梦给他，要他造一只大船，以便在洪水上漂浮，不至于溺死。乌特那庇什提牟造了船，他让一些动物和工匠都登上船去。洪水泛滥了七天，把世界上所有生命都灭绝了。当洪水退后，乌特那庇什提牟从大船上放出了飞鸟和动物，播下了种子，于是大地上又开始有了生命。神赐给乌特那庇什提牟和他的家人以永生。这个神话与后来《圣经》中关于诺亚方舟的故事，有极其相似的地方。一般认为《圣经》中的故事是接受巴比伦神话传说影响的。这神话在西亚一带民间流传很广。由于底格里斯河和幼发拉底河经常泛滥成灾，使美索不达米亚平原横遭水害，人民生命财产得不到保障，于是关于洪水的故事便形成了。原始人民把洪水附会为神的主使，在当时的生活条件和对自然认识的局限下，是可以理解的。

第三个著名神话是《伊什妲尔赴冥府》的故事。这神话最初在苏麦尔人的口头传说中已有了，到巴比伦时期把它写成神话叙事诗。如今大英博物馆还保存一块记载这神话的泥板，讲述的是生育和生命女神伊什妲尔赴阴间救丈夫的故事。她的丈夫是掌握农业的土地神坦姆兹，他死后进入冥界。伊什妲尔想念丈夫，她哭诉道："那个抚爱生命之芽的人死去了，地力的主宰者死去了。"她到冥界去找丈夫，与冥界神发生冲突。冥后吩咐手下人在七重门上把她的装饰一一剥去，并把她囚禁起来。这样，自然界便陷入一片混乱，生命终止了，草木全都枯萎了。神害怕生命都灭绝后，无人献祭，便命令冥神把伊什妲尔夫妇放还人间。于是春回大地，自然界恢复了生机。这个故事反映了原始人民对一年四季更迭与大地一荣一枯景象的神话解释。后来，希腊神话中关于司农女神得墨忒耳到冥界救女儿的故事与此很相似，本质上均表现了原始人民对自然界的一种探索。

二、诗歌创作

著名的作品有叙事诗《咏阿达巴》、英雄史诗《吉尔伽美什》及箴言诗等。

《咏阿达巴》讲述主人公阿达巴是智慧神埃阿与凡女所生的儿子。他聪明过人，担任祭司的职务，以鱼和野味向埃阿神献祭。有一回，阿达巴在捕鱼时被南风吹翻了小船。他大怒，折断了南风的翅膀。南风告到天神阿努那里，天神没有惩罚阿达巴，反而赐给他永生的食物和不死的甘露。阿达巴没有接受甘露，因为埃阿神事先告诉他，任何食物都含有毒素。因此，他错过了长生不死的机会，只能获得统治世界的权力。由于这首诗歌下半部分残缺，无法了解全诗的思想内容。据现存部分来看，一般认为它反映了古巴比伦人对永生问题的一种探求。

《吉尔伽美什》是巴比伦文学中成就最高的一部作品，也是世界上最早的一部英雄史诗。它的基本内容在公元前3000年就形成了，来源于苏麦尔人的传说《吉尔伽美什和阿伽》，到巴比伦时代，用楔形文字分别记载在十二块泥板上。而这些泥板又是先后出土的，研究者认为最后一块泥板是后人加上去的。它讲述这样一个故事：

吉尔伽美什是乌鲁克城的国王。他强悍、聪明、秀逸，而且见多识广，足迹遍及海角天涯。他有优秀品质，但不是用来保护自己的人民，而是对他们横征暴敛，弄得民不聊生。百姓忍无可忍，便向天神阿努申诉，要求天神派一位英雄来打垮吉尔伽美什，以解倒悬之苦。于是，创造女神便创造了一个半人半兽的英雄恩启都，由神妓领来惩罚吉尔伽美什。两位英雄展开了一场搏斗，但他们本事一样出色，武艺不分高下，整整战斗了一天仍不分胜败。于是，双方都暗暗地敬佩起对方来。他们不再拼杀了，而是结成好朋友。

当时有一个森林妖怪叫芬巴巴，专与人类为敌。它的吼声就像洪水，嘴一张就吐出火焰，吹口气，人就一命呜呼。它构成了死亡和恐怖。吉尔伽美什和恩启都决定去讨伐这妖怪。他们捣毁了芬巴巴的杉树林，并在天神相助的风暴中，把芬巴巴杀死。然后，把杉木运回了乌鲁克城。

吉尔伽美什的英武豪爽博得了爱神伊什妲尔的好感。她要求他做她的丈夫。吉尔伽美什不同意，还羞辱了她一番。伊什妲尔又愧又恼，向其父亲天神阿努哭诉。阿努便派了一头天牛去蹂躏吉尔伽美什的城池。恩启都把天牛杀死，为此他得罪了天神，在天神诅咒下，恩启都暴病身亡。

吉尔伽美什对好友去世，十分伤感。他离开了乌鲁克城，出外寻求生死奥秘。他翻越高山大川，经历了种种艰难险阻。最后，他在人类祖先乌特那庇什提牟的帮助下，求得了一种能使人长生不死的仙草，并把仙草带回家。可是，他在路上洗澡时，仙草被蛇叼走了。末了，他请求天神给他一个恩典，让他和恩启都的鬼魂见上一面，天神答应了。恩启都的鬼魂向他描述了死人黯淡的生活，他们之间进行了一长串对话。最后，吉尔伽美什明白了生死是“大地法则”，有生就有死，即使是最伟大的人物，也逃脱不了死亡。

这部史诗的意义有两方面。

（一）宣扬了为民造福的思想

吉尔伽美什是乌鲁克城的统治者，但他不是利用自己的权力和好的品质为民造福，而是压迫人民，弄得怨声载道。人民是这样诅咒他的：

> 拥有广场的乌鲁克王吉尔伽美什，
> 为娶亲他设了［鼓］，随心所欲，
> 连那些已婚的妇女，
> 他也要染指，
> 他是第一个，
> ［丈夫］却居其次。

贵族们怨忿不已，他们说：

"吉尔伽美什不给父亲们保留儿子，

[日日夜夜]，他残暴从不敛息……

[吉尔伽美什不给母亲们保留闺女]，

[即使是武] 士的女儿，[贵族的爱妻]!"

由此，我们可以看到他简直是乌鲁克城居民的暴君。他随心所欲地侮辱每一个人，而且还享有野蛮的初夜权。天神们主持了公道，派恩启都来惩罚他。于是，人民欢呼雀跃：

男人们兴高采烈起来——

"英雄来到此方，

他来和那容貌出众的，

那神一般的吉尔伽美什，

比武较量，争个短长。"

后来，吉尔伽美什改变了对人民欺凌的态度，而是为人民立功除害。他率领恩启都杀死了森林妖怪芬巴巴，杀死了前来蹂躏乌鲁克城的天牛。这样人民对他的诅咒也变成对他的颂扬了。他获得了人民的信任。因此，当吉尔伽美什问乌鲁克乐女们"英雄之中，究竟谁最雄伟？众人当中，究竟谁最英俊"时，她们便毫不迟疑地回答："吉尔伽美什才是英雄中的英雄，恩启都才是俊杰，他英俊绝伦！"

史诗通过吉尔伽美什前后对人民不同态度的描写，反映了古巴比伦人民的理想：他们希望有一个贤明而英勇的君主，来关怀和爱护他们，领导他们，保护他们，而不是压迫和欺凌他们。史诗对吉尔伽美什前期行为采取批判的态度，而后来则歌颂他了。

（二）塑造了英雄的形象

据现有材料，吉尔伽美什是世界文学中第一批塑造的英雄形象。吉尔伽美什在巴比伦历史上是确实有过的人物。他是乌鲁克第一王朝第五代的王，曾修建过乌鲁克的城垣，和邻近王国作过战。人们为纪念他的功绩，在口头传诵中把他夸张神化了。史诗中的吉尔伽美什是个"三分之二是神，三分之一是人"的英雄。他有异乎寻常的外貌：

天神舍马授予他 [俊美的面庞]，

阿达特赐给他堂堂丰采，

诸大神使吉尔伽美什姿容秀逸，

他有九［指尺］的宽胸，十一步尺的［身材］。

他力大无穷，气宇轩昂，勇猛如同野牛。特别是在为民除害中，他的优秀品质得到充分发挥。当征讨林妖芬巴巴时，恩启都最初还有点害怕，吉尔伽美什则鼓励他“不要怕，向前”。他说：

我一旦战死，就名扬身显——

“吉尔伽美什是征讨可怕的芬巴巴，

战斗在沙场才把身献”，

为我的子孙万代，芳名永传。

这些话表现了他为造福后代，即使战死沙场也无上光荣的思想。他有勇往直前，不达目的决不罢休的意志，在探求人生奥秘时，他历尽千辛万苦，最后还跳进大海去摘取仙草。同时，他重友谊，讲义气。他为朋友恩启都的去世，痛不欲生。他像狮子一样高声吼叫，“就像被夺去了狮仔的母狮不差分毫”。他一面揪拔自己的头发，一面摔碎身上佩戴的各种珍宝。

恩启都和吉尔伽美什是一对相得益彰的英雄。如果说吉尔伽美什生活在城市，恩启都却是在山野里长大的，“他和野兽挨肩擦背，同聚在饮水池塘”。吉尔伽美什是半神半人，恩启都是半人半兽。吉尔伽美什长得仪表堂堂，恩启都则披头散发，浑身是毛。他们一样有力气，有胆量，见义勇为。他们在搏斗时就像是一对拼命的“牤牛”。在惩讨不义，为民除害的共同理想上，他们结成了亲密的友谊。而且，他们还敢于抗拒神的意志，当天神派天牛来蹂躏乌鲁克城时，他们没有束手待毙，哀求怜悯，而是奋力将天牛杀死了。吉尔伽美什还历数女神伊什妲尔种种秽闻，指出她在爱情上贪新厌旧、恩怨不分的丑恶行径。

总之，这一对英雄都体现了原始人民那种粗犷、英勇和坚忍不拔的特征，为世界文学中塑造英雄形象开辟了先河。

《吉尔伽美什》在艺术描写上体现了浪漫主义和现实主义相结合的特色。它的浪漫主义是由神、梦境、芬巴巴杉树林、洪水传说、摘不死仙草等构成的，体现了史诗丰富的想象力。其中所描写的神并非绝对正确，也不是高不可攀，他们和人一样有过失，有七情六欲。女神伊什妲尔主动向吉尔伽美什求爱，求爱不成，便恼羞成怒，寻求报复。她朝三暮四，有不少丑闻。天神阿努偏袒女儿，派天牛去祸害乌鲁克人民，是非不分。当大地发洪水时，神仙们“像狗一样瑟缩地藏在外厢，伊什妲尔竟像［世俗的］女人那样哭喊”。从这里，我们可以看到，虽然写的是神，但同样具有人的特点。他们并非那样神通广大。同时，这些神和人一样有家庭，他们有父女关系，夫妻关系，而且常运用私情。后来，希腊神话中对神的描写和巴比伦文学中对神的描写基本上一致，这就是神人同形同性的特点。

史诗现实主义部分展示了古巴比伦人与自然搏斗（洪水、森林妖怪），与社会暴力（暴虐统治）的斗争的某些图景：在汹涌澎湃的洪水中，人像鱼卵一样漂浮在水面上；乌鲁克城人民在暴政统治下痛苦呻吟，呼天抢地；以及吉尔伽美什和恩启都搏斗，吉尔伽美什在旷野中的长途跋涉，都采用了现实主义描写手法，给人真实具体的感觉。

史诗在语言上比较朴素，带有民间文学的特点。夸张的描写，排比句式的运用亦随处可见。这一切对于人类早期的文学来说是难能可贵的。

巴比伦诗歌创作中，还有一种表现宗教哲理的箴言诗。其中一些也反映了现实的内容，表现了当时社会的矛盾和对神的怀疑。如在《咏受难的虔诚人的诗》中，讲述了一个虔诚的人，他干的都是循规蹈矩的事，可是得不到好报，反而遭受到种种的不幸。于是，他认为神是不公正的。在《奴隶与主人对话》一诗中，奴隶嘲笑狂暴的主人说：“谁能高得走上天，谁又能大得把大地都填满呢?”从而表现了奴隶的反叛精神。

巴比伦文学虽然年代久远，存世之作不多，但它是人类早期留传下来的一份珍贵的文化遗产。它以朴素生动见长。它的神话传说、英雄史诗，对希伯来文学、波斯文学、阿拉伯文学都有过直接的影响。

希伯来文学史话

一、概述

古巴勒斯坦（或称迦南）沿地中海延伸，为一狭长的海岸平原。东接约旦河谷地、死海洼地，南连西奈半岛。北部和沿海地区自然条件优越，可以经营农业，高原山坡草地是好牧场。用《旧约》中上帝的话来说，这是一个“流着奶和蜜的地方”。大约在公元前3000年，这里居住着迦南人，并形成了“迦南文化”。到公元前12世纪，一支游牧民族希伯来人入侵巴勒斯坦，征服了迦南人，并与之同化。“希伯来”一词意思是“从河那边来的人”（河，指幼发拉底河），是迦南人对入侵民族的称呼。

侵入巴勒斯坦时，希伯来人还过着氏族部落的生活。后来，北方各部落统一起来，建立了以色列王国。南方各部落随后也统一起来，建立了犹太王国。公元前11世纪左右，以色列英雄扫罗王统一了南北方，建立了第一个独立王国。公元前10世纪初，扫罗王和他的三个儿子在和非列士人作战中死去。犹太部落首领大卫（前1013—前973）起来夺取了王位，建立了以色列—犹太国家，定都于耶路撒冷。

大卫死后，他的儿子所罗门继位，使王国达到鼎盛时期。但所罗门是个穷奢极侈的国王，他横征暴敛，使农民破产成为债务奴隶。所罗门死后，南北方再次分裂为以色列王国和犹太王国。公元前722年，北部的以色列被亚述帝国灭亡，27000余居民被迁至亚述。公元前586年，新巴比伦王尼布甲尼撒率军攻下耶路撒冷，灭掉了犹太王国。五万余人被俘至巴比伦，历史上称为“巴比伦之囚”。直到波斯帝国攻下巴比伦时（前538），犹太人才被释放回耶路撒冷。在犹太人被俘期间，逐渐形成了犹太教，崇奉耶和华为唯一的真神，并相信他会拯救世间受苦难的人。

公元前63年，罗马帝国大将庞培率军东征，把犹太王国纳入自己的版图。犹太人曾不断起来反抗罗马奴隶主的统治。其中，最大一次起义是在公元66年，历时达七年之久。失败后，起义者被钉死在十字架上。其余的犹太人或被逐出家园，或被卖做奴隶。他们流浪在地中海周围地区，后来，又流浪到欧美各地。

古希伯来文学主要汇集在《旧约》一书中。《旧约》是犹太教的经典，也是《圣经》的一部分，意为耶和华和人订立的协约。《圣经》的另一部是《新约》，意为耶稣和人订立的协约。

《旧约》虽为宗教经典，但它又是希伯来人文学遗产的结晶。它汇集了古代神话、英雄传说和诗文等，在公元前17世纪至公元前1世纪，陆续用希伯来文写成的，共39卷，按其内容可分作以下三大部分：

一、法典（或称律法书）。

这部分编于公元前5世纪之前，包括五部经典：《创世记》、《出埃及记》、《利未记》、《民数记》、《申命记》，又称为《摩西五经》。

二、先知书。

大约成书于公元前8世纪到4世纪。共21卷。其中包括《约书亚记》、《士师记》、《撒母耳记》（上、下）、《列王记》（上、下），以及《小先知书》（12本）、《以赛亚书》、《耶利米书》、《以西结书》。

三、诗文。

约成书于公元前6世纪到公元前1世纪，共13卷，包括《路得记》、《诗篇》、《约伯记》、《箴言》、《传道书》、《雅歌》、《耶利米哀歌》、《但以理书》、《以斯帖记》、《以斯拉记》、《尼希米记》、《历代志》（上、下）。

《新约》成书大约是在公元50－150年间，用希腊文写成，共27卷。作者基本上是犹太人。犹太人反抗罗马帝国统治失败后，力求在宗教中寻求解脱，于是产生了新的基督（意为“救世主”)教。《新约》主要内容是四福音书：即《马太福音》、《马可福音》、《路迦福音》、《约翰福音》，记录的是耶稣言行。其次是《使徒行传》，第三是书信（21卷），第四是《启示录》（1卷）。

《圣经》除《旧约》和《新约》外，还有《逸经》，又称《次经》（或译成《经外经》)。在希伯来的《圣经》中，不列入这些《逸经》。欧、美流行的《圣经》则作为附录。

《旧约》在世界文学中有着深远的影响。中世纪以来，欧美的不少文学家、艺术家都从中取材，写了许多著名的诗歌、戏剧或小说。如英国诗人弥尔顿写了《失乐园》、《复乐园》、《力士参孙》，拜伦写了《该隐》，德国作家托马斯·曼写了《约瑟和他的兄弟们》四部曲等。

二、《旧约》的文学价值

《旧约》是一部充满浪漫主义和现实主义精神的伟大作品。它以多种文学样式反映了古希伯来人的生活和斗争、他们的思维方式以及渴望追求真理的精神，具有较高的文学价值。我们按文学类型分作神话、英雄故事、诗歌、小说四方面来谈。

（一）神话

《旧约》中上帝耶和华、人类始祖亚当和夏娃、诺亚方舟、巴比伦塔都是闻名全世界的神话故事。这部分神话集中在《创世纪》篇中。其内容介绍如下。

1. 上帝耶和华的神话

希伯来人赋予自己信奉的神——上帝耶和华以万能的权力。他花了六天的时间，创造了天、地和人间万物。原来的天地是空虚、混沌和黑暗的。第一天，上帝把光和暗分开，光称作昼，暗称作夜。第二天，他把水分开，一部分留在地上，另一部分以云雨的形态留在天上。同时，他还制造了适应一切生物生长的空气。第三天，上帝把大地分作陆地和海洋两部分，让地上生长青草、树木和瓜果。第四天，上帝在天空中创造了两个光体：太阳、月亮，并由此确定节气和年月。第五天，上帝让地上有飞鸟，水中有游鱼。第六天，上帝创造人类和动物。这样一来，天地万物都创造齐全了。第七天，上帝休息，并把这天定为万世的节日。

这神话故事是希伯来人对宇宙起源的一种想象。古时候人民由于生产水平低下，对自然界的现象、性质和规律性认识不足，认为整个自然界和宇宙都由神主宰。神是人世万物的开创者和操纵者。由于地域不同，各地民族对宇宙起源都有自己的解释。如埃及人认为宇宙起源于一个叫拉的太阳神，他给人世带来光明和生命。他把眼睛睁开便是白天，眼睛闭上便成了黑夜。他的眼泪掉在地上变成了人类。巴比伦人认为宇宙开创者是马尔都克神，中国人认为开天辟地的是盘古，印度人认为开创天地的是婆罗贺摩，希腊人认为宇宙的主宰是宙斯。由此可见，原始时期人民的生活条件和想象力便是神话的来源。人们把自然现象神化和人格化，于是出现了各种神：风神、雷神、火神、太阳神、海神等等。这正如恩格斯说的：“由于自然力被人格化了，最初的神产生了。”原始人民并不懂得生物进化的学说，于是把人的起源也归结为神的创造。

2. 亚当夏娃和伊甸园的神话

上帝耶和华按照自己的形体长相，用泥土塑造了人类始祖亚当。另外，上帝在东方富饶肥沃的平原上，建造了一座美丽的花园——伊甸园。上帝把亚当安置在伊甸园里，让他管理耕作。但亚当感到寂寞。上帝便在亚当熟睡的时候，在他身上取出一根肋骨，用这根肋骨造了一个女人叫夏娃，让她和亚当结成伴侣。

伊甸园中长着许多果树，结着香甜可口的果子，亚当和夏娃可以随意采摘来吃。但上帝交代他俩不许采摘能辨别善恶之树上的果实。园中有一条狡猾的蛇，引诱夏娃摘了禁果吃。夏娃又劝丈夫吃了一颗。他们吃下禁果后，眼睛明亮了，能分清是非善恶了，而且懂得了羞耻，用无花果树叶编织裙子来遮盖下身。上帝得知后，大发雷霆，把他们逐出伊甸园。上帝对夏娃说，从此以后你要倍受分娩的痛苦，并受丈夫的管辖。上帝对亚当说，今后你要遭受土地折磨，直到汗流浃背才得糊口。最后，上帝处分蛇，罚它永远在地上爬行，吃土，与人为敌。

亚当和夏娃被逐后，生了两个儿子。大儿子该隐以种地为生，小儿子亚伯以畜牧为生。在向上帝献祭时，该隐拿农产品作供品，亚伯则宰杀头生羊羔作供品。上帝对亚伯的供物很满意，对该隐的则不屑一顾。该隐迁怒于弟弟，把亚伯骗到田里杀害了。耶和华大怒，把该隐放逐，罚他在大地上漂泊流浪，永远不得安宁。

此后，夏娃又生了许多儿女，子孙遍及整个大地。亚当活了 930 岁才去世。

据历史学家考据，希伯来人原先生活在两河流域。他们的文化发源于美索不达米亚文化，然后，把他们的观念、习俗和神话传说带到了迦南。如上帝创造天地、创造人类始祖的神话，和美索不达美亚的神话基本一致。考古学家们在美索不达米亚的一个城市废墟中，曾发现亚当和夏娃的雕塑原型。不同的是，在美索不达米亚神话中，是埃亚神引诱夏娃和亚当吃禁果，而在《旧约》中则改为蛇。这神话告诉人们，只有智慧能使人处在和神平等的地位。吃禁果虽然冒犯了神灵，遭到残酷的报应，但人类从此有了智慧却能更好地生存下去。至于该隐和亚伯的传说，则纯粹是希伯来人想象的结果。

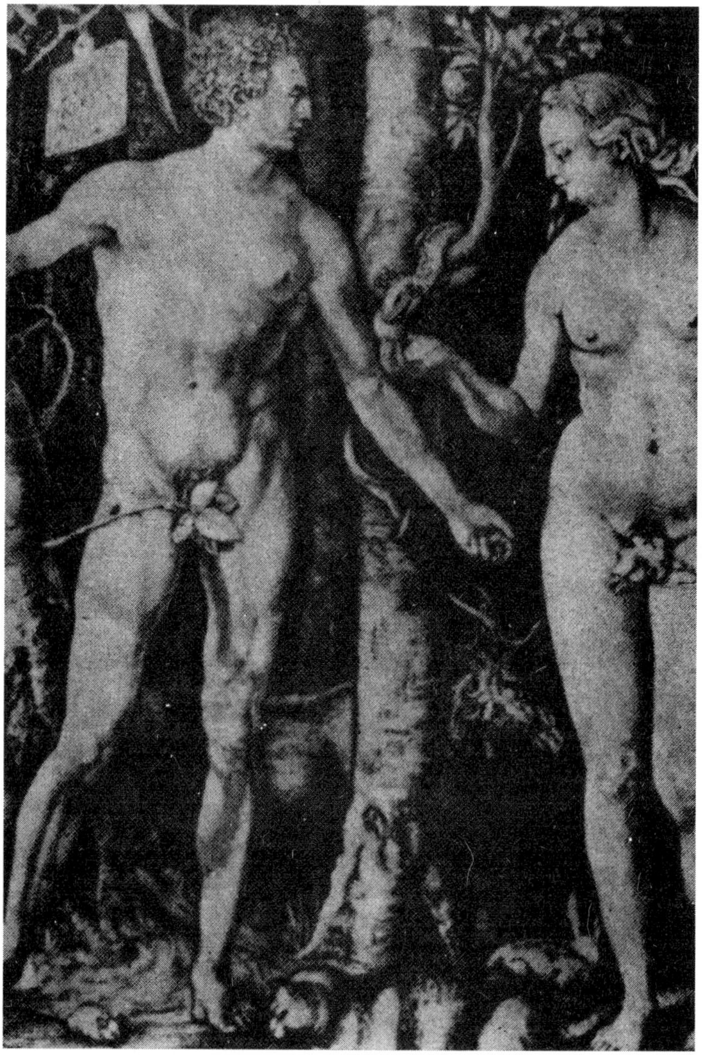

亚当和夏娃在伊甸园

3. 诺亚方舟的神话

亚当和夏娃的子孙越繁衍越多。他们打斗争杀，上帝对此很不满。他决定将人类和生物统统消灭，建立一个由新一代组成的世界。他看中了亚当第十代孙诺亚。诺亚是一个安分守己的人，上帝要他造一条方舟，让他一家搬到船上，并允许将各种动物选择一公一母带入船中。然后，他发一场大水，把整个大地都淹没了。所有人类，包括飞禽走兽都淹死在水中。诺亚的方舟在洪水中漂浮了 150 天。洪水退后，诺亚一家走出方舟，并把船上的动物都释放了。诺亚开始耕种土地，饲养牲畜，栽培葡萄，繁衍后代，他活了 950 岁。他的三个儿子成了人类三大支系：雅弗是北方民族的始祖，闪是闪米特人的始祖，含是非洲民族的始祖。

据有关材料考据，关于诺亚方舟和洪水的传说，早在苏麦尔人的神话中已有了。不过主人公不叫诺亚而叫乌特那庇什提牟。洪水传说实际上是远古时期的自然灾害在人们心灵上留下的恐怖烙印，从而编造出有关的神话故事。苏麦尔人把神话传给了巴比伦人，然后又由希伯来把它带到迦南。正如恩格斯在《反杜林论》中说的："圣经上全部有关创世和洪水的故事都被证实是犹太人同巴比伦人、加勒底人和亚述人所共有的一段古代异教的宗教传说。"① 不过，苏麦尔人的神话中有多种神出场，希伯来人却让造物主耶和华一人出场，他是洪水灾难的制造者。

从以上神话中，我们可以看到希伯来人由原来崇拜多神教，转而宣扬一神教，并把耶和华作为开天辟地的造物主和希伯来人的保护神。古时人民受到地理和生活的限制，他们所理解的世界，只是希伯来人的世界，他们所指的人类也只限于希伯来相近的民族。诺亚的三个儿子成为人类三支的始祖，其中就没有包括中国和印度的民族在内。希伯来人把自己的上帝扩大为世界人类的上帝。在这方面，欧洲人全部把它接受下来了。中国和印度因为有自己的神、自己的宗教，长期以来都把它拒之于门外。

（二）英雄故事

《旧约》中记载的故事，都用来歌颂希伯来人的祖先。他们都是些非凡的、顶天立地的英雄，建立了许多丰功伟绩。这些故事我们可以把它分作三种：民族英雄的故事、历史伟人的故事和先知的故事。

---

① 《马克思恩格斯选集》第 3 卷第 112 页，人民出版社，1973 年版。

1. 民族英雄的故事

最动人的是希伯来人的三位族长亚伯拉罕、以撒、雅各的故事，约瑟的故事，摩西的故事，约书亚的故事和参孙的故事。这些故事集中在《旧约》的《创世纪》、《出埃及记》、《约书亚记》、《士师记》、《撒母耳记》等篇中。

三位族长的故事——

亚伯拉罕原名亚伯兰。开初，他和父亲塔拉过游牧生活。后来，他们在幼发拉底河上游的哈兰城定居下来，从事商业。父亲死后，他向往祖先的游牧生活，率领全家和300名手持弓箭的奴隶迁往迦南。经过一番艰苦战斗，他征服了迦南人，占领了迦南大片领土。他吩咐把自己管辖下的人民结成统一民族，形成统一的宗教。自己也改名为亚伯拉罕，意思是“多民族之父”。

以撒是亚伯拉罕的独生子。上帝耶和华为了考验亚伯拉罕对自己忠诚的程度，要他用自己的儿子作燔祭。亚伯拉罕忍痛执行命令。正当他要下手时，上帝派天使拉住了他的胳膊，并告诉他，他的子孙将多得像天上的星星、地上的沙粒。

以撒生了两个儿子：以扫和雅各。以扫膀大腰圆，生性直爽好斗。雅各憨厚、温良，但善于算计别人。以撒喜欢直性子的以扫。有一回，雅各在厨房煮红豆粥喝。刚好，以扫打猎回来，又饥又渴。他要弟弟把粥分给他喝，雅各不肯，但他笑笑说：“你要喝粥，要把长子权卖给我。”以扫不假思索地答应了。后来，雅各在母亲的帮助下，乘以扫不在家，骗得了父亲的祝福，成为家产的继承人。以扫知道后，怒气冲天，扬言要杀死雅各。雅各便逃到哈兰的舅舅家躲藏。他以干活7年为条件，娶了舅舅的大女儿为妻。接着，他又以干活七年为条件，娶了舅舅的二女儿为妻。他学会了一手使羊杂交的技术，骗得了舅舅家一大群羊。然后，他带了妻儿，赶着畜群，回到迦南。这时，以扫的气也消了。兄弟和好如初。雅各生了12个儿子，在迦南各地繁衍后代。

三位族长的故事反映了希伯来人在进入迦南前后的事迹。从中可以看到希伯来部族由游牧到定居的过程。亚伯拉罕是个典型的部落首领，也是一个奴隶主和富商。以撒开始从事农业生产了。雅各过着定居的生活。这部分故事也可以帮助我们了解远古的社会生活和习俗：如男子必须施割礼；女婿如果得到岳父家的神像，就有权享受遗产；父亲可以拿长子（或长女）去敬神（燔祭）；未婚女婿在岳父家干一定年限的话，可以抵消聘金，得到妻子；女人在家庭中没有地位，她们的任务是生儿育女，只要丈夫同意，妻子还可以有外遇。

约瑟的故事——

约瑟是雅各的第十一子。约瑟名字的意思是“增添”。由于雅各偏爱他，引起他的同父异母兄弟的嫉妒。他们私下把他卖给奴隶贩子，被带到埃及。约瑟在当奴隶期间，因拒绝主妇引诱，被诬陷下狱。在狱中，他结识了埃及法老（国王）的酒政和膳长。后来，他们推荐约瑟给法老圆梦。法老任命他为宰相，并娶了祭司的女儿为妻。当时天下发生大饥荒，约瑟把他父亲雅各和全家66口人迁到埃及，在歌珊地区过游牧生活。约瑟活到110岁，临终他交代子孙要把他骸骨运回迦南。

一般学者认为约瑟的故事再现了埃及的民情风俗。在埃及古代文献中，曾提到过迦南游牧部族在埃及落户的事。约瑟在埃及当了大官，并把全家迁到埃及，也不是不可能的事。

摩西的故事——

雅各和约瑟的后代在埃及生活了400年。人丁兴旺，子孙绵延。后来，他们遭到法老的压迫，被驱使去当劳工烧砖。法老还下令从母亲们的怀中夺走刚生下的婴儿，把他们投进尼罗河中溺死。歌珊地区哭声震天。雅各的后代摩西刚生下来时，因得到埃及公主的保护，才幸免于难。摩西长大后，被公主收为义子，过着豪华的宫廷生活。他攻读了纸草文献和埃及历史书。有一回，他跑到城外，看到自己的同胞在烈日下汗流浃背地挖取河泥做砖。一位埃及监工当场侮辱一个工人。摩西很气，用剑刺死了那监工。法老要捉拿摩西，他便逃到米甸过了40年的流亡生活。在这期间，他产生了一个伟大的计划，要把自己的同胞从埃及的奴役中解放出来，把他们领回富饶的迦南去。可是他没有立即行动，一拖又是40年。摩西已经80多岁了。有一天，他得到上帝耶和华的嘱托，要他鼓起勇气来，实施计划。上帝教给他三种法术：把手杖变成蛇，把水变成血，传染和治愈麻风病。

摩西在带领族人离开埃及前，为了对埃及人进行报复，用手杖击打尼罗河水，水便变成血，鱼虾都死光了。他又使埃及到处生满蚊子和苍蝇，牲口大批地倒毙，人身上长满了脓疮。天降冰雹又毁坏了全部庄稼。希伯来人乘机抢劫了埃及人的财物。然后，摩西便率领了大队的希伯来人，奏着乐，离开了歌珊，向东方行进。他们在沙漠中穿行，由于酷热和缺水，许多人都病倒、饿昏了。上帝便让天空飞来无数鹌鹑，让人们捕捉食用，地里也长出香甜可口的玛那，供人们食用。

三个月后，他们来到西奈山下，摩西立了两块刻着耶和华十戒的石块，要人们永远不许离经叛道。最后，他们抵达迦南南部边境。由于迦南人早有设防，在边境上驻有军队。希伯来人便抱怨起摩西来，认为把他们领到绝境，要求另立首领。上帝大怒，规定20岁以上的人都无福看到迦南，他们必须去荒漠中了却自己的一生。只有在游牧生活中诞生的新一代，才有资格进入他赐福的迦南。为此，摩西领导人们在卡代施地区度过了38年的放牧生活。

40年后，新一代的以色列人成长起来了。人口已达到60万1730人。摩西已120岁了。临死前，他任命忠诚的战友和骁将约书亚为自己的继承人。

摩西的故事在《旧约》的《出埃及记》、《利未记》、《民数记》和《申命记》中都有记载，描绘了摩西率领希伯来人逃出埃及，进入迦南前的艰苦历程。他虽然没有征服迦南，但他确立了信奉耶和华的法规，建立了宗教机构，确立了最初的社会体制。在《旧约》中，摩西是上帝的全能代表和杰出的民族英雄。他热爱自己的同胞，一心要把他们从奴役中解放出来。由于他的才干，把分散的、缺乏组织纪律的群众，结合成一个整体，从而保证了他在沙漠和行军途中，战胜了十大天灾，赢得了进军迦南的胜利。他那不屈不挠的意志和毅力是令人敬佩的。

约书亚的故事——

约书亚是摩西的继承人，一个智勇双全的统帅。他在攻取迦南的战斗中立下了不朽的功勋。在《旧约》中，有《约书亚记》，描述了他一生的事迹。但一般认为这部分记载，并非约书亚亲自写的，而是根据不同时代的若干史料拼凑起来的，而且是在约书亚死后数百年才问世的。书中有不少矛盾和重复的地方。约书亚在攻取迦南时，发生过不少奇迹，如约旦河断流让其军队顺利通过等。《旧约》把它当作是耶和华支持以色列人的结果。但据学者们考据这些奇迹是当地特有的自然现象。

《士师记》被认为是《约书亚记》的续篇。士师是指希伯来人进入迦南后选举产生的部落领袖。他们不仅拥有审判权力，通常也是军事首领。约书亚死后，希伯来各部族失去了共同领袖，政局陷入混乱，分裂成大大小小的部族。他们为求得生存，不断和迦南人、入侵的外族人（特别是非利士人）进行斗争。士师们是靠个人品质和才能赢得本部族人民拥戴的。他们在本部族处于生死存亡的关头，率领人民起来为自由而斗争。因此，士师们是本部族的英雄。

参孙的故事——

参孙是士师中的佼佼者。他力大无穷，曾赤手空拳，撕裂了一只向他吼叫的狮子。他娶了一个非利士姑娘做妻子。在新婚宴席上，他出了一个谜语："吃的从吃者中来，甜的从强者中来。”他让非利士人猜。若猜中，他给非利士30件衬衣和30套外衣。否则，就要非利士人把这些东西给他。非利士人猜不出，求告新娘，要她哄出丈夫的谜底，免得给族人丢脸。参孙把谜底①告诉了妻子，妻子又转告了非利士人。参孙交不出30件衬衣和30套外衣。他便拦路打劫，杀死了30个非利士人，把他们的衬衣和外衣剥下来，交给了新婚宴席上猜中谜语的人。为此，他和非利士人结下仇怨。他的岳父也把他的新婚妻子，另外许配给别人。

参孙大怒，进行了残酷的报复。他烧了非利士人的庄稼、葡萄园和橄榄园。非利士人出兵要挟犹太人交出参孙。参孙挺身而出，打杀了一个又一个非利士人。他的同胞见他英勇，选他当了士师。在他任职20年间，非利士人慑于他的威名，不敢前来侵犯。

后来，参孙又爱上了一个叫达利拉的非利士女人，非利士人用银子买通了达利拉，要她向参孙了解他力大无穷的秘密。最初，参孙说的是谎话。后来，经不起达利拉的纠缠，说出了实情。他说要是剃去了他头上的头发，他就会变得软弱无力。非利士人便乘参孙熟睡时，在达利拉的配合下，剃去了他的头发，并挖掉了他的双眼，把他俘虏了。后来，非利士人在神庙大摆宴席。他们想奚落参孙一番，便把他带到堂上来，交给他一把七弦琴，要他为他们弹唱。参孙这时头发已长出来了，他抱住大庙的两根圆柱，大喝一声道：“让我和非利士人同归于尽吧！”圆柱被推倒了，神庙倒塌下来。参加宴会的三千非利士人全被压死了。参孙也壮烈牺牲了。

参孙是个传奇式的人物。他那巨人般的形象成为以色列人和非利士人英勇斗争的象征。他违反了希伯来人不与外族妇女婚配的传统，几次和非利士女人相好。他好色，保不住秘密。但他始终把非利士人当作自己打击的目标，为捍卫民族生存权利而斗争。他是一个有血有肉的人物。最后，他壮烈牺牲了，具有英雄主义和悲剧的性质。

2. 历史伟人的故事

公元前1040年到公元前932年，是希伯来历史上的黄金时代。在这一百多年中，希伯来各部族得到统一，国力强盛，经济繁荣。这统一局面要归功于三个历史伟人：扫罗、大卫、所罗门。他们的事迹被记载在《旧约》中的《列王记》、

① 谜语的意思是说有一只狮子，它嘴中有蜜。

《撒母耳记》中，并对他们进行了歌颂。

扫罗和大卫——

希伯来人经受了长期分裂之苦，要求先知撒母耳，为他们立一个统一的王。撒母耳便选定了扫罗。扫罗身躯高大，健美英俊，而且勇力过人。他登基后，先后打败了摩押、亚扪、以东和琐巴诸王，在内部平息了迦南各城国的纷争，从而建立了大以色列帝国。他招兵买马，准备最后和非利士人决一雌雄。非利士人中有员大将歌利亚天天到阵前叫骂，他要以色列人派一员勇士单独和他决斗。以色列军中无人敢应战。这时一位牧羊少年叫大卫，抄起牧羊棍和弹弓便上阵了。歌利亚见是一个小孩，大笑不止。然而，大卫却用弹弓和石子把他打落马下，并割下他的首级。大卫的英勇，博得了扫罗王的喜欢。扫罗委任大卫都督，还把女儿米佳嫁给他为妻。大卫治军有方，连战皆捷，于是军中传出“扫罗胜千千，大卫胜万万”的歌谣。

扫罗王听了很不高兴。他嫉妒起大卫来，几次要加害于他。大卫只好逃走。他逃进山林，把 600 名投奔他的亡命之徒，训练成一支纪律严明的队伍，继续打击非利士人。但扫罗王并没有放松对大卫的追捕。大卫在走投无路的情况下，投奔了非利士王亚吉。亚吉王让大卫去袭击以色列军，大卫不愿伤害自己的同胞，而是率军荡平了以色列的宿敌——亚玛力人。扫罗军和非利士人在一场激战中，扫罗军大败。扫罗身负重伤，看看敌兵逼近，他便自杀而死，他的儿子约拿丹也阵亡了。

扫罗王朝崩溃后，人们要求大卫回来，并推举他为犹太王。他用 7 年半的时间，建立了一支强大的军队。后来，他定都于耶路撒冷，统一了全国，并征服了非利士人，使国家变得空前强大。接着，他大兴土木，在耶路撒冷城南建立了“大卫城”。并先后几度向外扩张，开拓疆土，使四邻都臣服于他。于是，他过起奢侈生活来。他妻妾满门，儿女成群。他夺取了部下乌利亚的妻子，并和她生了一个儿子所罗门，便是未来的以色列—犹太国王。

所罗门——

所罗门在希伯来语是“和平”的意思。他经过了一番激烈的王位争夺，在大卫的支持下，登上了王位。那时，他才 20 岁，风华正茂。他除掉了和他争夺王位的哥哥，杀死了功勋卓著的统帅约亚。之后，他迅速整顿纲纪，招贤纳谏。通过贸易、通婚、签订和约等手段，加强对邻国的友好关系。对军队实行改编，纠正了大卫时期轻视骑兵的错误，建立了由14000乘战车组成的强大的骑兵。由于所罗门致力于改革，使国家更加强大。但他的奢侈和劳民伤财也达到了极点。他用7年修建了一座宏伟的神殿，又用13年大兴土木，为自己建造了豪华的王宫。他有300个王后，700个嫔妃。苛捐杂税，横征暴敛，使人民痛苦不堪。所罗门在位40年。他死后，巴勒斯坦南北方又分裂成两个互相敌视的王国——以色列和犹太。这是公元前932年的事。

扫罗、大卫、所罗门统治的故事，反映了希伯来奴隶制国家建立、繁荣、衰败的历程。由于城市和商贾阶层的出现，要求建立统一的君主制度。国王权力越来越大，扫罗王还是个宗法制君主，大卫则有三宫六院，过起专制帝王的生活来。所罗门无论在生活奢侈、残酷压迫和剥削方面都达到了无以复加的地步，因而导致了国家的分裂崩溃。《旧约》对三位君主的描写是生动的、有血有肉的。他们都有卓著的功勋，也有自己的缺点。扫罗前期有惊人的魄力，抗击外敌，统一了国家，在维护王权方面与祭司进行了艰苦的斗争。后期，由于猜疑和嫉妒，他的威信降低了。大卫是个杰出的政治家，优秀的军事统帅。他始终是得到祭司的支持的。他善于利用宗教来为自己的政治目的服务，建立了威震四方的统一国家。但他很快变成东方式的暴君，过起淫乱的生活来。所罗门没有赫赫的战功，但他是一个有政治目标的改革者和建设者。由于他治理国家有方，使国家在经济上达到空前繁荣。他不仅制订了一套行政管理体制，还致力于发展手工业和航海业。因此，所罗门被犹太人奉为智慧和英明的化身。但他贪图享受，挥金如土，滥施沉重的苦役，导致了他身后国家的崩溃。《旧约》对他们的描写，开辟了西亚地区传记文学写作的先河。

3. 先知的故事

《先知书》是《旧约》重要的组成部分。其中最有代表性的是《亚摩斯书》、《以赛亚书》、《耶利米书》、《以西结书》。先知是犹太人的精神领袖，他们既不是官场人物，也不是江湖术士，而是一些有远见、有才智的贤哲之士，同时，又是宗教教义的解释者、耶和华的忠实信徒。

亚摩斯是一个牧童。他看不惯京都的花花世界：这里都是些横行霸道的纨绔子弟，贪婪冷酷的达官贵人，还有那金碧辉煌的宫殿。他同情苦难的人民。他在圣殿前祷告，要耶和华惩罚那些不仁不义的人，呼吁人们不要以冷酷无情、荒淫无耻来亵渎神灵。为此，他遭到权势者的迫害，说他是危险分子，把他驱逐出国。

以赛亚是个学识渊博的先知，又是一个出色的演说家。他痛斥富人的伪善行为：他们表面装出对神灵虔诚的样子，吃斋献祭，而对老百姓则实行残酷的压迫。他反对犹太和亚述帝国结盟，反对国王在耶路撒冷筑起外来神的祭坛，呼吁犹太人坚定自己的信仰，虔敬耶和华。

耶利米生活于犹太王西底家领导时期。当时国内有亲埃及派和亲巴比伦派之争。埃及法老派使者到耶路撒冷街头进行宣传活动。先知耶利米见形势不妙，他呼吁人们不要去得罪巴比伦这庞然大物，不要把希望寄托在埃及人身上。于是，亲埃及派把他投入黑牢，严加拷打，而耶利米却坚持真理。后来，埃及人果然被巴比伦军队打败。耶路撒冷人成了阶下囚，被押往巴比伦作奴隶。

以西结是"巴比伦之囚"中的一员。他代表了被囚的犹太人盼望在苦难中得到解放的思想，提倡救世主降临的学说。他预言犹太民族一定会胜利，压迫者必然会灭亡。以西结鼓舞了犹太流亡者，使他们坚定了将来重返家园的信念。

先知们虽各自出身不同，但他们在维护犹太民族利益和耶和华教义上是一致的。在动乱的年代，他们是人民精神的支柱，在一定程度上反映了人民的愿望和要求。他们敢于揭发统治者的鼠目寸光和腐败无能，敢于批评富人的贪婪残暴，敢于指摘社会上种种不合理的现象。同时，他们也宣扬自己的政治主张，鼓舞和坚定了人民的必胜信心。他们的言辞尖锐，褒贬一针见血。

从以上民族英雄的故事、历史伟人的故事和先知的故事中，我们可以看到《旧约》系统全面地展示了希伯来民族形成、发展、逃亡、胜利、分裂、崩溃、苦难的全过程。在各个不同的历史发展阶段，涌现了许多为人民所景仰、立下了不朽功勋的英雄人物，他们是希伯来民族的佼佼者。同时，我们也可以看到希伯来历史是一部历尽千辛万苦求生存的历史，也是一部不断与外族抗争，无比苦难和心酸的血泪史。他们过独立统一的生活为时不过一百年，多半时间是在漂泊和受外族奴役中度过的。希伯来人怀念和歌颂自己的英雄是理所当然的。

（三）诗歌

《旧约》汇集了希伯来人许多诗歌作品。其中，《诗篇》、《雅歌》和《耶利米哀歌》三卷属抒情诗集。《传道书》、《箴言》两卷属哲理诗。《约伯记》属诗剧。

《诗篇》共收集 150 首短诗。是为耶路撒冷的教堂而编撰的，内容多半为赞美诗。如赞颂上帝，祈求神的保佑等，宗教色彩较浓。其中一部分是大卫的作品。大卫从小就善于弹唱，又善于利用宗教为其政治服务。他率先写作对神的赞美诗，是不奇怪的。因此，《诗篇》又称为“大卫的诗”。但多数诗并非大卫的作品，如其中一些诗描写的是在大卫死后，他在巴比伦过囚徒生活的苦楚的诗。

《雅歌》属于爱情诗，共八篇，它细腻地描写了男女之间的恋情，称作“歌中之歌”。相传为所罗门的作品。因此又称作《所罗门雅歌》。有人认为所罗门写《雅歌》的目的是为了维护他一名黑皮肤的妃子，因为黑皮肤在耶路撒冷得不到人们的尊重。后来，人们否定了《雅歌》作者是所罗门的说法，认为它属于民间作品。在巴勒斯坦地区，男女新婚要不断吟唱情歌。而且他们把自己化装成国王和王后。有人观察了叙利亚农民婚礼，在婚礼上所唱歌曲与《雅歌》有惊人的相似之处。《雅歌》详细地描写了一对青年男女从最初相识、订婚、结婚、回娘家等情景，而且采取新娘新郎对唱的形式，具有浓厚的民歌风味。

《耶利米哀歌》是一篇抒发亡国之痛的作品，被人们称作民族的绝唱，共五篇。耶利米是个出身于乡村祭司家庭的先知，年轻时就痛斥统治者的过失。后来，耶路撒冷被新巴比伦王国攻陷。他亲自经历了国破家亡、妻离子散的痛苦，含泪写出了一曲曲哀歌。其中浸透着炽热的爱国思想，感情真挚而热烈，抒发了对残暴敌人的愤懑的情绪。第一、二篇描写了耶路撒冷的陷落和人民遭受到的空前浩劫，第三篇是诗人的自我叹息，第四篇通过耶路撒冷的今昔对比，抒发亡国之恨，第五篇祈求神的怜悯和表达复兴祖国的愿望。

《箴言》是《旧约》中最重要的哲理诗歌。它汇集了有关道德、宗教、伦理、生活和处世之道的格言警句。在开头就明确提出这些箴言“会教导你怎样过明智的生活，怎样做诚实、公正、正直的人”。所以它被称作是“集中之集”，是古希伯来人的智慧结晶。相传这些箴言也是所罗门所作，因此又称《所罗门箴言》。但一般认为，这部作品成书较晚，它的作者是广大人民，是在“巴比伦之囚”放回来后收集整理的。这些箴言是人民在长期生活和社会实践中，以精练的语言概括出来的座右铭，富有告诫和教育作用。如“君王秉公行义，国必强盛；贪污腐败，国必灭亡”，“国王若爱听虚假的话，他的臣仆必定是撒谎者”，“人有见识就不轻易发怒，宽恕人的过失是自己的荣耀”，“与智慧人同行的必得智慧，与愚昧人做伴的必受亏损”，“智慧胜过精金，知识强于纯银”，“人的高傲，必使他卑下，心里谦逊的，必得尊荣”。

希伯来诗歌一般采用“并行体”，有两行并行的，或三行四行并行的，并用“贯顶法”来连接全诗（即按希伯来文的字母顺序，安排在诗句的句首）。由于希

波斯文学史话

波斯，即今伊朗，是个文明古国。历史上一直沿用波斯的国名。1935 年，伊朗国王巴列维认为波斯已不足以代表全国了，改称为伊朗。但到了 1949 年 10 月 26 日伊朗官方又宣布在外交关系上恢复波斯名称。此后，波斯和伊朗两个名称就被世人所并用。

波斯人在公元前 1000 年初已定居在伊朗高原西南部。伊朗高原三分之二为沙漠和盐沼地。这里雨水很少，夏季河湖常常干涸，适合耕种的土地也不多。公元前 6 世纪中叶，波斯各部落在居鲁士（前 600—前 529）的领导下统一起来，并在公元前 550 年击溃了居住伊朗高原北部的米提人，建立了统一而强大的波斯帝国。到公元前 5 世纪大流士（约前 558—前 486）统治时期，波斯帝国发展到鼎盛阶段。他的版图东起印度河流域，西至小亚细亚，北到中亚，南达埃及。大流士野心勃勃，他想做一个“从日出处到日落处一切人的统治者”，实行了一系列的改革，以控制他那庞大的国家。到公元前 330 年，波斯被马其顿王亚历山大击溃。维持了 200 多年的波斯帝国灭亡了。再过了 500 多年，波斯出现了新的帝国——萨珊王朝。

一、古代文学

波斯文字为楔形文字。波斯人把文字刻在石头上。如今大流士时期刻在石头上，记录他开拓疆土、治理国家事迹的石碑还保留着。波斯最古老的文献叫《阿维斯陀》，亦称《波斯古经》。这是一部琐罗亚斯德教的圣书，约在公元前 6 世纪到公元前 4 世纪时编定。大流士统治时期曾把琐罗亚斯德教定为国教。琐罗亚斯德是个预言者和先知，他将古代波斯的宗教信仰综合整理成一定体系，确立了统一信仰。这部经书包括赞美诗、祷词咒语、神话及宗教戒律等，是研究古波斯历史、文学和宗教的重要资料，对波斯文学发展有过一定的影响。一些诗人创作中的神话故事和历史传说均取材于这部经书，其中一些诗歌被认为是出自琐罗亚斯德的手笔。

波斯人的神话，把神分作善神和恶神两种。善恶观念也是琐罗亚斯德教的教义。他们信奉善神和光明之神奥尔穆兹德，认为他是众神之王。他的身体是天上的发光体做成的，繁星是他的衣裳，太阳是他的眼睛。他给人们带来丰收、健康和欢乐。与善神相对立的是恶神——阿里曼。他是世上一切罪恶的灾难的老祖宗。他住在黑暗的沙漠里，制造出九万九千九百九十九种疫病。这些瘟神在夜里出来活动，雄鸡报晓时，他们才会隐去。因此，在波斯人心目中，雄鸡也是一种神。

波斯人把世上一切东西分作洁净的和不洁净的。他们认为火是最洁净的，严禁把不洁净的东西丢进火里。祭神时，必须燃起火堆。因此，人们把琐罗亚德教也叫拜火教。南北朝时，这种教传入我国，称为袄教或波斯教。

公元前250年，在伊朗高原东北部建立帕提亚王国。我国史书上称为“安息王国”。224年，波斯人萨珊家族起兵，灭了安息国，建立了萨珊王朝的统治。其版图包括今天的伊朗、阿富汗、伊拉克、格鲁吉亚等大部分地区，成为西亚一大强国。这在历史上称为新波斯帝国，社会由奴隶制进入封建制。波斯文学也得到新的发展。可惜这些作品后来在阿拉伯人的侵略下散失殆尽。今天遗留下来的只有萨珊王朝奠基者的传记《阿尔达西尔王的功绩》和琐罗亚德教的异端派僧侣的传记《马资达克传》的片段。萨珊王朝于642年被阿拉伯人灭亡后，波斯先后处于阿拉伯人、塞尔柱人、蒙古人的侵略和统治之下。直到16世纪初叶，萨非王朝才重新统一了波斯。

波斯古代文学真正繁盛时期是在10世纪到15世纪之间。这时诗人辈出，创作了许多具有世界声誉的诗歌和散文作品。波斯文学史上，第一个著名的诗人是鲁达基（850－914），他被称为波斯的“诗歌之父”、“诗歌中的亚当”。鲁达基生于塔吉克斯坦的鲁达克村的一个农民家庭，8岁就熟记《古兰经》，能诗善弹琴，曾四处游历。后来被萨曼王朝召进宫，成为宫廷诗人。晚年失宠，被逐出宫廷，在贫困中死于家乡。

鲁达基诗歌创作丰富，相传他写了130万行的诗，但流传到今天的不足两千行。这些诗歌中有颂诗、哀歌、爱情诗、哲理诗等。他的诗歌寓意深刻，形式短小。大部分采用两行诗体和四行诗体。在诗歌中，他对社会贫富不均的现象深表不满，他在诗中写道：

这些人桌上摆满了肴肉和精制的杏仁糕，
那些人却饥肠辘辘，
连大麦饼也难弄到。

他极力强调掌握科学和知识的重要，他在一首两行诗中写道：

没有比学问更美好的宝库，
当可能的时候，你应该珍重，采藏。

另一首两行诗又写道：

引诱肉体的是金钱、领地或闲散的休憩，
吸引我灵魂的是科学、知识和理智。

据说，鲁达基还写过 8 部长诗，现在遗留下来的只有《卡里来和笛木乃》的片段（100 多行）。鲁达基对波斯诗歌创作的发展有过巨大的影响。1958 年，鲁达基诞辰一千一百周年纪念，我国曾举行了纪念活动，出版了《鲁达基诗选》。

继鲁达基之后的大诗人是菲尔多西（约 940—约 1020），他在少年时期受过良好的教育，阅读了许多波斯的古籍，熟悉民间的英雄传说。大约在 35 岁起，他便集中精力写作他的代表作《王书》（一译《列王记》），前后花了 35 年时间，才完成这部巨著。这是一部歌颂波斯英雄的史诗。全书 12 万行，目前尚存 10 万行左右。比荷马史诗加起来还长 4 倍。其时间范围是描写阿拉伯人入侵前 3000 年光辉的波斯历史，是一部公认的古代波斯社会生活的百科全书。

《王书》可分作三个组成部分：一是古代波斯的神话传说，大约有 1 万余行；二是勇士传说，大约有 6 万余行，其中最著名的是大英雄鲁斯塔姆一家的故事；三是历史故事，大约有 2 万余行。史诗把神话传说和针砭现实有机地交织在一起，使作品具有浪漫主义和现实主义的特色。爱国热情是作品的主要格调，描写和歌颂英雄是诗人的主要使命。诗句明快通俗，韵律和谐统一，叙事也相当生动，带有大量的夸张和丰富的比喻。

菲尔多西去世后，又出现一位大诗人莪默·伽亚谟（一译欧玛尔·海亚姆，1048—1122），他是塞尔柱王朝时期的诗人。他生活年代与我国北宋文学家苏轼同时。“伽亚谟”一词，在波斯语里是“帐篷制作者”的意思。于是人们认为他的出身可能与手工业家庭有关。伽亚谟一生都在探求知识，他不仅是个诗人，而且是个天文学家、医学家和哲学家。他曾在宫廷里住过一段时期，在国王支持下从事一些科学研究工作。后来，国王马利克夏去世后，他受到冷落，晚年穷困潦倒。

伽亚谟在诗歌中的贡献，是他写作了300多首“鲁拜”体的抒情诗。“鲁拜”(Rubai)在波斯语中是“四”的意思，即四行诗，相当于我国的绝句。四句中，第一、二、四句押韵，第三句不押韵。第一、二句提出问题，第三句转折，第四句表明诗人的观点和态度。如：

天地是飘摇的逆旅，
昼夜是逆旅的门户，
多少苏丹与荣华，
住不多时，又匆匆离去。

这首诗说明人生是短暂的，富贵无常，不必醉心于追求荣华富贵，反映了诗人对人生的一种看法。

伽亚谟的诗歌创作充满对人生的哲学思考，对酒的赞美，对宗教的怀疑。他生活在一个政治混乱、教派纷争的时期。当时在思想领域中占统治地位的是神学，宣扬世间一切都取决于真主，人生是痛苦的，天国才是幸福的乐园，人生是进入天国的阶梯。伽亚谟对这种解释不以为然。他在诗歌中对天堂、地狱表示了自己的怀疑。他认为：

天堂是心满意足的幻形，
地狱是心焦在“暗”中的虚影。

他认为他“自己便是地狱，便是天堂”。在另一篇诗中，他又写道：

啊，地狱之威胁，天堂之希望！
只有一事是真——便是生之飞丧；
只有此事是真，余皆是伪；
花开一次之后永远凋亡。

对于上帝，他也表示不敬：

啊，你呀，你用劣土造人，
在乐园中你也造出恶蛇；
人的面目为一切的罪恶所污——
你请容赦人——你也受人容赦！

伽亚谟出入宫廷，亲眼目睹了帝王们过着奢侈淫逸的生活。在诗歌中，他以辛辣的笔调指出统治者这种生活是建筑在对人民残酷的压迫和剥削上面的。如：

帝王喋血处的蔷薇花，
颜色怕更殷红，
花园中的玉簪儿，
怕是植根在美女尸中。

由于伽亚谟怀疑宗教，对人世黑暗又表示不满，所以他把心灵的归宿放在“酒”上，以达到借酒浇愁的目的。他认为“世上的愁是毒，解药是酒”。因此，他的许多诗作是对酒的赞歌。如：

朋友们哟，你们是知道的，
我家中开了盛大的欢筵；
我休了无育的“理智”老妻，
娶了“葡萄的女儿”来续弦。

伽亚谟的诗短小精悍，又带有哲理意味，被翻译成各国文字，很受欢迎。在我国，郭沫若翻译了他的101首诗，集名为《鲁拜集》。郭沫若介绍说：“读者可在这些诗里面，看出我国的李太白的面目来。”

12世纪波斯最著名的诗人是内扎米（1141－1209）。他是“伊拉克体”诗派的代表人物。这种诗歌用语带有浓厚的西南地方色彩，叙事惯用比拟手法，内容更富有现实性。内扎米生于阿塞拜疆的甘贾城。他信奉伊斯兰教，学识渊博，通晓多种语言。他遗留下来的著作，是五部叙事诗，合称为《哈姆赛》（即“五诗集”或“五宝”之意），约12万行，均用波斯语写成。

第一部《神秘的宝库》（1173－1180）是一部训诫性的故事诗，分20章，每章讲一个故事。内容主要是讲述古代统治者事迹和逸闻，规劝统治者施仁政，树立正义的统治。

第二部《霍斯陆和西琳》（1181）描写波斯国王霍斯陆和邻国公主西琳由恋爱而结合的故事。霍斯陆执政后成为暴君，被其儿子施路耶杀死。施路耶强迫后母西琳做他的王妃，西琳便在霍斯陆墓前服毒自尽。作品中的西琳被描写成一个忠于自己的理想和爱情的女性。

第三部《蕾莉和马杰农》（1188）是一部取材于阿拉伯民间故事而写成的叙事诗。其情节和结局与我国民间故事《梁山伯与祝英台》和意大利民间故事《罗密

《鲁拜集》插图

欧与朱丽叶》相类似。阿拉伯青年葛斯和蕾莉在学校念书时互相爱慕。蕾莉家庭顽固反对，她被迫退学。葛斯为此丧魂失魄，终日徘徊在蕾莉住宅附近，他被人称作“马杰农”（意为“疯子”）。后来，由父母做主，蕾莉被迫出嫁。但她心中只有葛斯，不与丈夫同床。一次，她约葛斯会面。这时，葛斯已疯得失去了理智。蕾莉感到无望，含恨死去。临死前，她悲愤地对封建社会提出抗议：“我受尽了折磨，这算什么爱情?！我受尽了煎熬，这算什么人生?！”葛斯听说蕾莉死了，便到她坟前哭拜而亡。作品具有反封建的民主色彩。

第四部《七美人》（1196）是描写萨珊王朝国王巴赫兰的故事。巴赫兰知识渊博，但他和别的国王一样暴虐荒淫。诗的前半部描写他和歌女飞特娜结婚的经过。后来，他在一次保卫国土的战争中获得了胜利，娶了7个国家的美丽公主为妃，陶醉于歌舞升平的享乐之中，从此不理朝政。奸臣们乘机搜刮民脂民膏，弄得国内一片漆黑，危机四伏。巴赫兰为此伤透了脑筋，后来，他受到一位老牧人的启发，下令把乱臣贼子处死了。他自己也痛改前非，遣散了宫妃，一心治理国家。作品的寓意是要统治者成为一个贤明的君主，把治国安邦放在首位。

第五部《亚历山大的故事》（1200）分《亚历山大的幸运的书》和《亚历山大的智慧的书》两部分，是一部歌颂马其顿国王亚历山大事迹的作品。诗人把他奉为英明的国王、杰出的哲学家和先知。

内扎米在诗歌创作上大量运用历史故事和民间口头传说，故事生动感人。诗句优美严谨，对中亚叙事诗的发展起了巨大的影响。

13世纪波斯文学中最著名的诗人是莫拉维和萨迪。

莫拉维（1207－1273），又名鲁米，是苏菲派杰出的诗人。苏菲派是伊斯兰教中一个神秘主义的派别。“苏菲”在阿拉伯文中意为“穿粗毛织品的人”。这一教派要求信徒过苦行僧的生活，提倡禁欲主义。莫拉维出生于巴尔赫（今阿富汗境内），他曾在巴格达、大马士革求学，对文学、哲学、语言学和修辞学都有较高的造诣。他主要诗作有叙事诗《玛斯那维》六卷，约5万行。诗中采用大量生动的民间故事和神话传说来说明哲学道理，表现了诗人渊博的学识和智慧。这部分被苏菲主义者奉为经典，称它为“知识的海洋”。莫拉维的抒情诗集叫《夏姆斯诗集》，约3万余行。作品通过对爱情、鲜花、醇酒的吟咏，表达了诗人对美好生活的向往。

萨迪（1208－1292）生活的年代由于连年战祸，他大半生都在颠沛流离中度过。他的成名作是1257年完成的哲理叙事诗《果园》。次年，他又写成代表作《蔷薇园》，属于“训诲体”诗歌，全诗共分八个篇章，前七章为短小故事组成，最后一章集中了许多格言、警句和俗谚。萨迪是个人道主义者，也是一个来自民间的诗人，在他的作品中较好地反映了当时人民的愿望和利益，揭发了被压迫者和压迫者的对立关系。他主张不管富人和穷人都是人类始祖亚当的子孙，都应当要爱，因为“造物之初本一样”。

《蔷薇园》饱含着人生的经验，诗人循循善诱地向世人宣讲为人处世的道理。他要人们喜欢美好的事物，要安贫乐道。作品隽语风生，诙谐有趣，把散文和韵文交融成统一整体，语言精粹，比喻形象生动。

14世纪，波斯著名诗人是哈菲兹（1320－1389）。在波斯文学史上，他和菲尔多西、萨迪、莫拉维，被称作“诗坛四柱”。哈菲兹生于设拉子城商人家庭里，从小聪明好学，能背诵《古兰经》。他的名字的意思是“熟背《古兰经》的人”。早年，他曾大胆写了一些“劝善诗”，献给设拉子城的统治者，赢得了广泛的声誉。后来，巴格达和德里的君主邀请他做宫廷诗人，但遭到他的拒绝。哈菲兹晚年，正当蒙古人入侵波斯时期。1387年帖木儿率军攻下了设拉子城，两年后，哈菲兹在贫病中死去。

哈菲兹的一生都是在动荡年代里度过的。封建领主的野蛮统治，异族的侵略，弄得百姓流离失所，饿殍遍野。正如他在诗中说的：“时代鲜血淋淋，和那盛酒的杯儿一样。”

哈菲兹的抒情诗没有题目，遗传到今天的诗歌有500多首，主要收集在《哈菲兹诗集》中。从内容上说，这些诗歌表达了诗人对当时黑暗现实的不满。如“折磨我心头的痛苦弥漫天地”，“我胸中埋藏着一座火山，那火焰已把苍天点燃”。哈菲兹虽然熟读《古兰经》，但他对天堂、地狱一类的神话和伽亚谟一样，表示了自己的怀疑。他呼唤春天、鲜花、美酒和爱情，要人们尽情地去享受尘世的欢乐。他在诗中写道：“来啊，让我们把鲜花遍撒，把美酒斟满，撕碎头上的天幕，再造一重青天。”又说：

既然天堂近在眼前，
何必轻信教士的虚妄的诺言？
草坪上面泛起二月的春绿，
错过眼前的天堂，岂不过迂？

哈菲兹在诗歌中也极力地赞颂酒。他自称为“酒徒”，人们会把他“从酒肆直送天堂”。他宣称“和我们交往，要的是清酒一杯。哈菲兹啊，来世的功德不过是开怀畅饮”。他反对禁欲主义，宣扬独立自主的个性和享乐主义的思想。

哈菲兹擅长用一种抒情诗体“嘎扎勒”写诗。因此，他被称作“嘎扎勒”的大师。这种诗体，每首诗由7－12个联句（两行）组成。只用一个韵脚，一韵到底。通常要在最后一联点出主题，并出现诗人自己的名字。如他一首爱情诗的最后联句是：

哈菲兹啊，情思昏昏还要祈望友情。

悭吝人做着得了卡隆财宝的美梦。

哈菲兹对“嘎扎勒”诗体的形式要求很严格。他说他的诗就是用“形式”这条线“串起来的珍珠”，如果没有这条线，他的“珍珠也就散落开来”。他的诗歌感情炽热而真挚，联想丰富，寓意深刻，在世界文学中亦享有很高的声誉。恩格斯曾说：“读放荡不羁的老哈菲兹的音调十分优美的原作，是令人十分快意的。”哈菲兹写的诗被认为是波斯抒情诗的高峰。

15世纪，波斯文学中著名诗人是贾米（1414－1492）。他是中古波斯文学繁荣期的最后一位诗人。他又是一位学者，苏菲派的领袖。生前名声也很大，但他在文学上的成就均不如前面几位诗人。他的主要诗作是《七宝座》，是仿内扎米的《哈姆赛》的。这七部作品有四部诗是讲述宗教道德和神学问题的，用来阐述苏菲派的思想。这四部作品是《金锁链》、《自由人的赠礼》、《信士的念珠》、《萨拉曼和阿布萨尔》。另三部是叙事诗，包括《尤素福和佐列哈》、《蕾莉和马杰农》、《亚历山大小传》。后两部诗是内扎米在《哈姆赛》中写过的内容。此外，他还写有《诗集》，包括颂诗、抒情诗和鲁拜诗8千余行，散文有《春园》等。

16到18世纪，波斯文学走下坡路，没有涌现著名的诗人。但波斯在中古时期，尤其是在10到15世纪，文学创作得到空前繁荣和发展，诗歌创作出类拔萃。因此，波斯在世界文学中，享有“诗国”的美誉。

二、现代文学

19世纪英俄等帝国主义势力侵入波斯。1862－1872年，英国强迫波斯签订了三次英伊电报租让条约。1889年英国资本家路透在德黑兰开设了“波斯帝国银行”。1890年，俄国开设了“波斯信贷银行”。英国获得了在波斯大部分地区开采石油的权利，还获得了内河航运和烟草专利特权。俄国获得了在波斯北部修建公路、架设电报线、捕鱼等特权。到了 20 世纪初叶，波斯已沦为半殖民地半封建的国家。1905－1911 年，波斯爆发了反帝反封建的民主主义革命，史称“立宪运动”。在这运动期间，波斯民族爱国意识高涨，文学创作出现了新的繁荣景象。这里我们要特别提到两位诗人，巴哈尔和拉胡蒂。

巴哈尔（1886－1951）生于波斯东部马什哈德的知识分子家庭，早年以写抒情诗闻名，曾获得“诗人之王”的赞誉，后来参加反帝爱国运动，创办《新春》杂志，曾多次被捕入狱和流放。在 1905－1911 年革命期间，他成为出色的革命歌手。他在《祖国在危急》一诗中，大声疾呼“海里的怪物——鲨鱼同草原上的熊互相勾结……两个凶恶强盗缔结可怕的联盟威胁着伊朗。让我们向爱国者呼吁：‘祖国在危急中’”！鲨鱼和熊指的就是英、俄帝国主义。1916 年，他在监狱中写了讽刺诗《跳蚤的故事诗》，他带着轻蔑的感情，把敌人比作是在放大镜下，才看得清楚的跳蚤。巴哈尔有两卷诗集，共 8 千余行。他的诗歌充满爱国思想和反帝反封建斗争的激情。

阿·拉胡蒂（1887－1957）生于西部城市克尔曼沙赫的一个鞋匠的家庭里，曾在德黑兰求学。1905 年参加“立宪运动”，写作政治鼓动诗歌。他在诗歌《践约》中，歌颂了爱国者英勇牺牲的精神。1911 年，“立宪运动”遭到失败，拉胡蒂被判处死刑。他逃亡国外，1921 年秘密回国。1922 年，他在大不里士领导宪兵起义，反对德黑兰政府。起义失败后，逃亡苏联。在苏期间，写作歌剧《铁匠卡维》，曾获得列宁勋章。1957 年去世。

第二次世界大战后，波斯再度兴起反帝爱国高潮，提出石油国有化的口号。1946 年，在德黑兰召开了伊朗第一次作家代表大会，由巴哈尔任主席，会上探讨了波斯现代文学发展的有关问题。1953 年后由于人民革命运动遭到镇压，文学创作又一度走下坡路。

继巴哈尔、拉胡蒂稍后的作家是萨迪克·赫达亚特（1903－1951），他是波斯现代文学史上著名的小说家，生于德黑兰，自幼受到良好的教育，曾赴比利时、法国留学 4 年。他原学建筑，后转向文学创作活动，在国外写作了《活埋》、《三滴血》等篇。1930 年回国，他与好友阿拉维、法尔扎德、密努组织青年文学团体“拉贝”（即“四人会”），引进西方流行的创作方法，与文学上传统派开展论战。他早期写的短篇小说和中篇《盲枭》，可以看到他受到印象派文学的深刻影响。格调较低沉，给人以压抑之感。40 年代后，在国际反法西斯斗争中，赫达亚特视野开阔了，在创作中增强了现实主义因素，加深了对旧世界的批判。1943 年，苏联人民与法西斯德国在斯大林格勒展开大血战。赫达亚特以寓言形式写作了小说《生命之水》。作品表达了作家对“永春国”——苏联的胜利充满信心，体现了作家对光明的热烈追求。

1945 年发表的中篇小说《哈吉老爷》是赫达亚特的代表作。哈吉是庄园主的独生子。他从父亲那里继承了大笔遗产，也继承和发展了父亲那种悭吝、刻薄、钻营等全部缺点。他从事金融买卖、走私活动，目的是为了捞取大笔钱财。他爱钱如命，认为“整个人类都是金钱的奴隶”，“只要有了钱，什么光荣呀，信任呀，高尚呀，名誉呀，统统都有了”。他靠金钱势力安插自己的手下人出任部长。他虽大字不识几个，但不妨碍他出席文艺界各种集会，而且大模大样地坐在主席台上。哈吉对一切人都进行敲诈勒索，在家庭里也不例外，他过问一天的伙食，锱铢必较。有一回，他的一个老婆未经他许可，擅自用了一点醋渍大葱，被他用棍子打得拐着脚走路。

哈吉和父亲光靠积财生利的生活不同，他懂得享受，好色又好吃。他有 4 个老婆已过世，6 个老婆已离婚，面前还有 7 个老婆。有些老婆是被他逼得自杀或离婚的。一谈到椰枣、酥糖和羊肉炒饭，哈吉就馋涎欲滴。作家所塑造的哈吉老爷是波斯现代文学史上著名的艺术典型，在他身上保留了封建地主那种愚蠢、吝啬和粗鄙的特点，又有大资产阶级那种贪得无厌、尔虞我诈的特性，是个地道吸血鬼、伪君子和反动分子。作品还通过对哈吉家客人的描写，揭发了伊朗社会中上层分子的丑恶面目。《哈吉老爷》不愧是波斯现代文学中一部杰作。

20 世纪 60 年代后，波斯出现了一批反映现实的长篇小说，如阿富汗尼的《阿胡夫人的丈夫》，表现了伊朗妇女的不幸和宗法制的家庭关系，出版后获得了很高的评价，被认为是优秀的长篇小说。又如秋巴克的《顽石》，描述了设拉子下层人民的悲惨生活。还有萨迪基的《长夜漫漫》等。这都说明了波斯文学在走向新的繁荣。我国与波斯的文化交往也日渐增多起来。

论菲尔多西的《王书》

《王书》(一译《列王记》)是波斯中古著名诗人菲尔多西的代表作。诗人生于多斯城(今改名为菲尔多西城)郊区的塔巴朗乡村里。他的祖先为名门世家，后来破落了。菲尔多西少年时期受过良好的教育。他阅读了许多波斯古籍，通晓阿拉伯语，还精通古波斯语——巴列维语，熟悉民间英雄传说。大约他从35岁起，便集中精力创作《王书》。花了将近35年的时间，才完成这部巨著。按当时习惯，他必须把著作献给国王马赫默德·伽色尼。他在书前还写了一首颂扬国王的诗歌。但国王和菲尔多西属于不同的教派，加上《王书》攻击了不少帝王及其暴虐的统治。马赫默德·伽色尼断然拒绝接受这部书，而且还指使宫廷诗人嘲笑和诽谤他。菲尔多西一气之下，便写了一首讽刺诗来回答国王的无礼，并把它作为《王书》的结尾。国王知道后，大为震怒，下令要把诗人踩死在战象脚下。菲尔多西被迫出逃。在外流浪了五六年，才偷偷地返回故乡。不久，便与世长辞了。他死后，寺院认为他是“不洁的异教徒”，不许他葬在穆斯林公墓。后经他亲友交涉，才允许葬在他家小花园中(现改为菲尔多西陵墓)。

封建统治者排斥菲尔多西的《王书》，诗人则用诗行说明了这部史诗的巨大意义：

我用诗歌构筑了一座巍峨的殿堂，
任凭风吹雨打也不会倒塌毁伤，
这部书定会世世代代流传，
有理性的人都会诵读瞻仰。

《王书》是一部以诗歌描写波斯英雄的史诗。车尔尼雪夫斯基认为这部著作具

菲尔多西

有“英雄的现实主义”的特性。其时间范围是描写阿拉伯人入侵前3000余年光辉的波斯历史。书中包括了50个国王的生平事迹，其中穿插了许多曲折动人的故事。类似我国《史记》中的本纪和列传。是一部公认的古代波斯社会生活的百科全书。

《王书》可分作三个组成部分：一是古代波斯的神话传说，大约有1万余行诗，其中铁匠卡维推翻蛇王佐哈克统治的故事最为有名。二是勇士的传说，大约有6万余行诗。这部分是史诗最重要的部分，主要描写波斯与敌国交战的故事，其中最有名的是英雄世家鲁斯塔姆一家的故事。三是历史故事，大约有2万余行，写阿拉伯人入侵前夕萨珊王朝的大事。其中描写了马兹达克的人民起义运动。

菲尔多西为什么要写作《王书》呢？原因有二。

一是民族的原因。7世纪中叶，阿拉伯人入侵波斯，把波斯帝国变为一个行省。到菲尔多西出生，阿拉伯人已统治波斯200余年了。异族长期压迫和统治，唤起了民族的爱国意识，波斯人民不断起来斗争。公元644年，波斯人菲鲁兹刺死了第二代哈里发。753年，波斯人阿卜·穆萨拉姆揭竿起义。这种爱国意识反映到文学上来，便成为《王书》写作的动因。据一些史料记载，在菲尔多西写作《王书》前，已有五部不同作者的《王书》问世。这些《王书》共同之点，就是赞颂历史上那些功勋卓著、能卫国保家的英雄人物，向往国家繁盛、海宇安宁的黄金时代。菲尔多西年轻时熟读了波斯古籍，又亲自到民间搜集了各种历史和英雄传说，为《王书》写作打下了坚实的基础。他曾说：“我无数次向人们询问，怕的是年深日久，往事都湮没无闻。”为了发扬民族正气，菲尔多西开始了他孜孜不倦的《王书》写作活动。

二是时代原因。菲尔多西生活年代除外族压迫外，波斯内部封建势力也互相火并，战祸连绵不断。大约在999年，一位突厥佣仆出身的军人马赫默德·伽色尼，用武力夺得了王位，在波斯阿姆河东南广袤的土地上建立了一个封建小王朝。这是一个好大喜功、暴虐成性的统治者。他上台后排斥不同的教派，大肆进行杀戮。菲尔多西对当时伽色尼的黑暗的统治十分不满，借写作《王书》来表达自己的政治观点和对现实进行批判，以达到借古讽今的目的。

《王书》中歌颂的是贤君。他们都是些道德高尚、正直勇敢、关心人民疾苦、尊重知识的人。其中一些贤君本身就是捍卫祖国的英雄，他们平时能治理国家，战时能统兵作战。《王书》贬斥的是暴君。他们都是些穷兵黩武、残暴成性、骄奢淫逸的人，是国家、人民的灾星。菲尔多西接受古波斯琐罗亚斯德教的影响，认为宇宙就是善和恶两个极端思想的斗争。贤君和勇士代表善，暴君和敌人代表恶。这一思想贯穿《王书》的始终。

《王书》最中心和最精华的内容是对保卫祖国的英雄——鲁斯塔姆的描写和歌颂。作品中许多生动的故事都是围绕着他而展开的。他是波斯第一位大英雄。他的家族也都是英雄。他的祖父萨姆是个长生不老的勇士，曾击败过妖龙。他的父亲查理（意为“苍白”）一生下来就满头白发。祖父曾下令把他丢弃在山谷里，神鸟西莫尔克却收留了他。当他长成英俊少年后，神鸟才打发他回家。鲁斯塔姆的名字带有“身躯魁梧”的意思。为此，他的母亲生他时，经受了难产的痛苦。他降生后，要吃十个乳母的奶。后来，一人要吃五人的饭。少年时，他打死了别人无法对付的妖怪——白象。鲁斯塔姆与敌人作战时，喜欢用一条套索。他扔出的套索，总是百发百中地套住了敌人的脖颈，像蒙古人套马一样。

鲁斯塔姆的坐骑拉可什也是匹神马，飞奔起来像风一样快，它曾用自己的蹄子踢死过一头狮子，还一口咬掉了敌人的脑袋。它像《三国演义》中关羽的赤兔马一样，帮主人立下了赫赫的战功。鲁斯塔姆驰骋在疆场上，战无不胜。作品中是这样描写他的英姿的。

他一举起棒锤，叫岩石变成炭末，
他单枪匹马，能使敌军畏惧骇怕。

谁要是想同鲁斯塔姆决斗，
巨人也会像草茎被踩倒。

他的马蹄下，尘土四起像乌云，
黑压压地，遮没了白天的太阳。

要知道，他的力气抵得上一百壮汉，
他有如悬崖，壁立千仞，直插霄汉。

他一打仗，心中怒火直冒，
无论狮虎大象，都要逃跑。

高山将会在他跟前屹立不住，

沙漠成了他脚边忠实的女奴。

鲁斯塔姆有着崇高的爱国主义思想，为保卫邦家，他赤胆忠心，赴汤蹈火也在所不惜。他三次搭救了卡乌斯国王的性命。第一次，卡乌斯被马詹德兰的妖怪白鬼的歌声所诱惑，当他出征马詹德兰时，全军覆没。他自己也成了阶下囚。鲁斯塔姆经历了七次冒险，才杀死白鬼，救出了卡乌斯。第二次，卡乌斯被哈马维兰（即也门）国王囚禁，敌国突朗军队在阿甫拉西雅布国王的率领下，乘机侵犯。鲁斯塔姆把敌人赶出了波斯。还到哈马维兰搭救了卡乌斯。第三次，卡乌斯异想天开想上天去征服苍穹，结果被饿鹰叼到荒凉的森林里，幸亏鲁斯塔姆及时赶来救了他，并把他送回京城。

因此，鲁斯塔姆被波斯人称作是“国家的砥石”，“波斯的心脏、脊梁和威力”。

鲁斯塔姆和突朗军统帅、自己的儿子苏赫拉布的交战，在《王书》中是最为惊心动魄的一幕。他们父子俩都不相识。鲁斯塔姆是把苏赫拉布当作入侵波斯的敌人来看待的。而苏赫拉布则抱着要斗败波斯所有的勇士，打垮卡乌斯的心情。于是两虎相争必有一伤。他们交锋三次。第一次，他们打了个平手。第二次，苏赫拉布把年迈的鲁斯塔姆打翻在地。鲁斯塔姆以谎言保住了自己的性命。第三次，鲁斯塔姆重新奋发精神，打翻了苏赫拉布，并迅速地把他杀了。但当知道杀的竟是自己的儿子时，他呼天抢地，痛不欲生。从此，他变得一蹶不振。

苏赫拉布少年英俊，14 岁成了突朗大军的统帅。初次交锋，他就生擒了波斯镇守边关的勇士哈吉尔。作品中是这样描写他的英姿：

他的身躯像印度橡树那么坚实，

突朗出了一头力大无穷的巨狮。

他总是舞弄着武士的棒锤，

他手中宝剑闪着逼人的光辉。

高山峭壁、大海深渊他都不在乎，

像他那样的勇士，可说举世绝无。

他像狮子进了鹿苑，凛然逞威，

最顽强的人，也都要被他击溃。

论勇力，苏赫拉布赛过年迈的鲁斯塔姆，论经验，他却不如乃父。他牢记母亲的嘱咐，在战场上要寻觅父亲。只是他的敌人骗了他，以致酿成悲剧。在作品中，鲁斯塔姆父子俩是勇士们的表率，波斯人民引以为荣的英雄。

卡乌斯国王和突朗国王阿甫拉西雅布在史诗中是作为暴君形象出现的。他们都有残暴狡诈的特点。卡乌斯的王座全仗鲁斯塔姆保卫，但他却忘恩负义，暴戾乖张。正如鲁斯塔姆斥责他的，如此狂妄，怎么配当君王？不如把王冠挂在凶龙的尾巴上。鲁斯塔姆三番五次搭救他的性命，而他却不肯拿出灵药来搭救鲁斯塔姆垂危的儿子。他以小人之心，度君子之腹，害怕鲁斯塔姆父子联合起来夺去他的王座。他和突朗国王一样酿成了鲁斯塔姆父子不能团聚的悲剧，加深了鲁斯塔姆的痛苦。一个国王出于私心，一个国王出于野心。他们都是邪恶势力的代表。

《王书》把神话传说和针砭现实内容有机地交织起来，使作品具有浪漫主义和现实主义的特色。爱国热情是作品的主要格调，描写和歌颂英雄是诗人的主要使命。诗句明快通俗，韵律和谐统一。叙事也相当生动，带有大量夸张和丰富的比喻。其中一些神话传说和希腊神话亦很相似。如鲁斯塔姆被苏赫拉布斗败后，又精力充沛，反败为胜。这和希腊神话中安泰从大地母亲那里吸取力量是多么相像啊。

从 11 世纪到 13 世纪，《王书》一直是波斯诗歌创作的范本。它在国内外都影响极大。13 世纪以后，先后有阿拉伯、土耳其、美、法、德、俄、日等译本。俄国革命民主主义评论家车尔尼雪夫斯基把菲尔多西称为世界第一流的诗人，肯定了他在搜集民间传说上的巨大功绩。德国诗人海涅，称赞他在恶劣的环境里，用自己辛勤的劳动，编织着“绚烂多彩的丝绸——诗歌”。

论内扎米的《蕾莉与马杰农》

《蕾莉与马杰农》是波斯诗人内扎米创作的王冠，是诗人倾注了全部心血写出来的作品，也是波斯文学史上抒情叙事诗发展的高峰。诗人在写作时就给自己确定了不平凡的目标：他要“让这部诗胜过一千部爱情诗词”。他在《序诗》中说：“我要把旌旗插上诗山的峰顶，挥笔展示我满腹的文思才情。我要用笔锋把红色宝石钻透，我的语言倾吐风情如鹧鸪啼啭啁啾。”为此，他给自己确立了以下三条写作原则：

一、构思要开阔，情节不能“过分狭窄”，因为“诗文的天地理应寥廓宽广，一任想象无拘无束驰骋飞翔”。意思是作品虽然写的是一个古老的传说，但包含了人世间爱情悲剧的全部内容。

二、要用真情实感来叙述，因为“伤心的故事要用心灵倾诉，不然，像人缺乏一件合体称身的衣服。讲述动人的故事要用一颗真心，无人倾注心血，因此它感人不深”。诗人认为诗歌缺乏真情，哪怕是一个美丽动人的故事也会变得平淡无奇，正如餐桌上的烤肉由于缺乏火候，使客人倒了胃口。

三、语言要优美艳丽，使“每联诗句都像串串珍珠放射光辉”。为此，诗人殚精竭虑，反复推敲和揣摩。他说：“我一心扑在诗上，肝肠寸断。我苦苦搜求，寻珠觅宝，开凿矿山好把宝石采到。”

这三条原则在《蕾莉与马杰农》一诗中都得到了完满的表现，实践了诗人对爱情诗歌写作的宣言。

爱情需要理解，更需要同情和仁爱。这是长诗宣扬的中心思想。

蕾莉与葛斯倾心相爱原本是无可非议的。一、郎才女貌，是天造地设的一双，他们又爱得那么真诚、执着和热烈。二、门当户对，两家都是部族中的头面人物，家道殷实，不像梁山伯与祝英台那样一贫一富，也不像罗密欧与朱丽叶那样两家是世仇。然而他们却不被世人理解，遭到攻讦，以致酿成悲剧。

这种不理解来自三个方面。一是父母，应当说他们的父母是疼爱自己的独生儿女的。蕾莉的父亲把她看作掌上明珠，马杰农的父亲老年得子，更是宠爱倍加。但在精神上他们和自己的子女缺乏沟通的语言，对于热恋中的青年来说，精神上的关怀远胜于物质上的需求，可是他们的父母并不理解。当蕾莉把自己的心事向母亲和盘托出后，换来的是把她锁在深闺内帷，不许她走出房门半步，以致蕾莉终日“愁云恨雾，似一把利剑插在心底。”蕾莉的父亲则公开说，如果要强逼他把女儿嫁给葛斯的话，他就砍下女儿如花似玉的人头，“抛到地上，让它去喂狗”。他们履行的是长辈的意志，哪有考虑儿女的情愿！他们更认为葛斯的那股痴情，爱得发狂的心理是荒唐，是疯子行为，并成为拒婚的一个借口。

葛斯的父亲最初为儿子去求婚，后来则责备他不懂事理，不守本分。他说：“该收心了，不要再心乱如麻；该安生了，切莫再心猿意马”。他以伦常的道理晓谕儿子，要他尽人子之责，孝敬父母，为家门接续香火。可是儿子痴心不改，他对儿子便产生了绝望的情绪。

二重不理解来自世人。蕾莉和葛斯在恋爱的初期，便遭到人们飞短流长的议论。他们把男女自由恋爱，看成大逆不道，“爱情出现在哪里，哪里就家宅不安，像是有人挥舞钢刀乱杀乱砍”，有人还像“狗一样嗷嗷吠叫”，而致逼蕾莉退学回家，一对青年恋人活活被拆散。后来，葛斯终日徘徊在蕾莉家门，市井小人更是恶语中伤。蕾莉族人认为葛斯行为不轨，玷污了他们的名声，要蕾莉的父亲对葛斯严加惩办，以致蕾莉的父亲对葛斯拔刀相向。而葛斯的族人对葛斯亦不理解，他们要他放弃对蕾莉的妄想，因为族中有的是漂亮的姑娘，“论人才相貌个个都比你心上人强”。他们无法理解倾心的爱是取代不了的。

三重不理解来自友人。义士努法尔同情葛斯处境，与他结交。同时，他为了促成朋友的婚事，不惜动用刀兵。但当他战胜蕾莉部族后，却听信了蕾莉父亲的话，认为一个有名望的人不可能与疯子结亲。所以他回答说：“我们都是有名望的人，珍惜声誉，让此事成为教训永远记取。”他立即偃旗息鼓，率军撤离，撇下葛斯不管。

世人嘲笑葛斯痴情，疯癫。正如蕾莉写给葛斯信中说的：“你向我献上一颗赤诚的心，因此才招惹得人们议论纷纷。”他们遭到世人的笑话，诗人认为这是由于“心情平静的人内心安详欢畅，他们哪里体会失意人的悲伤”。

以上三重不理解的症结在于社会，在于封建包办的婚姻制度。东方的礼教比起西方来更加森严。在封闭式的社会里，男女没有机会彼此交往，一旦接触，有情人容易产生心心相印的爱情。但能否结合，并不由年轻人的意愿，必须有父母之命，媒妁之言。而尊长的意志是不可违抗的，否则便成为众矢之的。长期生活在封建社会里的人们，自觉或不自觉地养成了传统的道德习惯，把名誉、礼教、伦常看得高于一切。他们看不惯年轻人的出格行为，总想用封建桎梏来限制他们的自由。正如诗人在诗中写的那样：“这世道千方百计把世人捉弄……只要你一抬脚走着这人世之路，到何地何方都受这人世的约束。”为此，蕾莉在临终前对社会提出了强烈的抗议。她说：“我受尽了折磨，这算什么爱情?！我受尽了煎熬，这算什么人生?！”这也代表了封建社会里千百万受压迫的妇女的心声。她们在人生的道路上举步维艰，理想变成了一场梦幻。

蕾莉与马杰农的爱情为社会所不容，世人不理解，诗人认为人类缺乏同情和仁爱也是一个根本的原因。因此，他描写了马杰农向乌鸦倾诉衷肠，与野兽相依相伴的情节，讲述了暴君和恶狗的寓言。

马杰农有满腹情思无处诉说，便把傲立枝头的乌鸦，当作“同心的好友，难得的知音”，悲悲切切地向它倾吐心中的块垒，这是多么凄惨的一幕，说明了人世又是多么的冷漠，他竟找不到一个能倾心相告的人！

马杰农从猎人手中救下了牡鹿，他认为这只受害的美丽的动物，与自己“有着共同的命运”，他们都孤立无援，得不到人们关怀和温暖，他对牡鹿说：“啊，你落入了狠心人的手中，我的处境也和你的相同……我多么盼望有一位成全别人的老翁，成人之美，似羽箭把箭垛射中。”然而，这成人之美的人终究没有出现，努法尔只是昙花一现，最终，他背叛了对朋友许下的诺言。于是马杰农再度到旷野里与野兽为伴，“他终日随野兽跑来跑去，与野兽为伍心中才感安逸”。野兽都听命于他，心甘情愿地做他的护卫，不让他受到任何的伤害。这种描写是对人世社会的极大讽刺。马杰农在人世间孤立无援，却在野兽那里得到了友谊和支持，“不论是谁如若惹他不满，野兽会扑上去把那人撕烂”。在他和野兽依傍的日子里，野兽们也似乎失却了野性——“狼不再凶狠地欺侮小羊，狮子也不再把斑马咬伤。狗与兔交上了朋友，情深意挚，小鹿吮吸着狮子的乳汁”。这虽然是乌托邦的一种构想，但诗人强调施以仁爱就能产生人间奇迹。马杰农多次搭救了鹿的生命，并把旅客赠送的食物分赏给野兽，从而使野兽也懂得了知恩图报。

木鹿城的暴君却不明白这层道理。当他把一位侍臣抛给自己豢养的恶狗撕咬时，恶狗反而对侍臣摇起尾巴来。因为这位侍臣平时有恩于这群恶狗，经常分赏食物给它们。于是侍臣对国王说，“狗通人性，不忍加害恩人”，而他为国王奔走效劳十年，国王却这样“翻脸不认故人”。从而使这位暴君终于明白了“宽厚待人才能永保社稷平安”。

诗人宣扬仁爱能建立安定的社会秩序和人与人之间真诚的关系。仁爱也能改变野兽和暴君的凶残本性。如果人们对蕾莉和马杰农多几分同情，多几分仁爱，也就不会造成这样悲惨的结局。于是诗人奉劝世人要多多的积德行善，不可一意孤行，蛮横逞强，否则自食恶果，给儿孙带来祸殃。

《蕾莉与马杰农》堪称是东方的《罗密欧与朱丽叶》，与我国的《梁山伯与祝英台》亦有极相似之处。它们共同的特点是：

一、歌咏了生死不渝的爱情，在天愿作比翼鸟，在地愿为连理枝。正如马杰农对蕾莉宣告的那样：“她若是美酒，让它永远盛在我这杯子，她若是金币，币面上永远刻着我的名字。我愿献出生命，为了她美丽的容颜，我日日愁肠百结，但我心甘情愿。”蕾莉与马杰农和梁山伯与祝英台一样，都是同窗书友，朝夕相处，而罗密欧与朱丽叶是一见钟情，但他们同样爱得执着而热烈，成为千百年来体现忠诚爱情的榜样。

二、反对封建的婚姻制度，提倡择爱自由。尊长的意志，世人的非难，断送了一双双美满青年的幸福。朱丽叶父亲凯普莱特、蕾莉的父亲、祝英台的父亲，均体现了昔日家长制的淫威，在儿女的婚事上，根本不考虑女儿的意愿。如果说蕾莉的父亲扬言女儿要嫁马杰农，便要把她的头砍下来喂狗的话，那么凯普莱特则威胁要用囚车把朱丽叶送到教堂去同她不爱的人帕里斯结婚。作家们均以主人公悲惨的结局来控诉了社会，抨击了不合理的婚姻制度。

三、宣扬仁爱和人道的思想。作品基本冲突建筑在新的爱情道德观念和封建伦理道德观念的冲突上。莎士比亚极力宣扬人道的思想，认为爱是每个人的基本权利，是不可剥夺的，表现了人文主义者对爱情婚姻的新看法和新理想。这和内扎米极力宣扬的仁爱思想，维护青年人美满幸福的爱情是相一致的。

内扎米和莎士比亚都把自己的男主人公写成光风霁月的人物，他们出身于名门望族，才貌超群，又是忠贞不贰的情种。罗密欧风度翩翩，俊美而勇敢。葛斯娇贵得好似奶中的蜜糖，美得“像郁金香旁的紫罗兰”。在爱情上，他们都经受了种种打击。罗密欧经受了三次打击，最初因恋美人罗瑟琳失败而心情苦闷，但他在朱丽叶爱情上得到了补偿；后来，他因杀死朱丽叶的表兄提伯尔特遭到流放，但他在劳伦斯神甫宽慰下重新树立了求生意志。最后一次是他误认为朱丽叶已死了，而自杀。而葛斯遭到的打击却更多，心情也更加苦闷。长诗全面展示了他由葛斯变成马杰农（疯子）的过程。他前后经历了七次打击，才心力交瘁地倒下了。

马杰农所经受的第一次打击是他和蕾莉在学堂求学时，因遭到人们流言蜚语，逼到蕾莉退学。他因见不到朝夕相处的情人倩影，弄得神摇意夺，终日唱着情歌在街头游荡。第二次打击是求婚不成，他的心思又不被世人理解，便离家出走，不再受“‘今生’与‘彼世’的束缚”，决心以生命殉情。所以他痛苦地说道：“啊，朋友，你们不体会我的焦虑和痛苦，请让开吧，不要阻挡我的去路。”第三次打击是努法尔答应帮他夺得蕾莉，但却有始无终，言而无信，他的一线希望又破灭了，因此他怒斥说：“你把我这口渴之人带到河边，但不给水喝，反把我推下深渊。你从糖缸里取出白糖，兑好饮料，可是不许我品尝。你把我带到丰盛的酒席，但又把我像苍蝇一样赶去。”第四次打击是蕾莉出嫁，他闻讯后“跌倒嶙峋的山石中间，像是他破碎的衣衫，心碎片片”。他误认为情人践踏了诺言，改变了初衷。第五次打击是他父亲去世，他回想起父亲的种种好处，为自己未尽到人子之责而痛心疾首。他哭昏在父亲的坟头。第六次打击是母亲去世。母亲原本劝儿子返家，但马杰农回答说：“我这野性已受不了家庭束缚。”对于母亲去世，他更加诅咒这“乖戾无常的世道”，因为这世道就像一盏油灯，灯芯点着了，也在人们心中播下了莫名的苦痛。第七次打击是蕾莉的夭折。他直奔蕾莉的坟前，五内俱焚。他终日抱住蕾莉坟头，倾吐衷情，血泪染红了路旁的山石。终于“命运的磨石碾碎了他的躯体”，他受尽了苦难倒毙在情人的坟前。他实现了梁山伯祝英台那样“生不能同衾，死同穴”的愿望。

马杰农以疯狂和遁世来反抗社会，是深得作家同情的。诗人在第三十九章中说，人世像一条打满死结的绳索，“如若这世道用死结把你束缚，你就要自己做主，把死结挣脱”。马杰农远离人世过着与野兽相伴的生活，也正是他摆脱世道的一种办法。第四十八章描写马杰农死时，诗人又说：“切莫眷恋人世，人世本是一抔黄土，尘世给予人的只有折磨与痛苦。”虽然其中不无消极的心理，但马杰农的死和罗密欧的自杀都是对社会的一种抗议。

内扎米和莎士比亚笔下的女主人公尤为艳丽动人。莎士比亚把朱丽叶的美丽比作是东方初升的太阳。当朱丽叶在窗口出现时，莎士比亚写道："那是东方，朱丽叶就是太阳。起来吧，美丽的阳光……"内扎米把蕾莉的美比作是"皓月当空"。她是"隽永的诗中最美的诗句，美人国里超群出众的美女"。她不像马杰农那样把爱袒露和发泄出来，而是把真情实感深深埋藏在心底。她暗中悲泣，"声声倾诉心中的隐情"。她贤淑，有敏捷的才思，吟诵的诗句清新绮丽。她和马杰农情诗往来，犹如"两台音色优美的古琴，奏出的是动人心弦的琴音"。她把马杰农比作是心中的槐树，心中的松柏。对待父母主婚一事上，朱丽叶比蕾莉大胆，断然拒绝父母要她嫁给帕里斯的决定，当反抗无效时，她去找劳伦斯神甫，果敢地接受了"逃婚计"。而蕾莉和祝英台则遵循着东方人的孝道思想，对父母的决定，只能无言的反抗，痛苦地承受。在情爱与孝道的矛盾中，她们选择了牺牲自己的做法。但蕾莉嫁到夫家后却拒绝与丈夫同床，并打了丈夫一记耳光。她说："你若再敢想入非非，我决心下定与你玉石俱碎。"后来，她给流浪中的马杰农写信，表明自己和往日一样怀着一颗赤诚的心，她虽被强嫁强娶，但她的贞操决不让别人玷污。她把马杰农和丈夫比作是百合和大蒜、香橼和黄瓜。这两样东西外表虽很像，但内质却完全不同。当她知道马杰农的父亲死后，则表现了跨越礼教樊篱的勇气，她穿青戴孝，亲自前去祭奠，她还在夜间约马杰农会面，表现了她反抗意识在增长。但由于她长期过着压抑和悲伤的生活，过早地谢世了，落得个兰摧玉折的下场。死前她对受熬煎的人生，被断送的爱情提出了强烈的抗议。她认为自己是殉情而死的，吩咐家里人要把她的尸布染成红色，把她打扮得像出嫁新娘一样漂亮。这是多么凄惨的一幕啊！

亚里士多德在《诗学》中指出"完美的结局应当是有单一的结局"，即悲剧有悲剧的结局，喜剧有喜剧的结局，这样才能产生统一的艺术效果。从《罗密欧与朱丽叶》、《蕾莉与马杰农》、《梁山伯与祝英台》的故事来看，都是以悲剧结尾的，在美学上给人崇高、肃穆、悲壮的感觉。但认真比较一下，其中又稍有差别。《罗密欧与朱丽叶》在悲剧结尾中带有喜剧因素，血的教训，终于使凯普莱特与蒙太古"睁开了浑浊的眼睛"，蒙太古要用黄金给"忠诚真挚"的朱丽叶铸一尊金像，凯普莱特管蒙太古叫"兄弟"，他也要给罗密欧铸一尊金像，让他躺在朱丽叶的身旁，两个世仇家族尽释前嫌。《蕾莉与马杰农》从头到尾都是悲惨的，正如德国大诗人歌德说的“全篇都是痛苦”。它给人们的心灵震撼也最为悲壮。至于《梁山伯与祝英台》则按中国“大团圆”的结尾的习惯，以丰富的想象把这对不幸的青年化作蝴蝶，让他们在百花丛中翩翩起舞，以了平生夙愿，给读者以心灵慰藉。因此三部爱情悲剧的故事，均各尽其妙：《蕾莉与马杰农》自始至终令人叹息，《罗密欧与朱丽叶》令人在叹息中看到一线光明，《梁山伯与祝英台》则在叹息中产生希望。

《蕾莉与马杰农》艺术上的成就，首先在于诗人把一个古老的爱情传说写得那样真挚动人，通篇如泣如诉，摧肝裂肺，体现了抒情叙事诗高超的水平，也体现了诗人的“伤心的故事要用心灵倾诉”的创作原则。在描写两颗赤诚的心时，诗人采用了三种手法。

一、充分展示了外界压力和爱的意志的冲突。这外界压力亦包括上帝，马杰农的父亲带马杰农到麦加朝圣，原希望上帝施恩，帮助马杰农丢掉爱情的幻想，可是马杰农却祈求真主使他“爱得更加深沉，爱得发狂”，表现了他的意志是不可动摇的。同样，蕾莉在丈夫关怀和监视下，“心中盼望的是另一盏明灯”。

二、以物托情，倾吐心声。如马杰农对晨风、乌鸦、牡鹿的诉情。马杰农对晨风说：

晨风呵，快快醒来，又是黎明，
请你前去把蕾莉的秀发梳整。
你就说：“他向晨风探询你的消息，
他向大地倾诉对你的衷情……”

马杰农把乌鸦漆黑羽毛比作是情人的秀发，要它飞去转告蕾莉：“如若我无缘与你会面，只好在这废墟瓦砾中消磨余生。”他把牡鹿的眼睛比作情人的媚眼，愿它与情人“永远成对成双”。同样，蕾莉也向“那心中充满爱情的黄莺，诉说经历的苦痛细语轻声”。

三、映衬和对比。青年萨拉姆·巴格达迪和马杰农一样遭受失恋的痛苦，他原要效法马杰农，和他一道在旷野里生活，但他缺乏为爱情甘愿牺牲的精神，再加上他也吃不了苦，便告辞回去了。从而更加突出了马杰农的痴情和一片真心。同样，马杰农与野兽友谊的描写，也烘托出人世的冷漠无情。

其次，美丽丰富的语言，绰约多姿的色调。长诗无论在写景还是在抒情上均体现了诗人深厚的用词造句的功夫。正如诗人在序诗中说的“我搜索枯肠，竭尽了心思才力，要把这美女打扮得妩媚艳丽”。每句词语都经过他反复删选，他“对语言爱若珍珠”。他的形容话语华丽而富有色彩，比喻确切生动。如形容蕾莉的美时，诗人写道：“月儿多么皎洁，你皎洁得像是月亮；君王多么威严，你威严得有如君王；你是披绡的玫瑰，穿罗的郁金香。”从而突出了蕾莉的俏丽、温柔、矜持的美的特点。写她愁苦时，也用多彩的比喻写出她一付令人爱怜的模样：“蓝宝石般的双眼，红宝石般的唇，眼中滴落玫瑰珠泪，口中发出香雾般的呻吟。”为了强调蕾莉美时，诗人还采用夸张的句式：“她的容颜羞退天上的月亮，她的身材使园中翠柏忧伤”，她“秋波慢转，能攻陷百国的土地”，她“腮边的酒窝是一眼敞开的陷阱，一百人也会陷落其中，只稍一失神”。《蕾莉游果园》一章描写了一幅百花齐放、繁花似锦的场面，但所有的花都比不上蕾莉的鲜艳，她本身就是一座花园。

描写马杰农则采用一连串的排比句式，强调出他炽热的感情和相思之苦：

他奔波在温情脉脉的路途之上，
他被囚禁在情牵意惹的牢房。
他好似一架巴格达悲歌歌手的卡努琴，
他是情与爱市场的商贩，卖愁买恨。
他是敲击着伤心鼓的鼓手，
修行在断肠庙里的出家人。

在写景上，呈现出云蒸霞蔚、色彩斑斓的景象。如“天破晓了，晴空像披上薄纱衣裳，苍穹戴上耳环，东方升起朝阳”，“红色的郁金香和黄色的月季，像大地上竖起的红黄彩旗。花果园里万花竞放，黄莺儿的歌声婉转嘹亮，青枝绿叶由溪流滋润绕遍，比翡翠更绿，比珍珠潋滟”。

再次，言简意赅的抒情插笔。诗人以抒情插笔表达了对主人公遭遇的看法，抨击了社会世道，宣扬了安贫乐道，积德行善的思想，以及表现诗人高尚气节等。如：

而当你一旦对富贵荣华不抱奢望，
你就立即变得纯洁高尚。
不要像狗一样到处讨乞，
不要像猫在人们餐桌边转来转去。
要像一个火把烧的是自身的柴枝，
要像一支蜡烛消耗自己的身子。

你若有内扎米这样的志气，

天下之主在你面前也是奴隶。

有些抒情插笔表现了诗人对天体和自然的丰富知识。诗人是一个天文学家，他把天文学的知识，运用在诗歌创作中，并与神话传说融为一体。如第三十三章《马杰农向至高无上的真主祈祷》中，对十二宫二十八宿的星辰作了具体的描写，想象丰富，诗意盎然。如“狮宫四星放射出强烈的光芒，把面前的百盏明灯点得亮堂堂”，“天秤座形状好似学者之舌，向双星述说滔滔不绝”，“天狼星像也门人一样欢欣跳跃，没有歌曲与音乐也手舞足蹈”。

《蕾莉与马杰农》以它深厚的思想感情和高超艺术造诣在东方文学，乃至世界文学中占有一席重要的位置。

论萨迪的《蔷薇园》

《蔷薇园》是波斯13世纪著名诗人萨迪的代表作。萨迪与菲尔多西、莫拉维、哈菲兹被称为中古波斯的四大诗人。萨迪生于波斯南部名城设拉子城，这在当时是波斯的文化、政治和商业的中心。萨迪父亲是伊斯兰教的传道士，但他在萨迪14岁时去世了。萨迪生活的年代，正当蒙古人两次入侵波斯期间。第一次是1219年，由成吉思汗率领蒙古军攻入波斯。这次蒙古人并没有在波斯建立巩固的政权，他们烧杀抢掠一通后便退去了。第二次是1256年，由成吉思汗的孙子旭烈兀率兵，占领了波斯全境，建立了旭烈兀王朝（即伊儿汗国）。

由于连年战祸，萨迪大半生都在颠沛流离中度过。萨迪从小聪明颖慧，大约在他十七八岁时，他就进入了当时西亚穆斯林最高学府——巴格达的尼扎米耶神学院，并享受奖学金的待遇。他在这里学会了用阿拉伯文书写的能力。此后，他以托钵僧的身份，在亚非等国漂泊了30多年。他到过埃及、叙利亚、土耳其、印度以及我国新疆的喀什噶尔。他在漂泊中餐风露宿，食不果腹，还差点送了命。

有一回，他流浪到耶路撒冷，被欧洲十字军俘虏。幸好一个商人把他救了出来，把他带到阿勒颇，并招他为女婿。但他忍受不了妻子对他苛刻的约束。他从家里逃跑了，继续过着流浪的生活。大约在13世纪50年代中期后，他才回到自己的故乡设拉子城。从此他便潜心写作，直到去世为止。

萨迪少时便擅长于写诗吟咏，被称作“设拉子的黄莺”。他保存下来的多半为抒情诗、鲁拜体诗、颂诗等。均收录《萨迪全集》中。他的抒情诗有600多首，描写花草虫鱼，大自然和美女等，表达了诗人对人生和大自然的热爱。萨迪的成名作是1257年完成的哲理性叙事诗《果园》。全诗分序诗、正义、行善、爱情、

萨迪

谦逊、知足、礼拜、教养、感恩、忏悔等十章。每章由一小故事或寓言组成，最后表达诗人的感受和见解。如第三章中，写了灯蛾与蜡烛的对话。诗人借蜡烛的口，表达了一个人为自己的事业而勇于牺牲的精神。它对灯蛾说："你没有耐心，也不愿牺牲，点点火星，你就远远避开，我却任它全身烧遍，直立不动。"在《果园》问世前，萨迪的诗歌并未赢得读者。所以他在《果园》中，感慨地说："在法尔斯不尊重我的诗，跟在赫坦不重视麝香一样。"《果园》发表后，人们改变了对他的态度。法尔斯的国王还邀请他进宫，聘请他为宫廷诗人，但他婉言谢绝了。

《蔷薇园》是在《果园》发表后一年写的。属于"训诲体"诗歌。全诗共分八个独立篇章。前七章由短小的故事组成，然后配上短诗，画龙点睛地揭示故事所包含的哲理思想。最后一章，没有什么故事情节，集中了许多格言警句和俗谚。一般认为这是诗人最先写成的。书前面有写作缘起，后面有"跋"。全书约为 180 个小故事和 102 条格言。

萨迪继承了波斯前辈诗人的优良传统，把贬斥暴君，赞美贤明君主作为《蔷薇园》的重要主题之一。在《记帝王言行》一章中，包括 41 则小故事，列举古今帝王的作为，对统治者进行告诫。如他在第六则故事中说，有一位波斯暴君，残民以逞，横征暴敛，使人民处于水深火热之中，纷纷逃亡，国内人口减少，税收没有着落。于是四邻的敌人便伺机入侵。诗人感慨地说：

暴君决不可以为王，
豺狼决不可以牧羊。
国王对人民任意榨取，
正是削弱国家的根基。

作品中还提到有位叫优素福的暴君。他请圣徒来给他作最好的祝愿。圣徒说："主啊！取走他的生命吧！"暴君问："难道这是最好的祝愿吗？"圣徒说对于全体穆斯林来说，这祝愿就是最好的了。诗人又说：

暴君，暴君，你是人民的灾难，
你应立即关闭你的市廛！
王权对你有害无益，
你的死胜于你的暴力。

另一位暴君问圣徒："怎样的修行才最有价值？"圣徒回答说："你最好每天睡午觉。因为这样你就不会害人类了。"诗人很赞同这意见，他认为暴君"醒不如睡，生不如死”。一位暴君由于对治理国家漠不关心，对军队极为凶残。因此，当外敌入侵时，弄到众叛亲离，没有人肯为他拼死抵抗。因为：

你若宽厚，他们才肯为你牺牲；
你若凶残，他们将会各奔前程。
饱暖的将士英勇无敌，
饥饿的将士逃跑不及。

诗人在勾画了暴君一副副凶残面目的同时，歌颂了一批贤明的君主，他们都是保卫和治理国家的好国王，他们慷慨仁慈，体恤百姓。一位国王，从父亲那里继承了无数财宝，他不是拿来挥霍浪费，而是把它们散给士兵和平民。于是诗人赞道：

沉香本来并没有气息，
放在火上才会散出芬芳。
只有善行才会为你带来声誉，
种子只有撒在地里才会生长。

一位王子虽然生得身材矮小，其貌不扬，但当敌人入侵时，他英勇无畏，冲锋陷阵，远远胜过他那长得高大而英俊的兄长。他以自己的行为鼓舞了士气，把入侵之敌打退。

一位国王得了不治之症。医生说必须用人的胆汁做药引，吃下药才会见效。国王派人去买通了一个农家孩子的父母，要取这孩子的胆汁做药引。法庭也作出判决，认为牺牲一个普通百姓，来保全国王的生命是合法的。于是刽子手准备动刀了。这农家的孩子忽然大笑起来。国王问他笑什么，孩子回答说：“父母是爱护儿女的，法官是为民申冤的，国王是主张正义的，如今父母为了一点小利，把我卖了，法官判我死刑，王上也只顾自己死里逃生！”他的话感动了国王。国王流泪说：“我宁可病死，不愿杀死一个无辜的人。”他放了小孩，还给了他很多的赏赐。这个国王的病也奇迹般地好了。

诗人一再劝告君王要爱护人民。他说：

你有强硬有力的手掌，
不应加在弱小无告的人民身上。
你不同情那跌倒的人的痛苦，
在你遇难时也将没有朋友帮助。

国王若能体恤百姓，即使有强大的敌人也用不着害怕，因为“仁爱的君主不需要军队”。如果实行暴虐统治，人民“转眼叫他灭亡”。诗人认为国王和人民的关系是：“不是羊群应当照顾牧人，而是牧人应当保护羊群。”

作为一个托钵僧，萨迪曾云游四方。在《记僧侣言行》一章里，多半是记叙他在旅途中的见闻。同样把好的僧侣和坏的僧侣作了对比。诗人认为好的僧侣应当是虔信真主的、能吃苦的、智慧的，而且是有同情心的。托钵僧外表虽然衣衫褴褛，光头赤脚，但内心却是充实的，精神振奋的。一个真正的圣徒必须具有这样的品质：“敬拜和顺从，施与和满足，认一和信赖，驯顺和坚忍。”这样的人才称得上大贤大德的人。反之，如果华而不实，贪求饱暖，纵情逸乐，穷奢极侈，就不配做一个托钵僧。为此，他严厉地抨斥了那些贪图富贵的僧人。

一个叙利亚修士，多年在野外修行，只靠吃树叶为生。后来，国王把他请进宫廷，住在御花园里，那地方清幽舒适。

园中的蔷薇像是美人红红的面颊，
风信子的枝条像是美人的鬓发；
枝上的花朵开放得那样的可爱，
像是还没有吃过母亲乳汁的新生的小孩。

国王还派了个美丽的丫鬟服侍这个修士。他整日吃着山珍海味，穿着绫罗绸缎，尝的是鲜果，闻的是花香。还有百看不厌的美女。不久，他清修的功果已半点不剩。他已变成一个脑满肠肥、面色红润的俗人。于是萨迪说，一个修士，“只要他一旦羡慕世俗的荣华，便是跌在蜜里的苍蝇，永难自拔”。

萨迪是个人道主义者，来自民间的诗人。由于他长期过流浪的生活，亲自体会到民间的疾苦，看到了社会上贫富不均的现象。因此，他在诗歌中较好地反映了当时人民的愿望和利益。波斯几位大诗人创作情况有所不同，菲尔多西主要写帝王将相，伽亚谟侧重主观感情的抒发，萨迪则视野开阔，侧重对人世社会和下层人民的描写。在作品中，他真实地描写了被压迫者和压迫者之间的对立关系。

你若想走向王侯将相门前，
必须身上带有宠信的标记，
因为穷人如果在贵人门前出现，
会被仆人抓住领口，恶狗咬住衣裾。

他主张不管富人和穷人都是人类始祖亚当的子孙，都应当要爱。因为“造物之初本一样”，“为人不恤他人苦，不配世上妄称人”。

作品中有一段很有意思的对话。讨论的是关于富人和穷人谁优劣的问题。萨迪和人展开了辩论。萨迪不同意“仁者缺少钱财，富人缺少仁爱”的说法。他认为穷人和富人中都有好人和坏人。正如有蔷薇的地方就有荆棘，喝了美酒之后会头晕，宝箱旁边有毒蛇，珍珠附近有鳄鱼一样。在花园里，既有香树，也有朽木。在富人中，既有感谢主的，也有忘恩负义的。在穷人中，既有安分守己的，也有胡作非为的。露水如果都变成了珍珠，珍珠就会比牡蛎还不如。值得称道的是那些像穷人一样谦恭的富人，像富人一样高尚的穷人。怜悯穷人的富人，才是最好的富人；回避富人的穷人，才是最好的穷人。自然萨迪当时不可能用阶级观点去分析人，他要求的只是人与人之间的平等、博爱。而且他的观点中也有辩证的因素。

《蔷薇园》还饱含着人生的经验。诗人循循善诱地向世人宣讲为人处世的道理。他要人们喜欢美好的事物，对朋友要挚爱，对爱情要忠诚。同时，还要知足常乐、乐道安贫。因为“嗟来之食得不偿失！锅子盛满人格丧失”。在诗中，他借托钵僧的口说：

我宁愿受苦，补缀我这旧裳，
不愿向富人写信求乞。
我若靠着别人爬进天堂，
痛苦胜过跌进地狱。

如果要在财富和智慧中作一选择，萨迪认为首先选择的应当是智慧。对于沙漠中的旅人，金银不如一个萝卜。他提倡出外旅游，尝尝人生甜酸苦涩的滋味。“大丈夫与其困守本乡，不如高飞远走，四处流浪”。富人夜晚要为他的住处操心，而星空却是穷人的屋宇。

萨迪在诗中反复强调教育因天分而异，严教育比宽教育要好。对王子的教育就应当更加严格。人们必须从小就教育好孩子。

年轻时如果行为不端，
成年后也将没有出息；
嫩枝容易弄弯，
枯枝就得放在火上才能弯曲。

萨迪提倡获得知识的重要。因为知识是取之不尽，用之不竭的财富。求学问，一要坚忍，因为“事业常成于坚忍，毁于急躁”。二要不耻下问，“凡是你不知道的事，都应向人请教”。三要在实践中运用。

无论你腹中有多少知识；

假如不用便是一无所知。

牲口虽然驮着无数经卷，

也算不得聪明饱学的圣贤。

因此，《蔷薇园》是萨迪“宝贵的生活经验”的结晶。作品隽语风生，诙谐有趣。正如诗人在《跋》中说的：“我用美丽词彩的长线串着箴言的明珠，我用欢笑的蜜糖调着忠言的苦药，免得枯燥无味，使人错过了从中获益的机会。”他自信他的言辞为世人所共誉，“他的语言不胫而走；他的文章为人们当作蜜汁汲取；他的只言片语都被人当作黄金带往各地”。这些并非夸耀之辞，而已成为事实。《蔷薇园》被翻译成世界各国文字，它成了伊斯兰教教科书之一。大约在 1347 年，这部书就传到我国（即萨迪死后不到 60 年）。

《蔷薇园》艺术上的特点是：

（一）把散文和韵文交融成统一整体。散文用来讲述故事，韵文用来点明主题和诗人的哲学思考，含义深刻，引人深思。

（二）形式短小，语言精粹。诗人对遣词造句要求很严，反对华而不实的辞藻，反对信口开河只说空话。他认为：“语言虽然使人成为万物之灵，只说空话也就不比畜生高明。”作品中包含大量的格言警句，放射出诗人思想和哲理的光芒。我们摘引其中一部分如下：

羊肉鲜美可食，象肉却是腥秽可憎。

阿拉伯马虽然瘦小，却胜过厩舍里所有的驴子。

即使凤凰从此在世界上绝迹，人们也不愿在猫头鹰的影子下面栖息。

只要一旦羡慕世俗荣华，便是跌在蜜里的苍蝇，永难自拔。

与其作一只螫人的黄蜂，我宁愿作人们脚下的蚂蚁。

贪心会使雪亮的眼睛失明，贪心会使鱼鸟在网中丧命。

太阳虽然普照四方，蝙蝠却看不见光芒。

不要向敌人述说你的悲哀，他会表面同情，暗中称快。

与其和同等的人浪费生命，不如和高尚的人作个知心。

话不像话最好不说，话不投机最好沉默。

有金就有蛇，有花就有刺，有甜就有苦。

疾驰的骏马落在后头，缓步的骆驼继续向前。

男人无勇便是女子，圣徒如果贪婪便是强盗。

与其借用别人的服装，不如缝补自己的旧裳。

（三）生动的比喻，鲜明的形象。如对行窃的圣徒讽刺说：“这人穿了一件圣徒的衣裳，等于把天房的幔子披在驴子身上。”对浪子的比喻是：“浪子只顾今日放心，哪管明日受窘？夏天花果满树，冬天叶落枝枯。”对聪明人、蠢人的比喻是：“聪明人有如药店里的罐子，虽然默不作声，但内容充实，而蠢人却有如战鼓：声音洪亮，腹中空虚，大言不惭。”又说：“学者没有努力，如同情人没有金钱；旅人没有常识，如同飞鸟没有羽翼；理论家没有实践，如同树木没有果实；圣徒没有学问，如同房屋没有门户。”通过比喻使得对事物的褒贬鲜明突出，憎爱分明。

阿拉伯文学史话

阿拉伯位于西亚南部，是一个幅员辽阔的半岛。阿拉伯半岛上酷热少雨，大部分是干旱的草原和沙漠。因此，当地居民逐水草而居，只有南部有小块适合于农耕的绿洲，这便是也门。在半岛西部，沿红海岸边，有一条自古以来的商业大道，北可达地中海、欧洲，南到印度。这地区叫汉志。麦加是这条大道上的最重要的商业城市。麦加城内有一坑黑石（陨石），被阿拉伯人当作神物，建“卡尔白”庙供奉。每年春季在神庙周围举行集市贸易，前来朝拜和赶集的人络绎不绝。各部族诗人也前来朗诵他们的诗歌，进行诗歌比赛。得奖诗歌用金水写在细麻布上，悬挂在“卡尔白”庙的帷幕上。因此叫“悬诗”或“描金诗”。这便是阿拉伯书面文学的开端。

2 世纪至 6 世纪初叶，阿拉伯半岛上建立了许多分散的王国，它们经常遭受波斯帝国、拜占庭帝国，以及埃塞俄比亚的侵略和压迫。5 世纪末，半岛中部的喀丹王国，企图统一阿拉伯地区，但未能实现。阿拉伯人原来信仰多神教，各部族都有自己的神。到 7 世纪初，部落贵族穆罕默德（570－632）创立了新的宗教——伊斯兰教（即回教），起到了统一阿拉伯民族和宗教信仰的作用。

穆罕默德开始在麦加传教。他把古莱西部落的主神安拉奉为宇宙唯一的真神。他自称是安拉的使者和先知。伊斯兰教不提倡偶像崇拜，但信徒都必须力行五功，即会念功、拜功、课功、斋功、朝功。穆罕默德在传教初期，曾遭到麦加富商、贵族的迫害，被逼迁到麦地那城（意为“先知之城”）。630 年，他以“圣战”为名，率领教徒占领麦加，迫使贵族们接受伊斯兰教。到他死时已完成了阿拉伯半岛的统一，并使阿拉伯部族都信仰了伊斯兰教。伊斯兰教于 651 年（即唐永徽年间）传入我国。

穆罕默德死后，他的继承人叫“哈里发”（意为“继位者”）。他拥有军政大权，实行政教合一，率领伊斯兰军队向外扩张。到 8 世纪，阿拉伯已建立起一个东起印度河流域，西濒大西洋，包括西班牙、突尼斯、摩洛哥和埃及在内的横跨欧、亚、非三洲的大帝国。这便是我国历史上称呼的“大食国”。

一、古代文学

古阿拉伯文学的发展可分作三个时期。

（一）伊斯兰以前时期（475－622）

阿拉伯最早的文学是民间诗歌。作者是游牧部族的诗人。这些诗歌基本主题是赞美自己的部落，描写对敌人的报复（阿拉伯近亲复仇风气很盛行，因争夺水草、牲畜而互相杀戮）；描写滋润大地的“雨”，也是人们喜欢的主题，因为阿拉伯气候干燥，水源十分缺乏。诗人在部落中享有很高的威望，被本部族尊称为先知和英雄。诗人成名后，部落要举行隆重的庆典。可惜，这些部落诗人写的诗歌，今已散失。

现在保存下来的是 7 个“悬诗”诗人的作品。他们的名字是盖斯、阿卜德、苏勒玛、安塔拉、库勒苏姆、希里宰、赖比阿。他们被称做“阿拉伯七星”。他们都各有一首长诗用金水书写，悬挂在麦加神庙的庙堂上。到 8 世纪，有人把他们的长诗和另外 3 人的长诗，共 10 篇，合编成一集叫《穆阿拉加特》（意即“悬诗”）。

“七星”诗人中，最著名的是盖斯（约 491－545）。他是阿拉伯传统诗歌的开创者，被称为“诗人之首”。他的“悬诗”真实地记录了当时阿拉伯游牧民族的生活环境和思想意识，追忆了他和堂妹欧乃宰的恋情。据说诗人的父亲是部落的酋长，后被阿萨德人杀死。盖斯奔走呼号，立志要为父亲复仇。他还到君士坦丁堡向东罗马国王求援，但他在归国途中死于安卡拉。

此外，游侠诗人塔阿巴塔·金拉，写了《复仇之歌》，赞颂他和同伴的冒险行为，表示了对权贵的蔑视。

古阿拉伯诗歌有严格的格律。一行诗分前后两截，要求通篇押韵合辙，而且一韵到底。这种诗歌体裁叫“卡色达”（一译“格西特”）。

（二）伊斯兰时期（622－750）

这时期的文学，首先要提到的是伊斯兰的经典《古兰经》。它是第一部用阿拉伯文字写成的散文巨著。它记录了阿拉伯人的宗教信仰和道德情操。据说这些都是穆罕默德在传教过程中发表的演讲，后来由他的门徒记录成书。“古兰经”意为“应读的书”。其中 86 章是由穆罕默德在麦加口述的，迁徙到麦地那后，又口述了 28 章，共计 114 章。《古兰经》要人们虔诚、忍耐、和善和委曲求全，把希望寄托于来世。书中引用了大量的神话和民间故事，可以明显地看出它接受了希伯来神话和《旧约》的影响。其中创世神话和先知阿丹、努哈、易卜拉欣、穆萨的传说，实际上是《旧约》中的创世神话和亚当、诺亚、亚伯拉罕、摩西的故事改编的，只是对其中的一些情节有所增删，主要是为了适合伊斯兰传教的需要。一般认为《古兰经》文辞清新优美，言简意赅，而且富有音乐的节奏感，具有一定的文学价值。

由于宗教和帝国势力的发展，这时期的文学创作以歌颂宫廷，歌颂穆罕默德及伊斯兰教为主，带有浓厚的政治色彩和宗教色彩。其中著名的诗人有萨比特、艾赫泰勒、法拉兹达格、哲利尔等。

（三）阿拔斯时期（750－1258）

8 世纪中叶到 9 世纪中叶，近一百年是阿拉伯帝国政治、经济和文化发展的顶峰时期。阿拔斯王朝定都于巴格达，是一个高度封建制的国家，而且商业繁盛。阿拉伯商人积极从事国际贸易，他们的足迹遍及欧、亚、非三洲。我国广州、泉州、扬州等地都有许多阿拉伯人往来。在巴格达城里还有专卖中国货物的市场。

阿拔斯时期，诗歌和散文创作得到了很大的发展。在诗歌创作方面，有著名的诗人努瓦斯、阿塔希叶、穆太奈比、蒲绥里等。其中，努瓦斯（约 762－约 814）是宫廷诗人。他喜欢饮酒，长于作饮酒歌，有“酒诗人”的称号。他在诗中提倡充分享受人生的欢乐，反对禁欲主义。他写的诗热情奔放、想象奇特，文辞亦很华丽。被认为阿拔斯王朝早期最重要的诗人。

穆太奈比（915－965）是阿拔斯王朝中期的代表诗人。曾领导过牧民起义，起义遭到镇压后，他被捕入狱。他的名字穆太奈比，意为“假先知”。出狱后，他过着漂泊生活。他的诗歌创作以写颂诗为主，诗作富有哲理性和创新精神。

蒲绥里（1211－1296）是阿拔斯王朝后期的代表诗人。他生于埃及。著名诗作是《斗篷颂》，全诗 162 行，是一首对伊斯兰教创始人穆罕默德及其家属的赞美诗。此诗于 1890 年被译成中文，名为《天方诗经》。

此外，还有一种创新诗体叫“彩诗”。阿拉伯语叫“穆瓦舍赫”（原意是“饰以佩带的”)。佩带上有色彩条纹，既富有变化又有规则，故称“彩诗”。这是9世纪出现在阿拉伯人统治的西班牙南部安达卢西亚的一种诗体。“彩诗”不像阿拉伯传统诗歌那样只用一个韵脚，它的韵脚灵活自由。为配合演唱和舞蹈的需要，“彩诗”还夹杂着少量方言。据说这种诗体的首创者是法里里。后来，许多诗人都进行过“彩诗”的写作。

阿拔斯时期的散文创作更加辉煌灿烂。其中有脍炙人口，生动地描绘阿拉伯社会生活的画卷《一千零一夜》，有寓言和童话集《卡里来和笛木乃》，还有长篇散文故事《安塔拉传奇》，均为当时散文的代表作品。

《卡里来和笛木乃》的作者伊本·穆格法（724—759），原为波斯人，后迁居阿拉伯地区。由于他的政见和当局不合，以“伪信罪”被杀害，死时才35岁。《卡里来和笛木乃》是一部以讲述动物故事来进行伦理说教的作品。故事的来源是印度的《五卷书》。6世纪中叶，《五卷书》被译成波斯文。穆格法根据翻译的《五卷书》的故事，加以艺术改造，编写成包括15章，大小50余个故事的书。每个故事均用来说明一个道理。

卡里来和笛木乃是两只狐狸的名字。它们代表了善和恶两种观念。它们都很聪明机灵，是狮子国王手下的两个臣子。但卡里来正直、忠厚，安守本分。而笛木乃逢迎拍马、嫉贤妒能、陷害忠良、排斥异己。它总想做一个高人一等的人。最后，它的罪行败露，被狮子国王判处死刑。

卡里来为规劝自己的朋友，便讲了许多具有儆戒意味的故事给笛木乃听，可是它不听劝告，我行我素，终遭报应。笛木乃受审时，卡里来害怕案子会牵连自己，惊恐而死。

作家在书的《序言》中，讲了他写作这部书的四个目的：

“第一，用没有理智的禽兽间的对话作题材，是为了吸引喜爱诙谐故事的少年人；他们最爱阅读动物世界尔虞我诈的新奇故事。

“第二，用各种形式表现动物的思想，借此影射帝王的心理，帝王能用这本书规劝自己，胜过普通的消遣。

“第三，用这种体裁，投合帝王和一般人的喜好，让众人口授笔录，流传后世，不致湮灭。传述和抄录的人也能获得教益。

“第四，最后一个是为了哲学家。”

因此，这部作品以讲故事的形式，说明了立身处世、交朋友、对待师长、爱护人民、爱惜名誉、克制欲望、不能轻信等许多道理。从中我们可以了解到阿拉伯人的道德情操的标准。如书中对立身处世问题，宣传了以下的观点：

明智的人，他会做三件事：一是会安排生活，二是会处世待人，三是身后能留下美名。

愚蠢的人，也有三个特点：一是迟钝缓慢，二是因循苟且、放过机会，三是轻信别人。

我国明代著名散文作家冯梦龙编写"三言"故事，和穆格法用意也差不多，大抵都起到喻世、警世和醒世的作用。不过冯梦龙写的是世俗故事，穆格法写的是拟人化的动物故事。他们的作品也都包含有宿命论和因果报应的思想。

长篇英雄故事《安塔拉传奇》，被称做是阿拉伯的《伊利亚特》。其素材是根据"七星诗人"安塔拉的事迹加以夸张而编写成的。原为民间口头传说，10世纪时，由埃及的尤素福·本·易司马仪加工增补成书。安塔拉是部落贵族和黑奴生的儿子。他从小身材魁伟，豪爽骁勇，而且还是个诗人。他喜欢堂妹欧布赖，两人互相爱慕。但贵族因他是女奴生的，不承认与他有亲缘关系。堂叔也不肯将女儿嫁给他。为此，安塔拉愤而出走，决心用自己的本领开辟人生的道路。他仗义行侠，先后斗败了"嗜血鬼"骑士、"夜游神"骑士、"卧狮"骑士，打败了罗马巨人，深入敌阵劫夺了伊拉克王的驼群，杀死了波斯军主帅。在捍卫阿拉伯部族中，他立下了赫赫战功。整个阿拉伯人都称赞他的勇敢和高尚的品德。最后，堂叔也把女儿欧布赖嫁给他，婚筵一直举行了七天。可是，好景不长。有一回，安塔拉遭到敌人的暗算，死在自己的战马上。这部作品气势宏伟，故事曲折生动，歌颂了勇敢、爱国的英雄行为和纯真的爱情，是长篇叙事作品的杰作。

除此之外，在散文创作方面，我们还必须提到两部作品：《吝人传》和《宽恕书》。

《吝人传》是贾希兹（775－868）写的故事集，收录了120多篇故事，描写各类吝啬人的可笑事情，情节生动、形式短小、幽默诙谐。如其中一个故事讲一群呼罗珊人合住在旅店的一间房里。天黑了，他们尽量忍耐不点灯。熬到最后，大家只好凑一份钱点灯。其中一人拒绝分摊。灯拿来后，大家便用手帕把那人的眼睛蒙上。一直到灯火吹灭，才把那人蒙眼的手帕解开。

《宽恕书》的作者是叙利亚的盲诗人和作家麦阿里（973－1057）。这作品是为了回答一个叫格利哈的学者而写的。作品充满着奇情幻想。作家假设格利哈在清算日得到宽恕，进入天堂。天堂中绿树成荫，鸟语花香，有清澈透明的溪流。喝了溪中的水能长生不老。格利哈骑上一匹由珠宝装饰的骆驼，在天堂中漫步游览。途中，他遇到了伊斯兰以前时期的诗人艾尔萨和祖海尔，以及别的诗人。他们都由于各种原因得到宽恕而进入天堂的。最后，格利哈也获得了穆罕默德的批准，可以作为天堂的一员永住下去。于是，格利哈大摆宴席，招待天堂的诗人和学者们。

格利哈想到地狱游历一番，便离开了天堂，来到一个叫“魔鬼之乡”的深暗幽谷。在这里，他观看了精灵们的歌咏。在地狱里层，他看到了死神伊比利斯全身戴镣，被地狱皂吏鞭打受刑。盲诗人柏萨尔和“七星诗人”盖斯、安塔拉等著名诗人也在这里受苦刑。诗人奥斯抱怨说：“那些比我更坏的人却进入了天堂。”狱火在燃烧，鬼魂们口渴难当，想喝水，而河水却像油锅里的油一般烫。格利哈返回天堂，途中遇到亚当，亚当大骂人类欺骗了创世主，也互相欺骗。

《宽恕书》表现了诗人广博的知识，他对社会、宗教和公平都持怀疑和批判的态度。如果把这部书和但丁的《神曲》比较起来，可以看到它们在情节结构上，都采取幻游天堂和地狱的形式，表现了丰富的想象力和浪漫主义的色彩。而《宽恕书》的问世比《神曲》早了两百多年。

1258 年，蒙古军攻下了巴格达。阿拔斯王朝灭亡。蒙古军所到之处，阿拉伯古典文籍几乎荡然无存。蒙古人的统治一直维持到 16 世纪初叶。从 1516 年起，阿拉伯人受土耳其统治，为达到消灭阿拉伯语的目的，土耳其统治者强迫阿拉伯人使用土耳其语。从此，阿拉伯文学一蹶不振。

二、现代文学

19 世纪欧洲帝国主义势力入侵阿拉伯地区。1899 年，德国获得了在巴格达敷设铁路特许权；1903 年，英国宣布独占波斯湾，从而激起了阿拉伯人民的反抗。1920 年，伊拉克爆发起义；1925—1927 年，黎巴嫩、叙利亚人民进行了两年反法武装斗争。阿拉伯现代文学便是在这种反殖民斗争和民族意识觉醒的前提下诞生的。这时期，文学界整理和发掘阿拉伯古典文学遗产，吸取西方文学创作经验，以及新的印刷技术的推广，也为阿拉伯现代文学的繁荣创造了条件。

阿拉伯文艺的复兴，首先要提到的是“旅美派”作家的创作（或叫“阿拉伯侨民文学”）。19 世纪 70 年代开始，大量的黎巴嫩和叙利亚人，由于不堪忍受异族的压迫和统治，移居美洲。他们创办报纸、杂志（总数达两百种以上）和进行文学创作。旅美派作家在作品中抒发了爱国主义的热情，对阿拉伯国家的落后现状感到不满，号召阿拉伯人民起来和外国统治者作斗争。同时，他们也描写阿拉伯侨民们在美洲新大陆的追求和奋斗。旅美派作家主要活动地点是巴西和阿根廷。1920 年，他们在美国纽约成立了文学团体“笔会”。1933 年，又在巴西圣保罗成立“安达卢西亚协会”。20 世纪二三十年代，是旅美文学发展的鼎盛时期，涌现了一批著名的诗人和作家，其中代表人物有雷哈尼、纪伯伦等人。

雷哈尼（1879－1940）出生于黎巴嫩，12 岁随家移居纽约，著有散文诗集《山谷的呼声》，小说《谷底百合花》等。其著名的短篇小说《贝鲁牧的一天》，揭露了土耳其统治者的血腥罪行，号召黎巴嫩人民团结一致，拯救祖国和人民。

纪伯伦（1883－1931）亦出生于黎巴嫩，早期写小说，其长篇小说《折断的翅膀》描写东方妇女的悲惨命运和她们与命运的斗争。后期，纪伯伦以写散文诗为主，有散文诗集《泪与笑》(1913)、《先驱者》(1920)、《先知》(1923)、《沙与沫》(1926)、《先知园》(1931) 等。纪伯伦的诗作多以“爱”和“美”为主题，并喜欢采用象征性的手法。其《先知》(有冰心的译本) 是其代表作之一。诗人以智者临别赠言的方式，论述了人生和社会一系列的问题，思想深沉和富有哲理性。纪伯伦曾组织和领导过“笔会”，在发展阿拉伯现代文学上有过巨大的贡献。

第二次世界大战期间，阿拉伯地区民族解放运动有了新的发展。1941 年，由叙利亚、黎巴嫩反法西斯联盟创办了《道路》杂志，在文学中形成了新的流派——“道路”派。伊拉克也创办了《团结》、《明天的世界》等刊物，团结了一大批进步作家。1948 年，在巴勒斯坦地区，又形成了高举反帝旗帜的抵抗文学。这时侨民文学已日渐衰落，大批的作家在阿拉伯本土成长起来。著名的作家有鲁萨菲、阿瓦德和米奈等人。现介绍如下。

鲁萨菲（1875－1945）是伊拉克文艺复兴时期的重要诗人，生于巴格达。1941 年，他曾参加凯拉尼领导的反英斗争，失败后隐居，直至去世，著有《鲁萨菲诗集》和《阿拉伯文学报告集》等。他的诗歌创作，反对殖民统治，歌唱自由解放。如他在《为了思想的自由》一诗中，把自由比作生命，失去自由的人如“死人”，没有自由的国家就像是“墓园”。在《殖民者政治自由》一诗中，揭发了殖民主义者的伪善面目和谎言。《委任政府》、《尾巴内阁》，揭发了当时伊拉克政府背叛人民的罪恶行为。在《节日的孤儿》中，揭发了社会中贫富不均的现象，热烈同情下层人民的苦难。鲁萨菲的诗作明白晓畅，笔锋犀利，深受阿拉伯人民欢迎。正如他在诗中所说的那样：

我把真理作为目标，
对一切都畅所欲言。
我为自己的诗剥去沽名钓誉的装扮，
只给它穿上清白的衣衫。
于是我写的诗明白、流畅，
让人听起来像散文一般。

阿瓦德是黎巴嫩的小说家，曾任黎巴嫩驻外领事和大使，著有长篇小说《面包》(1939) 和《贝鲁特磨坊》(1972) 等。其代表作《面包》以 20 世纪初黎巴嫩人民反对土耳其奥斯曼帝国统治为背景，歌颂了爱国者为祖国人民的独立解放而英勇牺牲的精神。善良美丽的齐娜结识了青年阿西姆，他们对土耳其的统治极端不满，阿西姆写诗鼓动自己同胞起来反抗。政府要捉拿他，他便躲进山洞里。齐娜每天给他送去干粮。土耳其士兵搜山，阿西姆被捕。但他顽强不屈，任凭敌人拷打，他不说一字。由于和阿西姆的关系，齐娜亦被传讯，但她态度坚决，不说对阿西姆不利的话。后来，阿西姆从狱中逃出，参加了一个叫“白色集团”的爱国组织。土耳其军官见齐娜漂亮，把她诱骗到家。齐娜则用酒把他灌醉，用手枪打死了土耳其军官。然后，她和祖父一同逃走，并和异母弟弟塔姆一起参加了“白色集团”。他们和饥饿的群众一道冲进投靠土耳其的富豪伊伯拉欣家，分了他家的财产，烧了他的住宅。最后，阿拉伯人和土耳其军队展开了一场决战。敌人被打败了，人民迎来了自由和独立，但阿西姆却在这场战斗中英勇牺牲了。齐娜以崇敬的心情深深怀念着这位伟大的烈士。《面包》歌颂了爱国志士们可歌可泣的行为，是阿拉伯现代文学中杰出的作品之一。

米奈是叙利亚著名的作家。他出身贫寒，曾在杂货铺、药店当佣工，通过自学获得文化知识。他的作品以反映下层人民的生活和斗争为主。著有长篇小说《蓝灯》(1954)、《雪从窗外来》(1969) 等。其中，《蓝灯》是其代表作。以第二次世界大战期间叙利亚北方城市拉塔基亚为背景。当时，叙利亚处于法国委任统治下。由于战争，面包、煤气全部实行配给。但大地主阿卜杜勒照样收租、放债，过着花天酒地的生活。烟草公司也加紧对烟农的剥削和压迫。失业青年法里斯去买面包，与老板发生冲突，被捕。在狱中，他认识了一个革命者，受到很大的启发和教育。出狱后，他与一烟草公司的女工兰达相爱。后来，法里斯因生活无着，参加了“叙利亚志愿军”上了前线。兰达为此病倒。两年后，世界大战结束，远征军人都回到了故乡。只有法里斯未归。据说他乘坐的船遭到敌机的轰炸，船被炸沉了，法里斯也被政府列入失踪者名单中。兰达闻讯后，在悲伤中死去。作品最后，以人民群众要求外国军队撤出叙利亚的示威运动作结束。作品真实细致地分析了人民贫困的原因，宣扬了反帝爱国的思想。作品中的蓝灯，实际上是战争期间人民苦难的象征。

论《一千零一夜》

《一千零一夜》是阿拉伯古代民间口头创作的丰碑，也是一部流行世界各国的脍炙人口的作品。我国旧译为《天方夜谭》。“天方”系“天房”之误。阿拉伯古城麦加有一座著名的古庙叫“卡尔白”（Ka'bah，意为“立方体”）。古庙的东南角有一块黑石（陨石），古阿拉伯人把它作为神来崇拜，并由易卜拉欣和易司马仪盖了座四方的石屋加以保护。这座庙又叫做“天房”，明史记载时把“天房”误写成“天方”。我国古称阿拉伯国家为“大食国”（波斯语 Tasi 的音译），明朝亦改为“天方国”。这便是“天方”的来历。至于“夜谭”，阿拉伯民族最早以游牧为生，由于地处沙漠和草原地带，气候炎热，难于入眠，每当夜晚，三五成群，围坐在树下或草地上乘凉，或吟诵诗歌或讲故事，因此有“夜谭”（谭通谈）之称。

《一千零一夜》的初稿是由10世纪伊拉克文人哲海什雅里（942年卒）收集整理的。他以一本古老的波斯故事《赫左尔·艾夫萨乃》（即《一千个故事》）为蓝本，并邀请民间说书艺人记录他们认为最优美的民间故事。但哲海什雅里只收集了四百夜的故事，没有完成《一千零一夜》的编辑工作就去世了。后来，各地说书艺人不断地对故事进行增补、加工。大约到14世纪，《一千零一夜》才最后定型，并以手抄本的形式在阿拉伯地区流传开来。这些故事来源于民间，并为广大人民群众所创作是无可怀疑的。

一般认为《一千零一夜》反映了中古时期阿拔斯王朝社会生活的面貌。阿拔斯王朝定都于巴格达，在当时封建贵族的支持下，实行了政教合一的中央集权统治。农业、毛纺业、制陶业、商业都有很大的发展。巴格达、大马士革商店林立。这里有来自埃及、印度、中国的商人。巴格达城里还有专卖中国货的市场。哈里

《一千零一夜》插图

发和商贾们住在宏伟的宫殿和豪华的住宅里，过着奢侈的生活。阿拉伯商人从事活跃的国际贸易，他们的足迹遍及欧、亚、非三洲。这些在《一千零一夜》中都得到反映。

《一千零一夜》以宰相的女儿山鲁佐德给国王讲故事，作为结构线索。其中包括众多的民间故事、童话、寓言，以及名人轶事、诗歌、格言等。山鲁佐德给国王讲了一千零一夜的故事，但并没有一千零一个故事。如果不包括故事中的故事的话，根据1927年贝鲁特出版的五卷本的统计，只有134个故事。不过，这些故事篇幅都较长。字数按中译6卷本（纳训译）统计，已超过100万字。作品以鲜艳的色彩真实地反映了中古时代阿拉伯国家的社会制度、经济状况、文化和宗教信仰，以及多姿多态的风土人情等。高尔基认为在民间口头创作的宏伟的巨著中，《一千零一夜》是“最壮丽的一座纪念碑”。

故事的主要思想内容，我们可以分作以下五方面来谈。

一、对聪明、勇敢和智慧的歌颂

《一千零一夜》的开头，便歌颂了一个德才兼备，具有舍己救人精神的女子山鲁佐德。她在国内女子面临杀身之祸时，挺身而出，并以丰富多彩的故事，感化了国王，使他收回了杀害女子的成命。

《渔翁的故事》中，描写了一个勤劳的渔夫，他用智慧战胜了恶魔，并迫使他为自己服务。当渔夫从海里捞出一个胆形的黄铜瓶子时，他打开瓶塞，从瓶里竟钻出一个被禁锢了400年的巨魔。这恶魔穷凶极恶，蛮不讲理，一开口便要杀他。渔夫虽然害怕，但没有被吓倒，他立刻联想到：“他是个魔鬼，我是个堂堂的人。我的智慧一定能压制他的妖气。”于是，他急中生智，骗魔鬼钻回瓶里。在魔鬼苦苦哀求下，和他订立了有利于自己的协约。

《阿里巴巴和四十大盗的故事》则歌颂了女仆马尔基娜的智慧和勇敢。她前后四次挫败了强盗的罪恶计划，拯救了阿里巴巴一家的生命和财产。马尔基娜善于用她那敏锐的眼睛，善于思考的脑子，从一些蛛丝马迹中，发现敌情，并且以冷静果敢的行动，一举歼灭了敌人。作为一个弱女子，她战胜了经验丰富和杀人不眨眼的强盗，确实是很了不起的。

《阿拉丁和神灯的故事》中，则歌颂了主人公阿拉丁两次以自己的勇敢和机智，战胜了非洲的魔法师兄弟。

从以上几篇作品中，我们可以看到两方面问题。一是突出地歌颂了劳动人民的聪明才智，其中，有渔夫、女仆和裁缝的儿子。他们都具有不畏强暴、机智果敢的高尚品质。二是突出地表现了女子的才干，无论是出身高贵的宰相女儿山鲁佐德，或出身低贱的女仆马尔基娜，都具有智勇双全的特点。这在男尊女卑的封建社会里，是一种民主主义思想的具体体现。

二、对残暴、邪恶和不义的斥责

阿拉伯人民长期遭受封建君主哈里发的统治。帝王贵族过着骄奢淫逸的生活。作品对横征暴敛的暴君，贪婪昏庸的宰相、总督，鱼肉人民的贪官污吏，都进行了无情的揭露和鞭笞。如《国王山鲁亚尔及其兄弟的故事》中，国王因自己的妻子不贞，便迁怒到全国女子，野蛮地下令把每个妙龄女子供他玩弄后都杀死。在《医师和国王的故事》中，医师治好了国王的痼疾，国王却听信谗言，忘恩负义，把医师当作奸细处死了。在《巴格达窃贼》中，描写了一个凶恶狡黠的宰相，他无恶不作，残害百姓。在《驼背的故事》中，描写了一个残忍的总督，他勾结盗匪，抢劫财物，使理发匠兄弟在精神和物质上都遭到沉重的打击，肉体上遭到残酷的折磨。

《一千零一夜》中，还有不少魔鬼和魔法师的形象。他们都是邪恶势力的代表，也是封建专制统治者的化身。在《脚夫和巴格达三个女人的故事》中，魔鬼哲尔基斯和王子艾敏都是蹂躏妇女的色狼。哲尔基斯霸占公主后，因怀疑公主对他不忠实，把她绑在木桩上剁成五块。艾敏王子也怀疑妻子不贞，把她打得遍体鳞伤。在作者看来，魔鬼和王子都是一丘之貉。

然而，邪恶和残暴的势力是不会久长的。多数作恶者都受到了惩罚。如那位处死医生的国王，横遭暴死，《巴格达窃贼》中的宰相被处决了，《脚夫和巴格达三个女人的故事》中的魔鬼被烈火烧死了。这都表现了阿拉伯人民对残暴统治者和邪恶势力的憎恨，残暴者应当受到报应。

三、对商旅生活的描写和歌颂

阿拉伯连接欧、亚、非，地处红海、地中海、波斯湾之滨，海陆贸易十分兴旺发达。巴格达成为当时东西方贸易的集散地。从作品中，我们可以看到大商贾生活过得十分富裕，住着华堂大厦，奴仆成群，花园里栽种着各种奇花异草。但商人们这种阔绰的生活，是经历了一番艰辛才获得的。由于当时科学技术和交通工具还较落后，航海贸易要冒很大的风险，商人们必须经受大自然和人为（海盗）的两重袭击，随时都有可能发生船没人亡的事。作品中对商人是作为正面人物来歌颂的。如《辛伯达航海冒险的故事》，就赞扬了辛伯达冒险进取的精神以及他那顽强的意志。

辛伯达前后进行了七次航海冒险。其中，四次被风浪吞没，落入海中；三次流落荒岛，面临绝境，先后遭受了风暴、巨蟒、猿人、妖怪的侵袭。但他都以冷静的智慧，顽强的求生意志，应付过来了。每当他陷入绝境时，他曾经动摇过，后悔不该一次又一次出来冒险。他说："我的财产很多，尽够我挥霍、享受，一辈子也花不完一半；这不是我自找罪受吗？"但他立刻想起与其坐守待毙，不如立刻行动起来。他认为即使流落到荒无人烟的地方，想想办法，总可以找到出路的。他采摘野果，捕捉动物，自己动手造船。只要有一线求生的希望，他便努力去争取。要是遇到可获利的物品，自然他也不会放过。每次航海归来，他都赚了不少钱，日子越过越阔绰。

辛伯达不满足于现状，不愿过安稳的生活。他"向往异地风光，憧憬着航海旅行"，以及"参观各地风土人情的乐趣"。他是一个跃跃欲试又精力充沛的人。

辛伯达是资本原始积累时期，资产阶级商人的典型形象。在他身上具有双重人格：一方面，他有生气勃勃的进取精神，和战胜艰难险阻的不屈不挠的意志，而且他聪明勇敢，体现了新兴资产阶级的进步性。另一方面，他又是一个贪得无厌的剥削者。他认为"人性是贪得无厌的"，他有强烈的积聚财富的欲望。为此，他有时是不择手段的，如剥取死人身上的财物，甚至夺取别人口粮，杀害别人等。这形象和后来英国作家笛福描写的鲁滨孙有相似的一面。

我国明代作家凌濛初在《拍案惊奇》中，写了《转运汉巧遇洞庭红，波斯胡指破鼍龙壳》的故事，也描写了一个商人文若虚的形象。他在国内几次经商失败，成了"倒运汉"，而出海经商却发了大财，成为巨富。文若虚和辛伯达都属于冒险而白手起家的商人。文若虚在荒岛上获得了价值连城的鼍壳，正如辛伯达在荒岛上捡到无数钻石一样。

《一千零一夜》中，讲述商人故事的还有《商人阿里·密斯里的故事》、《商人和魔鬼的故事》、《渔夫和雄人鱼的故事》、《渔夫和哈里发的故事》等。这些篇章对商人生活经历，发财致富的道路，豪奢的生活，以及他们在社会中的地位都作

返……次日，我打开第二间宝库，走了进去，只见一望无际的旷野，长着高大的枣树，躺着曲折的河流，遍地开满了玫瑰、素馨、蔷薇、水仙、罂粟。微风拂过，满天的芬芳，馨香扑鼻，令人陶醉……

第三天，我打开第三间宝库。进去一看，是间宽敞的大厅。地面上铺着彩色云石，门窗户壁上装饰着贵重金属和珍珠宝贝，里面挂着檀木雀笼，笼中有夜莺、唱鸽、山鸟、雉鸡、金丝雀等各式各样的鸣禽，唱着悦耳的歌曲。我忘记世间的苦恼，沉醉在大厅中，一觉睡到天明。之后，我开了第四间宝库，是一幢宽大的建筑物，分为四室，里面藏着无数的珍珠、蓝宝石、橄榄石、翡翠和其他各种名贵的珠宝玉器，琳琅满室，数不胜数，令人迷离惊羡。我自言自语地叹道："啊，这种名贵的宝物，就是帝王们的库藏里也是没有的。"我感到无限的快乐、兴奋，胸中的忧愁顾虑，已经烟消云散，丝毫都不存在了。

这便是阿拉伯人梦想中的乐园。人民处在艰难岁月中，多么希望自己能过上富裕美好的生活。一朝交泰，幸福无穷。于是，故事中对人间乐土的描写、穷人发迹的描写比比皆是。打柴度日的阿里巴巴，因意外地得到强盗的财宝，而成为巨富。贫苦的裁缝儿子阿拉丁，因获得神灯，过起美好的生活来。

《一千零一夜》艺术上的特点，有以下三方面。

（一）丰富而奇特的想象，浓厚的浪漫主义色彩

阿拉伯自中古以来，其经济便以经商为主。他们远涉重洋，横跨沙漠，翻越高山大川，往来于东西方之间。浩瀚的大海，渺渺的洪涛，茫茫的草原，异国的珍闻，旅途的艰辛，这一切都激发了他们的想象。反映在作品中便出现了各种冒险的故事，以及他们在当时条件下，为了克服自然障碍，达到目的，而产生的一些美丽的幻想。正如高尔基所说的"这些故事极其完美地表现了劳动人民的意愿——陶醉于'美妙诱人的虚构'之中"（高尔基《〈一千零一夜〉俄译本序》）。

《阿拉丁和神灯的故事》中的神灯，不仅可以给穷人带来食品，而且能在一夜间盖起一座富丽的宫殿，其装饰的豪华连王宫也无法比拟。《巴格达窃贼》中的会飞的地毯，《巴索拉银匠哈桑的故事》中的拐杖和头巾，都帮助主人公战胜了邪恶和专制暴君。此外，还有魔戒指、会飞的木马、念动口诀会自动开启的石门，都想象奇特。

辛伯达七次航海冒险，每次的经历各不相同。他看到的自然界景象，异国风

情，都引人入胜。他在一座白色的圆顶建筑前徘徊，苦于找不到大门，后来才发现那是个巨大的神鹰蛋。商人们在小岛上野餐，突然那岛屿动了起来，原来这是一条大鱼的背脊。此外，还有吞食大象的巨蟒、可怕的海老人，以及溶洞中的航行、殉葬穴和食人国的逃生，无不扣人心弦。

阿拉丁到地穴取神灯，也充满传奇色彩。先是魔法师念动咒语，大地裂开了一个缺口，然后是阿拉丁沿着 12 级台阶往下走。地下有 4 个储藏着财宝的坛子，人不能去触动它，一动便会变成黑石头。地下还有灿烂夺目的果园，传来了鸟雀婉转清脆的鸣声，树枝上结满红黄绿白各色的宝石果子。沿着一架 30 级梯子往上爬，便可摘取神灯。吹灭灯火，倒掉灯里的油，神灯便听人使唤了。这一切都富有想象的魅力。

（二）镶边的结构形式

《一千零一夜》大故事套小故事，环环相扣，层出不穷。许多篇幅采用故事中的人物轮流讲故事的方式，把一件事渲染得淋漓尽致。这些讲述的故事，争奇斗妍，好像在一个奇妙的花园里，盛开着各色花朵一般。如《国王赫理尔德和太子瓦尔德·汗的故事》中，有 7 个大臣和太子、宰相、宠妃分别讲故事，全篇一共包括 19 个小故事。《国王太子和将相妃嫔的故事》则包括 26 个小故事。这种结构形式可以把相同命意的故事组合在一起，它的容量大，可以组成庞大的故事体系。欧洲文学中的《十日谈》、《坎特伯雷故事集》都受到《一千零一夜》结构形式的影响。我国的《儒林外史》、《二十年目睹之怪现状》、《官场现形记》也不同程度地受到这种结构的影响。

（三）瑰丽而流畅的语言

高尔基对《一千零一夜》的语言作了很高的评价。他说作品“流畅自如的语句，表现了东方各民族——阿拉伯人、波斯人、印度人——美丽的幻想所具有的豪放的力量。这语言的织品产生在远古；它的五彩缤纷的丝线伸展在地球上，用绝美的语言的地毯覆盖着它”（《〈一千零一夜〉俄译本序》）。

首先，作品语言体现了阿拔斯王朝散文写作的特色，文字绚烂夺目，但也有矫饰和偏重辞藻的倾向。所描写的宫廷建筑、环境、人物都大力进行渲染和铺排。如《脚夫和巴格达三个女人的故事》中，对一位女郎是这样描写的：

> 她启齿微笑的时候，
>
> 像一串均匀的珠玉。

像一阵透明的冰雹，

也像芬芳的甘菊。

她的头发仿佛是漆黑的夜；

她的容颜竟然羞退了晨曦。

故事中对苹果的描写是：

榅桲集合人间的美丽，

比任何果子都显贵；

它的滋味象征快乐，

气味犹如麝香，

颜色好似金子，

形状如圆满的月亮。

其次，语言的夸张和比喻。如《辛伯达航海冒险的故事》中，描写一个吃人生番是：“这时候地面忽然震动起来，空中出现了隆隆的响声，接着楼上下来了一个庞大的黑色巨人，个子高大得像枣树一般。他有一双火把似的眼睛，一口猪齿般的牙齿，一张井口样的大嘴，一片驼唇般垂在胸前的下唇，两只毯子般摆在肩上的耳朵，一副狮爪般的指甲。”在《渔夫的故事》中，渔翁见到的魔鬼形状也十分可怕：“堡垒似的头颅，铁叉似的手臂，桅杆似的脚杆，山洞似的大嘴，石头似的牙齿，喇叭似的鼻孔，灯笼似的眼睛。”诸如此类的夸张描写，作品中不胜枚举。

阿拉伯人民信仰伊斯兰教，而《一千零一夜》又经过伊斯兰教徒的加工，因此有浓厚的宗教色彩。伊斯兰教认为安拉是宇宙的主宰，主人公把自己的命运和幸福都寄托在安拉身上，祈求他的保佑。并宣扬了祸福无常、人生渺小的宿命论。同时，作品还存在不同程度的轻视妇女、维护等级制的局限。

《一千零一夜》的影响是十分深远的。它在18世纪被介绍到欧洲，最早翻译这部巨著的是法国人迦南。然后，在欧美各国传播开来，对西方文化的发展起过一定的积极作用，无论文学、绘画、音乐都深受其影响。在文学上，但丁、薄伽丘、乔叟、塞万提斯、莎士比亚、歌德、丁尼生都受过它的影响。法国作家伏尔泰称赞说，读了四遍《一千零一夜》后，算是尝到了故事体文艺作品的滋味。司汤达认为《一千零一夜》美妙的故事给了他无穷的乐趣。这都说明了《一千零一夜》是一部具有很高文学价值，雅俗共赏的伟大的作品。

土耳其文学史话

土耳其横跨小亚细亚的高原上，是连接欧亚两洲的一座桥梁。土耳其人的祖先是在中亚过游牧生活的突厥人。土耳其的名称系由“突厥”一词转化而来的。11世纪，突厥部落往西迁徙，在巴格达建立了塞尔柱帝国。12世纪初，帝国瓦解。突厥人的一支在小亚细亚建立伊康苏丹王国（亦称鲁姆苏丹王国）。13世纪在蒙古人的打击下，王国分裂成十几个公国。其中一个叫奥斯曼公国，在其首领奥斯曼（1259－1326）的领导下，开始崛起。在14世纪初，征服小亚细亚全境，建立了奥斯曼军事封建帝国。1453年攻下拜占庭帝国首都君士坦丁堡，改名为伊斯坦布尔，并作为首都。16世纪中叶是帝国发展的鼎盛时期，它的版图东起波斯湾，北达高加索，西到匈牙利，南至北非沿海地区，成为横跨欧亚非的大帝国。

一、古代文学

土耳其古代文学可以追溯到突厥语文学。最初是由行吟诗人传诵的神话和史诗，著名的有《代代·科尔库特的故事》（“代代”系“爷爷”的意思），其中包括12个故事。描写了突厥人西迁时的环境和战斗的事迹，是研究突厥人早期生活及其风俗习惯的一部有价值的书。突厥人崇尚武功，生下孩子不起名字，等他们做出一番事业后，根据他们的功绩来起名。11世纪，突厥语文学家马哈穆特·喀什喀尔勒编写的《突厥语大辞典》，诗人尤素福写的劝喻性长篇叙事诗《福乐智慧》，都是较早的书面文学。13世纪奥斯曼公国崛起后，文学也随之得到发展。其中，可分作宫廷文学和民间文学两种。

（一）宫廷文学

以宫廷诗歌为主。语言华丽，接受了波斯诗歌和苏菲教派诗歌的影响，以写颂诗、抒情诗为主要体裁。内容多半歌颂爱情、美酒和春天。其中较有名的诗人有鲁米、阿舍克·帕夏等。前者宣扬神秘主义的观点，后者著有《异乡流浪者的故乡》，被称作伊斯兰苏菲教派的百科全书。16、17 世纪是宫廷诗歌发展的鼎盛时期。富祖里和巴基都是当时著名的宫廷诗人。

富祖里（1495－1556）生于伊拉克的希拉城，他的著名作品是长诗《莱伊丽和马季农》。这题材波斯诗人内扎米在 200 多年前已描写过，讲述的是在封建压迫下，一对青年恋人的悲剧故事。此外，他还写了劝喻诗《心之友》、小说《怨诉之书》等。富祖里的诗歌抒情色彩浓郁，对土耳其文学发展有过巨大的影响，曾被列为世界文化名人加以纪念。诗人巴基（1526－1600）的诗歌格调高雅，文字优美，被誉为“诗圣”。他的名作是《卡努尼挽歌》，表达了诗人对密友卡努尼苏丹逝世的悲痛心情。

17 世纪，宫廷诗人纳比（1642－1712）写了教喻诗《仁爱集》，内菲（1572－1635）写了讽刺长诗《命运之箭》，切莱比（1611－1682）写了散文《旅行札记》。这些在土耳其古代文学史上都是较重要的作品。

（二）民间文学

多为托钵僧和行吟诗人的作品。其中，最著名的口头文学家是纳斯列丁·霍加（1208－1284），他性格诙谐，善于谈笑，一生讲过许多笑话和轶闻。这些故事长期在土耳其、阿拉伯和中国的新疆流传，为人民群众所喜爱。后人把他讲的笑话编成 392 则。我国新疆把霍加称之为“纳斯尔丁·阿凡提”。他在亚洲和一部分欧洲国家的民间文学中，已成为“世界性的形象”。他所讲的笑话嘲讽了愚蠢和伪善的封建统治者，歌颂了人民的聪明才智，有着强烈的爱憎情感和追求美好生活的愿望。此外，受人民欢迎的民间诗人还有埃姆莱、阿布达尔等人。他们以诗歌歌颂爱情，宣扬宗教，同时，也反对暴虐和奸诈的行为。

17 世纪下半叶起，奥斯曼帝国势力走向衰落。几次对外战争均遭失败。19 世纪初叶，受奥斯曼帝国统治的各民族纷纷起来争取独立。1831－1833 年的土埃战争，加速了帝国的解体。土耳其苏丹为了挽救国家危机，于 1839 年 11 月 30 日发布《御园敕令》，实行“新政”运动。第一次世界大战期间，土耳其参加同盟国方面作战，失败后，遭到欧洲列强的宰割。这样一来便促进了国内资产阶级革命运动的兴起。1919 年，由基马尔（一译“凯末尔”）领导资产阶级起来革命。1922 年，奥斯曼帝国灭亡。1923 年建立了土耳其共和国。

二、现代文学

土耳其现代文学是从 19 世纪 30 至 70 年代推行“新政”改革时期开始的。这时期土耳其文学逐渐摆脱波斯和阿拉伯文学的影响，转而接受欧洲文学的影响。在作品中，宣扬资产阶级人道主义，抨击落后的封建体制。其中，具有代表性的作家是纳默克·凯马尔（1840－1888）。他的诗作充满革新思想，歌颂自由，反对苏丹的专制。为此，他屡遭监禁和流放。人们称他为“自由的诗人”。他的剧本《祖国还是水手长的哨子》（1873）上演后，激起群众对苏丹暴政的游行示威。此外，他还写了长篇小说《警觉》（1876）和《杰兹米》（1880）等。

1896 年，形成了一个文学流派——“知识宝库派”。这是一批围绕在《知识宝库》杂志周围的作家。他们更加提倡欧化，并接受自然主义、象征主义的文学影响，主张“为艺术而艺术”。代表作家有泰夫菲克·菲克雷特（1867－1915），他曾任《知识宝库》主编，著有诗集《破碎的诗琴》。在他的著名诗篇《雾》（1901）中，以浓雾象征苏丹的黑暗窒息的统治。

1901 年，《知识宝库》杂志被封闭。一些作家又创办《未来曙光》杂志。不久后分裂，又出现民族文学流派。这派作家被认为是共和国文学的奠基者。在诗歌创作中，他们采用民歌形式，注重音节韵律。其中主要代表人物有麦赫梅特·埃明（1869－1944），他是土耳其国歌《独立进行曲》的歌词的作者。

1923 年，土耳其共和国成立后，文学创作进入新的繁荣时期，出现了一批具有世界影响的作家。其中最有名的为诗人希克梅特、小说家萨巴哈丁·阿里和小说家亚沙尔·凯马尔。

纳齐姆·希克梅特（1902－1963），出生于高级官员家庭。他在一篇诗歌中说：“我的父亲属于大官吏阶级，我却改换了阶级，成了一个共产党员。”他受过良好的教育，17 岁在伊斯坦布尔高中毕业后，进入海军学校学习。但他在兵舰上实习时，参加了海员们的革命斗争，并写了一篇热情洋溢的战歌《青年进行曲》。为此，他被学校开除。

1921 年，诗人去莫斯科东方大学学习。与我国诗人萧三为同学。苏维埃新的现实使希克梅特感到新奇。他说：“我惊奇地看着在我眼前所产生的伟大而光明的世界，这里普通人民成了生活真正的主人。”在莫斯科，他结识了马雅可夫斯基。这位苏联的大诗人告诉他，要勇敢地投入生活，而且要全心全意为人民服务，诗歌创作要运用新形式，采用新的形象和新的形容词。在马雅可夫斯基和前苏联革命文学的启示下，希克梅特对诗歌和诗人的职责有了新的理解。他在诗中写道：

我是一个诗人，
我晓得诗的本质，
我不喜欢谈论天蓝的颜色，
我的最喜爱的诗篇，
是《反杜林论》。

1924年，希克梅特返回土耳其，用他的话来说，是“穿着红色衬衫”出现在祖国人民的面前。他积极投入了进步的文学活动。土耳其政府多次把他投入监狱。他在狱中共度过了17年生活。可是他没有屈服，他在诗歌《还是那颗心，还是那颗头颅》中说：

亲爱的，不，这决不是空谈：
我像一粒子弹似的穿过十年被俘的岁月，
就任凭在这途程中，我得了病吧，
我还是那颗心，还是那颗头颅。

在狱中，他写了12卷诗，透过铁窗传到外面。在诗中，他把自己比作是“铁笼中奔走的狮子”。他写道：

猛烈的皮鞭虽然能打倒
黄毛的背脊，
但它有力的筋肉却很坚强，
狮子还是那样勇猛，
它非常有力量，
它相信它自己。

1945年，希克梅特写成著名长诗《卓娅》，把它献给前苏联的卫国战争。有一回，诗人在狱中的一份法文报纸上看到苏联女英雄卓娅牺牲的消息，深受感动，把她英雄的事迹写成长诗。诗歌以沉痛的调子开头，讲到一个18岁的少女被德国法西斯绞杀了。接着，诗人以热情的笔调描绘卓娅的英雄形象。她是个共青团员，为保卫祖国走上了前线。在一次奉命去焚烧敌人军火库时，她被捕了，受尽了敌人的折磨和鞭打。法西斯用火烧她的面颊，叫她赤着脚在雪地里奔跑……但她没有屈服，没有给祖国人民丢脸，直到英勇牺牲为止。在长诗中，希克梅特把自己的遭遇和卓娅作了比较：

丹娘！
我像你一样爱自己的祖国。
我是土耳其人，
你是俄罗斯人，
我们——都是共产主义者，
丹娘！
因为你爱祖国，他们把你绞死，
因为我爱祖国，他们把我送进监牢，
但是我还活着，你却死了，
你活在大地上的时间是多么的短啊，
你一共才十八岁……
丹娘！
你那孩子似的脖子是多么的柔嫩：
这脖子上不该是绳索、绞索，
它的上面应该是项链。
你是多么纯洁啊，丹娘！

1950年，土耳其政府迫于国内外强大的压力，只得提前释放希克梅特。但随之而来的是暗杀和征兵的迫害，使他只好逃离土耳其，定居苏联。1952年，诗人来我国访问，写了7首关于中国的诗。他在诗中热情地说：

我看见了新中国的长城，
那砖石就是千千万万团结的人民。
它的大门为朋友而开，
敌人还没有爬进台阶，就折断了头颈。

同年，他写了剧本《土耳其的故事》。作品以1950年朝鲜战争为背景。土耳其政府屈从于美国，决定派军队去朝鲜。土耳其人民开展了一场为争取和平，争取民族独立，反对出兵朝鲜的群众运动。虽然革命人民遭到镇压，但他们高呼“你们出卖了我们的祖国”！诗人在诗中，塑造了土耳其保卫和平委员会哈契特等人坚定的形象。

1953 年，诗人出版了另一部剧本《爱情的传说》。这是根据在中亚流传的一个民间故事编写的。内容讲一个缺水而引起瘟疫和死亡的城市里，青年菲尔哈德爱上了女皇的妹妹希琳。他们因地位悬殊不能结婚。他们便一同出逃，可是被捉回来了。女皇提出，如果菲尔哈德能靠自己的力量凿通一座大铁山，把山下的泉水引到城里来，希琳便属于他的。否则，他们永远不能见面。菲尔哈德同意了。他在铁山上凿呀凿呀，一共凿了 20 年，终于把铁山凿通了，把泉水引到城里来了。他和希琳结合了。这部剧本的主题，体现在剧中的一句话："赤诚的心，坚贞的爱情，终于引来了圣洁的水。"

此外，希克梅特还写了长诗《致塔兰塔·巴布的信》（1935）、史诗《我的同胞们的群像》等。我国于 1952 年出版了《希克梅特诗集》，并翻译了他的剧本《土耳其的故事》。

萨巴哈丁·阿里（1907－1948）是与希克梅特几乎同时期的著名小说家。他出生于军官家庭，曾留学德国。初期作品受德国浪漫主义文学的影响，后接受苏联文学的影响，转向现实主义的创作。1933 年，他写了一首讽刺基马尔总统的诗，为此被监禁了 14 个月。出狱后，他出版了诗集《山和风》，短篇小说集《磨坊》，在读者中赢得了声誉。他的第一部长篇小说《孤儿优素福》（1937），通过孤儿优素福的命运，对贫富不均的社会现实提出了抗议。

1940 年，阿里发表第二部长篇小说《我们心中的魔鬼》。作品以长篇独白和心理描写的方式，揭示了 3 种不同类型的知识分子的思想和性格特征，猛烈抨击了为法西斯效劳的文人。作品展示了广阔的社会背景和时代风貌，是土耳其现代文学史上一部伟大的社会政治小说。作品出版后，曾遭到政府查禁。第二次世界大战后，阿里参加创办和主编讽刺幽默杂志《马尔科·帕夏》，抨击当政要人。为此，杂志被查封，阿里遭到逮捕。出狱后，他逃亡国外，在越境时被特务暗杀。他的长篇小说《我们心中的魔鬼》，曾于 1958 年翻译成中文。

20 世纪五六十年代，土耳其以写农村为题材的小说十分盛行。其中奥尔汗·凯马尔（1914－1970）和雅萨尔·凯马尔都是写农村小说的好手。尤其是雅萨尔·凯马尔在土耳其现代文学中威望不下于希克梅特。他的代表作《瘦子麦麦德》是一部世界公认的好作品。我们将在下面作专门介绍。

论凯马尔的《瘦子麦麦德》

《瘦子麦麦德》是土耳其现代著名作家雅萨尔·凯马尔（Y. Kemal）的代表作。雅萨尔原名凯马尔·戈克切利，出身于农民家庭。他在塞汉省的丘库尔奥瓦平原的一个农村里，度过了童年和少年时代，在地主的庄园里当过雇工、司书、农村教师、鞋匠等。他熟悉下层人民，尤其是佃农的苦难。

1939年开始，他为伊斯坦布尔的报刊撰写文艺小品，发表短篇小说。1943年，出版了第一部作品《哀歌集》。后来，他应征入伍，过了一段军旅生活。退役后，继续从事创作活动。1952年，发表短篇小说集《酷热》。这是一部描写他的故乡丘库尔奥瓦平原农民生活和斗争的作品。1955年，他的第一部长篇小说《铁盒》问世，给作家带来了很高的声誉。小说描写一个知识分子到农村帮助农民改善生活的故事。一般认为这部作品所涉及的许多内容都带有作家自传的性质。同年，他还写了土耳其农民反抗地主和高利贷者的压迫和剥削的小说《白头巾》，并被拍成电影。但由于作品鲜明的政治倾向性，长期被禁止上映。

20世纪50年代中期以后，凯马尔陆续发表了十几部小说，著名的有《瘦子麦麦德》、《铁蹄市场上的罪行》（1962）、《铁地铜天》（1963）、《长生草》（1969）、《一千头公牛的传说》（1971）。1978年，他的长篇小说《海魂衫》被列为当年最优秀的作品之一。

凯马尔写作的农村题材作品，内容丰富，形象生动，被称作“现代土耳其农村生活的百科全书”。他多次在国内外获奖，曾获得法国最佳小说奖和法国1978年度最佳外国作品奖、世界戏剧会演一等奖等。

《瘦子麦麦德》第一卷发表于1955年。凯马尔计划写三卷，现已完成二卷。

各卷内容具有独立性。这部作品深受土耳其人民喜爱。在农村里，农民们经常围拢在一起，倾听着由识字人朗读这部书。同时，《瘦子麦麦德》也获得了世界声誉，联合国教科文组织曾把它列为近10年内世界最优秀的文学作品之一。我们从以下三方面来分析。

一、强盗的由来和残酷的阶级压迫

作家在《瘦子麦麦德》的题辞中，有这样一段话："1925年至1933年间，有150多个绿林好汉，活跃在托罗斯山区。本书所写的瘦子麦麦德，就是其中很典型的一个。"说明了作品所反映的时代是在20世纪20年代和30年代初期。地点是在小亚细亚的山区。这些地区出现强盗是由于战争和阶级压迫。

在第一次世界大战中，奥斯曼帝国遭到惨败。战后，协约国瓜分了土耳其。1918年，土耳其农民首先起来反对英法占领者。之后，由上层资产阶级代表基马尔联合组织土耳其民族代表委员会，领导民族解放运动，先后打败了入侵的外国军队，于1923年10月成立了土耳其共和国，废除了苏丹制度和哈里发制度。但新政权极力反对工农运动和土地革命。长期遭受战争浩劫和地主压迫的农民苦不堪言。一部分人在战争中失去了亲人、土地，或亲人遭受迫害，上山当了强盗。如作品中描写的阿赫迈特便是在他服兵役时，他的母亲遭人蹂躏，他回来后杀死了仇家，上山当了强盗。还有一些是逃兵、刑事杀人犯。但更多的是在地主和高利贷者的重重盘剥下，被逼上梁山的农民。

作品真实地描写了地主老爷用种种巧取豪夺的手段，把农民的土地霸占到手，弄得他们流离失所，家破人亡。如地主阿里·萨法的土地，在两年中，由20德纽姆（面积单位，1德纽姆等于913.3平方米）增加到3万德纽姆。失去土地的农民只能给地主干活，他们成了自己土地上的雇工。地主阿布迪则规定农民把收成的三分之二当作租子交给他。

作品在展示阶级压迫的画卷的同时，塑造了阿布迪和萨法老爷那样的吸血鬼的形象。

地主阿布迪是个口念经文、手捻佛珠子的恶棍。他心黑手辣，对农民采取高压手段。"他强迫农民们像奴隶一样地给他干活，用饥饿折磨人们。一到冬天，他就让人们在饥饿中死去。"农民没有他的允许，谁也不准结婚。他是5个村子的农民的主宰者，他想干什么就干什么。他逼得麦麦德家破人亡，公开拆散麦麦德和哈切的爱情，并向他咆哮道："我叫阿布迪！我可是杀人不眨眼的！"他折磨死了麦麦德的母亲，诬赖哈切开枪杀死了他的侄子，把她投入监狱。农民对他恨之入骨。阿里说："谁能把他杀了，谁就会扬名四海，进入天堂。"

阿布迪勾结官府，气焰嚣张，但却无法掩盖他内心的怯懦。特别是当麦麦德上山后，他便变得惶惶不可终日。他每晚都要叫人在房子周围放哨，甚至叫十几个人守门。后来，他连村里也不敢住了。他向政府打的报告中，尽量夸大事实，说麦麦德要在山上建立自己的政府等。当官军几次追捕失利后，他变得更加六神无主了。他开始衰老，两腮塌陷，甚至失魂落魄地跑到镇长和宪兵队长家去哭个不停。

阿里·萨法是个奸猾的地主，惯于耍阴谋诡计。特别是他用收买手段，使一些强盗为他的利益效劳。他向政府谎报军情，骗得军火，转手又卖给强盗。同时，他还挑起强盗之间火并，让他们自相残杀。

农民除受地主压迫外，还受到官府压迫。伊拉兹的儿子被伯父杀死，官府并不追究。当她忍无可忍点火烧了大伯房子时，宪兵则把她当作纵火犯逮捕。伊拉兹愤愤不平地说："把我捉来关进牢房，而杀死我儿子的凶手却在村里摇来晃去。"由于官府不主持公道，后来，她也上山当起强盗来。

从作品中，我们可以看到，当时在托罗斯山区的强盗，截然分作两类。一类是真正受迫害的贫苦人民。他们对地主和官府都有不共戴天的仇恨，他们的铤而走险是形势所逼。他们不杀无辜，不欺侮穷人。正如苏雷曼老人对麦麦德说的："你不应该欺侮穷人，对那些不讲公道的坏蛋，你想怎么办就怎么办。""如果你打死无罪的人或罪恶不大的人，如果你为了钱去行凶，我就用双手掐死你。"因此，这些反叛者在阶级压迫的社会里，代表了正义和公理的一面。他们劫富济贫，除暴安良。巨人阿赫迈特在他当强盗时，经常向财主摊粮派款，但他把这些钱给贫苦的农民买耕牛，给无钱医治的病人买药。麦麦德则把阿布迪所属的 5 个村子的农民召集起来，把田地、骡马分给他们，让他们在自己的土地上自由播种。农民都把他当作救星和利益的保护者。恰弗什则十分热爱自己的家乡。他从来不在自己的家乡丘库尔奥瓦行劫。他到处唱着一支怀念故乡的歌：

炎热笼罩着的丘库尔奥瓦平原，
每一只蚊虻都能把人血吸干；
你若死去，我将痛苦无限，

起来，兄弟，让我们返回家园。

另一类强盗是由一些好逸恶劳的无业游民、兵痞、杀人犯构成的。他们为了自己的生存，不顾天良，不分是非，打家劫舍，杀人纵火，甚至成了地主阶级的帮凶，给人民带来了无穷的灾难。如强盗头子杜尔杜逢人便抢，抢劫之后，还要侮辱他们，把受害者的衣服都扒光。他无耻地说："我们剥他们的衬裤是为了在我们这个地区扬名天下！"为此，他先后剥过500多人的衬裤，砍掉过100多人的右手，还剥去女人的衣服，要她们跳裸体舞。另一个强盗头子卡拉伊泽是二流子出身的坏蛋。他杀死了反抗地主的堂兄弟，成了萨法老爷的一条走狗。他出卖别的强盗，致使三股强盗被官军消灭。后来，他又承担了追杀麦麦德的任务。因此，这批强盗是寡廉鲜耻、没有骨气、极端个人主义的恶棍和流氓。

二、造反者麦麦德的形象

瘦子麦麦德是长篇小说的中心主人公。他是佃农的儿子。从小死了父亲，地主阿布迪把他家所有的东西都抢了去。他母亲想申辩几句，老爷就打她。有一年夏天，地主把麦麦德捆在树上，在烈日下曝晒了两天。幸好，他妈妈赶来，解开绳子，否则，他便要被饿狼吃掉了。他小小年纪就为地主种地，在满是荆棘的地里耕耘，稍不小心，地主便把他打得头青脸肿。麦麦德在艰难的生活条件下，没有长成结实的小伙子，他肩膀不宽，手脚细长，就像干树枝一样。但他从小就有一颗酷爱自由的心。雇农杜尔逊曾向他描述过一个不打骂孩子，不让孩子耕地，田里也不长荆棘的好地方。为此，他在11岁时，便从地主阿布迪那里逃出来，做了苏雷曼老人的养子。

麦麦德长大后和同村的一个少年，去过一回镇上，和一些有见识的人谈过话，从而扩大了他的视野。他认识到他居住的村子是整个大世界中的一个小点子，而平时看来大得不得了的阿布迪老爷不过是像一只蚂蚁。他明白了"阿布迪老爷是人，我们也是人"的道理。

正是由于他这种不堪忍受压迫、不愿意过非人生活的思想，他起来反抗地主，寻觅自己的自由。在这之前，阿布迪老爷的5个村子的农民，都驯顺地不敢起来反抗自己的主人。麦麦德是第一个造反者。最初，他的反抗带有自发性和个人报复的目的。后来，他由于对阿布迪的恨，转而对所有地主老爷的恨，关心起所有贫苦农民的利益来。在他当强盗后，他始终牢记着苏雷曼老人的教导："要保护穷人，不伤害无辜的人们。”他坚决反对杜尔杜伤害和侮辱人的行为。他对贾巴尔说：“不能侮辱、愚弄人。一个人光着身子、一丝不挂地出现在自己的村里，这简直比死还难受，这种事情是不能做的，不能拿人开玩笑。在阿布迪那里我自己就有这样的体会。不能损害人的尊严。”因此，当杜尔杜强迫牧人头领凯里姆奥普老人脱光衣服时，他把枪口对准了杜尔杜，命令他立刻住手，否则，他便要叫他在原地躺下。

麦麦德从不抢劫那些怀着美好希望者用辛勤劳动换来的钱财，从不欺侮妇孺老人（包括阿布迪年幼的孩子）。人们都说：“麦麦德心肠真好……他宽宏大量，他的胸怀像海洋一样宽广。”但对人民的压迫者，他决不手软。他烧了阿布迪的房子，打死了他的侄子，打伤了阿布迪本人，最后，又潜入镇上，把他杀了。他是人民的复仇者，正义和公理的化身。人们说麦麦德在奇切克利地区是主人，是法官又是政府。奇切克利的人不再去找政府，每一桩事都找麦麦德做主。人民还把他当作英雄来歌颂，为他编造了许多神奇的故事。

麦麦德保护人民的利益，人民也掩护他，帮助他躲开敌人。宪兵追捕麦麦德时，农民故意把路引错了。瓦伊瓦伊村的农民还自动捐钱捐物接济他，由一个80岁老人考贾·奥斯曼送到山里去。他们称麦麦德为“我们的山鹰”。因为有麦麦德在，老爷们就不敢为所欲为了。

麦麦德争取爱情的自由和他争取政治的自由是一致的。他和哈切真心相爱。地主阿布迪硬把他们拆散，他便和哈切一同私奔。当哈切被捕后，他冒着危险去探监，后来，他又把她救上山。他们生下了一个小麦麦德，在大地上又播下了一颗复仇的种子。

麦麦德的理想是要在土耳其建立一个没有老爷的村庄。他把地主的土地分给农民，并大声向他们宣布，在这世界上，他们不再是雇农了，也用不着向地主交租了。他们是自己劳动果实的主人、土地的主人。他们要种什么就种什么，种多少就种多少。而他自己将留在山上，保护他们。他率领农民焚烧了带给农民苦难的荆棘。由此可见，作者在他身上寄托了民主、自由和公平的理想。

三、爱憎鲜明的肖像描写与环境描写

《瘦子麦麦德》一书中，有许多杰出的肖像描写，不仅写出了人物各自不同的特征，而且充满着对农民赞美、对地主贬斥的感情。如对正直的农民苏雷曼老人的肖像是这样描写的：

他的脸瘦长，胡子雪白卷曲，前额已被阳光晒成古铜色。当炉膛里的火光照亮老头的脸庞时，他的前额、面颊和脖子像红铜一样发亮。

苏雷曼老人讨厌地主老爷。他冒着危险，把出逃的麦麦德收养下来，而且交给他一份放羊的差使。后来，又是他把麦麦德引荐到山上，当了一名捍卫穷人利益的造反者。

作品中对另一位农民杜尔穆什·阿里是这样描写的：

杜尔穆什·阿里整六十岁了。他是村里最魁梧的人，他结实得像那棵巨大的悬铃木树。在那张大脸上，一对小眼睛闪闪发光。他一辈子不穿鞋，黑黑的、肥肥的、布满深深裂纹的大脚掌是不需要穿鞋的，而且没处去找到他那样大号的鞋。

杜尔穆什·阿里是农民中的硬汉子，但他富有同情心。当阿布迪命令谁也不许接济麦麦德的母亲，要让她活活饿死时，他冒着风险把借来的粮食偷偷送去给她。他对地主同样恨之入骨，他骂阿布迪为“可恶的异教徒”。

作品对地主肖像的描写则充满憎恶的情感和讽刺的笔调。如对阿布迪老爷是这样描写的：

在火炉旁的软榻上，蜷缩着双腿坐着的那个阿布迪老爷。那顶天鹅绒小帽的帽檐滑到了他的左耳上。他老是这样戴着帽子，不管是在路上，在城里，还是在镇上。他就是这样来表现自己对真主的虔诚。他穿着绣花绸衬衫。手里哗啦哗啦地捻着大粒琥珀珠子。

阿布迪老爷一张阴险的粉红色长脸上，长着一对蓝绿色小眼。

从这篇肖像描写中，我们可以看到阿布迪是个伪善的、阴险而凶恶的地主。

地主阿里·萨法的模样是：

阿里·萨法老爷是个高个子黑头发的人。黑黑的脸庞，浓浓的双眉……脚上的靴子永远发光，手上总是握着银把的短鞭子。他不时地用银把敲打那发亮的皮靴筒。

这是个高傲而专横的地主，就是他把农民的土地一块块地抢夺到手。

作品中的风景和环境描写，很好地揭示了农民生活的艰难处境。如麦麦德祖辈居住的戴伊尔缅奥鲁克村四周都长满了荆棘，没有田野，没有菜地，更没有花园，只有那带刺的灌木遍地丛生。

春天，这些荆棘的嫩绿枝干还不坚硬。微风吹拂，它们就微微低垂，像是在抚爱着大地。仲夏时分，它们的叶脉呈现天蓝色。渐渐地，枝干也都变成浅蓝色。随后，颜色愈变愈深，无边无垠的原野就变成一片不寻常的、美丽的蔚蓝色平原。太阳下山时，晚风轻轻吹来，蓝色的原野上泛起了微波，沙沙作响，就像浩瀚的海洋。这蔚蓝色的田野披上了落日的余晖，活像被晚霞映红的大海。

秋天，这些灌木丛干枯了，蓝色褪尽，露出了白色。荆棘发出噼啪噼啪的迸裂声。在这个季节里，成百成千个乳白色小球像一只只小蜗牛挂满枝头。

这些荆棘撕破了农民的手脚，给他们带来了无穷的痛苦。它是荒漠、贫瘠、苦难的象征。历代农民便生活在这样的环境中，在地主皮鞭下耕耘。

农民的住房是什么样子的呢？作品中是这样描写的：

麦麦德的家就是一间矮小的茅屋。屋顶是泥糊的，墙壁只有一米多高。村子里所有的房子的房顶都经不住秋雨浇淋。只有麦麦德家的屋顶不漏雨。父亲去世前不久，麦麦德到萨勒恰沙克去了一趟，从那里带回一些泥，抹了屋顶。萨勒恰沙克的泥土不像我们所知道的那种尚未开垦的黑色沙土。那里的土像水晶块一样——黄色、红色、雪青色、天蓝色、绿色，各种颜色的泥土混杂在一起，所以房顶在阳光下像彩虹一样闪着光。

母亲和儿子拼死拼活地干了整整一个夏天。但是，有什么办法呢……到了秋天，他们还是两手空空。不安和悲伤笼罩着这间破烂的小屋。

这种环境描写，揭示了农民造反的必然性。

印度文学史话

印度是世界文化最早的发源地之一。印度人民在文学上辉煌的成就是人类宝贵文化遗产的一部分。我国在一千多年前就和印度有了文化交流。从敦煌壁画、云岗石刻、新疆舞蹈中都可以看出印度文化的影响。公元 7 世纪，中国造纸术传入印度，对于加速印度文化的传播，亦起了巨大的作用。

我国古代称印度为“身毒”(见《史记》《汉书》)、“天竺”、“贤豆”(见《大唐西域记》)，包括现在的印度、巴基斯坦、孟加拉国的领土。北部为高山，中部是由印度河和恒河构成的大平原。印度河发源于喜马拉雅山，那儿融化的积雪形成奔腾的河流。印度河有 5 条支流，这些河流间的肥沃地带叫五河地（即旁遮普)。恒河也发源于喜马拉雅山，东流入印度洋，构成了第二个肥沃而宽广的地域。印度南部是一个伸入印度洋的大半岛，称德干高原。

印度河流域最早的居民是达罗毗荼人。公元前 2000 年，号称雅利安（意为“主人”)的中亚游牧民族侵入印度，强迫达罗毗荼人当了奴隶。他们先后在印度河、恒河流域建立了几十个国家。出现了有钱、有势的武士集团。雅利安人的上层阶级为了维护自己的统治，创立了婆罗门教，假托神的意旨把人分为四等。最高一等叫婆罗门（僧侣)，第二等刹帝利（武士贵族)，第三等吠舍（平民)，第四等首陀罗（奴隶)，从而构成印度森严的种姓制。

据印度原始神话，众神都住在喜马拉雅山最高峰珠穆朗玛峰上。印度叫“高里桑卡”，意思是“光辉灿烂的山峰”。主神是因陀罗，他又是风雨的赐予神。众神和人居间的神是火神，叫阿耆尼。传说他有三面七臂和三腿，代表火、电、太阳的三位一体。

公元前 7 世纪，婆罗门教兴起。印度人转而崇拜三大神。但不排斥因陀罗等神，只是他们的位置不那么显赫罢了。三大神即创造神婆罗贺摩（又称大梵天）、保护神毗湿奴、破坏神湿婆。“婆罗门”梵语意为“净行”的意思。婆罗门教提倡善恶有因果，人生有轮回，以《吠陀》为经典。7、8 世纪，婆罗门教吸收佛教和耆那教的教义，经过改革，称印度教。

佛教兴起于公元前 6 世纪。创始人为释迦牟尼。相传他是喜马拉雅山麓和恒河间的小国释迦国的王子。“牟尼”为仙人之意。他由于不满婆罗门教把人划分为等级的种姓制，又感人生有生、老、病、死四大烦恼，而出家求道。经过漫长岁月的思考，他终于求得答案。为此，他被称作“佛”（意为“大彻大悟”者）。佛教的中心思想是“四谛”（即“四真理”），为苦谛、集谛、灭谛、道谛，提倡众生平等。因此，它受到平民百姓的拥护。

雅利安人创造了自己的文字叫梵文（梵为“宇宙精神”的意思）。他们把文字写在贝叶上或白桦树皮上。梵文有俗语梵文和规范梵文之分。上古诗歌和史诗是用俗语梵文写的，中古作品用规范梵文书写。

一、古代文学

古印度文学可以分作四个时期：吠陀时期、史诗和往世书时期、古典梵语文学时期、地方语言文学发展时期。

（一）吠陀时期（前 15 世纪一前 5 世纪）

印度最早文学是诗歌总集《吠陀》。吠陀是“知识”、“学问”的意思。印度把它叫做经，是古印度人民的文化宝库，共 4 集：《梨俱吠陀》、《娑摩吠陀》、《夜柔吠陀》、《阿闼婆吠陀》。其中最古老、也最重要的是《梨俱吠陀》（梨俱为“诗节”的意思），收集的都是颂诗，约 1028 首，4 万行，相当于荷马两大史诗的总和。

古印度人民经常举行大型祭祀活动，由祭司吟唱诵神诗，或念咒语以驱邪。《梨俱吠陀》大部分诗歌就是这种颂神诗。其中，歌颂最多的是天神之王因陀罗，约 250 首。因陀罗是个能千变万化、手持金刚杵、有成群风作他部队的神。他的皮肤和须发都呈棕色。他勇猛顽强，又好喝酒，食量也极大，一次能吃下一头以上的牛。雅利安人把因陀罗看做是自己的保护神。正如希伯来人把耶和华看做是自己的保护神一样。每当雅利安人和达沙人作战时，他总是站在雅利安人一边，帮他们夺取达沙人的水和牛，毁坏他们的城堡，并亲自扭下达沙人首领的头。

歌颂火神阿耆尼的诗占第二位，约有 200 首。火神是沟通人和神之间的神，人们生活离不开火，离不开光明。因此，人人对他备感亲切。歌颂苏摩酒的诗占第三位，约 120 首。“苏摩”是一种植物，可以酿酒。酒是人们日常的饮料，又可以用来供神。此外，还有歌颂太阳、风、黎明等神祇的诗。

《娑摩吠陀》是一部作为祭祀用的歌集，能配成曲子演唱。《夜柔吠陀》是祭祀时用作祷告的经文。《娑摩吠陀》和《夜柔吠陀》原作为《梨俱吠陀》的附录，后来才把它们分开的。

《阿闼婆吠陀》收集的是咒语诗，分量也很大，约有 731 首，分作 20 卷。这些咒语诗表现了古印度人民与自然斗争的一个侧面，对危害人类的疾病、毒蛇、猛兽、洪水以及各式各样的敌人，都可以通过念咒语把它们制服。表达了人们想征服自然的美好愿望。正如高尔基说的：“古代劳动者们渴望减轻自己的劳动，提高它的效果，防御四脚和两脚的敌人，以及用语言的力量，即用‘咒语’和‘咒语’的手段来影响自发的害人的自然现象。”① 这些咒语中，有求谷物收成好，求风调雨顺，不受灾害的；也有求健康长寿，治病消灾的；还有求爱情，不让对方变心的等等。

4 部吠陀很好反映了印度原始公社时期的人类是怎样去认识周围世界，怎样从事生产劳动，怎样和大自然展开斗争的。真实地表现了他们的思想、信仰和感情。后来，由婆罗门编写，用来解释《吠陀》的著作，称吠陀文献。其中有《梵书》、《森森书》及各种《奥义书》等。这些文献一般用散文书写，是印度最古的散文作品。

如果说，《吠陀》是婆罗门教的经典，那么，佛经便是佛教徒的经典。佛教统称三藏：律藏、经藏、论藏。它包括了印度许多古老的神话和寓言故事。其中相当一部分故事是释迦牟尼亲口讲的。当时他出于传教的需要，必须用通俗的故事来说明玄奥的道理，才能使处于愚昧状态的奴隶明白。鲁迅先生十分重视佛经故事的价值，出资印刷了《百喻经》(僧伽斯那撰)。他说：“常闻天竺寓言之富，如大林深泉，他国艺文，往往蒙其影响，即翻为华言佛经中，亦随在可见。”佛教文献中的《本生经》是世界上最古老的寓言故事集之一，含 546 个故事。其中最主要部分是讲述释迦牟尼前生的故事和偈颂诗。

① 高尔基：《文学论文选》第 321 页，人民文学出版社，1959 年版。

佛经故事由于它情节生动，含意深刻，形象鲜明，具有一定的文学价值。其中有神佛仙妖的传说，有善行与恶果，正直和诡诈的矛盾冲突，有安邦治国，待人接物的道理，有散文和诗歌，有说理和叙事，有讽刺和笑谑。篇幅一般都短小精悍，富有吸引力。

（二）史诗和往世书时期（前 4 世纪—5 世纪）

公元前 4 世纪，摩揭陀人旃陀罗笈多（前 320—前 297）建立了孔雀王朝。到他孙子阿育王时代，国力最为强盛，统一了全印度，构成一个幅员辽阔的帝国。这时期文学中最伟大的作品是两部史诗《摩诃婆罗多》和《罗摩衍那》。其基本内容在公元前 5 世纪已形成。马克思把《摩诃婆罗多》称作印度的《伊利亚特》。一般研究者认为这部史诗反映了雅利安人在侵入印度后向东部恒河流域迁徙及奴隶制国家形成时期的故事，而《罗摩衍那》则反映了雅利安人越过印度中部文底耶山，把势力伸张到南方的故事。

史诗是在原始公社解体向奴隶制过渡时期，或奴隶制形成初期产生的。原始公社的解体是随着社会两次大分工而来的。第一次社会大分工是农业和畜牧业的分工，第二次社会大分工是农业和手工业的分工。由于两次大分工的结果，产生了私有财产和商品交换，使原来以公有制为基础的原始公社趋向解体。社会大分工变成了社会大分裂。公社解体期间，各部族都发生了大规模的民族兼并战争。因为在战争中可以获得财富和劳动力，把战败者家属及其子女变作自己的奴隶。从而产生了奴隶与主子的社会。这种无阶级过渡到有阶级的时代，产生了一大批史诗作者，反映的是民族兼并战争和奴隶制国家形成初期的面貌。印度史诗和荷马史诗都毫不例外地反映了这一历史时期。《摩诃婆罗多》是描写两个王族俱卢族和班度族争夺王位的故事，篇幅庞大，内容包罗万象。《罗摩衍那》是描写王子罗摩与妻子悉多公主悲欢离合的故事，其中充满人和魔、善与恶的斗争。对于这两部史诗，我们将另作专章分析。

《往世书》是印度的神话历史传说，有 18 部大往事书，其诗节总数超过 40 万颂，相当于《摩诃婆罗多》的 4 倍。文体格式和《摩诃婆罗多》一致。另外还有 18 部小往世书，其影响和流行面均不如大往世书。大往世书基本内容是歌颂婆罗门教三大神的，兼有法律、医学、诗论、修辞学等方面的知识。其中《梵天往世书》，讲梵天在金卵子中沉睡了一千个时代才降生，金卵分成两半，一半变成天，一半为地。然后，梵天开始创造天神、仙女、凡人、恶魔和动物等宇宙万物。这位大神长着四个头，面向四方，高踞在莲花座上。他妻子是掌管文艺的女神，是在他大拇指上降生的。大梵天生有十几个儿子，都是神仙，其曾孙摩奴为人类始祖。

《薄伽往世书》、《毗湿奴往世书》是描写大神毗湿奴的。毗湿奴（又译遍入天）有四只手，分别拿着神螺、神盘、神杵和莲花。有时他躺在一千条蛇身上，有时骑在一只大鹏鸟背上。他是保护神，因此多次下凡救世。如在洪水泛滥时，他化作头上长角的鱼，救了人类始祖摩奴。恶魔阿修罗把大地拖进大海，他化为野猪，用獠牙托出大地。他的妻子为吉祥天女，手持莲花，美妙绝伦，象征着幸运和财富。在《摩诃婆罗多》中，毗湿奴化身为黑天，主持正义，帮助班度王子恢复了王位。在《罗摩衍那》中，他化身为罗摩，他的妻子吉祥天女化身为悉多。他们都战胜了十首魔王罗波那。毗湿奴还化身为佛教始祖释迦牟尼，普救众生。

《湿婆往世书》是讲大神湿婆故事的。他是一个苦行僧，有四臂三眼。额上的那只眼睛能喷射火焰。头上有一弯新月做装饰，颈上缠一条大蛇，骑一头大白牛。终年住在喜马拉雅山雪山顶上，获得了深奥的知识和神奇的力量。但他不是不食人间烟火的，他娶了雪山神女为妻。他是一切妖魔鬼怪的统帅，又是舞蹈之神，创造了刚柔两种舞蹈，有时他和妻子一起放纵狂欢。

整个世界就在这三大神的主宰下，循环不息地进行“创造—保护—毁灭”。

（三）古典梵语文学时期（1—12 世纪）

古典梵语文学是指这时期文学用规范化的梵语来书写，和两大史诗及佛经用通俗梵语书写不同。这个时期开始于 1 世纪左右。320 年，印度建立了笈多王朝，这是继孔雀王朝之后，又一个强盛的帝国。由于笈多王朝统治者奖励文学，于是在 4 至 6 世纪出现了古典梵语文学的黄金时代。这时期文学创作可以分作以下五方面来谈。

1. 诗歌创作

当时叙事诗和抒情诗都很繁荣。叙事诗在印度称“大诗”。最早叙事诗的作者是马鸣（约 1、2 世纪），他是一个佛教徒，写了两部叙事诗作品《佛所行赞》和《美难陀传》。前者是一部赞颂释迦牟尼的诗，从他乘象入胎写起，到他在双树下圆寂为止，记叙了他一生的事迹。此诗在印度只发现梵文本的前半部，全本的有汉译本和藏译本两种。汉译本是在东晋时期由印度僧人昙摩谶翻译的，约 9 千句。《美难陀传》是描写释迦牟尼（佛陀）的堂弟难陀与孙陀利恋爱的故事。

著名诗人和戏剧家迦梨陀娑也创作了两部叙事诗《罗怙世系》和《鸠摩罗出世》，均取材于大史诗和往世书。前者是讲罗摩及其祖先的故事，后者是讲战神鸠摩罗（湿婆儿子）的故事。继迦梨陀娑之后，有诗人婆罗维（约 6、7 世纪），写了长篇叙事诗《野人和阿周那》，共 18 章，取材于《摩诃婆罗多》，描写班度族王子阿周那为求得战胜敌人的法宝，在雪山修行的故事。另一位诗人摩伽（约 7 世纪）写了长诗《童护伏诛记》，20 章，亦取材于《摩诃婆罗多》，描写黑天杀死寻衅闹事的童护王的故事。此外，还有跋底（约 6、7 世纪）写有《罗波那伏诛记》，20 章，取材于《罗摩衍那》，歌颂的是罗摩杀十首魔王罗波那的故事。

在抒情诗写作方面，有迦梨陀娑的抒情诗集《时令之环》（一译《六季杂咏》）和抒情长诗《云使》。这两部作品描绘了大自然美丽风光，又饱含着浓郁的抒情色调，是抒情诗的上品。仅次于迦梨陀娑的抒情诗人是伐致呵利，他写了抒情诗集《三百咏》，其中包括《世通百咏》、《艳情百咏》、《离欲百咏》。诗人阿摩卢写了《阿摩卢百咏》，是一部描写风流荡妇的艳诗集。在抒情诗作中，篇幅较长的是东印度诗人胜天（约 12 世纪）写的抒情长诗《牧童歌》，有 12 章，描写牧童黑天（大神毗湿奴化身）和牧女罗陀的爱情故事。其诗歌形式具有民间文学特色，并富有音乐性，曾受到德国诗人歌德的赞赏，认为作品通过多变的色调，把一个极简单的主题表现得“无有止境”。

2. 戏剧创作

这时期著名的戏剧家有马鸣、跋娑、首陀罗迦、迦梨陀娑、戒日王、薄婆菩提、毗舍佉达多、那罗衍等。其中名剧有首陀罗迦的《小泥车》，这是一部反映当时现实生活的作品。剧本有两条线索：一条描写婆罗门商人善施与妓女春军的爱情故事，一条描写人民起义。作家站在被压迫人民的立场上，揭露了统治阶级的荒淫暴虐，歌颂了人民为推翻暴政的斗争。这时期，迦梨陀娑写作的名著《沙恭达罗》是印度最优秀的剧本，描写净修林仙人的义女沙恭达罗和国王豆扇陀的爱情故事。剧本充满诗情画意，描写细腻。我们将另作专章介绍。

跋娑（约 3 世纪）有十三部剧本，统称“跋娑十三剧”。这些剧本和马鸣的三部剧本残卷是后来被发现的。其中《惊梦记》是跋娑的名剧，描写优填王的国土受敌人侵犯，必须和强大的摩揭陀国联姻，娶莲花公主为妻，才能保全国家。但优填王笃爱自己的王后仙赐，不愿再娶。宰相和仙赐王后出于爱国，他们施出计策，撮合了优填王和莲花公主的婚事。婚后，优填王仍怀念伪称被火烧死的仙赐。

一日，莲花公主患病，优填王前去探病，见公主不在房内，便躺在床上睡着了。接着，莲花公主的侍伴仙赐也来探病，她以为床上睡的是公主，坐在床边等候。这时，听见优填王在蒙眬中叫喊“仙赐”的名字。仙赐大惊，起身走开，但已被优填王在蒙眬中看见。他高兴地对进来的弄臣说：“仙赐还活着哩。”弄臣说可能是国王在做梦。后来，优填王在摩揭陀国的帮助下，打败了敌人，收复了国土。这时，乔装的仙赐才恢复了本来面目与优填王团聚。剧本歌颂了爱国思想和忠贞的爱情，情节较曲折，善于描写人物的内心冲突，语言也富有表现力。

戒日王（590－648）是一位国王，名喜僧。著有戏剧三种：《璎珞传》、《妙容传》、《龙喜记》。前两剧描写宫廷风流艳事。《龙喜记》取材于佛经，描写持明国太子云乘舍身救人的故事。云乘是一个有恻隐之心，把名利看得很淡薄的人。有一回，他在森林的庙里遇见了一位美丽的公主，两人一见钟情，经过一番曲折和误会，终于结成了连理。婚后，云乘太子在海滨散步，看到海滩上龙骨狼藉，原来这些龙骨都是被金翅鸟吃剩的残骸。刚好这时，龙宫的螺髻太子又要做金翅鸟的牺牲品了。他看到龙太子和母亲告别时难舍难分的悲惨情景。于是，云乘决心舍身去搭救龙太子。他穿上红衫（一种献祭的标志），躺在祭祀岩石上面。金翅鸟飞来了，叼起云乘就走。太子珠冠从空中落下，恰好被公主看见了。人们便沿着沙滩上的血迹，寻到了金翅鸟居住的山岭。这时云乘已血肉模糊了，但他没有后悔，而是感到替人受难的愉快。他教训金翅鸟今后不要再做损人利己的事了。金翅鸟受到感化，飞上天去请天帝赐甘露。不久，合理女神持净瓶来到，她用甘露洒在云乘太子身上，他便死而复苏，洒在龙骨上，那些死难的龙，也都恢复了生命。剧本斥责了罪恶，颂扬了云乘为成全他人的幸福而甘愿自我牺牲的精神。

薄婆菩提（约8世纪）出身于婆罗门学者世家。在印度，人们把他的戏剧成就和迦梨陀娑并列。他著有三部剧本：《大雄传》、《罗摩后传》、《茉莉和青春》。前两部剧本是描写罗摩的故事，内容与史诗《罗摩衍那》差不多。《茉莉和青春》是其代表作，一部恋爱故事剧。名门小姐茉莉爱上了公子青春，但国王擅自做主，要茉莉的父亲将女儿许配给他的幸臣南达德。茉莉女友和教母鼓励茉莉和青春按“干闼婆”的方式自由结婚。但茉莉怕辱没高贵门庭，不同意。青春感到绝望，夜间出门游荡，刚好遇到巫婆把茉莉摄去祭神，青春奋力抢救，杀死了巫婆。他们终于私自结婚了。这时，国王强迫茉莉和他的幸臣成亲。青春的好友摩格伦德冒充新娘嫁到南达德家。洞房中，假茉莉坚决拒绝南达德的调情，南达德盛怒之下，拂袖而去。他的妹妹玛德衍蒂进房来劝解“茉莉”，却和摩格伦德结成良缘。于是，国王大怒，派兵搜捕两对情人躲藏的寺院，青春和摩格伦德奋力抵抗。国王见他们英勇非凡，便饶恕了他们的罪过。最后是有情人终成眷属。这部剧本具有反封建、提倡婚姻自由的民主思想。情节也巧妙动人，文辞较为华丽。

此外，毗舍佉达多（约 7、8 世纪）写的《指环印》和那罗衍（约 8 世纪）写的《结髻记》，也都是当时较有名的剧本。

3. 寓言和故事

寓言和故事在梵语文学中很发达。著名的作品有《五卷书》、《伟大的故事》和《故事海》。

《五卷书》是一部诗文并茂的寓言集。作品采用大故事套小故事的方式，共包括 80 多个故事。作者在《楔子》中，说明了编写本书的目的和用意：一位国王生了三个愚鲁的儿子，大臣出主意请来一位婆罗门，在六个月内把王子们教得聪明起来了。这位婆罗门不采取传统的教学法，而是编了这部有故事又含意明确的教材。《楔子》强调了这是一部教谕性的作品，作者还说：“生子愚蠢不如无后。”但作品讲述安邦治国的大事不多，主要是讲述生活和做人的道理。反映了当时市民阶层意识。从其内容上看，既有对奋斗向上、克己让人、聪明睿智、友谊真诚的歌颂；又有相信命运、拜金主义、歧视妇女的糟粕。全书分作五部分：《朋友的决裂》、《朋友的获得》、《乌鸦和猫头鹰从事于和平与战争等等》、《已经得到的东西的丧失》和《不思而行》。《五卷书》便由此得名。6 世纪被译成波斯语。阿拉伯的寓言集《卡里来和笛木乃》实为《五卷书》的改写本。后来，仿《五卷书》的作品还有《嘉言集》。

《故事海》是一部诗体故事总集。作者月天（约 11 世纪），根据现已失传的俗语故事集《伟大的故事》改写的，共 18 卷，124 个波浪（章）。作品以优填王父子的故事为线索，安插了 171 个故事。而且这些故事中还套有小故事。作品中描写的人物上至王子、婆罗门，下至妓女，展示了一幅幅古印度封建社会的生活图画。其中女性描写占了相当大的位置，许多故事歌颂了女性的聪明才智，谴责了贪婪和好色。如一个叫乌波高莎的漂亮妇女，她丈夫不在家，那些有钱有势的人，便对她进行调戏。王子侍从约她一更幽会，国王祭司约她二更幽会，大法官约她三更幽会，她的家产托管人（一个商人）又约她四更幽会。乌波高莎事先准备了一大缸黑烟，掺进油膏作涂料，还预备了一个大箱子。晚上，首先王子侍从前来约会。乌波高莎要他先去沐浴，由女仆把他带进漆黑的内室，给他涂上一层厚厚的黑烟。这时，祭司敲门前来约会，女仆叫侍从赶快藏进箱子。然后，女仆如法炮制，把先后前来约会的祭司、大法官、商人都抹了一身黑烟。只是没有把商人关进箱子，而是把他轰了出去。天亮后，乌波高莎到国王那里控告商人贪没她家的财产。商人否认。乌波高莎叫人抬来箱子，说她把家神供在箱子里，可以作证。接着，她高声对箱子喊道："家神们，快说实话，否则要打开箱子了。"三个被关在箱子里的色鬼，怕出乖露丑，同声回答乌波高莎说的全是实情。国王怀疑，令人打开箱子，见到三个乌黑而赤条条的男人。国王问是怎么回事，乌波高莎便把事情经过讲了一遍。国王便命令把王子侍从、祭司、大法官、商人驱逐出境。《故事海》中的故事大都诙谐幽默，朴素生动，具有浓厚的民间文学特色。

此外，还有以健日王（一译"超日王"）的事迹为核心的故事集两部：《僵尸鬼故事》（25 则）和《宝座故事》（32 则）。

4. 小说创作

著名的有檀丁（约 7 世纪）的《十公子传》，苏般度（约 7 世纪）的《仙赐传》，波那（约 7 世纪）的《迦丹波利》和《戒日王传》等。

《十公子传》是一部负有盛名的传奇作品，也是世界文学中最早的游侠小说之一。作品内容讲印度一国王被敌国打败了，国土沦陷。国王和四个大臣出逃。在森林里，王后生下太子王乘，跟随国王的四个大臣的眷属，也各生下一子。后来，国王又收留了五个被人遗弃的男孩，这样合起来十个公子。公子们长大后个个文武双全。国王便派他们去收复失地，由太子王乘作首领。可是，他们在途中失散了，九个公子分头去寻觅太子。每个人都有一番冒险的经历，最后，他们又重逢了，于是各自讲述自己的冒险故事。

《十公子传》原本十章。每人讲述自己的冒险经历各占一章。书前有《引子》，说明十公子的来历。现只剩八章，并由后人补足了开头和结尾。公子们讲的故事各不相同，但大都战胜了恶人和妖魔，而且还有爱情艳遇。结尾是讲公子们出发挫败了敌国，收复了失地。老国王退位后，由太子王乘登基为王。这部作品反映了印度中世纪的社会面貌，通过十公子的游历，较广泛地描写了社会生活。其中有贵族宫廷的生活，市井平民的生活，还描写了宫廷政变、大饥荒、奴隶拍卖，以及斗鸡、杂技、江湖术士行骗术等。作品对平民采取同情的态度，文辞较为华丽。

5. 文艺理论著作

有婆罗多仙人的《舞论》，檀丁的《诗镜》，婆摩诃的《诗庄严论》等。《舞论》是一部古老而罕见的戏剧理论著作。这里的"舞"实际指戏剧。印度戏剧演出包括音乐和舞蹈。全书 39 章，论述了戏剧的题材和结构，角色和台词，戏剧类型和情调等。《诗镜》一说是檀丁的作品，也有说不是的，共 3 章。《诗庄严论》10 章。这两部书着重论述的是文体和修辞。这些理论著作对促进印度文学、特别是戏剧创作的发展起过一定的影响，对研究印度文艺美学也是不可多得的著作。

（四）地方语言文学发展时期（11—19 世纪）

印度地方语言文学发展原因有二：一是封建领主割据称雄，外族不断入侵，造成印度四分五裂的局面。自公元 10 世纪末开始，信奉伊斯兰教的突厥人——阿富汗的伽色尼王朝和廓尔王朝先后统治了印度西北部。13－14 世纪有蒙古人 4 次入侵，直到 19 世纪中叶，印度沦为英国殖民地为止。将近一千年，印度没有一个统一的政治局面。二是伊斯兰教传入，伴随着波斯和阿拉伯文化的渗透，加速了梵语文学的衰落。从 11 世纪开始，梵语文学已走下坡路了，14 世纪前后，已到了暮年。与此同时，各地方语言文学却发展起来了。到 15、16 世纪，地方语言文学先后出现了繁荣的局面。北部地区有印地语文学、乌尔都语文学，西部地区有古扎特语文学、乌拉地语文学，西北部有旁遮普语文学、克什米尔语文学，东部有孟加拉语文学、奥里雅语文学，南部有泰米尔语文学等等。下面介绍其中最主要的三种文学。

印地语文学——

兴起于 10 世纪左右。由于印度北方经常遭到外族侵略，开始在文学中，出现了歌颂王公贵族抵御入侵敌人的叙事诗。如诗人金德·伯勒达依（12 世纪）写了长诗《地王颂》，维德亚伯迪写了长诗《吉尔蒂颂歌》，体现了民族爱国意识。14 世纪民间诗人格比尔达斯写了四行一首的格律诗。15 世纪织工出身的诗人迦庇尔（1440－1518）写了诗歌《五千颂》及阐发教理的诗歌《罗摩尼》，在印度流行很广，诗人也被尊为锡克教的始祖。诗人加耶西（1493－1542）的名作《伯德马沃德》是一部叙事长诗，描写王子勒登森历尽千辛万苦与狮子国美丽公主伯德马沃德结成良缘的故事。诗人苏尔达斯（1478－1581）写有诗歌总集《苏尔诗海》，同时，他也是一个崇拜黑天的诗人，写了不少颂扬黑天的诗歌。诗人杜勒西达斯（1532－1623）的长篇叙事诗《罗摩功行录》是对大史诗《罗摩衍那》的改写本，在印度北部和中部影响很大，甚至超过了大史诗。作品分作 7 篇，其中 6 篇都沿用《罗摩衍那》的篇名。

乌尔都语文学——

渊源于波斯古典文学，于 11－12 世纪开始发展，在巴基斯坦，乌尔都语现已被列为国语。其最早的诗人是霍斯陆（1253－1325），他著有诗集《哈里格·巴里》，被誉为“印度的鹦鹉”。15－17 世纪，乌尔都语的文学中心在德干王国。诗人夏赫（1581－1611）写了《古特布·夏赫诗集》，是一部反映德干现实生活的诗集。诗人瓦里（1668－1744）写有《瓦里诗集》。18 世纪后，文学中心转移至德里，形成德里诗派。其中著名代表是密尔（1722－1810），他写过七部诗集，用明快通俗的口语写作，其中较著名的有诗集《爱情的火焰》等。他的抒情诗被认为开创了乌尔都语文学史上诗歌创作的新阶段。他写的叙事诗有《狩猎篇》、《家境》等。散文作家迦利布（1797－1869）写的《迦利布书札》被认为是乌尔都语散文范本。他还著有书信集《印度的芬芳》，文论著作《天赋的智慧》等。

孟加拉语文学——

开始于 10 世纪。它是在梵文文学和民间文学的基础上发展起来的，多半为诗体作品。最早书面作品是 10－12 世纪之间成书的《恰利耶歌集》。14 世纪后，颂诗有了很大发展，有歌颂湿婆女儿的颂诗《摩那萨颂》，歌颂湿婆妻子琼基（难近母）的颂诗《琼基颂》。抒情诗人钱迪达斯写了《黑天颂》，维德亚伯迪写了《维德亚伯迪诗集》。16 世纪歌颂毗湿奴的诗歌创作达到繁荣阶段。与此同时，用孟加拉语改写的大史诗《摩诃婆罗多》有 30 余种，改写的《罗摩衍那》有 20 余种，均促进了孟加拉语文学的发展。

二、近现代文学

17 世纪开始，英帝国主义把势力伸张到印度。18 世纪普拉西战争后，英国夺取了孟加拉地区；迈索尔战争（前后四次）后，英国夺取了印度南部迈索尔地区。到 1849 年，印度已彻底沦为英国殖民地。在英国入侵期间（18 世纪至 19 世纪上半期），印度文坛出现一片萧条的景象。印度人民曾被迫多次举行武装起义，如 1857－1859 年反英民族大起义，1905 年孟加拉人民的反英斗争，1907 年铁路工人大罢工等。这不仅打击了英国的殖民统治，而且也促进了民族意识高涨和民族爱国文学的形成。苏联十月革命的胜利，也给印度民族解放运动很大的鼓舞。这时，印度国大党（成立于1885年12月）领袖甘地（1869－1948）提出对英国采取非暴力的不合作运动。1919年和1930－1934年，曾两次掀起民族解放运动新高潮，要求印度独立，斗争一直延续到第二次世界大战之后。1947年，英国才同意印度独立，但利用教派（印度教和伊斯兰教）的纠纷和民族矛盾，使印度和巴基斯坦分裂成两个国家。

印度的近代、现代文学便是在这种反殖民斗争中成长和发展的。这里特别要提到的是1936年以作家普列姆昌德为首发起和成立的全印进步作家协会，团结了一大批爱国知识分子，推动整个印度文学朝向民主和民族革命的方向发展。正如协会纲领中要求的：作家必须参加到解放祖国的运动中去，贡献自己的一切，为实现印度人民的自由而斗争。第二次世界大战期间，协会公开反对法西斯势力，揭露了印度的“第五纵队”。1949年，协会在宣言中说：“文学在反帝斗争中不是消极的，它必须有效地完成它鼓舞、领导、指引人民为完全的独立民主而奋斗的任务。”印度现代文学使用的是地方语言，梵语已销声匿迹。印度独立后，仍未完成文字统一工作。

印度近现代文学中，涌现了一批著名的作家。如孟加拉语中的泰戈尔，印地语中的普列姆昌德，乌尔都语中的钱达尔，以及用英语写作的安纳德等。他们的创作都具有全印度性，现逐一介绍如下。

泰戈尔（1861－1941）是印度近代文学中最杰出的代表。世界著名诗人。他一生追求祖国的自由独立，各民族的和平友好。在诗歌创作中，他以清新、流利的孟加拉语，抒写他对大自然和生活的热爱，具有浓厚的抒情意味，并富有曲折的韵味，柔和的色彩，新奇的节奏。著名诗集有《吉檀迦利》、《新月集》、《园丁集》、《飞鸟集》等。其小说创作反映了印度人民在帝国主义和封建制度双重压迫下要求改变自己命运的愿望，充满爱国精神和反抗斗争的意识。著名小说有长篇《戈拉》、《沉船》等。对这位伟大作家，我们将另作专章介绍。

普列姆昌德（1880－1936）是印度现代文学创始人之一。以描写农村生活见长。在印度文学史上，他是第一个把农民作为文学主人公来描写的作家。普列姆昌德出身农村，原名藤伯德·拉伊。祖上务农，父亲在邮局任职。由于父母早丧，16岁那年，他便挑起维持家庭生活的担子。最初，充当家庭教师。后来，在公立学校当教员、督学，并通过自学取得文学学士的学位。41岁那年，他响应甘地不合作运动的号召，辞去公职，专门从事创作活动。他原先用乌尔都语写作，后来改用印地语写作。1907 年，他出版第一部短篇小说集《热爱祖国》，以满腔爱国热情，揭露了殖民制度的丑恶，号召人民为谋求祖国独立而斗争。为此，他被殖民当局传讯。法官当面指责他的小说“充满煽动性的言论”，下令焚毁了还未出售的 700 册小说。他用印地语写作的第一部长篇小说《服务院》，描写歌妓苏曼的命运，提出妇女遭受社会压迫和歧视的问题。这部作品的成功，使普列姆昌德成为全印度著名的作家。

1922 年，他出版了长篇小说《仁爱道院》，描写一个叫葛衍纳的地主心术不正，对农民实行残酷的压迫。他为了获得大姨子卡耶德利的大笔遗产，背着妻子向她调情，并布下情网，把她俘虏了。后又怕事情败露，对严词指责他的岳父下毒。他为了霸占家财，利用田庄上农民打死他管家的事件，诬陷刚从英国回来的哥哥普列马煽动农民闹事，并向警察行贿，把他的哥哥和许多农民逮捕入狱。后来，普列马在医生和律师的帮助下，获得释放。他和妻子搬到乡下茅屋居住。普列马是仁爱和非暴力的代表。在那儿，他从事教育孩子的活动（其中包括葛衍纳的儿子马亚）。马亚和父亲相反，很懂道理，接近农民。长大后，他做了土邦王公。他让农民过着自由和彼此相爱的生活，不再有压迫和欺凌，农村出现了一幅欣欣向荣的“仁爱道德”的图景，农民在这里得到了幸福和满足。这部小说，真实地反映了农村阶级压迫的事实，刻画了刁钻、贪婪和残酷的地主形象。但作家竭力宣扬的是人道主义和改良主义思想，具有幻想性。

1927 年，发表《舞台》（又译《残酷》），作品反映了新兴的资本主义如何侵入古老的农村。作品主人公是一个瞎子和乞丐苏尔达斯。他有一片祖传的土地，在农村供村民放牧。后来，一个资本家看中了这片土地，要买下来修建卷烟厂。苏尔达斯认为建工厂会破坏社会秩序，同时村民也不能在那里放牧了，他不肯出卖，引起了一系列斗争，最后苏尔达斯死了，工厂建起来了。从作品中，可以看到资本家勾结土公贵族压迫农民的一幕。同时，也刻画了苏尔达斯的坚忍不拔、不畏强暴的精神。他是印度传统道德体现者，又是一个落后保守的人。最后，他在旧传统观点和新的历史潮流的搏斗中失败了。

1930 年以后，普列姆昌德陆续出版了长篇小说《贪污》、《圣洁的土地》等，并创办了大型文学刊物《天鹅》和《觉醒》。1936 年，印度进步作家协会成立，他被选为主席，同年 10 月 8 日病逝于故乡。普列姆昌德一生创作了 15 部中篇和长篇小说（包括两部未完成的作品），约 300 篇短篇小说，收录在题名为《圣湖》

的八部集子中。

普列姆昌德公认的代表作品是他逝世那年发表的《戈丹》。这也是一部反映农村题材的作品。作品通过农民何利三次买牛梦想破灭的故事，反映了农民悲惨的生活。何利是个租种地主莱易老爷土地的佃农，他一生美梦就是希望自己有一头母牛。把它拴在大门口，可以给孩子们挤奶喝，也可以为家门增添光彩。第一次，他向牧人薄拉赊了一头牛，当母牛牵回家时，他的弟弟怀疑分家不公，把母牛毒死了。第二次，他准备用卖甘蔗的钱买牛，但何利欠了高利贷者的钱，高利贷者买通糖厂资本家，在付款时，扣除了何利的借款。何利的梦想再次落空。村里婆罗门达塔丁见有隙可乘，允许借给何利耕牛，从而把他变成自己的雇工。第三次，他的儿子、儿媳从城里回来了。他为了给孙儿买头母牛，白天做苦工，晚上和妻子一道搓绳子，好不容易积攒下 20 个安那。可是，他在地里干活时倒下了。按风俗，临死前要举行“戈丹”的宗教仪式，请婆罗门来“净化灵魂”，并以一头母牛作为谢礼。于是这 20 个安那，又作为牛的代价，落入了祭司的荷包。何利到死都未能实现买母牛的愿望。

作家指出写作这部书的目的，是力图通过一个普通农民苦难的一生，来揭发印度在英国殖民统治下，农民所遭受的残酷的剥削和压迫，向人吃人的社会和野蛮的风俗提出血泪的控诉，并以人道精神同情劳动人民的苦难。主人公何利是一个勤劳、善良的印度农民。他的一生葬送在地主、高利贷者、婆罗门、官吏的手中。地主莱易老爷因为嫁女、竞选和田产诉讼要花钱，硬逼着何利还清三年的欠租。否则，便向法院控告，还要抽回租给他耕种的田地。何利为了筹备钱，只好把女儿嫁给一个老头子。何利弟弟毒死母牛后，巡官来调查，何利为顾全家族体面，只好借高利贷贿赂巡官。何利的儿子爱上一个寡妇，并使女方怀了孕，何利夫妇只好收留下这个没有办任何婚姻手续的媳妇。村里长老们认为是伤风败俗，联合起来对他大肆敲诈勒索，并以开除教籍作威胁，罚他交出一百卢比和两千多斤粮食。为此，他把房屋也抵押出去了。他由一个佃农，变成贫农，最后破产成为雇农。

何利受尽剥削和压迫，但他深受封建礼法和宗教迷信的束缚，缺乏觉悟，不敢斗争。他逆来顺受，甚至连走路都低着头。他认为“别人踩在自己身上，只有放聪明点，在他的脚板底下搔搔痒”，“命中注定享福的才能享福”。为了顾全面子和占点小便宜，他去巴结地主和巡官，免得租田被收回、财产被法院没收。

与何利形成鲜明对照的是他的妻子丹妮亚。她大胆泼辣，敢于反抗。首先，她反对巡官借故敲诈勒索，使得对方狼狈不堪。其次，她蔑视教规和传统习俗，果断地收留了怀孕的寡妇，并认为长老是夺人田产的恶魔。但由于她势单力薄，反抗并没有收到积极的成效。

《戈丹》一书标志着印度现实主义文学创作达到一个新的水平。普列姆昌德创作的意义：一是，他在印度文学史上，第一个在作品中揭示了印度受压迫、受歧视的“贱民”阶层的生活。同时，他也是一位在英国殖民统治下，印度人民起来反抗斗争的写生画家。他倡导和平民主，反对帝国主义的压迫和封建阶级的残酷剥削，揭发了宗教的虚伪和荒诞，获得了“仇恨传播者的称号”。二是，他的作品沿着现实主义指导的途径前进，具有动人的情节，深刻的心理描写，辛辣的讽刺。达到了较高的艺术水准。在印度文学发展中，有过积极的影响。但普列姆昌德受了“梵社”思想影响，作品带有浓厚的改良主义色彩。

安纳德（1905－2004）是继普列姆昌德之后的著名作家、社会活动家。他的创作活跃于20世纪三四十年代。他出生于白沙瓦（今属巴基斯坦）的一个铜匠家庭，母亲为农民。安纳德童年与农民和贱民的孩子为伍，熟悉下层人民的贫困生活，连年饥荒的情景，以及他们对土地的渴望。他20岁毕业于旁遮普大学，后去英国留学，从事哲学和文学研究，4年后获得哲学博士学位。他回国后，最初写一些绘画和艺术方面的论著。30年代中期，他专门从事文学创作。他以印度社会中，处于最底层的贱民和苦力作为主人公，写了著名的三部曲：《不可接触的贱民》(1935)、《苦力》(1936) 和《两叶一芽》(1937)。

印度在20世纪30年代，民族意识进一步高涨，社会斗争的一项重大任务是废除种性制的残余——“不可接触的贱民”。一方面殖民统治者和印度封建势力，为了巩固他们自己的统治，极力维护这种不合理的等级制度；另一方面，深受压迫和开始觉醒的“贱民”，为争取自己的人权展开了斗争。安纳德为配合这场斗争，写了一连串以“贱民”为题材的作品。作家的立场是完全站在“贱民”一边的。

《不可接触的贱民》情节发生在一天之内。清道夫马克哈去打扫街道和寺庙，无意中碰了一个过路的印度高等人。那人大骂他，还打了他两记耳光。马克哈来到寺庙，一个婆罗门调戏他妹妹莎喜妮，调戏不成，反诬赖莎喜妮玷污了他的高等种姓。人们对兄妹俩都怒目而视。在印度高等种姓人看来，“贱民”是最卑下、最肮脏的动物。那位被马克哈碰了一下的人骂道：“你这猪，你这狗，你干吗不叫一声，让我知道你来了，你这畜生，你难道不知道你不应该碰着我吗!?”当他的吵闹声引来围观的群众时，他又高声喊道：“他走起路来像个大老爷，像个总督！老乡们，且想想看，想想这样的无法无天!”

由于种姓制度的思想长期扎根在印度人头脑里，围观的人们没有人同情马克哈，反而说他的不是，侮辱和嘲弄他。作家对“贱民”出路的问题在作品中进行了探索。摆在马克哈面前有三种道路：一是改信基督教，一个英国传教士死死缠住他，要拉他入教，因为耶稣基督主张博爱、平等。但马克哈溜掉了。二是信奉甘地主义。甘地主张废除贱民阶层，而且称赞不可接触的贱民“是在把印度社会打扫干净”。在圆形公园，他亲耳听到甘地演讲。这给了他很大鼓舞，决定将清道夫工作干下去，但他又想：“我难道一辈子也离不开茅坑吗?”三是期望将来有一天：在城市采用机器，安装卫生设备，使清道夫转业（作品中一位诗人说的)。这些出路，马克哈未置可否，他想把一天碰到的倒霉的事，回去和爸爸谈谈。作品虽未给“贱民”阶层指出一条明确的解放道路，但它发人深省。本书巨大的进步意义是通过一个“贱民”在一天的遭遇，来暴露印度种姓制度的荒谬和冷酷，为下层人民被剥夺的人权而呼号。

《苦力》是描写苦力孟奴短暂而又悲惨的一生。孟奴是个孤儿，父亲被地主逼租逼死，母亲当了乞丐，他寄养在叔父家。14岁，他离开农村，在印度大小城市中流浪，给人家当佣人、搬运工、纱厂工人、人力车夫。最后吐血而死。死时才十七八岁。孟奴是个诚实、善良的孩子。他从小受到宿命论的深刻影响，认为自己卑微地位是“前生注定”的。后来，他和工人拉丹、莫汉接触，并受到工人罢工斗争鼓舞，才认识到命运是可以用斗争来改变的。可是，这时已经晚了。作家通过他短暂一生的描写，展示了印度苦力在殖民主义和印度资产阶级双重压迫下的悲惨命运和他们的斗争情况。《苦力》中的工人，已不是忍辱负重、低声下气的牺牲者了，而是开始觉悟，并起来和资本家作斗争。正如进步工人沙达说的，世界上只有两种人——“富人和穷人”。他号召受压迫的人站起来，“站起来争取你们的权利，你们这些无家可归的人，站起来为正义而斗争”。工厂工人拉丹爱打抱不平，敢于和压迫者对垒，为工人伸张正义。人力车夫莫汉代表了有觉悟的农民，他要回到乡下去，把地主杀死，把土地夺回来。《苦力》在反映现实的深度和广度方面都前进了一大步。

《两叶一芽》，是三部曲中写得最好的一部。小说出版后曾轰动一时，并引起一场不小的风波。小说在英国和印度都受到查禁，作家也受到暗探监视。这是一部揭示阿萨姆茶园种植场工人生活贫困，自发起来和英国殖民者作斗争的作品。一个破产农民甘鼓，由于听信了英国走狗——苦力贩子的欺骗，离乡背井到英国人开设的茶园种植场当工人。到了那里，他才发觉这个被苦力贩子称为“人间天堂”的茶园，却原来是“人间地狱”。看守像狗一样监视每个工人，工作稍有不力，就要受到责罚、打骂。由于缺乏卫生设备，疾病到处蔓延。甘鼓妻子刚到不久，便死于流行的疟疾病。甘鼓为埋葬妻子，不得不去向富商借债。一次，英国副经理野蛮地鞭打茶工，引起茶园工人的愤怒，同时也激怒了甘鼓。他那听天由命的思想，也被复仇火焰代替了。他认为不能就这样罢休，于是工人掀起了一次抗争运动。甘鼓被殖民者认为是闹事的首领之一。抗争失败后，甘鼓被罚款、开除。一次，洪水又冲掉了他辛勤种植起来的庄稼，他生活变得更加艰难了。最后副经理想强娶他的女儿，开枪把他打死了。《两叶一芽》真实地揭发了英国的殖民政策，他们如何以强盗方式掠夺印度财富，开设种植场，对那些农奴式的茶工进行超经济剥削。同时，作品也暴露了殖民者过着荒淫无耻的寄生生活，以及他们在印度犯下的罪行。法律庇护他们去作恶杀人，副经理枪杀了甘鼓，法庭却判他无罪。因此，书中法庭审判一场是对殖民者的巨大讽刺和血泪控诉。作品也以热情洋溢的笔调，描写了一群虽然愚昧，但却充满求生意志的茶工，他们有理想有抱负，憎恶自己的统治者。作品通过茶工的抗争运动，号召印度人民为摆脱殖民统治而斗争。在艺术上，《两叶一芽》采用情节和场面的映衬手法。一条线索描写殖民统治者荒淫无耻的生活，另一条线索描写以甘鼓为代表的苦力的悲惨生活。两条线交错排列，给人以强烈对比，同时也激发了人们对殖民统治者的憎恨。

1937 年，安纳德以战地记者身份去西班牙，写了一组反法西斯的政论。当英国共产党员作家福克斯在反法西斯斗争中牺牲后，他沉痛地写了一篇回忆录：《福克斯壮丽的一生和他在西班牙前线的英勇牺牲》。1939 年到 1942 年间，安纳德写了另一组三部曲叫“农庄三部曲”：即《农庄》(1939)、《越过黑水》(1940)、《剑与镰》(1942)，描写旁遮普一个青年农民辛格的故事，反映了第一次世界大战前后印度农民的觉醒。作品中“剑”象征侵略者，“镰刀”象征和平劳动，指出印度人民要保卫和平生活，必须和压迫者侵略者作斗争。

第二次世界大战后，安纳德定居孟买，积极参加为争取印度独立的斗争。1948 年 10 月他访问苏联，热烈称赞苏联的巨大成就。高尔基的创作给了他巨大影响，他把高尔基当作自己的老师。他说："高尔基是一个不仅是用语言，而且是用整个身心为俄国革命而战斗的作家。"1953年，安纳德获得世界和平理事会颁发的国际和平奖金。

此外，安纳德还写了长篇小说《伟大的心》(1945)、《七个夏天》(1951)、《道路》(1960)、《晨容》(1969)，短篇小说集《理发匠工会》(1944)、《金床上的沉思》(1953)，儿童文学作品《印度的故事》、《印度童话集》，论文集《为英雄主义辩护》等。

安纳德创作巨大的进步意义在于他是"贱民"阶层的一位伟大歌手，他继承了普列姆昌德描写下层人民的优良传统，而且更进一步把清道夫、奴仆、苦力作为自己同情歌颂的对象。他真实地反映了"贱民"的思想情感和摆脱压迫地位的愿望，这些人物都是些勇敢、勤劳、善良、智慧的人。只是他们这些好的品质被吃人的制度掩盖住了。作家之所以要写贱民，首先是他的爱国的民族意识。他说他写"贱民"，"是因为我对于我的一些同胞不断遭到白种老爷们的侮辱与损害感到一种愤激"。其次，是他对神权和种姓制度的蔑视。他以犀利的笔锋剖开了这种制度和特权的内幕，说明了它的不合理性。再次，是出于对下层人民的热爱。他在《两叶一芽》的前记中说："这些主人公……对我都是亲切的，他们都是我童年和青年时期所熟悉的真人的反映。当我在作品中描述他们的生活的时候，我只不过在报答他们的恩惠而已，因为他们给过我许多鼓舞，使我长大成人。"

钱达尔（1914－1977）以写短篇小说闻名于世。他一生写了400多篇小说，被称为印度的"短篇小说之王"。他出身于中产阶级家庭。他的童年和青年的大部分时间是在克什米尔度过的。他从小热爱文学和大自然。1937年他毕业于拉合尔法学院，同年，参加《信使》、《北方评论》等刊物的编辑工作。1939－1949年，他在全印度广播电台任导演。他的早期创作以描写克什米尔地区的人民生活为主，带有浓郁的地方色彩和浪漫主义情调，如《渔网》、《月圆之夜》等。1943年发表中篇小说《慈善家》，这是一部讽刺性作品，以1943年孟加拉邦大饥荒为题材，标志着作家由浪漫主义过渡到现实主义的创作。此后，他由于参加印度独立运动，作品充满着民族民主的倾向。1947年印度独立后，他出任和平理事会理事和印度进步作家协会总书记。

钱达尔中后期的作品，按其内容可以分作两个部分：一是描写印度劳动人民的悲惨生活及其抗争的作品。著名的有《马哈勒米桥》，作品通过晒在桥左边6条破旧的纱丽，来描述它们主人的悲惨生活。而桥的右边晾着有钱的资产阶级太太小姐们的绸纱丽，从而构成贫富强烈对比。最后作家向人们发问：“你站在桥左边，还是右边?”可以看出作家是站在苦难人民的一边。《花是红的》，是根据1954年孟买纺织工人大罢工而写的作品。“红花”象征着革命，作品描述工人所遭受的残酷压迫，以及他们以斗争求生存，向往光明未来的情景。二是表达作家反对侵略战争、爱好和平的作品。著名的有《给一个死者的信》。作品中，作家引证历史事实，证明美国出兵朝鲜，并不是为了保卫“三八线”，而是为了保卫“帝国主义的防线”，“这条线贯穿整个亚洲心脏，把它所能碰到的一切都加以分割”。作品号召美国人民拒绝战争，并大声疾呼人类和平：“此时此地要有和平，我们的时代要有和平，永远要有和平。”另外，《红心王后》，揭露了美国“文明”假面具。

钱达尔的短篇小说构思巧妙，文笔清新流利，有浓厚的抒情性和丰富的想象力。但他的一些作品以想象来代替对现实的体会和观察，写得不够深刻。

论广博的《摩诃婆罗多》

《摩诃婆罗多》意为“伟大的婆罗多族”。是印度古代两大史诗之一。相传为广博仙人的作品。广博仙人音译为毗耶娑，是否有此人，史书上无可考。至于他的生平事迹更是没有人知道。但这样一部包罗万象的书，出自一人之手是不可能的。实际上它是印度古代诗人、歌手长年累月集体创作的成果。如果广博仙人实有其人的话，可能他对史诗进行了加工和整理的工作。

这部大史诗大约形成于公元前 4 世纪至公元 4 世纪。全诗约十万颂（每颂两行，每行十六个音）。它比荷马两部史诗《伊利亚特》和《奥德赛》加起来，还长八倍；比欧洲大诗人拜伦、雪莱、雨果、普希金全部诗行加起来还长。它是世界文学中最早和最长的史诗之一。从篇幅上说，它仅次于我国藏族英雄史诗《格萨尔》(近两百万行，数千万字)。不过《格萨尔》的出现要比《摩诃婆罗多》晚一千余年。

对《摩诃婆罗多》我们分作以下三个方面进行分析。

一、政治斗争的生动图画

史诗中心内容是反映婆罗多族后裔：俱卢族和般度族为争夺王位的斗争，从而爆发了一场大战。这场大战不像《伊利亚特》那样，进行长期疲惫的战争（10年)；而是速战速决，前后会战只有 18 天。大战结果是两个王族合二而一，表达了国家统一的思想。

这次大战大约发生于公元前 13 世纪至公元前 10 世纪之间。俱卢族首都象城，在今德里东北约 40 公里地方，濒临恒河，也是大战发生地点，又称“俱卢之野”。

当时印度正处于氏族公社解体，进入奴隶制社会时期。在恒河和印度河（在今巴基斯坦境内）流域出现了20个左右的小型国家。这些小国都是在原始公社解体后成立的。他们为争夺财富，扩充地盘，互相进行兼并战争。从史诗中，我们可以看到，这种战争不仅表现为同一血缘的俱卢族和般度族为争夺统治权的斗争，也表现为各部落王国之间的联合和吞并。

史诗通过对大战的描写，表现了两种势力、两种思想的尖锐冲突。体现在以下三个问题上：

（一）战争与和平

史诗立足点是和平统一的思想，因而谴责了战争。并不像《伊利亚特》那样对战争不加指责。特别是史诗谴责了那些只顾自身利益，把国家种族推上毁灭道路的战争发动者。但作者也不赞同一味迁就和忍让的和平。如果和平经过努力仍无法实现的话，就应当对战争狂人进行狠狠的惩罚。这在大战前，般度族召开的会议上，可以看出来。与会者都力图通过和平途径来解决争端。首先，他们派出一个代表，要求难敌王归还般度五子被霸占的国土，坚战王甚至只要求还他五个村庄，他们有个立身之地，就满足了。可是，难敌却说："连针尖大的地方"也不给。接着，黑天（格利什那）作为第二个和平使者前往象城，晓谕大义，进行忠告。他对持国王说："伸出你的手！以你的正直、仁慈、和平，避免这屠杀，保护你的家业吧！"老族长毗湿摩表示赞同，他劝难敌说："依着格利什那的忠告，他为了你的利益，依着他，拯救你的人民、你的朋友和亲戚。"老师德罗纳也劝说"听取他们的劝告，用和平团结你的亲人"，否则，"国王和武装的人民都要为你徒然拼命，兄弟和儿子和亲戚都要为你徒然丧身"。可见，人们并不希望发生战争。然而，难敌和他的追随者们又一次拒绝了和平的建议。糊涂而懦弱的持国王也没有阻拦儿子的狂暴的主张。这样，一场大战便不可避免了。史诗作者对这场战争的起因，归罪于俱卢族，特别是难敌；而同情般度族，认为他们应战是迫不得已的。

这场战争是空前残酷、激烈的。它带来了毁灭和死亡。史诗作者通过以下两方面诅咒了这场战争：

1. 通过大战结果说明战争对谁都是灾难性的。大战中，双方军队（俱卢族有11个师，般度族有7个师）全都覆没了。俱卢族最后只剩下3人，般度族只剩下7人。持国王百子无一生还。一大批优秀战士和英雄被战火吞噬了。俱卢军的老英雄毗湿摩、德罗纳、大英雄迦尔纳均战死沙场。般度族少年英雄激昂和瓶首也都丧生了。作者对他们的死都带有惋惜的心情。

2. 通过战后的悲惨景象来谴责战争。史诗在第十一篇《妇女篇》中，描写了象城的一群贵妇人巡视战场，看到自己的丈夫、儿子和无数将士倒毙荒郊，出现了一幅惨不忍睹的场面，她们失声痛哭起来。

一条条污黑的血流，凝血的头发和头颅，
红红的草原上布满了战士的断手残足；

死了的大象和战马，阵亡的乘车的领袖，
可怕的草原上撒着战士的分开的身首；

豺狼的长嗥呜呜地响彻这杀人的屠场，
兀鹰和老鸦讨厌地飞扑着黑黑的翅膀。

在草原上，突然发出她们的尖声的悲哭，
认出了死者中的她们的父、子、兄弟、丈夫；

她们也看见了饿狼吞噬着不幸的牺牲，
阴暗的午夜的流浪者居然在白昼横行！

痛苦的喊声、悲哀的哭声在草原上荡漾，
她们的脚支持不住了，就一齐倒在地上。

持国王的妻子抱着死去的难敌，哭得死去活来，般度王妻子贡蒂也抱着私生儿迦尔纳的尸体，泣不成声。恒河流水为两岸的悲啼感动，也都呜咽哭泣起来。

这场战争不仅给失败者和胜利者带来毁灭，而且给活着的人带来心灵上的巨大的创伤。年迈的持国王夫妇，失去了百子，给他们增添了更加凄凉的晚景。尽管坚战王把他们当作自己父母一样照料，但填补不了他们内心的空虚、悔恨和痛苦。最先，他们偷偷地绝食，后来，要求到山林中去修行。同样，坚战王在举行了祭奠阵亡将士的“芝麻水祭”后，曾痛苦地对大仙那罗陀说：“大仙，王国确实归我掌管了。可是我的亲属都死了。我们的那些可爱的儿子一个也没有了。这胜利在我看来无疑是惨败。”为了赎罪，他又举行了“马祭”。最后，他抛开王国，带着四个弟弟和黑公主一道到喜马拉雅山修行去了。

史诗强调只有和平安定，才能给国家和种族带来繁荣，才能求得内心平静，实现人们幸福的理想。

（二）正义和邪恶

史诗把俱卢族及其追随者当作非正义的一方，他们注定了要遭到失败的厄运；般度族代表正义的一方，虽然他们在财力、物力、人力上都远不如俱卢族强大，但他们得道多助，齐心协力打败了力量大大超过自己的敌人。正如全胜在大战期间对瞎子持国王说的：“般度族依仗正义，所以胜了。你的儿子们虽然勇敢，然而心术不正，所以命运对他们不利了。”

难敌和坚战在作品中是邪恶和正义的集中代表。难敌从小就嫉贤妒能、贪权势、惯于耍弄阴谋诡计。他骄横自恃，刚愎自用，无疑是个暴君的形象。最初，他忌恨怖军，设计把他扔进恒河，企图把他害死。后来，他又忌妒阿周那的武艺，有意把迦尔纳拉在自己一边，给阿周那树立对头。他为了抢占王位，在瞎子父亲面前搬弄是非，把般度五子迁往多象城居住，同时给他们建造了容易着火的蜡宫，阴谋把他们烧死在宫中。般度五子辛勤建造天帝城，过着富足安定的生活。他又眼红，想侵吞他们的财富。他和母舅沙恭尼合谋，设下了掷骰子的陷阱。般度五子从画军王那里搭救了他的生命，他不仅不感激，反而恩将仇报。当般度五子流放期满，他连一寸土地也不肯归还给他们。他成了制造一场大战的罪魁祸首。

难敌利令智昏，自以为比般度族强大。通过战争，他可以获得他想得到的东西。然而，他的军队内部是不统一的，他的不义行为遭到了毗湿摩、德罗纳等人反对。当战争受挫时，他便埋怨他们不肯用心，偏袒般度五子，甚至怀疑自己接连吃败仗是被他们出卖了。毗湿摩临危时，要他停止这场可怕的战争，与坚战讲和，他理也不理。当他的三个元帅先后战死，军队遭到惨重牺牲时，慈悯大师也提醒他和般度族讲和，但他回答说，和谈时机早过去了！他使生灵涂炭，造成几十万军队死于非命。同时，也给自己带来了灭顶之灾。他在临死前，黑天对他说：“造成你今日的下场的是你自己的罪恶行为……你贪得无厌，因而欠下的孽债，你已在战场上还清了。”

与难敌相反，坚战王是道义的化身，他忠厚、仁爱、守信用、无私心。他代表了当时进步的政治势力。正因为他的忠厚，才一次次中了难敌的圈套。当他和四个弟弟被流放到森林时，怖军和他进行了激烈的争辩。怖军不能忍受这种屈辱的生活，主张立刻去攻打难敌。坚战劝阻他，说“容忍是最高的美德”。后来，他为了防止大战爆发，只要求难敌归还他们五个村庄就可以了。当他不得已卷入了战争的时候，他首先想到的是请求老叔祖毗湿摩和老师德罗纳的宽恕。老叔祖夸赞他是婆罗多族光荣的后裔：“你的行为高尚，符合我们的行为准则。”大战结束后，他并没有陶醉于自己的胜利和获得的王位，而是想起了战争中死去的亲人，一天比一天更加痛苦。最后，他放弃了王位，出家修行，以赎罪过。在史诗作者的笔下，坚战无疑是个贤明的理想的君主。

（三）正法和私欲

史诗中极力宣扬了“正法”的思想。这种“法”是作为国家社会的一种结构秩序，也是人们必须遵从的公理原则。法与非法是区别是非善恶的标准。要执行“法”必须排除私欲，遵守本分。难敌的一切都是从私欲出发的，成了“法”的公开的破坏者。般度族的胜利，被解释为“法的胜利”。在史诗中，法的代表人物是坚战和黑天。坚战是“正法之王”。他既没有野心，也没有私心。他经受了一次次正法之神对他的考验。第一次是他的四个弟弟喝了魔池的水死了，阎摩神允许他一个弟弟生还，问他要选择谁？他选择了异母弟弟。阎摩神问他为什么不选择更有才能的同胞弟弟阿周那和怖军？他回答说：“正法是人唯一的保护者，不是怖军也不是阿周那。如果放弃了正法，人就无可挽救了。贡蒂和玛德利是我父亲的两个妻子，我活着，我是贡蒂的儿子，她没有完全断绝后嗣。为了保持公平，我要求玛德利的儿子无种复活。”

第二次，正法神阎摩变作一只狗，一直跟随去喜马拉雅山修行的般度五子。后来，坚战的弟弟们先后死去。坚战死后来到天堂，看到难敌王高坐在天堂上，而自己的弟弟们则下到地狱里。他愤怒极了，咒骂天神，认为这是善恶倒置，是非不分。要是这样没有天理，他宁可放弃天堂的位置，而情愿到地狱和弟弟们一同受苦。表现了他的刚正不阿。其实，这只是天神们对他的试探，证明他是个大贤大智的人。

黑天是保护神毗湿奴下凡投生的，他代表了神对恶的惩罚。他最大特点是能从实际出发，敢于冲破古老的、过时的法度。这表现在他对兄长大力罗摩的争辩中，对毗湿摩、德罗纳、迦尔纳的惩罚中，对难敌王的谴责中。大力罗摩为避免流血的家族内战，他认为般度兄弟放逐期满，可以获得人身自由，但是他们无权

《摩诃婆罗多》插图

要求归还国土。黑天则主张般度族有权要求归还被难敌用阴谋夺取的国土。如果俱卢族不接受和平解决，也可以使用战争。在战场上，他指使生下来是女人的束发，解除了毗湿摩的武装；命坚战说谎，使德罗纳失去求生勇气，鼓动阿周那向正在推车的迦尔纳放箭，从而把迦尔纳射死。他还用法术使天暗下来，使阿周那完成了在日落前杀死胜车王的誓愿。在怖军和难敌决斗时，他暗示怖军打难敌下半身（按规定武士不准打人下半身），从而把难敌打杀。从表面看来，他的行为有违法度，也使用了诡计，但他认为只要是对恶的惩罚，就不能温文尔雅，况且一些不适用的法也应当得到改变。他说："现在已经是世界历史的第四时代（印度古代传说世界历史有四个时代），前一时代订下的法律已不适用了。"当难敌临死时，责骂黑天搞阴谋诡计，他回答说："这一切都是你的邪恶行为逼出来的。"从而也可以看出作品充满辩证的思想。史诗在第十二篇《和平篇》、第十三篇《教诫篇》中，通过临死前毗湿摩的口，对坚战王讲述了一番治国之道，这也是由乱到治的"法"的思想。它所占的篇幅很大，几乎可以成为一部法典的书。

二、对力的赞美

史诗中塑造了一批生动的、勇猛的英雄。他们是原始人民力的代表者和化身。如般度族的阿周那、怖军，俱卢军的毗湿摩、迦尔纳、德罗纳等。

阿周那是贡蒂与天神因陀罗生的儿子，般度族的大英雄。他的英武类似《伊利亚特》中的阿喀琉斯，是个所向无敌的人物。当他第一次出现在比武场中，作家便描写了他这样一副英姿："他佩带着高高的大弓，围着臂铠，束着宝带，披着黄金甲，庄严豪迈地一步步向前，像是阳光之下的晚霞，衬着彩虹的华艳。"他的武艺比诸王子高出一头，箭无虚发，连续五箭射中奔跑的铁甲野猪的嘴，二十一箭射中悬挂在空中晃动的牛角。后来，他向德罗纳学武艺，德罗纳与木柱王有隙，派迦尔纳和难敌去生擒木柱王，没有成功。派阿周那去，他把木柱王活捉来了。在黑公主择婿比武会上，他的力气和箭术都在众人之上。大力士童护、妖连、沙利耶、难敌、迦尔纳都接连失败了。阿周那轻松地张开了弓，连射五箭，箭箭射中转盘小孔后的箭靶。

阿周那见义勇为，他帮助摩差国打败了从北面入侵的俱卢大军，把难敌、德罗纳逐出战场，夺回了被他们劫掠去的牛羊。在俱卢大战中，他的武力得到充分表现。他在战车上高悬猴子旗，犹如天神临凡，所向披靡，锐不可当。

"阿周那！看！阿周那！"俱卢人高声大叫。骏马和大象都退去，士兵们都溃散、逃跑。阿周那的弓声引起了恐怖，远远近近的人们都"亡魂失魄地飞奔"。阿周那有过人的勇力，但又是一个诚实忠厚的青年。他不说谎，也不对长辈无礼，他在战场上表示：

我拉紧了弓弦，并不对我的伟大的老师，

不对亲爱的父亲作战，一个孝顺的儿子！

为此，他遇到毗湿摩、德罗纳的战车都有意避开。

阿周那也有过一次粗暴的行动，坚战王被迦尔纳打败了，错怪了阿周那。阿周那受不了委屈，便要去拔自己的剑，黑天立刻把他劝住了。接着，他便向自己的兄长赔了不是。

最后，阿周那和迦尔纳之间进行了一场惊心动魄的恶战：

他们交手了，可是谁也不能够将谁击败，

愤怒的两英雄鏖战着，像波浪奔腾澎湃。

阿周那的箭像夏季的洪水似的发射，

迦尔纳的箭又毒蛇似的饮着对手的血。

终于，阿周那像夏夜的火焰一样，"燃烧着熊熊烈火"，以非凡的神力向迦尔纳猛攻，使对方战车陷入泥泞地里，最后，把他杀了。阿周那成为一个勇冠三军的英雄。

怖军力大如牛，是贡蒂和风神生的儿子。他体力过人，食量也惊人，外号叫"狼腹"。他老感到饥饿，吃不够。他立下了不少功绩：在流放期间他杀死了妖怪希丁波，诛灭了危害百姓的钵迦罗刹，把迫害王公贵族的妖连王撕作两半，在摩差国杀死了企图侮辱黑公主的国舅空竹元帅，最后他打杀了难敌王。在战场上，他像《伊利亚特》中的埃阿斯一样，不知畏惧，一直冲杀向前，使敌人的血流成渠。持国王的百子，几乎都死在他的手下。

他性情急躁，不守"规矩"，具有反传统精神。在流放期间，他和坚战进行了激烈的辩论。坚战要他信守誓约。怖军则骂他是个呆子，"就像那些只管声音准确而不知含义如何的背诵《吠陀》经典的人一样"。他认为不应该让持国王那些奸邪的儿子得意，应当立刻进行报仇雪耻；如果杀死一个奸诈的仇敌要入地狱，那么，这地狱对他来说，就是天堂。大战结束后，坚战对持国王不计前嫌，相敬如宾。怖军则不断地对持国王进行讽刺、谩骂，以致持国王自知理亏，出家修行。这是一个心直口快又带几分莽撞的英雄。

迦尔纳是俱卢军力量的代表。他原是贡蒂和太阳神生的儿子，后来投靠难敌王，与自己的亲兄弟作对。他的武艺和阿周那不相上下，善箭术。当他在比武场上出现时：

他像狮子一样壮健，又像棕榈树一样堂皇，

一个完美的大丈夫，行动勇敢，举止安详。

在俱卢大战中，当毗湿摩、德罗纳阵亡后，他继任大元帅。他作战凶猛，怖军和坚战王都被他打得丢盔弃甲，走投无路。但迦尔纳是个悲剧性的人物。他的盲从几乎达到是非善恶不分的程度。由于他是个私生子，从小得不到刹帝利贵族荣誉，成了一个车夫的养子。难敌王不会真正看得起他，只是把他作为工具利用。而他也确实起了助纣为虐的作用。毗湿摩和德罗纳曾谴责他的好战行为，为此，他还和毗湿摩冲突起来。在大战前半段，他对毗湿摩采取不合作的态度。只有当毗湿摩阵亡后，他才愿意出战。当他的战车陷入地里，他请求阿周那不要袭击他，要求"公道"。黑天回答说，迦尔纳自己一向不支持公道，犯了一连串罪行，这就得马上死。史诗作者认为他的下场是咎由自取的，是一个具有高强本领而不明大义的人的悲惨结局。

毗湿摩和德罗纳的性格是矛盾的。论武力，他们都是宝刀不老的英雄，而且是诸王子的长辈。他们都不赞同难敌的为人，同情般度五子。但他们信守效忠王室，遵从刹帝利武士"天职"的誓约，违背自己的志愿，参加了不义的战争。史诗中写道："毗湿摩爱护般度五子，像是他们的父亲。可是，他不能违反对难敌的忠心！"为此，他对坚战兄弟说："孩子们！难敌王是我的主子，毗湿摩并不是奸诈的仆人，他决不背誓！"他们这一古板的信念，便导致了他们自己的毁灭。他们的性格同样具有悲剧的性质。

三、宏伟的结构，浩瀚的篇幅

《摩诃婆罗多》在印度不叫史诗，称为历史。这是一部内容十分丰富而又庞杂的作品，原书共 18 篇，2109 章，约 40 万行，另有第 19 篇《哈利世系》作为补遗。按史诗内容大致可分作三大部分。

第一部分是英雄史诗。其中包括第一篇《始初篇》，讲述婆罗多族先世、般度五子的降生；持国王百子为争夺王位，对般度兄弟的排挤、陷害。这是全书的一个楔子，介绍了所有的登场人物。第二篇《大会篇》是矛盾的总爆发，难敌用掷骰子的奸计，把般度五子流放到森林中去。第三篇《森林篇》，描写般度五子在森林中的生活和斗争。第四篇《毗罗吒篇》，描写般度五子流放期满时的情况，他们乔装打扮进入毗罗吒国王的宫廷当差，并为保卫王国的疆土，建立了功勋。第五篇《备战篇》，描写政治和外交的斗争，双方都在争取盟友，积极投入战前的准备。第六篇《毗湿摩篇》，是对俱卢军老英雄毗湿摩的描写，他担任了十天的大元帅，便受了重伤。第七篇《德罗纳篇》，描写教师德罗纳继任俱卢军元帅后的战况。他只当了五天的元帅，便阵亡了。第八篇《迦尔纳篇》，描写迦尔纳任俱卢军主帅后的战况。他只当了两天元帅，便战死了。第九篇《沙利耶篇》，描写俱卢军最后一任元帅沙利耶的阵亡（他只当了一天元帅）和大战结束。第十篇《夜袭篇》，是大战尾声，描写俱卢军剩下三员战将，夜袭般度军营寨，使双方军队同归于尽的事。第十一篇《妇女篇》，描写双方妇女在战场哭奠自己亲人的情况。第十二篇《和平篇》。第十三篇《教诫篇》描写毗湿摩在断气前对坚战王的教诲。第十四篇《马祭篇》，描写坚战王重登王位，并派阿周那远征，统一全国的事。第十五篇《林居篇》，描写持国王夫妇和贡蒂后出家修行，后被森林大火烧死的事。第十六篇《杵战篇》，描写黑天族人，因内讧互相残杀，以及黑天归天的经过。第十七篇《远行篇》，描写坚战王把国家统治权交给孙子后，带着四个弟弟和黑公主到喜马拉雅山修行。第十八篇《升天篇》，写般度五子和难敌兄弟同登天堂的事。

以上我们可以看到英雄史诗是贯串全书的主线。其中心便是描写俱卢族和般度族为争夺王位的斗争。但从文字分量上来说，它只相当于史诗的五分之一。

第二部分是印度民间传说、故事和歌谣的汇集。它们分布在各篇中，全书大约有 200 个左右的神话传说和民间故事、寓言等。主要分布在《始初篇》、《森林篇》、《备战篇》和《马祭篇》中。其中著名的有七大故事，它们是《罗摩传》、《莎维德丽传》、《那罗和达摩衍蒂》、《沙恭达罗传》、《湿毗王传》、《投山仙人传》、《鹿角仙人传》。这些故事都是通过人物的插话讲述出来的。它们都可以独立成篇，而和中心故事没有多大关系。其中的一些故事，篇幅很长，在印度颇为有名。如《那罗和达摩衍蒂》有 701 颂，3.6 万多行诗。描写国王那罗和公主达摩衍蒂坚贞不渝的爱情故事，他们经历了失国到复国的艰辛历程。是对大史诗中心故事的独特补充和陪衬。《莎维德丽传》有 297 颂，1.2 万多行。描写公主莎维德丽从死神阎摩手中搭救丈夫的故事。

《摩诃婆罗多》

史诗中有五篇著名的颂歌，印度称为“五宝”。它们是《薄伽梵歌》(《神之歌》)、《续薄伽梵歌》、《毗湿奴千名录》、《毗湿摩颂》、《象王的解脱》等。

第三部分是关于政治哲学方面的著作。它有训诫的意味。一般认为这是婆罗门在修书时加进去的。它表达了婆罗门的政治理想，以及对统治者的劝告。这部分集中在《和平篇》和《教诫篇》中。篇幅也相当长，在史诗中是比较枯燥乏味的部分，可以作为单独的政治和哲学著作。有人把《摩诃婆罗多》比作是普及婆罗门思想，宣扬他们的种姓和道德观念的教科书，是有道理的。史诗中看不到人民的作用，刹帝利（贵族）是国家的代表，婆罗门仙人是社会和思想的支柱。

《摩诃婆罗多》体现了东方文学瑰丽神奇而又朴素自然的特色。史诗中对战争的描写和荷马史诗《伊利亚特》中的描写有所不同。其区别是：

1.《摩诃婆罗多》不仅写斗勇，还写斗智

荷马史诗只着重对英雄本领的描写，缺乏对战术的描写。《摩诃婆罗多》有许多布阵的描写，如大战第三天，毗湿摩把军队布成鹰阵，般度军布成新月阵。新月的右角尖站着怖军，左角尖站着阿周那，分别带领两边军队向鹰阵发起进攻。大战第七天，俱卢军布成圆形阵，般度军布成金刚阵。大战第八天，毗湿摩把俱卢军摆成龟阵，猛光元帅针锋相对，把般度军摆成三叉阵。大战第十三天，德罗纳把俱卢军布成莲花阵，后来，他为防止胜车王被阿周那杀死，又摆了三个阵势：前面是圆阵，中间是莲花阵，后面是钉头阵，三个阵互相支持，首尾衔接。这种阵势对战场厮杀起指挥作用，对战斗胜败至关重要。只凭勇敢，不懂布阵是要吃亏的。如阿周那的儿子激昂，论勇力不亚于乃父。但他不了解德罗纳布下的莲花阵的厉害，结果他陷进重围，后路被切断，战死于阵中。在荷马史诗《伊利亚特》中，我们看不到这种战术的运用、只是大力渲染英雄勇力，他们像雄狮、野猪一样凶猛地冲杀。

2. 象战和祭法宝的描写

这在荷马史诗中是看不到的。一队队象群，穿上铁甲，在战场上来回冲杀，像铁甲车一样，势不可当。作品中特别描写了福授王训练有素的大象妙颜，它扇动着两片大耳朵，卷动着长鼻，冲入般度军中，把马和战车都捣成乱七八糟的一堆。陀沙那国王也骑着大象去战福授王，结果他的象被妙颜长牙戳进肚子，轰然倒地死了。由于巨象的威力，一度使般度军的战车失去了作用。后来，靠了阿周那的神箭才把穿铁甲的妙颜射杀。

祭法宝是古代人民对武器的神化。虽然史诗中的法宝没有我国神话小说《封神演义》中那样具有变幻莫测的威力，但它在战斗关键时刻起了巨大的作用。如天神湿婆赐给阿周那的神弓，天神因陀罗赐给迦尔纳的神矛，猛光的使人昏迷的法宝等，都曾置强敌于死命。

3. 战争中对神的描写的不同

《伊利亚特》中的天神，各支持一方，直接参战。如天后赫拉、智慧女神雅典娜均支持希腊联军，太阳神阿波罗、美神阿芙洛忒蒂则支持特洛伊军。他们和战士一样在阵中冲杀，干预战斗的进程，对战争前途和命运起了决定作用。《摩诃婆罗多》中的神只观战而不参战。他们站立云端像是看热闹的啦啦队一样，为双方精彩的表演喝彩，也为伟大战士的牺牲而难过。为般度族中最年轻的英雄激昂和俱卢军中老英雄毗湿摩的死难，天神们都感到惋惜。决定战争胜负的是人，而不是神。黑天虽然是天神毗湿奴投生的，但他在战场上仍然是个战士，况且他不拿任何武器，只是阿周那的御者。

《摩诃婆罗多》除对大战作了惊心动魄的描写外，对日常生活和风俗也作了杰出的描写。这方面正是《伊利亚特》所缺少的。如黑公主的择婿大典，坚战王举行的马祭和欢宴场面都相当盛大，不仅使我们了解了当时印度的传统风习，而且也表现了印度贵族生活的豪奢。诸如“湖泊似的乳酪”，“堆积如山的大米”，雷鸣似的“法鼓和喇叭”响彻九霄等等。史诗中对黑公主的择婿大典是这样描写的：

> 节日到了，神圣的香炉袅袅地升起香烟，
> 洒着清凉的檀香水，悬挂着芬芳的花环；
>
> 四周是银白的大厅，巍峨的塔楼和圆顶，
> 就像是高矗于青天的盖拉萨山的高峰；
>
> 窗子上系着黄金的网，宝石照亮了房间，
> 宽广的高峻的楼梯上铺着华丽的地毯；
>
> 飘着缤纷的花彩，恰似灿烂的旗帜飘扬，
> 银白的大厅辉煌闪灼，浴着白日的光芒。

节日到了！巍然地耸立着这光明的宫殿，
高高的金色的塔楼就像是雪山的顶端；

华贵的宾客就在这光明的宫殿里居住，
争妍斗奇的衣饰都炫耀着宝石和珍珠。

群众欣赏着跳舞和歌唱和演员的表演，
这狂欢极乐的集会一直继续了十五天。

《摩诃婆罗多》是印度人民心目中的圣经，它对印度人民的思想及文学的影响都是十分巨大的。人们把它比喻为酥酪中的醍醐，医药中的长生酒，水中的海洋，四足兽中的牛。对国王来说，又是一部能征服敌人、占领土地的“胜利之歌”。印度人民极为珍视它。在世界文学中，它可以列为最璀璨的瑰宝之一。

论蚁垤的《罗摩衍那》

《罗摩衍那》意为罗摩传记。相传为印度古代诗人蚁垤的作品。关于这位诗人的生平事迹已无可考，只是在传说中知道他出生于婆罗门家庭，属于上等种姓。幼年被父母抛弃，浪迹江湖，成为强盗。后来，受了仙人点化，改恶从善，静坐修行。他是那样虔诚专注，以致蚂蚁在他身旁筑起了窝，在他身上堆满了蚁垤。因此，人们便叫他蚁垤仙人。后来，他写作了《罗摩衍那》。但这部大史诗，应起源于民间口头文学，经数代相传，不断得到充实和完善，非出自一人之笔。如果蚁垤确有其人的话，他也许对史诗进行过加工和整理工作，或者他本身就是个说唱诗人。

《罗摩衍那》在印度被称作“最初的诗”。因此，蚁垤也被称作是“最初的诗人”。从史诗中，我们可以看出作家宣扬了以下三方面的思想。

（一）政治理想

作家反对王室争权夺利的斗争，主张家族和睦谦让，国家富强繁荣，国君必须是大智大勇的贤明君主，他爱护人民，人民也拥戴他。十车王和他的儿子罗摩便具有这样的品质：

他们都精通吠陀，
他们英武爱人类，
他们都聪明智慧，
所有德行都具备。

史诗反对暴虐的统治和对人民作威作福的坏蛋，预言他们必将被人民推翻：

那些专门干坏事的人，

他们对人民暴虐残忍；

即使成为主子也不长久，

好像那些大树断了根。

史诗中十首魔王便是这类坏蛋的代表。他恣睢暴戾，骄横放纵，抢人妻女，劫掠财富，是百姓的灾星。

（二）战争观念

史诗并不一味反对战争，而是主张以正义的战争去消灭罪恶。认为理想君主应当具备这样的能力：保卫人民的安居乐业，而不受敌人侵犯。

那些不保卫自己国家，

又不能自立的国王，

决不会富强繁荣，

像山沉入大海一样。

史诗末了，罗摩派婆罗多、罗什曼那和自己两个儿子远征，作家并不把他看作是侵略，而是一种以有道伐无道的正义之战。

（三）伦理道德

作家提倡巩固男权宗法制家族关系，宣扬“五伦”（君臣、父子、夫妇、兄弟、朋友）的道德观念。

由此，可以看到蚁垤是一个具有较高文化教养和自觉地维护当时贤明君主统治的文人。《罗摩衍那》被印度人看做是“圣书”，虔诚的态度不亚于基督教徒对待《圣经》。在史诗《童年篇》第一章中，诗人认为这部书能使人“长寿福无穷”，婆罗门（僧侣）读了它，“会辩才无碍”；刹帝利（贵族）读了它，“会统治世界”；商人们读了它，“会获得功果”；首陀罗（奴隶）读了它，“会受到优待”。不论谁读了它，都能“死后携家入天宫”。

“童年篇”第二章中，诗人又说：“只要在这大地上，青山常在水长流，《罗摩衍那》这传奇，流传人间永不休。”

下面我们着重在两方面进行分析：一、《罗摩衍那》和《摩诃婆罗多》比较，二、《罗摩衍那》的艺术成就。

一、《罗摩衍那》和《摩诃婆罗多》比较

《罗摩衍那》和《摩诃婆罗多》是印度古代的两大史诗，是印度人民的骄傲，

也是印度对世界文学作出的巨大贡献，与荷马史诗比较起来有过之而无不及。印度这两部史诗有哪些共同和不同的地方呢？我们从反映时代、情节结构、主题思想和史诗格律四方面作一些比较。

（一）反映时代

一般认为两部史诗的基本内容在公元前 5 世纪已经形成，到笈多王朝时期才编定。也就是说，它们反映的时代是奴隶制社会，并在奴隶制社会编定成书的。《摩诃婆罗多》反映了雅利安人在入侵印度后，向恒河流域迁徙和奴隶制国家形成初期的历史；《罗摩衍那》反映了雅利安人越过文底耶山时期的史实。从《摩诃婆罗多》的核心故事而言，比《罗摩衍那》更加早些。

关于《罗摩衍那》的成书问题，有的学者也提出产生于封建社会的说法。认为主人公罗摩是新兴地主阶级的代表，以农业为生。史诗中宣扬的伦理道德也属于封建社会的意识形态。但我们应当看到，印度由于某种特殊的历史原因，它在奴隶制社会已出现了封建的剥削因素，尤其是在奴隶制后期，贵族私人占有土地日益增加，原来处于自由民地位的农村公社社员，逐渐被固定在土地上，从而陷于封建依附关系之中。在笈多王朝时期，我国东晋僧人法显曾去过印度。他曾记载当时印度奴隶制社会的情形是“唯耕国王地者乃输地利；欲去便去，欲往便往”，又说国王、贵族常将“民户”和“土地、牛犊”一起施舍给寺庙。这都说明了具有双重关系的社会特点。在奴隶制后期，并逐渐向封建社会过渡时期，这种现象也并不奇怪。有某种封建关系，也就有可能孕育出封建的意识形态。

（二）情节结构

《摩诃婆罗多》讲述的是争夺王位的故事。《罗摩衍那》通过人国、猴国、魔国，也分别展现了争夺王位的斗争。这在情节上有其相一致的地方。《摩诃婆罗多》中有一篇很大的《罗摩传》，是用来安慰流放中的坚战王的插话，实际上也是《罗摩衍那》的情节梗概。如果说，《摩诃婆罗多》的内容是包罗万象的；那么，《罗摩衍那》的内容则比较集中统一。从篇幅上说，《罗摩衍那》只相当于《摩诃婆罗多》的四分之一强，全诗分 7 篇，约 2.4 万颂。一般认为，第一篇和第七篇是后代人加进去的。第一篇主要是讲罗摩出世，把他编入神的家谱，并加进一些神话传说。第七篇主要讲罗摩弃妻和复位，给人画蛇添足之感。

两部史传的中心部分（也是最精彩部分）都是描写大战。《摩诃婆罗多》从第六篇到第十篇，写了为时 18 天的大战全过程；《罗摩衍那》第六篇描写了楞伽大战，其中包括罗什曼那大战因陀罗耆，巨魔鸠槃羯叻拿大战猴兵，哈奴曼从喜马拉雅山捧回药山，罗摩和罗波那决斗等。两部史诗都是通过战争来解决症结问题的。

两部史诗描绘的地点都是在印度北部，但婆罗多族王城——象城，较靠西；而罗摩都城——阿逾陀城，较靠东。在《罗摩衍那》中，还专门写到南印度和一个岛国——楞伽，一般被认为是现今的斯里兰卡（即锡兰）。

两部史诗有许多插话，《摩诃婆罗多》较集中在《森林篇》（第三篇）和首尾部分，《罗摩衍那》主要集中在首尾部分（而这部分恰恰被认为是后人加入的）。《摩诃婆罗多》中许多插话与中心故事关系不大，而《罗摩衍那》中的插话和中心故事关系较密切。因此，从整体结构来说，《摩诃婆罗多》显得松散、庞杂，《罗摩衍那》显得紧凑、简洁（但也有一部分属啰唆重复的诗段）。

（三）主题思想

两部史诗宣扬的思想有相同，也有不同。相同的是宣扬正义战胜邪恶的思想。罗摩兄弟代表了正义和善的力量。十首魔王是邪恶的化身。罗摩对魔王的斗争，不仅是要夺回妻子，而且是代表了受迫害群众抗恶的思想，也代表了神的意志。

然而，《罗摩衍那》比起《摩诃婆罗多》来，更加侧重于伦理道德的宣传。强调家族和睦，兄弟团结。作品中描写的斗争，主要不是发生在家族内部，而是在家族外部。《摩诃婆罗多》描写的是家族内部为争夺王位所进行的斗争，而《罗摩衍那》中四兄弟都是有德行的，他们谦让、克己，宁可牺牲自己，而不愿伤害兄弟。他们都是孝悌的典型：罗摩为了父亲接受苛刻的流放；婆罗多不贪图王位，尊敬兄长，反对母亲的不义行为；罗什曼那与罗摩患难与共，形影相随。《摩诃婆罗多》中那种在同一家族中耍阴谋诡计、尔虞我诈的现象看不到了。罗摩兄弟一致斗争，目标是十首魔王。

（四）史诗格律

两部史诗基本采用同一格律——输洛迦体。每一诗节分 4 个音步，每个音步有 8 个音节，也就是每个诗节有 32 音节。输洛迦在印度是最为流行、使用最为方便的诗体。它不像中国古代诗那样讲究平仄、押韵，它注重的是节奏。

二、《罗摩衍那》的艺术成就

《罗摩衍那》和《摩诃婆罗多》比较起来，艺术上的成就更为突出。它更富有想象力。色彩更为绚丽，既有人间王国的描写，又有猴国、魔国的描写。史诗中对人物典型、自然环境和语言都写得十分出色。下面就这几方面谈谈它的特色。

（一）典型塑造

《罗摩衍那》和《摩诃婆罗多》都着力于描写和歌颂英雄。但《罗摩衍那》中描写的英雄更富有立体感，思想感情也更加深沉。其中罗摩、罗什曼那、哈奴曼都塑造得栩栩如生，性格鲜明。同时，还描写了妇女悉多的杰出形象。作家在描写人物时，基本采用了三种手法：人物对比法、性格烘托法、矛盾映现法。

人物对比法。是指作家采用东方文学中惯用的一正一邪、一善一恶的描写手法。把人物分在不同阵营，按思想类别描写他们的言行思想，从而显得美丑对立，善恶昭然、爱憎鲜明。罗摩和罗波那便是在这种原则下塑造出来的人物。同样，波林和妙顶、维毗沙那和罗波那均构成鲜明对比的性格。

性格烘托法。主要体现在罗什曼那和罗摩身上。罗什曼那被称作“罗摩第二”、“罗摩的影子”。他们的性格不是对立的，而是相得益彰、互为表里的。他们有许多相同特点，如智勇双全、正直忠诚、武艺超群、胸怀坦荡。

他们都具备智慧，
他们都有优秀品质。
他们知耻，有名声，
他们眼光远，一切皆知。

但他们的性格又互有差异。罗摩较柔和，罗什曼那较刚烈；罗摩显得深沉，罗什曼那则浅露；罗摩是循规蹈矩的，罗什曼那则具有叛逆精神。他们有不同的见解和看法，但最后在罗摩的原则下统一起来。

矛盾映现法。是指把人物放在矛盾冲突的中心，加以集中表现，也就是在最艰难困苦的环境和场合下，表现人物的思想和感情。季羡林教授说，男女主人公罗摩和悉多的处境“有时花团锦簇，光风霁月；有时又骇浪惊涛，月黑风高”。他们经受了森林生活艰苦的磨炼，经受了别离、相思、诱惑等爱情考验。然而，他们纯洁的感情，善良美好的愿望，不因环境改变而动摇。相反的，爱的忠诚支持了他们对暴力的斗争，增强了他们战胜困难的勇气和信心。

罗摩是史诗中心主人公。他和《摩诃婆罗多》中的黑天，都是大神毗湿奴的化身。但表现有所不同：黑天往往代表神的意志在行动，而罗摩在实际生活中，他是作为人在活动，而不是神。作家在勇敢、道德、爱情等三方面，着重刻画了他的品质。

首先，罗摩是个英武魁伟的美男子。正如罗刹女首哩薄那迦形容他的那样，他像“三十三天神仙那样魁伟”，胸膛像狮子，模样像爱神，黑得像蓝荷花。他智勇双全，谋略兼备。

他懂得怎样骑象和乘马，
他也知道如何去训练；
他在精通弓术者中是魁首，
他作为英雄为人所称赞。

他善于进攻，擅长战斗，
他通晓韬略，能统率大军；
在战斗中连发怒的神魔，
也无法使他受害伤身。

他在国王阇那竭的宫廷里，张开了要五千个男人才拉得动的神弓，并把它从中间折断，迸发出的断裂声，使大地也为之震动。在森林中，他一人独挡伽罗的罗刹大军。他射出一支支带有倒刺的箭，“一百支杀死一百罗刹，用一千支杀死一千”。

在楞伽大战中，罗摩的英勇得到最充分的表现。

罗摩闯入罗刹军中，
好像太阳进入浓云；
太阳用火来烧，他用箭，
罗刹云彩都不能靠近。

他杀死那些大象，
他杀死那些将领，
他用锋利的箭射死，
同马匹在一起的步兵。

他杀得十首魔王唉声叹气，射杀了连天神都败在他手下的恶魔鸠槃羯叻拿。虽然罗波那的长子因陀罗耆曾两次把他射倒，但对手靠的是隐身术，而不是真本领。最后，罗摩和罗波那决斗，射杀了这个人神共恨的魔王。

其次，作家把罗摩描写成一个具有高尚道德品质的人物。他是个理想的贤明的君主，又是一个好儿子、好兄弟和好丈夫。他从小熟读《吠陀》等古代经典、知书达理。

他深通达磨，言而必信，

他乐于去给众生造福，

他光辉超绝，通达事理，

他纯洁、驯顺、虔诚大度。

他放弃王位，无条件接受14年的流放生活，是他德行的最高表现。本来，他可以利用太子地位，母后的干预，臣民的支持，与王妃吉伽伊分庭抗礼。但他宁愿牺牲自己，也不愿使父亲陷于难堪的境地。后来，他父亲死了，婆罗多亲自率大臣请求他回去，但他坚持要实践父亲生前许下的诺言，又一次放弃了登基的机会。他在流放地吃野果、草根，穿树皮衣，住茅屋，生活十分艰苦，但他没有后悔。

罗摩热爱人民，人民也十分拥戴他。每当他从外地归来，"他总要对人民问寒问暖，像是问自己的亲属一样"，"他问到他们的儿子和祭火，他们的奴仆、徒弟和老婆……人民遭到什么不幸，他就感到非常痛苦；所有人民的喜事，他也像父亲一样欢呼"。因此，当他遭到流放时，阿逾陀全城百姓都来送行，许多群众还自愿跟他一起去流放。"他们都是泪流不止，泪痕满面，两眼模糊"。

在森林中，他向婆罗多交代的一番话，充分体现了他是一个有道的明君。他要婆罗多爱护妇女和小孩，尊敬长辈，按时给兵卒发给养，不要贪图享受，要树立王法，不论富人和穷人，只要他们触犯法纪，都要一律对待，不能有所偏袒。最后，他说：

真理确实是国王的举动，

诚实无欺，持久永恒；

因此，国王的根柢是真理，

人民也就站在真理中。

婆罗多正是接受了兄长这一教导，在罗摩流放14年间，过着十分清苦的生活，躬亲问政，不敢有丝毫懈怠。罗摩登基后，他以德行治国，把国家治理得富强繁荣，人民安居乐业。

再次，罗摩是一个有真挚感情的王子。无论对父母、兄弟、妻子、朋友、百姓，他都饱含着深沉的爱。他见义勇为，克己让人，关怀体贴。他和妻子真诚相爱，有难同当，相濡以沫，相依为命。悉多被劫后，他受到相思的熬煎，由风花雪月、藤蔓、草棚、鸟鸣都想起悉多。他在森林中无目的地奔跑，神情沮丧，苦不堪言。他向风儿祈祷说：

风呀！吹到爱人那里去吧！
碰了她以后再回来碰我；
我在月亮上看到她的姣容，
我在风中感到她的抚摩。

在悉多被劫前后，他和妻子的感情，堪称是爱情的模范。问题是在他夺回悉多后，怀疑起她的贞操来，特别是当他听到百姓的议论后，便把悉多抛弃在恒河岸边。他前后的行为判若两人。一般认为后面这部分是后人所加的。但加入的这部分却正好体现了《罗摩衍那》和《摩诃婆罗多》反映了两个不同时代和不同的道德观念。在《摩诃婆罗多》中，坚战王兄弟共娶一位妻子，并不认为有什么不合适、不道德，而悉多住在魔王宫廷中却和贞操有碍。这说明了在奴隶制后期，人们的贞操观念加强了。由于男权社会的巩固，男子要求妻子只忠实于自己，这也是当时一夫一妻制思想的反映。罗摩在当时舆论和道德的压力下，他的行为应当被认为是迫不得已的。即使有这一缺陷，也并不妨碍罗摩是个光彩夺目的形象。

神猴哈奴曼是史诗中又一出色的形象。这个人物和我国古典名著《西游记》中的孙悟空有许多相似之处。为此有人认为孙悟空源出于印度。我们还找不到足够的根据来说明这种影响。但不同的民族文学中，往往会出现类似的人物和类似的描写手段，并不一定存在渊源关系。这里我们不妨将两个人物作一平行的比较。

首先，哈奴曼和孙悟空都是人格化了的猴仙。他们具有共同的品质：正直、勇敢、爱打抱不平；顽强、机智，善于和形形色色的妖魔作斗争。哈奴曼耻于和失道的猴王波林为伍，愿意跟随势单力薄的妙顶，他全力帮助罗摩夺回悉多，体现了他的正义感和疾恶如仇的思想。同样，孙悟空具有“济困扶危，恤孤念寡”，“与人间抱不平”的品质。

其次，他们都神通广大，都具有非凡的本领。哈奴曼是风神之子，孙悟空由石头化生。都能腾云驾雾，千变万化。孙悟空擅长筋斗，一个筋斗十万八千里。哈奴曼擅长跳跃，他能跳过大海，纵入云端。他向猴子们夸耀说：

《罗摩衍那》插图

猴子们！你们请看，

看我像须弥山一样高；

我跃上去一直碰到天，

好像要把云彩都吞掉。

孙悟空有七十二变，哈奴曼也变化无穷。他能把身子变成山岳一般大，也能把身子缩小，以躲过十首魔王的箭雨。他能变化成僧侣，也能变成猫，钻入魔王的宫廷。同时，他还力大无穷，从喜马拉雅山捧回了一座药山。哈奴曼和孙悟空一样，有一种制服顽敌的妙法，这就是钻进敌人的肚子里去。如哈奴曼从海妖口里，钻进它的肚子里，用爪子撕碎了海妖的五脏六腑，使它立刻毙命。孙悟空钻进妖魔肚子里，“竖蜻蜓，翻筋斗”，使妖怪痛得跪地求饶，俯首听命。

第三，哈奴曼和孙悟空具有人性，也不失猴子的野性。孙悟空谐谑好动，爱作弄人。如他在朱紫国行医时，让国王吃马尿合成的丸药。哈奴曼的喜怒哀乐也都体现了猴子的特点，如他在楞伽城找到悉多时，高兴得不得了。

他摇摆着自己的尾巴，

把尾巴亲了又亲；

他高兴，他跳跃，

他唱歌，他前进，

他攀上了柱子，

又从上面向下跳动；

他充分地流露出

自己天生的猴性。

但孙悟空和哈奴曼也有不同。

第一，孙悟空更具有叛逆精神。他天不怕地不怕，造了天庭的反，打上灵霄宝殿，直闹得“九曜星闭门闭户，四天王无影无形”；造了冥司的反，强行勾销了生死簿上的名字。他敢于蔑视神之至尊玉皇大帝，鬼之至尊阎罗天子，甚至喊出“皇帝轮流做，明年到我家”的口号。他和神、鬼、魔都进行了针锋相对的斗争。而哈奴曼的斗争始终限于魔类。因此，孙悟空这个形象更具有反封建专制和各种邪恶势力的重大意义，他在作品中居于中心位置，而哈奴曼在史诗中只是作为罗摩的陪衬。

第二，《西游记》作者对孙悟空的描写更富有想象力、更大胆，因而性格也更为饱满。孙悟空的腾挪变化的本领比哈奴曼更为多样，神通也更大。他和神魔斗争时，不仅可以变成麻雀、水蛇、花鸨、鱼儿，还可变作万丈巨人，甚至变作土地庙。他拔下一根毫毛变作一个猴子，一把毫毛变作一群。他的武器如意金箍棒也很厉害，不用时可变作一根针藏在耳朵里，要用时，从耳中掣出，晃一晃碗口粗细，十来丈长。哈奴曼却没有武器，只会用拳头和石头砸敌人。孙悟空和妖魔作斗争的方式也比哈奴曼更为曲折多样。因此，孙悟空更富有吸引力，也更赢得人们的喜爱。

悉多是史诗中动人的妇女形象。她具有印度古代优秀妇女的一切特征。数千年来，她一直受到印度人民喜爱。悉多是个美丽的大地的女儿，她是她的养父从犁沟里拾来的。因此，她的名字有“犁沟”的意思。她长大后，“贞静，美貌可赞，在大地上无人可比”，她“腰细、臀肥、眼睛大，美丽婀娜”。她不仅外貌美，心灵更美。

第一，她是一个忠实贤惠的妻子，她与自己的丈夫患难同当，生死与共。当罗摩遭到流放时，她不愿独自留下享受宫廷的清福，而是坚决要跟罗摩去流放，分担丈夫的忧愁。罗摩以森林生活艰苦来劝阻她，她回答说任何艰苦和她爱罗摩的感情比起来都是微不足道的。于是：

> 她摈弃一切甘旨，
> 她依恋丈夫忠心耿耿；
> 把一切困难不放在眼里，
> 跟他来到无人的林中。
>
> 甘心吃果子和块根，
> 一心一意服从丈夫；
> 她热爱上那片森林，
> 学在自己屋中那样住。

10余年的流放生活并没有动摇她的意志；险恶的自然环境，并没有使她畏缩不前。她心里温暖着对罗摩的爱。后来，她的贞操受到怀疑时，她并不是痛哭流涕，而是理直气壮加以辩白，并以死来表明自己的纯洁。

第二，她有顽强的抗暴和反压迫精神。她被魔王劫去后，不论魔王怎样威胁利诱，她始终不屈服。她在魔王宫里一直穿着自己的旧衣裳不肯换洗，弄得蓬头垢面。魔王答应要立她为后，她鄙夷地回答说：

用权势，用财富，
都不能引诱我上当；
我只属于罗摩一人，
好像光线属于太阳。

魔王威胁她，如不答应，要把她杀了当早点。她视死如归，毫不动摇。魔王以假罗摩头骗她归顺，她却宁可和丈夫一同死去，也不愿委身狼狗。悉多和魔王斗争，表现了她那顽强的抗暴精神和高尚的品德。悉多是古印度优秀妇女的化身，也是世界文学中最早塑造的杰出的妇女形象之一。

（二）环境和景物描写

史诗展现了人国、猴国、魔国三个不同世界，描写了不同画面，给人新鲜、奇特、五彩缤纷的感觉。人国集中在对阿逾陀城的描写。这是一个富足、繁荣和快乐的世界。在这座城里：

房屋栉比，严严密密，
城中土地，平整匀齐，
到处充盈着粮食大米，
味道像甘蔗汁那样甜蜜。

城里响着大鼓和杖鼓，
还回荡着琵琶和打环声，
这乐声简直是惊天动地，
震荡着这座无上的名城。

在这座城里，所有的人都知法度、守礼节、聪明、诚实。

没有任何人淫乱、贪婪，
没有任何人奸诈、狠凶，
在阿逾陀看不到什么人，
愚昧无知，不忠实虔诚。

史诗通过这种描写，衬托出阿逾陀国君贤明有道，这也是古印度人民理想的国土。

猴国集中对积私紧陀的描写。这里有山涧、瀑布，峥嵘的峰峦，美丽的山洞，清澈的溪流，好像孙悟空居住的花果山一样。猴国居民们居住在各个山头，他们的府邸像白色的云层，环绕着猴王的宫殿。

这宫殿点缀着白色的宫顶，
看上去像吉罗娑山峰一样；
还点缀着开满繁花的树木，
结的果实能满足一切愿望。

猴国居民是欢乐的，同样也是富足的。

这里有神仙、乾闼婆之子，
还有随意变形的猴子，
他们样子长得美丽悦目，
他们戴着天上花环和首饰。

大道都是芬芳扑鼻，
飘拂着非常香的香气，
有檀香、速香和荷花，
还有弥哩耶酒和蜜。

猴子们听从妙顶猴王的指挥，他们一接到命令，便从四面八方奔来，像云山一样遮蔽了整个天空。史诗对猴国的描写是作为对人国的一种陪衬。

魔国集中对楞伽城的描写。从表面看来，楞伽城光辉灿烂，有黄金的拱门，白色美丽的宫殿，宽大的城池，城墙上有成百座亭子，插满了成排的幡和幢。城里的罗刹过着阔绰的生活。但在这表面的繁荣下面，却充满着污秽、淫乱和丑恶。他们的财物都是抢劫来的。一跨进这座城，便可以看到可怖的压迫者。

有许多凶猛的野兽，
矛和三股叉拿在手中；
许多可怕的罗刹守卫这城，
好像那毒蛇把守穴洞。

魔国子民们奇丑无比，他们都喜欢酗酒和过着淫荡的生活。十首魔王是淫乱的头子，他过着朝朝寒食、夜夜元宵的享乐生活。在他的宫廷里到处是肉山酒海，狼藉满地。他有成百的嫔妃和抢来的龙女们，为他歌舞弹唱。当他们醉饱后，便杂乱地躺卧在地下，像一具具陈尸。对魔国的描写，衬托出十首魔王是个无道的昏君。在他统治下的国土充满邪恶，颓风甚嚣尘上。

对三个不同王国的描写，构成正与邪、善与恶的鲜明对照。

史诗比起《摩诃婆罗多》来，对自然景物的描写更为丰富多彩。尤其是诗人把景物描写与主人公的心境、思想紧密地结合起来。在《森林篇》以前，史诗对景物的描写是抒情的，充满诗情画意；悉多被劫后，景物描写是伤感的，充满离愁别恨。如史诗前半部分，罗摩和悉多住进森林时，他把一幅幅自然美景指给悉多看，充满着欢乐的气氛。

亲爱的！请看这山，
这里有兽群各种各样；
山峰好像要插入天空，
山里面蕴藏着矿藏。

有些山峰白得像银子，
有些山峰红得像血一样；
有的发黄，有的大红，
有的像宝石闪闪发光。

有的地方有许多泉水，
有的地方有一些瀑布；
整座大山看上去就像，
怀春大象把汁水流出。

从岩穴里吹出来的风，
把各种花香来吹动；
它扑人鼻窍，令人愉快，
谁个能不感到高兴？

如果我同你，纯洁的人！
在这里住上很多很多年，
还有那一个罗什曼那，

我绝对不会忧愁不安。

当悉多被魔王劫走后，自然美景在罗摩心目中便充满着感伤的情调。他面对着自然景物向罗什曼那诉说着别离的痛苦。

在那些美丽的山上，
峰顶的石头闪闪发光；
山上生长着极大的树，
繁花满枝动人心胸。

你看四周那些，
光秃的顶上开满繁花；
好像穿着黄衣服的人，
黄金遮满了浑身上下。

罗什曼那！这是春天呀！
各种各样的鸟纵声歌唱。
我却是丢掉了悉多。
愁思煎熬，焦忧难忘。

又如：

和风惬人的心意，
乍起在荷花丝里；
又从树丛中吹出，
好像悉多在叹息。

罗什曼那！你看那！
般肢池右岸山头上，
迦哩尼伽罗树上的枝干
开着繁花，美妙无双。

这样一来，史诗不是为写景而写景，而是把人物情、自然景烘托得更加浓烈，使作品更富有吸引人的魅力。

（三）语言特色

史诗语言特点是铺排修饰，夸张比喻，使得作品气象万千、琳琅满目。文字绚烂可说是东方文学特色之一。而极言美丑，采用夸张的描写也是东方文学的一大特色。这种夸张一方面用来突出人物，另一方面用来制造氛围声势。如史诗强调十首魔王的凶恶形象，说他有十张脸，二十只手，胳臂像门闩一样。他的模样是：

他的大眼睛是红的，
看上去非常可怕；
他那嘴唇向下垂着，
他有一嘴发光尖利的牙。

这个威力极大的英雄，
他那十个脑袋闪着光；
就好像在曼多罗山上，
群峰挤满了野兽一样。

形容睡魔鸠槃羯叻拿身躯庞大，说他身子像一座破碎的山，嘴大得像地狱，呼出的气使前来唤醒他的人进不了门。他终年沉睡，敲锣打鼓，用锤子捶打他的四肢，都无法使他醒过来。只有用一千头大象在他身上踩踏，触碰得他全身痒痒，才能把他弄醒。

对正面人物也采用夸张，极言其神勇、睿智。如罗摩像“三十三天神仙那样魁伟”，“具备人主的一切贵相”。悉多的美在“大地上无人可比”。从而体现了作家对人物的感情，以及对美丑事物的褒贬。

史诗中还有大量的数字夸张，如婆罗多派了“九千只大象”、“六万辆车子”、“十万匹骏马”，到森林中去迎回罗摩。悉多姐妹出嫁时有“几十万头大牛”，“成亿件的优良的羊毛和亚麻衣服”作嫁妆。这些数字渲染了王家的豪华气派。猴子军和罗刹军开战时，各有几千亿兵员，他们拔起山头和大树互相投掷，喊杀声震天撼地。从而强调了战斗规模之大，斗争之激烈。

史诗比喻也十分丰富，有对自然景物的比喻，对人物的比喻。如把雨季来临时，阴沉的天空比作是老天“害了相思病”，闪电比作“金色的鞭子”，由于它不断地抽打天空，才发出阵阵雷鸣。诗人把悉多的美比作一轮明月，她站在海岸上同明月一起“把一切照得通明”。写她对罗摩相思之苦，采用了一连串的比喻：

她像是破碎的荷塘，
她像是军队没有武士，
她像是黑暗遮盖的太阳，
她像是河流已经消逝。

她像是被践踏的祭坛，
她像是熄灭了的火焰，
她像是望月的夜晚，
月轮被罗睺所吞咽。

她想念丈夫愁苦不堪，
她像是干涸断流的小河，
她像是半月的夜晚，
一点也不明亮闪烁。

印度蛇多，弄蛇的人也多。史诗中以蛇作喻，到处可见。如把罗摩生气比作是像一条“发怒的大蛇，在山洞里把气来喘”；吉伽伊的狠毒“像蛇一样喷出了毒液，吉伽伊到处都爬行”；十首魔王是头凶恶的蛇，他“从美丽的床上伸了出来，像五个脑袋的大蛇一般”。他对悉多的相思，也比作是蛇的梦呓。他对悉多说：“腼腆的人！你夺走我的心，像金翅鸟把蛇叼走一样。”睡魔“身上的汗毛都直竖着，好像一条条喘气的蛇”。由于蛇在印度是一种常见的动物，用它来作比喻，读者更容易理解。

论首陀罗迦的《小泥车》

《小泥车》是印度古代剧作家首陀罗迦的名著。关于这位作家的生平事迹由于时代久远，缺乏历史记载，现在已无从查考。中外梵文学者对他大致有以下两种说法。

一是根据剧本“序幕”中三首诗的介绍，作家出身于刹帝利，是个国王，活了一百岁零十天。他把王位交给太子后，认为自己已完成了在人世间的责任，跳进火堆自焚，表示他生得光明，死得圣洁。但在印度历史上，很难找到有这样一位精通文墨的国王。虽然有人进行考据，把这名字和印度历史上的一些帝王联系起来，然而都缺乏令人信服的根据。

二是认为作家是个下层人民，因为首陀罗迦这个名字和印度最低级的种姓“首陀罗”（奴隶）有关，从而暗示作者出身低微。剧本“序幕”中介绍作家的三首诗，是后人加进去的赝品，靠不住的。

因此，作家是个什么样子的人，至今未有统一的看法。但从剧本中反映的时代来看，可以认为他生活于 2、3 世纪之间。这时期正当印度奴隶制向封建社会过渡时期。由于奴隶主过着淫逸的生活，广大奴隶和城市贫民均遭受惨重的剥削和压迫，阶级矛盾十分尖锐。人民憎恨暴虐的统治，渴望过自由平等的生活。

《小泥车》取材于印度古代历史上的一个传说。相传在公元前 6 世纪有个蒲尼干王朝，第三任王位继承者八腊王是残暴的君主。后来，被其侄子阿哩耶迦推翻。《小泥车》的作者借用这一历史传说，并进行了革命的改造：

1. 把阿哩耶迦由王室贵胄改写成为一名牧人，原来的宫廷斗争改为人民和统治者之间的矛盾和冲突，并加进国舅爷蹲蹲儿的形象，更加突出了奴隶主腐败和残酷的统治。

2. 塑造了善施和春军的形象，通过他们的人品和爱情故事，宣扬了市民阶级的道德和理想。

下面我们着重从剧本的基本冲突、市民阶级的理想人物、剧本革新上的特点三方面进行分析。

一、基本冲突

基本冲突建立在暴政和反暴政斗争的基础上。作品中有两个互相对立的阵营：一方面，以八腊王、蹲蹲儿为代表的奴隶主阶级，另一方面，以牧人阿哩耶迦为代表的奴隶阶级和以善施为代表的市民阶级。剧本反映了在奴隶制社会中，下层劳动者和统治阶级之间的尖锐矛盾，是一部意义深刻的社会剧。

《小泥车》以写下层人民为主，塑造了众多的社会底层人民的形象。其中有牧人阿哩耶迦、妓女春军、婢女爱春、侠盗夜游、车夫安柱、城市游民痴蛤蟆、仆人增祥、按摩匠、落魄的知识分子慈氏等。他们虽出身低微，处境拮据，但他们正直善良，见义勇为，知恩图报，明辨是非，而且具有抗暴精神。

阿哩耶迦是人民抗暴的代表，他天生就一副英雄模样：

膀臂坚壮有如象鼻，

肩儿宽，腰儿圆，可与狮子比。

胸膛阔大，匀匀称称正相宜，

眼睛细又长，明朗而犀利。

他是乡村中一位牧牛的青年，由于忍受不了奴隶主阶级的压迫，率领人民起来造反。八腊王把他逮捕下狱，但他靠朋友夜游的帮助，砸断了锁链，杀死了狱卒，从“虎穴龙潭”中逃了出来。最后，他率领起义军，攻破王城，手刃了八腊王，从而结束了奴隶主的暴虐统治。他登上王位后的第一道命令，便是拯救那些受迫害的无辜百姓，派夜游去法场释放善施。

作品很好地反映了人民在胜利后的欢乐情绪，歌颂了阿哩耶迦“跻登宝座，治理寰宇，力图国家复兴”的改朝换代的不朽功绩。《小泥车》在世界文学中，是一部最早描写人民抗暴胜利的作品。

从统治者一方来说，八腊王是个没有出场的人物，但处处笼罩着他残暴统治的阴影。人民对他发出了一重重诅咒：“皇帝的眼目向来昏沉，怎能分辨出假假真真。”“皇帝的牢狱里充满着死亡和苦难。”“你子子孙孙，千年万代将要受苦在十八层地狱！”

八腊王下令处死善施，是他残暴统治的有力证明。根据法典，善施还不至于判处死刑，而八腊王却偏听偏信，执意要把善施斩首示众。为此，善施对这位暴君发出了诅咒，认为这样一位轻率鲁莽的帝王“怎会不自己走上覆亡，怎么不被臣民所共弃”。

国舅蹲蹲儿是恶势力的代表，也是八腊王暴虐统治的具体化身。他倚仗八腊王的势力，为非作歹，欺压平民。他动不动说自己是国王的小舅子，皇上是他爸爸的小女婿。他夸耀自己生活过得舒适、有钱。他说：

俺在水里、沫里、泡里把澡洗，
俺在园里、苑里、墅里休了息，
俺和妇人、女人、堂客足调戏，
就是那干闼婆也不能够跟俺比。

他自视高人一等，有权奴役别人。他见到春军美貌，便在光天化日之下调戏她，强迫她顺从他。他说：“俺是个大人物，俺是财神爷，你非爱俺不可！”当春军一再拒绝时，他便恼羞成怒，认定自己有杀人的权利：“俺爱那窑姐儿，她不爱俺，害死了她不费什么难。”他把春军掐死后，还认为是他有生以来一件英雄壮举：“俺的胳膊粗来力气大，英雄盖世传美名。”

更有甚者，他把杀人罪名转嫁给善施，诬赖他谋财害命。他说：“俺阴谋毒计要把善施陷害，在圣城里搞他个活人上祭台。”表现了他的心狠手辣。在法庭上，他对法官大发雷霆，要他按自己的意志判案。他说：“俺的状子今天敢不问！那么俺可就要告诉俺姐姐的爷们儿、俺的姐夫八腊王去啦。俺可就要告诉俺姐姐、俺妈去啦。俺叫你罢职丢官，换个别人！”从而说明了蹲蹲儿的为非作歹，并非他个人有那么大的本事，而是整个封建统治集团作了他的后盾。在刑场上，他堵住安柱的嘴，要他不要说出事情的真相。当安柱不被收买时，他便诬赖安柱是窃贼，偷了他家的金子。他还命令刽子手把善施和他的儿子一块杀掉。

蹲蹲儿是个昧尽天良的残暴的统治者形象，也是一个十足的无赖和恶棍。他仗势欺人，蛮不讲理。但他也表现了统治者色厉内荏的一面。一旦失去自己的权势地位，他便变成无足轻重的可怜虫、窝囊废。他的仆人、帮闲也都反对他的作为，最后弄得众叛亲离。从这个人物身上，作家预示了腐败的奴隶制度必将崩溃的趋势。

剧本结尾描写奴隶制大厦被人民起义的浪潮冲塌，表达了广大人民对暴虐的奴隶制的憎恶，同时也反映了他们对自由幸福生活的追求。他们希望出现这样一幅美好的生活图景：

母牛乳汁永远盈溢，
土地肥沃永远丰登，
雷天普降及时雨，
常常吹着沁人心脾的煦风，
众生快乐地享受着持久的和平，
婆罗门的种姓得到无限的尊敬，
帝王战胜敌人，
更要爱民勤政，把国家治理得繁荣昌盛。

由此可见，作家有和平民主的思想。他不仅关怀同情下层人民的生活和斗争，同时也关心他们的未来。

二、市民阶级的理想人物

善施和春军是作家着力描写的正面人物。

善施正如他的名字所显示的，他是善良的化身，具有安贫乐道、正直不阿、仗义疏财和富有同情心等优点。人们是这样称赞他的：

他是那贫苦人民的如意宝树，枝桠弯弯皆因道义的果实累累，
他是那善良人民的慈父，学者的镜鉴，
嘉行的试金石，戒岸的海洋！
对人尊重不辱践，人类品行积聚在一身：宽仁大度，气宇轩昂；
道德丰富，生命圆遍，真不愧典范。

善施出身于高贵的种姓婆罗门，又是优禅尼城富商的儿子，家业殷富，但他肯救济穷人，乐于对社会捐助。无论是新办义塾，或寺院、公园、僧舍、池沼、喷泉、祭坛，他都慷慨解囊捐修。为此，他变穷了，“海洋般的家业只剩下清水几滴”。他住着高堂大厦，里面却空空如也。即使这样，他的仆人也不愿离去，正如增祥说的：

主人善良，又有那慈爱的心肠，

纵无金钱，仆从们心甘情愿。

主人暴虐，仗囊中铜臭欺压人，

难以侍奉，总有散伙的一天。

作品中几乎所有的下层人物：市民、按摩师、个人、妓女、师爷都称赞善施的品德，把他的善行比作莲花，品德赛过月亮。甚至连审问他的法官，也不相信善施会犯下谋财害命的罪行。他认为善施“光风霁月的胸襟，诸般德行的储积，怎会为了钱财起恶意，做下那大勇者所不齿的行迹”！后来，八腊王下令把他押赴刑场斩首，男女妇孺，无不涕泗滂沱。人们一边哭，一边喊道：“善施无罪。”从而说明百姓对他的尊敬和信赖。

善施反对奴役压迫，对苦难人民寄予同情。尤其是他对人民起义领袖阿哩耶迦的救助。当阿哩耶迦越狱逃出，八腊王追捕正紧的时候，他冒着生命的危险，答应保护他，帮他脱离险境。他对阿哩耶迦说：

这偶然的相逢引起了我莫大的欢喜！

我宁愿牺牲性命，但决不能把你抛弃，

我答应你：我一定保护你。

他叫仆人增祥摘下阿哩耶迦脚上的锁链，驾车把他送到安全的地方。这样一来，善施就不光是一般的具有乐善好施、富有同情心的道德君子，而且是具有可贵的反暴政、反奴役思想的人。因此，当他听说阿哩耶迦起义成功，亲手杀了八腊王时，高兴地说道：“做得好，真做得好！”

善施是诚实和正直的。在任何情况下，他都不会抛弃和出卖朋友。他为春军宁愿背着黑锅，不向恶势力低头，甚至连句解释的话也不说。只是愤愤不平地斥责帝王们“轻率鲁莽”，官吏们“心地肮脏”，蹲蹲儿心黑得像椌鸟。由于社会黑暗，真理已无立足之地。他痛恨这社会。

善施的善行和民主意识成为当时市民心目中的理想人物。但他也有较浓厚的“以德报怨”的思想。当起义人民要杀蹲蹲儿时，他却认为敌人虽然恶贯满盈，但他已经跪地求饶，应当以“仁爱的衷情”，把他放了。这样一来，善施的形象便具有两面性：一方面，他是受压迫人民的同情者、暴政的斥责者，另一方面，又是“仁爱”道德的宣扬者。

春军是剧本的正面女主人公。她和善施有相同的一面，这就是同情受压迫者和反强暴的思想。春军出身下等，她属于卑贱的首陀罗种姓，又是一个妓女。虽然她在官办妓院里过着豪奢的生活，但内心是极端痛苦的，遭受到非人的凌辱和折磨。正如书中人物说的：

你必须记住，妓女和路旁的蓬草并无出入，

肉体与货品恰相同，别人可以轻易购买赁租。

由于她的地位和处境，使她体会到穷人的苦楚，从而形成了她同情和帮助不幸人们的好品质。如她救助了按摩匠，拿出镯子帮他还了赌债；她成全了夜游和爱春的婚姻，主动要求夜游把爱春带走，并用车子送他们离开妓院。

春军虽然过着卖笑生涯，但她有自己的人格尊严，不能忍受侮辱和欺凌。蹲蹲儿企图依仗自己的势力，霸占她。她当面斥责他："真正的爱情只能用人品争取，不能用强暴掠夺。"蹲蹲儿派人送给她价值万金的首饰，还赶着车子去接她。她连理也不理。因为用金钱是买不到爱情的，蹲蹲儿嬉皮笑脸地对她说：

俺给你金子一大把，

俺向你净说甜蜜话，

俺把缠着布的脑袋在你脚前多磕几下，

你干吗还是不爱咱？

春军理直气壮地回答说：

你是一个专作恶业、放荡淫逸的人，

怎么能够拿着金银把我来勾引！

蜜蜂儿的身子无斑痕，

才和那君子莲花永远亲近。

春军在对待爱情上体现了新的品质和新的民主意识：

（一）她不是一个贪图钱财、地位的妓女，她爱的是人品。她所以爱善施，是因为他"德性高尚"、"谦逊恭让"、"方正廉洁"、"礼仪端详"。蹲蹲儿嘲笑善施穷，她却认为善施虽贫困，但他"博施济众，替天下人把忧分，我身不幸落在娼门，向他表示爱情也觉得荣幸"。她说，她已选择了芒果树，就不会把野藤来爱。她自称是善施用品德买来的奴婢。

（二）她和善施相爱，冲破了种姓藩篱。最后新登基的皇帝封她为善施"夫人"，也就是对不合理的种姓婚姻制度的否定，对新的婚姻关系的确认。

如果说，善施是下层人民的友军，那么，春军便是下层人民的一员。他们的结合是现实和理想的统一。

三、艺术革新上的特点

印度古代戏剧多数取材于印度两大史诗。如相传为跋娑所著的十三剧，有六部取材于《摩诃婆罗多》，两部取材于《罗摩衍那》，两部取材于《故事海》，其余也都是有来历的。因此，取材于古代经典名著或传说，成了当时戏剧创作的习惯。而《小泥车》摆脱了神话传说的束缚，描写的是现实生活，揭发了社会问题，是一部超越于伦理道德的宣传，而且具有鲜明政治倾向性的作品。

印度古代戏剧，多半以有身份的帝王或下凡神仙充当男主角，由公主、皇后或仙女充当女主角。其余人物也必须是王公大臣、僧侣逸士。《小泥车》的男主角是个破落的婆罗门、穷困潦倒的商人，女主角是个低贱的妓女。其余角色（男角21人，女角7人）绝大多数是市井贫民和下层百姓。帝王、大臣在书中是反面角色，他们处于极其孤立的地位。

印度古代戏剧对人物使用的语言极严。在舞台上，男人和高级种姓的人要讲梵文雅语；女人和低级种姓的人讲梵文俗语。舞台上不能表演猥亵的动作。《小泥车》打破了传统惯例，让下层人物操梵文雅语，上层人物操梵文俗语。如春军是妓女，种姓是奴隶，她在很多场合下说的是梵文雅语。而国舅蹲蹲儿满口都是粗俗的话。

《小泥车》在思想内容上的革新，是它在印度文学中，第一次描写了人民起义的主题。剧本有两条情节线索：一条是善施和春军的爱情线索，另一条是阿哩耶迦领导的人民起义的线索。作家把它们作了巧妙的安排。剧本前半部分以爱情故事为主，后半部分则突出起义的线索。两条线索有详写、略写之分。爱情线索详写，起义线索略写。但略写线索才是作品真正的主线。善施和阿哩耶迦是连接两条线索的核心人物，他们的邂逅相遇，使两条线索合拢起来。误会法（上错车）对情节展开起了一定作用。全剧布局和情节发展都十分紧凑集中。当时，有这样的艺术成就是难能可贵的。

论迦梨陀娑的《沙恭达罗》

《沙恭达罗》是印度古代著名诗人和戏剧家迦梨陀娑的代表作。迦梨陀娑也不乏传说。相传他是一个智慧很低的牧童，由于供奉迦梨女神，才变得聪明起来，并成为一个著名的作家。

1963年，浙江天台山国清寺发现一批梵文书，其中便有记载迦梨陀娑的传说：在印度陀罗地方，有一位名叫蒲阇提婆的国王，要把公主萨罗萨伐底嫁给一个叫伐罗留支的婆罗门。但公主认为这个婆罗门学问不如她，拒绝了这门婚事。婆罗门很生气，蓄意报复。有一天，他在乡下找到了一个傻乎乎的牧童，把他领回来，给他梳洗打扮。然后，带他去见国王。婆罗门说这是他的师父，学问比他大一倍，让他来做公主的丈夫是再合适不过了。公主亲自考问牧童，她提了许多问题，牧童一声也不吭（不懂）！婆罗门怕露马脚，便傲慢地说："难道我的德高望重的师父，会回答一个女人提出的问题吗？"于是公主和牧童结了婚。婚后，他们虔诚地供奉迦梨女神。女神给了牧童无比的智慧，使他一举成名。他为了感谢女神，便给自己起了一个名字叫迦梨陀娑，意思是迦梨的仆人。

自然这只是一个美丽的传说。一般研究者认为，迦梨陀娑是笈多王朝时期的人。他生活的年代，大约在4世纪至5世纪之间，即约330—432年。他属于婆罗门种姓，是个宫廷诗人。在宗教信仰上，他信奉印度教三大神之一的湿婆。湿婆是毁灭神，又是苦行和舞蹈之神，主张纵欲和享乐。这信仰和迦梨陀娑作品中渲染男女恋情有一定关系。

迦梨陀娑传世之作，可以分作两部分：诗歌和戏剧。

诗歌创作著名的有叙事长诗《鸠摩罗出世》、《罗怙世系》，抒情长诗《云使》，抒情诗集《时令之环》等四部较为可靠。

《鸠摩罗出世》是一部以神话为题材的长诗。鸠摩罗意为“童子”，即印度教中的战神塞犍陀。他是大神湿婆和喜马拉雅山神的女儿乌玛所生的儿子。全诗共十七章。研究者认为前八章出自作家的手笔，后九章为后人的续书。前八章系讲述湿婆和乌玛结婚的经过。当时天界受到魔王的骚扰，天帝因陀罗向创造之神大梵天求救。大梵天派美丽的乌玛去迷住湿婆，因为他们所生的儿子便能给天庭带来胜利。最初，湿婆拒绝了乌玛的爱情，并睁开了他额上的第三只眼睛，射出一团烈火，把爱神烧为灰烬。后来，乌玛以苦行感动了湿婆，与她结为夫妇。第九章以后，描写鸠摩罗的降生，杀死魔王的故事。最后，他成为战神，天国的救主。长诗通过湿婆和乌玛爱情的描写，肯定了现世享乐的思想；同时，也歌颂了英雄为保卫和平与幸福生活而创立功勋的思想。

《罗怙世系》是印度古代叙事诗的典范作品。共十九章。描写罗怙王族历代帝王的故事。罗怙是《罗摩衍那》中大英雄罗摩的曾祖父。长诗内容可分作三部分：(一) 1—9 章，讲述罗摩高祖父底离钵、曾祖父罗怙、祖父阿阇、父亲十车王的故事；(二) 10—15 章，讲述罗摩的生平事迹，其中内容与大史诗《罗摩衍那》基本相同；(三) 16—19 章，讲述罗摩后裔的故事。从长诗的基本内容来看，作家把罗怙家族当作理想统治者来歌颂，赞美了他们的英武贤明，爱护百姓，孝悌忠信等优良品质。但在长诗末了，则描写了这王族的危机，出现了不肖子孙——一个荒淫无度的昏君。他不理朝政，不恤黎民，终日寻欢作乐。后来昏君死了，无子继承王位。幸好，皇后怀孕了。百姓们便盼望降生一个贤明的君主。

《云使》是迦梨陀娑的长篇抒情诗。描写一个因过失被主人财神贬谪到南方罗摩山的药叉，在流放地思念妻子的故事。作品充满丰富的想象、伤感的情调和美丽大自然的描写。从绘声绘色上可分作《前云》和《后云》两部分。

《前云》描写药叉在雨季来临的季节，请求空中飘过的一片浮云，把他的问候带去给他的妻子。他详细地介绍了由罗摩山到他故乡沿途的地理，充满着对印度美丽山川和城镇的描写和赞美。《后云》描写药叉向云使介绍他的故乡阿罗迦城，及其妻子居住的庭院的情况。他对自己家乡和家乡女郎都充满眷恋之情：“那儿的女郎手执秋莲，发间斜插冬茉莉，面容与春季的罗陀花相映，更加娇艳。”在众多女郎中，他的妻子更加出色：“那儿有一位多娇，正青春年少，皓齿尖尖，唇似熟频婆，腰肢窈窕，眼如惊鹿，脐窝深陷。”她因为伴侣远离，“像雌轮鸟一般孤寂”。药叉希望云使把自己的一片深情带去，以慰藉空房独守的人的忧伤。同时，也盼望云使能早日带回他妻子的音信。

长诗以委婉的笔调，渲染了夫妻别离的痛苦，对造成他们离散的财神怀抱不平，同时，也哀叹自己奴仆的地位。药叉对云使说：“有你在，谁还能遗忘忧伤远别的妻子？除非他也是像我一样隶属于他人。”作品以神仙世界来影射印度奴隶社会下层阶级和统治阶级之间的矛盾。长诗写得情意缠绵悱恻，语言优美动听。在印度古典抒情诗的写作上可谓达到了极致。

迦梨陀娑的抒情短诗集《时令之环》（一译《六季杂咏》）是描写印度一年六季的自然景物和男女爱情生活的短诗。印度把一年分作六个时令，除春夏秋冬外，加上雨季和寒季。诗歌中，大量描写了田园、山野、莲池、繁星、朗月、淫雨、清风等自然景象，映衬着袅娜的姑娘，欢快的爱情，离人的愁思等，沁人心脾，给人种种美的享受。

迦梨陀娑除诗歌创作外，还写作了许多著名的戏剧。留传下来的有三部：《摩罗维迦与火友王》、《优哩婆湿》和《沙恭达罗》。

《摩罗维迦与火友王》是一部五幕剧。研究者把它归作迦梨陀娑早期的作品，题材取自历史故事。剧中火友王和耶贾耶王都是历史上实有的人物。女主人公摩罗维迦曾与火友王有婚约。她的哥哥护送她到火友王宫廷，半路遭到耶贾耶的袭击，她的哥哥被俘。陪送大臣带着摩罗维迦和妹妹骄希吉混在商人队里逃脱。但中途又遇到剪径强盗，大臣被杀，骄希吉逃走后，当了尼姑，摩罗维迦被强盗劫走。幸好，火友王的国舅把她救出来，献给了王后。火友王见摩罗维迦美貌，一见倾心。王后从中阻拦，把摩罗维迦派去学舞艺。她在一次舞狮表演时，技艺超群，火友王为之倾倒，而她也爱上了火友王。王后妒恨，把她打入地牢。火友王在弄臣的帮助下，把她救出来。这时因国舅打败了耶贾耶王，从俘获的两个歌妓中，得知摩罗维迦就是公主。这样火友王所爱慕的人，正是他要接纳的妃子，故事以大团圆结尾。剧本中摩罗维迦虽是个公主，但她的遭遇代表了战乱中一般印度妇女的悲惨命运。她的苦难经历是令人同情的。但作品仍较粗糙，人物刻画也较简单。不如迦梨陀娑以后作品那样蕴藉隽永。

《优哩婆湿》（一译《广延天女》）也是一部五幕剧。取材于印度的古老神话，故事最早出现在《梨俱吠陀》中。国王补卢罗婆娑从一个恶魔手中搭救了天宫歌舞伎优哩婆湿。他们互相爱慕，结下良缘。有一回，优哩婆湿在天庭演戏，因思念国王，把剧中人物名字，错念成国王的名字。师父大怒，把她逐出天庭。天帝因陀罗允许她：什么时候她生的儿子见到了父亲，她便可以回到天庭。优哩婆湿来到人间后和国王生下一子。她把孩子藏到别处，她宁可留在人间，决不让他们父子见面。后来，他儿子因射杀了一只老鹰见到了国王。按约定，这时优哩婆湿得回归天庭。她心里很难过，国王知道后也很伤心，准备出家修行。正在这时，传来了天帝的旨意，通知优哩婆湿可以和国王白头偕老，不必返回天庭了。剧本刻画了一个热烈而多情的女子优哩婆湿的形象。她执着地追求自己的爱情自由和幸福。国王补卢罗婆娑也写得真实具体，他有寻欢作乐的一面，也有顽强追求理想爱情的意志。

综上所述，迦梨陀娑的创作可以归纳为以下一些特色：

一、作品充满诗情画意，既有丰富的想象力和浓郁的抒情性，又有真实生动的对大自然的描绘；既有浪漫主义的特点，又饱含着现实主义。

二、善于描写和歌颂正面的理想人物，对社会的指摘和对人物的批评，显得十分含蓄。与首陀罗迦的直接讥弹和暴露有所不同。

三、擅长于描写妇女的形象，塑造她们善良的心灵、美好的品质。如剧本中的摩罗维迦、优哩婆湿、沙恭达罗都是难得的女性。

四、宣扬人世欢乐，反对禁欲主义。迦梨陀娑的作品以写爱情题材为主，强调有情人终成眷属，并以大团圆结尾。这与莎士比亚在喜剧中宣扬的思想有共通的地方。

《沙恭达罗》(一译《孔雀女》)全名为《沙恭达罗的表记》，是一部七幕诗剧。是迦梨陀娑获得世界声誉的杰作。故事取材于大史诗《摩诃婆罗多》，也见于《莲花往事书》。但迦梨陀娑把传说故事加以改造，以表达自己的理想。

剧本与传说故事有两点不同：

一、在情节上，把国王主动抛弃沙恭达罗，改为客观原因。《摩诃婆罗多》中，描写国王翻脸不认沙恭达罗，正在争执不下时，上天传来了声音，要他们团聚。于是国王才收纳沙恭达罗母子。《莲花往事书》中，写到沙恭达罗因失去了爱情表记——戒指，才使国王不认旧情。戒指失而复得，才使他们重新团聚。迦梨陀娑采用了《莲花往事书》中的说法，而且更加渲染了表记的作用和仙人诅咒的恶果。同时，作家在情节上又增加了沙恭达罗和国王在仙山会面和团聚的场面。

二、在人物描写上，传说故事中的沙恭达罗老练、旷达、勇敢，她善于维护自己。迦梨陀娑则把她写成一个单纯、幼稚而纯洁的少女，她不善于保护自己。豆扇陀国王在传说中是个负心人的形象，迦梨陀娑则把他写成一个理想人物。在传说故事中，男女主人公都较简单，性格也较模糊，而在迦梨陀娑笔下，人物性格是丰满的、生动的。

《沙恭达罗》一剧具有什么思想意义和艺术成就呢？我们分作以下四方面来谈。

一、一曲追求自由婚姻的颂歌

《沙恭达罗》中描写的爱情具有一定时代进步性和民主意识。表现为三个“打破”。

首先，打破了等级观念。印度自古以来，把人分作四个种姓，不同等级的人不能通婚，尤其是女子不能下嫁（上一个等级的女子不能嫁给下一个等级的男子），如果下一个等级的女子，被上一个等级的男子看中，他却有权娶她。而剧本却打破了种姓常规，描写了不同等级的男女通婚：沙恭达罗是婆罗门，国王是刹帝利，按规定沙恭达罗不能下嫁给国王。如果沙恭达罗拒绝，国王无权得到她。但他们倾心相爱，就顾不得这些老传统了。

其次，打破了礼法。沙恭达罗和国王结合，没有父母之命，没有媒妁之言，也没有举行任何的结婚仪式，完全按照干闼婆方式（自由恋爱）结婚的。正如作品中的人物对国王说的：“她没有问过她的长辈，你也没有问过你的亲眷。”难得的是，作为奴隶社会的一个女子沙恭达罗，公开表露了她对国王大胆的爱慕心情：

这个身材苗条的女郎走了没有几步，
忽然就站住，说“我的脚给拘舍叶子刺伤”，
她的脸转向后面，装着去扯树皮衣，
虽然她的树皮衣并没有挂在树枝上。

后来，她又给国王写情诗。

第三，打破了教规。净修林的信男信女是不允许结婚的，如果动了结婚的念头是一桩罪过。虽然沙恭达罗一见面就对国王怀有好感，但她也想到“这是净修林里的清规所不允许的”。国王也担心沙恭达罗遵守“苦行者的誓言断绝了爱的想头”。然而，他们都冒着触犯净修林法规的风险，大胆相爱，毅然结为夫妻。

因此，豆扇陀与沙恭达罗的爱情是难能可贵的，充分体现了作家的民主意识，

宣扬了对美好的婚姻理想大胆追求的精神。

二、印度古代妇女诗和美的化身

沙恭达罗是一个写得非常感人的形象。她是作家理想中女性的典范。她的动人处有以下三方面。

（一）她具有朴素的自然美

作家有意把她放在大自然中来展现她的性格。秀丽的景色，幽静的山林，潺潺的流水，和她那单纯、质朴、纯洁的内心交相辉映。她陶醉在大自然中，热爱山林的一草一木。她说："我爱这些花木像爱我的姊妹一样。"她依偎在春藤旁边和它说话，看到小芒果树的嫩枝给风吹得摇晃起来，认为这是向她招手，连忙跑过去向它致意。大自然赋予她美好的心灵和美好的气质。她身上穿的不是绫罗绸缎，戴的不是金银首饰，而是树皮做的衣裳，荷花须做的镯子。这和那些宫廷贵妇用珠光宝气装饰起来的美大不一样。她是一朵不是长在花园里，而是在山林中开放的鲜花。正如国王说的：

虽然给世伐罗缠绕住，莲花依然可爱。

月亮里的黑影虽然暗却能增加月亮的光彩。

这个妙人儿即使穿的是树皮衣裳仍然动人。

沙恭达罗的美只有在大自然中，才显得更加婀娜多姿，大自然给她增添了光彩，她把大自然点缀得更加绚丽。一旦她离开了大自然，就会失去应有的光泽。

（二）她具有善良的心灵美

沙恭达罗性格温柔和顺。她喜欢的也是一些善良和顺的小动物。她朝夕和一只小鹿相处，细心照料它吃草饮水。正如她养父干婆说的：

每当小鹿的嘴给拘舍草的尖刺扎破，

你就用因拘地治伤的香油来给它涂，

用成把的稷子来喂它，使它成长，

它离不开你的足踪，你的义子，那只小鹿。

这只小鹿从不喝生人给的水，只喝沙恭达罗给的。她把森林中的小动物看作自己的朋友，小动物也把她看作是可亲的伴侣。当她要离开森林时，小鹿连草也不肯吃了，孔雀连舞也不肯跳了。还有那野雄鸭：

不理藏在荷花丛里叫唤的母鸭，

它只注视着你，藕从它嘴里掉在地下。

杜鹃鸟用悲哀的声音为沙恭达罗送行，从而揭示了沙恭达罗与大自然中一切生物友好和亲密的关系。

（三）她具有真诚的爱情美

沙恭达罗的爱情是一往情深的、真诚的。她喜欢国王便大胆表露了自己的爱慕心情。她准备把情诗用指甲刻在荷叶上，托女友送给国王。从而表达了印度古代妇女力图摆脱传统的婚姻羁绊，追求爱情自由的愿望与理想。

沙恭达罗过着远离城市的生活，全不懂人世社会的狡诈和欺骗，她以自己纯洁的爱的感情去衡量别人的爱，以为别人也和她一样。她听信国王向她许下的诺言，信赖他，服从他。因此，当她明白自己受了国王诓骗时，才有足够的勇气来揭发国王背信弃义的行为。她骂国王是伪君子，口蜜腹剑的骗子。她说："卑鄙无耻的人！你以小人之心，度君子之腹。谁还能像你这样披上一件道德的外衣，实在是一口盖着草的井！"她为自己上当受骗而痛心疾首。她的抗言，不仅表达了一颗受伤心灵的愤懑；同时，也反映了在男权社会里，无数印度妇女被男人玩弄和抛弃的痛楚。

沙恭达罗的形象体现了印度古代妇女温柔和顺的一面，同时，也表现了她们坚韧果敢的一面。在婚姻上，她敢于自己做主，并且竭力维护自己人格的尊严。德国戏剧家席勒十分赞赏沙恭达罗的性格。他说："在古代希腊竟没有一部诗能在美妙的女性温柔方面，或在美妙的爱情方面能与沙恭达罗相比于万一。"

沙恭达罗的性格是在矛盾中得到展现和发展的。她性格的发展可分作三个阶段：在净修林中，她是一个天真无邪和带有稚气的少女，她的心灵纯洁得像那潺潺流动的泉水。在宫廷中，她成了国王的弃妇，明白了人世崎岖，从而喷发出满腔怒火，为维护自己的人格而斗争。在仙山上，她成了贤妻良母，宽恕了负心的国王，终于破镜重圆，好梦重温。

三、和美中寓讽刺

剧本中和美的爱情充满矛盾和冲突。婆罗门仙人的诅咒和皇后的嫉妒，成为破坏这种婚姻的外在原因；国王的用情不专，贪新弃旧又构成它的内在原因。作品对上层统治者具有一定的讽刺意味。豆扇陀国王具有两面性：一方面，他是进步的爱的体现者之一，理想的国君；另一方面，他又是一个言而无信的负心人。

按照印度古典戏剧理论的规定，国王的形象应具有“思想高贵，豁达大度，克己，坚毅”等品质。无疑豆扇陀也具有这方面的特点，而且他还长得英俊、健壮，“像是一只撼动山岳的象王”。他喜欢游猎，还相当和善。他和天生丽质的沙恭达罗的结合，倒也十分般配。正如送亲人说的：“我们认为你是善良的人中最善良的人。沙恭达罗呢，她本身就是贤德的化身。造物主把一对品质相当的夫妇拉在一起。”他对沙恭达罗的爱，也有真诚的一面，尤其是他恢复记忆后，追悔自己的过失，弄得茶饭无心，夜不能寐。真个是“春风桃李花开日，秋雨梧桐叶落时”，他像唐明皇思念杨贵妃那样为沙恭达罗画影图形。在仙山上，他跪倒在沙恭达罗的脚下，表示沉痛的悔过。这说明豆扇陀和那些毫无心肝的统治者并不一样。

但作为一个奴隶主，豆扇陀和统治者有相一致的一面。这就是他的享乐和玩弄女性的思想，以致文过饰非、推卸责任、诽谤他人人格。在净修林中，他和沙恭达罗邂逅相遇。一方面，他爱慕沙恭达罗的美貌；另一方面，体现了他那邪恶念头，占有欲和贪得无厌的心理。他认为“野花远胜家花美”。他的随从揭发说“万岁爷享受过了后宫的美女，现在又来打她的主意”，“正如一个厌恶了枣子的人想得到罗望子一般”。这种描写是真实的，因为追求沙恭达罗的不是一般人物，而是过惯了宫廷享乐的生活的国王，一个喝惯了爱情美酒的人。

他和沙恭达罗的结合，在沙恭达罗的女友中曾有过担心，怕他朝三暮四，过后后悔。她们一再叮嘱国王要加恩于沙恭达罗。阿奴苏耶说：“大王！国王们听说都是有许多爱人的。你应该做到，不要使我们爱友的亲人为她伤心。”国王请她们放心，他说：“尽管我后宫的佳丽很多，我家里只有两宝可守，一个是四周环海的大地，一个是你们的朋友。”他在沙恭达罗的面前更是信誓旦旦，表示永不相忘，他们的关系就像是树干和树根一样。但国王回宫后，却音信全无。于是在沙恭达罗的女友中又产生了焦虑：“他一走到那成百的后宫佳丽丛中，是否还能想起我们这个人呢？”

沙恭达罗怀孕了。养父主动派人把她送进王宫。这时，豆扇陀却判若两人，矢口否认他和沙恭达罗的婚姻关系。送亲人当面指责他，做过了事又反悔：“醉心于权力的人们就是这样好恶无常！”这种赖婚行为是不道德的，是一种欺骗。他却蛮横无理地说：“我欺骗她，又会怎样呢？”当沙恭达罗据理力争时，他竟诬蔑她是荡妇。虽然这种婚变，作家把它涂上了一层迷信色彩，但我们应当透过这种纱幕看到事情真相。

沙恭达罗

豆扇陀国王拒绝接纳沙恭达罗，其原因有二：一是正如送亲人说的出自于帝王的反复无常、贪新厌旧的思想；二是惧内的结果。第二幕，他从净修林返宫时，特别交代随从不能把净修林中的艳遇告诉皇后娘娘。第六幕，丑角说皇后是只“母老虎”，她会把沙恭达罗“像一只母鹿似的吞下去”。豆扇陀也承认：“我把皇后纵容坏了。”当他在画沙恭达罗肖像时，听到皇后婆苏摩提来到，他吓坏了，赶紧叫随从把画藏起来。正是这场隐瞒皇后的婚姻，使国王处于尴尬的境地，他有难言的苦衷。同时，我们从迦梨陀娑别的剧本来看，他笔下的皇后都是国王新婚姻的作梗者。在《摩罗维迦与火友王》和《优哩婆湿》中，均塑造了一个嫉妒和凶狠的皇后娘娘的形象。在《优哩婆湿》中，当皇后看到优哩婆湿写给国王的情诗后，妒火中烧，不仅当面呵斥国王，而且还逼着国王下跪。

最后，豆扇陀和沙恭达罗在仙山团圆了。表面的理由是他恢复了记忆，实际上又写出了仙人撮合的结果。加上他无子继承大统，沙恭达罗却为他养了一个逗人喜爱的儿子。仙人摩哩遮对国王说，你有忠贞的沙恭达罗，尊贵的后嗣，再加上国王自己的信仰、财富和行动，这三件事联合在一起是再美满不过了。他要他们放弃前嫌，重新和好。

以上，我们可以看到作家对豆扇陀国王，既有肯定、歌颂的一面，也有揭发、讽刺的一面。尽管这种讽刺是含蓄的、隐晦的，还罩上一层迷信的轻纱。但在字里行间，我们还是可以看到作家的用心。加上时代局限，在那时节，文人要公开直接地讥弹国王，也难以做到。

四、浓郁的抒情格调

《沙恭达罗》是一部杰出的抒情诗剧。那诗情画意像一股清泉在潺潺流响，虽然这股清泉经过的地方并不那样平坦，有时会跌落山洼，但终掀不起惊涛骇浪。对美好爱情生活的向往和歌颂，是诗剧的抒情主调。正如评论者所说的：“这里没有喧嚣，没有浮荡，没有杀伐，没有骚动，而是一股清泉，一声黄鹂，一片花荫，一派仙境。”①

剧本中，创造了许多优美的抒情环境，特别是描写了净修林、宫廷、金顶仙山三个不同环境。净修林是沙恭达罗生长的地方，也是她和豆扇陀缔结良缘的地

① 李长之：《诗情画意的〈沙恭达罗〉》，见《戏剧报》1957年第11期。

方。这里的一切都是美好的、宁静的：

树底下是从鹦鹉穴中雏儿嘴里掉下来的野稻。

别的地方又可以看到磨因拘地种子的光滑石墩。

麋鹿在人身旁依依不舍，听到声音并不逃掉。

溪旁的小路上印着树皮衣上流下来的成行的水痕。

金顶仙山是个圣洁的修行的地方。这座仙山浸沐在东海和西海里，喷射出一股像暮云一般的金流，把四周照得通体透亮，山中遍生曼陀罗树和无忧树，金荷花粉染黄了池水。仙人们都在镶嵌着宝石的大理石上打坐，犹如置身于浸沐在甘露的池塘里。由于沙恭达罗纯洁的心灵，才被仙人接到这里来居住。

宫廷和净修林比起来是个龌龊的地方。这里房屋拥挤，烟火弥漫，邪欲和私心充满人们的心田。在这样一个环境里，国王出尔反尔，悖理逆情。

在描写环境时，作家热烈歌颂大自然，鞭笞城市。剧情中一切美好事物、欢乐、爱情、团聚都发生在大自然中，而王宫则充满罪恶的性质。

剧本中还以较大的篇幅描写了离愁别恨，使得抒情韵味更浓。第三幕，描写豆扇陀和沙恭达罗由于一见钟情，都害了相思病。豆扇陀以抱怨爱神和月亮来表达自己的相思之苦。他向爱神诉说道：

你有花朵的箭，月亮有清冷的光，

在我这样的人看来两者都是谎。

月亮用它清冷的光辉散发着火焰，

你也把你的花朵的箭做得硬如金刚。

沙恭达罗则恹卧在花床上，她显得：

玉容憔悴，胸围减却了丰满；

柳腰更加苗条，双肩下垂，肤色惨淡；

她为爱情所苦，看起来又可怜又可爱，

正像风中的摩陀毗花，风把它的叶子吹干。

第四幕，描写沙恭达罗向净修林告别，她的养父和女友与她难舍难分的情景。印度人对这幕描写倍加赞赏。他们认为："在所有的戏中，《沙恭达罗》最美。在《沙恭达罗》中，第四幕最美。在第四幕中，有四首诗最美。"这些诗中，充满着对大自然和对亲人的依恋，充满着善良的祝愿。如送别一诗写道：

愿她走过的路上点缀些清绿的荷塘！

愿大树的浓阴掩遮着火热的炎阳！

愿路上的尘土为荷花的花粉所调剂！

愿微风轻轻地吹着，愿她一路吉祥！

第六幕，着重描写国王对沙恭达罗的思念。第七幕中写团聚欢乐的情绪。整部剧情跌宕起伏，由最初的和美、相思到痛苦，然后，又由相思、团圆达到和美。由此，我们也可看到作家善于描写相思和离愁一类的细腻感情。

《沙恭达罗》是一部誉满全球的作品。英国梵文学家莫尼尔·威廉斯称迦梨陀娑为印度的莎士比亚。他认为《沙恭达罗》一剧体现了作家“丰富的写诗天才，深湛的想象能力，温暖的感情，变幻的思维”。德国大诗人歌德第一次读到《沙恭达罗》时，十分激动。他认为这是一部“深不可测”的好作品，以致他想把它搬上德国舞台。我国人民同样十分喜爱《沙恭达罗》一剧，多次在我国舞台上演，并涌现了众多的译本，先后有王哲武、王衍礼、王维克、糜文开、季羡林的译本。卢冀野曾把《沙恭达罗》一剧改为南曲，取名为《孔雀女金环重圆记》。印度人民这份宝贵的文化遗产，永远值得世界人民珍视。

论泰戈尔的《戈拉》

《戈拉》是印度伟大作家泰戈尔的长篇名著。泰戈尔是诗人，又是杰出的社会活动家、哲学家、艺术家。他和我国唐代大诗人杜甫一样，被印度人民称作“诗圣”。鲁迅称赞他说：“泰戈尔富有民族思想，是个爱国诗人。”周恩来称他是“对世界文学做出了卓越贡献的天才诗人，还是憎恨黑暗，争取光明的伟大印度人民的杰出代表”。

泰戈尔出生在加尔各答的一个富裕的家庭，属婆罗门种姓。他的祖父在东印度公司时期发了财，父亲是个哲学家和宗教改革家，有子女 14 人。泰戈尔排行最小。他从小爱好文艺，关心国家和民族的命运。

泰戈尔生活的时代，正当英国殖民主义在印度横行无忌的时代，帝国主义和印度民族之间矛盾日益尖锐，是一个民族受辱、国家贫穷的苦难时代。泰戈尔以他的创作反对殖民主义，反对封建主义，热烈追求真理和光明。在他那 80 年的生涯中，写作了 50 多部诗集（约五千余首诗），100 多篇短篇小说，12 部长篇小说，20 余部剧本。此外，还有书简、回忆录、哲学论文、游记等作品。他画了 1500 余幅画，谱写了 2000 多首歌曲，其中一曲成为印度的国歌。我们可以把他的创作分成以下三个时期。

（一）前期（1875－1901）

泰戈尔是个早熟的诗人。这与他家庭的熏陶分不开，他的大哥、五哥和姐姐都是当时的诗人和作家。他 8 岁能诗。他的第一首诗《献给印度教徒庙会》在《甘露市场报》发表时，年仅 14 岁。同年，他在文学杂志上又发表了长篇叙事诗《野花》。之后，陆续出版了颂歌体诗集《帕努辛赫诗抄》，长篇叙事诗集《诗人的

泰戈尔（徐悲鸿　画）

故事》，体现了诗人丰富的想象力。

1878年，泰戈尔遵循父兄的意志，到英国学法律，但他对法律并不感兴趣，于1880年回国，专门从事文学创作活动。第一部给他带来崇高声誉的作品是1882年出版的抒情诗集《暮歌》。这部诗表现了诗人力图摆脱模仿的创造性才华。为此，他被誉为文艺太空中初升的太阳。

第二年，出版了抒情诗集《晨歌》，这是一部与《暮歌》情调完全相反的作品。它没有《暮歌》那种忧郁、彷徨和自我反省的情绪，抒发的是青春的欢乐、甜蜜的爱情和对大自然赞美的情调。随后，又发表了诗集《画与歌》(1883)、《刚与柔》(1886)，题材更为多样化，色彩也更为斑斓。尤其是《刚与柔》标志着诗人走上面向现实和人生的创作道路。他向旧的时代告别，欢呼新的时代到来。

1890年，泰戈尔出版诗集《思绪集》，标志着诗人独特的艺术风格已基本形成。其中《一对孟加拉新婚夫妇的情话》，是一篇构思新颖的作品，也是揭露和讽刺童婚制的杰作。

19世纪90年代是泰戈尔创作的旺盛时期。从1891年起，泰戈尔在孟加拉东北部谢丽达地区经管祖上遗产，在乡间生活了10年。住在帕德玛河的一条船上。他经常泛舟漂流，广泛接触了沿江的农村，也饱览了河山的自然美色；看到了封建地主对农民的残酷剥削，殖民主义者的野蛮掠夺，使农村处于破产和贫困的边缘。从而，使他的创作放射出现实主义光芒，渗透着民族意识和人道主义的思想。

1894年，他写作了杰出的叙事诗《两亩地》。作品内容描写贫苦农民巫宾靠着祖传的两亩地，维持一家的生活。可是，王爷为了使自己的花园变得长宽相等，“四四方方”，夺走了他的土地，并把他从家里赶了出去。巫宾在外地流浪了16年，带着眷恋的心情，又回到了自己的故乡。在这里，有一望无边的原野，茂密的芒果林，牧牛的童子……这里是他生长的地方。他看到了自己曾经耕耘过，长满了蔬菜和水果的两亩地，现在变成了老爷的花园，打扮得花团锦簇，好像一个贫穷的主妇变成了迷人的荡妇。他咒骂一千个“可耻的土地”，“失去自尊心的土地”。他看到了地里的那棵芒果树，这是两亩地曾属于他的唯一标志。从而勾起了他对童年的甜蜜回忆。这时，两只熟透的芒果落在他的脚下，他万分惊喜，因为“毕竟亲爱的土地母亲还认出了自己的儿子”。王爷来了，诬蔑他是贼，说他是为偷芒果而来的。巫宾听了只有苦笑，他回答说：“你，王爷，如今是位圣贤，我倒成了盗贼。”

泰戈尔在这首诗里，发人深省地描绘出阶级压迫的一幅残酷的图画。诗中愤怒地指出“王爷的双手偷去了穷人的所有，唉，在这世界里，谁越贪得无厌，谁就越富裕”，表现了诗人对剥削阶级的憎恶，对贫苦农民的深切同情。这首诗是泰戈尔抒情叙事诗体的代表作。

泰戈尔写作的叙事诗多半收集在《故事诗集》（1900）中。这本集子包括24篇诗。题材有的来自宗教典籍、历史故事和民间传说。其内容可分作两个方面：一是对封建陋习的批判。如批判了种姓制度《婆罗门》和寡妇殉葬风俗《丈夫的重获》；二是对民族英雄的赞颂，如《被俘的英雄》中，描写了锡克族700个英雄为抵御外族侵略，连同他们的首领般达一起被俘，全部壮烈牺牲的故事。他们“屹立着死去——不曾发出一声痛苦的叹息”。在《婚礼》中，描写一个正在举行婚礼的王子，听到外族入侵的消息，立即拿起武器，奔赴疆场，不幸牺牲的故事。

19世纪90年代，泰尔戈还写作了上百篇的短篇小说。这些作品反映了当时印度的社会现实，饱含着对殖民主义和封建习俗的愤懑情绪。其中脍炙人口的有《太阳和乌云》、《河边的台阶》、《喀布尔人》、《素芭》、《摩诃摩耶》等。其中，不少作品是以妇女作为主人公的。作家同情她们在封建婚姻制度下种种不幸的遭遇。《河边的台阶》是一篇构思独特的小说，作品让河边的台阶来讲述人间的故事。它是人类感情沉默的观察者和见证人。苦森还在幼女时期，河边的台阶就熟悉了她。由于当地盛行童婚制，苦森出嫁了。当她重新回来时，河边台阶听出了这熟悉的脚步声，可是，现在苦森已成了一名寡妇，年龄才满8岁。

《喀布尔人》描写一个孟加拉小姑娘明妮和一个来自印度西北山区的水果商拉赫曼之间的关系的故事。明妮以她那天真无邪的感情征服了这个脾气暴躁的喀布尔人，使这个外乡人想起他那留在山寨中的小女儿来。伴随岁月的流逝，明妮已长成大姑娘了。于是，这位喀布尔人感到有必要更新他们之间的友谊了。作品写得含蓄、抒情。

《摩诃摩耶》描写美丽的姑娘摩诃摩耶被迫嫁给一个垂死的婆罗门。第二天，她便成了一个寡妇。随即，她又被迫和丈夫一同火葬。幸好，下了一场大雨，浇灭了大火，她才得救，但烈火已烧毁了她的面容。她逃到恋人罗耆波家，和他一起生活，但不许罗耆波拉开她的面幕。在一个月夜，恋人没有遵守约定，拉开了她的面幕，于是摩诃摩耶默默地出走了。作品对婚姻的封建包办制和寡妇殉葬制进行了揭发和控诉，是泰戈尔优秀的短篇之一。

此外，《素芭》是一篇描写哑女素芭的故事。强调了人类世界和大自然应亲密无间地联系在一起。

（二）中期（1901—1919）

这时期是印度民族意识高涨时期，也是泰戈尔一生创作中最丰富和最重要的时期。1901 年，泰戈尔离开了自己的庄园，抱着改造社会和改革教育弊端的目的，到圣地尼克坦创办了一所学校，他亲自授课和进行儿童教育实验。这所学校后来在 1921 年发展为著名的国际大学。1905 年，印度发生了反对英帝国主义分割孟加拉的自治运动，从而掀起了印度民族解放运动的第一次高潮。泰戈尔积极参加了这场运动，他在会上演讲，组织游行，谱写了大量的爱国歌曲。抗议外族的侵略和压迫，维护印度民族自尊心。但后来，由于和自治运动的一些领导人观点上的分歧，他陷入苦闷和彷徨的境地。泰戈尔热切希望自己的祖国得到独立和解放，但他不同意采取暴力斗争的办法。以致他退隐到圣地尼克坦潜心于文学创作和教育工作。

1915 年 3 月，泰戈尔和圣雄甘地第一次会面。1919 年，甘地发起了“不合作运动”。泰戈尔和甘地在反对英国殖民统治方面有一致的观点，但他对甘地的主张和做法并不赞同。同年，发生了英国殖民主义者镇压旁遮普邦阿姆里塔沙人民的事件，开枪打死打伤 1000 多名印度人民。泰戈尔愤怒地给总督写了一封信，对自己的同胞蒙受的凌辱和苦难表示抗议，并声明放弃在 1915 年英国授予他的爵士的称号。

这时期泰戈尔写作了许多诗歌和小说。

1. 诗歌

其中最著名的是四部诗集：《吉檀迦利》（1912）、《新月集》、《园丁集》、《飞鸟集》（1916）。

《吉檀迦利》是“献歌”的意思。即诗人把这部诗集献给他的“神”。这是泰戈尔的一部自选集。它有两种版本：一种是孟加拉文版，出版于 1910 年；另一种是英文版，是诗人自己翻译的，于 1912 年在伦敦出版，曾风靡整个欧洲。这部诗集语言清新秀丽，具有散文诗优雅的韵律，对神的世界的呼唤和对现实世界热爱的感情交织在一起，表现了诗人人道主义的思想和对美好事物的追求。作品中映现了一幅幅印度妇女、工人、农民和儿童的影像，和美丽芬芳的大自然的图景。但宗教的、神秘的气息较为浓重，内容具有象征性。金克木先生在他的《泰戈尔的〈什么是艺术〉和〈吉檀迦利〉试解》一文中说，这部诗集“又是谈爱，又是颂神，又充满物质人间的形象，说的又不是日常生活中的自然语言，这使我们中国读者觉得神秘”。1913 年，泰戈尔以《吉檀迦利》荣获诺贝尔奖。

《新月集》是一部写儿童心理的诗，充满着儿童的天真幻想和母爱的感情。作品展现了孩子的单纯、好奇和非世俗的内心世界。孩子们对人世间许多事物都是陌生的，他们感到与自然之间有着密切的亲缘关系。在大自然中，他们最喜欢的是月亮。在月光下，他们倾听着许多神奇的故事，从而使他们那容易轻信的好奇心得到满足。而生活中，他们最热爱的是母亲。因此，月亮和母亲是儿童最亲近的两个朋友。

《园丁集》是一部爱情诗。爱情被描写成一种奇妙的扰乱人心的情绪，一种使人心驰神往的感情。作品表现了恋爱中青年男女各种复杂而微妙的心理活动。诗人把情人的心比作湖水，比作果园，只有辛苦的园丁，才能培育出甜蜜的爱情果实。在这部诗集里，人和自然的感情交相辉映，又紧密地联系在一起。

《飞鸟集》是一部饱含着哲理的格言诗。

2. 小说

泰戈尔在这时期写作了一批中篇、长篇小说。其中长篇小说有《小砂子》(1903)、《沉船》(1906)、《戈拉》(1910)、《家庭与世界》(1916)，中篇小说有《四个人》(1916) 等。这些小说都是现实主义文学的力作，反映了当时重大的社会问题。其中最为著名的是表现封建道德和民主思想冲突的《沉船》和褒扬高昂的爱国主义思想的《戈拉》。

《沉船》通过一对青年男女婚姻和爱情的描写，揭露了印度资产阶级知识分子的软弱性及其反封建斗争的不彻底性。大学生罗梅西出身于富裕的婆罗门家庭，接受过民主主义思想的教育，爱上了一个出身于梵教家庭的姑娘汉娜丽妮。后来，家里要他和一个素不相识的姑娘撒西娜结婚，虽然他不情愿，但他无力反抗父亲的意志。婚礼后，他乘坐的船在归途中遇到风浪，船沉没了。撒西娜被水淹死。罗梅西被浪涛卷上沙滩，在那里，他遇见了另一个幸存的新娘子卡玛娜，误认为她是撒西娜。后来，他发现卡玛娜并非他的妻子，但又不忍心和她分开。不久，他和汉娜丽妮重温旧好，双方约定要举行婚礼。正在这时，他和卡玛娜的“小家庭”被人发现了。为了摆脱这尴尬的局面，他只好带着卡玛娜远走高飞，并给汉娜丽妮写了一封诀别信。可是这封信被卡玛娜看到了，她毅然离开罗梅西出走。

汉娜丽妮受到巨大的刺激，也不再理会罗梅西，而嫁给了别人。罗梅西落得两头皆空。

罗梅西是个软弱的青年，虽然他有向往和追求新生活的一面，但他没有勇气和传统的封建习俗作斗争，他在现实生活中总是彷徨、犹豫、无主见，由于他个性的脆弱，既伤害了别人，也给自己带来悲剧的结局。

（三）后期（1919—1941）

泰戈尔生活的后期，对世界的和平、人类的自由更加关注，严厉谴责了帝国主义和法西斯的侵略行径，同情和声援那些遭受压迫和奴役的民族。为了寻求印度民族的出路和了解世界的形势，他不顾年迈，多次出国访问。他到过英国、法国、丹麦、瑞典、奥地利、捷克、美国、日本、中国和苏联。1924 年，他应邀来我国访问，参观了上海、南京、北京等地。他在演说中，极力宣扬东方的精神文明，贬斥西方的物质文明，号召亚洲人民团结起来，去迎接一个“新的时代”。

1930 年，他访问苏联，对苏联人民取得的成就感到惊奇。他看到了一个“人类社会的更新”的世界。但他认为不是“人性本身”的更新。1934 年，他谴责了意大利法西斯对阿比西尼亚的入侵。1937 年，日本帝国主义侵略中国，爆发了抗日战争，他抱病参加了印度人民支援中国人民的斗争大会。他发表宣言，撰写文章，预言中国如果掌握了现代科学，在现代化的道路上运行，“那时，世界上恐怕没有力量能阻挡她向前迈进”。

泰戈尔后期的创作，一方面具有鲜明的政治色彩，另一方面又具有浓厚的象征性。前者主要体现在他的诗歌创作上，后者反映在戏剧创作中。泰戈尔后期所写的诗歌不仅关心印度人民的生活和命运，而且关心世界人民的反帝斗争和他们所遭受到的野蛮的掠夺，严厉谴责了战争发动者。如写了《非洲》、《敬礼佛陀的人》、《号召》等政治抒情诗。

在戏剧创作上，他写了《摩克多塔拉》（1925），描写残暴的国王罗那吉特，他为了使人民服服帖帖受他管辖，花了 25 年建造水闸，把摩克多塔拉的瀑布锁住，使农田干涸。可是，人民起来反抗，终于摧毁了国王苦心经营的水闸。作品预示了封建的专制暴政已经到了末日。《红夹竹桃》（1926），描写农村姑娘南迪妮，以自己青春的欢乐，唤起死气沉沉的金矿工人对生活的憧憬，以及她和矿工兰震的爱情、和总督斗争的故事。这两部剧本都饱含着象征性。被锁住的瀑布象征被奴役的印度，红夹竹桃象征坚贞不渝的爱情。

在这时期，泰戈尔还写作了好几部长篇小说。1929 年写的《纠纷》，描写了封建的没落世家与资产阶级暴发户之间的矛盾。《最后的诗篇》，则描写了印度不成气的一代。此外，他还写了《两姊妹》（1932）、《花圃》（1933）、《四章》（1934）等。在散文写作方面，较著名的有《中国的谈话》（1924）和《俄罗斯书简》等。1941 年 8 月 7 日，泰戈尔在加尔各答的祖宅里与世长辞。

泰戈尔是个伟大的作家、哲人和思想家。他一生中竭力反对的有两件事：一是印度的封建的传统习俗，尤其是在人与人之间制造隔阂的种姓制度；二是殖民统治和压迫。他在作品中宣扬的思想观点是：

一是泛神论。泰戈尔著作中歌颂神，但这种神不是“一神教”的神，而是把神融化在自然界中。他宣称神即自然界，自然界是万物之神，上帝就是自然。而人与万物都是神的表象。天地间万事万物都包含了“神”的精神，所以他在诗歌中写道：“你是天空，你也是窝巢。”而人作为自然的一部分，在人的身上也体现了“神”性。他说：“我要努力在我的行动上表现你（指神）。”泰戈尔提倡泛神论是对超越自然的“一神教”的反对，也是对当时印度各教派互相排斥所表示的不满。

古印度把宇宙万物的统一体（即宇宙精神）称作“梵”，认为这便是世界的本质，而人与“梵”也是统一体。泰戈尔继承了这一思想，认为每个人都可分作精神的人和物质的人。精神的人能与“梵”沟通，摆脱一切心灵和身体的需要，它是超“自我”的；而物质的人，表现出一种自我性，他有吃、喝、穿、睡的需要。他竭力倡导“自我”应在追求中与宇宙精神（“梵”)统一。为此，他主张印度必须掀起一场宗教运动，才能改变“物质主义”泛滥、权欲熏心的现状，从而来拯救印度社会。在他的作品中，也充塞着以忏悔式的感情追求心灵的纯洁和道德自我完善的说教。从而表现了引导人们脱离现实的唯心主义倾向。

由于泰戈尔的泛神论思想，“梵”我合一的思想，他认为宇宙万事万物的关系便是和谐与协调的关系。季羡林先生在他的《泰戈尔的生平、思想和创作》一文中精辟地说：“和谐与协调可以说是泰戈尔思想的核心，他无论观察什么东西，讨论什么问题，都是从和谐与协调出发。谈到真理，他就说：真理的全貌就表现在有限与无限的调和中，表现在经常变动的东西与完美性的永恒精神的调和中……谈到人生，他就主张，人生的基本原理是和谐与协调。谈到自由，他就说：完全的自由在于关系之完全的和谐。”这样一来，泰戈尔把和谐当作事物的绝对性，起了掩饰现实矛盾的作用。

二是博爱的理想。为了维持人世间和谐协调的关系，泰戈尔认为必须有爱的精神。他说世界是不能用“法律和规章来紧紧地约束”的，最终统治世界的应当是“爱”。在爱中，得与失才能和谐起来，一切的矛盾，都会在爱中融化、消逝。他说：“真正增强文明的力量，使它真正进步的是协作和爱，是互信和互助。”泰戈尔的爱，具体包含着这样一些内容：

首先是摆脱奴隶的枷锁，获得自由和独立。每个人都必须有支配自己的自主权力，独立的人格，不允许有人压迫人的现象。在这个意义上，他反对殖民统治，也反对把人划分为等级的种姓制度。

其次，他的爱是一种包括良心、道德、同情的泛爱。认为只有这种爱才能维系人与人之间、家庭与社会之间的和谐关系，人生才会充满欢乐，世界才会充满阳光，生活才会有流转不息的“韵律”。泰戈尔的爱竭力从事物的矛盾对立中求得调和，反对暴力手段，并以此来解决社会和民族问题。

以上便是泰戈尔宣扬的思想，也是他的宇宙观和对社会人生的哲学思考。下面我们谈谈他的文艺观。他有两方面的主张，值得我们注意。

一是过剩说。他认为人与禽兽所以不同，是因为禽兽只是束缚在自己需要的范围内，它们把一切精力都消耗在生存竞争中。人类则不同，除了求生存外，还有许多过剩的精力。人类和禽兽都需要把他们的欢乐、恐惧、愤怒或爱情表达出来，但禽兽只是达到“应用”范围为止，人类除了“应用”外，还要把这种情绪发散出来。因此，这种过剩的精力、知识和情感，便抒发而为艺术作品。

二是启示说。他认为诗人的目的是在启示事物内所包含的生命、物体内藏着的灵魂。人世间的事物本身是不美的，但他所暗示的事物是美的，赤裸裸的事实的报告不是文学，因为事实是独立于我们情绪以外的。艺术的主要目的是人格的表现，艺术家应当以自己的创作，建筑一个真实的世界——真与美生存的世界。因为艺术是人类高尚精神与情绪的产物。

泰戈尔文艺观有其独特的、合理的成分，但也有超脱现实、片面强调主观意念的成分。他相信“天堂的幻想”、“天堂的精神”，认为这在日光、碧草、流泉、冬日、早晨中都可以看到。从而使他的创作中出现了一种神秘朦胧的思想情绪。

泰戈尔的艺术成就是辉煌的。在诗歌创作中，他以清新流利的孟加拉语言，抒发了他对自然界和生活的热爱，感情执着深沉，抒情意味浓厚，并富有曲折的韵律，柔和的色彩，新奇的节奏，浪漫主义的想象，丰富的哲理思想。在散文创作中，他展现了鲜明生动的形象，细腻的心理描写和色彩斑斓的大自然景物，构成了一幅幅深刻的现实主义图画，反映了当时印度社会中一些重大的问题。这一切都说明了泰戈尔不愧为一个伟大的艺术家。他的创作是印度人民奉献给世界的一份宝贵的财产。

《戈拉》是泰戈尔代表作之一。写于1907—1909年，出版于1910年。小说背景是19世纪70至80年代，印度民族意识开始觉醒时代。这也是教派纷争非常激烈的时代。他们在寻求民族出路方面，持有完全不同的见解。宗教偏见和传统习俗成了人与人之间的一堵不可逾越的墙，也成了民族解放运动的拦路虎。泰戈尔在《戈拉》一书中，很好地描写了当时民族运动、教派纠纷在一批青年知识分子中所起的巨大影响。我们对这部作品分作以下四方面来谈。

一、作品的基本思想和主张

泰戈尔在《戈拉》一书中宣扬的基本思想是反对教派偏见，主张爱国联合，缔造一个没有种姓、不分贵贱，没有殖民压迫、没有教派对立的新印度。

首先，作品真实地反映了梵社与印度教之间的一场纠纷，以及他们在民族解放运动中的不同主张。梵社于1828年由罗姆·摩罕·罗易（1774—1833）创立。它反对偶像崇拜、种姓制度、寡妇殉葬等封建习俗，提倡改革印度教、吸收欧洲文化，曾经起过积极作用。泰戈尔和他的家庭都是信梵教的。他于1884年起还出任过梵社秘书。但梵社内部并不统一，1865年起便分裂成“元始梵社”、“印度梵社”两派。尤其是其中一些教徒轻视印度固有的文化，看不起自己的民族，崇拜西方文明，表现出一副洋奴面孔。这是泰戈尔极力反对的，他在作品中塑造的哈兰便属于这类人。20世纪初，梵社作用降低，泰戈尔也于1911年退出了这一教团。

印度教创立于中世纪初，主要教义为灵魂不灭和轮回说，提倡偶像崇拜。其中又分信奉破坏神湿婆及信奉保护神毗湿奴两大派。到19世纪70年代，在旧印度教的基础上成立了“新印度教”。他们反对崇洋媚外，反对殖民压迫，提倡民族化，增强民族自信心。但他们又拘泥于守旧，主张严格遵守印度教一切古老传统，维护种姓制度和封建习俗。泰戈尔在作品中塑造的戈拉（前期）便是这类人。作家赞扬了他们的爱国行为，批判了他们的封建守旧的思想。

泰戈尔在作品中对教派的指责是公允的。泰戈尔主张印度民族要得到发展，必须拆除造成印度人民隔阂的教派藩篱，应当有一个容纳一切教派的“庙门”和“神”。1902 年，他曾在一篇分析印度历史的论文中，认为印度不是印度教的，也不是穆斯林的，更不是英国人的。印度是在种种差异中寻求统一的过程中形成的。他在诗集《吉檀迦利》中也号召，印度各个种族和教派的人们应当团结起来。1921 年，他创立了国际大学，也基于这一目的。他的学校既不是宗派性的，也不是区域性的，而是属于全印度的。不同教派的人在这里都可以履行自己的宗教仪式，但他们都必须在种种思想差异中寻求统一。

其次，泰戈尔在《戈拉》中，描写了两个超越于教派偏见之上的理想人物：帕瑞什先生和安楠达摩依。帕瑞什是梵教信徒，安楠达摩依属于印度教信徒。但他们都没有门户之见。他们共同的地方是：

（一）他们都反对种姓制度。把它当作凌辱人、造成人与人之间不平等的障碍。帕瑞什说：“种姓制度使一个人如此轻视和侮辱另一个人，我们怎么能不谴责它呢？要是这还不算罪过，我不知道什么才算。”安楠达摩依也说：“只要你怀里抱住一个孩子，你就会确信世界上没有一个人是生来就有种姓的。”

（二）他们赞同和支持不同教派青年男女间缔结婚姻。按印度教和梵教教规，不同教派是不许通婚的。安楠达摩依和帕瑞什均不顾教社和家庭成员的反对，积极支持毕诺业和梵教姑娘罗丽妲的婚事，并把他们的行为当作冲破教派传统偏见的勇敢行为。当毕诺业告诉安楠达摩依说，他和罗丽妲的婚事受到梵教和印度教的指责，连戈拉也反对，该怎么办时？她爽快地回答说：“这还用问吗？娶她就是了。”她认为：“结婚就是两颗心结合在一起——要是结合了，念什么经又有什么关系呢?”她亲自为毕诺业筹办婚事，布置新房。同样，帕瑞什先生也鼓励毕诺业说：“我觉得从宗教的观点来看，你们的结合不应受到阻挠。在这种情况下，我觉得你们没有必要遵守教社定下的禁令。”他还认为一个伟大的人“正是那些有勇气在生活中尝试和解决人生新问题的人！那些循规蹈矩的人不能使社会进步，仅能维持现状”。

泰戈尔把帕瑞什写成一个能宽容克己、豁达忠厚的长者，他尊重别人的自由，从不限制人，他是非分明。正如罗丽妲对苏查丽妲说的：“爹是永远不会和猎人站在一边的。他从来没有想给我们戴上脚镣。当我们和他意见不一致的时候，他跟我们发过脾气，或者用梵社的名义限制过我们的自由吗?”帕瑞什懂得尊重别人的自由，没有梵教徒或印度教徒那种宗派情绪和小团体主义。因此，当哈兰企图以教社来压迫他时，罗丽妲便毫不客气地对哈兰说："爹知道的真理比你们的梵社伟大！"最后，连戈拉也拜他做老师，请他把属于一切人（包括印度教徒、梵教徒、回教徒、基督教徒）的教义传授给他。因为他有一颗容纳世界的心。帕瑞什奉行一种自由的、宽大的、人道的信仰。这种信仰是要填平人与人之间的鸿沟，从而使他们团结和联合起来。因此，帕瑞什是泰戈尔的信仰和道德的化身。

安楠达摩依是当作母爱和印度的象征来描写的。她冒着大不韪的风险拯救和抚养了一个异族儿童，不因为种姓不同、信仰不同而拒绝救援他们。她在印度教派里和家里默默地忍受一切屈辱。但她并不后悔，她顽强、热情、慈爱。罗丽妲认为她正是戈拉力量的源泉。戈拉激动地对她说："您没有种姓，不分贵贱，没有仇恨——您正是我们幸福的象征！您就是印度！"

二、青年爱国者的形象

戈拉是作品的中心人物。印度爱国者协会的主席。他以全副心肠来热爱在殖民压迫下的祖国。解放祖国是他唯一的崇高愿望。只要一谈起祖国，他的眼睛便发亮。他说："轮船在大洋上航行，船长不论是工作或休息的时候，心里总是想着对岸的港口，我也是这样无时无刻不在想着印度。"在他看来，祖国是一个充满奇妙美好、痛苦和欢乐的字眼。他要把一生奉献给祖国，为她服务一辈子。为此，他还决定不结婚。他深知在殖民帝国主义压迫下，祖国处在灾难深重的边缘，人民处在水深火热之中。他认为一切爱国者首要工作就是要树立人们对祖国的信心。只有恢复了人们对祖国的坚定信仰，才能谈得到别的工作。

戈拉对英国殖民主义者深恶痛绝，愤怒地揭发了他们的野蛮侵略和压迫行为。他说："他们仗着自己的强大有力，拒不承认民族间的差别对于全人类具有难以估计的价值，他们认为人类最大的幸福是由他们征服一切民族，把这些民族置于他们绝对的统治下，使全世界都受他们的奴役！"他看到英国人就反感，恨不得找个机会在大街上和他们吵上一架。他对那些丧失民族气节，在洋大人面前低三下四的洋奴，更感到气恼和厌恶。

戈拉的爱国不是口头的，而是身体力行的。他认为当时广大印度人民处于一种愚昧无知的境地，摆在爱国者面前的任务就是要唤醒群众的觉悟。他说："这是我们的工作。要是人们不能清清楚楚地看见真理，他们就会被任何假象所蒙蔽。"

他尽可能去接近人民。每天早晨，他都要去做一件固定的社会工作：访问附近的穷人。他说："我总觉得我和整个印度是一体，所有的印度人都是我的同胞。"为了进一步加深对祖国的了解，他长途跋涉去旅行，访问农村，同情农民在殖民压迫下的艰难处境，为他们鸣不平。当他在戈斯帕拉村了解到靛青种植园主勾结警察迫害村民，弄得十室九空时。他去晋见英国县长布朗罗，对他提出抗议。布朗罗不理睬他，并对他进行威胁时，他宣称要回到戈斯帕拉村去，鼓动村民起来反对警察和洋人的压迫。他为拯救学生，领头与警察发生冲突，结果他被逮捕。这一切都说明了戈拉是个言必信、行必果的爱国者。

但戈拉的一些观念是错误的。泰戈尔以他的言行反映了当时"新印度教"派的一些错误的主张。如戈拉把爱国和维护封建传统习俗等同起来，把信仰印度教与维护印度民族利益等同起来。为此，他虔诚地崇拜偶像，维护种姓制度，轻视妇女，把妇女排除在社会生活之外，认为她们只要严守妇道就行了。在日常生活中，他严守教规，不喝异教徒递过来的水，禁止母亲用信基督教的女仆做的饭菜去接待毕诺业。由于戈拉和殖民主义者对立的情绪，以致他认为"祖国的一切都是好的"，而对一切"英国的东西都一反到底"。

然而，戈拉的性格是发展的，他的思想主张在现实中也不断修正。就拿他维护的封建传统习俗来说，他在农村访问时，看到农民们在传统习俗的束缚下过着赤贫的生活，有些人"正在利用传统和习惯作为武器，吸别人的血，用一种冷酷无情的方式使别人沦为赤贫"，他便开始怀疑保存旧的一套清规戒律的合理性。

同样，在访问中，他对种姓制度也有了新认识。在戈斯帕拉村，他遇到一个信印度教的婆罗门马哈夫，他站在洋大人一边来诽谤自己的同胞。而信仰穆斯林的理发师，却收养着反抗洋大人而被捕的法鲁的儿子。为此，戈拉违反了种姓制的常规：不在婆罗门家里逗留，而是搬到理发师的家里居住。他一想起要在恶棍马哈夫家里吃饭，才能保住他的种姓，就浑身感到不自在。他认识到"我们一直把纯洁当作外在的东西"是多么的荒谬啊！

在偶像崇拜方面，他也有了新认识，认为纹丝不动地坐在偶像前面，并不能产生真正的信仰。而他心里充满喜悦和被虔诚的精神所感动的时候，"是在他和别人争论而不是在庙里用心拜神的时候"。

戈拉在妇女问题上，原来受印度教偏见的束缚，瞧不起妇女。正如毕诺业对他说的，戈拉想到的印度只是半个印度。戈拉也承认"女人没有闯进我的意识"。

后来，他结识了帕瑞什先生的女儿们，特别是苏查丽妲后，纠正了他对女人的不正确的看法，认为“只有女人才配称为祖国——她坐在百瓣莲花上面，坐在印度心灵的深处——我们是她的男仆。祖国的种种灾难都是对她的侮辱”。他把苏查丽妲当成印度妇女的代表。

因此，戈拉的思想认识是不断发展的。但最终使他从印度教束缚中解脱出来，是他知道了自己身世的秘密。他和印度没有血缘关系，可以不再受印度教派的约束了，而不是靠他自我思想斗争来完成的。因此，有的批评家认为泰戈尔在这里走了一条捷径，人为地解决了这场思想矛盾和冲突，他的养父在病笃时宣布他的身世，完成了戈拉的解放。这种看法有一定道理。但作家并未破坏戈拉作为一个爱国者的形象。他感到他没有印度的血统，却更加自由地成为一个真正的印度人。印度每一个种姓都是他的种姓，所有的食物都是他的食物，他要为三亿印度儿女去谋福利，忠诚地为他们服务。他站在一片无边的真实之中。作家在这里强调了只有从封建传统桎梏和教派偏见中解脱出来，才能认识真理，才能使自己的行为真正变成对祖国人民有利。

毕诺业是印度爱国者协会的秘书，一个与戈拉一样有热烈的爱国思想的青年。他曾被当作是戈拉的影子，但他们具有不同的气质。在蓬勃的生气和爱国的激情上，他不如戈拉。他承认“没有戈拉那样坚定不移的信心”和勇往直前的精神。他容易动摇，有时是拿不定主意的。但他能克己让人，在妇女、种姓制、宗教问题上，比戈拉更为清醒，表现了一种力图摆脱传统束缚，积极探求新生活的精神。他对戈拉说：“你我都很清楚，我们的社会在饮食、接触和就座的问题上，想用镣铐来束缚我们，这有多么无聊；而根据宗教，人们对这些问题，天生有权不受约束。”

他尊重妇女，认为妇女在社会中应当和男人享有同等权利。在爱情上，他冲破了教派的偏见，毅然和罗丽妲结合。他被帕瑞什先生称为“有勇气在生活中尝试和解决人生新问题的人”！与戈拉的急躁和盛气凌人相反，他显得谦和、虚心。他能经常征求和聆听安楠达摩依和帕瑞什的意见，从而得到了他们的巨大帮助。

与爱国者相对立的是反面角色哈兰的形象。他是一个诽谤和轻视自己民族，极力讨好英国殖民主义者的洋奴。他甚至认为英国“县长的统治是上天对印度的安排”。他骄傲自满，专横跋扈，自以为高人一等。自封为梵社一切真善美事物的监护人，肆意攻击帕瑞什先生的见解，动不动以教社教规来压制别人。为此，罗丽妲称他为“梵社的监狱长”。他害怕一切与教派有抵触，妨碍殖民者利益的新生事物，并竭力从中作梗，进行破坏。为了打击帕瑞什先生，离间戈拉和苏查丽妲的关系，阻挠罗丽妲和毕诺业的婚事，他兴风作浪，造谣中伤，甚至写匿名恐吓信，手段卑劣至极。哈兰的形象代表了梵社分裂后，崇洋媚外分子的丑恶面目。

三、新型妇女的形象

在封建主义与殖民主义压迫下，印度妇女被封闭在家庭里，被剥夺了与男人平等的权利，甚至被剥夺了爱国的权利。但是在民族运动高涨形势的推动下，在一部分有文化的妇女中，开始了意识的觉醒。苏查丽妲和罗丽妲便是这种女性的代表。从性格上说，苏查丽妲谦逊、害羞、柔和、爱思考；罗丽妲热情、泼辣、倔强、任性。她们各自具有鲜明独立的个性，也都具有时代的新气质。

首先，她们憎恨殖民统治，热爱自己的国家和民族。苏查丽妲全盘接受了戈拉的爱国见解，她从戈拉的谈话里，树立了对祖国的信心，增强了勇气，从而在思想上与戈拉接近起来。罗丽妲诅咒英国人的统治，当她听到戈拉被捕的消息时，立刻退出了在英国县长家里演出话剧的计划，以示抗议。她厌恶洋奴哈兰的卑劣的嘴脸，当面斥责他、鄙视他。

其次，她们具有热心为社会服务和为大众谋福利的思想。罗丽妲对苏查丽妲说：“只因为我们生来是女孩子，就得围着四壁转吗？我们这一辈子就不能对社会作出点贡献吗？”她积极创办女子学校，并由自己和苏查丽妲担任教师。苏查丽妲在和戈拉交谈中，明白了除了家庭和教派的小天地之外，还有广阔的世界。因此，她积极支持罗丽妲创办女校的倡议。最后，她还准备按戈拉提出来的“就女人来说，人生真正的成就在于为大众谋福利”的要求去行动。

再次，她们具有打破传统习俗、追求婚姻自由的热烈愿望。罗丽妲冲破了教派的偏见，不顾封建传统习俗，不怕造谣诽谤，毅然和自己心爱的人毕诺业结合了。为争取婚姻自由，摆脱世俗眼光，树立了榜样。苏查丽妲在认识戈拉之前，崇拜哈兰，准备为梵社的利益和他结婚。可是，当她认识戈拉后，才真正看到哈兰的渺小。他们之间的差别，犹如乌鸦和凤凰一般。于是，她断然拒绝了哈兰的求婚。下面，就是他们之间的一段精彩的对话。

“那么，你到底是什么意思呀？”哈兰喘着粗气、惊惶失措地问道。

“我不同意结婚。”苏查丽妲低下头说。

“你不同意，你究竟是什么意思?”哈兰重复她的话，活像一个惊得发呆的人。

“帕努先生，”罗丽妲插进来讽刺说，“你好像把祖国的语言都忘记了!”

罗丽妲和苏查丽妲比较起来，更具有斗争性和反抗精神。她对恶人坏事，针锋相对，不留情面。苏查丽妲则强调忍受，她认为“忍受并没有什么丢脸”。罗丽妲反驳说：“一个人要是容忍别人作恶，不加反对，就等于奖励作恶。医治罪恶的正确方法是和它进行斗争。”因此，哈兰利用苏查丽妲的个性讨得便宜，而他在罗丽妲面前就要自讨没趣了。作家有意把这位刚直的罗丽妲配给了性格较软弱的毕诺业，而把性格纤柔的苏查丽妲许给了刚烈的戈拉，从而使他们达到和谐统一、珠联璧合。

四、复杂矛盾的心理描写与自然美的统一

泰戈尔是一个具有丰富思想，又具有辩证思想的艺术家。他所描写的人物不仅鲜明生动地表现了他们的外部特征，而且深入他们的内心世界，揭示了他们言与行、理智与情感之间的种种矛盾，以及他们的思考、想象、悲伤与欢乐的情绪。戈拉是个热衷于祖国解放事业的人物，他发过誓一辈子不结婚，但他遇到苏查丽妲后，他的内心便变得不平静起来了。作品含蓄而细腻地描写了他们的爱情在内心萌芽和发展的过程，突出地写出了他们理智和情感之间的冲突。不同教派不能结婚，是横在他们面前的一道障碍，献身祖国与计较儿女情长是戈拉苦恼的原因。他经常感到他和苏查丽妲的关系里面有一种自欺的成分，他要小心些才好。但他又认为自己越出常规是因为苏查丽妲有一股强大的魅力，使他忘掉了对社会的责任。

当戈拉坐在苏查丽妲的家里，身旁伴着那张柔和而娇嫩的脸孔时，他就感到整个房间、房间里的阴影、墙上的画，以及全部整洁的家具构成了一幅完美的图画，其中引人注目的并不是这些实物，而是经过一个女人灵巧的双手调弄之后所形成的“家”。表面上，戈拉并不反对苏查丽妲的姨妈把她的小侄子介绍给她，但当他看到这个小伙子时，他却显得那样焦躁不安。甚至认为苏查丽妲等待的是他的召唤，而不是别人。苏查丽妲的姨妈请求他写信给苏查丽妲劝她结婚，他却写了要她关心社会福利的话。过后，他又担心苏查丽妲会把它当成一封绝交信，连夜要赶去解释。要不是这时他听到了教堂的钟声，提醒他要履行的职责；否则，

他真要冲出家门了。

一方面，戈拉认为毕诺业和罗丽妲的结合是违反教规的，拒绝参加他们的婚礼；另一方面，他又在心里承认这是一种生活臻于更美满、人与人之间树立新关系的结合。毕诺业与社会的决裂，在他心里“激起了一片完美和谐的音乐”。这样一来，作家便把一个挣扎在传统偏见与新思潮中的灵魂刻画得十分真实和生动。

罗丽妲对毕诺业的爱情，则表现了少女的矜持、好强与炽烈的爱情之间的矛盾。她由于急切地盼望毕诺业到她家来，经常弄得烦躁不安，心乱如麻。她动员苏查丽妲陪她去看戈拉的母亲（其实她是想去看毕诺业），临出门时，她又不去了。她想这不是向毕诺业屈服吗？她需要这样费力去追他吗？“投降的耻辱使她对毕诺业十分恼火”。自然，她和毕诺业都有冲破传统偏见的勇气，但在他们的结合过程中，并非一帆风顺，有过种种烦恼和不安。他们与社会习惯势力交战的同时，还得和自己的内心交战。

热爱大自然，讴歌大自然，是泰戈尔创作中一个重要的组成部分。他以高度敏感和现实的彩笔描绘出大自然绚丽多姿的景象。无论是春、夏、秋、冬，丽日，蓝天，花、草、虫、鱼都是他熟悉而又陌生的朋友。他总是生动地、趣味盎然地把它描绘下来。如作品中对加尔各答的雨景是这样描写的：

> 雨季的一个黄昏，暮色朦胧，夜幕低垂，天空饱含着水汽。加尔各答在默默漂浮着的、大片乌云的笼罩下，像一只巨大的丧家犬，蜷着身体，把头枕在尾巴上，一动不动地趴在那里。

泰戈尔的景物描写有许多形象的比喻，如：加尔各答的早晨，“曙光就像新生婴儿的笑脸那样纯洁”；在恒河边，“木星就像黑夜警觉的良心，一直守望着大地”；在明净开阔的天空下“白昼就像从一只睁得大大的眼睛里发出来的坦率的凝视，黑夜就像在下垂的眼睫毛下颤动着的含羞的阴影”。

然而，泰戈尔在作品中对景物的描写，更多的是用来衬托人物的心境。如毕诺业和罗丽妲不参加英国县长家的演出，买船票回加尔各答途中，借描写河上的风光，来衬托他们甜蜜、激动和愉快的心情，他们是那样志同道合、心心相印。

> 曙光把河岸竹丛上的露珠照得闪闪发光。他俩从前都没有看到过这样的黎明景色。曙光也从来没有让他们这样感动。他们第一次认识到天空并不是空空洞洞的，而是充满了无声的喜悦，凝视着每一件新生事物。他们的意识受到了这样深的激励，甚至感到自己和激励宇宙的伟大意识有了密切的接触。

因此，两个人都说不出一句话。

有一回，毕诺业和罗丽妲之间有些隔膜，后来，罗丽妲来找他。他心里的一块石头落地了。那是加尔各答的一个落日傍晚，尽管“朦胧的落日景色这样阴沉，在毕诺业看来，也十分光彩夺目。他觉得整个世界都在围绕着他，拥抱他，天空也靠拢来，轻轻地抚摸他”。

泰戈尔认为人和大自然有密不可分的关系，他从泛神论的观点出发，主张物我如一。因此，他在作品中，描写人物溶化在大自然中，达到忘我的境地。如戈拉和苏查丽妲晤谈后，从她家里出来，心里有一种甜蜜的愉快，他走到恒河岸边，看到秋夜河上美丽的景色。顿时，他的心境也和夜景融成一体了。

> 在这个秋天的夜晚，他站在河边，看着朦胧的星光，听着模糊的市声，面对着充塞整个宇宙的难以捉摸的奥秘，仿佛进入了忘我的境界。因为这样长的时间，他一直不肯承认大自然的威力，现在它对他进行了报复：让他陷进她的魔网，用土地、河流和天空把他紧紧绑住，使他远离日常生活。

泰戈尔的景物描写不仅使人物感情和自然相沟通；而且，他能在自然中找到生命意义的真谛，促进人物积极向上。

下篇

东亚与东南亚文学

朝鲜文学史话

朝鲜是一个历史悠久的半岛国家，其居民系来自内陆的移民。公元前12世纪朝鲜北部有箕子建国的传说，他教民“礼义田蚕织作”。西汉初年，又有燕人卫满率领移民进入朝鲜。公元前194年，他推翻朝鲜原来的统治者，自立为王。他的政权维持了80余年。公元前108年，汉武帝派兵攻打朝鲜，古朝鲜亡。汉在朝鲜设立了乐浪等四郡，范围包括朝鲜北部极大部分地区，但遭到朝鲜人民的反对，汉四郡先后被撤销收缩，只有乐浪郡维持到4世纪初。

朝鲜在15世纪以前使用的文字是汉文，读的是中国的“四书”、“五经”。朝鲜文学实为汉文学的一支。到15世纪中叶，朝鲜才创造了自己的文字，叫“谚文”。“谚文”根据朝鲜语音，再参考中国的韵书，制成28个字母，从而促进了朝鲜民族文学的发展。

一、古代文学

朝鲜古代文学有文字根据的大约出现在公元前1世纪左右。在这之前，民间流传着神话和歌谣。有名的《檀君神话》是关于朝鲜建国的传说。歌谣有《迎神歌》、《箜篌引》等。关于朝鲜古代文学，大体可以分作三个时期。

（一）三国时期（1世纪初—918）

1世纪前后，朝鲜半岛形成三个国家：北边的为高句丽王国，西南部为百济国，东南部为新罗国。三国互相攻伐，战争不断。7世纪，新罗国与唐朝联盟，先后攻灭了百济和高句丽，统一了朝鲜半岛。三国时期各国均采用汉文，盛行汉语诗文，涌现了薛聪、慧超、崔致远等著名的汉诗文作家。7世纪中叶，真德女王送给唐太宗的一幅锦缎，上织有五言排律《太平颂》一首，便是出色的汉诗，被收录《全唐诗》中，《唐诗品汇》给予很高评价，认为“高古雄浑，可与初唐诸作相颉颃”。

薛聪是个散文作家。他写的寓言散文《花王戒》，通过花王、白头翁、蔷薇的对话形式，说明国王应当亲贤人、远小人的道理。慧超是个僧人，曾到中国进修佛学，后又去印度。他所写的纪行文《往五天竺国传》三卷，记述了他在旅途中的见闻，可惜已散佚。在我国敦煌石窟，曾发现唐人节录的一卷本。崔致远是诗人，曾来中国留学，在唐代中科举，出任宣州溧水县尉。他在中国居留 10 余年，写了大量汉诗文。后归国，因屡遭诬陷，最后率家隐居伽耶山，不知所终。他的著作亦大半散佚，只有《桂苑笔耕》20 卷保存下来，其中诗文都是他在中国生活时期所作。他的诗歌感情深沉真切，表达了对祖国的思念。如他的《陈情上太尉》一诗曰：

海内谁怜海外人，问津何处是通津。
本求食禄非求利，只为荣亲不为身。
客路离愁江上雨，故园归梦日边春。
济川幸遇恩波广，愿濯凡缨十载尘。

崔致远被认为是朝鲜汉语文学的奠基人。我国《唐书·艺文志》曾为他立传。《全唐诗》和《唐宋百名家集》都收有他的诗歌。他是朝鲜文学中第一位在国外获得声誉的作家。

7 世纪左右，朝鲜出现用汉字音义标记的乡歌。这是力图用民族语言进行创作的尝试，但不懂汉文的人仍无法理解它。9 世纪时有乡歌汇编集《三代目》，可惜已失传。现存乡歌只有 25 首，大多是反映世俗人情，赞扬文武双全的贵胄子弟。其中有的是民谣，一般没有标明作者姓名，如《风谣》、《薯童谣》等。

（二）高丽时期（918－1392）

918 年，出身于军人的王建，统兵灭掉新罗，建立了高丽王朝，迁都于开城。这时期朝鲜文学开始走向繁荣，出现了一种新的诗体叫高丽歌谣。新罗乡歌一般为十句体（也有四句体和八句体）。高丽歌谣是分节长歌，音律整齐。题材多半是描写男女爱情，有浓厚的生活气息和抒情色彩。著名的有《青山别曲》、《西京别曲》等。这些歌谣流传于民间，已不知其作者。其中也有讽刺和揭露统治者腐败无能的，如《墨册谣》、《阿也歌》等。

高丽王朝奖励文教，兴办学校，并以科举取士，选派学生到中国留学，一时汉文隆盛。在散文创作方面，出现了两部重要的著作：一是金富轼编写的《三国史记》，二是僧一然编写的《三国遗事》。两部作品记录了三国历史、人物传记和民间故事、神话等。诗歌创作方面，涌现了朴寅亮、郑知常、金富轼、金黄元等有才华的诗人。朴寅亮官至右仆射，曾和金觐等出使中国，写了《舟中夜吟》、《泗州龟山寺》等，诗境深远，文辞雅丽。中国对他和金觐的诗很赞赏，合二人作品编为《小华集》。郑知常的诗重抒情，并善于写景状物，著有《郑司谏集》。

高丽王朝中期，由于重文轻武，文武大臣之间矛盾很深。1170 年发生了郑重夫为首的武臣叛乱事件。后又有武将崔忠献父子执政。在半个多世纪内，武人掌管朝纲，文人受压。于是，一批文人组织文学小团体，饮酒唱和，发泄对社会和武人政治的不满。当时有名的是“海左七贤”。其中，包括李仁老、林椿、吴世才等人。李仁老（1152－1220）曾出使过中国，著有《银台集》二十卷、《破闲集》三卷。他在《续行路难》一诗中，表示他想扣开天门，借天河之水来洗清龌龊的世界，流露出对武人专政愤懑的情绪。

13 世纪诗人李奎报（1169－1241）和李齐贤（1288－1367）被认为高丽诗人的双璧。李奎报在青年时期与“海左七贤”有过交往，受到他们不满现实的思想影响。他著有长诗《东明王篇》，系取材于神话传说，描写高句丽国王东明王开国的故事，宣扬了贤明君主的思想。其《天宝咏史诗》四十二首，系取材于中国历史，描写唐明皇沉溺于酒色，亲近宵小，以致祸国殃民的事，达到借古讽今的目的。其《代农夫吟》、《望南家吟》、《苦寒吟》，是同情农民疾苦，揭发权贵官绅对人民压迫的作品，表现了作家深厚的人道主义的思想。

李齐贤曾出使过中国，与元朝学者姚燧、阎复、赵孟頫等有交往，并将赵孟頫的书法传入朝鲜。他游历了中国的西北、西南和江南地区。写作了许多描绘中国名山大川的诗词，如《蜀道》、《水调歌头・望华山赋》、《焦山》、《多景楼雪后》、《题长安逆旅》等。他提出“词严而意新”的创作主张，擅长于描写自然山水和借景抒怀。同时，他也继承了李仁老、李奎报的描写民间疾苦的传统，写作了同情下层人民命运的《促织》等诗。

（三）李朝时期（1392－1910）

1392 年，高丽将领李成桂发动“宫廷政变”，自立为王，改国号为朝鲜。颁布“科田法”，奖励农业，广设学校，与明朝保持友好的关系。同时，推行“斥佛尊儒”的政策，树立程朱理学的绝对权威。这时期朝鲜文学得到新的发展。尤其是1444年，朝鲜创立了民族文字，打破了汉文一统的局面。涌现了一大批作家，写作了各种文学体裁。分述如下：

1. 时调

李朝时期流行的一种新诗体，又称短歌和时节歌。有固定的曲调，可吟咏。最初为贵族文人创作，后普及到庶民阶层。涌现了尹善道、孟思诚、金宗瑞、黄真伊等时调作者。其中以尹善道（1587－1671）最为有名。他的《山中新曲》、《山中续新曲》、《渔父四时调》都是优秀作品。他在诗中描绘了山川和时令变化的自然景色，抒发了热烈的爱国情怀。诗人以向往的清平世界，来与当时因党争搞得乌烟瘴气的社会现实对立。他另著有汉诗文集《孤山遗稿》。

2. 歌辞

时调系源出于新罗乡歌和高丽歌谣。而歌辞是李朝时期独创的诗体。它没有长短、行数的限制。音律和格调都更加自由。诗人丁克仁的《赏春曲》被认为是第一篇的歌辞。而郑澈和朴仁老则把歌辞创作推向高峰。

郑澈（1537－1594）曾出使过中国，著有歌辞集《松江歌辞》和汉文文集《松江集》。他的主要歌辞代表作《关东别曲》是一首长篇写景诗，描绘了风景胜地关东八景和金刚山的绮丽风光。朴仁老（1561－1642）是个爱国诗人。他曾参加反击日本侵略的壬辰战争。他的《太平词》便是反映这场战争的爱国诗歌。他还写作了反映农村凋敝和农民生活艰难的歌辞，如《岭南歌》、《耕耘歌》、《芦溪歌》等。他写的歌辞雄浑、豪健，著有《芦溪集》。

十七八世纪流行“记行歌辞”和“闺房歌辞”。前者描写的是旅游见闻诗，后者反映了在封建礼教束缚下，对妇女身世地位的慨叹，其中一些歌辞作者本身就是闺中妇女。

3. 汉诗

有两个诗派。一是“海东江西派”。他们推崇北宋诗人黄庭坚和陈师道的诗歌。代表人物是朴訚、李荇。朴訚被认为“天下奇才”，李荇被认为“五言古诗，入杜出陈”，有《容斋集》传世。二是“三唐诗人”，包括白光勋、崔庆昌、李达等三人。他们力图扭转高丽朝以来宗宋诗的风气，提出“诗回盛唐”的主张。其中李达成就较高，写的多半为愤世忧民的作品，有《荪谷诗集》六卷。

4. 实学派文学

这派文人出现于18世纪。他们反对程朱理学，反对空谈性理，提出研究实用学问和进行富民强国的改革的主张。文学上，他们要求创新，反对模仿。朴趾源和丁若镛是实学派的两个大师。

朴趾源（1737－1805）早年过隐居生活，后游名山大川。1780年他随堂兄率领的朝鲜使团来中国，为乾隆皇帝七十诞辰祝寿。他曾与当时清代学者尹嘉铨等笔谈，切磋学问。在文学上，他提出“法古创新”、“模写真境”的主张，著有《燕岩集》六卷，并用汉文写作了九篇小说。著名的有《两班传》、《许生传》、《虎叱》等。《两班传》描写一位破落的贵族想出卖自己的“两班”名分，来抵偿债务的故事。作品对空谈礼教、四体不勤的“两班”贵族进行了嘲笑和讽刺。《虎叱》用拟人化的手法，通过老虎的口来抨击“两班”儒生的丑恶的面目。儒生北郭先生著书万卷，道貌岸然，但他夜夜与寡妇私通。后被寡妇的儿子发现，他匆忙逃遁，不小心掉进粪池。当他挣扎着爬起来时，一只老虎却站在他面前，北郭先生吓得屁滚尿流，连连向老虎磕头求饶。老虎嫌他脏臭还不屑吃他呢。接着，老虎对这位贪生怕死的伪君子进行了一番教训。它说，你们儒生平日言谈和训诫别人，总离不开三纲五常。可是，你们一天到晚扬臂怒目干坏事而不以为耻，甚至呼钱为兄，为获得高位而杀死亲人。你们是“天下之巨盗，仁义之大贼”，就是把你们这些儒生吃了也不为过。北郭先生连连在地上磕了两个响头，他表示不论多么可恶的人，只要斋戒沐浴，总是可以改好的。老虎不屑一顾地径自走了。北郭先生仍跪地不起。清晨，他被一位下地干活的农民发现了，问他跪在地上做什么，北郭先生才猛然惊醒。他怕有失自己的斯文体面，便一本正经地说，他是在弯腰走路呢！作品对儒生描写极尽挖苦之能事。老虎代表了正义和公理，它对儒生的斥责也代表了作家对李朝腐败社会的抨击。

《许生传》则寄托了作家要求改革社会的理想。许生是个聪明能干的知识分子，他弃学经商，获得了巨款。他便用这笔钱来支持“边山群盗”（即农民起义军），并和他们在天人岛上，建立了一个自由平等、文明礼貌的社会，共同过着丰衣足食的生活。这是朝鲜文学中第一部描写乌托邦社会的作品。

丁若镛（1762－1836）7岁能作汉诗，22岁中进士，为人刚直，因弹劾权贵，被流放。他提出“新我旧邦”的改革主张，并强调文学要起到“美刺劝惩”的教育作用，写有汉诗2500余首。他在作品中揭露社会弊端，提出改善农民生活的呼吁，对酷吏的罪行严加鞭笞。他写了次杜甫韵的“三吏”：《龙山吏》、《波池吏》、《海南吏》。其著有诗文集《与犹堂全书》503卷。

5. 国语小说

国语小说盛行于十七八世纪。它是在稗说和汉文小说基础上发展起来的，也接受了中国小说的影响。金时习（1439－1493）所写的短篇小说集《金鳌新话》，被认为朝鲜最早的汉文小说。到17世纪后，小说改用朝鲜语写作，涌现了许筠和金万重两位著名的国语小说家。

许筠（1569－1618）少年时期从“三唐诗人”李达学汉诗，中状元后，随使节到过中国，著有诗文集《惺所覆瓿稿》，诗歌评论集《蛟山诗话》等。他的国语小说《洪吉童传》是朝鲜文学中第一部描写农民起义的作品。有朝鲜文和汉文两种版本。洪吉童是宰相的庶子，他在家庭中备受歧视和虐待。他暗暗练得一身好武艺，弃家出走。后来参加了农民起义军，成了绿林好汉的头领。他率众胜利袭击了压榨人民的海仁寺，受到部下信任和爱戴。接着，他组织“活贫党”，严惩贪官污吏，劫富济贫，受到人民群众的称赞。他还会使法术，用稻草做了7个草人吉童，连同自己一共8个，出没于朝鲜8个道中，闹得朝廷不得安宁。国王利用洪吉童的哥哥仁衡骗捉吉童。可是，他在押解途中逃跑了。最后，他率领三千部下，在海外岛上，建立了一个理想的王国。作品富有浪漫传奇色彩。洪吉童是当时农民反对官府压迫的化身，表现了作家对下层人民生活的关怀和对自由平等理想社会的憧憬。

金万重（1637－1692）是另一位著名的国语小说家。他因参加党争，两次被流放。他的作品取材于现实，其中以《谢氏南征记》和《九云梦》最为有名。前者描写翰林刘延寿之妾乔彩鸾陷害正妻谢晶玉的故事，揭露了封建家庭内部黑暗和钩心斗角。评论家认为小说系影射国王肃宗废正妃立嫔妃的事件。《九云梦》以民间故事为题材，描写五台山天观大师弟子性真和思凡遭贬的八仙女，来到人间结为夫妇的故事。后来，他们大彻大悟，皈依佛门而去。作品虽带有宗教色彩，但也歌颂了爱情自由的理想。

另外，还有一部佚名的国语小说《壬辰录》也流传很广。这部作品系取材于1592－1598年朝日战争的故事。作品从日本军阀丰臣秀吉率兵入侵朝鲜写起，开始阶段，日军节节胜利——釜山登陆，攻陷汉城，占领平壤，逼迫朝鲜国王迁都于义州。接着，描写朝鲜军民的反击——李舜臣将军在海上痛歼敌人，各地爱国武装力量组织了义军，配合政府军作战，明朝派遣李如松将军率兵援助朝鲜，终于把日军赶出了朝鲜。最后，描写日本受降。这是一部爱国主义和歌颂民族英雄的作品。除受降情节是虚构的外，其余都符合历史真实。作品着力塑造了李舜臣、金德龄、金应瑞、郭再祐、西山大师、桂月香等爱国将领、义军首领、义僧、义妓的英雄形象。他们在保家卫国中同仇敌忾，奋勇当先，谱写了一曲曲悲壮的爱国诗篇。作品还描写了中朝军队的友好团结，并肩作战的动人场面，体现了中朝两国唇亡齿寒、休戚与共的思想。

6.“三大传”

18世纪是朝鲜长篇小说发展的繁盛时期，出现了根据民间传说改写的“三大传”，即《兴夫传》、《沈清传》和《春香传》，作者均不详。前面两部带有神话传奇色彩，而《春香传》是反映现实生活的故事。

《兴夫传》一名《兴夫和诺夫》。哥哥诺夫是个贪婪的富人，他对贫穷的弟弟兴夫没有丝毫的照顾，而且百般虐待他。有一回，兴夫救活了一只摔伤的乳燕。燕子为报答他，给他衔来了一粒葫芦种子。等葫芦果成熟后，兴夫从里面得到一大批金银财宝和一座华丽的房屋。诺夫见了十分动心，他追问弟弟这些是怎样得来的，兴夫照实讲了。诺夫便故意把一只燕子摔伤，然后救活它。燕子也给他衔来了一粒葫芦种子。等葫芦果成熟的时候，从葫芦里走出一帮三教九流的人物，他们把诺夫的家产糟蹋得精光。诺夫追悔莫及。兴夫见了便接济哥哥，让他一同过好日子。作品斥责了贪婪和为富不仁的思想，宣扬善恶到头终有报的佛教观念。

《沈清传》描写孝女沈清的故事。沈清的母亲死得很早。她的父亲沈鹤圭是个瞎子。由于生活艰难，沈清以帮人洗衣来养活父亲。她对自己的父亲十分孝敬。有一回，沈清很迟才回家。沈鹤圭放心不下，出门去找女儿，掉到河沟里。刚好，云梦寺的和尚路过，把他救了起来。和尚骗沈鹤圭说，只要他贡献三百石米，菩萨可以保佑他重见光明。沈清为了使父亲摆脱失明的痛苦，暗暗积钱和告贷，可是怎么也筹办不了这么大的数目。恰好，这时有条商船要出海，船主为了航海安全，要买个少女献祭海神。沈清便私自卖身给船老板，把卖身钱献给和尚。船主来领沈清时，她才把事情真相告诉父亲。父女抱头痛哭。商船经过海面时，狂风大作。沈清在船主催逼下，跳入浪涛中。海龙王知道沈清是个孝女，便把她包在一朵大荷花中，让荷花漂浮在海面。商人见了这朵特大的荷花，便把它打捞上来，献给了国王。这时，沈清便从荷花中走了出来。国王很喜欢沈清，认为她是个贤德的女子，便封她为王后。沈清派人去寻找父亲，可是父亲不知去向。后来，她征得国王的同意，在宫中举办了一次宴请全国瞎子的大会。在宴会上，她找到了自己的父亲，他仍然是个瞎子。当沈鹤圭知道沈清仍然活在人间，而且还做了王后时，他很想看看自己的女儿。一着急，他睁开眼，便重见了光明。从此，父女同享荣华。这传奇包含着美丽的想象，表现了对苦难人民的深切同情。沈清是个善良和纯洁的少女，她有一颗尊敬长辈、孝顺父母的无私的心灵。古代朝鲜人民把她这种品质当作一种能感动神明的力量。

《春香传》是“三大传”中成就最高的一部。故事长期在民间流传，大约在18世纪才被整理加工成书。有朝鲜文版和汉文版。作品通过春香和李梦龙的婚姻，歌颂了纯真的爱情，同时，也抨击了贵族官僚的骄奢淫逸的生活，揭露了李朝封建社会的矛盾。

二、现代文学

朝鲜现代文学是在反抗民族压迫和开展无产阶级革命斗争中成长起来的。1910年，日本强迫朝鲜卖国政府公布所谓“日韩合并条约”，从而使朝鲜沦为日本帝国主义的殖民地。1919年，朝鲜人民在十月革命影响下，爆发了“三一”起义，这是朝鲜历史上第一次反抗日本统治，争取民族独立的运动。1925年4月17日，朝鲜共产党宣告成立，但由于日本压迫和党内机会主义分子的破坏，只存在3年多便瓦解了。30年代初，在金日成的领导下，走上了武装斗争的道路。

在日本军事占领和文化统治下，朝鲜现代文学一开始就出现分裂的局面。一部分资产阶级文人，接受了西欧和日本的唯美主义和颓废主义文学的影响，鼓吹“纯文学”，提倡艺术至上。相继出现了“创造”、“废墟”、“白潮”等三个文学流派。其代表人物有金东江、廉想涉、朱耀翰、李光洙等。后来，他们中的一些人很快投入了日本占领者的怀抱。与此相对的是一批进步和革命的知识分子，他们在马克思主义影响下，兴起了反对资产阶级文艺的旗帜，并开始走向无产阶级文艺创作的道路。他们被称作“新倾向派”的作家。代表人物有1923年成立的“焰群社”的宋影，“巴斯古拉”文学团体的李相和，以及赵明熙、崔曙海等。

崔曙海（1901—1932）是“新倾向派”最有影响的作家之一。幼时家贫，曾流浪到中国延边地区。他的作品描写了下层劳动人民的痛苦经历和反抗斗争。他的著名的小说《出走记》，描写了主人公朴君反抗意识觉醒的过程。他原来只知道辛苦工作，安守本分。后来，认识到整个社会制度充满虚伪、奸邪和残暴，不能再忍受下去了，于是毅然离开了家庭，走上了反抗斗争的道路。

继“新倾向派”之后，1925年成立了“朝鲜无产阶级艺术联盟”（简称“卡普”），主要成员有李相和、赵明熙、崔曙海、李箕永、宋影、朴世永等。他们开始采用“焰群社”的纲领。1927年进行整顿，明确规定以马克思主义为文艺创作的指导思想。出版机关刊物《艺术运动》，成员发展到200多人。涌现了一批优秀作品，如赵明熙的短篇小说《洛东江》，李箕永的短篇小说《元甫》和长篇小说《故乡》，宋影的短篇小说《石工组合代表》等。

李箕永（1895—1984）是“卡普”时期的代表作家，他是朝鲜社会主义现实主义文学的奠基人之一。幼年在私塾习汉文。19岁至23岁在朝鲜南方各地流浪，做过矿工和苦力。27岁时，他抱着苦学精神和追求真理的愿望到日本东京半工半读。在那里，他接触了大量的俄苏文学，他尤其喜欢高尔基的著作。后因关东大地震，于1923年归国。1924年，在《朝鲜之光》杂志社工作。1925年参加“卡普”后，负责出版部工作。曾两度被捕。1944年避居江原道金刚郡的山村里，直到第二年朝鲜解放。

李箕永的第一篇小说是《哥哥的秘密信》（1924），描写一个少女批评哥哥的男尊女卑的封建意识，表现了妇女要求个性解放的思想。1928年，发表短篇小说《元甫》，描写一个老农元甫，在铁路上干活折断了腿，在老伴陪同下，第一次坐上火车去汉城医治的故事。他到汉城后，因无钱，处处碰壁。在先进工人石凤的启发下，他认识到自己贫困的真正原因。最后，他因交不起房租，被客店老板赶出来，死在街头。作品揭发了在日本统治下，工人的悲惨命运以及他们意识开始觉醒的过程。

李箕永的长篇小说《故乡》是“卡普”时期无产阶级文学创作的里程碑。作品史诗般地揭示了20世纪20年代末到30年代初，朝鲜社会的现实生活及革命运动的发展历程。作品中的元德村是当时朝鲜广大农村的缩影。在这里，农民受到日本帝国主义、封建势力、资本家的三重剥削，生活极其悲惨。资本家用来喂猪的酒糟，对农民来说是最好的口粮。他们向往一个人人有田耕、有饭吃的美好社会。后来，他们在先进青年金喜俊的领导下，组织起来进行减租斗争，坚持“不割稻”运动。他们的斗争与城里缫丝厂工人运动结合起来，从而取得减租斗争的胜利。从而使农民认识到只有团结起来进行不屈的斗争，只有和工人结成联盟，才有光明的前途，才能改变自己受压迫的地位。

作品中刻画了一个新型知识分子金喜俊的形象。他出身于贫苦的农民家庭，早年到日本半工半读，后来抱着以“真理的警钟敲醒祖国同胞”的愿望回到故乡。他不仅向农民宣扬革命思想，而且积极为他们办好事，帮助他们克服困难，从而赢得了广大农民的信任。他常以“在正义事业中，牺牲自己是最可贵的”来勉励自己。有一年，闹水灾，农民交不起租子，他便把农民组织起来与地主抗争。金喜俊是一个积极谋求民族解放，又有舍己为人精神的先进知识分子的形象。

此外，作品中几个次要人物也写得生动。元仁童是个出身贫苦，勇于反抗地主压迫的农村激进青年。仁顺是贫农的女儿，性格温顺而意志坚强，在金喜俊的影响下，觉悟不断提高，最后成为与资本家作斗争的先进工人。地主女儿安甲淑，热烈追求个性解放和婚姻自由，她从家庭中逃出来，入工厂当了工人，过着自食其力的生活，并用自己挣来的钱支援农民斗争。总之，《故乡》以它重大的主题，鲜明的形象，新颖的思想，流畅的语言，赢得了广大读者。

1931 年和 1934 年，“卡普”两度遭到日本帝国主义的镇压，大批“卡普”作家被投进监狱，加上“卡普”最早发起人之一的林英熙和金基镇的叛变，给“卡普”活动造成一定的困难，于 1935 年被迫解散。

与此同时，在金日成领导下的抗日根据地，开展了革命诗歌和戏剧的创作活动，以配合游击队开展抗日宣传活动。金日成亲自写作了《反日战歌》（1934），揭露日军实行“三光政策”所犯下的罪行，号召革命人民团结起来，埋葬日本帝国主义，迎接“新的曙光”的到来。此外，在游击区还出现了《总动员歌》、《决战歌》、《民族解放歌》、《妇女解放歌》、《无产阶级革命歌》等歌谣，鼓舞了人民的革命斗志和翻身求解放的思想。

在根据地，戏剧创作和演出活动也十分活跃。金日成参与和领导了革命话剧《卖花姑娘》和《血海》的创作活动。《卖花姑娘》以日本统治下的 1920－1930 年初的朝鲜为时代背景，描写贫农女儿花妮一家在地主压迫下的悲惨遭遇，后来，花妮跟着哥哥参加了革命。她常常提着花篮，走遍祖国大地，把夹带革命宣传品的鲜花，带给广大人民。作品真实地反映了在日本统治下，朝鲜人民的悲惨遭遇，同时也说明了贫苦人民要摆脱压迫，只有起来闹革命。这部剧本原著是金日成执笔的，后经集体创作改编，于 1971 年拍成电影。

《血海》描写一位革命的母亲，拯救了一位人民军的侦察员，遭到日本警察的殴打威胁，但她顽强不屈，不肯说出侦察员的名字和去向。当日寇枪杀她的小儿子时，她的大儿子领导人民军打进了村子。最后，母亲和女儿也一同加入了革命的队伍。作品表现了 20 世纪 30 年代朝鲜人民的生活和斗争，控诉了日本侵略者的野蛮暴行，展现了朝鲜人民坚强不屈的民族性格。《血海》在抗日根据地曾多次上演。1969 年，朝鲜把它改编成宽银幕电影，1971 年改编成革命歌剧，后又经集体改编成长篇小说。

此外，在根据地还出现了不少革命故事的创作。如《普天堡的火焰》、《神奇的足迹》、《值三块钱的头》等，在人民群众中流传很广。

1945 年 8 月 15 日，随着日本无条件的投降，朝鲜北半部获得了解放。在朝鲜劳动党的领导下，建立了人民的政权，实行了土地改革和产业国有化等一系列措施。1946 年 3 月，成立了北朝鲜文学艺术总同盟，提出了建设共和国文学的新的历史任务，并围绕以下三个方面的主题开展创作活动。

一是反映朝鲜人民在劳动党的领导下，为谋求祖国独立解放而进行的斗争。诗人赵基天写了长诗《白头山》，朴世永写了长诗《密林的历史》和朝鲜人民共和国国歌歌词《爱国歌》，李箕永写了《江岸村》等。

二是反映朝鲜人民为谋求祖国的和平统一，反对压迫和美国军事占领的主题。赵基天写了《战斗的丽水》，赵灵出写了《到北朝鲜去》等。

三是反映民主改革的实施和新生活建设的主题。李箕永写了长篇小说《土地》，赵基天写了《生之歌》等。

以上的作品生动地描写了工人、农民在民主建设时期的精神面貌和新的品质。

1950 年 6 月 25 日，美国发动了侵朝战争，并把战火燃烧到鸭绿江边。朝鲜军民投入了英勇的卫国战争。中国人民也派遣了志愿军开赴朝鲜战场，展开抗美援朝的斗争。在战争期间，广大作家响应党“一切为了前线胜利”的号召，纷纷奔赴战场和战士们生活、战斗在一起，写作了一批用鲜血凝成的作品。如赵基天写了《朝鲜在战斗》、《在燃烧着的街道上》等诗歌。黄健的小说《燃烧的岛》，千世锋的小说《战争的村民》，均描写了朝鲜军民可歌可泣的战斗业绩，以及他们对祖国对党的无限忠诚，揭露了美帝国主义者惨无人道的罪行和叛徒的丑恶的嘴脸。宋影的小说《江华岛》，则以历史题材，激发人民的爱国主义精神，更好地打击侵略者。

经过 3 年浴血奋战，于 1953 年迫使美国在停战协定上签了字。战争结束后，朝鲜立即转入了全面恢复和重建工作。战后初期，抗美救国的题材和恢复建设的题材成为创作的中心。石润基写了长篇小说《时代的诞生》，朴雄杰写了长篇小说《祖国》，黄健写了长篇小说《盖马高原》和《儿女》等。

1958 年 6 月，朝鲜劳动党中央颁布了发展国民经济的五年建设计划，开展了“千里马”运动。反映这一运动的作品有赵白岭的剧本《红色宣传员》，河正熙的长篇小说《白杨村》，尹世重的长篇小说《高炉喷火》等。

北朝鲜解放后，生产和创作都呈现繁荣的局面。在众多作家中，成就最为突出的是赵基天和李箕永两位作家。

赵基天（1913－1951）是位优秀的诗人。他自幼随父亲流亡苏联，毕业于高尔基师范大学。1945 年朝鲜解放时他回到祖国。1946 年 3 月，发表了他回国后的第一首抒情诗《图们江》，表达了朝鲜人民欢庆解放的欢乐心情。之后，他连续发表了叙事诗《土地之歌》，长诗《生之歌》，组诗《战斗的丽水》等，被称作是“战斗的诗人”。他在 1947 年 2 月发表的长篇叙事诗《白头山》是他的代表作。长诗以 1937 年 6 月 4 日金日成率领游击队袭击日寇的警备要地——普天堡为情节中心。是一部抗日斗争的壮丽的赞歌。全诗由序诗、尾声和 7 个诗章组成。在游击队袭击前，先由政治委员哲浩潜入国内做群众工作。接着，描写游击队员对普天堡发起了攻击，全歼了敌人。朝鲜老百姓欢天喜地，拥向街头来欢迎人民子弟兵，金队长发表了热情洋溢的讲话。最后，写游击队从容地向鸭绿江边撤退。长诗描写了游击队长金将军、政委朴哲浩、游击队员花粉等英雄形象，歌颂了他们为祖国的解放事业赤胆忠心、机智勇敢的特点，深刻表达了朝鲜人民盼望民族解放的迫切心情。

1950 年，朝鲜战争爆发后，赵基天上了前线，写作了《朝鲜在战斗》、《在燃烧着的街道上》等诗歌，表现了朝鲜人民的英勇不屈。他们为了击溃侵略者，把自己的一切都献给了可爱的祖国。诗中充满着革命英雄主义和战争必胜的信念。1951 年 3 月，赵基天被选为“朝鲜文学艺术总同盟”的副委员长。由于他文学上的功绩，曾获得二级国旗勋章，作品多次得奖。同年 7 月 31 日，当美机轰炸平壤时，诗人不幸牺牲，时年才 39 岁。

李箕永在北朝鲜解放前，就是一位著名的作家了。解放后，他写作了杰出的长篇小说《土地》（1948），这是第一部全面反映朝鲜土地改革的作品，具有浓郁的乡土气息。全书分土改、开荒、收获三个部分。作品揭示了农民的历史命运，描绘了朝鲜农民在解放前后所经历的划时代的变化，并围绕土地所有制问题，说明了这种变化的根本原因。在旧社会里，农民长年累月地从事耕作，但他们得不到温饱，因为土地等生产资料是属于地主的。许多人都因土地问题，被逼得家破人亡，流离失所。在新社会里，农民的政治地位和经济地位得到根本变化，他们成了土地的主人，劳动不再象征着屈辱和痛苦，而是成为建设新生活的必要手段。开始，农民成立了互助组，村里成立了农民协会和农村俱乐部，使整个柏树村的物质生产和人们的精神面貌得到巨大的改变，随着大片土地的开垦，谷物生产获得了空前丰收。作品以选举人民代表出席平壤的全国大会作结束。

《土地》成功地塑造了雇农出身的农民郭巴威的形象。他是一个吃苦耐劳、性情耿直、力大无比的长工。原先他和母亲、妻子租种地主的土地为生。有一回，他和日本人冲突，被抓去服了 6 年的苦役。期满回家，母亲死了，妻子改嫁了。他那卖给缫丝厂当童工的妹妹也死了。他落得孤身一人，便到地主高秉相家里当长工。朝鲜解放后，他和柏树村广大的贫苦农民一样分得了地主的土地。不久，他便以国家主人翁的姿态，积极参加各项民主建设，提出了开垦松林荒地、兴修水利的倡议，并在他的带动下，全村农民投入了改造自然的斗争。新社会和劳动党给了郭巴威力量，他对新生活和祖国充满着爱，并坚信祖国终有一天会得到统一。人民信任郭巴威，并把他选为人民代表。作家在郭巴威的身上刻画了一个受苦的劳动人民和新生活的建设者的典型形象。

此外，作品还刻画了党的领导者姜均的形象。这是个朴实、谦逊的人，在工作中，他成了群众的知心朋友。女主角全顺玉和郭巴威一样饱经生活的磨难。解放后，她当上了村里妇女会的委员长，并和郭巴威结成一对模范夫妻。作品还揭发了地主高秉相的阴险毒辣的面目。他对新生活进行了种种的破坏活动，但最终遭到了可耻的失败。《土地》语言朴素流畅，人物性格鲜明，被认为是朝鲜“新文学中最伟大的成就之一”。

李箕永通过他的长篇小说《图们江》（三部）、《故乡》、《土地》，揭示了自 1900 年以来半个多世纪的朝鲜人民生活和斗争的广阔画面，具有史诗性的规模和意义。他的作品以朴素无华见长。由于他在文学上的杰出贡献，获得了共和国颁发的劳动勋章和国旗勋章。

论朝鲜古小说《春香传》

《春香传》是朝鲜优秀古典小说。它是在民间口头传说的基础上加工而成的。整理者和编撰者均未留下姓氏。在一些传说和文献中，春香又作春阳，原为南原府一童妓，与南原府使的儿子李道令（朝鲜语，"道令"即"公子"）相好，并为其守节。后被新府使卓宗立杀死。后人把它编成说唱文学，为她鸣冤昭雪。据说这故事在16世纪（一说是14世纪）已在民间流传了。到18世纪末，才被改编成小说。原来故事是以悲剧结尾的，改编成小说后以大团圆告终。

春香故事在朝鲜是家喻户晓、脍炙人口的。因此，在民间流传中，形成了各种版本。其中以汉文写的有《水山广寒楼记》、《汉文春香传》。用朝鲜文写的有《春香传》、《烈女春香守节歌》、《小春香歌》等。中译本是从流传最广的《烈女春香守节歌》翻译过来的。对这部名著我们分作以下三个方面来分析。

一、主题与冲突

《春香传》是一部以爱情为中心的小说，但透过爱情悲欢离合的故事，揭发了李朝封建社会的黑暗，抨击了官僚的腐败统治。作品中有一首诗画龙点睛地揭示了这一思想主题。诗曰：

金樽美酒千人血，
玉盏佳肴万姓膏。
烛泪落时民泪落，
歌声高处怨声高。

这首诗和《水浒传》中的七言绝句诗："赤日炎炎似火烧，野田禾稻半枯焦。

农夫心内如汤煮，公子王孙把扇摇。”有异曲同工之妙，是作家神来之笔。它概括地说明了全书的核心思想。在这一思想的指导下，作品描写了两组的社会矛盾与冲突。

一是统治集团、两班贵族与平民百姓的矛盾冲突。卞学道是李朝社会专横暴戾、荒淫无耻的官僚典型。他徇私枉法、贪赃受贿、寻欢作乐、刚愎自用。他劫夺有夫民女春香，当春香义正词严加以谴责时，他便蛮不讲理地把她打入死牢。他把个人的意志凌驾于法律之上。春香在《长叹歌》里控诉道：

> 我在深闺犯了什么罪，无缘无故受灾殃？我饥来没有偷米谷，为何刑杖把我伤？我没有杀人做强盗，为何披枷戴锁睡刑床？我没有触犯纲常忤逆罪，为何要我把命丧？我没有冶容去诲淫，为何要严刑拷打在公堂？我愿那三江之水化为墨汁，把我的冤情写作青词奏玉皇。

由于赃官的统治，正义得不到伸张，法律也只是一纸空文。平民百姓成了统治阶级阶下囚、砧上肉。

官府欺压百姓，而两班贵族在森严的封建等级制度下，与平民百姓之间亦有很深的鸿沟。从春香和李梦龙的爱情中，我们可以看到这种等级的隔阂。两班子弟是不能娶出身低贱的女子作妻室的，要是被朝廷知道了，“一定断送前程，一世不能为官”。李梦龙听了母亲警告后，他曾表示只好和春香分手了。春香气愤地斥责道：“京师两班个个狠毒！恨哉，恨哉！尊卑贵贱，委实可恨！谁都愿天下有情人都成眷属；不曾想世上竟有你这等狠毒的两班！”春香的话不光是对李梦龙一人的谴责，也是对不合理的封建等级制提出的抗议。两班贵族有玩弄民女的权利，却不能明媒正娶她们。此外，我们从香母对春香不安本分、想攀高的数落中，从农民对李梦龙的议论指责中，都可以看到当时两班贵族与人民之间的距离和矛盾。

清官和赃官的冲突构成作品另一组矛盾。这是统治阶级内部的矛盾，但在清官身上寄托了人民的理想和愿望。在法律不公、是非颠倒的时代里，人民盼望有清官出现，以解救倒悬之苦。卞学道和李梦龙便属于两个不同典型的官吏。卞学道只顾自己享乐受用，把人民生死置之度外，是个无耻的赃官。李梦龙能体恤百姓，为民申冤，是清官好官的典型。卞学道在人民面前拿架子、抖威风，十足的官僚模样，作品中对他上任是这样描写的：

> 新任使道，择吉启行，前往上任。一路之上，好不威风：独人大轿，两旁挂着青帐；簇云般的左右扶手、及唱，身着深色纻布打折官服，白绸缠腰，

头戴玳瑁冠，统箬笠，手持铁杖，高喝行人，肃静回避。一双通引，戴着毡笠，在前开路。后面跟随的，乃是那些：首陪，监生，公房，吏房等等。熙熙攘攘，一对奴仆，一对使令，撑着遮阳伞，引轿而行。大路旁，绣有蓝紬圈的白伞，坠着输环儿，盖过了半边天，尽都是地方守令。前呼后拥，声震云霄。

李梦龙上任则相反，他没有前呼后拥，走马坐轿去上任，而是在一路上访察民情。作品中是这样描写的：

御史为了访察方便，乔装打扮起来。但见他：身穿旧衫，将一方粗布，缠于腰际；头戴破笠，用一根麻索，拴着缨围；脑扎网巾，只剩下贯子，犹如芳草。手拿破扇一柄，只有几根扇骨，却悬着一个松球扇坠，装模作样，去遮太阳。只身一人摇摇摆摆，就这样走向前去。

李梦龙抱着"要知城里事，须问种田人"的想法，走向田间，与农民交谈，并倾听农民唱《农夫歌》和《白发歌》。

卞学道为了庆贺生辰，大肆搜刮民脂民膏，宰牛杀马，广宴宾客，轻歌曼舞，鼓乐喧天。李梦龙来到寿堂，一针见血地指出，他吃的喝的是人民的血汗，并立即把他拿下，查封库银，从狱中释放了受关押的无辜百姓。李梦龙不仅救出了春香，也为人民伸张了正义。从中我们可以看到作者的民主思想和对广大受压迫人民的同情。

二、春香和李梦龙的形象

春香是作品中心主人公。她和卞学道生死对立，体现了她的反封建压迫的顽强精神；她和李梦龙倾心相爱，表现了她的纯洁的心灵和对爱情的忠贞。春香是个典型的小家碧玉。她有俏丽的身影，仪态贞静，举止端庄。"唇红，红比渥丹；齿白，白似编贝。神清若水，肤腻如脂。紫霞裳是夕阳含雾，翡翠裙乃银汉横波。莲步姗姗，屏营悄立。"

春香不仅姿容美丽，而且针黹超群，文才出众，是南原的女中魁首。同时，春香自幼刚强有志，从来不喜那儇薄之辈。"她以金相玉质之姿，待那慕古希贤之士，共结同心，相期白首"。她选择李梦龙并不是为了攀附名门。开始时，她也曾以自己出身"蓬门"难配"贵介"来提醒对方，要他打消订立"百年之好"的念头。但李梦龙一片至诚，信誓旦旦，她才同意了。缔结良缘后，她便矢志不移，一心一意。她在书案前写的两句诗“对韵春风竹，焚香夜读书”，很好地表达了她那冰清玉洁、重节守义的品质。当她和李梦龙分别时，她向他表示无论如何茹苦含辛，此身决不他许。

春香追求的是自由婚姻，同样，她也不允许别人在人格上对她凌辱，把她看作玩物。因此，当李梦龙提出要和她分手时，她横眉倒竖，凤眼圆睁，怒斥了他的不义行为。为此，李梦龙才坚定了爱情的意志。李梦龙上京后，杳无音讯。她日夜思念，心中抱定“李郎纵使把我春香负，我春香生生世世也不另选别家郎”的决心。卞学道造谣李梦龙已另觅新欢，对她进行威逼利诱，她誓死不从。她在牢狱中想到的是：她死后要化作一只杜鹃啼血在空山，在那李花寂寞的三更夜，声声不绝唤李郎；她要变作一只鸳鸯鸟，呼群唤侣供郎欣赏在池塘；她要化作一只花蝴蝶，身上带着香花粉，轻轻粘上郎衣裳；她要化作清宵一轮月，用皎洁清光照情郎。表现了她那海枯石烂、永不变心的坚贞的爱情。当李梦龙化装成乞丐来探狱，对她进行试探时，她没有怨言，反而要母亲在她死后，要好生看待李公子，免得她在九泉之下，不能瞑目。她吩咐母亲变卖她的衣裳，给李公子添置新衣、新帽和新鞋。由此，我们可以看到春香有着多么纯洁和忠贞的爱情品质。

春香另一可贵的品质是她的反凌辱迫害，顽强的抗暴精神。她为了维护自由，反对压迫，敢于和官府进行面对面的斗争。她是封建身份等级制的反抗者，官僚黑暗腐败统治的揭露者。当卞学道派衙役去抓她时，她正气凛然地说道：“各位休得仗势欺人！各位是堂堂的官长，我是耿耿的春香，人生一死都无事，我春香视死如归，将奈我何！”她昂首走出家门，来到府衙，盘膝端坐，凛然不可犯。当卞学道开初以花言巧语劝她做他的守厅时，她坚决地说：“即使有孟贲之勇，夺不去我的心；即使有苏秦、张仪之辩，说不动我的心；即使有孔明先生之智，能借东风，也移不动我的一片丹心。”卞学道理屈辞穷，以“辱骂官长，叛逆不道”的罪名，要严厉惩治她。她反驳道，劫夺有夫之妇，为何反而无罪？

在卞学道的严刑杖责下，春香咬紧牙关，始终不说一句哀求乞怜的话。她在《杖刑歌》中说，哪怕身死六万回，也决不屈从，改变初衷。她对卞学道这样荒淫暴虐的统治者，心里只有恨。她说：“愿得七尺剑，刺杀贼谗奸。”春香这种刚毅的性格，正如人们赞扬她的：“富贵不能淫，威武不能屈。”卞学道费尽心机，终夺不了她那高尚的气节。由于春香内秀外美，情深志坚，赢得了广大人民的喜爱。因此，春香故事在流传过程中，人们把她当作是一个理想的、神化的人物。说她是中国的洛神下凡，是一个具有不屈性格的情种。

李梦龙是一个风流倜傥的公子，也是一个具有民主思想的贵族青年。他胸襟豁达，聪明睿智，“能吟成李太白诗篇，写成王羲之字体”。外貌亦清俊动人：“面如傅粉，发似乌丝，长长的辫子上，轻巧地坠着一块石黄。”这位才貌俱全的贵胄公子，更可贵的是他的品质。

第一，他出身宦门，但没有尊卑贵贱的世俗观念。他具有追求自由美满婚姻的理想，敢于冲破封建礼教的束缚。在没有父母之命，媒妁之言的情况下，私自与退妓之女春香结为夫妇。虽然在封建礼教逼迫下，他也曾说过动摇的话，但他在行为上始终没有背叛春香。他与春香分别时，向她保证，即使“有无数美貌的裙钗，我也一个不爱！我心里只有一个你在，一时半刻我也不会把你忘怀”！后来，他得中状元，不食前言，立刻“奔向全罗道”，以便早日和春香团聚。

第二，他疾恶如仇，关心民间疾苦，主持公道。这与高居人民之上的两班贵族迥然不同。李梦龙的形象和我国古代小说中清官的形象有一致的地方。

从《春香传》中，我们可以看到小说的编撰者是一位精通汉文学的文人。文体采用散文与韵文相结合的形式。散文用来叙事，韵文用来绘景抒情，状物写人。这与中国古代小说有相似之处。语言亦较华丽，富有文采。喜欢引用中国的典籍和历史人物，尤其大量引用了唐宋诗词的句子，其中包括引用王勃、李白、岑参、金昌绪、王维、贾岛、柳宗元、白居易、王驾、杜牧、张籍、钱起、宋之问、程颢等人的诗词。

故事编排集中紧凑，没有多余的情节，主要描写春香与梦龙相识、别离、罹难、团圆四个部分。分上、下两卷，每卷各写两部分内容，情节发展波澜起伏，跌宕有致，能吸引读者一气把它读完。

作品善于用诗词歌赋来写景抒情，恰到好处。如对南原三春美景的描写是：“春色怡人淡复浓，南山花放北山红，杨枝吹作千条线，唤侣黄鹂弄晓风。”广寒楼前的风景是：“黄蜂白蝶采花香，到得春来镇日忙。仙岛瀛洲来眼底，清流转比银河长。”

正是这幅恼人的春光，勾起了李梦龙要出外踏青的念头，同时，也吸引春香要在那杨柳树下去荡秋千，才引出一段风流佳话。

用诗词来表达恋情和相思之苦，在作品中亦占有很大的比重。如李梦龙写了《爱歌》来描写他和春香的新婚燕尔：“洞庭七百月下初，爱似巫山高难比；木落无边水连天，爱似沧海深无底；云散千峰玩月圆，爱似弄玉待箫史；珠楼落日卷帘间，爱似春风艳桃李，纤纤明月意含羞，爱比含羞月更美。”

春香和梦龙分别时，各自用诗词来表达他们难分难舍的感情。春香写了四季忆郎歌，梦龙写了三首七言和五言诗歌。梦龙上京后音讯杳无，春香恨那梧桐清秋明月夜，恨那芳草绿荫白日长。她千愁万绪，涌上心头，写了想郎长调：“人生万苦谁最苦？最苦不过守空房。要说待与谁人说？相思不见好心伤。早起晚眠废寝食，意乱神痴自断肠……我郎年少多英俊，我郎玉音像银铛，想郎不见情郎面，想郎不闻声琅琅。”同时，作品也以诗歌来表达春香对贪官污吏的憎恨和自己坚贞不屈的意志，如春香在狱中写了《长叹歌》。最后，还不应忘记，这部作品的主题思想也是以诗歌来表达的。

《春香传》于1956年被译成中文，受到我国人民热烈欢迎。许多地方剧种都争相把它改编成戏剧上演，春香也成了我国人民家喻户晓的人物。

日本文学史话

日本是中国的一衣带水的近邻。日本为“日出国之意”。在隋朝时，日本派使节到中国来，上书隋炀帝曰：“日出处天子致书，日没处天子无恙。”日本民族主要由大陆移民构成，最初有通古斯人（蒙古族的一支，现称鄂温克族）迁入，接着有汉人、朝鲜人迁去。大约在青铜器时代，我国就有人迁到日本，现在日本发掘出来的铜铎和中国的一模一样。在秦朝以后，汉人移居岛上的更多。《史记》记载徐福往东海求仙，应当视为一种移民，日本现在还有徐福墓。横滨中华会馆曾有楹帖云：“福华枕蓬壶，采药灵踪，仙去尚留秦代迹；好风停桂棹，扶桑乐土，客来重访赖公碑。”讲的便是徐福的故事。日本诗人绝海中律（1336—1406）亦有诗云：

熊野峰前徐福祠，满山药草雨余肥。

只今海上波涛稳，万里好风须早归。

熊野峰在日本新宫市以北，日本传说这是徐福采长生不老药的地方，山峰前有徐福祠。根据《汉书·地理志》记载：一世纪时，日本有100多个小国。东汉初，九州北部倭奴国曾遣使向东汉进贡。汉光武帝赐给“汉委奴国王”的金印。此印于200年前在志贺岛上出土，日本把它视为国宝，收藏在福冈市金印公园。

285年，学者王仁东渡日本讲授《论语》，第一次把儒学和汉文传到日本，并带去《论语》、《千字文》等书籍。5世纪，日本本州中部兴起一个大和国，不断扩张疆土，最后完成了日本的统一。6世纪，日本又向中国聘请了“四书”、“五经”博士到日本讲学，一时儒家学说大为流行。645年，日本仿中国建年号曰“大化”，迁都难波（今大阪），后又迁都奈良。646年，日本按照“法制完备的上国”——中国唐朝的政治经济制度，颁布改新诏书，派遣了人数众多的遣唐使到中国学习，进行了一系列的改革，从此，日本历史进入了一个新的转折时期，史称“大化改新”。日本的书面文学也在这时开始。

一、古代文学

（一）奈良、平安时期的文学

这时期包括 7 世纪到 11 世纪。日本最初没有自己的文字，采用的是汉字，或以汉字记载日本的口语，读的是“四书”、“五经”。到 8 世纪，日本才借用汉字和汉字的偏旁创立了自己的文字，称片假名。

日本最早的一部历史和文学作品是《古事记》，成书于 710 年，编撰者安万侣。他是根据天武天皇的意图，作为“邦家之经纬，王化之鸿基”而编写的。分上中下三卷，由 220 节构成。上卷为神话，把天皇归入神的世系。中下卷记人皇的事迹，自神武天皇至推古天皇，凡 33 代。其中穿插了许多英雄传说、民间故事和歌谣。神话传说讲述了宇宙起源和日本开国的故事。最初，宇宙生了神，神又造了八大岛（日本列岛），并生了三个贵子：天照大御神（太阳神）、月读命神（月神）和建速须佐之男神（台风神）。神命他们去统治高天原、夜食国和海原。太阳神和月神均领命而去。唯独台风神大吵大闹，不肯受命，并闹到他姐姐太阳神那里，使高天原变成一片漆黑。为此，他受到众神的惩罚，割了他的胡须，拔掉了他手脚上的指甲，把他赶出高天原。后来，台风神流落到出云国，砍死了八岐大蛇，搭救了黎民百姓。从而，他得到神的宽恕。日本第一位天皇神武天皇是天神和海神女儿生的后代，他担负起建立日本国的使命。《古事记》的文体为散文和诗歌糅合。散文用作叙事，使用的是古汉语，诗歌用作赞颂，采用汉字作日语的标音。

720 年，由舍人亲王等人编写了《日本书记》三十卷。这是一部历史书，体例模仿中国的《史记》，而且纯粹是用汉文写成的。此外，各地方官员还编纂了作为地方志的“风土记”。如《常陆国风土记》、《出云国风土记》、《播磨国风土记》等。其中，也包含了古老的传说和民间故事。

751 年，日本出版了一部由日本人写的汉诗集《怀风藻》，收录 120 首诗。作者 64 人，其中有天皇、官吏、僧侣等。诗体多半模仿中国六朝诗体，多为五言。内容为侍宴、应诏、游览等。后来，历朝都有汉诗出版。他们写了不下几十万首汉诗。

8世纪下半叶，日本出现了一部诗歌总集《万叶集》。万叶为“万语”的意思(一作“万世”)，共收录诗歌4500余首，共分20卷。由诗人大伴家持编辑而成。大多为抒情诗，颇似我国《诗经》。诗歌作者很广泛，上自天皇、贵族、后妃，下至百姓、乞丐、妓女等。有署名的，也有不署名的。据统计署名作者有450人。这是一部用汉字来记录日语的作品，被称作“万叶假名”，如今一般读者已不能读懂。

《万叶集》诗作可分作三种体裁：短歌、旋头歌、长歌。各有不同的音节和组成方法。其中短歌由五句组成，共31个音节，在诗集中数量最大，占92%。旋头歌由六句组成，有38个音节，占3%。长歌可以自由伸展，不限句数。后面均附有一首至数首短歌，作为长歌的反歌。反歌，据说是模仿我国汉赋中的反辞而产生的，其作用是将长歌中的主题，用短小的形式再集中、扼要地歌咏一遍。在《万叶集》中，长歌占5%左右。

《万叶集》诗歌内容有歌咏友谊和爱情的，有描写人民疾苦、揭发社会贫富不均现象的，有描写帝王贵族行幸、羁旅、狩猎、游宴的，也有悼亡、寄物陈情的，反映了社会各阶层人们对社会现实不同的态度。其中，有一部分属民歌性质的诗叫“东歌”，收在第十四卷中，约有200多首，是古代关东地区人民的爱情与劳动生活的写照。如其中一首东歌云：“山坡种田掘水池，池畔成行插柳枝。柳死柳活随它去，哥与阿妹两心知。”

《万叶集》中专业诗人的创作，较著名的有柿本人麿、山上亿良、大伴家持等人。

柿本人麿（约662—约706）是《万叶集》中最早出现的专业歌人。在日本被称作“歌圣”，并为他建立了“人麿神社”，以纪念他。他是个下级官吏，诗作雄浑、凄婉、感情起伏跌宕。在《万叶集》中，收录他的短歌63首，长歌16首。著名作品有《自石见晋京别妻歌》、《吊明日香皇女吉备乐女挽歌》、《吊高市皇子尊挽歌》等。其中《吊高市皇子尊挽歌》是《万叶集》中最长的长歌。有149句。

山上亿良（660—733）是位汉学家，曾随遣唐使到过中国。他收录《万叶集》中的诗有短歌51首，旋头歌1首，长歌10首，汉诗两首。他的作品咏叹了人生的悲苦，以及对亲人的思念。尤其是他能体恤下层人民生活的艰难，反映他们的呼声。如他著名的诗歌《贫穷问答歌》，描写了穷人一家的苦难生活：年老的父母、妻儿受冻挨饿，穿的是“褴褛不堪”的衣服，住的是“东倒西歪的矮屋”，吃的根本没有，“灶里没有炊烟，饭甑张满蛛网”。作家对社会贫富不均的现象和繁重租税的压迫，提出了强烈的控诉：

天地虽然宽广，穷人只感到狭小，
日光虽然明亮，照不到穷人的头上……
里长夹着棍子来了，板着脸孔站在身旁，
厉声催我交纳租子，天哪，这样的日子怎样度过！

此外，山上亿良写的《哀世间难住》、《老身重病经年衰苦》，也都是叹世道不平和人生凄苦的诗。

大伴家持（718—785）是《万叶集》中晚期代表诗人。他收录的诗歌近千首，是《万叶集》中作品最多的一位。但他的诗作偏于纤巧，刻意追求形式，并流露出颓唐的情绪。一般认为这与当时贵族社会分裂与崩溃有一定的关系。

8 世纪末，桓武天皇由奈良迁都平安京（今日本京都市），历史上称平安时期。这时期社会特点是天皇国有土地制——班田制遭到破坏，贵族私有土地制——庄园制确立下来。与此同时，天皇权利被削弱，以藤原氏为代表的大贵族掌握了国家实权，出现了“摄政关白”的特异局面（天皇年幼由太政大臣掌权叫摄政，天皇年长由太政大臣控制政局叫关白）。天皇只是徒有其名。这种局面延续了两百多年。大贵族歌舞升平，农民不断逃亡，阶级矛盾日趋尖锐。

这时期在文学上，日本进一步接受隋唐文化的影响，贵族文坛被汉诗所占据，和歌受到排挤。9 世纪初，出现了“唐风文化”和汉诗文的极盛时期。汉诗集《凌云集》、《文华秀丽集》以及汉诗文合集《经国集》相继出现。七言体诗代替了《怀风藻》时期的五言诗。

在日文诗歌方面，出现了三个集子：《古今集》、《后撰集》、《拾遗集》，合称为《三代集》。诗人纪贯之曾为《古今集》写了一篇序文，从序文中可以看出，编纂《古今集》的目的是要恢复和歌对汉诗在宫廷中的正统地位。但这三个集子的文学价值远逊于《万叶集》。

平安时期在文学上获得重大成就的是散文。其中包括物语、日记、随笔等新文体，并且涌现了一批有才华的女作家，如紫式部、道纲母、清纳少言等。她们在贵族社会面临没落和腐败的时代，在文学中积极探求人的精神和人性，并接受了佛教极乐净土思想的影响，幻求遁世。

1. 物语文学

“物语”一词为故事、传奇的意思。诞生于10世纪左右。最早一篇物语文学是无名氏的《竹取物语》，被称作“物语的鼻祖”。这是一篇神异传奇的故事。日本把它称作“虚构物语”。“竹取”为伐竹的意思。一个以伐竹为业的老翁，在伐竹时，从竹心里发现一个三寸长的小女孩。他把她带回家，盛在竹篮里。三个月后，小女孩长成一个姿容艳丽的大姑娘，把老翁的整个房子都照亮了。原来她是月宫仙子下凡。老翁给她起名为辉夜姬。人们看到辉夜姬的标致，都来向她求婚。其中有两位王子，三个大臣。辉夜姬分别要他们去寻找五件稀世宝物（天竺如来佛的石钵，蓬莱的玉杖，唐土的火鼠裘，龙首的五色玉，燕子的子安贝），谁能把宝物取来，她便嫁给谁。结果没一人能成功。这时，皇帝也很想得到辉夜姬，派兵包围老翁住房。辉夜姬留下了一包不死药，乘着中秋皎月，升天而去。皇帝得不到辉夜姬，很是伤心。他将不死药放在最接近苍天的骏河国的山顶上，命人点起火来，连同自己一起烧化。这座山便是后来的富士山，至今还烟火不绝呢。这篇物语表现了辉夜姬对权势、金钱的蔑视和反抗，讽刺和嘲笑了上层阶级的人物。

与《竹取物语》同时出现的有《伊势物语》。这是一部由散文与和歌组成的物语。其中，包括125个小故事，206首和歌。日本称之为“歌物语”。作品内容主要是歌咏男女恋情。其中一部分材料系直接从民间流传的恋爱故事汲取而来。作品中心人物是一个风流倜傥的男子（一般认为系影射和歌诗人原业平），描写他在宫廷内外的恋爱、游历见闻和死前赋诗慨叹人生的故事，表现了贵族彷徨、孤独和没落的思想情绪。

随后出现的《宇津保物语》是一部卷帙浩繁而结构松散的作品，其中有描写音乐天才仲忠成长的故事，围绕美人贵宫的求婚故事，立皇太子而展开的政治斗争的故事，较全面地描写了贵族宫廷的社会生活。此外，还有《落洼物语》，结构较为严密集中，反映的是贵族家庭的生活。一位贵族的女儿，受到继母的虐待，住在一间低洼的屋子里，被人们称作“落洼”。后来，“落洼”在侍女的帮助下，和一位贵族少将结了婚。他们对贪婪狡猾的后母进行了报复。作品宣扬扬善去恶的思想，并具有一定的警世意味。

物语文学中的佼佼者是《源氏物语》，它出现于11世纪。作者紫式部（约978一约1015）是日本著名女作家。曾任宫廷女官，给彰子皇后讲解《日本书记》和白易居的诗。她熟悉宫廷和贵族生活，写有《紫式部日记》。其长篇小说《源氏物语》是日本文学中的瑰宝。全书 54 帖，后 10 帖据说是她女儿贤子的续书。作品是日本贵族豪华奢侈生活的彩笔画，揭示了源氏家庭豪华、失意、隆盛、式微的历史。

主人公光源氏虽出身于钟鸣鼎食之家，但由于当时权力倾轧，他由王子降为臣下。他对社会由怨望以至愤懑。他无心仕途经济，把精力转移到内帏厮混和外遇上，最后又看破红尘而出家。

这部作品艺术特点是：一、逼真的写实手法，作家提倡写“真情实事，并非世外之谈”。二、宏伟而严谨的结构，这是一部多画面、多层次、多线索、多人物的卷帙浩繁的作品，但安排有序、次第分明、透视清晰、首尾照应。三、形象生动，个性鲜明，细腻地展现了人物复杂的内心世界和心理冲突。四、诗文合璧。《源氏物语》是世界上最早、也是成就十分卓越的一部长篇小说，可以和我国《红楼梦》媲美。

平安朝末期，出现了一批描写历史的物语，有《荣华物语》、《大镜》等，以编年体和纪传体的形式，记述历史事件和历史人物，也揭发阴私，这种形式被认为是模仿中国《史记》等书的。随着佛教在日本的广泛传播，产生了佛教说话集。如这时期出现的《今昔物语》便带有收集前代逸闻传说和摘录佛经故事的现象。这部庞大的集子共有 31 卷，由 1000 多个故事组成，分为《天竺》、《震旦》、《本朝》三个部分。其中以佛经故事、佛教说法故事占三分之二，其余为世俗故事和历史故事。

物语文学奠定了日本小说发展的基础。同时，它也受到了中国神话和传奇小说的影响。如当时传到日本的《穆天子传》、《搜神记》、《西京杂记》等盛行一时，丰富了作家的想象。

2. 日记文学

最早有歌人纪贯之写的《土佐日记》(935)，内容描写一个在土佐地方任职的老官员（实为作者），他在回家途中的见闻和航海历险的故事。作品假托一个女性的口吻来写，文字流畅洒脱。之后，有《蜻蛉日记》(974)，是日本第一部以妇女为题材的日记，作者是藤原道纲母，共三卷。作品记录了作者的切身经历，表现了一个贵妇人在一夫多妻制的社会里，精神上的痛苦和怨望情绪，被称作日记文学的典范。

11 世纪初，出现了《和泉式部日记》和《紫式部日记》。前者记录了作者和泉式部和帅宫敦道王子的10个月的恋爱生活。作品还包括了110首爱情赠答诗。后者为紫式部的作品，详细记录了宫廷生活，其中不少是对宫廷仪典的描写，同时，也表达了作者对贵族豪华生活的批判态度。稍后一些，又有《更级日记》，作者是受领菅原孝标的女儿，内容带有浓厚的宗教色彩和颓丧情绪，是日记文学趋向衰落的表现。

3. 随笔文学

以女作家清少纳言的《枕草子》为代表。清少纳言出身于文官家庭，懂汉文，曾入宫任皇后的女官，晚年削发为尼。《枕草子》描述了宫廷生活和定子皇后一族的荣衰。作品中还有大量的景物描写。女作家以捕捉生活中美的情怀，描写了一年四季不同的特征，抒发了她对生活和自然景物的不同的感受和体验。作品对定子皇后和贵族社会采取赞美的态度，但也流露出对贵族社会的淡淡的哀愁。文笔清丽，并富有诗情画意。随笔文学和日记文学一样，记录的是个人生活和个人感受，为以后日本的“私小说”创作，开辟了先河。

（二）中世纪文学

从12世纪末到19世纪明治维新为止，日本历史上称作中世纪。其中包括镰仓时期、南北朝时期、室町战国时期、江户时期，前后600余年。这是一个错综复杂，社会处于动乱不安的时期。早在平安朝后期，各地封建领主为了维护自己的利益，纠集一批武士，控制地方权力。后来，武士势力壮大，形成各种藩阀势力。他们建立了独立于朝廷之外的权力机构，对人民实行统治压迫。日本历史上称为“幕府政治”。1185年，以源赖朝为首的武士集团，打垮了平清盛为首的武士集团，并于1192年，在镰仓地方（今神奈川境内）设置幕府，从而日本进入了武士阶级代替宫廷大贵族统治时期。幕府首领称“征夷大将军”，下设政所、问注所、侍所等机构。这时天皇大权旁落，成了傀儡，就连国家的法令也出自幕府，而不是出自朝廷。这种政治体制一直维持到江户幕府，即1192年到1867年为止。

日本中世纪文学可以分作以下五方面来谈。

1. 战记文学

盛行于幕府政治的初期。描写的是新兴武士阶级的生活，及其争雄称霸的故事。其中著名的有《保元物语》和《平家物语》。两部作品均以历史事件为依据，结局是悲剧性的。《保元物语》反映的是1156年保元之乱。即保元元年，天皇家族及大臣藤原家族之间的争斗，并以后白河天皇一方得胜告终。《平家物语》是一部篇幅浩瀚的战记文学代表作。它详细记述了1156－1185年，源氏和平氏两大武士集团争夺权力的斗争。作者不详。

保元之乱后，平忠盛与源赖政均立有战功。但平忠盛权力隆盛，独霸朝纲，源赖政受到排斥。《平家物语》按年代的顺序，从平忠盛发家讲起，他如何由武将擢升为朝廷大臣。以后，他的儿子平清盛擢升为太政大臣，孙女被选为皇妃。年幼天皇是平家的外孙。平家满门荣耀，显赫非常。治承四年，源赖政举兵讨伐平氏，兵败被杀。不久，源氏党族在源赖朝的率领下，卷土重来。平清盛患热病死去，其子宗盛为继承人。1183年，源氏武装攻破都城，平氏败走关西。1185年，平源两家军进行决战，平家军再次受挫，败军被驱入海中溺死。平宗盛父子及幼帝安德天皇都死于非命。

作品生动而真实地描述了平安末期这一风云变幻时代的社会面貌，描写了武士阶级的崛起，他们取代了世袭贵族，执掌朝纲。但这些武士阶级在荣华绝顶时，不能居安思危，而是恣意妄为，弄得朝野怨恨，自取灭亡。作品宣扬了“盛者必衰，骄者必败”的思想和“善恶果报，毫厘不爽”的宿命观念；同时，也宣扬了忠孝节义的儒家学说。作品描写了勇往直前、视死如归的英雄行为，描写了金戈铁马、雄武悲壮的场面。与平安时期所写的纤弱，缠绵悱恻的物语文学迥然不同。作品系采用“七五调”，形成韵散交错、音节铿锵。《平家物语》对后代日本文学发生了深远影响。其故事像我国《三国演义》和《水浒传》一样，在民间流传很广。

2. 隐逸文学

描写的是逃避现实的生活，反映了失去地位的贵族阶级的消极心理。著名作品有《方丈记》和《徒然草》。前者作者为鸭长明（1153－1216）。他出身于中层贵族家庭，后来削发为僧。《方丈记》是一部描写他遁居日野山中，回忆过去，叙述自己境遇的作品，反映了陷于绝境的贵族阶级内心的苦闷。作品充满低沉的调子，但文笔洗练，对后代散文发展有过一定的影响。《徒然草》的作者是吉田兼好（1282－1350）。他也出身于贵族家庭，而且和鸭长明一样出家为僧。他厌恶武士阶级，认为武士“远离人伦，行近禽兽”，认为当代生活“趋于卑俗”，而古代生活则令人憧憬。其作品反映了作家的内心矛盾和屈辱忍从的思想。

3.“能”与“言”

这是兴起于14世纪南北朝（1333－1392）时期的一种戏曲。到室町时期

(1394－1427) 得到幕府的支持，从而兴盛起来。这种戏曲起源于农村庆贺丰收时举行的演艺酬神活动，后来逐渐分化为“能”与“狂言”两种不同的戏剧形式。“能”为庄严的悲剧，反映的是贵族的生活。“言”是诙谐的喜剧，反映的是平民的生活。

“能”的剧本叫谣曲，题材多取自文史典籍（少量取材于社会现实）。谣曲的结构有一定的程式。开头介绍角色的由来，使观众产生悬念，称“序”。接着，展开故事情节，叫“破”。结尾形成高潮，叫“急”。通常以叙事诗或抒情诗来表达剧情的发展，并配以舞蹈。上场人物不多，一般是主角一人，配角一人。有时，主配角还可以带一至数人的副手。现流传下来的谣曲剧目大约有 240 个左右。著名的谣曲有佚名的《熊野》和《松风》，均取材于《平家物语》的故事。日本俗语有云：“好戏是《熊野》、《松风》，好吃的是米饭。”谣曲著名的作家为世阿弥(1363－1443)。他是“能”剧的演员，又是剧作家。他主张“能”的表演要“动静得宜”，剧本要寓“幽玄”（指情趣）于演出之中，取得观众的理解和共鸣。其流传下来的作品甚多，代表作有《高砂》、《老松》、《忠度》、《井筒》等。

“狂言”原穿插在“能”剧演出空间上演。因此，“能”和“狂言”合称为“能乐”。后来，“狂言”趋向独立。“能”发展为歌舞剧，演出时演员一般戴面具，“狂言”则不戴。“能”剧台词典雅，“狂言”则口语化，因此“狂言”又被称为庶民戏剧。实为一种小型的讽刺性喜剧，演出时间一般不超过 40 分钟。作品以讽刺社会弊端和上层人物为主，赞美下层人物的聪明和机智。在戏谑中，宣扬扬善去恶的思想。如武士是当时时代的宠儿，作品则把他描写成贪生怕死、愚鲁可笑的人物。鬼神本是可怕的，作品中成了戏谑的对象。按人物类型不同，“狂言”又可分为大名（地方豪绅）戏、新郎新娘戏、神佛戏、僧尼戏等等。现保留下来的“狂言”剧，大约有 260 个，大多定型于江户时代，较著名的有《两个大名》、《大名赏花》、《附子》、《武恶》、《菜刀女婿》、《二九一十八》等。

4. 浮世草子与净琉璃

17 世纪随着商业和手工业的发展，出现了新兴的市民阶级。其中有商人和手工业者，他们被称作“町人”。以江户（今东京）和上方（今大阪和京都）为中心，出现了以反映町人阶级思想意识的文化。其中最有名的便是“浮世草子”（一种反映现实题材的市民小说）和“净玻璃”（木偶戏）脚本。

“浮世草子”以反映町人阶级爱欲生活和经济生活为主。“浮世”有“现世”

和“忧世”的意思。代表作家是井原西鹤（1642—1693）。他出身于町人阶级，作品从城市商人生活中取材，反映了商业资本发展时期的社会面貌。1682 年，他发表《好色一代男》，描写一个妓女所生的风流男子世之介，为了追逐女人，游遍全国冶游场所的遭遇和体验，被称为日本文学史上市民文学的开端。1686 年，他发表《好色五人女》，描写五个女子不同的爱情故事。同年，又发表《好色一代女》，描写一个诸侯的宠妾沦为娼妓的悲惨的一生。之后，他还写了《日本永代藏》和《世间费心机》。前者描写一个唯利是图的商人发家致富的故事，后者抨击了町人社会中金钱造成的罪恶。井原西鹤的作品反对封建传统观念，大胆歌咏爱情，表现了町人社会的人情世态，但也包含色情颓废的思想和宿命的观念。

净琉璃和歌舞伎是市民所欣赏的戏剧。近松门左卫门（1653—1724）是这方面的代表作家。他一生写作了净琉璃剧本 110 余部，歌舞伎剧本 28 部。他写的净琉璃分历史剧和反映现实的社会剧两种。历史净琉璃著名的有《景清出家》和《国姓爷合战》等。前者取材于《平家物语》，描写平家的后代景清带有悲剧性的复仇故事。复仇不成，挖掉自己的双目，出家为僧。《国姓爷合战》写明末郑成功为光复台湾而进行英勇斗争的故事，表现了作家对英雄人物的崇敬。其社会剧著名的有《曾根崎情死》和《天网岛情死》等。前者描写店铺伙计德兵与妓女阿初恋爱，遭到店主人的破坏，双双自杀的故事。后者描写纸店店主治兵卫和妓女小春相恋，因爱情受阻，双双自杀的故事。近松以情死为题材，对封建社会的黑暗进行了批判。

5. 俳句

这是一种短小的诗歌，由 17 个音组成。原称俳谐，与滑稽同义。从形式上说，俳句相当于和歌的一半。从内容上说，它表现市民阶层的情趣，与和歌追求贵族的典雅趣味不同。日本著名的俳句家，室町时代有宗鉴、荒木田守武，他们写作了许多俳谐连歌。江户时代有松永贞德（1573—1657），他提倡俳谐的娱乐性和教养性，另又有西山宗因（1605—1682），他强调俳谐的滑稽性和自由奔放风格，被称为“谈林派”。

在俳句文学中，获得最高成就的是松尾芭蕉（1644—1694），被称作“徘圣”。他的作品被推崇为俳谐的典范。他对俳句进行了重要的革新，形成了自己的独特风格，并以“闲寂”、“风雅”的趣味见长。如“乌鸦立枯枝，秋暮正迟迟”，“旅途罹病，荒原驰骋梦魂萦”等。芭蕉与井原西鹤、近松门左卫门并称为“元禄三文豪”。稍后，写作俳句的作者有与谢芜村（1716－1783）。他又是一名画家，提倡“离俗论”，主要作品有《芜村七部集》等。另一位俳句作者是农民出身的小林一茶（1763－1827）。他一生落魄，著有《病日记》、《我春集》等。

二、近代文学

1868年1月，以大久保力通和西乡隆盛为代表的倒幕府势力发动宫廷政变，迫使德川幕府把政权交还天皇，实行“王政复古”，由睦仁天皇发表复古诏书，从而结束了幕府政治，国都自京都迁往东京，改年号为明治，揭开了日本近代史新的一页。明治政府为发展资本主义，实行了三大政策，即“富国强兵”、“殖产兴业”、“文明开化”，历史上称“明治维新”。但这只是一次自上而下的政治改革，改革后封建势力仍旧十分强大。在政治上，新的封建贵族与大资产阶级实行联合统治。在天皇的扶植下，日本以较大的步伐走上了资本主义发展道路。当时日本社会崇尚西欧文明，人们醉心于欧化运动。英国的自由主义和法国的民权思想都被介绍到日本。文学上，摆脱了中国文化和日本古代文化的影响，接受西方文艺思潮和文学的影响，出现了从事翻译和研究欧美文学的专家。19世纪末到20世纪初，日本工业已相当发达，地主和军人结成联盟。1894年，中日甲午战争之后，日本进一步实行对外扩张，先后爆发了俄日战争、侵朝战争及第一次世界大战等，日本已走上军事帝国主义的道路，国内加强了对农民的剥削和压迫。

日本近代文学最初经历了一段思想启蒙阶段，由一批宣扬民权运动的政治家、思想家写作了一批“政治小说”，以传播卢梭式的天赋人权论，先后有《情海波澜》（1880）、《经国美谈》（1883）、《花间莺》（1887）等。1885年，坪内逍遥（1859－1935）发表理论著作《小说神髓》，主张小说应当描写人情世态，并以写人情为主。从而使文学从“劝善惩恶”的观念中摆脱出来。为了实践自己的主张，坪内逍遥创作了长篇小说《当世书生气质》，用写实主义的手法，描写当代学生生活。

1887年，二叶亭四迷（1864－1909）写了小说《浮云》，被认为是日本第一部现实主义作品。小说揭露了明治时代的官场黑暗和世态炎凉。青年内海文三是政府某机关的下级官吏，因不善于逢迎，又不愿同流合污，丢了官职，从而受到舅母歧视，他和意中人结合的希望，也成为泡影。之后，二叶亭四迷又写作了《面影》（1906）、《平凡》（1907）等长篇小说。作品主人公均为知识分子，他们对现实不满，遭到社会的排挤和打击。但他们由于自身软弱，缺乏斗争的勇气，因此感到人生的幻灭。

翻译家和作家森鸥外（1862—1922），在这时期翻译了许多西方美学理论和歌德、易卜生等著名作家的作品，并致力于戏剧改良和诗歌革新运动。1890 年，他发表长篇小说《舞姬》，被认为是日本浪漫主义文学的先驱之作。作品主人公太田丰大郎是一个留学德国的青年官员，他受到个性解放和自由恋爱思潮的影响，爱上了德国的穷舞女爱丽丝，但在日本的官僚机构和封建道德的压力下，他抛弃了爱丽丝，酿成了爱情的悲剧。作品表现了自我意识的觉醒，个人与社会现实的矛盾。

坪内逍遥、二叶亭四迷、森鸥外三人的创作，奠定了日本近代文学发展的基础。

19 世纪八九十年代，日本出现了两个文学团体“砚友社”（1885）和“文学界”。前者是由尾崎红叶（1867—1903）和山田美妙等人组成的。他们团结了一批作家，出版了日本近代文学史上最早的同人杂志《我乐多文库》，推崇写实主义文学。但他们所写的“世态风俗”，停留在表面现象，追求艺术形式和文字华丽，内容则迎合小市民的趣味。“文学界”团体是因 1893 年由北村透谷（1868—1894）和岛崎藤村创办《文学界》杂志而得名的。北村透谷是个诗人，他提倡“内部生命论”，主张人性自由解放，提倡作家主观战斗意识，彻底批判旧文学，追求“理想世界”和纯洁的爱情，写作了日本近代诗歌中最早的浪漫主义作品。如自由体长诗《楚囚之歌》（1889），诗剧《蓬莱曲》（1891）等。在他影响和带动下，掀起了日本浪漫主义文学运动。但为时不长，《文学界》刊物也只维持了 6 年，随着北村透谷的自杀而告终。

女作家樋口一叶（1872—1896）最初为《文学界》写稿，但她的创作交织着现实主义和浪漫主义精神。她所写的小说以揭露社会黑暗，描写下层人物的苦难为主，作品主人公也都是被侮辱被压迫的“小人物”。她的著名的作品有《浊流》、《青梅竹马》、《大年夜》等。

小说家和诗人国木田独步（1871—1908）是由浪漫主义转向现实主义创作的作家。他的作品表现了对日本现实的失望，寄情于自然山水，流露出感伤和悲观的情调。作品有《武藏野》和《独步集》。晚年，写有《穷死》和《竹栅门》，真实地反映了劳动人民的贫困生活。

1900年以后，法国作家左拉提倡的自然主义文学理论，被介绍到日本，从而掀起了一场风靡一时的自然主义文学运动。这一思潮的形成与当时日本作家对社会现实普遍感到悲观和幻灭有直接关系。从文学上说，日本自然主义文学是针对“砚友社”的庸俗写实主义而兴起的新文学。1906－1910年间，出现了一些自然主义理论家如岛村抱月、长谷川天溪等。他们提出“破理显实”（即要求作家排除一切理想，按照事物的原样子去描写现实）和“觉醒者的悲哀”、“自我忏悔”等主张，从而形成了“事实即真实”的错误理论，描写情欲、生理遗传对人的支配力量等。围绕自然主义的理论进行创作活动的作家，有岛崎藤村、田山花袋、德田秋声、正宗白鸟等。

岛崎藤村（1872－1943）是诗人和小说家。他的创作具有自然主义的特点，如他写的长篇小说《家》（1910－1911）被看做自然主义文学代表作之一。但他的名著《破戒》（1906）却是一部难得的现实主义好作品，而且带有强烈的批判倾向。主人公丑松由隐瞒身份，到公开承认自己是“秽多”的痛苦历程。

田山花袋（1871－1930）是专门从事小说创作的作家。他写的几乎都是爱情小说。他主张摒弃理想，不要技巧，作品只做客观、露骨的描写。1907年，他写的中篇小说《棉被》，通过一个有妇之夫的小说家和他的漂亮女门生之间的关系，写出他在肉欲上的苦闷。受到自然主义文学理论家的赞许，开辟了日本“私小说”的先河。

德田秋声（1871－1943）被认为“天生的自然主义作家”。他的作品善于描写平民生活，塑造了许多不同类型的妇女的形象。他的长篇小说《缩影》，被认为日本自然主义文学的一座里程碑。他以细腻的手法描写卖身女艺人银子艰难的一生，对日本战争政策表示不满，为此遭到内阁情报局的查禁。

正宗白鸟（1879－1962）善于描写青年一代虚无主义的精神状态。1908年发表代表作《到何处去》，描写一个青年作家想逃避现实，否定人生，但又找不到出路的苦闷心情。

与自然主义创作理论相对立的作家是夏目漱石（1867－1916）。他重视理性，在创作中鲜明表达作家的爱憎感情，曾被称为“伟大的人生教师”。他从小受汉诗文哺育，曾留学英国。1905年，发表成名作《我是猫》，作品内容表现在两个方面：一对无所作为的小资产阶级知识分子的讽刺和批判，二对资产阶级金钱势力的揭露和批判。中篇小说《哥儿》，塑造了知识分子正面的典型。夏目漱石在文艺上主张“低徊趣味”或称“有余裕的文学”。他中期作品以描写男女爱情生活为题材。写了长篇小说《三四郎》、《从此以后》、《门》。“大逆事件”后，他精神上受到很大震撼。发表了长篇小说《过了春分时节》、《行人》、《心》，表现了知识分子凄凉的心境及对社会的绝望。夏日漱石的晚年宣扬道德净法，提倡“法天去欲”的宗教主张，写了自传体小说《道草》和未完成的小说《明暗》等。

《从此以后》是夏目漱石的代表之一。对社会的批判揭露和对人物心理刻画，比《我是猫》前进了一大步。个人与社会不可调和的矛盾是作品描写的主题。作品以爱情过失和补偿为题材，细腻地刻画了知识分子代助意识觉醒和成长的过程。自然主义者攻击夏目漱石的人物出于虚构，不赞同他的心理描写手法。夏目漱石则予以反驳。他在人物刻画和心理描写方面都达到很高的成就，奠定了日本批判现实主义文学的基础。

1908年，由一些不满自然主义创作的作家吉井勇、泉井荷风、谷崎润一郎等组成一个文艺恳谈会叫“牧羊神之会”。但他们的创作陷入唯美主义泥坑，讴歌色情和享乐主义，诗歌创作则属象征主义一类。青年诗人石川啄木（1886－1912）批判了自然主义文学，同时也指出象征主义诗歌远离生活。

自然主义文学运动衰落后，代之而起的是“白桦派”的文学运动。这派作家和美术家在1910年创立了《白桦》文艺刊物。主张新理想主义为文艺的主流。为此，他们也被称作新理想派。他们对个人“自我”意识给予积极肯定，大力宣扬人道主义的思想。参加这派活动的作家有武者小路实笃、有岛武郎、志贺直哉等。这派文学在大正时期（1912－1926）成为文学主流。

武者小路实笃（1885－1976）在创作和生活上，均表现为一个乐天的理想家。他曾发起“新村运动”，在日向地方创建乌托邦式的社会，发行《新村》杂志。1911年，发表中篇小说《天真的人》，描写一个患单相思的青年，爱上了一个叫鹤的姑娘。事实上，他和她只偶尔见过两次面，连话也没有说过。后来，阿鹤和别人结婚了，他还相信对方是爱自己的，只是受到周围人的逼迫，她才出嫁的。在第一次世界大战正在激烈进行的时候，武者小路实笃写作了剧本《一个青年的梦》（1916），他以人道主义思想反对帝国主义的战争，表达了人类爱好和平的愿望。

有岛武郎（1878－1923）的创作贯穿着对人类的爱，鼓励为爱与理想而生存，被称作是“有良心的人道主义”作家。1911年，他开始在《白桦》杂志上连载长篇小说《一个女人》，描写明治时代一个叛逆的女性，为了追求个性解放，反抗封建道德，最后遭到毁灭的故事。1921 年，他在东京《读卖新闻》上，发表论文《无产阶级与文学》，使他成为日本最早倡导无产阶级文学的作家之一。同时，他还把自己在北海道农场的土地分配给佃户，把庄园住宅分给农民居住。但由于他的出身和教育，在思想上形成尖锐的矛盾。1923 年自杀去世。

志贺直哉（1883－1971）同样倡导理想主义和人道主义。他的作品侧重对个人生活体验的描写，对人生作了深邃的观察。他的代表作是长篇小说《暗夜行路》，描写一个孤独的知识分子时任谦作，在不幸的生活中，苦闷和探索的历程，宣扬了道德上的自我完成。

继白桦派之后兴起的一个文学流派，称新现实主义派或叫新技巧派。其中又分“新思潮派”、“人间派”、“奇迹派”等等。其中最有影响的是“新思潮派”。他们团结在《新思潮》杂志的周围，著名作家有芥川龙之介、菊池宽、久米正雄等人。他们既反对自然主义纯客观的描写方法，也不同意白桦派宣扬的理想主义。他们主张抓住现实的一个片断，把它描写下来，强调心理刻画，注重艺术形式的完美。

芥川龙之介（1892－1927）曾广泛涉猎欧美文学。1921 年，曾到中国游览。回国后，写了《上海游记》和《江南游记》。他的创作以历史小说为主，借古喻今。如《罗生门》、《鼻子》等，揭露了风行于世的利己主义。《地狱图》描写一个画师为追求艺术成就，献出女儿和自己生命的故事，抨击了封建暴政统治。同时，他还取材于中国古代传说，写了《黄粱梦》、《杜子春》、《秋山图》等。他的文笔典雅俏丽，别具一格。

菊池宽（1888－1948）是小说家和戏剧家。他的代表作是长篇小说《珍珠夫人》（1920）、《新珠》（1923）等。作品多以中上层阶级的家庭为背景，描写了一幕幕爱情悲剧的故事，题材较为狭窄。但他的文笔流畅，对人物刻画也较细腻。

日本近代文学对我国“五四”以后文学曾有过一定的影响。鲁迅是沟通中日近代文学的桥梁。他曾翻译介绍了夏目漱石、森鸥外、有岛武郎、武者小路实笃、菊池宽、芥川龙之介，以及文艺理论家厨川白村的作品。他尤其喜欢夏目漱石和森鸥外的创作。

三、现当代文学

第一次世界大战到 1945 年，日本由帝国主义大资产阶级专政转变为帝国主义法西斯专政。垄断资本的发展增强了它向外扩张和侵略的野心。日本已成为东方一个新的战争策源地。苏联十月革命期间，日本曾出兵西伯利亚，对苏联革命进行武装干涉。1931 年，日本发动“九·一八”事变，强占了我国东北。1937 年“七·七”事变，实行对中国全面侵略。1941 年又发动太平洋战争。

与日本战争政策相对抗的是社会主义思想在日本的传播和工人运动的兴起。早在明治末期，日本著名的社会主义宣传家和工会活动家片山潜，先后建立了日本社会民主党和日本社会党。1911 年遭到日本政府的镇压。1922 年，片山潜和渡边政三辅等建立日本共产党，进一步推动工人运动的发展。1931 年，片山潜积极领导日本人民反对日本侵华斗争。与此同时，左翼的文艺运动也蓬勃地开展起来。现当代的日本文学，我们分作无产阶级文学运动和战后文学两部分来讲。

1. 日本的无产阶级文学运动

日本无产阶级文学运动的兴起，是从 1921 年《播种人》文学杂志创刊开始的。这种文学运动的兴起，有两个重要因素：一是苏联十月社会主义革命的影响，二是工人运动的开展。在 20 世纪 20 年代前后，日本大量翻译和介绍了苏联文学，普列汉诺夫和卢那察尔斯基的理论著作，对形成日本无产阶级文学和美学的基础有巨大的影响。高尔基的《母亲》、富尔曼诺夫的《恰巴耶夫》、绥拉菲摩维支的《铁流》、法捷耶夫的《毁灭》，先后被翻译成日文。小牧近江和金子洋文等人组成的《播种人》队伍，首先举起了反对资本主义的旗帜。平林初之辅（1892－1931）写作了《唯物史观与文学》、《文艺运动与工人运动》等文章，成为这一时期最重要的理论著作。1923 年，日本发生关东大地震，日本法西斯政府乘机对工人运动和进步人士进行镇压。《播种人》被迫停刊。第二年 6 月，以山田清三郎等为首组织《文艺战线》杂志，直接提倡无产阶级文艺。1925 年 12 月，成立了“日本无产阶级文艺联盟”（简称普劳艺）。在这期间，文学上涌现了两个新秀。

一是叶山嘉树（1894－1945）。他曾当过见习水手、临时工和记者，因参加工人运动，多次被捕。在狱中，他写成《卖淫妇》（1925）和《生活在海上的人们》（1926）等小说。其中《生活在海上的人们》被认为是日本早期无产阶级文学的奠基作品。描写受压迫的海员工人组织起来进行罢工斗争的故事。生动地表现了海员工人由绝望悲观到斗争意识成长，最后与残暴的船长开展面对面斗争的过程。思想和艺术成就都较高。

二是黑岛传治（1898－1943）。他曾做过渔夫和酱油厂工人。他的作品以农村为背景，描写了农民在地主富农的压迫下，过着破产和贫困的生活。他写作了《两分硬币》（1925）、《猪群》、《盂兰盆会前后》（1926）等小说。其中《猪群》讽刺了地主和工厂老板的愚鲁和残暴，赞扬农民团结斗争的精神。另外，他以日本出兵西伯利亚，干涉苏联十月革命为题材，写作了《风雪西伯利亚》（1927）、《盘旋的鸦群》（1928）等讽刺揭露的作品。他还以中国人民抗日斗争事迹为题材，写作了长篇小说《武装的城市》（1930）。

1928 年，由八个左翼文艺团体，在马克思主义旗帜下统一起来，组成“全日本无产者艺术联盟”（简称纳普）。出版了机关刊物《战旗》，提出了“描写工人、农民的生活”，“靠拢大众”的口号。纳普时期是日本无产阶级文学运动兴旺发达的时期。纳普文学部于 1929 年 2 月，又组成了“日本无产阶级作家同盟”。文艺理论家藏原惟人在建立日本无产阶级文艺理论和翻译苏联文学方面作出了杰出的贡献。他提出艺术家要“成为真正布尔什维克的共产主义艺术家”，“创造革命无产阶级艺术”的号召。在这时期涌现的著名的无产阶级作家有小林多喜二、德永直、中野重治、宫本百合子等人。

小林多喜二（1903－1933），出身于一个贫苦的农民家庭里。少年时期曾在街头卖过面包，在码头上当过搬运工人。1921 年，他在伯父的资助下，进入商业学校念书。毕业后在小樽垦殖银行当职员。1927 年，他参加小樽的工会工作，并阅读了《共产党宣言》、《反杜林论》等马克思主义的经典著作。同年 6 月，参加小樽港湾码头工人总罢工。1928 年发表文学作品，写了著名的短篇小说《一九二八年三月十五日》。同年 4 月，加入“全日本无产者艺术联盟”。次年 2 月，被选为该联盟中央委员。3 月，他根据远出北海捕鱼的工人们的悲惨生活，写成名著《蟹工船》。小说通过蟹工船“博光丸”中奴隶性劳动，以及日本垄断资本家和天皇海军互相勾结的事实，反映了日本帝国主义侵略的本质和残酷的剥削行为，以及工人群众为反对这种剥削和压迫，起来组织罢工斗争的发展过程。这部作品以鲜明的阶级立场，激进的革命思想，粗犷豪放的笔调，震动了日本文坛，成为日本无产阶级文学的奠基作品之一。

1932 年 8 月，小林写成他的著名小说《地下党员》（一译《党生活者》）。小说是根据1932年3月前后，东京藤仓电线工厂工人运动的经历写成的。作品的背景时代是在日本发动侵略我国东北的“九·一八”事变之后。一家原来生产电讯器材的仓田工厂，在战争期间改为军火工厂，并募集了600名临时工，大量制造防毒面具、降落伞、飞艇外壳等侵略武器。在工厂中，成立了“在乡军人分会”、“青年团”、“僚友会”等反动组织，对工人进行强制性的劳动，实行法西斯的统治。这时，有三个共产党员——佐佐木安治（即“我”）、须山、伊藤芳被派进了工厂。他们在厂里建立了党的地下支部，领导工人进行罢工斗争，揭发大资本家利用侵略战争，加强剥削和压迫的反动阴谋，并将那些将受到解雇威胁而动摇不定的临时工团结起来。作品主人公安治是地下工作者的典型形象，作家描写了他在极其严酷的环境中，经过艰苦磨炼，终于成长为真正马克思主义者的过程。1933年2月20日，小林在东京赤坂区进行地下联络工作时，不幸被捕。日本警察当局对他进行了3个多小时的折磨和毒打。小林始终坚强不屈，于当天下午壮烈牺牲，年仅30岁。噩耗传到中国，鲁迅表示了极大的愤慨，当即发了唁电。他在唁电中说：“日本和中国的大众，本来就是兄弟。资产阶级欺骗大众，用他们的血划了界线，还继续在划着。但是无产阶级和他们的先驱们，正用血把它洗去。小林同志之死，就是一个实证。我们是知道的，我们不会忘记。我们坚定地沿着小林同志的血路携手前进。”① 小林多喜二的一生是短暂的，但他以自己优秀的创作奠定了日本无产阶级文学发展的基础。他描写了当时社会现实中最典型、最革命的事件。这就是工人的罢工斗争和农民的抗租斗争，并以满腔的革命热情歌颂它。因此，他的作品成了鼓舞人民起来和罪恶现实作斗争的教科书，是日本无产阶级文学的珍品之一。

与小林齐名的无产阶级作家是德永直（1899－1958），他出身于贫农家庭，当过学徒、工人。1922年，他根据在东京博文印刷厂当排字工人的体验，写作了《马》、《多余的人》等短篇小说。1926年，印刷公司爆发了大罢工，德永直是领导者之一。失败后，他被厂方开除。1929年，他根据这次罢工的事件，写成长篇小说《没有太阳的街》，成为轰动一时的作品。小说内容讲东京的一个贫民窟，住着上万印刷工人及其家属，这里被称作“没有太阳的街”。大同印刷公司爆发了一场大罢工，女工高枝和她的妹妹加代都参加了罢工组织——争议团。这场罢工已

① 《闻小林同志之死》，见《鲁迅全集》第8卷第337页，人民文学出版社，1981年版。

坚持了50多天，工人都没有吃的了。这时资本家大川氏的住宅有人纵火，警方把争议团的荻村等主要干部都捉去了。这把火是加代的情人宫池放的，他为了营救争议团的干部，准备去自首。原先钩心斗角的三菱财团的涩阪男爵和三井财团的大川董事长，为了镇压工运，他们开始合作，决心用“全体解雇”的对策，来消灭劳动组合，并对工运积极分子再一次实行大逮捕，把高枝和她的妹妹加代也都投进了监狱。宫池和加代被折磨得不成人样，最后，加代连同腹内的婴儿一同死去了。印刷公司搜罗了300名失业工人，偷偷地开工了。罢工斗争虽然遭到失败，但一部分先进的工人仍然高扬争议团的团旗，不向资方妥协。这部小说反映了日本战前尖锐的阶级矛盾和斗争，生动地描写了工人的有组织的罢工运动和先进工人的形象。罢工领导人荻村，具有顽强的意志，不屈的斗争精神，女工高枝泼辣果敢。他们都具有鲜明的个性。但作品结构较为松散。

此外，中野重治的小说《早春的风》(1928)、《阿铁的故事》(1929) 反映了工农的觉醒及斗争。宫本百合子写了小说《一九三二年春天》(1932)，村山知义写了剧本《暴力团记》(1929) 等，构成了日本无产阶级文学的繁荣局面，从而引起日本军国主义的敌视。1931年，纳普改组为“日本无产阶级文化联盟”(简称克普)，并创办机关刊物《无产阶级文化》。1932年1月，日本帝国主义在上海发动了“一·二八”事变，3月克普全体干部遭逮捕。1934年2月，克普被迫解散。无产阶级文学运动走向低潮。

与无产阶级文学运动差不多同时，日本文坛出现了一个新的文学团体——新感觉派。他们以《文艺时代》杂志为中心，开展创作活动。这派作家包括横光利一、川端康成、片冈铁兵、中河与一、今东光等。他们强调主观和直感的作用，在创作时大量使用感性的表达方式，挖掘人的内心世界，并采用新奇的文体和辞藻。为此，人们把新感觉派称作日本第一批的现代派。横光利一的《蝇》，中河与一的《冰冷的舞场》，片冈铁兵《鬼魂船》，今东光的《瘦削的新娘子》，都是属于这方面的作品。

川端康成 (1899－1972) 是日本当代著名作家，诺贝尔文学奖获得者，早年倡导“新感觉派”文学，注重感觉和技巧。他一生写了一百多部长、中、短篇小说。前期作品分两类：一类描写他自己的孤儿生活，抒发自己的孤独感情，有《十六岁日记》、《精通葬礼的人》、《致父母的信》；第二类作品描写下层人民的生活，尤其是下层妇女的悲惨遭遇，如《伊豆的舞女》、《花的圆舞曲》、《雪国》等。

《伊豆的舞女》是用清新透逸的文笔来写的，描写一个大学预科生在旅行途中与一帮流浪艺人结伴同行的故事，作品充满抒情气氛，洋溢着青春的气息，对流浪艺人悲惨命运深表同情。

《雪国》一书曾被称作日本古典文学风骨与西方现代派手法融为一体的杰作。描写东京一个舞蹈家岛村和北方的一个温泉村艺妓驹子关系的故事。岛村是一个花花公子和虚无主义者，他明知道自己不可能和沦落到雪国的驹子结婚，但他为了追求刹那间的颓废感觉，竟三次冒着严寒到北国去。他嘲弄自己，也嘲弄别人，以逢场作戏的态度来对待爱情，意识中充满颓废和绝望的思想。驹子具有爱学习和富进取的特点，但她的命运是悲惨的，对爱情与幸福的追求最后也化作泡影。这部作品在艺术上有三个特点，即纤细的心理描写，意识流的手法及象征性。

二次大战后，川康端康成进入后期创作，这时期他创作中的颓废色彩更加浓烈，著名作品有《千鹤》、《古都》以及《睡美人》等。其中《千鹤》描写一公司职员菊治和他亡父情人太田夫人及其女儿文子恋爱的故事，作品象征性内容表现为人为美与自然美的冲突。

川端康成作品以虚无主义为思想基础，爱情描写为题材，日本评论家称它是“虚无主义的花朵”。他不重视典型的塑造，但重视心理描写，作品带有浓烈抒情性和主观色彩。他的作品结构严谨，描写简洁，文字清淡秀逸。

1927年，《文艺时代》停刊，新感觉派也就销声匿迹了。此后，又出现“新兴艺术派”(1929)，这派以《新潮》杂志为中心，组合了中村武罗夫、浅原六郎、川端康成等十三人，号称“十三人俱乐部”。他们鼓吹艺术至上，反对无产阶级文学运动，攻击无产阶级文学是花园中“被虫吃过的肮脏的‘红花’”。他们的作品宣扬享乐主义，描写城市豪奢和颓废的生活。这个流派成立不过一年左右，便昙花一现地消失了。

2. 战后日本文学

第二次世界大战之后，日本成了战败国。在战争期间受到压抑的人们重见了光明。军国主义分子变得不吃香了，和平民主运动再度兴起。战后是日本社会和日本文学的一个转折时期。这时期各种文学流派和文学团体名目繁多，创作了各种艺术风格和思想倾向不同的作品。这里我们首先要提到的是“新日本文学会”和“战后派”的创作。

战后随着日本共产党的重建，日本左翼文艺运动重新开展起来，他们总结了战前无产阶级文学运动的经验教训，努力克服宗派主义的情绪，发动了一场民主主义的文学运动，团结一切进步的民主的作家。1945 年，由藏原惟人、中野重治、宫本百合子、德永直等人发起，建立“新日本文学会”，成为战后日本最大的文学团体。第二年出版机关刊物《新日本文学》。创作了一批革命的进步的作品。其中，我们要特别提到的是德永直和宫本百合子的创作。

德永直在 1946 年发表了中篇小说《妻啊，安息吧》，通过对战争时期贫病而死的妻子的回忆，描写了在军国主义统治时期，日本妇女们遭受的苦难。同年，德永直加入了日本共产党。1949－1954 年，德永直写作了长篇小说《静静的群山》前两部。他原计划写四部，后因病去世，未能实现自己的愿望。但从发表的部分来看，不失为日本文学中的一部力作，作品描写的是日本战后的现实。第一部写工人运动，第二部写农民运动。川添工厂是一个在战时转移到山区的军需工厂。青年工人古川、池部和车间主任荒木，都是一些爱思考、有热情的人，但还缺乏革命的觉悟。荒木有一次偶然听到日共总书记德田球一的讲演，受到很大启发，开始阅读共产主义的书籍。然后，他又带动池部和古川阅读日共机关报《赤旗报》。这时，老共产党员大林律师和他们接近起来，使他们认识到共产党员提出的“打倒天皇”，“成立人民共和国”主张的正确性。他们开始在工厂组织工会，向厂方要求增加工人工资。厂方为了达到破坏工会的目的，企图收买曾参加日本侵略军的古川，但古川没有上当。后来，他们都加入了共产党，决心在党的领导下把斗争进行到底。

离工厂不远的鸟泽小村，战后仍受封建地主角仓家族的统治。角仓也是川添工厂的股东。这里农民生活很苦。隶属于川添工厂党支部的共产党员鸟泽文也父子，根据党的指示，在村里成立农会，实行耕地改革。地主则策划进行破坏。正在这时，贫农久一郎被地主逼死，“战争寡妇”远藤千代被美军强奸。血泪的现实进一步提高了群众的觉悟，广大农民转而支持农会。古川、池部等人受川添支部的派遣，来村里协助鸟泽文也开展工作。于是，农会正式宣告成立。鸟泽文也以农会作后盾，参加了竞选村长的活动。荒僻的小村响起了《国际歌》的嘹亮的歌声。

《静静的群山》以川添工厂和鸟泽小村作为战后开展人民群众运动的主要政治舞台，突出地表现了工人阶级和广大农民，在共产党的影响和教育下，政治觉悟提高和成长的过程。歌颂了他们与垄断资产阶级和封建地主开展的英勇斗争，同时，也揭露了美国占领军对日本人民所犯下的罪行，宣扬了工农联盟的正确思想。他们在斗争中团结一致，为了同一目标而并肩作战。日本作家野间宏在评论这部作品时指出："尤其是工农联盟成为日本革命中心问题的现在，这部小说的价值更为巨大。"作品生动地描写了荒木、池部、古川、鸟泽文也等共产党员的形象，揭发了地主、资本家阴险、狡诈和残暴的面目。根据作家原来的计划，《静静的群山》第三部和第四部将描写"东电"公司资本家和美国相勾结，他们企图以消灭侵朝战争隐患为目的，共同迫害革命工人。与此同时，工农更加紧密团结在一起，开展了战后日本最为壮烈的斗争。

"新日本文学会"另一位重要的作家是宫本百合子（1899－1951）。她从小喜欢俄罗斯文学，1927 年去苏联，1931 年加入日本共产党。次年，她与宫本显治结婚。先后五次被捕，作品二度被查禁。战后，她写了著名长篇小说《播州平野》。作品描写一个革命者的妻子宏子，从广播中听到日本无条件投降的消息，她立刻写信告诉被关在监狱里的丈夫。12 年前，她的丈夫石田重吉因从事党的地下工作，被当作政治犯关押起来。他虽然受尽磨难，但没有屈服，而且在他的帮助下，宏子变得坚强和成熟起来。宏子原打算去北方监狱探望丈夫，但这时她接到婆婆来信，便只好先回家去安慰婆婆。在旅途中，她看到战争留下的满目疮痍的景象，在婆婆的村子里都是些失去丈夫的妻子和失去儿子的母亲，成了一个地道的"寡妇镇"了。由于连日大雨，酿成水灾，村镇被淹没在洪水里，更加显得悲凉。宏子安顿好婆婆和孩子后，便往东京走去。按《波茨坦宣言》规定，日本应立即释放全部的政治犯。在报上，她已看到丈夫被列入释放的名单了。她历尽旅途的艰辛，好容易来到离东京不远的播州平野，坐上火车，朝重吉被关押的地方前进。作品描写了战争给日本人民带来的深重灾难，批判了天皇专制政府和军国主义的罪行。同时，也肯定了革命者坚持反对日本战争政策的正确性。

此外，宫本百合子还写作了长篇小说《两个院子》（1947）和《路标》（1947－1950），表现了日本妇女的觉醒和倾向社会主义的过程。宫本百合子善于描写妇女的心理，并在矛盾中塑造人物的形象，情节也较曲折，是日本现代文学中成就较高的作家。

"新日本文学会"统一的局面大约维持到 1964 年左右，后因内部思想分歧，开始分裂。1965 年，以江口焕为首的日共作家退出"新日本文学会"，另外成立"民主主义文学同盟"，出版《民主文学》杂志，继续开展活动。

与“新日本文学会”同时进行创作的，还有一批在战争年代受到压抑，被迫停止创作的老作家。他们在战后重新拿起笔，发表了许多作品。如诗人金子光津出版了诗集《降落伞》、《蛾》，正宗白鸟写了《战争受害者的悲哀》，石川达三写了《风中芦苇》、《金环蚀》等。他们从不同角度揭露战争给日本人民带来的苦难。广津和郎（1891－1968）写的长篇小说《到泉水去的道路》（1954），通过一对恋人悲欢离合的故事，描写了战后日本青年一代的成长，表现了作家的正义感和人道主义精神。

“战后派”作家是指在战后崛起的一批中青年作家。其中一部分作家在战争期间遭受到摧残和迫害，进过监狱，或被送往前线当兵。他们对军国主义极为不满，在创作中，描写战争给人民带来了物质和精神上的痛苦。其中一些人是“新日本文学会”的成员，如野间宏等。另一批“战后派”作家，围绕在1946年创刊的《近代文学》杂志的周围，主张摆脱党派的束缚，强调尊重个人，提倡艺术至上，宣称要突破现实主义，大量采用西方现代派的艺术手法。这批作家有山宝静、本多秋五、佐佐木基一、三岛由纪夫等。“战后派”分为两种倾向，作家代表一般认为是野间宏和三岛由纪夫。前者被认为“战后派”中左翼的代表，后者是右翼的代表。

野间宏（1915－1991）在第二次世界大战期间，曾参加反战活动，被关押。1946年发表小说《阴暗的图画》，描写在“七·七”事变前后，京都大学几位学生参加革命活动而被捕的故事，揭发了军国主义的恐怖统治。他的长篇小说《真空地带》，描写了一个普通士兵受到监禁和迫害，暴露了日本军队中的法西斯统治的罪行。作品以细腻的心理解剖见长，是“战后派”文学的杰作之一。

三岛由纪夫（1925－1970）毕业于东京大学。他的作品唯美主义色彩较浓，而且充满色情描写。1954年，发表《虚假的告白》，写一青年“性的觉醒”，带有自传性。1956年，发表长篇小说《金阁寺》，描写一个年轻的和尚纵火烧毁京都金阁寺的故事。宣扬日本一切的“美”都应伴随战败投降而彻底毁灭。作品大量运用象征和暗示手法，以及复杂的心理描写。三岛由纪夫的作品还充满对军国主义分子的美化，把他们称作“忧国之士”，反对进步的群众运动。1970年，他煽动军队进行武装政变，失败后，剖腹自杀。

战后日本涌现了一批有才能的新作家。其中著名的有井上靖、田宫虎彦、水上勉、山崎丰子等人。

井上靖（1907－1991）在读者中影响最大，他是日中文化交流协会的会长。他的创作丰富，有小说全集 32 卷。1949 年，发表小说《斗牛》，是他的成名作，并获得芥川奖。作品描写大阪一报社总编辑津上，以报社作赌注，组织一场斗牛赛，结果遭到惨败的故事。井上靖还写作了一批以中国西域为题材的历史小说《西域小说集》，其中有描写班超传说的《异域人》，描写罗布泊中一个被流沙掩没的小国故事《楼兰》，描写敦煌莫高窟藏经洞故事的《敦煌》，描写汉大将勃勒与洪水搏斗故事的《洪水》，还有描写成吉思汗故事的《苍狼》等。

他的历史小说写得最好的是《天平之甍》，描写唐代高僧鉴真和尚东渡日本传经的故事，他在日本传教 10 年，在京城奈良建造唐招提寺。作品歌颂了中日人民友好的情谊，歌颂了鉴真沟通中日文化的不屈不挠的精神。

此外，井上靖还写了两部著名的批判揭露的长篇小说。《城堡》是一部揭发美国在日本投掷原子弹给日本普通百姓带来无穷灾难的作品。《夜声》是一部对日本社会文明表示不满作品，描写一个退休教师沿着《万叶集》中歌咏的路线，去寻找清净，没有污染的国土的故事。

20 世纪 60 年代后，日本经济飞速增长，文学中反映精神空虚、低格调的作品日渐增多，描写新春宫式的小说和宣扬破案伎俩的推理小说风行一时。70 年代，出现了“内向文学”流派，他们注重人们日常生活和心理描写，在创作方法上受到现代主义的影响。主要作家有小川国夫、阿部昭、古井由吉等。

这时期最优秀作家是大江健三郎。他毕业于东京大学文学部，1956 年开始文学创作，先后写作了 10 多部长篇小说和多部短篇小说。他在思想上接受萨特存在主义影响，写作方法上吸收了西方现代主义的文学技巧，但他又具有民族文学的特色。他的获奖作品《三个人的体验》、《万延元年的足球队》便运用了日本传统文学的想象力，以及日本神话中的象征性。它们立足于现实，又超越现实，将现实与象征世界融为一体，创造出大江文学的独特性。1994 年，他获得了诺贝尔文学奖。

他的小说《饲育》是一部描写战争时期生活的作品，曾获得芥川奖。长篇小说《我们的时代》，描写一个迷惘的大学生想自杀又没有勇气的故事，反映了二战后“垮了一代”的精神面貌。大江还以日本作家很少接触到的日本少数民族虾夷人为题材，写作了长篇小说《青年的污名》。

综上所述，我们可以得出这样结论：

一、日本古代文学受中国影响巨大。两国间文化交流达 2000 多年，最初日本是尊孔读经的。在日本文字（片假名）发明之前他们是用汉文书写的，使用时间长达 700 多年，并采用汉文著书立说。文体亦多半从中国引进，就汉诗写作而言，日本从 8 世纪起就开始写作汉诗。据东京发行的《汉诗文图书目录》统计，日本有汉诗总集、别集共 769 种，2339 卷。清代学者俞樾曾编撰《东瀛诗选》和《东瀛诗记》，记录了 150 个日本汉诗作者和诗作。日本古代诗歌以抒情诗为主，缺乏叙事诗和长诗。

日本一批作家从中国历史、传统和文献中吸取写作题材。如井上靖所写的中国西部的小说和鉴真和尚东渡传经的小说，还有近松门左卫门以郑成功事迹写的戏剧《国姓爷合战》等。有些作品虽不是写中国题材，但作家们在作品中大量引用中国的经典——《论语》、《老子》、《战国策》、《史记》、《汉书》中的典故，以及中国的诗词。如《源氏物语》中引用了陶渊明、刘禹锡、元稹等人的诗句，光引用白居易的诗句就多达 90 余处。

日本古代小说体裁，多为诗文合璧。他们接受了我国变文、传奇和话本小说的影响，采用散文和韵文相融合的形式，如《源氏物语》、《平家物语》等。

日本古代文学风格特点是纤巧、细腻、物哀和清淡。因此，有人把日本古代文学称作是“女性文学”，第一批在文坛上涌现的作家多半是女性，如紫式部、清少纳言、道纲母等。

二、日本近现代文学逐渐摆脱中国文学和日本传统文学的影响，接受西方文学和文艺思潮的影响，以 1868 年“明治维新”为分界线。明治时期日本社会崇尚西方文明，醉心于欧化运动，西方文艺思潮纷纷涌入，日本先后产生了“新思潮派”、“自然主义文学”、“新感觉派”、“内向文学”等文学流派。意识流、象征主义、自然主义等写作手法也步入艺术殿堂。但其中一些优秀作家，除采用西方的写作手法外，也继承了日本古代文学的纤巧、物哀等特点，使他们的作品绽放异彩，如川端康成等。

另一批先进作家则接受苏联文学的影响，从 20 世纪二三十年代起，以东京为首掀起了轰轰烈烈的无产阶级文学运动，产生了一批以工农为主体的文学作品，涌现了小林多喜二、德永直、宫本百合子等著名作家。

还有一些作家则扬弃西方现代派的写作手法，而是沿着现实主义创作道路。继续前进，如井上靖等，从而形成了日本近现代文学中的多元性和丰富性。

论紫式部的《源氏物语》
——兼与《红楼梦》比较

《源氏物语》是日本中世纪伟大的女作家紫式部的名著。紫式部本姓藤原，因她长兄任式部丞，其夫也任式部丞，人称她为藤式部，真实名字却不为人知。《源氏物语》一书出版后，读者喜欢女主人公紫姬，于是，人们又称作家为紫式部。

紫式部出身于中层贵族家庭。曾祖父、祖父、伯父、父亲均为诗人，善作和歌。紫式部有三个哥哥，一个姐姐。她从小慧敏，随父习汉学，熟读了中国的古代文献，尤其对白居易的诗颇有研究。同时，她还通音律，精佛典。其父曾叹息说，若是男孩就好了。22 岁时，她和藤原宣孝结婚，她丈夫比她大 20 多岁，而且有过 3 个妻妾，紫式部婚后第二年，生了一个女孩，第三年丈夫死了。这时她才 24 岁。从此，她便过着寡居的生活。后应太政大臣藤原道长之召，入宫当了女官，为其女儿彰子皇后讲解《日本书记》和白居易的诗歌。她博学多才，曾得到天皇的赞许。宫廷生活，丰富了她的阅历，为她写作《源氏物语》提供了素材。大约在她三十六七岁时，写完此书。由于她身体羸弱，再过了几年，便与世长辞了，享年不到 40 岁。

此外，她还写有《紫式部日记》一书，记录了她对宫廷生活的见闻和仪典等，包括 1008－1010 年初所发生的事情。

《源氏物语》成书年代议论不一。一般认为小说完成于平安时代的中期——藤原氏当政时期，即 1001 至 1008 年间，相当于我国北宋真宗时代。这部长篇小说和我国古典名著《红楼梦》有许多相近和相似的地方。我们把它作如下的一些分析和比较。

首先是两位作家的生平都很坎坷，他们都遭受到家庭的破落和丧偶之苦，晚景孤寂飘零。他们的家庭出身和个人遭遇，给他们带来了三方面的影响：

一、由于他们出生在豪华贵族世家，对封建贵族阶级骄奢淫逸的生活了解较为透彻。正如鲁迅说的“从旧垒中来情形看得较分明”。因此，他们能够以生花妙笔真实地写出贵族家庭由隆盛走向式微的崩溃过程。同时，他们的家庭和本人与宫廷、皇室关系较为密切。紫式部在宫廷生活多年，当时彰子皇后与定子皇后对立，各自拉拢了一批女官，举行豪华的歌合（和歌比赛）、绘合（绘画比赛），争奇斗妍，互相倾轧。曹雪芹的祖父曹寅做过康熙帝（玄烨）的“侍读”，康熙帝五次“南巡”，有四次都住在曹家，耳闻目睹，为他们写作提供了丰富的素材和直观的印象。

二、他们都有浓厚的贵族意识，他们的同情“是在注定要灭亡的那个阶级方面”的。紫式部对贵族和贵族生活的描写充满赞美的调子，往往以才气、漂亮、多情来掩盖贵族的罪恶。曹雪芹对封建世家含着脉脉温情，不停地唱着挽歌。正如他的朋友敦敏在诗中说的：“燕市哭歌悲遇合，秦淮风月忆繁华。”（《赠芹圃》）

三、由于他们朝荣夕萎，中途遭变，都有一种世事无常叹飘零的思想。因此，在他们的作品中都不同程度地表现了悲观主义、厌世主义和宿命论的思想。主人公经过一番繁华盛衰的生活后，都对人生感到失望，以致看破红尘，遁入空门。

《源氏物语》和《红楼梦》都是两位作家经历了家族罹难和人生失意后写成的巨著。是作家的有感而发，而不是无病呻吟。但两位作家生前都没有把作品写完。《源氏物语》共五十四帖（卷），紫式部写了四十四帖，后十帖（又称“宇治十帖”）据说是她的女儿贤子的续书。《红楼梦》一百二十回，曹雪芹写了前八十回，后四十回由高鹗续成。两部续书都不如原作写得好。

其次，我们将两部书的内容、人物形象和艺术特点作以下比较。

一、贵族家庭和社会生活的全景画

《源氏物语》以 4 个天皇（桐壶、朱雀、冷泉、今上）为时代背景，前后写了 70 多年的史事。《红楼梦》以清康熙、雍正、乾隆 3 个皇帝执政时期为背景，前后写了 100 多年的事迹。规模庞大、气势宏伟。两位作家都竭力地要反映当时时代和他们所熟悉的贵族上流社会的生活。尽管紫式部在书中一再表白：“作者女流之辈，不敢侈谈天下大事。”“作者乃一女流，不宜高谈国事。”曹雪芹也表白说：“此书不敢干涉朝廷。”“虽一时有涉于世态，然亦不得不叙者，但非其本旨耳。”然而，他们的作品都如实地描写了封建社会的面貌。不但描写了，而且成为反映贵族社会生活的全景画。

《源氏物语》和《红楼梦》都是以爱情为经、社会为纬的作品。《源氏物语》通过爱情描写了源氏家族荣华、失意、隆盛、式微的历史，《红楼梦》通过爱情描写贾、史、王、薛四大家族的衰败史。从而揭发了贵族统治阶级内部矛盾、罪恶及黑暗，客观上体现了贵族社会、封建王朝必然崩溃的趋势。无论是珠光宝气的贾府或豪华显贵的源氏，都是当时赫赫扬扬的大贵族；而且他们都是皇亲国戚(源氏和贾政都是国丈)，蒙受皇室恩泽，处在所谓“昌明隆盛”的时代，他们以皇室为靠山，凭借着庄园经济，从全国各地搜刮来民脂民膏，过着穷奢极侈的生活。

《源氏物语》的时代是土地兼并非常严重的时期。作品中源氏一族，实际上是当时大贵族藤原氏的写照。藤原几代都当过皇帝的摄政（日本称“摄关政治”)。他们靠皇帝赏赐和各地领主献地，建立了庞大的庄园经济体系。据估计，当时藤原直接管辖的人民就占全国四分之一。因此，当时中小贵族都发出“天下土地都归一家”的感叹。藤原道长晚年写有《望月》和歌一首，表现了他那志得意满的高傲情绪：“望月无亏圆满月，将天直作自家天。”

同样，《红楼梦》时代，在我国也出现了严重的土地兼并现象。据《大清会典》记载，乾隆十八年（1753)，仅皇帝直接和间接掌握的土地，就有四十三万顷之多，大贵族不仅可以从皇帝那里得到赐田，而且可以通过各种非法手段霸占别人田地。据《东华录》载，康熙年间，尚书徐乾学在无锡一处有田一万顷。《庸庵笔记》载，乾隆年间，大学士和珅有田产七千余顷。因此，贾府、源府的豪奢生活正是建立在这种土地兼并和靠剥削的庄园经济的基础之上。《源氏物语》通过对流放到须磨的源氏写道：“听说因为长期下雨而垮了好几处墙，就派人到京都的家臣那里去，要他到附近各国的庄园去催收需用的东西。”至于《红楼梦》中，对农民的剥削，我们只要看第五十三回中乌进孝那张缴租清单就够了。在歉收的年景下，仅仅一处田庄上交的钱粮就有二千五百两银子，还有几大车的猪羊鸡鸭鱼虾。可是贾珍还不满足，向庄头乌进孝大发脾气。正是靠盘剥农民，供养了贾府四百余口的生活，支撑着封建贵族为维持日常体面和排场的庞大开销。

无论是贾府或源府，人们首先考虑的是如何过着舒适的日子。几百个男女仆人每天所忙碌的也是为了使主子更加称心满意地生活，使他们吃得好住得好。贾府办一桌酒要用几十两银子，做一碗菜用几十只鸡。为了贾妃的省亲，专门修筑大观园占地三里半，堂皇的殿阁，清幽的馆榭，应有尽有。光用帘子就有九百挂。《源氏物语》中，源氏为众多妻妾，兴建六条院住宅，成了轰动全国的大事。园内建筑和陈设因妻妾不同爱好而异，并按一年四季景致排列。如紫姬居住的院落是一幅春景：后山造得很高，池塘筑得很美，窗前种的是五叶松、红梅、樱花、紫藤、棠棣等春花，布置奇巧，赏心悦目。花散里居处种的都是绿树浓阴的夏木，树木都很高大，有如森林。四周围着水晶花篱垣，有如山乡。秋好皇后院落，栽种着许多红叶树，有清泉、流水、瀑布，构成一幅秋野景象。明石姬居处种着苦竹和茂盛的苍松，适宜于观赏雪景。秋尽冬来，篱菊傲霜，颜色清雅，柞林红艳，灿如云霞。大观园中各庭院的布置，也按十二金钗不同的个性和爱好而各具特色。如林黛玉住在“竿竿青欲滴，个个绿生凉”的潇湘馆中；薛宝钗住在“蘅芜满静苑，萝薜助芬芳”的蘅芜院里；李纨则住在“一畦春韭熟，十里稻花香”的稻香村。还有史湘云住进梨香院，迎春居住紫菱洲，探春住秋爽斋，惜春住藕香榭，都各有一番景致。

《源氏物语》中，冷泉帝行幸六条院，其豪华无异于贾妃归宁。紫式部在书中写道：“前皇与今上一同行幸，乃世间罕有的盛举。此消息惊动全国臣民。主人源氏竭力准备迎驾，其排场之豪华令人目眩。”过惯宫廷豪奢生活的贾妃，见了大观园“帐舞蟠龙，帘飞绣凤，金银焕彩，珠宝生辉”的景象，也禁不住赞叹道：“太奢华过费了！”

贵族们有成百家奴供他们差遣使唤。连洗脸穿衣的小事都有专人负责。夕雾大臣的六女公子嫁给匂皇子，光侍候她的青年侍女就有三十人，女童六人。贾府里主仆比例是一比十。他们的富贵荣华的生活，浸透着下层人民的血和泪。

好色，是贵族们追求享乐的另一方面。从而反映了他们精神上的堕落和生活上的腐化。用焦大的话来说，贾府是“除了那两个石狮子干净罢了”，“每日偷鸡戏狗，爬灰的爬灰，养小叔的养小叔”。世袭一等将军的贾赦“成日家和小老婆喝酒”，是色中厉鬼；贾珍奸淫自己的媳妇，逼得秦可卿投缳自尽；贾琏、贾蓉成日在外鬼混，连道貌岸然的贾政，也养着几房姨太太。生长在这样的家庭环境里的公子哥儿，自小就养成了偷香窃玉、玩弄女性的恶癖。

《源氏物语》在这方面写得更加淋漓尽致。首先，作家揭发从天皇起就有好色颓风。在第七帖中，作家写道："皇上虽然春秋已高，在女人面上却并不疏懒。宫女之中，采女和女藏人，只要是姿色美好而聪明伶俐的，都蒙皇上另眼看待。因此当时宫中美女甚多。"冷泉帝四十四岁时，还娶了一位十八九岁的妃子。宫廷中一个年近花甲的宫女，还同时和两个贵公子私通。日本贵胄接受了中国士大夫的"三妻四妾有之"的影响。朱雀帝就公开说："至于姬妾众多，其实无关紧要。因为或善或恶，皆由本人心意造成。"这样，他们为自己的腐化生活，找到了一个堂皇的借口。同时，他们把偷鸡摸狗的生活不当作一回事。右大臣就公开说："寻花问柳是男子常有之事。"同样地，《红楼梦》中，当凤姐向贾母控告丈夫贾琏和鲍二家的"奸情"时，一本正经的老太太却笑道："什么要紧的事，小孩子们年轻，馋嘴猫儿似的，哪里保得住不这么着。"从《源氏物语》中，我们还可以看到，这种颓风已经发展到无亲疏差别的乱伦的地步。源氏私通母妃藤壶女御，他和妻舅头中将，一同在外眠花宿柳，并以互相打趣为乐，事后又互相立誓保密。头中将的儿子柏木偷了源氏的妻子三宫。源氏的儿子夕雾则打柏木妻子落叶公主的主意。匂皇子几度偷朋友薰君的情侣。他们互相进行奸骗，轮番作恶，不以为耻，反引为风流韵事，以致搞得社会乌烟瘴气。这种所谓"花柳繁华之地"、"诗礼簪缨之族"，竞演着一幕幕淫乱的丑剧。

为了获得更大的享受和更高的地位，贵族们争权于朝，争利于市。在《源氏物语》中，描写了朝廷有两股政治势力：一派代表皇室势力，以左大臣及其女婿源氏为首。左大臣是天皇宠信的人，他的妻子是天皇的同胞妹妹，源氏又是天皇的亲生子，高贵无比。另一派代表外戚势力，以右大臣及其女儿弘徽殿女御为首。右大臣是皇太子的外祖父，他担心天皇将改立他所溺爱的源氏为太子。于是私徽殿女御逼死了更衣，并促使老弱无能的桐壶天皇把源氏降为臣籍。桐壶帝去世后，右大臣外孙朱雀帝继位，弘徽殿女御当了太后。右大臣一派独揽朝纲，为了打击源氏和左大臣一派势力，他们借口源氏曾和朱雀帝的尚侍胧月夜私通，逼他谪居须磨，并迫使左大臣自动上书解职。朱雀帝病重退位后，源氏私生子冷泉帝上台。源氏一派东山再起，退位多年的左大臣重登政治舞台，左大臣子侄也个个封官晋爵。揭发了一幅惊心动魄的权力斗争的黑幕。

同样地，在贾府里也围绕着家政大权，充满着明争暗斗。从表面来看，贾政是一家之主，但实际权力却落在王夫人手里，真正管事的王凤姐是她的侄女。她专横独断、飞扬跋扈，“少说些有一万个心眼”，排挤其他族系势力。为此，贾赦妻子邢夫人，经常窥伺王夫人的“弊政”，找茬子给她难堪。贾政的侍妾赵姨娘也在暗中使用种种手段，陷害王凤姐和贾宝玉。主子们这种权力斗争，还直接影响到管家和奴才们，他们依仗各自主子的势力，树党营私。

在尔虞我诈的权势斗争中，男女婚姻也成为一种斗争的手段。朱雀天皇在退位后，出于政治上的考虑，把 14 岁的三公主，嫁给得势的源氏为妻。在这之前，左大臣为加强自己的势力，也把女儿葵姬许配给了源氏。后来源氏把六条妃子的女儿斋宫引荐给冷泉帝为后，排挤了可能当皇后的左大臣的孙女，从而引起左大臣家与源氏家的摩擦。为此，源氏的内兄采取报复措施，迟迟不肯将女儿云居雁许配给源氏的儿子夕雾。源氏晚年为维护自己至尊的地位，又把女儿许配给皇太子今上，并让她当上了皇后。此外，地方贵族和官员，为了求得富贵，也往往把自己女儿作为政治交易的工具。如明石道人极力怂恿和逼迫自己女儿嫁给源氏，常陆介则把女儿嫁给了京官左近少将。在《红楼梦》中，作家通过贾宝玉、林黛玉、薛宝钗的婚姻关系，同样说明了权势地位之争。并通过紫鹃的口说出，要是娘家没钱没势，哪怕是“天仙”，也“只是凭人去欺侮”。

恩格斯在《家庭、私有制和国家的起源》一书中指出：“结婚是一种政治的行为，是一种借新的联姻来扩大自己势力的机会；起决定作用的是家世的利益，而决不是个人的意愿。”① 两位作家以他们的生花妙笔，客观地反映了这一不可辩驳的事实。

以上我们可以看到两位作家，在描写贵族上流社会时，有许多相同之处：他们以“升降盛衰、俱所亲历”的历史见证人的眼光，不同程度地揭示了贵族社会和封建家庭中种种罪恶和黑暗面，真实而生动地反映了贵族上流社会内部和外部的生活，表现了宫廷贵族和封建士大夫阶层的生活和习尚，从而使作品具有很高的认识价值和历史价值。但他们对贵族社会揭发的深度和广度是有差别的。

《红楼梦》更加清楚地揭示了贵族家族没落、崩溃的必然趋势。《源氏物语》描写的正处于鼎盛时期的封建家族，对享乐荣华加以浓妆艳抹。这样决定了前者比后者有更多的攻讦和批评。特别是在描写阶级压迫方面，《红楼梦》很好地揭示了贾府“功名奕世，富贵传统”的膏粱锦绣的生活，浸透着下层人民（尤其是农

① 《马克思、恩格斯选集》第四卷第 74 页，人民出版社，1972 年版。

民）的血泪。在这充满“诗书翰墨之香”的贾府里，埋藏着最丑恶、最肮脏的事物。他们仗势欺人、勾结官府、包揽诉讼、草菅人命，残酷地对农民实行统治和搜刮。在这封建家族里，有着种种不可克服的矛盾，酝酿着一场大的危机。《源氏物语》后半部虽然格调有所变化，忧伤情绪代替了乐观的调子，故事发生的主要地点也由繁华的京都移到了荒凉的宇治山庄，但对贵族阶级赞赏的调子没有变。作品中处处流露皇族比臣下高贵，宫廷贵族比地方官高贵，地方官吏又比平民高贵的思想。出身寒微的人只是哀叹自己难以攀龙附凤。这种阶级偏见，促使《源氏物语》只能描写贵族内部的倾轧，而不能表现阶级压迫的事实，甚至回避了这方面的对立。

二、纨绔子弟的烦恼和命运

《源氏物语》中的源氏和《红楼梦》中的贾宝玉都是作家着笔最多，倾注了感情，精细镂刻的中心人物。这两个人物有许多相似之处。

首先，他们都是出身于“钟鸣鼎食之家”，娇养在膏粱锦绣丛中的贵公子。过着“饿了吃，困了睡”的“富贵闲人”的生活，根本体会不了“贫穷难耐五更寒”的日子。论出身、地位、教养，他们都高人一等。而且他们容颜漂亮。源氏生得俊俏无比，“光华照人”，所以又叫光君；宝玉生得“面若中秋之月，色如春晓之花”。他们从小聪明颖悟，善诗能文，远非一般酒囊饭袋的公子哥儿可比。源氏还精通诸艺，歌声悠扬，犹如佛国之妙音，舞姿优美，举世无双。这都说明了作家竭力把作品中的主角塑造得姣好些，为他们在生活中充满粉腻脂浓、花娇月媚提供了优越的条件。

其次，他们都具有“富贵不知乐业”的浪子特点。这两位公子哥儿，虽然生长在朱门绣户，但却感到精神上的压抑。源氏原是个好端端的王子，却被降为臣下。娶了个妻子葵姬，又是他不乐意的，不能给他精神上慰藉。因此，当他十七岁时，由于情场失意，他便感到“人世之痛苦”，产生了“不想再活下去了”的思想。贾宝玉则抱怨自己不该生长在“侯门公府之家”，以致把自己变成了“泥猪癞狗”，他一半生活在父亲的暴力管辖之下，一半又生活在祖母和别人的“溺爱”和“尊宠”之下，感到没有一点自由，“天天围在家里，一点儿做不得主”。于是他们都力图在压抑中寻找一条出路。源氏主张“以学问为本，再具备大和智慧而见用于世，便是强者”。贾宝玉不喜欢儒学，便整日价“杂学旁搜”，甚至跑到中国古典哲学中去探求人生的“解悟”。而且，他们也都玩过一些“参禅悟道”的把戏，但都毫无结果。于是在贵族环境的熏染下，他们便把精力转移到“内帏厮混”和外遇上。

第三，他们都不热衷于仕途经济，对黑暗的封建社会感到失望、愤懑。源氏被流放到须磨时，他原先的怨望情绪，变成对社会愤怒的指责。他说：“在这无法无天的世间，可能遭受更大的祸殃呢。”他把自己比作被放逐的屈原，并在一棵松树上，题下了这样的诗句：“屈原名字留千古，逐客去向叹渺茫。”尽管他这种抱怨带有个人性质，但谪居须磨，却使他更进一步认识了社会人生。因此，当他从谪居地被召回后，他仍然认为“世风日下”，已经难以挽回了。他对内大臣说：“不过在恶浊可叹的末世，要等待能够彻底洗清的水，也不是一件容易的事。无论何事，在这末世总是越来越坏，越差越远。”他官至大政大臣，兼摄政之职，但他认为：“此乃繁重之职，我实不能胜任。”便把摄政职务让给早已告退且已经 63 岁的左大臣。他并没有成为先王所希望的那样做个“济世治国”的能臣。作家也一再强调源氏“无心仕途”。

至于贾宝玉则更加蔑视封建社会的功名利禄。他把那些热衷于“功名仕进”的人，痛骂为“禄蠹”、“国贼”。在日常社交活动中“懒与士大夫诸男人接谈”，他愿意结交一些下层人物，与秦钟、蒋玉菡、柳湘莲往来，却不愿意去会见贾雨村之流的官场人物。一提到“科举”、“立身扬名”，他便愤愤然。这说明了在封建社会将要崩溃时，其内部也在分化，会出现一些“不肖子孙”。正如鲁迅说的：“悲凉之雾，遍被华林，然呼吸而领会之者，独宝玉而已!”同样地，源氏也具有这一特点。这正是他们与那些“安享荣华”的贵胄子弟不同的地方。

第四，没有男尊女卑，却有怜花惜玉的思想。源氏与贾宝玉对女性有许多相同的观点。源氏认为“世间女子个个可爱”，并认为女子生性柔弱，而自己也是“生性柔弱，没有决断，所以喜欢柔弱的人”。贾宝玉也认为“我见了女儿便清爽”，“山川日月之精秀只钟于女儿，须眉男子不过是些渣滓浊沫”。他还认为女儿是“水做的骨肉”，男子是“泥作的骨肉”。他们这种观点体现了一定的民主意识：在男权社会里，女子普遍遭到压迫与歧视，他们这种对女子的赞美和温柔爱怜的思想，是对“男尊女卑”的封建道德的一种反抗。在他们的心目中，女子与热衷于追求功名利禄的男子比起来，显得更加纯洁与单纯。用贾宝玉的话来说：“见了男子，便觉浊臭逼人。”因此，他们在女子身上去寻求思想和精神的寄托，并由此对女子不幸的遭遇和命运深表同情。

但他们在贵族意识的影响下，也存在着对女子用情不专、朝秦暮楚的毛病。源氏不用说了，宝玉开始时何尝不是有用情不专、朝秦暮楚的毛病。他与袭人云雨偷试及撵茜雪，都体现了纨绔子弟的轻薄。后来又徘徊于黛玉与宝钗之间。一方面，他向黛玉起誓，他不贪图什么“金”或“玉”的；另一方面，他看到了宝钗的“雪白一段酥臂，不觉动了羡慕之心”。后来，他了解到黛玉在思想上也是他的知暖识热者，才对她的爱情变得坚定起来，源氏也是到后来，爱情才逐渐趋向对紫姬的专宠。

然而，源氏和宝玉还是有区别的。宝玉在婚姻爱情上更带有反封建的民主思想。他的行为对于没有择爱自由的封建伦理道德是一种大胆的挑战。而源氏则陷入好色和淫乱的地步。虽然他对藤壶的私情，在当时也可作为践踏封建伦常来理解；但他和诸多女子来往中，均包含着一个“色”字，甚至他还赞美世俗的观念，认为“洞房花烛虽然好，不及私通趣味浓”。为了博得一个女子的信任，他会滔滔不绝地讲出一大堆情话、谎话，甚至用眼泪和发誓去诱惑对方，或者使用野蛮的强迫手段，如把猝不及防的空蝉、胧月夜抱进自己的卧室。他还私自把夕颜藏匿起来，供自己玩乐。

但在源氏身上也存在堂吉诃德式的复杂的矛盾，体现了浮薄的纨绔子弟与民主意识的冲突：一方面，他经常责备自己的放荡行为，担心自己的好色行为流传开来，而得到轻佻浮薄之名，受到世人讥评；另一方面，他又不加收敛，越是难得到的女子，他越发要得到她。当空蝉指责他说“我是有夫之妇，身份已定”，他毫不迟疑地回答“我年幼无知，不懂得什么叫做身份”。一方面，他后悔和许多女子“发生了不应该的恋爱”，认为其中“至死不能谅解而抱恨长终”的就有两人——藤壶女御和六条妃子，同时，他感到对不起自己的发妻葵姬，对不起紫姬，冷落了她们，甚至欺骗了她们；另一方面，他正像他儿子夕雾说的，他只是“道心坚强”，到身逢其境时，不免要产生邪念了。一方面，他主张对女子要注重人品，认为：“风月之事，情感之发，亦须对方人品可敬可爱，方有意趣。即使逢场作戏，倘对方略有轻薄之态，也就失却牵惹心目的价值了。”另一方面，他又饥不择食，与年近花甲的老宫女发生私情，以致被头中将当场捉获，扯掉了一只袖子。同样地，他对末摘花和轩端荻也先发生关系后，才看清楚她们的容颜。一方面，他有情有义，凡是与他有过关系的女子，他都妥善地给予安置，并非像一般轻薄子弟那样推卸责任，甩开不管。他营造二条院和六条院，目的就是要给他的妻妾、情妇提供好的住宿条件；当夕颜死后，还把她的女儿玉鬘从乡下接来抚养，同时，他对家世零落的末摘花的馈赠也格外丰厚。另一方面，他又离不开对女性的玩弄，弃旧贪新，他甚至还打过玉鬘和秋好皇后的主意，写诗奚落末摘花，尤其是她那红鼻子，经常成为他取笑的对象。

比起源氏来，宝玉更尊重女性的人格和意志。同时，中国封建礼教毕竟比日本更为森严，因此，宝玉也不可能像源氏那样成为狂蜂浪蝶式的人物。如果说，源氏是“荒淫”的，而贾宝玉则是“意淫”的。何谓“意淫”？曹雪芹在《红楼梦》中解释道，这是“天分中生成的一段痴情”，和那“调笑无厌，云雨无时”的滥淫根本不同。贾宝玉尽管是个“混世魔王”，但也处处表现出“非礼勿动”的思想。

第五，看破红尘与出家。源氏和宝玉经历了一番坎坷的人生历程之后，都变得消沉和失望起来，最后走着同一道路——遁入空门。形成他们出家思想的有如下两方面的原因：

一是他们对富贵功名原本不热心，加上人世崎岖，对未来失却了信心。所以源氏对秋好皇后说：“观此人世无常之相，不由人意气沮丧，难于安心。于是遁世出家之志，日渐坚强起来。”同样地，宝玉也有荣枯无常，“飞鸟各投林”的思想。虽然最后他中了乡魁，但他不认为这是他人生的归宿，而是认识到“世上的情缘，都是些魔障”，于是他“改悟前情”，选择了脱离污浊尘世的道路。

二是情侣早丧，这对他们打击很大。源氏自紫姬去世后，精神变得一蹶不振，他又一次感到“世间一切都可厌”，就是他早年贪恋女色，也感到像朝露一样消散得影迹全无。同样地，宝玉自志趣相投的林黛玉去世后，连个说知心话儿的人也没有了，他变得疯疯癫癫。由此而产生了孤独、悲凉之感，再加上他们所接受的佛教思想的影响，从而使他们产生了弃家出走的念头。

紫式部和曹雪芹把自己的主人公刻画得如此相似，不是一种巧合，而是基于他们对现实人生的观察，有着相同体验的结果。他们的功绩便在于在复杂纷纭的社会生活中，在温柔富贵之乡里，选取了异乎寻常的典型。既说明了主人公和繁华世家不能分割的一面，又表现了他们独立自主的一面，把他们思想面貌、内心世界刻画得淋漓尽致，而又互相纠葛和冲突。但我们应当指出，两位作家对各自主人公的态度有所不同。紫式部对源氏赞美多于贬斥，尤其对青年时期的源氏极尽美化之能事，对其放荡好色行为，也缺乏谴责。曹雪芹对贾宝玉可谓褒贬参半。一方面他同情自己的主人公，大胆书写他的许多“乖谬”思想，“胡闹”的行为；另一方面，又说他“天下无能第一，古今不肖无双；寄言纨绔与膏粱，莫效此儿形状”，以致最后让他怀抱“无材补天”、“枉入红尘”的遗恨。作家生活在封建时代里，受到历史、思想及阶级的种种局限，他们不可能把自己的主人公塑造成斗士的形象。但他们却以自己的主人公来说明一个没落的阶级，体现了处在萌芽时期还十分脆弱的民主意识，也就很不容易了。

三、花团锦簇的女儿群

《源氏物语》和《红楼梦》巨大的魅力之一，是作家形象生动地塑造了一大群封建时代的女子的形象。在大观园里有个天真烂漫、群芳争妍的“女儿国”；同样地，围绕在源氏周围也有一个花枝招展、鲜艳夺目的“女儿国”。这里有妩媚窈窕的藤壶女御，风韵娴雅的空蝉，袅娜娉婷的夕颜，骄矜端丽的葵姬，明媚鲜妍的轩端荻，俊俏姣好的六条妃子，清秀美丽的紫姬，花容月貌的胧月夜，淡雅秀洁的明石姬，苗条多姿的秋好。同样地，《红楼梦》中：有“娴静似娇花照水，行动如弱柳扶风”的林黛玉，有“腮凝新荔，鼻腻鹅脂”的迎春，有“俊眼睡眉，顾盼神飞”的探春，有“肌骨莹润，举止娴雅”的薛宝钗，有“粉面含春威不露，丹唇未启笑先闻”的凤姐，有“英雄阔大宽宏量，霁月光风耀玉堂”的史湘云，有“气质美如兰，才华馥比仙”的妙玉。这些女子时而舞文弄墨，时而赏月游宴，时而吟诗作画，时而弹琴唱曲，时而斗草簪花，时而描鸾绣凤，时而促膝谈心，时而拆字猜枚。不过大观园中绝大部分是未婚少女，她们更多合群活动；而《源氏物语》中，多半是已婚少妇，她们较少集体往来。其中弘徽殿女御和斋宫（秋好皇后）赛画一场，和惜春作画一样，吸引了众多男女，颇饶雅兴。两部名著对女子的描写有如下两方面相同：

第一，竭力赞美女子的才华。作品中出现的多为才貌双全的女子。紫式部在“雨夜品评”中，按女子的出身地位分为三等。虽然没有结论，但她强调不管出身高下，好女子的标准是：一要才艺超群，二要稳重和平。她通过作品中的人物左马头说：“如此看来，还不如不讲门第高下，更不谈容貌美丑，但求其人性格不甚乖僻，为人忠厚诚实，稳重温和，便可信赖为终身伴侣。此外倘再添些精彩的才艺，高尚的趣致，更是可喜的额外收入。”源氏同样也强调女子必须有多方面的才能和好的品性。他对紫姬说："凡为女子者，特别专精一种学问，是不相宜的。但倘对一切文艺一概不懂，也是不好的。总之，只要心地稳重，思虑周密，对付万事有主意，便是好女子了。"这些都代表了作家的观点，因此在她笔下的女子都具有学识，能唱和，能弹奏，而且性格和平、温存。

曹雪芹把女子的才华放在须眉男子之上。他在《红楼梦》第一回中便写道："今风尘碌碌，一事无成，忽念及当日所有之女子……细考较去，觉其行止见识皆出我之上；我堂堂须眉，诚不若彼裙钗。"因此，在他笔下的女子，不仅容颜姣好，而且才华出众，林黛玉才思敏捷，薛宝钗博学练达，李纨、史湘云都是女诗人，探春、惜春工诗善画。她们的才华比贾府的公子哥儿高出一筹，只是封建社会埋没了她们的才能。

在男性贵族极端腐败和堕落的封建社会里，紫式部和曹雪芹把自己的热情倾注在女性的身上，这也是他们的民主思想的一种体现。从而否定了男子比女子优越的封建传统观念。

第二，深刻同情女子命运。《源氏物语》和《红楼梦》中的众多妇女，虽然过着富贵荣华的日子，但她们却成了"有命无运"之人。不论是身份高贵的，或出身寒微的，都成了贵族男性的玩物，成为一夫多妻制下的牺牲品，稍有反抗的亦不得善终。天皇宫廷、大臣府第以及"礼法王国"的贾府，实际成为女性受奴役的人间地狱。两位作家杰出的成就是通过不同女性的遭遇来倾诉了封建社会的妇女的痛苦。

在《源氏物语》中，紫式部写了缺乏靠山，屈死于权力斗争的桐壶更衣；写了遭到两个贵公子玩弄，最后暴亡的夕颜；写了忠于自己的妇道名分，反对源氏调戏，后来削发为尼的空蝉；写了遵从父命，高攀豪门的明石姬；写了作为权势交易品，奉命结婚的三公主；写了饱经凄寒之苦，零落一生的已故亲王的女儿末摘花；还有处在两个男人的挟持下，不堪其苦，逼到自尽，而后遁入空门的浮舟。

《红楼梦》中写了"喜荣华正好，恨无常又到"的贾元春；有"金闺花柳质，一载赴黄粱"的不幸的贾迎春；有"一帆风雨路三千，把骨肉家园，齐来抛闪"而远嫁的贾探春；有"云散高唐，水涸湘江"，劳燕分飞的史湘云；有"勘破三春景不长"，只好"缁衣顿改昔年妆"的贾惜春；有"齐眉举案，到底意难平"的薛宝钗；有那年轻守寡，"心如槁木"的李纨；还有家败后，被狼舅奸兄出卖的巧姐。

滕壶女御

滕壶与源氏公子

总之，两部名著中的女子各有一本辛酸史，她们的下场都极其悲惨和可怜。这里我们要特别提到两部名著的中心女主人公紫姬和林黛玉的命运。他们的身世和遭遇有许多相似之处：1. 她们的容颜都长得姣好，一个“美丽清秀”，一个“风流袅娜”。2. 她们都出身于侯门世家，紫姬是一个亲王的私生女，母亲早丧，自小得不到父母的宠爱，寄养在外祖母家。林黛玉也从小死了母亲，后来父亲又亡故，寄养在外祖母家。3. 她们都实心实意钟爱自己心爱的男子。同时，在爱情上给她们带来了极大的苦恼。紫姬的烦恼是源氏的爱情不专，黛玉的烦恼是担心宝玉的变心。为此，她们经常饮泣吞声。紫姬在凄苦中写诗道：

爱情如烟缕，方向尽相同。

我独先消散，似梦一场空。

她以倏忽即逝的烟缕，来比喻爱情的不可靠和自己的苦命。后来，她见源氏新妇三公主声望日高，感到自己娘家没有靠山，顿萌出家之念。

林黛玉常感寄人篱下之苦。她和宝玉的爱情，在一双双势利眼光的逼视之下，更显得难和“金玉良缘”相匹，倍感身世凄凉。贾府中的笑语歌声，大观园里的繁华热闹，却愈益增加她的愁思万种。她以落花来比喻自己的薄命身世。她在诗中写道：

一年三百六十日，风刀霜剑严相逼；

明媚鲜妍能几时，一朝漂泊难寻觅。

4. 她们都早夭，含恨离开了人间。她们的眼泪、忧愁、嫉妒，是对男人薄情好色的不满和抗议，也是对封建伦常道德的抗议。

从作品中，我们可以看到女性在婚姻上，丝毫没有选择自由，她们得完全听从长辈的意志。紫式部在第二帖《帚木》中，通过人物的口说：“男女姻缘，从古以来难以捉摸。女人的命运，尤为渺茫难知，真可怜啊！”我们应当看到中国的封建礼教，如女子“三从之义”，对日本有很深的影响。男性贵族纳妾嫖妓成为家常便饭，而女子只能“从一而终”。六条妃子、落叶公主、玉鬘死了丈夫，只能守寡。贾府里的李纨何尝不是如此。她们都得恪守“夫死从子”之道。《源氏物语》中的女性，在家庭婚姻上遭到挫折后，都产生遁世的思想。如三公主、浮舟都还处在豆蔻年华，便选择了出家来了却自己的余生，反映了她们内心的极端痛苦。《红楼梦》中的妙玉也在年华正茂时，走上了面壁向佛的道路。

恩格斯说：“最初的阶级压迫是跟男性对女性的奴役相一致的。”正是这种男权社会和封建礼教给妇女带来了无穷的灾难，造成她们悲惨的结局。《源氏物语》和《红楼梦》都反映了这一客观的历史真实。

但在描写女性上，《红楼梦》所表现的民主思想比《源氏物语》更为强烈。曹雪芹不仅描写了"主子们的世界"，而且也表现了"女奴们的世界"，尤其是描写了女奴们的抗婚斗争。鸳鸯、司棋在婚姻上维护自由意志，她们宁愿死，也不屈从于主子的命令。寄食贾府的尤三姐和丫头晴雯，虽身为下贱，但她们维护自己的尊严，具有敢怒敢言的泼辣性格，抗拒着封建势力对她们的凌辱和压迫。虽然最后她们一个委曲而死，一个饮剑自刎。但在她们身上我们看不到奴颜婢膝，相反正体现了女奴反抗的光芒。在《源氏物语》中，我们却看不到这方面的描写，其中丫鬟侍从，只起着为主人传递情书的作用，或者她们学主人的榜样，也搞些风流的玩意儿。

四、琼楼玉阁，匠心独运

《源氏物语》和《红楼梦》在各自民族文学发展中都有很大的创新和突破。它们那丰富多彩的内容，是以杰出的艺术手法描写下来的。它们有以下四方面相同的成就：

（一）逼真的写实手法

在《源氏物语》出现前，日本的物语文学受了中国六朝志怪小说和唐代传奇的影响，写的是虚构、怪诞的故事，内容均取材于民间的神话和传说，如《竹取物语》等。紫式部不同意写虚幻的情节，她在《源氏物语·萤》一章中，提倡小说应当写"真情实事，并非世外之谈"。同样地，曹雪芹也不同意那些侈谈怪异的传奇小说，他提倡要写生活中的"真"。在《红楼梦》第一回中，他强调作品所描写的"离合悲欢，兴衰际遇，俱是按迹循踪，不敢稍加穿凿，至失其真"。

由此，我们可以看到两位作家都主张从生活本来面目中去揭示生活，杜绝虚幻的构想，将客观真实表现出来，使人们去认识生活，开阔视野，探求真理。这正如鲁迅在肯定《红楼梦》的价值时说的："其要点在于如实描写，并无讳饰。"但描写现实不等于照搬照抄现实，因此，两位作家都强调了小说写作和历史不同。

在《源氏物语》出现前，日本有一部三十卷的巨著《日本纪》，是用汉文写的，详细记述了神武到持统天皇时代的历史。这影响了一部分物语文学只重历史记述。紫式部认为"《日本纪》不过只是记录事实的一面而已"，而物语文学要写人间活生生的历史，是作家对世间的事“观之不足，听之不足，但觉此种情节不能笼闭在一人心中，必须传告后世之人，于是执笔写作”（《源氏物语·萤》）。这说明作家对现实描写是经过选择的，写的是那些作家深受感动的事，这样才能使读者看了“却不由你不动心”。同样地，曹雪芹也强调他的作品不同于野史传闻。他在《红楼梦》第一回中认为：“我想历来野史的朝代，无非假借‘汉’、‘唐’的名色；莫如我这石头记所记，不借此套，只按自己的事体情理，反倒新鲜别致。”

以上我们可以看到两位作家都强调他们的小说的新特点。他们所写的作品有别于一般历史传说，是通过作家“半世亲见亲闻”，来描绘人间“悲欢离合”的景象；是作家有动于衷，在情不获已的情况下写出来的，是作家理智冷静之花、感官炽热之火结出来的硕果。

两部名著都没有离奇曲折的情节和惊心动魄的故事，它们像生活本身一样真实、朴素。人物也不是什么顶天立地的英雄。作品中大量的是一些日常生活的描写，一切都显得那样自然，没有半点夸饰和造作。但是就是这些“琐屑家常”的描写，达到了引人入胜的效果。作家对每一细微事件，并不简单化地处理，而是进行了去粗取精的删选、熔炼，以求达到高度概括和反映生活的目的。曹雪芹在《红楼梦》中告诉读者：“字字看来皆是血，十年辛苦不寻常。”而紫式部也在作品中告诉读者，要“写一部古无前例的小说”，从而呕心沥血。正是这种来自生活的实感，加上艺术上的揣摩，作家们能够把想象、铺排、夸张和现实生活结合起来，做到天衣无缝的境地，达到生活的真实性和审美的真实感高度的统一。

（二）宏伟而严谨的结构

两部名著在世界文学中，均属于多画面、多层次、多线索、多人物的卷帙浩繁的作品。它们雄奇如黄山、富士山，秀丽如西子湖、琵琶湖，汪洋如东洋大海。两部作品在结构上相似之处有如下两方面。

一、以中心主人公（源氏、贾宝玉）贯穿全书，作为情节脉络，连接众多的人物和事件。正如一根藤蔓把各个叶片和果实贯串起来。但《源氏物语》第一帖至第四十二帖（约占四分之三的篇幅）以源氏为主角，后面以薰君为主角，由于主角变换，对全书的统一性和贯连有所影响，结构不如《红楼梦》严谨。

二、多色调的生活场景交叠出现，形成一幅光怪陆离、气象万千的图景，但安排有序、次第分明、透视清晰、首尾照应，大场面与小镜头互相配合，融成一个统一整体。如《源氏物语》中，描写了宫廷贵族宴饮、行幸、踏歌、上寿、赛画、迎亲、祓禊、游湖等规模盛大和热闹的场面，同时还写了下棋、蹴球、唱和、弹琴、念经等小场景，更有那流放、山居的外省生活，令人目不暇接。在《红楼梦》中，作家同样写了王府官宦之家的排场，市井商户的热闹，小巷寒门的冷落，寺庙荒郊的寂静，农舍田家的简朴。曹雪芹一方面以他那一览无余的大手笔描写了元妃省亲、宁府举丧、史太君两宴大观园、众姐妹义结海棠诗社、宝玉成亲等豪华热闹的大场面；另一方面又以那玲珑纤巧之笔，写了晴雯撕扇、补裘，湘云醉眠，藕官焚纸，小红遗帕，黛玉葬花等特写镜头。《红楼梦》中的大观园和《源氏物语》中的六条院，是人物活动和游乐的中心，在这里经常举办一些花样翻新的活动，管弦之乐、吟咏之声不绝于耳。此外，两部作品对生老病死、婚嫁喜庆作了大量的描写，从而使两部作品不光是成为一部反映时代社会的杰作，而且也是一部多姿多态的风俗小说。

（三）鲜明生动的形象

《源氏物语》中写了431个人物，《红楼梦》写了421个人物。这些人物都是直接来自生活的。他们不仅形态各异，而且被赋予时代、和民族的特征。正如鲁迅评《红楼梦》时说的，这些“都是真的人物”。两位作家在人物塑造上有以下两方面相同成就：

一、两位作家善于通过心理写人，细腻地展示了人物复杂的内心世界。在两部名著问世前，在各自民族文学中，很少有心理描写的作品。紫式部和曹雪芹都很重视人物在事件进程中的感受和体验。他们这种写法不仅给本民族文学，而且也给东方现代小说的创作开辟了心理描写的先河。首先，作家对自己的人物有一种爱恋、执着的感情，真正做到作家的思想感情与人物的感情沟通。汤显祖在写《牡丹亭》时为自己的女主人公失声痛哭过，福楼拜曾认为他写的包法利夫人就是他。如果作家没有和主人公同呼吸共命运的感情，是很难写出动人的形象的。自然，紫式部是个女性，她更容易进入女性的内心深处。对男性的曹雪芹来说困难就大些。但他善于观察、体验，因此他塑造出来的女性毫不逊色。林黛玉就是他以血泪写下来的富有感染力的人物。曹雪芹、紫式部完全可以和善长心理描写的司汤达、托尔斯泰相媲美，而且他们还是先行者。我们阅读《源氏物语》和《红楼梦》时，处处可以感觉到作家的脉搏在跳动，血液在沸腾。日本作家青野季吉在评论《源氏物语》时，曾说源氏是紫式部的“憧憬的化身”，而围绕着源氏的藤壶宫、空蝉、夕颜、紫姬、明石姬等女性，是“紫式部的分身”。这说明了一个富有感染力的人物，和作家关系之密切了。同样地，林黛玉、贾宝玉、薛宝钗也是曹雪芹的心灵和情感的分身和影像。

其次，两部名著都辩证地展示了人物性格的矛盾与内心的冲突。鲁迅在评论《红楼梦》时，就说作品中所写人物“和从前的小说叙好人完全是好，坏人完全是坏的，大不相同”，“自有《红楼梦》出来以后，传统的思想和写法都打破了”。我们从两部作品的人物身上，均可看到值得肯定和否定的东西。正如莎士比亚的作品一样，在勇士身上能看出怯懦，在庸人身上能看出智慧。从而使人物的个性丰富多彩。如《源氏物语》中的源氏，作家一方面极力美化他，另一方面又写出他意志软弱、耽于幻想，或低徊顾盼式的缺点。贾宝玉和林黛玉都是才智过人，具有叛逆精神的形象，但他们都有性格软弱、惰性、能说不能行的毛病。贾宝玉既憨呆又温情，林黛玉既灵慧又小心眼。贾母是个令人肃然起敬的封建家族的长者，但她又是一个最富有喜剧性的人物，八十几岁仍不失童心。凤姐一方面盛气凌人，心狠手辣，但她又具有爽朗性格，办事干练的才能。

紫式部在《源氏物语》中，以大量的篇幅描写人物内心的冲突。在爱情上所有女性都交织着爱和怨的怅惘。这在藤壶宫、空蝉、紫姬、六条妃子、云居雁、玉鬘等女性身上表现尤为明显。一般认为空蝉对源氏好色行为较有反抗精神，但她何尝不喜欢源氏。她没接到源氏情书，便“不免心中怅惘”，听到源氏公子患病，她内心“很忧虑”。她为了试探公子是否已经将她忘记，便写信给他说：“我不通音君不问，悠悠岁月使人悲。”但她那名分和妇道的思想又抗拒着她内心感情的勃发，终于使她不愿担“轻薄恶名”而出了家。同样地，玉鬘爱慕相貌堂堂、春秋鼎盛的冷泉帝，感到看了凤辇中的龙颜，“别人都不足观了”。但她也“生怕做出人妻所不应有的事情来”，从而对冷泉帝的调戏，板起了脸孔，以致辞退了尚侍的职务。

紫式部在描写人物时，还善于把人物埋藏在内心深处的思想活动，展现在读者面前。如一向卑躬屈膝，最后讨得极大便宜的明石姬，最初她对源氏这样的贵公子便怀有戒心。她想，一个乡下姑娘，一味攀高，必将造成自己的悲哀，到那时将“后悔莫及”。后来，源氏要把她接到京城，她也延宕不去。她想：“我倘入京，只能显示我出身的微贱，教这孩子（指她生的女儿——引者）丢脸而已。”无奈入京了，她也不愿成为源氏妻妾的笑柄，不和她们住在一块，而租住在京郊的一个萧条的邸宅里。她避免与人交游，省却了许多麻烦，避免了是非，也体现了她的精明处。最后她女儿当上了皇后，她便乐得安享荣华了。

二、《源氏物语》和《红楼梦》都善于描写人物性格特征，强调出他们不同的个性，给读者留下深刻的印象。如《源氏物语》中，葵姬是骄矜而偏执，末摘花古板而守旧，明石姬自卑而稳重，紫姬贤淑而嫉妒，六条妃子贪情而怨望，藤壶女御温情而内疚，花散里驯顺而随和。同样地，《红楼梦》中人物的个性特征也十分鲜明，不仅呈现在人物声容笑貌里，而且隐藏在人物内心深处。如林黛玉孤高多愁，薛宝钗持重圆滑，史湘云豪爽豁达，贾赦昏庸好色，贾雨村贪鄙和急功好利等。《源氏物语》还不断重复人物某一外部特点，来加强读者对人物的印象。如源氏容貌的"光华照人"，薰君身上发散的香气，末摘花的红鼻子等。

同时，两位作家都在作品中安排了一些喜剧性的人物。如《红楼梦》中的刘姥姥，《源氏物语》中的近江君。她们给人们带来了欢乐和笑料，使作品具有诙谐的情趣。总之，作家对各类人物的描写都生动活泼，生活气息浓厚。这些人物起着解释生活、说明生活和揭发生活的重大作用。

（四）诗文合璧

《源氏物语》和《红楼梦》均受到我国变文、传奇和话本小说的影响，采用散文和韵文互相融合的形式。以散文为主体，穿插着诗歌、辞赋。在《源氏物语》中，织入了800首和歌，《红楼梦》中有将近120首诗，8首词，23首曲，赋一篇。这些诗词对于丰富故事内容，抒发人物感情起了巨大的作用，而且也使作品显得更加典雅和蕴藉。如源氏被贬谪须磨前，去和已出家的藤壶女御告别。藤壶女御回想起先帝死后的凄苦，加上恋人远谪，悲伤之极，一时无话作答，便吟和歌一首道：

死者长离生者去，焚修无益哭残生。

源氏也以和歌回答道：

死刑悲伤犹未尽，生离悲恨叹新增。

他们把心头萦集的哀愁用诗歌形式表现出来，流露出对宫廷权势倾轧的不满，对人生离乱的悲叹。又如柏木和三公主的恋情被源氏知道后，他恐惧过度，生了一场大病，自知大限将临，无法和三公主最后相见一面，便用和歌表达了自己爱的意志：

身经火化烟长在，心被情迷爱永存。

三公主接信后不胜伤感，同样以诗歌答道：

君身经火化，我苦似熬煎。

两烟成一气，消入暮云天。

从诗中，我们可以看到他们互相怜爱、慰藉的心情，他们都为自己的命运感到痛苦。

在《红楼梦》中，林黛玉的《葬花吟》一诗，由怜花、惜花，联想到自己飘零的身世，把凄凉和孤高的心境，写得淋漓尽致。她在《桃花行》一诗中，也很好地写出贵家孤女的“伤春愁怀”，使写花写人达到高度统一。诗曰：

若将人泪比桃花，泪自长流花自媚，

泪眼观花泪易干，泪干春尽花憔悴。

憔悴花遮憔悴人，花飞人倦易黄昏，

一声杜宇春归去，寂寞帘栊空月痕。

此外，如《警幻仙姑赋》、《秋窗风雨夕》、《红梅花赋》等，都继承了我国古典文学的抒情传统，做到诗、画、情三者合一。这样诗文合璧，相映生辉，便构成两部名著的一大特色。体现了东方文学绚丽多姿的风格。

《源氏物语》也是中日文化交流的友好见证。紫式部在作品中广泛地运用了汉诗文，多处引用陶渊明、刘禹锡、元稹等人的诗句，特别是引用白居易的诗句达90余处。此外，还引用了不少《论语》、《老子》、《战国策》、《史记》、《汉书》等著作中的典故，使我们在异域的文苑中，觅到了乡音。

综合上述，我们可以看到中日两部伟大作品，不论从思想内容、人物塑造以及表现手法都有许多相似和近似之处，甚至连它们的思想局限也相类：如宿命论和佛教意识等。《源氏物语》成书于公元1006年左右，比《红楼梦》早了700多年。现在我们还找不到根据说后出的《红楼梦》受了《源氏物语》的影响，因为当时中国还没有《源氏物语》的译本。这部作品的完整译本是在1980年出现的。但可以肯定一点：两部名著在不同程度上都接受了中国古典文学的影响，得到她的哺育。《源氏物语》出现在11世纪初叶，比欧洲第一部著名的长篇小说《堂吉诃德》早了近600年。《红楼梦》出现在18世纪，比欧洲小说创作的巅峰——巴尔扎克、托尔斯泰的长篇名著，也早了一个世纪。因此，《源氏物语》和《红楼梦》不仅是世界上最早、也是成就最高的长篇小说之一。它们对人类文化的发展作出过自己的贡献，是东方文化史上最为光辉灿烂的一页。我们把两部伟大的作品进行比较，目的是要发扬这种优秀的文学传统，以便结出更加丰硕的东方文化之果。

论岛崎藤村的《破戒》

《破戒》是日本近代著名作家岛崎藤村的代表作，被称作日本近代文学史中划时代的作品。岛崎藤村原名春树，别号古藤庵，又号藤生，出生于长野县一个有很高汉文修养的"国学者"家庭。从小父亲就教他熟读中国的《论语》、《孟子》等典籍，10岁时被送往东京求学。1887年，他进明治学院，并成为一名基督教徒。毕业后，他曾在明治女校、东北学院任教员，并为《女学杂志》翻译美国诗歌。1893年，他结识浪漫主义诗人北村透谷，并一同创办了《文学界》杂志，开始了浪漫主义的诗歌创作活动。1897年，他发表诗集《嫩菜集》，在日本文坛上崭露头角，随后，又发表诗集《一叶舟》(1898)、《夏草》(1898)和《落梅集》(1901)，1904年，合编成《藤村诗集》。作家在这些诗歌中，表达了个性解放的思想，讴歌纯贞的爱情，青春的欢乐，以及对未来的向往。同时，也表达了小资产阶级知识分子在生活道路上，忧郁、徘徊和苦闷的心情。诗歌采用欧洲新诗体，语言流丽，节奏明快。

1902年后，他开始从事小说创作。同年，他在《新小说》杂志上发表短篇小说《旧主人》。之后，陆续出版长篇小说《破戒》(1906)、《春》(1908)、《家》(1910－1911)、《新生》(1919)、《黎明之前》(1932－1935)等。其中，《春》是一部带有史料价值的自传体小说，反映的是作家亲身参加创办《文学界》杂志的经过，表达了青年一代知识分子的抱负、追求和文学的主张。作品主人公都以《文学界》同人作为模特儿。《家》反映了日本社会最根本的组织——家庭的问题，描写了新的家庭在形成过程中和旧的家庭传统的矛盾和冲突，也描写了遗传、性欲对人的影响。被认为是日本自然主义的代表作之一。

1912年，岛崎藤村因和侄女发生爱情纠葛，旅居巴黎3年，第一次世界大战期间返回日本。他的长篇小说《新生》便是反映这段经历的作品。他在小说中坦白承认了与侄女的爱情关系；同时，也描述了法国城市的社会生活，对大战中法国下层人民遭受的苦难寄予同情。《黎明之前》是一部历史小说，涉及明治维新前后30年的历史生活。通过一个山村驿道站长青山半藏的身世和经历的描写，反映了日本封建社会崩溃与资本主义兴起的历史过程。

此外，藤村还写了反映自己一生经历（从幼年到老年）的“私小说”。其中包括《儿时回忆录》（1912－1913），《樱桃熟了的时候》（1914），《准备成长》（1925），《暴风雨》（1926），《分配》（1927）等。

岛崎藤村的创作发展经历了由浪漫主义到现实主义，再转向自然主义的过程。他早期的诗歌创作基本上是浪漫主义的，《破戒》则为现实主义的力作，而《家》又是自然主义的名篇。他的创作题材多半写个人不幸的遭遇。他经历了明治、大正和昭和三个历史朝代，在日本近代文学史上，占有重要位置。

《破戒》出版于1906年。“破戒”为暴露身份的意思。濑川丑松隐瞒“秽多”身份到暴露身份，经过了一番激烈的思想斗争。“秽多”又称“非人”，是日本中世纪贱民的后裔。其来源是古代武士中的衰败者，由于贫困和从事低贱的职业，在社会中居于下等地位。至今日本还有300余万人，分布在日本全国各地，尤其集中居住在近畿、四国等地方。他们在城市里从事屠宰、制革、清扫街道及搬运、建筑等所谓“贱业”。在封建时代，统治者还利用贱民执行刽子手的职务。丑松的祖辈一直是做狱卒和巡捕的。他的家乡小诸向街也是“秽多”聚居的地方。“秽多”们历来遭受社会压迫和歧视。明治维新后改称“特殊部落”、“未解放的部落”，又泛称为“部落民”。1871年，明治政府正式宣布废除“秽多”、“非人”等辱称，把他们当作新平民。但由长期的传统偏见一时难以扭转，这些贱民在社会上仍然受到歧视和迫害，生活十分悲惨。

1899年至1905年间，作家回到他的故乡长野县（古称信州）的一个山村小诸去教义塾。他在这里整整度过了7个年头。在这段期间，他对农民的生活感兴趣，主动去访问他们。特别是他调查了当地“部落民”的生活情况，从而加深了他对社会现实的认识，积累了创作素材，体会到下层人民受迫害和凌辱的痛苦。因此，《破戒》的诞生，和他这一段生活是分不开的。对这部名著我们分作以下三方面来谈。

一、基本思想内容

《破戒》一书的思想内容可分作两方面。一是抨击不合理的身份制，二是揭发明治末年教育界的专制和黑暗，从而使得作品具有社会性和广泛的现实意义。

作品通过丑松、猪子莲太郎、大日向三人的遭遇，对野蛮的身份制度提出抗议，深深同情他们的命运。丑松是小学的正教员，一个被学生爱戴的老师。猪子莲太郎是个著作丰富的学者，大日向是个财主。他们靠自己的努力在社会中已取得了一席地位。可是，由于他们的"秽多"出身，以致弄得身败名裂，受尽社会的欺凌。医院不接受大日向治病，旅馆不让他住宿，人们还在他踩踏过的地方撒盐，以驱邪。尽管他是个财主，钱能通神，但在顽固的传统势力面前，并不能起多大作用。同样地，向街的富翁六左卫门，家里有钱，女儿是附近有名的美人，但由于她是"秽多"出身，二十四五岁了还没有人问津。最后，只好嫁给野心家高柳。

莲太郎不以"秽多"为耻，乡里人也认为在"秽多"中出了这么一位学者是很光荣的事，邀请他去讲演。他去了，结果旅馆不让他住宿，弄得连个落脚的地方都没有。他的著作被认为是疾病心理的发泄，认为一个"秽多"不会有什么高尚的思想。最后，在他演说时，政敌派人把他暗杀了。

"秽多"遭到非人的待遇，饭山镇议员公开把"秽多"出身的人称作"二条腿的动物"。丑松在向学生们描述"秽多"遭到社会歧视和压迫时说："你们知道，这些'秽多'如今聚居在镇边上，给你们编草鞋，做皮鞋，制造大鼓、三弦，也有以务农为生的。你们知道，这些'秽多'每年都有一次，各拿一把稻子，到你们父亲和祖父那里去致意问候。你们知道，这些'秽多'到你们家里的时候，只能在堂屋的泥土地上低头致意，用另外的碗吃东西，而决不能跨过门槛往里去。你们家里有什么事要到'秽多'的部落里去，吸烟要自己用洋火点，即使有茶，他们也不敢端出来，这是自古以来的习惯。说起来，'秽多'就是这样被看成是一个卑贱的阶级。"

由此，我们可以看到在明治维新以后，"秽多"的称呼在法律上虽然被明令取消，但传统观念仍旧积重难返。"秽多"出身的人们照样遭到沉重的压迫，就是其中有才智之士，也难以在社会上立定足跟。猪子莲太郎、丑松的遭遇就是明证。从而，作家对他们寄予人道的同情，并对社会提出抗议。

《破戒》另一方面的内容，揭发了教育界的专制和黑暗。饭山小学校长和郡督学便是这方面的代表。校长认为教育是一种法规，郡督学的命令是金科玉律，非执行不可。他以军队的风纪来训练儿童。他的座右铭是“像钟一般准确”。为此，他获得了上司颁发的荣誉军牌的奖励。他和郡督学、镇议员勾结在一起，以巩固自己的地位。同时，他和郡督学安插到小学里来的侄子胜野文平沆瀣一气，排斥丑松、银之助等优秀教师和进步力量。对丑松进行造谣中伤，说丑松对学生好，是他有野心，想夺取学校大权。在天皇诞辰日庆典会上，校长专门作了“忠孝”为题的演讲，光解释“忠孝”两字字义，便翻遍了所有词典。他极力在学校中树立专制主义的统治，并以年老体衰，不能胜任工作为由，辞退了多年从事教育工作的敬之进先生，使他在领不到退休金的情况下，过着挨饿受冻的生活。后来，又是他极力主张把丑松辞退。他认为一个乳臭未干的黄毛小子却比校长更得学生的爱戴，这是不能容忍的。他宣称尽管他无排斥人的恶意，但为了学校的统一，他不能不这样做。

最后，校长和郡督学的联合势力，终于把敬之进、银之助、丑松等教师一一排挤走了。为此，郡督学洋洋得意地对校长说：“你想想，濑川走了，土屋走了，那不就是我们的天下啦。先让我侄儿来顶上濑川的位置，再有空缺，我一定给找合适的人来。这么一来，人事大权岂不是完全掌握在我们的手里了吗？只要照这么办，你的地位可以固若金汤，我也总算没有白操心，哈哈。”

此外，作品还揭发了社会上种种罪恶势力。其中有地主对佃户的残酷剥削。如敬之进租佃的是饭山镇地主兼议员的土地，这位议员阴险、冷酷。敬之进家里打下的粮食，还不够交纳租税。作品还揭发了丑恶的政治野心家高柳，他渴求权势和富贵。为了获得竞选资本，他娶了财主六左卫门的女儿为妻。后来，他又以攻为守，先发制人地揭发了丑松的身份。莲太郎在演说中攻击了他，他便派打手把莲太郎杀死。这是一个利欲熏心、无恶不作的坏蛋。在他那仪表堂堂的外表下，掩盖着一具丑恶的灵魂。作品也揭发了莲华寺住持的禽兽行为。他披着宗教外衣，干的是亵渎神灵的丑事。从外表来看，他既有学问，又有口才，是个完美无缺的正人君子。可是，他私通民间妇女，进行奸淫拐骗，甚至要奸污养女志保姑娘，逼得她只好离开莲华寺。

凡此种种，构成了社会的一幅丑恶的图画。作家无情地加以鞭笞，从而使《破戒》达到批判现实主义文学的高度。

二、人权意识的觉醒与挣扎

作品中心主人公濑川丑松是一个在觉醒中挣扎的灵魂。作家曾经说过，在“秽多”中间，“有了‘人’的觉醒中意识的青年的悲哀，深深感动了我”。这便是他苦心塑造这一人物的用意。丑松出生在“秽多”聚居的地方——向街。明治维新以前，他家祖祖辈辈一直做狱卒和巡捕。父亲做过裁判官，后来从事牧牛业。由于“秽多”世代遭到人们的歧视，他父亲再三嘱咐他：“秽多”子孙的处世秘诀就是“隐瞒出身”，这是生存的唯一希望和唯一办法。他又告诫说：“不管碰到什么事，不管遇见什么人，千万不可吐露真情。要知道，一旦因愤怒或悲哀而忘记了这条戒规，那就会立刻被社会抛弃。”加上丑松在上小学时，由于自己低贱的出身，常受到同学欺侮的教训。使他把“隐瞒”两字作为生活的信条。特别是他在师范毕业后，分配到外地工作，人家并不了解他的底细。他享受着正常人的待遇，并和正常人一样立身处世。就这样他熬到了 24 岁。

丑松是个勤奋工作的好教师，深受学生欢迎和爱戴，他在学生中威望比校长还高。他正直、热情、富有同情心。他为被辞退的敬之进向郡督学说理，同情志保姑娘的不幸遭遇，把自己的月薪送给省吾交学费，让这个死了亲生母亲的孩子能继续上学。敬之进失业后，生活潦倒，告贷无门，只有丑松从精神上和经济上帮助他。

丑松痛恨不合理的身份制。他认为在等级偏见的高墙面前，不知“有多少善良的新平民，就这样默默无闻地被葬送了”。他在心里不断诘问自己：难道“秽多”就一文不值吗？一想到那些粗野的诽谤言词，他就感到气恼。他为同族出现了猪子莲太郎先生那样的思想家、著作家而感到骄傲。他买下了他出版的所有著作，喜欢他那与社会抗争，为“秽多”呼吁和鸣不平的精神。同时，他也喜欢莲太郎那种在身份差别的痛苦中，开创新生活的大胆勇气。甚至他把莲太郎当作偶像来崇拜，为他遭到不公平待遇而气愤。他不许胜野文平诽谤莲太郎，并和他展开了一场激烈的争辩。当胜野文平攻击莲太郎为“野蛮的下等人”时，丑松把上等人和下等人作了一番比较，并讽刺地说：“你们看，文明高尚的人，一开始就抱着胸前要挂上金质奖章的目的，去从事所谓教育事业。而野蛮的下等人种的悲剧就在这里，像猪子先生之类的人，他们是做梦也不会去追求那种名利的，打一开始就抱定不惜化为荒野的露珠的决心，以决死的坚定步伐，踏上人生的征途。

这种轩昂的气魄，哈哈，该是何等悲壮，何等刚毅啊！”

小学生欺侮“秽多”出身的学生仙太，丑松则有意和他配对打网球，对方是胜野文平和一个见习教员。丑松心想这是种族对种族的比赛，无论如何也不能输。结果球还是输了，他心里感到十分难过。同样地，他也为六左卫门的漂亮女儿嫁了高柳那样的坏蛋而叹息。这一切，丑松都认为是不合理的身份制给“秽多”一族带来的灾难。

丑松为“秽多”鸣不平，可是，他却没有勇气承认自己是“秽多”。因为他必须保住自己立身扬名的机会。每当“他想起同族的可怜遭遇——被抛弃，受歧视，遭白眼，甚至不能进行人与人之间的交往，越想越觉得应该珍惜自己的青春”。他牢记着父亲的教导。但莲太郎那种不以“秽多”为耻，敢于向社会抗争的精神，又给他心田里吹来了一股春风，他几次想把自己的身份告诉这位他所敬仰的前辈，可是事到临头，他又畏缩了。他害怕这位前辈会把事情告诉夫人，要是夫人再向外传，便不堪设想了。于是父亲的原则和莲太郎的精神在他内心引起激烈的冲突。开始时，父亲的原则占了上风，他想自己作为一个普通的人生活过来了，今后还得作为一个普通人生活下去，这是天经地义的。他必须“隐瞒”。为了避嫌，当高柳询问他和莲太郎的关系时，他竟回答说：“既非至交，也非沾亲带故，我什么都不知道。”他甚至把平时购买的莲太郎的著作，抹掉自己的名字，卖给了旧书店。他还害怕自己的身份被志保姑娘知道后，会失去爱情。

因此，丑松性格发展的前一阶段是较软弱自私的。虽然他抗议不合理的身份制度，但他计较个人得失，把“隐瞒”当作谋求正常人生活权利的必要手段。他在“破戒”问题上进行了激烈的思想斗争，这也是一种反抗意识和妥协意识的斗争。最后，使他跳出个人圈子，决心“破戒”，是莲太郎的死。这一残酷的现实，使他不能只考虑个人的得失。即使他隐瞒得逞，一朝暴露，社会同样不会放过他的。于是他下定决心：“反正过去的丑松已经死了，抛弃了爱情，丢掉了名誉。这种现世欢乐是多少青年梦寐以求的，可对于‘秽多’来说，又有多大价值？要不愧做一个新平民。前辈如此，自己也应如此。”同时，他想起了莲太郎的话：“要默默地像狼一样顶天立地去死！”

丑松的觉醒是人权意识的觉醒，也是他对丑恶的社会现实有了进一步认识的结果。他认为：“既然都是一样的人，就没有光是我们受蔑视的道理。”他向学生们宣扬了社会中有“秽多”阶层，以及他们所遭受到的不公平待遇。他的宣讲在学生中引起了反响，学生们向校长请愿，要挽留丑松，即使他是个“秽多”，他们同样尊敬他。因此，丑松最后对身份制的抗议，不光是为了自己，而且是考虑到了广大的“秽多”阶层。尽管他还不是勇敢的斗士，但他已迈出了与传统习惯势力决裂的坚定的步伐。

三、抒情与写实的统一

《破戒》是一部写实的作品，没有曲折离奇的情节，而是通过日常生活的描写，揭发了社会一幅黑暗的图画，而且作品带有乡土气息。如对莲华寺、饭山镇、小诸向街、千曲川的描写都带有浓郁的地方色彩。对佃户贫困生活及劳动场面的描写（第四章）也相当逼真。作家从早期浪漫主义过渡到写实主义创作，在这部作品中得到鲜明的反映，这也是作家在小诸地方 7 年生活体验的结果。

在现实生活的背景下，作家深入地解剖了主人公丑松的内心世界，揭示了他的生活经历和命运，从而使作品带有浓厚抒情性和感伤的色彩，也可以说是一部抒情性的心理小说。作品是如何来体现这一特征的呢？基本上采用了以下五种方法。

1. 回忆法。即通过丑松对自己家庭、身世、故乡的回忆，来说明他的出身，“秽多”所遭受的不公平待遇。

2. 重现法。丑松一次次提到猪子莲太郎的著作，特别是他那《忏悔录》一书，他产生了对这位前辈由衷敬仰的心理。与此同时，在他脑际又不断浮现出父亲的教导、叔父的忠告：“要隐瞒”，“千万不要忘记”！从而，构成丑松复杂的思想斗争。

3. 幻觉与梦境。丑松父亲死前，他听到了父亲的呼唤。做梦看到志保姑娘来找他，而文平却把他隐瞒的身份告诉了她。这都表现了他怕失去爱人、憎恶告密者的心理。

4. 刺激法。小学见习教员和银之助在谈论街上的流言：“小学教员中隐藏着一个‘秽多’！”丑松听到后，变得目瞪口呆。文平几次当着丑松的面诽谤莲太郎，使丑松气愤交加，心神不安。莲太郎的死，给他增添了勇气，作出了与社会决裂的选择。

5. 景物映衬。这是作品中写得最多，也是最好的部分之一。做到自然景物与人物心境互相交汇。如用莲华寺傍晚的自然美景来衬托丑松对身份的焦虑。在他看来自然美景对他也有一种压迫感。

> 这时，浓重的暮霭笼罩着千曲川的对岸，高社山一带的山脉也渐渐隐没在黑暗里了。西边的天空骤然变成了一片橘红色，不一会儿，秋天的落日在田野上现出了回光返照。前方不远的树林和村落，一齐沉浸在苍茫的暮色之中。啊！如果既无烦闷又无悲伤，能这样观赏田园风光的话，那么，青春时代该是多么快活啊！丑松越是感到心中翻腾着烦恼，外界自然的美就越活生生地浸进了他心灵的深处。

作品又以根津小山坡、田野来衬托丑松在“破戒”问题上的徘徊不定的心情。

> 在根津的小山上，在姬子泽的山谷里，在小鸟争鸣的田园边，他时而踏着被霜打枯的杂草，时而停下来凝望阳光普照的11月上旬的田野，更深深地感到心里充满了青春的活力。丑松确认自己有一股力量，可是这股力量一直被深深地压抑在体内，却找不到一条冲出体外的道路。丑松老在反复考虑这件事，不断在山坡上徘徊。啊！大自然给了他安慰，也给了他鼓励，可就是没有教给他应该朝右走，还是朝左走。丑松需要请教的问题，田野、丘陵、山谷都没有给予答复。

《破戒》以它写实的精神和新的细腻的艺术风格，给日本近代文学以巨大影响。日本作家岛村抱月评论说：“《破戒》的确是我们文坛上近来的新收获。我不禁深深感到，小说界得此一篇，才达到一个更新的转折点。”

论夏目漱石的《从此以后》

《从此以后》是日本近代伟大作家夏目漱石的名著。夏目漱石是一位具有东方文化教养，又善于吸取西洋文化成果的学识渊博的作家，又是一位英国文学研究者和文艺评论家。他被称为“伟大的人生教师”。夏目漱石原名金之助，漱石是他的号。生于东京的一个小官吏家庭里。由于家境困难，从小送给盐田家作养子。中小学阶段，他喜欢汉诗文。他曾说：“余儿时，诵唐宋数千言，喜作文章。”1890 年，夏目漱石进入东京帝国大学英语科学习。1893 年毕业，先后在高等师范学校、爱媛县松山中学教英语。这时期，他受朋友正冈子规的影响，从事俳句的写作活动。1896 年，夏目漱石 29 岁，与贵族院书记长官的女儿镜子结婚。1900 年，他被文部省派往英国伦敦留学，从事英国文学研究。但他在伦敦度过的两年，“是最不愉快的两年”。他对西方文明采取批判的态度。1903 年 1 月，他回到日本，在东京帝国大学英语系任教，并继续对英国现实主义作家创作进行研究。他尤其喜欢笛福、斯威夫特、梅瑞狄斯等人的创作。后来，他分别在 1907 年和 1909 年编成两部专著：《文学论》和《文学评论》。

1905 年，夏目漱石发表了他的成名作《我是猫》，从而使他蜚声文坛。在这部长篇小说里，作家采用了独特的表现形式。作品缺乏连贯的情节，而是把一个个没有直接联系的场景组合起来，并通过一只猫的眼睛来叙述它的见闻。结构较自由松散，正如作家在序文里所说的：“《我是猫》像海参一样，不易分辨哪是它的头，哪是它的尾，因此随时随地都可以把它截断，进行结束。”这部作品是日本近代批判现实主义文学名著之一。它的批判和揭露的锋芒，主要体现在两个方面。

一是对一群无所作为的小资产阶级知识分子的讽刺和批判。塑造了苦沙弥、迷亭、寒月、东风等一系列小资产阶级知识分子的形象。他们脱离实际，脱离人民，无远大志向，无生活目标，终日浑浑噩噩，过着平庸乏味的生活。他们有不满现实、甚至反抗现实的一面，也有与社会和传统的习惯势力妥协的一面，或者采取玩世不恭的生活态度。有的爱自我吹嘘，装腔作势；有的又孤芳自赏，落落寡合；还有的嬉皮笑脸，混世度日。其中，猫的主人苦沙弥在知识分子中占有中心地位。他是一个贫穷的中学英语教师，为人诚实、正直，与周围社会和权贵都有矛盾。但他又鼠目寸光，爱好虚荣。他本事不大，又爱沽名钓誉，常写些错误百出的英语文章向报社投稿。猫可怜自己的主人，因为他软弱无能，而且口才笨拙："在神圣讲坛上居然还有苦沙弥这样懵懂低能的教师。"作品中所塑造的小资产阶级知识分子是明治时期知识分子分化后，对他们精神面貌、性格特点的真实写照。

二是对资产阶级和金钱势力的揭露和批判。作品揭发了资本主义社会一切都以金钱为杠杆，金钱决定人们的生活，决定人与人之间的关系，也决定"世界一切事物运动"。资本家是最了解金钱的作用的，为了赚钱，他们精通三角："缺义理，缺人情，缺廉耻。"金田是资本家的代表，自以为有权主宰别人。苦沙弥由于对他不敬，他便大发雷霆，一次次指使别人对他施行报复和迫害，弄得他不得安宁。猫认为金田是"最坏的人类"。金田的走卒铃木是个阿谀奉承的市侩。正是这些人物构成了社会的迫害势力。小资产阶级知识分子与金田老爷的矛盾，也是明治时期社会矛盾的一种体现。

1906 年，夏目漱石发表中篇小说《哥儿》。这部作品同样以描写知识分子为题材。但这部作品与《我是猫》不同，作品中塑造的是一个正面的知识分子"哥儿"的形象。他是一个数学教师，为人正直，富有正义感，敢于起来和学校腐败行为作斗争。为此，他遭到校长和教务长欺凌和迫害。最后，他联合正派教师堀田痛打了可恶的教务长和国画教员。作品是以作家多年从事教育工作的生活体验作基础的，表现了知识分子敢于同教育界腐败现象作斗争的勇敢精神。在艺术上，《哥儿》比《我是猫》有所前进，特别是"哥儿"的形象刻画得鲜明生动。

鲁迅很喜欢夏目漱石的小说，认为他的作品以"想象丰富，文词精美见称"。早期创作《我是猫》和《哥儿》等"轻快洒脱，富于机智，是明治文坛上的新江户艺术的主流，当世无与匹者"。(《〈现代日本小说集〉附录》)

夏目漱石在文艺上主张"低徊趣味"。1908 年，高滨虚子的小说集《鸡头》

出版，夏目漱石为她做序，表达了他这一主张。他说："世间很是广阔，在这广阔的世间，起居之法也有种种不同；随缘临机的乐此种种，起居即是余裕，观察之亦是余裕，或玩味之亦是余裕。有了这个余裕才得发生的事件以及对于这些事件的情绪，固亦依然是人生，是活泼泼地之人生也。"他所提倡"有余裕文学"实际上是要作家逃避世俗，以悠闲的态度和旁观人生的立场进行观察和创作。他主张"把利害置之高阁"，"出入于清净界"，使作品产生一种"独特或联想的兴味"，即低徊趣味。1906 年，他写的长篇小说《旅宿》，便是根据这一主张来写的作品。小说描写一个画家，为避开"厚颜无耻的人世"，外出旅行，去寻找远离人世的"非人情"的世界，徜徉于山水之间，以"无心和稚气"的余裕情感作画。同时，他认为画家就是人生的旅客，宣扬了超脱尘世的唯美主义观点。

1907 年，夏目漱石接受《朝日新闻》邀请，脱离教职，成为该报特约作家。同年，发表长篇小说《虞美人草》，描写一个爱慕虚荣，最后走上自杀道路的女子的悲剧。1908 年至 1910 年，先后写作了三部以青年男女爱情生活为题材的长篇小说《三四郎》(1908)、《从此以后》(1909)、《门》(1910)。《三四郎》描写农村出身的知识分子三四郎，到东京上大学和他对女性追求的故事。大学生活，使三四郎尝到人生的艰难；爱情的失败，使他美丽的幻想破灭。作品充满对社会的不满情绪。《从此以后》对社会的批判精神更加强烈，生动地描写了一个青年知识分子借助的自我觉醒的过程。《门》表现了知识分子宗助力求寻找精神解脱的办法。他在生活中彷徨、痛苦和失望，像一个"站在门旁等待日落的不幸的人"。以上三部作品，都揭示了个人与社会的矛盾和冲突，表现了知识分子对理想追求和幻灭的过程。《从此以后》在夏目漱石创作中，形成了一条自然分界线，在这之前，作家创作充满对社会批判揭露精神，而当《门》问世后，这种批判精神被人物内心世界的解剖所代替，作品也缺乏锋芒了。

1910 年，日本天皇政府制造了迫害进步人士的"大逆事件"，逮捕了幸德秋水等无政府主义者，对知识分子进行残酷镇压，社会陷入一片黑暗之中。夏目漱石精神上也受到很大震惊，产生了悲观失望情绪。在这种情绪影响下，他先后发表了长篇小说《过了春分时节》(1912)、《行人》(1912)、《心》(1914)，着重表现了知识分子凄凉的心境及对社会的绝望。作品缺乏对广阔社会现实的描写和揭露，而是转向对知识分子利己主义内心世界的剖析，表现了他们自我忏悔的精神。

夏目漱石晚年宣扬道德净法，提倡"法天去欲"的宗教主张。1915 年，发表了自传体小说《道草》，描写了封建家族内部的矛盾和丑恶，同时，也表现了一种无可奈何的宿命论思想。1916 年，写作长篇小说《明暗》。作品通过主人公津田与妻子延子及原情人清子的爱情纠葛，揭示了人们的自私自利行为，以及他们孤独和绝望的心理。作品描写较细腻，情节也较生动，可惜尚未完篇。同年年底，夏目漱石因胃溃疡病恶化而去世，享年五十岁。

《从此以后》是夏目漱石中期的代表作。它和早期代表作品《我是猫》、《哥儿》，构成夏目漱石最为优秀的现实主义作品。在对社会批判揭露和对人物细致刻画方面又前进了一大步。个人与社会不可调和的矛盾是作品描写的主题。作品以爱情过失和补偿为题材，细腻刻画了知识分子代助的意识觉醒和成长的过程。

代助是出身于富商家庭的大学生。父亲由政府官员成为公司经理，是个“赫赫有名的大财主”。他思想古板守旧，耽于国家社稷、立身扬名的说教。他受过明治维新前武士固有的道德规范的教育，这种教育将人的情意和行为拒之于千里之外，根本不把人们实际存在的真情实感放在眼里。代助与父亲的思想格格不入。他终日游手好闲，无所事事。他喜欢蓝色，喜欢安静，“他真想在绿意荡漾的缥缈境界里安安静静地长眠”。在一次图画展览会上，他看到一位姓青木的人，画了一个站在海底下的身材颀长的女人。众多的展品里，代助认为唯有这幅最为动人。他自己渴望着这种安谧而沉静的生活情趣。他辜负了父亲要他奋发有为，干一番事业的期望。他成了家庭和社会的浪子。由于他接受了外来的个性解放思想的影响，主张尊重人，信任人，因而与周围现实和传统道德观念发生激烈冲突。在他内心交织着两种矛盾：一是与社会家庭的矛盾，二是爱情婚姻的矛盾。

先说第一种矛盾。代助在家庭和社会生活中，常感到有一种压抑的情绪。他认为他无所作为，什么都不想干，这不能怪他，而要怪社会。首先，“整个日本不管走到哪里都看不见一寸光明，眼前只是一片黑暗。我一人置身于这样的环境里，能说些什么，做些什么呢?”其次，日本是个借贷最多的贫穷的国家，肩负着西方文明的重压，在激烈的生存竞争中喘息着。他不满这样的现实。他说：“广而言之，是日本对西洋的关系决定着我不能有所作为。”第三，人与人之间缺乏信赖造成社会的野蛮现象。他认为目前日本是一个不信神也不信人的国家。人们如果在内心里不互相抱着忌恨就决不互相接触。他把这样的社会称为“20 世纪的堕落”。

代助的这三重不满，决定了代助对明治时期的社会采取批判的态度。代助在年轻时是一个爱为别人哭泣的人。但是，他渐渐流不出眼泪来了。这倒不是说现代社会不需要眼泪，而是“现代社会的精神是不许人们哭泣”的。人与人之间完全缺乏真诚的爱的感情。代助认为：“诚实也好，热情也好，都不是装在肚子里的现成东西，它应该是当事者两人很好合作、互相信任的产物，如同石头和铁块碰撞，爆发出火花一样。”

在伦理道德上，代助也有自己的看法。他认为学校里讲授的伦理学课程是毫无意义的，不管是向学生灌输的古代道德或西洋道德，都是脱离实际的。他认为：“一切道德的出发点都不能脱离社会现实，头脑里预先装填上一种僵硬的道德观念，然后用这种道德反转来企图推动现实的发展，这是最大的本末倒置。”

人生的目的是什么呢？代助认为人不是为了某种目的才生下来的，与此相反，只有生下来以后才开始产生一个目的问题。一开始就把某种目的强加在一个人身上，就等于一出生就剥夺了他的自由活动。因此，人的目的，应该由已经出生的人们自己创造。从这一根本定义出发，代助把自己本能的活动，看做是自己本来的目的。想行走就行走，行走就变成了目的。想思考就思考，于是思考就变成了目的。总之，他是把日常无目的行为当作目的而生存过来的。同时，他也是一个希冀能够使高尚的生活欲望和道德欲望得到满足的人。

由此，我们可以看到代助是一个对社会对传统道德观念具有叛逆精神的人，是一个具有自由意志和个性解放思想的知识分子。

其次，谈谈代助第二重矛盾——爱情和婚姻上的矛盾。代助在念大学期间爱上了三千代，三千代也爱他。但他们把爱情埋藏在心底，谁也没有说出来。代助的好友平冈也同时爱上了三千代。代助出于一种考虑不周的侠义心肠，把自己的位置让出来，极力促成三千代和平冈的婚事。事后，他才发觉自己违反了自然规律，深深感到懊恼。他忘不了三千代。为此几年来，他在婚姻上心灰意懒，对前来说亲的对象一一加以拒绝。三年后，他再度与三千代相逢，重新萌发了爱情。这时，三千代的情况也有了变化，由于她得了心脏病加上孩子夭折，夫妻间感情已经出现了裂痕。代助对她更加同情和关心起来，甚至认为造成三千代今天的不幸，自己是一个主要原因。

代助父亲亲自为他张罗婚事。女方是通家世好，既有钱又年轻。父亲要他答应这门亲事，作为获得一笔财产的条件。这使代助陷入矛盾和痛苦之中。他应该顺从情感，发展与三千代的关系呢，还是牺牲自己的理想，听从父亲和哥嫂的摆布？他必须在两者之间作出选择。

每当他想到三千代的音容笑貌时，感到只有她才同自己志趣完全吻合。但同时，他也考虑到如果拒绝佐川姑娘的婚事，惹恼了父亲，后果是不堪设想的。可是娶了一个不如意的媳妇，总感到和现在人一般俗气。代助认为自然感情的发展远比父亲既定计划更伟大。于是，他拒绝了与佐川姑娘的婚事。在这期间，他和三千代作了掏心剖腹的交谈，更加坚定了他的决心。他向三千代袒露了他一直埋藏在心底的爱，在生活中他不能没有她。三千代同样对他作了肯定的答复，并愿意把自己的命运交给他安排。为此，他鼓起勇气准备和父亲的意志和整个社会宣战。他一反过去那种优柔寡断的性格，他在心里暗下决心："为了自己开创的命运之路，他准备同父亲决战。父亲后面还有哥哥嫂嫂，他们的后面还有平冈。对付完这些人，还有一个广大的社会。这是个丝毫不尊重个性自由和人情味的机器一般的社会。""在代助看来，这个社会如今一团漆黑，他决心同面前的一切事物进行战斗。"

为此，父亲以断绝经济关系，断绝父子情义的威胁，都没有难住他，使他退却，而是下决心要自谋职业，过独立生活。代助自由意识的成长和觉醒是在于他看清了社会的黑暗，在于他对传统伦理道德观念的背叛，在于他尊重人权，尊重个性自由的思想。代助的思想，代表了明治时期觉醒的青年一代的进步思想。但代助的反抗是势单力薄的。他的成功与失败难以预料。

《从此以后》在艺术上也有很大的特色。这是一部具有"低徊趣味"又细腻地进行心理解剖的作品，情节由描写不显眼的日常起居生活开始，逐渐展示人物的精神面貌。代助和三千代的关系并不是一下子和盘托出，而是若隐若现，时断时续地在人物的谈吐和回忆中交代出来。情节展开和缓而平稳，然后是矛盾交织，冲突达到白热化。代助和父亲间有过两次大冲突。第一次代助拒绝了佐川姑娘的婚事，惹得父亲大发雷霆，宣布断绝对他的经济支持。第二次是父亲接到平冈的揭发信，认为他败坏门风，给父亲脸上抹黑，父亲要和他断绝父子关系，连他哥哥也不再承认他了。但代助没有退却，决定自己去过独立生活。正在这时，男女主人公事实上还没结合的时候，故事突然中止了。从而作品给读者留下了一个余音袅袅，回旋激荡的结尾。"从此以后"是一番什么景象呢？只有靠读者诸君发挥自己的联想了。

作品对代助的心理解剖着重在三方面。一是写代助的思想信念与周围社会和传统伦理道德的冲突。二是写他对自己行为的解释。代助认为他原来是一个含含糊糊的人，对于别人的命令，他不会百分之百地接受；同样的，对于别人的意见，他也不会公开反对。可以说，他既有策士的风度，又有优柔的性格。“他长着两只灵活的眼睛，他要对两方面都观察一下，然后决定取舍，这样做较为有利。正因为这样，他过去对待事物的那种一往直前的勇气遭到挫折，他常常停留在不即不离的状态之中。表面上看他在维持现状，实际上他并非对事物缺乏思考，相反，他是根据明确的判断，满怀信心果断行事的。”三是描写代助对三千代由衷的眷恋。他对三千代患病和缺乏感情的家庭生活，拮据的经济处境的同情，以及为达到爱的理想，敢冒天下之大不韪的决心，都写得十分细腻深刻。

论小林多喜二的创作

一

小林多喜二是日本无产阶级文学的旗手与工人运动的急先锋。他的创作是20世纪二三十年代日本社会的一面忠实的镜子，也是日本帝国主义面临着崩溃，工人革命必将胜利的前奏。

日本自明治维新（1868）以后，开始走上了资本主义道路。当时社会崇尚西欧文明，人们醉心于欧化运动，英国的自由主义，法国的民权思想都被介绍到日本来，西欧文学更是盛极一时。但是，日本资本主义是在封建主义基础上发展起来的。它不仅没有损害地主阶级的利益，而且，地主和军人结成了同盟。所以列宁称日本为“军事封建的帝国主义”。到了20世纪初，日本为了要挤进帝国主义阵营，疯狂的发动了对外侵略战争，先后有日俄战争、侵朝战争、第一次世界大战。但是第一次世界大战结束后，由于东京大地震和世界经济总危机的袭击，日本国内经济极度恐慌，工业生产日趋萎缩。日本帝国主义为了摆脱这一险境。于是又疯狂的发动了侵略中国的“九·一八”事变，和“七·七”事变，揭开了第二次世界大战序幕。

日本人民由于连年战争，和法西斯军人干政后高压政策，生活上痛苦不堪。农民遭到普遍破产，弃家别子，流离失所者甚众，因此，维护人权，反对战争的呼声日益高涨，工农群众斗争也愈来愈炽热。1922年日本共产党成立后，直接领导了这一斗争，并把工人运动推向了新的高潮。

在这种历史环境里，日本先进作家们，首要任务是起来保卫和平，阻止战争的蔓延和发展。早在19世纪末叶，日本反战文学就诞生了。当时一批具有民主主义和社会主义倾向的作家，都在自己作品中表达了人民愿望，发出了人道的、正义的呼声。如诗人大琢定谷在诗中写道：

消灭那些铁甲舰队，
解下那些整装出征的马鞍子，
在那伟大友爱的基础上，
让我们在全世界建造起社会主义。

到了20世纪初叶，日本无产阶级文学在接受苏联文学影响下，得到了蓬勃发展。它不仅继续扛起了反战文学的大旗，而且配合了当时无产阶级革命任务，有力地打击了侵略者，指出了日本人民未来发展的道路。

小林多喜二便是在这种社会关系错综复杂，充满着时代恐怖的气氛里生活和战斗的。他是当时革命风暴里的“海燕”，无产阶级文学中最杰出的代表。

二

小林多喜二于1903年10月13日生于日本秋田县一个贫农家里。少年时代，他曾在小樽面包厂当过小伙计，在码头上当过搬运工人。这使他有机会接触了劳苦大众，并且在他们的生活和思想的影响下成长起来。

1921年小林靠了伯父的资助，进入小樽商业学校。在学校中，他喜读小牧近江、金子洋文等编撰的《播种者》杂志。他们都是受巴比塞、法朗士“光明运动”影响的进步青年。他们热烈追求文明和美好生活。当时，小林亦被这种生活的光芒和对未来的幻想，深深的吸引住了。1924年高商毕业后，他在拓殖银行小樽支行任职员。这时期，他大量阅读了外国文学名著，如托尔斯泰，契诃夫，高尔基，巴比塞，歌德等人著作，并积极地参加了当时的左翼研究会，和友人出版了《光明》杂志。虽然，在这期间，小林还并不十分明确自己未来的发展道路，但由于他对社会科学的研究，和在实践中参加了小樽工会运动，使他能以全副心胸来同情工人的革命。

1919年到1927年间，小林写作了一些短篇小说、诗歌、小品等。在这些早期的创作里，受到了当时武者小路实笃、志贺直哉等组织的“白桦派”的影响。作品中有着浓厚的人道主义色彩。但是我们不能把小林和“白桦派”作家等同起来。“白桦派”所提出的人道主义，只不过是上层阶级对贫苦群众的来自上面的同情。

他们和劳动人民之间并没有深厚的感情。而小林多喜二的作品中，则表达了与群众同生活、同甘苦、血肉相连的人道主义，如他在《从出发点出发的女人》和《防雪林》中，作家不是仅仅从人道主义立场出发来同情被卖为娼妓的妇女的命运，同情在封建枷锁下农民的生活，而是创作了为冲破这种压迫而积极地斗争着的主人翁。

随着小樽工会运动的开展，小林多喜二首次接触了马克思列宁主义。这对作家世界观的发展起了决定性的作用。特别是在日本共产党加强对工人运动的领导下，小林直接地得到了党的帮助。因此，在他创作思想上也产生了巨大的变化。明确了个人冲动性的反抗是无济于事的，只有广大的工农群众斗争才能取得革命的胜利。他逐渐地由人道主义立场发展到社会主义、共产主义立场。由描写个人反抗转到工、农群众的斗争。

1926 年，日本经济萧条和金融恐慌进入了新的危机时期。人民群众在全国各地掀起了反对日本走上法西斯道路的斗争。同年 2 月，日本共产党和劳动农民党不顾政府的镇压。在全国各地举行了第一次普选，并把山本宣志等八名人民群众代表选入了议会。这一来使得执行侵略政策的田中内阁大为震惊，于 1928 年 3 月 15 日出动了大批警察在全国各地进行了总逮捕。当时德田球一、野坂参三等一千多名共产党员和同情者都被捕了。小林因为参加了这次普选活动，亦被逮捕，禁闭在小樽警察署。出狱后，他根据这次斗争经验和工农群众详细报告，写成了第一篇杰作《一九二八年三月十五日》。

作家在这篇短篇中，通过天皇警察的疯狂逮捕，以及在法庭上对共产党员、工会活动家残酷的迫害的描写，深刻的揭露了日本天皇政府的黑暗统治及其反人民的实质。指出了这种政权是彻头彻尾的践踏人民自由和对人民基本权利的侵犯。如作品中写道："审问室屋顶的横梁上装着一个辘轳两边挂下两个绳头，龙吉的两脚被拴在绳子一头上，人就倒吊起来了，然后跟'打夯'一样，把他的脑袋在地板上咚咚地撞。"

法西斯的审问是空前的残酷和无人道的。然而，作家通过自己的主人翁向读者表明了，在法庭上最经得起考验的是那些共产党人和工会活动家。他们无论在监牢里、审讯室里都和敌人作了英勇顽强的斗争，表现了他们为真理而牺牲的大无畏精神。知识分子出身的龙吉在革命活动中曾几遭逮捕，过着"连续的熬刑"的生活，但敌人的残暴并没有使他屈服，反而磨炼了他的斗志，把他锻炼成钢铁一般的人。他对敌人酷打审问，始终是沉着和有理智的。

而在渡的形象里，作家则给我们创造了另一种革命家的典范。他乐观，豪爽与倔强。他认为："真正的仇恨不是从理论中像虱子一样爬出来的东西"，而是要通过实际斗争。在斗争中，他那巨人般的形象，和顽强的战斗精神，使得敌人亦束手无策。但这一切都是和渡的竖定的革命信念分不开的。因此，当敌人以死来威胁他时，他轻蔑地笑道："这是一个好消息……如果我给揍死了，无产阶级运动从此消失，那我倒要考虑一下，可是咱们的队伍是越来越大的，这一点，我很放心。"

此外，革命者山籐等人形象也是令人敬佩的。这篇作品的不朽价值，也就在于作家从各个侧面刻画和典型化了共产党员和工会活动家形象。指出了他们是真正为"打倒靠利润吃饭，把人脑袋抛着玩儿的有钱人的世界"的英勇斗士。另一方面，作家通过自己作品有力的揭穿了"三·一五"事件的实质。暴露了天皇政府的血腥暴行。在欺骗和诽谤的反动岁月里，给了法西斯匪徒一记响亮的耳光。

三

1928 年 3 月，日本成立了"左翼文学家总联盟"。这个联盟是由"日本无产派文艺联盟"，"日本普罗文艺联盟"等八个团体组成的。它的意义便在于把当时孤立和分散的无产阶级艺术家们组成了强有力的艺术战线，给无产阶级文学发展开辟了新的局面。小林便在这具有历史意义时期写作了他的代表作《蟹工船》，于 1929 年 3 月发表在无产阶级杂志《战旗》上。小说的问世给作家换来了莫大的荣誉，它和德永直在同年发表的作品《没有太阳的街》被称作日本无产阶级文学的双壁。

《蟹工船》是小林在联系小樽海员工会的活动中，根据远赴北海捕鱼的工人们的悲惨待遇，而写成的作品。

作家在从事《蟹工船》创作时，对社会生活进行了深入考察和研究，力图使自己作品配合当时工农群众的革命斗争。1929 年 3 月 31 日，小林在给藏原惟人的信中说："这部作品取名《蟹工船》，表现的是一种'特殊'的劳动形态，但并不着重于向读者介绍《蟹工船》本身情况，因为，《蟹工船》实际上说明了下列问题：①这是殖民地和落后地区典型的剥削形式；②除东京、大阪等大工业城市外，目前日本工人有百分之八十处于这种情况；③通过它可以明显地看出各种国际关系，军事关系和经济关系的真相。”从这里，我们也就不难看出作家的创作意图。

作品所反映的现实生活，决定了作品主题的战斗意义。首先小林通过《蟹工船》博光丸号中，奴隶性的劳动以及日本垄断资本家和天皇海军互相勾结的事实，反映了日本帝国主义侵略本质和残酷的剥削行为，以及工人群众为反对这种剥削和压迫，起来组织罢工斗争的发展过程。

当蟹工船开往北海时，我们第一次看到了一群相当混乱、复杂，而又缺乏组织的蟹工。他们都是来自各地农村的穷苦农民、矿山工人，交不起学费的学生及一些流浪汉。这些都被资本家再三的选择过，认为是“老实”、“可靠”的人，然后用开发国家资源的口号，把他们送往北海去。

在严寒和冰冻的海洋里，在监督的棍棒下，工人们冒着生命的危险下海去捕蟹。倘若海上起了风暴，便连人带船的翻进海里。特别是：“到捕蟹的活儿一忙，有人砸掉了门牙，整夜吐血水；有人劳动过度，在干活中晕倒了；有人眼睛里流了血；有人被狠狠地打了耳光，耳朵听不见了。大家疲劳过度，跟喝醉了似的糊涂起来。”

蟹工们不仅在工作中要经受野蛮的、原始的剥削，而且在生活中，他们亦遭到了非人的待遇。许多工人得了传染病或被折磨死了。原来有些身强力壮的工人也一天天的消瘦下去。

残酷的现实，“地狱一般”的生活，终于使得这群原来被认作“老实”、“可靠”的工人无法再忍受了。尤其当他们知道监督明知台风要来、还叫工人下海时，“人群中腾起了杀气”，喊出了“揍死浅川这混蛋”的呼声。但是，工人们这种觉醒是参差不齐的，最初他们只是停留于对自己生活周围的不满，对个别压迫者——浅川的憎恨，认为去掉了这个资本家的走卒，生活便不至于这么艰难了。因此相信了一个工人的话——“到时候，只消我一推就把他推到海里去了”，他们还不明白阶级斗争的复杂性和艰巨性，还未意识到团结、组织起来的必要性。

后来，有一批工人乘坐的川崎船，在风暴中漂上了勘察加半岛。这儿，解放了的苏联渔民和平幸福的生活，给了蟹工们莫大的教育和鼓舞。苏联渔民以自己切身体验告诉他们，无产阶级要摆脱贫困和受压迫的地位，必须团结起来和资本家作斗争，第一次使他们认清了自己的历史使命，启发了他们的阶级觉悟。

同时，他们不再为资本家去卖命了，而是对压迫者提出了抗议和斗争。但是这种斗争，在当时缺乏一个坚强的中心的组织，压迫者并没有因此而退缩，反而更加严酷起来，逼迫工人制订了刑罚。斗争虽遭到暂时挫折，但蕴酿成熟的火山终有一天要爆发的。

紧接着渔工山田的惨死和“海葬”，引起了工人强烈的愤怒。他们不管监督的命令，组织起来替死人守夜。工人中出现了第一次团结，他们心头都燃烧着复仇的烈火。一个工人便直截了当的对工头说：“不要凶，出渔的时候，我们四五个人把你扔到海里去是很便当的。”这句豪言壮语，便成了斗争的一种号召。

在斗争中，涌现出来的结巴工人、学生、“不要凶”、“芝浦工人”等成为了群众中中心人物，他们把勘察加带回的“赤化宣传”小册子，散发到群众中去。有的工人，在出海捕蟹时还故意装作迷失方向，漂流到勘察加接受一些“赤化”道理回来。

不久以后，我们已经可以看到这群“沉默”的工人，已经变成暴风雨中的雄鹰了。他们由过去那种无政府状态结成了联盟，有了统一的意志和行动。300 多名工人掀起了一次全面的大罢工。虽然这次罢工在天皇海军镇压下失败了，为首的一批工人遭到了逮捕，但是剩下工人吸取了这次教训，又发动了一次规模更大的起义。最后获得了全胜。

这一事实也就生动地说明了当工人群众一旦觉醒起来，他们将变成一支不可抗拒的力量。在 20 世纪，人民是自己命运的主宰者，这也就是作家为什么以巨大的艺术画面，来揭示工人觉醒原因。他们由最初的对生活的不满，进行自发斗争、单独抗议转向自觉斗争和集体觉醒的过程。这一斗争道路是艰难和曲折的。艺术家小林的伟大也就在于：他比任何人都更深刻的理解了新时代的任务，并在自己作品中把当时工农群众斗争和可能遭受的困难都呈现出来，说明了工人阶级只要团结起来，斗争是一定会取得胜利的，工人是资本主义真正的掘墓人。作家通过芝浦工人的口说出了，工人才是财富真正的创造者：“没有工人劳动、资本家一个钱也挣不到。”无疑这对当时受压迫工人群众是一种斗争的号召。

作品另一方面成就是通过对压迫者刻画，反映了日本法西斯势力的腐朽和反动。

当时日本资本家为了保障自己的利益，一方面，依靠反动势力，如把官宦、军队、法庭等当成自己的“保镖者”和“看门人”；另一方面则圈养了一批“警犬”直接为自己利润效劳。帝国军舰正好充当了前者的角色，而浅川便是后一类人物的代表。

作者对浅川刻画是富有典型意义的，在作品中不仅仅把他表现为残忍和冷酷的刽子手，而且是一个骄横和卑鄙的小人，他忠实地执行自己主子的命令，百般地虐待工人。他把工人首先是当作资本家的“利润”，而不把他们当人看待。并且他毫无人性地让“秩父丸”号425个工人溺死，因船保了高额的险，这样资本家便可以发一笔大财。

《蟹工船》在艺术风格上的特点，是对北海地带严寒与暴风巨浪的描写，和工人沉重劳动及斗争的描写有机的交织在一起。这也就使得作品中描写的事物更加有声有色。同时，作家很成功地运用了语言的手段，来揭示自己主人翁的精神面貌。工人群众由最初的那种贫乏的、单调的语言过渡到丰富的、激昂的，带有号召力和揭露性语言。而浅川的语言更符合于他性格的特点，他的话通常是粗鄙的、傲慢的、贪婪的和命令式的。因此，《蟹工船》简朴、清晰、和高度的战斗精神，在当时是一部进行革命宣传的好书。但作家在《蟹工船》中只一般的描写了工人集体形象，而没有塑造出能代表革命工人的典型形象，甚至连工人名字都没有。这不能不是一个缺陷。作家在解释这一现象时说，“个人性格和心理的细致描写，正在从无产阶级文学中逐渐消失。这种趋向，从无产阶级文学乃是集体文学这一观点来看是必然的”。由于时代的限制，作家在当时并不能意识到无产阶级文学，不仅不排斥个人性格和心理的描写，而应该创作出时代的英雄人物。

但不管怎样，《蟹船工》就其整个艺术画面来说比《一九二八年三月十五日》前进了一大步。工人群众的活动是在被典型化了的现实生活中揭示出来的，它给人以深刻的感受。《蟹船工》不仅在当时日本工人阶级中，唤起了正义的愤怒，而在今天，它仍然保持着鼓舞日本工人阶级斗争的同样巨大的力量。

四

1929年11月小林根据1926—1927年间北海道石狩川的富良野农场佃农斗争的事实，写成了《不在地主》。这是日本无产阶级文学中，最早描写农民抗租斗争的作品之一。

小林企图通过《不在地主》来全面揭示当时的农村关系和农村的阶级斗争。这个农村坐落在偏远的外省，居住着被资本家欺骗来开荒的贫苦农民。起初他们耕种着自己开垦过来的土地。后来，土地落到了“上身是地主，下身是资本家”的主人手里，他们便都变成赤贫如洗的佃农了。地主们为了过着奢侈和享乐的生活，并不住在农村，而是住在繁华的小镇上。偶尔地主们也到村庄里来，那只不过是来散散心，打打狗熊玩。

作家通过这群平时不在农村的地主，揭露了在资本主义支配下的农村生活，和城市对农村的剥削。同时，作家还令人信服地刻画了青年农民田口健形象，写他如何从个人主义的泥坑里摆脱出来，走上了职业革命家的道路。

最后，农民的抗租斗争在城市工人的积极支援下获得了胜利。作家以满腔的热情歌颂了工、农联盟的思想。因此，《不在地主》不仅反映了当时工人，农民运动，并且指出了这种未来发展的方向，总结了斗争的经验，包含着革命的召唤。小林在书的题词中把它“献给全国各地的佃农和贫农们作：新农民读本”，决不是偶然的。

在《不在地主》发表的同一月份里，小林被小樽银行开除了。虽然作家生活上遭受了新的挫折，但他并没有中断自己的创作。1930 年他完成了《工厂支部》，这部作品描写了近代化罐头工厂内劳动场面，并围绕着企业合理化的问题，揭示了劳资间矛盾的尖锐化；反映了共产主义者们活动的各种实践形式。

1930 年 3 月小林到了东京，虽然这里对作家来说是人地两生，但他始终把联系群众、深入实践当作一项首要任务。据共产党员作家德永直回忆，小林到东京不久，便要德永直领他到工人中去，因为：“在小樽的时候我老跟工会的同志们一道，来到东京好久不接触工人，心里像少了什么似的。”由于作家在生活实践中和革命工人打成一片，也就使得他的作品富有最强烈的战斗性和人民性，永远能站在时代的前面来引导生活。

同年 5 月他和江口焕、中野重治等人为了保卫无产阶级杂志《战旗》到各地巡回演讲。在大阪，反动派以“给共产党员提供资金”为借口，把小林逮捕起来。16 天后才释放，但在 8 月又被政府当局以“治安维持法”起诉，被捕入狱。实际上，是敌人对作家在群众中愈来愈强烈的影响，感到特别恐慌。企图以监禁来挫折作家的创作锋芒。这次监禁一直在 1931 年 1 月才被保释。出狱后，小林对统治阶级仇恨更为强烈，积极地参加了无产阶级文化运动并成为运动的领导者和组织者之一。1931 年 5 月当选为“日本无产阶级作家同盟”中央委员，7 月又被选为秘书长，10 月加入了日本共产党，并写作了《安子》、《转型期的人们》等小说。

1932 年 3 月到 10 月，日本反动政府对进步文化界大施镇压，先后被捕的文化运动领导人物如中野重治，宫本百合子等就有四百余人。小林这时因在家准备作家同盟第五届大会的报告，未遭到毒手。但此后他的活动不得不又转入地下阶段。在他后期的作品中有《治尻村》（1932 年）、《地下党员》（1933 年）、《地区的人们》（1933 年）以及一些短篇小说和指导文学运动的论文等。

《地下党员》是一部杰出的中篇小说，这是作家在高等警察的残暴的追捕下，在秘密、艰苦的党的活动中写出来的真理的赞歌。小说所反映时代是 1931 年到 1932 年之间。日本帝国主义疯狂地发动了侵华战争以后，一个原来生产电讯器材的工厂，在战争期间却改为“仓田军火”工厂，并募集了 600 名的临时工，大量的制造防毒面具、降落伞、飞艇外壳等侵略武器。在工厂中，成立了“在乡军人分会”、“青年团”、“僚友会”等反动组织，对工人进行强制性的劳动，实行了法西斯的统治。

当时，有几个共产党员被派进了工厂，在工厂里成立了党的地下支部，领导工人起来罢工斗争，揭穿大资本家们为了在殖民地进行新的剥削和压迫战争的反动阴谋，并将那些由于受解雇临时工的威胁而动摇不定的工人团结在自己周围。反对战争、爱好和平的思想以及无产阶级爱国主义和国际主义精神在作品中提升到了新的高度。

这场斗争是及其尖锐而复杂的。作家巨大的功绩就是刻画了斗争的领导者共产党员最光辉和最积极的形象。

在革命家“我”的形象中，我们看到了当时党地下工作者的概括性形象。同时，在很大程度上包含了作家自传性的成分，交织着作家无数体验和感受。因此，他给我们印象也就特别深刻。

“我”性格中基本的、决定性的特点，是他对党和人民事业的赤胆忠诚和坚贞不渝的革命信念。共产党员的党性决定了他对整个生活的态度。他对自己全部爱好、全部行动、全部热情和意志都集中在革命斗争上。在敌人疯狂的追捕和监视下始终坚持党的工作。为了革命他抛开家庭，割开母爱，把个人生活服从于“阶级生活”。个人的行动服从于革命的行动。所以，他说：“我连一点点个人生活也没有剩下了。甚至，春、夏、秋、冬都成了党的生活的一部分。连四季的花草、风景、天空、雨这类东西都成了不是独立的东西。天一下雨我就高兴，因为出去联络的时候可以打伞，人家就不容易看到我的脸。我希望夏天早早过去，不是因为讨厌夏天，只是因为夏天衣服穿得少，我的特征身段……很容易被人看出来。一到冬天，我就想：‘又多活了一年，可以多干工作了。’”

把个人利益无论任何情况下都绝对的服从于党的利益，也是考验每一个党员是否忠于党，和共产主义事业的一条准则。“我”在斗争中模范的遵循了这一原则，他大胆地进行革命工作，但又细致地分析了革命的形势，看到了革命的艰巨和复杂性，因此，在这些艰难的日子里，还必须学会和敌人斗智本领，于是，他提出五年不被警察逮捕计划和地下工作者展开“社会主义竞赛”。

“我”不仅是一个革命实践家，而且是一个组织者、宣传家，他善于引导和组织群众起来和敌人作斗争。他是一个真理的传播者，斗争的鼓舞着。工人在他编辑传单中，迅速地提高了觉悟，认清了革命方向。同时，他也严厉地批判了在党工作中采取关门主义的方法，他善于抓住对革命有利的时机，展开党的活动。

其次，“我”巨大的精神力量，还在于他对敌人的憎恨和对同志的爱。这成了他工作中主要的动力之一。他说：“当我有一件工作非得做到天明不可，而我又非常渴睡的时候，我就想那些正在监狱里的人……同志们怎样了呢？正在被拷打吧？那么赶快把这件工作做完啊！”这样，他便把自己日常工作和监狱里同志们斗争联结起来了。所以，作家通过“我”的形象，表现了一个兢兢业业为人民解放事业鞠躬尽瘁的“党生活者”的形象。

但是，“我”把个人生活服从于阶级的生活，是有个过程的，最初他对艰难的地下生活，亦会感到过像“窒息一般的痛苦”。可是，当他明确自己的牺牲是为了：“解放这几百万人的大牺牲所不可缺少的一种牺牲”时，他才那样的勇敢和果断。这在他和母亲关系的处理中表现得最为突出，最为动人。他为了对祖国人类的“大”爱，只好让60多岁的母亲去过独立生活。但是他也并不是那样冷酷无情的，而首先是把母亲争取过来同情自己的革命工作。他说：“我的母亲50多年的生活都是在贫困的深渊里度过来的，如果把道理详细说给她听，我想她是能理解的。”因此，他要须山告诉母亲：“我不能回家，并不是因为我们干左翼运动，而是那些资本家的走狗——警察不让我回去，不要恨我，要恨这不合理的社会！”同样的，他对笠原关系的处理上也是本着这样一条原则，但笠原的悲剧便在于她不能理解“我”的革命工作，她只关心自己和个人生活，所以，最后形成了他们的分裂。

此外，作家还刻画了善于关心同志，虽经多次逮捕，仍朝气蓬勃的女共产党员伊藤的形象，和具有乐天气质，自我牺牲精神的须山形象。作品巨大的艺术价值，也就在于作家真实地描写了当时现实，典型化了党生活者的形象。对党的政治方针，工厂工人的组织活动，党独特的活动形式等等描写，都不是概念化的，感伤的或出自主观的臆测；而是正确地体现了当时党活动的最本质特征。作品中对革命的光辉未来充满了信心。虽然工人们斗争最后失败了，临时工被工厂解雇了，但是他们会分散开去，找到新的工作。“我”、伊藤、须山等都满怀着信心和理想，开始了新的生活和斗争。

1933年2月20日，小林在东京赤坂附近从事共青团的联络工作时，被特务包围，小林拼命想逃脱追捕，但终于落进了魔手。特务们想从他口里获得整个文化团体中党组织情况，以及党和共青团的机密等。但作家坚决不供一词，他表现得像自己作品中的主人公一样坚强不屈，当天就被特务虐杀了。但天皇制暴政能夺去作家生命，并不能夺去小林作为一个共产党员作家的灵魂和思想，他的著作在广大工农群众中已深深地扎下了根子，它好像火把一样照亮人们前进的道路。日本共产党中央委员会用共产主义者的崇高言词追悼了这个伟大作家，并号召全体党员和群众用人民革命胜利的斗争来回答作家的死。正如作家同乡若杉卓所写的：

……你所流的热血
和涌现的波浪在一起
将漂到世界所有海边
多喜二哟……
已经燃起来的火焰
一定会把日本的历史
重新改造过。

作为一个革命作家，小林多喜二以自己天才的创作奠定了日本无产阶级文学发展基础。他的创作反映了蓬勃发展的工人、农民运动和党领导下的革命斗争。作家不是以旁观态度来描写日常的残酷现实，而是描写人民怎样从残酷现实中解放出来，因此他的主人公都富有最积极因素。作家在反映现实的同时，他注意了现实生活中最典型、最革命的事件，这就是工人的罢工斗争和农民的抗租斗争。而作家永远是置身于斗争之中的，并以满腔热情来描写它，使得读者身历其境，激动异常。在和各种资产阶级文学艺术的斗争中，作家捍卫了马克思主义的党性原则。他的创作对教育群众、鼓舞人们起来和罪恶现实斗争起了巨大作用。是日本无产阶级文学最珍贵遗产。

小林多喜二是世界人民所喜爱的作家，他的不朽的著作，对于鼓舞我们从事建设和斗争，以及加强中日人民友谊具有巨大的现实意义。正如鲁迅先生说：“中日两国人民亲如兄弟，资产阶级欺骗人民，用血在我们中间制造鸿沟，并且继续制造。但是无产阶级和它的先锋队正在用自己的血来消灭这道鸿沟。小林多喜二死就是一个证明。这一切我们是知道的，我们不会忘记。我们正在坚强地沿着小林多喜二同志血路携手前进！”解放后的新中国人民，正是以这种兄弟友谊来加强两国人民的团结的。在文化上，进行了交流，大量的日本著作被翻译过来。尤其是小林的著作在我国受到普遍重视和欢迎，是鼓舞人民前进的号角和旗帜。

论日本汉诗与名家的诗作

日本是我国一衣带水的邻邦。清代诗人黄遵宪在诗中描写道："立国扶桑近日边，外称帝国内称天，纵横八十三州地，上下二千五百年。"日本是世界上的一个文明古国。中国和日本的文化关系源远流长，仅就汉诗而言，日本从8世纪起就开始写作汉诗了，一直延续了一千余年。所写汉诗可车载斗量。据1980年东京发行的《汉诗文图书目录》统计，日本有汉诗总集、别集共769种，2339卷。这种用外国文字来写作这么庞大的诗歌体系，在世界上是绝无仅有的。

日本汉诗以七言绝句为多，五言诗次之，律诗和古风又次之。清代学者俞樾曾应日本友人岸田国华的邀请，编辑了《东瀛诗记》两卷，记载和介绍了150位日本汉诗作者。对俞樾功绩，日本明治诗人谷铁臣写诗赞曰：

卅卷东瀛诗手编，遥遥载送采风船。

先生一夜吟窗梦，或到扶桑红日边。

以下本文分作日本汉诗的发展、日本汉诗的基本内容、日本汉诗的艺术造诣等三方面来论述，并说明与中华文化的关系。

一

日本汉诗的发展可分作四个时期。

（一）开创时期（7—8世纪）

7到8世纪，相当于我国唐代。日本汉诗开始于天智天皇在位时期（668—671）。第一个写汉诗的是天智天皇的长子大友皇子（即位后为弘文天皇）。他博学多能，文武全才。他在21岁时，参加天皇御宴，写了著名的《侍宴》一诗。

诗曰：

皇明光日月，帝德载天地。

三才并泰昌，万国表臣仪。

日本诗人国分青崖写诗称赞他这首诗曰：“弘文聪睿焕奎章，东海诗流此滥觞。仰诵皇明光日月，于今艺苑祖君王”。黄遵宪认为大友皇子这首诗具有“天地开辟，日月重光气象”，并写诗赞曰：

观风苦采扶桑集，压卷先编侍宴诗。

读尽凌云兼丽藻，终推帝子独工辞。

8 世纪，汉诗写作在日本宫廷和贵族间已蔚然成风。宴饮、应召、接待外宾，都要赋诗。诗歌接受中国南朝诗人谢灵运、鲍照、谢朓、江淹等人影响，多为五言诗体，清丽隽永。751 年，日本出版了第一部汉诗集《怀风藻》，内收 120 首诗，作者 64 人，说明当时精通汉文和音律的人还不少。主要作者有大津皇子、藤原房前、藤原宇合、丹墀广成、石上乙麻吕、淡海三船等。内容多为应酬之作，反映了当时宫廷和贵族日常生活和他们的思想情操。

（二）发展时期（9—14 世纪）

794 年，日本京城由平城（奈良）迁到平安（京都）。由于日本奉行儒家学说，在进一步吸收中国文化的同时，贵族文坛几乎被汉诗所占据。当时嵯峨天皇是汉诗的大力提倡者。他在当王子时，便熟谙经史，善诗文。登基后，他曾敕令编选汉诗集《凌云集》(814) 和《文华秀丽集》(818)。之后，淳和天皇又敕令编选《经国集》(827)。这三部汉诗共计 24 卷，七言诗占据着主要地位。838 年，唐代大诗人白居易诗歌传到日本。诗人们争相传诵。其中小野篁因崇拜香山，曾盼望到唐朝一游。这时期涌现的著名诗人有空海、嵯峨天皇、小野岑守、小野篁、菅原道真、三善清行、兼明亲王、藤原明衡等。

空海（774—835），又称弘法大师。他曾在 804—806 年间到唐朝长安留学。回国后，在东大寺建立真言宗（属佛教密宗派）。他在归国时，写诗给青龙寺义操和尚，表现了对中国朋友依依难舍的心情。诗曰：“同法同门喜遇深，游空白雾忽归岑。一生一别难再见，悲梦思中数数寻。”空海著有诗文集《性灵集》，其诗感情真挚，语言质朴。他对中国的骈俪文学作过深入的研究，著有诗学论《文镜秘府论》，对日本的汉诗学的发展有过很大的影响。

菅原道真（845—903）是著名的汉文学家，官至右大臣，后被诬，遭流放。

曾写诗曰："蓂发桂芳半具园，三千银界一周天。天回玄鉴云将霁，只是西行不左迁"。意谓宇宙之大，却无法容纳他，以致使他过着流放的生活，诗中含怨愤的情绪。菅原道真诗学白居易，重视内容的表达，不单纯追求华词丽句。著有诗集《菅原后草》，在日本汉诗史上有重要的地位。

11世纪中叶，日本编辑出版了汉诗文集《本朝文粹》14卷。12世纪中叶，由藤原季纲编辑《续本朝文粹》13卷，收集了自嵯峨天皇以来三百年间汉诗文，颇为壮观。

从12世纪末叶起（镰仓时代），由于武士崛起，日本奉行武人政治，贵族失去了原先的政治地位。汉诗文发展亦受阻。一部分人隐居山林或遁入空门。这时汉诗写作也由宫廷转入禅观道院，并以镰仓和京都的五所寺院为中心，历史上称为"五山时代"。僧侣们把汉诗文修养作为禅家必备条件之一，涌现了一批著名的僧侣诗人，如虎关师炼、雪村友梅、绝海中律、义堂周信等。

虎关师炼（1277—1346）曾任寺院住持。对佛经和儒家经典均有研究，著有《元亨释书》30卷、《济北集》20卷。其诗作富有生活气息，写景抒情十分逼真。其《乘月泛诗》云：

泛月僧船绕苇芦，仆呼潮退促归庐。

村民误认钓舟至，争就沙头索买鱼。

雪村友梅（1290—1346）京都建仁寺僧人，曾来中国游历，攀登过终南山，并写诗曰："终南翠色连嵩华，庆快生平此一登"。其诗高洁，擅长古风，著有《岷峨集》二卷。

义堂周信（1325—1388）是"五山文学"的杰出代表，自称空华道人，14岁出家，曾任寺院住持。其诗构思新颖，并以巧致著称。他的《小景》一诗云：

酒旆翩翩弄晚风，招人避暑绿荫中。

谁家钓艇来投宿，典却蓑衣醉一蓬。

义堂周信著有《空华集》20卷，《空华日工集》4卷，《义堂和尚语录》二卷。

绝海中津（1336—1405）与义堂周信齐名，被称为"五山文学"的"双璧"。自称蕉坚道人。他在明朝开国初年来中国，永和四年（1378）归国。明太祖朱元璋召见他，并命他作《应制赋三山》诗，诗曰：

熊野峰前徐福祠，满山药草雨余肥。

只今海上波涛稳，万里好风须早归。

诗中称赞中国在洪武帝领导下天下太平。葬身于日本的徐福，如果地下有知，应及时返归祖国。这诗颇得太祖称赞。绝海中津返日后，历任各寺院住持。他擅长骈文，文字亦较华丽工整，著有《蕉坚稿》二卷，《绝海语录》一卷。

（三）鼎盛时期（17 世纪）

17 世纪，日本社会进入江户时代。由于商人和市民阶层的兴起，社会思想较为活跃。汉诗不仅在贵族武士中流传，而且普及到商人和市民阶层。当时，以能否写汉诗作为衡量每个人文化教养的标志。日本各地都建立了诗社。吟风鼎盛，汉诗写作进入一个繁荣时期。江户前期诗人可分为三派。一是以林忠、石川凹、新井君美、梁田邦美等为代表的载道派诗人。他们接受朱熹哲学思想的影响。二是以伊藤维贞、伊藤长胤为代表的古学派诗人，主张诗以言情。三是以荻生双松、服部元乔为代表的古文辞派诗人，他们主张“文秦汉，诗盛唐”，讲究辞章格律。

载道派诗人林忠（1582－1657），一名信胜，字子信，号罗山，研究程朱理学，曾聚徒讲学，倡立上野忍冈孔庙和汤岛圣堂，著有《罗山诗集》。他擅长古风，俞樾称其古诗“善押险韵，气力雄厚，已足使举鼎膑绝者望而却步矣”。

古川凹（1583－1672）字丈山，号东溪叟，著有《诗仙集》、《本朝诗仙注》。其中有许多诗系与林忠唱和之作。俞樾认为，他的作品多警句而缺乏佳章。其佳句有：“暴雨水皆立，低云山若浮”，“心深山转浅，身瘦道乃腴”；“寒花无夙陨，冷蝶不高飞”；“宿鸟辞枝弱，游鱼聚水深”。

新井君美（1657－1725），字在中，号白石，又号锦屏山人，博学多识，通古今典故，著有《白石诗草》、《西洋纪闻》、《古史通》等。其诗声誉很高。江村北海称其诗：“咳唾皆珠，呓语皆韵”。其《咏雪》一律云：

曾下琼锋初试雪，纷纷五节舞容闲。
一痕明月茅亭里，几片落花滋贺山。
提剑膳臣寻虎迹，卷帘清氏对龙颜。
盆梅剪尽能留客，济得隆冬无限艰。

古学派不宗宋代儒学，而专治《论语》、《孟子》等中国古典籍。其代表人物伊藤维桢（1627－1705）字原佐，号仁斋。他著有《古学先生诗文集》八卷。其中《论语古义》、《孟子古义》是解说《论语》、《孟子》的专著。其子伊藤长胤，字原藏，号东涯，亦治古学，长于易学，著有《易乾坤古义》、《读易私说》、《读易图例》、《周易卦变考》、《周易经翼通解》等。其诗作有《缅述先生诗集》。其诗清逸雅淡。有《纳凉》一诗云：

满庭竹柏郁森森，遮却残阳晚影深。

高卷疏帘凭栏坐，熏风吹送一蝉吟。

古文辞派推崇盛唐诗，以荻生双松（1666－1728）为翘首。双松字茂卿，号徂徕，长于经学。俞樾曾称赞他说："论学问、论经义，好与宋儒牴牾，然其所见，往往卓然可存。"著有《徂徕集》、《论语征》等。其弟子服部元乔（1683－1759）亦专攻古文辞学。元乔字子迁，号南部。著有《唐诗品汇》、《明诗选》等。其诗明丽自然，有《暮春登山》诗云：

桃李纷纷流水来，空山行尽傍溪回。

不知春色人间去，多少残花犹自开。

江户后期，日本各地诗社比前期更加兴旺发达。出现了市川世宁、菅晋帅、广濑建等著名诗人。

市川世宁（1749－1820）宁子静，号宽斋，著有《宽斋遗稿》五卷，《日本诗记》和《全唐诗逸》等。时人把他比作中国的香山、剑南。可见其诗坛地位之高。其诗富有自得之趣。有《待渡》一诗云：

沧波一带抹红霞，争渡归人立浅沙。

岸阔篙师呼不应，晚炊烟罩柳边家。

菅晋帅（1748－1827）字礼卿，号茶山，著有《黄叶夕阳村舍诗》、《诗论入门》、《诗律入门》等。其诗工整，多忧时感世之作。俞樾评他的诗为："语气悲壮，气骨开张"。其诗歌高逸老练。有《冬日杂诗》云：

塞鸟相追入乱松，隔溪孤寺静鸣钟。

山风俄约晚云去，雪在西南三四峰。

广濑建（1782－1856）字子基，号淡窗，十二三岁时能作诗，后兴办私塾，从学者众，著有《远思楼诗钞》4 卷。其诗受陶渊明、王维、孟浩然影响很大，诗风淡雅、朴素、亲切。俞樾评论曰："平淡之中，自有精彩"。其《桂林庄杂咏示诸生》一诗，描写了他在创办私塾——桂林庄时，和学生一同担水、砍柴的情景。

休道他乡多苦辛，同袍有友自相亲。

柴扉晓出霜如雪，君汲川流我拾薪。

江户末期，日本诗坛出现折衷学派，他们反对古文辞学派，提倡明代袁宏道的“性灵”说，从而开辟了新的诗风。其代表人物有梁川孟纬、大沼枕山、小野湖山等。其中，梁川孟纬（1789－1858）字公图，号星岩，著有《星岩集》、《呼天集》等。其诗多为写景物和登高凭吊之作，被称为“以烟霞风月为室宇，江湖山林为苑，囿鸟兽鱼花木竹石为臣仆妻妾”的诗人。其写日本风景胜地耶马溪一诗曰：

日车红闪晓风回，树树晴烟次第开。

青压马头惊欲倒，万峰飞舞自天来。

孟纬亦工七言律诗，写了许多佳句。如“塞风有力吹沙走，柏叶无声借雨鸣”；“左计应同棋败局，养心聊学笔藏锋”；“千树叶红寒水见，一丝鬓白夕阳知”。其妻红艺，也长于吟咏，著有《红艺小集》。

（四）衰落时期

19世纪中叶，日本实行明治维新（1868），提倡向西方学习。汉诗写作的热潮衰退。但从明治到大正六十年间，还涌现出了一批优秀诗人。其中有西乡隆盛、竹添进一郎、森大来、夏目漱石、盐谷温、河上肇等人。

西乡隆盛（1827－1877）号南洲，是倒幕维新运动的活动家。他和木户松菊、大久保利通称为“明治三杰”，著有《大西乡全集》3卷。

竹添进一郎（1841－1917）字光鸣，号井井。其父为广濑建门下十八学士之一，其妻亦能诗。明治初年，竹添任日本驻华外交官。他归国后，任东京帝国大学文科教授；著有《栈云峡雨日记并诗草》，由俞樾给他题序，并赠他一首七律，称赞他满门风雅。诗云：“东瀛仙客驻帐帷，游览都忘归计迟。万里云山俱入画，一门风雅自相师。青衫旧恨关时局，黄绢新词斗色丝。自愧迂疏章句士，感君欣赏奈无奇。”竹添的诗情意真挚，他在上海作客时，曾写《送人归长崎》一诗云：

懒云如梦雨如尘，陌路花飞欲暮春。

折尽春申江上柳，他乡又送故乡人。

夏目漱石（1867－1916）是日本近代著名作家，号濑石山人，著有《我是猫》、《从此以后》等长篇小说。他在十七八岁时，曾以“枕云眠霞草堂主人”的雅号写了不少汉诗。现存八首。他在死前两年，写《题自画》一诗云：

起卧乾坤一草亭，眼中唯有四山青。

闲来放鹤长松下，又上虚堂读易经。

其晚年，常病咯血，有诗云：

淋漓绛血腹中文，呕照黄昏漾绮纹。

入夜空疑身是骨，卧状如石梦寒云。

表现了他晚年凄凉的景象。

此外，森大来（1863—1911）字公泰，号槐南，12岁即能诗，才思敏捷，著有《槐南集》。盐谷温（1878—1962）号节山，汉文学史家，曾到中国和德国留学，创办“斯文会”，提倡汉学和汉诗，著有诗集《周览诗钞》、《中国文学概论讲话》等。

第二次世界大战期间，汉诗写作中断。新中国成立后，随着中日邦交的恢复和建立，汉诗写作又有复兴的趋势。东京出现了以振兴汉诗为目的的“二松诗文会”，名古屋有“心声诗社”，广岛有“山阳吟社”，大阪有“黑潮社”等。还有专门发表汉诗的月刊《大法轮》。

以上说明了日本民族写作汉诗的历史源远流长。日本汉诗之所以能得到发展。我想有以下几方面的原因。

一是汉诗本身的精美。如简练的句式，优美的韵律，严格的遣词造句等。日本诗人猪口笃志说：“中华之文章，冠绝宇内者，于诗为最……雄伟浑浩，建矩矱于天机之中，设瑰辞于空灵之外，人世之能事最灿烂、最富内涵的诗歌。”

二是中国文字和诗歌的影响。日本开国后很长一段时间采用的是汉字，念的是“四书”、“五经”。285年，学者王仁到日本讲学，带去《论语》和《千字文》等书籍。6世纪，日本向中国聘请了“四书”、“五经”博士到日本讲学。一时儒家学说大为流行。在隋朝时，日本曾四次派遣遣隋使，到中国留学。唐朝时，又十六次派遣遣唐使来我国。这些留学生和学问僧将中国汉学和汉诗移植到日本。646年，日本按照“法制完备的上国”——唐朝的政治经济制度，进行了一系列的体制改革，全国上下掀起了一股“中国热”。国家的典章制度，乃至服饰都仿效唐朝。到7世纪，日本上层阶级中，已能熟练地掌握汉文。汉字已成为宫廷贵族表达思想，记载历史，颁布法令的工具。随后，日本文人按中国姓氏的习惯，给自己名字加上字和号。汉文学在日本已深深扎下根。他们写作汉诗是很自然的事。

三是历代天皇和文人的提倡。日本天皇多半都会写汉诗。在宫廷和贵族大臣间，把汉诗当作高雅的表现。因此，汉诗在日本虽经历沧桑和曲折，但仍长盛不衰。

二

日本汉诗按题材内容可以分作五类。

（一）感怀述志诗

这类诗歌占的比重很大。大都是关于文人的失意和得意之作。一部分诗歌描写的是升平富贵的景象，体现了一部分知识分子春风得意的思想。但多半知识分子都经历了人生坎坷的道路，有的甚至贫困落拓一生。他们从不同处境出发，抒发了不同的心境。如梁田邦美的《九月》一诗，便抒写了他怀才不遇的慨叹。诗曰：

琪树连云秋色飞，独怜细菊近荆扉。
登高能赋今谁是，海内文章落布衣。

中岛大赉（1801－1834）一生亦不得意，年仅34岁而卒，临终作诗曰：

高情自与世人违，我是南丰一布衣。
三十六鳞犹见二，今朝天上化龙飞。

有些知识分子则用诗歌表达了他们富贵不能淫，贫贱不能移的高贵品质。如长三炗（1833－1895）的《残菊》一诗曰：

秋老一枝香未消，傲霜气节更风标。
恰如栗里贫无酒，犹向人间愧折腰。

在德川幕府的末期，由于政治腐败，一批维新运动家怀抱振兴国家的壮志，虽屡遭迫害，但他们并不动摇自己的政治主张。如西乡隆盛在《偶感》一诗中，表达了他倒幕的决心。诗曰：

几历辛酸志始坚，丈夫玉碎耻瓦全。
我家违法人知否，不为儿孙买美田。

另一倒幕活动家宫岛诚一郎（1838－1911）亦写诗曰：

悲歌一曲夜看刀，风雨灯前鸡乱号。
宿酒才醒驱马去，白云秋色晓云高。

诗歌表现了诗人坚定的信念和勇往直前的精神。

另一些知识分子则清高自负，绝意政治，过着远离社会的生活。如诗人蕉雪把自己书房称为“睡足轩”。写诗曰：

独卧高轩春尽长，暖云垂地梦苍苍。

诗人观物九方马，认作春风睡海棠。

14世纪诗人寂室元光曾游历过中国，后出家。他在诗中亦表现一种远离人世的思想。诗曰：

不求名利不忧贫，隐处深山远俗尘。

岁晚天寒谁是友，梅花带月一枝新。

日本诗人这种隐居山林，老死泉下的思想，一是受魏晋以来中国文人隐居的思想影响，二是受了佛教思想的影响。从而使他们不愿与龌龊的社会为伍，踯躅于山水之间。

（二）描写社会世态的诗歌

其中又分为两类：一类是讽刺社会的作品，另一类是同情下层人民疾苦的作品。前者揭发了社会的黑暗，鞭笞了统治者和乘时得意之徒。如木户松菊（1833－1877）的《逸题》一诗，揭发了德川幕府时期远君子而近小人的社会黑暗。诗曰：

留无补国去非情，孤剑与心多不平。

欲诉忧愁美人远，满城梅雨杜鹃声。

19世纪诗人岩谷修把乘时得意的官僚比作纸鸢。虽然他们高高在上，不可一世；但终有一天，他们将身败名裂。诗曰：

岂是不平鸣半空，扬扬意气驾春风。

一丝才断忽无势，堕落污泥粪土中。

古庄维正（1840－1915）则用诗歌讽刺了那些尚空谈，不干实事的人。诗曰：

才子从来多过事，议论毕竟世无功。

谁知默默不言理，山自青青花自红。

日本自镰仓武人政治开始至第二次世界大战为止，连年兵灾，战祸不断，给日本人民带来了深重的灾难。为此诗人以诗歌来谴责了战争，表达了人民爱好和平的愿望。如现代诗人河上肇在《兵祸何时止》一诗中写道：

薄弱犹难得饱尝，煮茶聊慰我饥肠。

不知兵祸何时止，破屋颓栏倚夕阳。

另一类诗作，同情下层人民的疾苦，赞美了劳动人民朴素勤劳的品质。如14世纪诗人惟忠通恕的《孤村残雨》一诗曰：

可怜父老淡生涯，村北村南八九家。

数亩桑麻残雨外，归鸦闪闪日西斜。

作品写出了山村荒凉和农民生活的凄苦。市川世宁的《雪中杂诗》则描写了在大雪漫天的季节里，穷苦人的处境和形象，从而引起人们的无限同情。诗曰：

破窗寒彻五更风，八尺身材曲似弓。

冰柱几条垂到地，水晶帘外月玲珑。

伊藤维桢在他的《渔夫图》中，则赞扬了一个老渔翁，虽然他“两鬓皤皤霜雪垂”，但他老当益壮。“独向江湖理钓丝”。

（三）山水风物诗

日本诗人和中国诗人一样都酷爱游历。他们足迹遍及日本三岛。不少人还游历过中国的江南塞北、关中平原，与山水结下不解缘。他们以诗歌来描写大自然美丽，表达了对祖国河山的热爱。其中不少诗歌是对日本著名风景富士山，琵琶湖、彦山、耶马溪、上野歌咏的作品。

富士山在本州中南部，高 3776 米，状如芙蓉，终年积雪，千古不化。日本人把它奉为“圣山”。山顶有火山口湖，直径为 800 米，有温泉、瀑布等景观。诗人对它赞颂的诗甚多，石川丈山诗曰：

仙客来游云外巅，神龙柏老洞中渊。

雪如纨素烟如炳，白扇倒悬东海天。

琵琶湖在京都市东，为日本最大淡水湖，由地层断裂下陷而成，形似琵琶，风景优美，湖岸苍松、翠柳满目，历来为文人墨客游览地。梁田蜕岩有《秋夕泛琵琶湖》诗曰：

湖北湖南暮色浓，停篙回首问孤松。

沧波两岸秋风起，吹送睿山云里钟。

耶马溪在九州北部，发源于彦山，是日本著名风景区，峡谷高耸，景色绮丽，现为日本国家公园。久保得二（1875—1934）的《耶马溪》诗曰：

松风度水韵于箫，目断峡天秋色遥。

斜照乱山高下路，一扇黄叶有归樵。

许多日本诗人曾来中国游历，描绘了中国大好河山，并抒发他们对中华河山眷恋之情。如 14 世纪诗人性海灵见咏杭州西湖莲诗曰：

亭亭抽水清于碧，片片泛波轻似舟。

十里西湖风景好，六桥烟雨忆曾游。

当代诗人石川忠久，写诗赞美太湖曰：

江南胜地水为乡，青米银鱼泉酒香。

请看太湖三万顷，溶溶诱客入风光。

中国的长安、骊山、湘江、龙门、镇江、杭州、苏州、扬州，都留下了日本诗人流连忘返、魂依情牵的诗句。

此外，诗人也以诗歌咏了四时美丽的景色。写作了诸如春兴、冬郊、夏日、秋声、月夜、水边、山居、渡口柳、残雪等诗歌，无不令人陶醉于大自然美景之中。

（四）怀古凭吊诗

日本是一个历史悠久的国家。诗人们以自己诗歌歌颂了历史上著名人物，同时，也以诗歌谴责了那些给人民带来苦难的历史罪人，寄托了自己对强国富民的远大抱负。阿倍仲麻吕（701—770）是奈良时代的遣唐使，工诗文，在唐朝为官，改名为晁衡，与王维、李白等友善，后病故于中国。梁川孟纬有怀阿倍仲麻吕诗曰：

风华想见晁常侍，皇国使臣唐客卿。

山色依然三笠在，一轮明月古今情。

奈良市南的樱井驿是日本历史名臣楠木正成和政敌决战前夕与儿子诀别的地方。倒幕活动家西乡隆盛曾写《樱井驿》怀古诗。诗人在诗中以楠木正成自喻，表明了他忠于明治天皇，反对德川幕府的决心。诗曰：

殷勤遗训泪盈颜，千载芳名在此间。

花谢花开樱井驿，幽香独逗旧南山。

由于中华文化的影响，日本诗人抒写中国的历史人物和历史事迹的诗歌甚多。陶渊明在晋亡后，不食宋禄，弃官归隐，颇为日本诗人称道。如15世纪诗人龙惺写《渊明画像》一诗曰：

晋鼎迁时宋祚新，田园勇退是忠臣。

宅边偏爱五株柳，翠似前期不换春。

郑思肖（1241—1318）是我国南宋诗人和画家。宋亡隐居苏州，坐卧必向南，表示他不忘南宋，并更名为向南。明治诗人向山黄村在题《郑向南墨艺》一诗中，表示对他的民族气节十分崇敬。诗曰：

一叶一花抽断魂，人间无土托芳根。

赵家三百年清气，独赖先生笔墨存。

我国在临潼发掘出秦代兵马俑，被称作世界八奇。日本诗人石川忠久参观后，写诗赞曰：

秦山之北灞之东，嬴政陵前黄土中。

不见太平开朗世，八千兵马为谁雄。

（五）歌咏日中友谊的诗歌

日中交往历史已达两千余年。在不同的历史阶段都有不少诗歌来歌咏这种亲密的友谊。如阿倍仲麻吕在唐天宝十二年返国时，依依不舍地写诗给唐玄宗曰：

衡命将辞国，非才忝侍臣。

天中悬明主，海外忆慈亲。

伏奏违金阙，騑骖去玉律。

蓬莱乡路远，若木故园林。

西望怀恩日，东归感义辰。

平生一宝剑，留赠结交人。

当时，唐朝诗人王维写有《送秘书晁監监还日本国》诗，包佶写了《送日本国聘贺使晁臣卿东归》诗，赵骅写了《送晁补阙归日本国》诗，为阿倍仲麻吕送行。后传闻他溺毙，大诗人李白作了《哭晁卿衡》诗。从中，我们可以看到中日两国人民的深厚情谊。

明治时代，日本诗人宫岛诚一郎赠清代学者黄遵宪诗，亦表达了中日两国友好的真诚态度。诗曰：

莫说天涯与地恨，电机通信意相亲。

连衡画策希兴亚，唇齿论交贵善邻。

十室由来犹有士，中原到处岂无人。

期君早遂经时志，海陆兼营两火轮。

新中国成立后，京剧艺术家梅兰芳于 1956 年率领京剧团访问日本。日本诗人吉川幸次郎在京都观看梅兰芳演出后，高兴地写诗赞曰：

锣鼓喧天歌绕梁，重来三岛问沧桑。

人民中国乾坤阔，齐放百花争艳芳。

三

日本汉诗艺术造诣相当高。首先，其诗歌风格亦似中华，可分作豪放和婉约自成蹊”。宫岛诚一郎的诗句“天下苍生相待久，先忧后乐果何人。”出自范仲淹的《岳阳楼记》“先天下之忧而忧，后天下之乐而乐”。释月性的诗句“埋骨何期坟墓地，人间到处有青山”，系从苏东坡的《别子由》诗句“是处青山可埋骨”中化出。河上肇的“心如老马虽知道，身似病蛙不耐奔”，系从陆游诗“心如老马虽知路，身似鸣哇不属官”化出。梁川星岩的诗句“青压马头惊欲倒，万峰飞舞自天来”，系从李白诗“山从人面起，云傍马头生”中化出。

中国历代诗人，在日本影响最大的，要数白居易和袁枚了。黄遵宪在其《日本杂事诗》中说，日本诗“初学唐人，于明学李、王，于宋学苏、陆，后学晚唐，变为四灵。逮乎我朝，王、袁、赵、张（船山）四家最著名，大抵皆随我风气以转移也。白香山、袁随园尤剧思慕，学之者十八九”。黄遵宪曾写诗曰：

几人汉魏溯根源，唐宋以还格尚存。
难怪鸡林贾争市，白香山外数随园。

“鸡林贾争市”一句，是说日本鸡林商人争卖白香诗稿。白居易是日本家喻户晓的诗人。他的名气在日本比李白、杜甫还大呢。早在11世纪便出现了专门研究白居易的专家。如日本古典名著《源氏物语》的作者紫式部，便是在宫廷讲授白居易诗歌的女官。我们从以上三个方面对日本的汉诗约略进行了介绍和分析，中日文化相互交流、相互影响，其源远流长之况，由此可见一斑。

蒙古文学史话

公元前两千年到一千年间，在蒙古草原上就出现了原始部落，到春秋战国时期，出现了匈奴和东胡两个部落联盟。“蒙古”一词，最初出现于唐代，称“蒙兀室韦”。宋代以后，在史籍中有“萌古”、“朦骨”、“蒙古里”等称呼。13 世纪初，成吉思汗统一大漠南北各部落，建立了统一的蒙古汗国。“蒙古”的名称才固定下来。蒙古族居民最初居住在额尔古纳河流域，以后逐渐向西发展到鄂嫩、克鲁伦、图拉三河上游、肯特山一带。13 世纪中叶，成吉思汗的孙子忽必烈曾入主中原，建立元朝。不到一个世纪，元朝灭亡，蒙古封建主退回原蒙古地区。漠南漠北再度陷于分裂割据的状态。17 世纪以后，蒙古被清朝征服，纳入中国版图。1911 年，在沙俄策动下，外蒙古宣告“自治”。1924 年，在苏联十月革命影响下，废除了，“君主立宪制”，建立了蒙古人民共和国。1946 年，国民党政府承认外蒙古独立。1949 年，新中国成立后，中蒙正式建立了外交关系。目前，蒙古人民共和国的蒙族人占百分之九十，约 130 余万。在我国境内的蒙族人口约 200 万。

蒙古古代文学是中蒙两国共同的遗产，本章重点加以介绍。现代文学只介绍蒙古人民共和国文学，不包括我国蒙古族现代文学。

一、古代文学

成吉思汗建国后，曾使用畏兀儿（维吾尔）字母来拼写蒙语，也曾使用过汉字。14 世纪初叶，语言学家搠吉斡节儿在总结了使用畏兀儿字母及其他文字经验的基础上，创立了今天通行的蒙古文字。蒙古人民共和国在 20 世纪 40 年代后，则采用以俄文字母为基础的蒙古文。蒙古人民最初的文学是神话和民间传说。关介绍。

13、14 世纪，蒙古文学中较著名的有抒情歌谣《金宫桦皮书》和《阿莱钦柏之歌》。《金宫桦皮书》是 1930 年在苏联伏尔加河畔的一个墓地里发现的。分别用蒙古文、畏兀儿字和八思巴字，写在二十张桦树皮上。由于当地曾是拔都所建金帐汗国属地，故又称为《金宫手稿》。作品采用母子对话形式，描写出征前，母子分别痛苦和凄凉的一幕。母亲对儿子千叮咛万嘱咐，儿子情知出征生死未卜，但为了安慰年迈的母亲，便说等到山草丛生时，他将会返回故乡。隐约表现了普通牧民厌战的情绪。

与此同时，在民间流传的有两部格言集《成吉思汗的箴言》和《智慧的钥匙》。一般认为《成吉思汗的箴言》并非全是成吉思汗的语录，其中大部分是属于民间俗谚，后人整理时把它加进去的。《智慧的钥匙》是文人根据《成吉思汗的箴言》和别的著作，经过加工增删而编成的，过去曾作为私塾的教材。

此外，在民间还流传一些篇幅较短的叙事诗，明代的《黄金史》，清代的《蒙古源流》、《水晶珠》等史书都有所记载。其中有《征服三百泰亦赤兀惕人的故事》、《箭筒士阿尔戈聪的传说》、《孤儿传》和《成吉思汗的两匹骏马》等。其中，寓言叙事诗《成吉思汗的两匹骏马》流传最广。故事讲两匹骏马在追捕围猎时，表现非凡，但却得不到任何奖赏。小骏马不能忍受这种屈辱的生活，提议远走高飞。于是，两匹骏马逃到阿尔泰山，自由地生活了三年。小骏马悠然自得，长得膘满肉肥。大骏马却由于想念家乡，变得瘦骨嶙峋。小骏马过意不去，便答应大骏马一同回到成吉思汗的身边。成吉思汗知道后很是高兴，亲自去看望它们，把大骏马封为“神马”，并赐给小骏马八年自由的生活。后来，两匹骏马重新参加一次盛大的围猎，追捕到许多野兽。它们博得人们一致喝彩。这篇作品实际上表现了奴隶的怨望情绪，歌颂了他们的叛逆精神以及对自由幸福生活的追求。

在蒙古历史典籍中，还记载着一些传说故事。如《满都海彻辰夫人》的传说，和著名的短篇小说《乌巴什·洪台吉》等。后者，赞扬了反侵略思想，塑造了一个刚毅勇敢的小牧童洪台吉的形象，开辟了蒙古小说创作的先河。

清代末年，蒙、汉文学作了大量的交流工作，出现了一大批精通蒙汉两种语言的翻译家。他们把汉族的《三国演义》、《水浒传》、《红楼梦》、《今古奇观》、《西游记》、《金瓶梅》，以及《四书集注》、《资治通鉴纲目》等都译成蒙文。其中小说成为蒙古民间艺人的演唱材料。

尹湛纳希（1837－1892）是蒙古近代文学中著名的小说家，汉名为宝衡山，字润亭。他生于一个爱国将领的家庭。他曾用20多年时间，写作父亲旺钦巴勒未竟的遗著《青史演义》。这是一部历史小说，描写了成吉思汗到窝阔台即位为止的74年历史，生动地表现了成吉思汗金戈铁马的一生。后来，他借用唐代诗人王之焕《登鹳雀楼》中的诗句"欲穷千里目，更上一层楼"，写作了长篇小说《一层楼》，及其姐妹篇《泣红亭》。前者以揭发上层贵族家庭——贲府罪恶为主，后者描写男女爱情及其悲欢离合的故事。尹湛纳希在蒙古文学中开辟了写作长篇小说的先河，奠定了以写现实生活为题材的爱情小说的基础。

二、现代文学

1921年，蒙古人民在苏赫·巴托尔和乔巴山的领导下，从北洋军阀手中解放了恰克图（今阿拉坦布拉克）。同年7月，解放了被白俄占领的乌兰巴托（即库伦），成立了人民革命政府。1924年，正式成立蒙古人民共和国。革命初期没有统一的文学组织，而是由担当宣传任务的苏赫·巴托尔俱乐部和《革命青年团》杂志，构成文学创作的中心。1929年1月9日成立了"文学小组"，这是蒙古第一个作家组织。20世纪20年代末至30年代初，蒙古文学取得了较为显著的成就。蒙古现代文学有两个著名奠基人达·纳楚克道尔基和策·达木丁苏伦。

纳楚克道尔基（1906－1937）出身于破落贵族家庭，15岁参加革命，先后任军事委员会委员和秘书长，少年先锋队工作局局长。1925年他去列宁格勒军事学院学习。后又去德国莱比锡学习新闻。1930年回国后，他开始写作活动。纳楚克道尔基的创作，揭发了旧时代封建阶级和僧侣的罪恶，描写了革命后人们意识的成长和新的生活。他的处女作《乌什安达尔》，是一部歌剧，描写宗教迷信如何对人们的毒害，以致主人公乌什安达尔倾家荡产，家破人亡。小说《浩沁夫》（意为"旧时代的儿子"）描写在旧社会，主人公由于受到封建迷信欺骗，变得愚昧无知，相信天命不可违，"目力所及的地方就是世界的尽头"。他忍辱负重，把"苦难当作享乐"。革命后，扩大了他的视野，增长了见闻，认识了新的道理，从而使他走上新生活的道路。此外，纳楚克道尔基还写了小说《从未见过的事情》和《喇嘛大人的眼泪》，揭发了寺院和喇嘛的罪恶。抒情长诗《我的祖国》，赞美了蒙古的自然山水，饱含着对祖国人民热烈的爱。歌剧《三座山》表现了蒙古人民所遭受到的阶级压迫。政府官员巴拉干仗势抢走了青年猎人云登的未婚妻南萨尔玛，云登为夺回情人和巴拉干搏斗，受了重伤，南萨尔玛不畏强暴，杀死了巴拉干。作品歌颂了青年男女为争取爱情自由而进行的英勇斗争。后来，诗人达木丁苏伦对剧本作了修改，把个人斗争改为牧民群众对封建主的斗争，并且以大团圆结尾。蒙古人民共和国为表彰纳楚克道尔基的文学功绩，在首都乌兰巴托为他建立了纪念碑，设立了以他命名的文学奖金。

达木丁苏伦，生长在一个牧民家里。16 岁时参加蒙古人民革命军。1926 年，任团中央机关刊物《革命青年团》的编辑。1928 年，发表《四篇小故事》。从此，开始文学的创作活动。1929 年，发表著名的中篇小说《被抛弃的姑娘》，描写富人包勒得家的长工道林格尔一家的悲惨遭遇和革命后的新生活。道林格尔和妻子都在包勒得老爷家干活，他们已有了一个男孩。后来，又生了一个女孩叫策伦，占卦的说她命不好，不夭折，长大了也是个坏货。道林格尔把她叫做“被抛弃的姑娘”，决心把她养大。从 8 岁开始，策伦便为东家放羊。不久，道林格尔被地方赃官乃阿送去当兵了，儿子受了老爷的欺骗，进了寺庙当小喇嘛。道林格尔的妻子和女儿策伦在外过着流浪生活。过了 3 年，道林格尔从军队中逃跑回家，但找不到妻女，便在老朋友巴图家安身。1923 年，策伦已经 18 岁了，出落得十分标致。她受一个协理欺骗，嫁给他儿子为妻，受到种种虐待。后来，她在一个女工作人员的帮助下，逃到乌兰巴托，进了学校。两年后，她成为新政府干部，被派到西部旗政府去做群众工作。在那儿，她遇到一个老牧人，在交谈中，得知这便是她的亲生父亲。她连忙带老人去见她妈妈。于是父女重逢，合家团聚。这部作品写出了革命前蒙古牧民的辛酸史，歌颂了翻身解放给蒙古人民带来的新生。

20 世纪 30 和 40 年代，达木丁苏伦曾两次到苏联学习，并获得副博士学位。1934 年，他发表抒情长诗《我的白发母亲》，歌颂了母子之爱和对祖国人民的热爱。第二次世界大战期间，达木丁苏伦担任蒙古《真理报》的主编工作。写作了诗歌《致伟大的斯大林》、《北极星》和小说《两个都是我的儿子》等作品，谴责了法西斯的侵略行径，对苏联人民战胜法西斯怀着必胜的信心。《北极星》一诗，以北极星来比喻长期受德寇围困而屹立不动的列宁格勒城，象征着社会主义苏联的强大。1945 年，他创作了《乔巴山元帅五十寿辰祝词》，歌颂了蒙古人民领袖和人民革命的胜利，并获得乔巴山文学奖金。在新中国成立一周年之际，他写了赞颂中蒙两国人民友谊的长诗《献给伟大的中国人民》。他在诗中写道：

我们把天蓝色绸子哈达
恭敬地献给你们，
祝无限美好的新中国，
万代兴盛，万古长青！
我们把金杯中的牛乳，
洒成海洋，
祝中国人民的新生活
日日提高，岁岁更新！

达木丁苏伦在20世纪50年代后，担任蒙古科学委员会主席、蒙古作家协会主席之职。写作了学术性著作《蒙古文学概说》两卷本。并用现代蒙语翻译了《蒙古秘史》，对英雄史诗《格斯尔传》也进行了研究，写了《格斯尔传的历史根源》等文章。

20世纪40年代的蒙古文学创作，以反法西斯战争为中心内容。涌现了僧格、洛德依当巴、策登扎布、敖伊道布、奥云、拉赫木苏伦等新一代作家。其中诗歌创作有策伯格米德的《英雄奥拉吉白》、僧格的《狂欢之夜》、策登扎布的《边防战士》等。小说创作有洛德依当巴的《戴帽子的狼》和巴斯达的《我们三个》。这时期也产生了一批历史题材的作品，以历史上英雄人物激发人们的爱国主义思想。其中著名的有那木达嘎的剧本《锡莱河三汗》、奥云的剧本《阿睦尔萨纳》、仁亲的电影文学剧本《朝克图台吉》等。

第二次世界大战后，蒙古文学题材日益广泛，其中以描写建设作品占主要地位。僧格（1916－1956）的著名中篇小说《阿尤喜》，以真实人物为基础，描写了在对日作战中英勇牺牲的阿尤喜的可歌可泣的事件。他以这部作品和《和平鸽》等诗，两度获得乔巴山文学奖金。1953年，僧格曾随艺术团来中国访问。1949年，洛德依当巴（1917－1978）出版小说《在阿尔泰山》，描写了地质勘探队员献身科学事业，寻找地下资源的故事。剧作家敖伊道布（1917－1963）是一个善于从民间传说汲取题材的作家。他写的《说谎大王》是蒙古第一部喜剧作品。塑造了一个幽默诙谐，善于讽刺和作弄王公贵族的主人公僧格的形象。他并不说谎，讲的都是真话。他的另一部剧本《路》，描写山区牧民在修建公路中，精神面貌发生巨大变化的故事。女剧作家奥云写了《兄弟们》，歌颂在抗日战争中，蒙古军队和苏联红军的友谊的故事。此外，她还和女剧作家乌达巴拉合作写了《瓶中之宝》，反映了工业建设的主题。20 世纪 60 年代，蒙古文学中写“普通人”和“小人物”的题材多起来。20 世纪 70 年代后，强调写“英雄主义”题材，批判了“非英雄化”的理论，号召作家要为提高文艺创作的质量而努力。

论蒙古英雄史诗《江格尔》

《江格尔》是蒙古族著名的英雄史诗。开始以口头文学形式在民间流传。1648年，由章嘉班定用新疆蒙文“托特”字记录下来，并以石印出版。由于故事在蒙古族中流传范围很广，各地版本各不相同，有十章本和十三章本。1983年，由色道尔吉译成汉文的《江格尔》（人民文学出版社出版）是最为完整的本子，增加了《江格尔和阿拉谭策吉的战斗》与《萨纳拉归顺江格尔》两章，共为十五章，全书共一万多行诗。

一般认为这部史诗大约形成于15世纪，主要流行于西蒙古，即新疆阿尔泰山和额尔济斯河一带。史诗中心内容是歌颂美好的社会理想和保家卫国的英雄。在历史上，曾经发生过这样的事件：大约在明朝崇祯三年，蒙古族的土尔扈特部领主和鄂尔勒克，因受到准噶尔部领主的压迫，曾率部迁到俄罗斯伏尔加河流域一带驻牧。但他们不适应异国的地理环境，加上沙皇政府的压迫，更加思念故土。他们于清乾隆三十六年由欧洲返回祖国，路上历尽艰辛，人畜伤亡很大，到达新疆伊犁地区，只剩七万余众了。清朝政府把他们安置在阿尔泰山一带定居下来。

这一历史事件和史诗《江格尔》的主题有一定的联系：它歌颂自己的家乡，史诗中的英雄都是把阿尔泰山当作自己的故乡来呼唤的；在与异族斗争中，求民族的生存与发展。以下，我们对这部史诗分作五方面来谈。

一、对理想国宝木巴的歌颂

蒙古人民长期以来过着漂泊不定的游牧生活，自然的祸害和异族的压迫，常使他们的生命财产得不到可靠的保障。特别是11、12世纪，蒙古奴隶主之间连年混战，社会局面动荡不安，整个蒙古地区陷入“天下扰乱，互相攻击，人不安生”的状况。牲畜日益减少，广大人民迫切盼望和平与安定。史诗中的人间乐园“宝木巴”，正是牧民们所向往的乐土。在蒙古语中，“宝木巴”有圣地、仙境、福地的意思。

孤独的人到了那里，
人丁兴旺；
贫穷的人到了那里，
富庶隆昌。
那里没有骚乱，
永远安宁，
有永恒的幸福，
有不尽的生命。

这里不仅是个富庶的安宁的邦国，而且也是一个明媚的、美丽的、欢乐的世界。

早晨，从东方升起红艳艳的太阳，
翡翠般的嫩草上露珠晶莹，
草原像波光闪闪的绿色海洋。

中午，金色的太阳光辉灿烂，
禾苗肥美，茁壮成长。
宝雨刷刷下降，
雨后太阳又露出笑脸，清风吹荡……

这里居住着五百万人民，
人们相亲相爱，彼此不分。
在主人的洪福照耀下，
吉祥如意，欣欣向荣。

这世外桃源便是长期以来牧民们所向往的理想社会。他们盼望有一天能过上安居乐业的生活。

二、对贤明君主和人民英雄的歌颂

《江格尔》原来的书名叫《圣明皇帝江格尔》。江格尔是宝木巴的贤明的统治者。他以自己宽大的翅膀庇护着他的子民。他是草原上的雄鹰和理想的国君。

在东方的七个国家，
江格尔是人民的梦想；
在西方的十二个国家，
江格尔是人民的希望。

江格尔的名字，在蒙古语中，有"主人"或"强者"的意思。他是塔海兆拉可汗的后裔，唐苏克·宝木巴可汗的孙儿，乌琼·阿拉达尔可汗的独生子。在他生下来两岁那年，他的国土受到魔王蟒古斯的袭击，父亲战死。但他不愧为英雄的后代，从小神力过人，三岁时冲破了魔王的三座要塞，四岁时冲破了四大堡垒，五岁时活捉了五个魔鬼，七岁时，打破了东方七个国家，威震四方。他手下有6012名勇士，12名大将，像群星拱月一样，围绕在他的周围。他捍卫宝木巴这块乐土，不让敌人侵犯。同时，他以攻为守，派萨纳拉远征胡德里·扎嘎尔国，派萨布尔降服了暴君赫拉干，派洪古尔追捕窃马强盗阿里亚·芒古里，派美男子明彦偷袭托尔浒国，活捉暴君昆莫。他自己在战斗中英勇无畏，降服了千里眼阿拉谭策吉和勇猛的萨纳拉，使他们成为自己得力的助手。在与魔王芒乃的战斗中，他的部将一一败下阵来。他高呼宝木巴战斗的口号，挺枪跃马冲上前去，一枪刺中芒乃，把他挑在枪尖上，高高地举在空中。他还击溃了暴君西拉·胡鲁库，并使魔王黑那斯全军覆没。在草原上，他成为一个无坚不摧的英雄。

其次，江格尔热爱自己的部下，和他们建立了亲密的友谊。他把洪古尔当作自己的亲兄弟，不顾个人的安危到地狱去救他，与看守洪古尔的八千恶魔整整战斗了六天。在他心目中只有一个信念："洪古尔是我最亲密的弟兄，比结发的妻子还要亲近，比我的独生子更为宝贵，他的生命就是我的生命。"他在魔群中奋力厮杀，站在血泊里，皮肤都变成了铠甲。洪古尔被沉入红海底，他又跳入波涛汹涌的大海，去捞取洪古尔的尸骨，并用神树汁把他救活。

正是由于江格尔的以身作则的英雄行为，爱护部下，他把六千零十二名勇士团结得像一个人一样。他们愿为捍卫宝木巴，为江格尔而牺牲自己的生命。他们向江格尔庄严宣誓说：

我们把生命交给短剑长枪，
把赤心献给宝木巴天堂。
我们对勇士的功绩衷心敬重，
对魔王的罪恶万分憎恨。
我们从不嫉妒别人，也不自夸，
忠心耿耿，绝不背叛，更不贪婪。
我们袒露胸膛，把心献上，
为着宝木巴甘愿让鲜血流光。
我们不怕高山峻岭，
战马一定越过它的顶峰。
我们不怕魔王强悍凶狠，
同心协力，一定把他消灭净。
我们活着无比勇敢善良，
心地宽宏，潜藏着无穷的力量，
六千又十二个伙伴亲密无间，
就像一个人一样。

勇士们的誓言体现了他们忠诚、坚毅、勇往直前的英雄品质。在勇士群中，最杰出的代表是洪古尔。他是摔跤王西克锡力克的儿子，与江格尔同龄。他有非凡的膂力，作战勇猛，被称作“雄狮洪古尔”、“宝木巴的擎天柱”。

洪古尔在战斗中
从不知后退，如虎似狼！
洪古尔豁出宝贵的生命，
单人独马征服了七十个魔王。

洪古尔肩披着乌黑光亮的头发，宽大的脸膛泛着红光，明亮的眼睛聪明睿智，鹰钩的鼻子显示着他的坚定倔强。洪古尔的双肩宽阔“有七十二只凤凰的力量”；他的腰围粗壮“有五十二个魔鬼的力量”。人称他是“西克锡力克的太阳”。洪古尔从不知畏惧，哪里最艰苦，最危险，他便把哪里的重任承担。当江格尔答应暴君芒乃提出来的屈辱条件时，他挺身出来反对，表示他要和芒乃决一死战。他认为死不过是洒一腔鲜血，抛几根白骨，这有何可惧？向敌人屈服却做不到。他和魔王的勇士厚和查干从山上战到山下，从马上打到马下，整整酣战了四十九天，打得“烟尘弥漫，天昏地暗”。当江格尔的长枪被芒乃折断时，他顾不得自己身负重伤，从山上奔下，死死抱住了敌人，以便勇士们上来把魔王砍杀。洪古尔的勇敢和忠诚，博得江格尔的称赞。他说：

洪古尔，寒冷的时候，
你是我御寒的皮外套呵！
洪古尔，紧急的时候，
你是我嘹亮的海螺！

洪古尔，战斗的时候，
你是我坚固的盔甲！
洪古尔，奔驰的时候，
你是我飞快的骏马！

我要活捉的敌人，
你给我手到擒来呵！
我要降服的魔鬼，
你给我马到征服呵！

江格尔十分信赖洪古尔，每当他外出时，便把捍卫宝木巴的重任委托给洪古尔。洪古尔的忠诚和勇敢来源于他对家乡的热爱。他说：

我和千万个凡人一样，
热爱家乡，憎恨魔王。

一旦，恶魔捣毁了金宫，
那时，有什么话可讲？

一旦，美丽的宝木巴成了屠场，
那时，有什么话可讲？

一旦，我们的兄弟姐妹，
都成为魔鬼的奴隶；

一旦，四种牲畜，

都成为魔鬼的财富；

那时，有什么话可讲？

有什么话可讲？

此外，作品还描写了千里眼阿拉谭策吉。他洞微烛幽，未卜先知，能洞察人间的阴谋诡计，决胜于千里之外。勇士萨纳拉潇洒英俊，文武双全，品德高尚。铁臂骑士萨布尔，骁勇强悍，惯使一柄月牙斧，能一手把敌人拎过马背。美男子明彦聪明睿智，能见机行事，以巧取胜。他们都是江格尔的忠实的部下，宝木巴的英雄。

三、对马的描写和歌颂

史诗在描写英雄的同时，着力描写了他们的坐骑。因为，马是英雄建立功勋的得力助手，出生入死的忠实伴侣。他对英雄起着陪衬的作用。正如乌骓马衬托了项羽，赤兔马衬托了关羽的英勇一样。史诗对马的描写有三大特色。

第一，溢美。描述了各种马不同的雄姿和特点。如千里眼阿拉谭策吉的大红马，奔跑起来像离弦的箭一样快，好像呼啸的弹丸一样强：

大红马的两耳前后剪动，

好像雕刻精美的金刚杵；

大红马的两眼左顾右盼，

好像闪耀的启明星；

大红马抬头远看，

能望穿七千座山峰。

洪古尔的铁青马又是另一副姿态：

它有美丽肥壮的脊背，

它有漂亮的后腿，

它有劲秀的前腿，

它有雕塑似的头颅，

它有聪慧的眼睛，

它有宽阔的胸膛。

它有黄金的四蹄。

勇士萨纳拉的红沙马同样是一匹良驹：

它那劲秀的两条前腿，
犹如美丽的翅膀，
蕴藏着矫健、神速。
它那丰满的臀部，
好似巨大的铁砧，
标志着体态的健壮、丰美。
它那炯炯有神的两眼，
显露着机警、灵敏。

江格尔是人中之王，他的阿兰扎尔便是马中之王。它的雄姿更是不同凡响：

阿兰扎尔的身躯，
阿尔泰杭爱山方可匹敌；
阿兰扎尔的胸脯；
雄狮一样隆起；
阿兰扎尔的腰背，
猛虎一般健美；
阿兰扎尔的毛色，
鲜红欲滴；
阿兰扎尔的八十一庹（tuǒ）长的长尾，
翘立如飞。
阿兰扎尔跑起来，
疾风、闪电都不能相比。

从以上对马的雄姿的夸张描写中，读者便自然而然地联想起了它们的英勇绝伦的主人。

第二，夸张神奇化。千里眼的大红马能游过大海，在波涛汹涌的海里劈波斩浪，“好像八千匹骏马在竞赛奔驰”。萨纳拉的红沙马力大无穷，“拽得五十名儿郎，前仰后合，站立不稳”。洪古尔的铁青马在战场上狂奔乱跳，把敌人刺来的五千支长枪全部折断。至于江格尔的神驹阿兰扎尔一步能迈过三座山，两步越过浩瀚的海。为了不被敌人识破，阿兰扎尔和明彦的金银马还能变化。阿兰扎尔能变化为秃尾小马，金银马能变作一根踝骨。

第三，人格化。史诗中的马通人性，能很好领会主人的意图，并和主人对话。在关键的时刻，它提醒主人，并把主人带离危险的境地。如萨纳拉一次受到敌人的追击，路上找不到一滴润喉的水，找不到一棵充饥的草。他和红沙马都倒下了。不久，红沙马从地上挣扎起来，它对主人说："快来骑坐吧，我的雄鹰。"江格尔在出征时，也和自己的马进行了对话。他要阿兰扎尔放开四蹄加快奔跑，否则，他就要严厉惩罚它了。阿兰扎尔回答说："你坐好，如果摔下，你就不是我的主人。"

从以上描写中，我们不难想象，有如此良驹，再加上英雄的胆识，在战场上能发挥多大的战斗力呵！

四、对邪恶势力的贬斥

牧民要建立富裕康乐的生活，敌人则进行骚扰和破坏。因此，保卫宝木巴与侵犯宝木巴在史诗中构成尖锐的冲突。这种邪恶势力的代表，在蒙语中称为"蟒古斯"，相当于汉语中的魔王、魔鬼的意思。但和神话中的魔鬼有区别，它是对一切敌人和邪恶势力的贬称。他们是宝木巴人民的死敌。史诗中包括暴君赫拉干、芒乃、胡鲁库，魔王扎干泰吉、黑那斯、西拉·蟒古斯等。这些敌人都具有狂妄、凶残、贪得无厌的特性。他们在大举侵犯之前，都派出使者进行恫吓，提出种种使江格尔无法接受的屈辱的条件。如暴君芒乃要江格尔把美丽的妻子阿盖、骏马阿兰扎尔送给他，还要洪古尔和明彦给他当奴隶，否则，他要出动十三万大军，踏平宝木巴。暴君赫拉干也提出了类似的要求。暴君胡鲁库，则乘江格尔外出，领兵讨平了宝木巴，把宝木巴人民变作了自己的奴隶。于是宝木巴出现了一幅凄惨的景象：

魔鬼洗劫了宝木巴地方，
毁坏了江格尔的宫殿。
一伙人驱赶江格尔的马群，
七伙人驱赶江格尔的人民，
没有留下一条母狗，
没有留下一个孤儿。
江格尔的夫人阿盖，
七十二位可汗的妻子，

捆在一条绳索上，被敌人掠去。

巍峨的白头山被夷为平地，
浩瀚的宝木巴海被黄沙填满，
消灭了江格尔的宝木巴乐土，
毁灭了江格尔的声望。

除了西方的魔王和暴君对宝木巴进行洗劫外，还有东方的魔王西拉·蟒古斯。他盘踞在“日出的地方”，有“八千个魔王向他纳贡，八千个魔王向他归降”。这位蟒古斯身躯像一座大山，腰圆三围，肩宽七十丈。凶恶无比：

西拉·蟒古斯嗜杀成性，
喜欢把人活埋，
从不知道怜悯和爱，
杀伐掠夺过了三十五载，
嘴里念咒语只知道把人害，
手里挥动武器要把生灵主宰。

江格尔和勇士们对一切破坏人民幸福的敌人和魔王的斗争，代表了正义和理想与灾难和罪恶的斗争。

五、丰富的想象，夸张的手法和多彩的文字

想象和夸张体现在对宝木巴的描写，对英雄人物和美女的描写，对战斗场面和战马的描写，以及对敌人的描写。而且文字绚丽多彩，如对江格尔的宫殿是这样描写的：

江格尔的宫殿壮丽雄伟，
六十六个檐角凌空欲飞，
八十八个纹窗璀璨夺目，
七千根画栋绚丽多彩，
巍峨的宫顶穿过云海，
距那天宫只有三指远。
珊瑚玛瑙铺地基，
珍珠宝石砌墙壁，

北墙上镶嵌雄狮的獠牙，
南墙上镶嵌梅花鹿的角……

万有的至高的主宰者，
是孤儿江格尔。
他坐在四十四条腿的宝座上，
光辉灿烂，好像十五的月亮。

这种描写是通过想象和夸张表现出来的。同样地，史诗对江格尔妻子阿盖的美丽的描写，也具有同样的特点：

阿盖向左看，左颊辉映，
照得左边的海水波光粼粼，
海里的小鱼欢乐地跳跃。
阿盖向右看，右颊辉映，
照得右边的海水浪花争艳，
海里的小鱼欢乐地跳跃。

阿盖的脸，白皙如雪，
阿盖的双颊，鲜红如血……
阿盖的银耳坠，
大如驼粪，在耳下闪烁。

史诗为了强调表现某一人物和事物，大量运用了数字的夸张。如写英雄萨纳拉身穿“七十层厚的战袍，七十层厚的战袍上披挂着八层铠甲”。写千里眼则用“七十个人也抬不动的大碗，一气干了七十五碗美酒，一连又喝了八十五碗醇酒”。描写洪古尔的威武，说他“腹粗八十五尺，腰围三十五丈。洪古尔身上凝结着十二头雄狮的力量”。有一回，他被魔王芒乃射中一箭，竟用了 12 个勇士，才把他身上的箭矢拔下来。洪古尔使用的宝弓巨大无比，要用 500 个力士才能给他上弦，一箭能射穿 50 个敌人的头颅。明彦跑进魔王昆莫的宫殿，他用利剑在他身上捅了 71 下，才使魔王从睡梦中醒了过来。魔王的勇士扎拉干一步能跨一条河，两步能跃一座山。

此外，史诗对人物描写，对出征场面和套马的描写，常有雷同和前后重复的缺点。这在民间说唱文学中是常见的。《江格尔》在成书之前在民间流传演唱，这一缺点也是不可避免的。史诗在每章前对酒宴的描写，也有程式化的倾向，诸如“鲜肉堆成山，美酒似涌泉，歌声嘹亮，舞姿翩跹”等，缺少变化。

越南文学史话

越南古称“交趾”或“交州”。公元前4世纪，在红河流域就有人定居。以渔猎为生，后来过渡到农业。公元前2、3世纪，越南为秦朝的一个郡县，从中国输入铁器和农业耕作技术。到了汉朝，在越南设立了三个郡：交趾、九真、日南。东汉末年，日南人士燮曾游学洛阳，回国后任交趾太守。中国佛教学者牟广（中国第一部佛教典籍《牟子理惑论》的作者），在东汉末年全家移居越南。唐代著名诗人刘禹锡、韩偓等也到过越南。在越南北部发掘出不少唐代的钱币和陶器。越南受中国封建王朝统治约一千多年。五代时期，即公元939年，由吴权领导的一次起义，摆脱了中国的直接统治，建立独立王朝，此后五百年间，经历了吴、丁、黎、李、陈等王朝。但他们与中国还保持藩属关系。国家政令制度仍仿效中国。13世纪，中国戏剧家李元吉到越南，把中国的杂剧介绍给越南人，很受欢迎。陈朝末年因内乱，曾请明朝派兵帮助。明成祖乘机占领了越南，但不久，被黎利起义军赶走，建立了后黎朝。此后，内战频繁，在历史上出现了南阮、北郑的分庭抗礼的局面。人民处于水深火热之中。

越南在13世纪以前采用的是汉文、汉字，阅读的是中国儒家典籍。11世纪越南仿效中国开科取士，建立文庙，塑孔子、周公像，并设国子监，培养人才。13世纪，陈朝官员韩诠首创越南文字——“字喃”，采用汉字，再配上越南的读音，比汉字还复杂，不易普及。“字喃”出现后，汉文势力仍很大。在很长一段时间，出现了汉文、字喃并驾齐驱的局面。直到19世纪越南文字才被拉丁化所代替。

一、古代文学

越南最早的文学是神话传说，曾记载在汉人写的《交州记》中，可惜这本书失传了。著名神话有《貉龙君传》、《山精水精》、《雍圣》等。《貉龙君传》（一名《龙子龙孙的故事》)是关于越南民族起源的传说。内容讲帝明是神农三世孙，生子帝宜。后帝明巡行五岭，纳仙女为妾，生下一个聪明伶俐的儿子，叫禄续。帝明要他继承大统。禄续再三推辞，帝明只好立其兄帝宜为嗣，以治理北方。帝明把禄续封为泾阳王，治理南方，号为赤鬼国。泾阳王娶洞庭君女为妻，生崇揽，封貉龙君。后来，泾阳王不知去向，由貉龙君治理国家。他便是越南民族的始祖。

貉龙君娶仙女妪姬为妻，怀孕期满产下百卵，一卵一男，生百男，成为百粤之祖。有一天，貉龙君对妪姬说，我是龙种，水族之长，你是仙神，世人之长。我带五十男归水府，分治各处。你带五十男居陆地，分国而治。登山入水，有事可以互相支持。妪姬从命，与五十男居峰州，立长子为君，称雄王，建立国家叫文郎国。这便是越南的由来。越南人把自己当作龙的后代，龙的子孙。其远祖又是神农，说明了与中国关系的密切。

《山精水精》一名《伞园山的传说》。伞园山在京师，黑水河流入红河不远的地方，其形状像一把雨伞。雄王的女儿媚娘生得容颜美丽，伞园山神和一位龙王同时爱上了这位公主。雄王答应谁先带丰厚礼物给他，他便把女儿嫁给谁。伞园山神先带金银珠宝去迎娶，雄王便把媚娘嫁给了山神。龙王不服气，他呼唤暴风雨和山洪来袭击伞园山。山神在河上挂起铁网，切断敌人前进的道路。龙王便通过李仁江，入赫江，穿刘河，过沱江，从背后来攻打伞园山。一时急流滚滚，村镇都淹没在大浪里。山神便命令居民构筑堤防，朝水中放箭。同时，又派出豺狼虎豹和狗熊，拔大树，搬山石，投入河中，压死龙王的兵将。一时喊杀连天，天昏地暗。直到第二天，河里漂浮的全是鱼的尸体，山神终于战胜了。这故事实际上反映了远古人民与大自然搏斗的经历。

《雍圣》讲的是雄王六世的时候，有一位年过六十的老妇人，膝下还没有儿女。有一回，她在田间道路上，看到一个巨大的足印，她把自己的脚放在脚印上比了一比，结果她便怀孕了。生了一个男孩，孩子长到三岁还躺在床上，不能起来，也不会说话。当时，有一个强悍的殷国，派遣大军来侵犯越南。国王向全国发布通告，征集能战胜强敌的英雄。孩子闻讯后，立刻从床上跳起来，要传令官转告国王，给他锻制一匹高大的铁马，他可以打败入侵的强盗。几天后，国王派人把铁马送来了。忽然，孩子也长成一个英俊的男子，他戴上一顶尖圆帽，拿起一根铁棍，便跳上铁马出征。铁马嘶鸣、飞奔起来。敌人无法抵挡铁骑英雄的袭击，用不了多长时间，全被击溃。英雄完成使命后，便跑上朔山顶，把衣服脱下，骑铁马，飞天而去。至今在朔山上还留下了铁马的蹄印。国王很感激这位英雄，把他出生的村子封为扶董天王村，在村中建立了天王庙。现在扶董村属于北宁省的仙游县，通常叫雍村，人们习惯称这位天王为雍圣。这篇传说歌颂了保家卫国的英雄，富有浪漫的传奇色彩。

除神话传说外，越南民间还流传大量民歌民谣，其内容表达了人民对美好生活的向往，讽刺了那些欺压人民的官吏和神棍，控诉了在封建包办婚姻下妇女的痛苦。

1010年，李朝国王李公蕴下令迁都升龙（今河内），其诏书是用汉文写的，被认为是越南最早的历史文献，也是越南文学的滥觞。当时有文化的人，极大部分是贵族和僧侣。汉文一直受到官方提倡，皇帝和贵族文人及皇室宗亲都能咏诗作赋。如陈朝陈太宗有《太宗御集》，陈仁宗有《仁宗诗集》。黎朝皇帝黎思诚曾集文臣28人，建立“骚坛会”，有组织地进行汉诗文创作。先后涌现了陈光君、范任老、陈光朝、阮忠彦、朱文安等一批汉文诗、赋作家。

“字喃”出现，对推进越南民族的诗歌发展有一定贡献。到15世纪时，作家们根据中国诗歌的音韵格律，结合越南民歌的特色，创造了一种新的诗作，叫“六八体”。随后，又将七言诗与“六八体”诗结合起来，创造出“双七六八体”。这种诗作是在六八字句前，加两个七字句，和“六八体”诗一样，有平仄和押韵。著名诗人阮攸和女诗人胡春香，把“字喃”文学发展到高峰。

阮廌（1380－1442）是越南古典文学中第一个著名的诗人。他是陈朝遗臣，和父亲阮应龙一道被明军俘虏过，软禁多年。后投奔黎利，黎利称帝后，成为黎朝开国功臣。黎利死后，他被奸臣、宦官诬陷，夷三族。黎圣宗时，才得到昭雪，追封为金紫荣禄大夫。他写了汉文诗《抑斋诗集》，收录105首诗。其诗写景抒情颇见功力，有对自己坎坷一生的回忆，也有表达自己的抱负和直陈忧民爱国思想的诗。他的《国语诗集》，共收录254首诗，是越南现存最早的一部字喃诗集。另外，他还写作了散文作品《兰山实录》等。

黎思诚（1442－1497）是黎朝皇帝，庙号圣宗。他提倡儒学，建立科举制度，同时也鼓励“字喃”创作。他写作了汉文诗集《明良锦绣诗集》、《珠玑胜赏诗集》、《琼苑九歌》等，字喃作品集《洪德国音诗集》等。他的诗歌风格清奇，格律严谨，在越南文学史上有过一定的影响。

邓陈琨（1710－1745）是黎朝诗人。官至御史。他有汉文写的集子《题潇湘八景图诗钞》、《邓陈琨赋钞》等。代表作为汉文乐府《征妇吟曲》，长达477句。作品反映了连年战争给越南人民带来的痛苦，描写了一个征人妻子的凄凉生活以及她对战争的诅咒。被认为是“千古绝唱”。

阮嘉韶（1741－1798）是黎朝诗人。官至温如侯。他写了两卷汉诗《温如诗集》(已佚)，“字喃”作品《西湖诗集》、《四斋诗集》等。他的代表作《宫怨吟曲》是一首用“双七六八体”写成的长诗，共365行，被认为是继《征妇吟曲》之后第二部反映妇女痛苦的佳作。作品揭发了当时宫廷生活的淫乱和黑暗，描写了宫廷妇女悲惨的命运。

胡春香是19世纪初叶著名的女诗人。她出身于书香之家，因丈夫早死，长期过着孀居生活。她写的诗，大部分散佚。现存的诗收在《春香诗集》中。她的诗长于讽刺，思想大胆泼辣，抨击了封建礼教，揭发了僧侣的伪善和欺诈行为，控诉了封建的婚姻制度的罪恶。被认为是“反封建的革命诗人”。

阮攸（1765－1820）也是19世纪初叶的诗人。他的诗作和代表名著《金云翘传》是越南古典诗歌创作的高峰。我们将另作专章介绍。

纵观越南古典文学，成就最大的是诗歌，其中有汉诗和“字喃”诗歌。“字喃”在形成和发展越南民族文学中起了巨大的作用，但读懂“字喃”又必须以汉语作基础。因此，绝大部分越南古典作家都是通晓汉文的，他们在写作“字喃”诗歌的同时，也写作汉诗。由于“字喃”本身结构复杂，不易推广，后来便由拉丁化的越南文字代替了。

二、近现代文学

1885年，法国占领了越南。开初，越南掀起了一股抗法勤王运动，但只坚持了十年。接着，法国对越南实行了全面的统治。这种异族的侵略和压迫，历经半个多世纪。越南近现代文学是在反殖民压迫和要求祖国独立解放的斗争中成长起来的。

（一）民族民主革命时期的文学

法国占领越南后，一批爱国文人，以诗文为武器，与法国殖民主义者开展了斗争。最初出现的《河城正气歌》和《河城失守歌》（作者佚名）便是属于这一类的作品。嗣后，以潘佩珠为首的知识分子在法国启蒙主义思想家及中国维新派康有为、梁启超的影响下，开始组织“维新会”、“越南光复会”、“东京义塾”等团体，传播新思想，做唤醒群众的工作。同时，他们也写作了许多充满爱国热情的诗歌。

1930 年 2 月 9 日，安沛越籍军人爆发了反对法国殖民统治的起义，并得到农民的响应。同年 2 月，越南劳动党成立，掀起了工农革命浪潮。9 月在义安、河静两省的许多县，相继建立了工农苏维埃政权，把土地分给农民，进行了一系列的民主改革。1931 年，遭到法国殖民者和越南反动派的联合镇压。但它在人民群众中播下了革命的火种。

在义静苏维埃运动期间，出现了一批革命诗歌，如《革命之歌》、《耕者之歌》、《动员姐妹们闹革命之歌》、《十月革命颂歌》等。宣传了无产阶级革命的真理，极大地鼓舞了人民革命的斗志。

1936 年 5 月，法国人民阵线在选举中获胜，同年 6 月组织内阁，放松了对越南的控制。于是，一些进步报刊如《民众》、《人民》、《劳动》、《我们的声音》等相继出版，现实主义文学也得到了较大的发展，涌现了阮公欢、吴必素、元鸿、秀肥等优秀作家。

1940 年 9 月，日军侵入越南，在谅山一战中，法军败走。谅山省的北山人民在印度支那共产党（劳动党改名）的领导下，夺取了溃逃的法军的武装，建立了北山游击队。在日军占领期间，越南文坛遭到摧残。1943 年，印度支那共产党针对当时文艺界混乱的局面，发布了《越南文化提纲》，强调文艺创作应当具有民族性、科学性和大众性，并成立了“文化救国小组”，团结了一批文艺工作者参加祖国解放斗争的行列。

越南从旧民主革命到新民主革命期间，涌现了一批著名作家，如阮廷炤、潘佩珠、吴必素、阮公欢等，现分别介绍如下。

阮廷炤（1822－1888）是近代越南诗人，曾中秀才，26 岁时因奔母丧，哀伤过度，导致双目失明。法国占领越南南部六省后，他不愿与敌人合作，返乡隐居。他希望有一天把法国殖民主义者赶出祖国大门。他在诗中写道：“何时天下变太平，喜见江山扫西风。”他著有《蓼云仙传》和《渔樵问答》等“六八体”的长篇叙事诗。

《蓼云仙传》和《金云翘传》一样，故事发生在中国，在越南流传很广。蓼云仙是个清贫的书生，因母死弃考，双目失明，被朋友推入江中，幸被渔翁救起，投奔未婚妻武家。武氏父女嫌贫爱富，不仅不肯收留他，反而把他弃置山洞。后被樵夫搭救，安置在寺庙中。

一位曾被蓼云仙搭救过的女子乔月娥，因拒绝做太师的媳妇，被进献给异邦乌戈。她在途中跳水自尽，被观音菩萨救起，住在山林一位老妇人家。这时，蓼云仙因得仙药，双眼复明。他发愤攻读，中了状元，进而平定了乌戈的叛乱。在途中，他巧遇月娥，便结成金兰之好。这部长诗有 2076 行。一般评论家认为作品是以作家自身经历为原型，加以想象虚构而成的。其内容抨击了社会的黑暗和奸邪势力，宣扬了忠孝节义的思想，歌颂了友谊和爱情，反映了作家的道德观念和他对当时现实的看法。

潘佩珠（1867—1940）是诗人、作家和政治活动家。自幼习汉文。他反对法国殖民统治，是越南近代维新思想的极力鼓吹者。

1912 年，他组织“越南光复会”，并在中国、日本和暹罗等地进行革命活动，主张立宪制。在日本时，他曾与孙中山有过交往，后来，他在上海被法国密探绑架，送回越南，遭到软禁。潘佩珠以大量诗文创作，表达了亡国的哀痛，揭露殖民主义者凶残的面目，鼓励人民勇敢起来与敌人展开斗争。同时，他为自己未能完成复国大业，感到内疚。他在临终前写诗道：“此心未了身先了，羞向泉台面故人。”他的著作有汉文作品：《琉球血泪新书》（1903）、《越南亡国史》（1906）、《海外血书》（1906）等，越文作品有《巢南文集》（1935）。

吴必素（1894—1954）自小习汉学，曾翻译《唐诗》，1948 年加入印度支那共产党。他的主要文学创作是小说，写有小说《熄灯》、《草棚和竹榻》，历史小说《提探的历史》等，均以描写农村题材为主。其代表作《熄灯》（1939）被认为是越南现实主义文学的一个高峰。作品描写贫苦农民阮文酉一家在地主官僚的压迫下的悲惨遭遇。阮文酉因无钱纳税，被官府捉走，他的妻子为了拯救丈夫，忍痛把七岁孩子卖了。可是仍无法交清税款。后来，她去给巡抚的父亲当奶妈。巡抚的父亲企图强奸她，她拼死挣脱。可是，屋外一片漆黑，她的命运也像那没有星光的夜空一样，她该往哪里走呢？作品说明了官绅地主的残酷剥削和压迫，就是农民贫困的根源。歌颂了文酉嫂不畏权势，不被利诱，敢于抗暴的斗争精神。

阮公欢（1903—1977）是越南 20 世纪 30 年代著名的作家。当过教员。他曾

论阮攸的《金云翘传》

《金云翘传》是越南19世纪初叶，著名诗人阮攸的代表作。阮攸，字素如，号清轩。河静省宜春县人。越南文学界把他比作中国的屈原，俄国的普希金。他的代表作《金云翘传》是一部家喻户晓、脍炙人口的作品，被称作越南古典文学创作的高峰。但这部作品是以明末清初的作家青心才人的《金云翘传》作为蓝本的。书中主要人物王翠翘、徐海是中国历史上实有的人物。明清时代，人们把他们的故事编写成小说或戏曲上演。青心才人的《金云翘传》流行于清顺治康熙年间，在同类作品中，是佼佼者，故事完整，人物性格鲜明。作家受了当时流行的"才子佳人"小说的影响，在原有人物基础上加上才子金重，并使他和王翠翘发生姻缘纠葛。徐海成为王翠翘风尘沦落中相识的一位英雄。但这类才子佳人小说，在中国古典文学中甚多，并未引起注意。青心才人的《金云翘传》的命运和清初另外几部才子佳人小说《玉娇梨》、《平山冷燕》、《好逑传》差不多，它们"在外国特有名，远过于其在中国"[①]。《玉娇梨》、《好逑传》在欧洲流传甚广，曾受到歌德和席勒的称赞。《好逑传》还被欧洲人当作初学中国话的教科书。《金云翘传》则在越南落了户。现在我们把阮攸的《金云翘传》和青心才人的《金云翘传》作如下的一番比较和分析。

① 鲁迅：《中国小说史略》，见《鲁迅全集》第九卷第189页，人民文学出版社，1981年版。

一、广宅幽园寻芳草　同根璀璨并蒂花

我们还不知道青心才人的真实姓名，估计他是明末的一个遗民，卒于清朝初年。阮攸出身于越南封建贵族世家，少负才名，精通汉学，尤其景慕中国伟大的文学家。1813 年，他曾出使中国，并凭吊了屈原、贾谊、嵇康、李白、杜甫、柳宗元等文学家的墓地或遗迹，游历了中国大江南北。他根据青心才人所写的《金云翘传》，有以下三方面完全一致的地方：

一是故事情节和青心才人的作品完全一样。开头是郎才女貌，一见倾心；末了是"善恶到头终有报"，"才子佳人庆团圆"。

二是因袭了青心才人对人物的描写。如美丽多才的王翠翘，懦弱惧内的束生，英勇豪爽的徐海，嫉妒而阴险的宦姐，贪财好利的秀婆，流氓光棍马不进、楚卿等。世界文学中也有不少根据同一人物和故事改编而成的名著。如西班牙作家代叶斯，法国戏剧家莫里哀，英国诗人拜伦，俄国诗人普希金，英国戏剧家萧伯纳，都曾根据流传的唐璜故事，把它改编成作品。但他们作品中的人物性格和故事都有所变化，甚至形成对蹠。如拜伦的《唐璜》中的唐璜，便由原来的登徒子式的人物，变成了正面形象。而阮攸和青心才人作品中的人物和性格是完全一致的。

三是阮攸接受了青心才人作品中的儒家名教思想的影响，宣传忠、孝、节、义的观点。因此，我们可以说没有青心才人在作品中提供的情节、内容、人物、思想，就不可能有阮攸作品的进一步成就。

但阮攸的《金云翘传》并不同于翻译，他经过了细心的再创作，使它在越南民族土壤中开出了新花。区别有四：

一是体裁不同。青心才人的《金云翘传》是一部诗文合璧，将近 14 万字的小说，共 20 回。以散文为主，诗词为辅。其中包括词 70 首，诗 67 首，赋一篇。这些诗词虽不算高明，但在状景写情方面也体现了一定的才华。阮攸的《金云翘传》完全用诗歌来写，其诗歌格式在越南称"六八体"。即每行诗有 14 字，上六字为一分句，下八字为另一分句。上分句第六字和下分句第六字同韵。下分句第八字与下行诗第六字同韵。如此类推，一直贯串到底。这种诗体最初起源于越南民歌，阮攸熟练地掌握这种作诗方法，灵活自由地把它谱写成长调。《金云翘传》共计 3254 行诗，分 12 卷。

二是情节更为简洁、洗练。一方面，阮攸适应诗体要求，他必须删去一些冗

繁的情节，使作品更加紧凑、明快；另一方面，也体现了诗人独到的匠心，洗练的风格。如青心才人原作写到王翠翘沦落妓院后，由秀婆教授“哭、剪、刺、烧、嫁、走、死”等七字揽客手段，并一一加以解说，又引诗为证。阮攸作品只用一句话带过：“勾引心传七字，房内功夫八种。”又如，翠翘受宦姐折磨，青心才人原作整整用了四回（第十三回至第十六回）的篇幅描述。阮攸的作品只用一卷多，而且形象更加集中。还有青心才人描写督府诱骗徐海投降的细节写得多，阮攸却很简练。总的说来，他的长诗是明净的、简洁的，也是一气呵成的。

但青心才人原作中两处被阮攸省略了，却不见得妥帖。一是青心才人描写翠翘卖身赎父，递交银子后，晚上她梦见金重前来搭救她，惊醒后竟是一场空。她在失望中，挑灯写了《惊梦觉》词九首，很好地体现了一个弱女子在命运攸关的时刻期待的心情，她多么需要雪中送炭，希望自己心爱的人，向她伸出援助的手。阮攸却把它删略了。二是青心才人描写徐海最后发觉中了督府奸计，与官军死战场面，体现了他视死如归的英雄气概。阮攸也把它省略了，其效果不如青心才人原作强烈。

三是长诗达到情、景、意三者高度协调和统一，情意更加缠绵。如青心才人描写金重在清明节踏青时，与翠翘、翠云姐妹偶然邂逅，他为她们的风采暗暗销魂，但“因碍着王观，不好久留，只得辞别先行”。只几句话便把金重打发走了，接着翠翘姐妹也上轿回家了。阮攸却细腻地描写了金重出场，在翠翘心里所掀起的波澜，体现了青春少女的绵绵情意，诗人是这样写的：

> 翠翘心情缭乱，
> 恨他故意耽搁，又恨他急着辞行。
> 夕阳下撩起愁思无限，
> 征骑已远，还偷眼送他归程。

又如，金重奔丧，翠翘怅望情人远去。青心才人只写翠翘和金重分手后，“哽哽咽咽，不茶不饭”。阮攸则借景写情，衬托出翠翘的无限情思：

> 凝愁伫立西轩，
> 乱丝般回肠九转。
> 窗外袅袅轻烟，
> 看，花褪残红，柳渐飞绵。

还有，青心才人写束生割爱分襟，回无锡探家一节，只写他和翠翘都泪流满面，点首无语。阮攸却写出束生和翠翘分别时的不同心境：一个是影单路遥，一个是独守凄清。

他跨上雕鞍远去，
枫林秋色凄冷。
马足扬尘，
夕照一丝鞭影。
归来后，她挨尽五更寂寞，
马上人，也觉山川万程。
一轮月色，
半照孤眠，半送长征。

阮攸诗歌把情景融为一体，借景抒情，更加悱恻动人。

四是语言更富有表现力。青心才人的语言在我国古典小说中说不上好，叙述也较平板，对后代也没有产生过什么影响。阮攸作品则不同了，他用词委婉贴切，声调铿锵悦耳，是越南文学用语的典范，对后代产生了巨大的影响。阮攸的成就有两方面：一方面，他善于提炼民间语言，诗句既朴素通俗，又生动自然；另一方面，他娴熟地把中国的典故、语汇、诗词句子，熔铸到诗行里，使文字增强表现力，更显得丰富多彩。如开头描写王翠翘弹琴一段道：

一曲“楚汉相争”，
联想铁马金戈，奔腾交响。
续弹司马相如“凤求凰”，
听者谁能不感伤？
调转嵇康“广陵散”，
流水行云韵味长。
曲终为奏“昭君怨”，
只觉恋主思乡两断肠。

又如，阮攸以温庭筠的诗句“鸡声茅店月，人迹板桥霜”来形容王翠翘月夜出走时的情景。以李商隐的《锦瑟》中的诗句“沧海月明珠有泪，蓝田日暖玉生烟”来比喻王翠翘的琴声。都用得恰到好处，引人联想，增添韵味。

二、才女罹难入火海　英雄受害昧平生

阮攸在浩如烟海的中国古典文学中，对青心才人的《金云翘传》发生了极大的兴趣，从而产生了创作欲望。这说明了他们有着共同的思想基础。这就是他们对社会离乱、正义难伸的感愤，对处于封建压迫下的女子命运的同情，从而体现了他们的民主主义和人道主义的思想感情。

首先，我们来看看两部作品对中心主人公王翠翘的描写。根据中国传说，王翠翘实有其人。她是山东临淄妓女，原名马翘儿，后逃离娼门，改名为王翠翘。倭寇犯江南，掳翠翘而去，成了徐海的压寨夫人。徐海败死，她投江自尽。青心才人对这个人物进行了改造，把她描写成一个千娇百媚、受凌辱受迫害的弱女子。她出身于一个无权势的员外之家。从小就长得："眉细而长，眼光而溜，容如秋月，色似桃花，逸致翩跹，鸿惊龙游，不足喻也。"她诗书针黹，琴棋字画，样样皆精，"尤喜音律，最癖胡琴"。阮攸在诗中也这样写道：

她眉似春山，眼如秋水，

正所谓花妒娇红柳妒青。

倾城倾国貌，

才华拔萃，美态娉婷。

天禀聪明，才华似锦，

既娴诗画，又会歌吟。

按宫商，调五音，

称绝技，艺精胡琴。

然而，两位作家不光是描写王翠翘是个才貌双全的女子，更主要的是描写她的品德。她具有哪些品质呢？

第一，她有自我牺牲的精神。为了拯救家庭，她卖身赎父，抛弃了自己的美满姻缘。

第二，她有一颗善良的心，明是非、识大体。两位作家在作品开头时，都运用象征的写法，描写了王翠翘凭吊歌女刘淡仙的场面。她同情这位生前备受摧残、死后不再有人惜玉怜香的苦命女子。后来翠翘嫁给束生为妾，她并不愿束生因为对她专宠，而忘了发妻，主动劝他回无锡探家。她做了徐海的压寨夫人后，力劝徐海约束三军，"不淫人妻女，不杀戮老幼，不烧毁民房，不挖掘坟墓"。

金重与王翠翘

第三，她重情尚义、恩怨分明。为了拯家救父，她对金重背盟爽约了，便劝说妹妹代续鸳盟。借助于徐海的力量，她对于那些逼她入火坑的坏人进行了无情的报复，对那些有恩于她的人，她也一一给予酬答，体现了她那惩恶扬善、以德报德的思想。徐海死后，她不愿偷生独活，也跳江自尽，以死殉情。

以上，我们可以看到两位作家都热情地歌颂了自己女主人公的好品德，真切地同情她的遭遇和命运。并由她联想到一般受压迫的妇女。青心才人在第十一回中，通过王翠翘的口说："人生最苦是女子，女子最苦是妓身。为婢为妾俱有主，为妓死生无定凭。"阮攸也在第五卷中写道：

不幸生为女子身，

多少艰危忍受。

风尘堕落复何言，

堪叹一生含垢！

王翠翘两次被逼入妓院，两次做人婢妾，充分反映了在封建社会里妇女所遭受到的压迫和蹂躏。

两位作家对女子的"贞节"观念的看法是一致的。认为女子有以不失身为贞节者，也有以辱身为贞节者。王翠翘舍身救父，虽辱身而志洁。青心才人通过金重的口说："玉遭玷而不暇，香愈焚而愈烈矣。较之古今贞女，不敢多让。"阮攸也通过金重对翠翘说：

古来妇道相传，

贞节亦须权变。

处变处常，

不能全依经典。

像你尽孝失贞，

何损本来良善。

这样他们对贞节观念作了新的解释。但两位作家也通过翠翘来宣扬封建道德观念和宿命论的思想。如"忠孝两全"说，"红颜薄命"说等。但青心才人更侧重对忠、孝、节、义的宣传。他在书里对主人公的行为都要作一番伦理的解释。如翠翘救父时，她认为自己是"家贫见孝子，为子死孝"。后来劝徐海投降时，又大陈"三便"、"五利"，认为朝廷为尊，从逆当诛，若招抚投降，"必将高官终身，共享富贵"。青心才人努力要塑造出一个尽孝尽忠、才德兼备的女子形象。

阮攸虽然也描写了翠翘对统治者怀抱幻想、恪尽忠孝的一面。但他对翠翘的描写，更加侧重于“才命相妒”说。他在诗歌开头便说：“人生不满百，才命两相妨。”第八卷中，他说：“想到人生苦难，才情满溢，才会招妒上苍。”在诗的结尾时又说：“多‘才’不必自炫‘才’，‘才’与‘灾’字音相仿。”显然这也是一种唯心的宿命论观点。但他的惜才怜命的思想，也包含着对社会不平的抗议。同样地，青心才人描写翠翘尽忠不成反遭害，也包含了对统治者的强烈谴责。

其次，谈谈徐海的形象。徐海在中国历史上也确有其人。他是明嘉靖时人，原为杭州西湖虎跑寺和尚，字明山。后聚众谋反，自称天差平海大将军，勾结倭寇，经常侵扰浙江、福建沿海地区。后督抚胡宗宪设计，贿其妾翠翘，诱其归降。官军乘其不备，设伏兵击之，徐海携翠翘且战且走，溺水死。青心才人在描写这个人物时也进行了改造，删去了他勾结倭寇，引狼入室，成为民族罪人的情节，把他塑造成正面人物，而统率官军的督抚反而成为讽刺对象。最后又把他写成不是溺水死，而是战死。阮攸沿用了青心才人这一改造。这两位作家的笔下，徐海具有如下的一些新特点：

第一，他是个豪爽豁达的伟男子。他壮志满怀地说：“天生吾才，必有吾用。有才无用，天负我矣。设若皇天负我，我亦可以负皇天。大丈夫处世，当磊磊落落，建不朽于天壤，安能随肉食者老死牖下。”王翠翘称他英雄大度，“即平原君殆无此豁达也”。阮攸在诗歌中还描写了徐海的一幅肖像：

他生得虎须、燕颔、蚕眉，
阔肩膀，体貌轩昂。
雄姿英发，
精通拳棍，更兼才略高强。
顶天立地男子汉，
他名唤徐海，原在越东生长。

第二，他是叱咤风云、智勇双全的英雄。阮攸在诗中写道：

徐公兵威震远，
立朝廷，称霸南天，
分文武，界划山川。
气象万千，
举足踏破南疆五县。

名字。督抚胡宗宪是明史上的真实人物。他曾设奸计诱降徐海，后又在庆功会上当众调戏王翠翘。青心才人和阮攸对这个人物都采取讽刺的描写手法。阮攸写道，胡督抚借酒醉向翠翘调戏说：“三生石上旧姻缘，鸾胶再续，共谱鸳鸯。”青心才人则写道，督抚以酒强要翠翘饮，“体虽未亲，但嫩蕊娇香，已沁入督抚肺肝矣。诸将俱起为寿。督抚携翠翘手受饮，殊失官体。夜深，席大乱”。第二天，督抚为了掩人耳目，便把翠翘赐配给军酋长为妻。堂堂一个官军统帅、封疆大吏，竟如此胡为，其下属便可想而知了。尤其是他那背信弃义的行为，更加使朝廷失信于民。

从以上分析我们可以看到，两位作家都很真实地描写了当时极为尖锐的社会矛盾和残酷的压迫。上自朝廷命官，下至地痞流氓，无不逞凶作恶。他们设下一个个陷阱，把善良无辜的人民逼得走投无路，从而落入他们的圈套。王翠翘的沦落风尘，徐海被逼上梁山，都是他们一手造成的。

青心才人和阮攸对当时社会黑暗的揭发并不是偶然的。因为他们都生活在多事之秋，王朝更迭的时代。青心才人生活于明末，正当明末农民大起义和清军入关的时代，阮攸生活于黎氏王朝崩溃，西山农民大起义的时代。当时社会动荡不安，统治阶级腐败无能，广大人民陷于水深火热之中，离乡背井，卖儿鬻女的事屡屡发生。阮攸曾亲身经历了饥寒和流离生活的苦楚。正如他在《漫兴》诗中写的：“行脚无根任转蓬，江南江北一囊空。”西山农民起义失败后，越南转入阮氏王朝统治时代。在中国，清朝接替了明朝的统治。由于青心才人和阮攸的遗民身份，使他们能更加清醒地看到社会矛盾，揭发种种罪恶的现象。阮攸借中国发生的故事，影射的是当时越南的社会。他和青心才人一样对黑暗混沌的时代深恶痛绝，同情受压迫的人民，从而在作品中写出了他们共同感愤的声音，表达了他们极为难得的民主意识。至于作品中宣扬的伦常道德观念和宿命论思想，则说明了他们共同接受了儒家思想和佛教思想的影响。

两部《金云翘传》是中越文化交流的友好见证。说明了两国人民自古以来休戚相关，命运相共。

论越南汉诗与中华文化

越南汉诗是越南文学的一个重要组成部分，涌现过无数有才华的汉诗作者，写作了数以万计的诗篇。清朝广西按察使劳崇光在答越官魏克循的诗中赞曰："海澨仙娇郁楼台，蔼蔼人多翰墨才。"

越南汉诗兴起于11世纪李朝时期（相当于我国北宋年间）。那时，贵族文人、僧侣及皇室宗亲是最早的汉诗作者。到了陈朝时期，汉诗写作得到帝王提倡，出现了专门的诗歌作者和诗集。如陈太宗日煚，在位36年，写有《太宗御集》。仁宗陈昑（日煚孙）写有《仁宗诗集》。到15世纪后黎时期（相当于我国南宋年间），汉诗写作达到繁荣时期。黎朝皇帝黎思诚，曾召集文臣28人，建立"骚坛会"，有组织地进行汉诗文创作，先后涌现了一大批汉诗赋作家。19世纪以后，由于越南文字走上拉丁化的道路，汉诗写作才逐渐衰落下来。

在越南汉诗作者中，涌现了下列一些著名的诗人。

阮廌（1380—1442），又名黎廌、抑斋，后黎著名诗人。他原为陈朝遗臣，明军讨伐黎季犛时，他和父亲阮应龙一道被俘．软禁多年，后投奔黎利。黎利称帝后，成为黎朝开国功臣。黎利死后，他被奸臣、宦官诬陷，夷三族，直到黎圣宗时，才得到昭雪，追封为金紫荣禄大夫。他写了汉文诗集《抑斋诗集》，收录105首诗。他的诗歌内容，有回忆自己坎坷一生的作品，有直陈自己忧国忧民思想、表达自己抱负的作品。抒情写景均颇见功力。他在狱中写的一首律诗，对偏听偏信的统治者表达了不满的情绪。诗曰：

浮世升沉五十年，故山泉石负情缘。

虚名实祸殊堪笑，众谤孤衷绝可怜。

数有难逃知有命，文如未丧也关天。

狱中独背空遭辱，金阙何由达寸笺。

黎灏（1442—1497），字思诚。黎朝皇帝，庙号圣宗。他在倡导汉诗写作上有过很大的功绩；汉诗集有《明良锦绣诗集》、《珠玑胜赏诗集》、《琼苑九歌》等。他还极力提倡儒学，建立科举取士制度。他对儒学的热衷，在诗作中得到明显的反映。有诗曰：

祝天万寿起嵩呼，喜动春风满国都。

此屋弦歌师孔孟，累朝簪笏颂唐虞。

礼遵旧制东西序，恩洽新君上下孚。

莫道此来多矫俗，古称绥远尽吾儒。

其诗作格律严谨，对仗工整，风格高雅。

邓陈琨（1710—1745），后黎诗人，官至御史。诗集有《题潇湘八景图诗钞》、《邓陈琨赋钞》等。其诗凄婉。代表作《征妇吟曲》是一首汉文乐府，长达477句。作品反映了连年战争给越南人民带来的痛苦，描写了一个征人妻子的悲惨的生活，以及她对战争的诅咒，被认为是“千古绝唱”。其中有句云：

骑军相拥君临塞，杨柳哪知妾断肠。

去去落梅声渐远，行行征旆色何忙。

黎贵惇（1726—1784），字允厚，号桂堂，后黎诗人，官至工部尚书，曾出使中国。他通今博古，汉学功力也很深，著有《桂堂诗集》4卷、《联珠诗集》4卷。其诗雅逸，感情真挚。《谒黎少公祠堂》一首云：

行行重到古寥乡，雅范清规仰大方。

墙角鸟啼深夜月，檐边桔放满林霜。

羊昙难过西州宅，裴度空余绿野堂。

俛仰曷胜今昔感，此情应共此江长。

阮攸（1765—1820），字素如，号清轩，越南19世纪初叶著名诗人，著有诗集《清轩前后集》、《北行诗集》、《南中杂吟》等。他曾把中国青心才人所著长篇小说《金云翘传》改写成“六八体”字喃长诗。1813年，奉命出使中国，游历了大江南北，凭吊了苏秦、屈原、贾谊、嵇康、李白、杜甫、柳宗元等文学家的墓地和遗迹。其诗工整、高洁。《杂吟》云：

龙尾江头屋一间，幽居愁极忽知欢。

达人心境光如月，处士门前青者山。

枕畔束书扶病骨，灯前斗酒起衰颜。

灶头终日无烟火，窗外黄花秀可餐。

潘佩珠（1867—1940），号是汉，别号巢南，近代诗人。他曾受中国康有为、梁启超维新思想的影响，主张君主立宪，在日本，与孙中山有过交往。其著有汉文作品《琉球血泪新书》、《海外血书》等。其诗作表达了深沉的爱国忧民思想。他在《岁暮》一诗中曰：

十年书剑走天涯，一念区区在国家。

星斗夜明天尚晦，关河客久鬓将花。

徙溟鹏敢辞嘲鷃，未雨龙犹暂屈蛇。

莫问南来数行雁，故乡消息乱如麻。

胡志明（1890—1969），原名阮文清，又名阮爱国，越南劳动党缔造者之一，中国人民亲密的朋友。1942 年，他从越南来我国境内从事革命活动，被国民党政府扣押在广西，先后更换了七八个监狱。在狱中，他写了汉诗 100 余首。1965 年 5 月，我国把它汇成《“狱中日记”诗钞》出版。这些诗歌表现了一个革命者的高风亮节，以及为谋求祖国解放不畏艰险，顽强不屈的精神。他在诗中写道：“茫茫长夜不能眠，我做囚诗百几篇。做了一篇常搁笔，从笼门望自由天。”另一首古风云：“身体在狱中，精神在狱外。欲成大事业，精神要更大。”成为他革命意志和开阔胸襟的写照。

胡志明的亲密战友黄文欢也是一位汉诗爱好者。我国在 1980 年和 1984 年两度给他出版了《黄文欢汉文诗钞》，包括汉诗 73 首。他的诗歌表达了革命者坚贞的气节，热烈歌颂了中越人民的深厚友谊。他在《题词一则》中写道：“黄河如带，泰山如砺，万古不移，越中情义。”

越南优秀汉诗人通常也是杰出的汉文学家。他们不仅熟悉中华的诗词歌赋，而且了解中国历史地理和山川，精通中国的典籍，以熟练的汉文写出了许多优美的诗篇。下面我们把越南汉诗内容分作四个方面来谈。

一、咏古缅怀诗

越南文人由于受到儒家学说的影响，他们带着崇敬心情缅怀周公、孔子，把有机会访问孔孟故乡当作人生一大快事。诗人阮保在《钱刑科范公奉北使》一诗中说："南宫识君早，君兮复远道。度岭春云深，浮湘秋月皎。人文访孔颜，古圣询轩昊。博雅所资深，遗经或可考。"阮薦在咏《周公辅成王图》一诗中，赞颂了周公的贤德。诗曰：

懿亲辅政想周公，处变谁将伊尹同。
玉几遗言常在念，金縢故事敢言功。
安危自任扶王室，左右无非保圣躬。
子孟岂能瞻仿佛，拥昭何可挹余风。

越南诗人对中国历史上的人物有诸多评价。忠奸曲直，褒贬分明。他们赞扬比干、屈原、岳飞这样一些赤胆忠心、爱国忧民的人物；抨击了像秦桧那样卖国求荣、心怀叵测的奸贼。邓廷相出使中国时，凭吊了比干墓，写诗赞曰："侵云藏巘半松阴，北斗光回七窍心。自是仁人独千古，凛然生气到如今。"

阮攸出使中国，拜谒了岳坟，看到了秦桧像，写诗诋曰：

殿桧何年椎作薪，却来依傍岳王坟。
是非尽属千年事，打骂何伤一假身。
如此铮铮真铁汉，奈何靡靡事金人。
谁云于世无功烈，万古犹能惧乱臣。

昭君和番的历史故事在中国流传甚广。越南诗人蔡顺在《昭君出塞》一诗中，对弱女子王嫱寄予无限同情，嘲讽了汉室帝王的羸弱无能。诗曰：

南来程尽北来程，南北那堪怅别情。
万里汉天花有泪，百年胡地马无声。
一团罗绮伤春老，几曲琵琶诉月明。
分付君王安枕卧，愁城一片是长城。

中国大诗人屈原、李白、杜甫、苏轼在越南诗人中有着崇高的地位，许多出使中国的诗人都前往拜谒这些诗人的故里和寺庙，他们写下了许多赞颂和慨叹的诗歌。阮攸的吊屈原诗曰：

好修人去二千载，此地犹闻兰芷香。
宗国三年悲放逐，楚辞万古擅文章。
鱼龙江上无残骨，杜若洲边有众芳。
极目伤心何处是，秋风落木过沅湘。

诗人段阮俶在凭吊了黄冈县赤鼻山苏东坡祠后，写诗赞曰：

呜橹呕哑每问津，江波浩浩石磷磷。

黄冈赤鼻北迁客，明月清风孰主人。

二绝赋留山阁室，一枝梅占石屏春。

曹孙雄霸今安在，偏有高人面目真。

二、神州行旅诗

越南不少诗人都游历过中国，对神州美丽自然风光，众多的名胜古迹流连忘返，写下了许多记游诗篇。如越南诗人阮忠彦出使中国，途经湖南时，看到楚天地坦，心胸豁然开朗，写诗赞曰：

世途役役趁风埃，一到湖南俗眼开。

十里帆樯通舸舰，半江风雨簇楼台。

云藏岳麓疏钟远，天近衡阳独雁来。

极目长沙成吊古，飘零空忆贾生才。

诗人阮翘游历过山东，对那里的风土人物也留下了深刻的印象，有诗曰：

万里平坡列巷居，俗高雅屋矮茅庐。

田夫寸篷锄三犊，旅客重囊驾数驴。

坦道驰驱双辔马，华廛交错一轮车。

顾瞻地勤知民产，菽麦多于谷米储。

洞庭湖是我国四大湖泊之一，系越南使者往来必经之地。他们写了许多有关洞庭湖诗。如段阮俶的《过洞庭湖》一诗曰："岸连云色水连空，水色云光望莫穷。天地此间何旷漠，波涛终古自冲融。荆南楼橹青冥外，岳北帆樯杳霭中。白苇黄茅何处远，飞过谁是朗吟翁。"段阮俶在诗中描写了洞庭湖水天相接的浩渺的气势。阮翘在《洞庭》一诗中，则描写了晴日倚栏远眺的情景：

涵虚凝一混茫间，四望玲珑海藏宽。

红日东西乘巨浪，君山南北障狂澜。

锦帆万叶入千里，碧水三秋月一团。

浩荡最堪娱目处，岳阳楼上倚阑干。

岳阳楼矗立在洞庭湖畔，向有"洞庭天下水，岳阳天下楼"之称，是我国有名的江南三大楼阁之一。越南友人过洞庭，必到岳阳楼参观。诗人吴士栋《登岳阳楼》一诗曰：

百尺危楼耸汉孤，背撑巴岳面重湖。
宋儒文在光千丈，仙迹梅留画一株。
俯视亭台尘外境，遐观云水眼中图。
昌翁醉后谁飞渡，远浦纷纷泛舳舻。

诗中提到的“宋儒文在光千丈”，系指范仲淹撰写的《岳阳楼记》。“仙迹梅留画一株”，系指明崇祯年间在维修岳阳楼时，从地下挖出一块石板，上有枯梅花纹，时人称为仙迹，后建一亭曰：“仙梅亭”。

诗人阮忠彦在其《岳阳楼》一诗中，浮想联翩，忆古思今，并由景物变换，联想起人生的短暂。诗曰：

猛拍栏杆一朗吟，凄然感古又怀今。
山浮鳌背蓬宫杳，水接龙堆海藏深。
景物莫穷千变态，人生能得几登临。
江湖满月孤舟在，独抱先忧后乐心。

诗人陈秀瑗途经岳阳楼时生了病，但他仍不放过时机，登楼凭眺，面对眼前壮丽的湖光山色，轻松地舒了一口气。诗曰：

高楼百尺倚云端，扶危登临试一看。
望眼忱穹燕塞远，吟肠顿贮洞庭宽。
鸟沉谷口千林暝，龙战波心六月寒。
多少羁怀无处话，平芜漠漠水漫漫。

武汉的黄鹤楼亦为我国江南名楼。它轩昂宏伟，瑰丽辉煌，并有仙人费文祎驾鹤返憩于此的神话传说。越南人前往游历的亦甚多。诗人吴士栋的《游黄鹤楼》一诗，吊古抒情写景，堪称上乘之作。诗曰：

临流一簇俯波光，波影涵秋送晚凉。
名胜只今多在楚，品题自古共推唐。
苍茫远水浮鹦鹉，淡霭晴云拥凤凰。
鹤驾乘风仙笛杳，江城极目半斜阳。

黄河流域是中华民族的发源地。越南诗人对黄河寄予深厚的情谊，为它那滔滔的巨浪，一泻千里的气势，以及大自然的神奇造化，而惊叹不止。吴士栋《过黄河》一诗曰：

百泓星宿发源洪，终古滔滔亘地中。

智羡龙门神斧凿，奇闻牛渚客槎通。

一轮晴影涵春浪，半叶归航足晚风。

想得清时还有几，观澜只合悟无穷。

段阮俶在《济黄河》一诗中，则描写了坐船渡黄河时与波涛搏斗的惊险场面，并联想到如果游历这股奔腾巨流的源头，定是个迷人的所在。诗曰：

晓发清淮泛蓼蘋，黄河波浪渺无津。

马牛涯畔生烟雾，鲸鳄潭中出怪神。

舟楫秋千千转态，夫工傀儡一般身。

棹歌半阕斗添白，谁是穷源万里人。

桂林也是越南使者往返必经之地。这里的奇山丽水，秀甲天下，是越南诗人向往的地方。但作为使节，千里跋涉来到中国亦甚不易。陈廷深在其《北使题桂林驿》一诗中曰：

十月炎蒸卧桂林，熏风何可得披襟。

树蝉声响客怀苦，庭菊花开秋梦深。

醉里乾坤新使节，吟边山水旧知音。

无端夜半空阶雨，滴碎乡关万里心。

新中国成立后。中国山河发生了巨大的变化。黄文欢在《今日北京》一诗中，热情洋溢地进行歌颂："三十年前一旧城，而今万象喜新生。楼如崇岭参天立，车似游龙满地行。白叟黄童多笑色，通衢僻巷溢歌声。君如不信吾言是，请且抽空到北京。"南京长江大桥是世界最长的桥梁之一，也是我国桥梁建筑史上一大丰碑。黄文欢《咏长江大桥》称之为世界奇观："长江滚滚大桥横，世界奇观此地生。南北通途天堑变，谁云难可与天争。"深圳是我国对外开放的城市，短短几年中发生了巨大的变化。黄文欢在访问了深圳渔村后，感慨地写道："昔目渔民世世穷，如今一跃更腾空。家家衣食皆丰足，新式楼房尽富翁。"

在越南使节纷纷来华的同时，中国也常有使节派往越南。他们同样用诗歌描写了越南的山川和历史古迹。如清朝使臣徐季远到越南后，看到越南的山河类似三吴。为此，他写了三首感赋诗。其一曰："曲曲溪流面面田，海涛尽处好牵船。江南风土浑相似，吴会交州共一天。"道光年间按察使劳崇光也用诗歌描写了升龙（今河内）城的风光。诗曰：

珥江江上雨初晴，夕照帆樯一半明。

泸水烟波秋色远，陈黎宫殿暮云平。
使星几度临前渚，风物千年剩此城。
古寺疏钟来隔岸，寒空半落雁归声。

三、歌咏中越友谊诗

中越两国人民自古以来休戚与共，血肉相连，有着密不可分的关系。北宋谏议朱之才在其《南越行》诗中，曾记载南越太后系中国女子。诗曰：

南越太后邯郸女，皓齿明眸照蛮土。
珊瑚为帐象作床，锦繖高张击铜鼓。
太液池内红鞭蓉，自怜谪在蛮烟中。
灞陵故人杳无耗，深宫犹看南飞鸿。

宋遗臣陈仲微在宋亡后入安南，后病死于安南。越南国王陈光昺曾写挽诗曰：

痛哭江南老钜卿，春风收泪为伤情。
无端天上编年月，不管人间有死生。
万叠白云遮故国，一堆黄壤盖香名。
回天力量随流水，流水滩头共太平。

中越使节在交往过程中，结下了深厚的友谊，写了许多酬答应和赠别的诗，表达了彼此间的真诚情感。如蔡顺在《送杜明府》一诗中写道：

惜昔西湖我与君，轻衫小扇共行春。
秋千庭院花迎鸟，歌管楼台月照人。
风雨一朝生别恨，江山两处限通津。
可怜今日重回首，肠断汀洲但白蘋。

陈朝国王陈裔（号太虚子），写了许多送明朝使节归国的诗，感情深沉。其中一首云："驿骑行行瘴雾深，海边光照使星临。四方专对男儿志，一视同仁天子心。越国山河供杰句，周家雨露播纶音。明朝相隔云南北，今日休辞酒满斟。"从中越使节咏和诗中，我们也可以看到中越文化源远流长的关系。如诗人范师孟《和大明使余贵》诗曰：

万里驰驱北使燕，旧游三十又三年。
黄河波浪太行雪，大别驿程彭蠡船。
孔庙尧都供访览，秦域汉邑入吟篇。

白头因睹公行色，历历江山在眼前。

20世纪以来，中越两国人民的友谊，在反抗新老殖民主义斗争中，得到进一步的加强和发展。特别是越南老一辈的无产阶级革命家胡志明、黄文欢等，对中越两国人民的友谊十分珍视，他们把越中友谊比作“同志加兄弟”，把新中国的每一成就当作社会主义事业的胜利。当黄文欢同志听到中国女排荣获世界冠军时，他和中国人民一样高兴，欣然写诗赞道：“莫道裙钗素质差，雄心壮志震天涯。鏖场七战皆全胜，博得寰球处处夸。”

四、抒怀咏志诗

这类作品较多。其中又可分为两类：一类是淡漠功名，逸老林下的诗。另一类是报国从戎，解民倒悬的诗。前者多半为失意知识分子所作。他们经历了人生道路的坎坷或离乱之苦，加上受到佛教思想的影响，对人生、尘世有一种看破的思想。蔡顺在其《感兴》一诗中，就奉劝世人不要把功名利禄放在心上，应像庄周、李白那样，做到“物外相忘”。诗曰：

乾坤俯仰一笼禽，莫把功名役此心。
万古关河官土地，百年身世客光阴。
庄周已悟浮生梦，李白应怜进酒吟。
物外相忘谁共契，鱼游春水鸟巢林。

诗人李缙在《漫兴》一诗中，表达的思想和蔡顺相同。他奉劝世人要乐天安命，不应受到利禄的干扰。诗曰：“借问人生为底忙，纷纷忧忧利名场。窗间野马乾坤大，枕上黄粱日月长。弄巧徒劳蛇有脚，横行谁悟蟹无肠。何为乐道安天命，损益随宜任取将。”

有些文人平生抱负无法实现，处处碰壁。于是，他们感到归隐生活胜于在名利场中奔波。诗人黄徵在其《述意赠友人》一诗中，表述的便是这一思想。诗曰：

家山晴望白云归，尘世回头事事违。
一介孤寒登馆阁，十年甘旨悮庭闱。
林泉有约闻为贵，名利无心梦亦稀。
记得故园秋正好，鲈鱼菁菜稻苗肥。

诗人范谦柄亦有《自迹》一诗，描述其罢官后的归隐生活。诗曰：“不待投章便解簪，田园旧约好重寻。喧无车马牢春睡，乐有图书老客吟。万古东风曾识面，一江流水是知音。何年再睹唐虞治，赏了君民改泽心。”

越南诗人的归隐思想，明显地受了中国文人的影响。在诗中，他们把庄周的“无为”思想，陶潜的“不为五斗米折腰”的思想，和李白的“莫使金樽空对月”的思想，作为座右铭，表现出一种清高和对现实逃遁的消极思想。

另一部分知识分子则把报国强民奉为己任，不甘过孤芳自赏和无为的生活。如越南近代民族解放运动领袖之一潘佩珠，先后创立了“维新会”和“光复会”，并用诗歌表达了自己爱国抱负，即使抛头颅洒热血也在所不惜。其《感怀》一诗云：

玄黄龙战日终如，慷慨临风恨有余。

身不英雄生亦累，事关家国死非虚。

牢笼欲尽飞兼走，刀俎何分肉与鱼。

抚剑愿生千万臂，人间魔障一时锄。

越南人民的伟大领袖胡志明，曾在狱中写《自勉》一诗，表达了他的不屈意志和决心革命到底的志向。诗曰：

没有冬寒憔悴景，将无春暖的辉煌。

灾殃把我来锻炼，使我精神更健强。

以上四方面便是越南汉诗写作的主要内容。越南诗人除创作外，还集中国古代诗人诗句写诗。如诗人黎贵惇博览群书，通晓汉诗歌赋。他在清乾隆年间出使中国，到过永州等地，写有《永州初秋闲望集古》一组诗歌。其一：“何处秋风至（刘禹锡句），村墟乃尔凉（陆游）。庄烟纷漠漠（谢朓），山树郁苍苍（曹植）。夕露晴初湿（杜甫），沙溪晚更光（寇隼）。启涂情已缅（陶潜），远思满潇湘（司空曙）。”其二：“江馆迢遥日（朱庆余），清秋思不穷（高适）。霜威变绿树（沈佺期），日气抱残虹（杜审言）。远岸谁家柳（刘长卿），深山何处钟（王维）。乾坤万里眼（杜甫），野艇几西东（赵嘏）。”

回文诗产生于我国晋代。这种诗可反复回旋和倒读。越南诗人亦加仿效写作。如其中一首《闺怨》（缺作者名）曰：

残月映帘疏弄风，后庭离别怕匆匆。

单衾半怯秋闺冷，远箫长悲晓阁空。

鸾掩镜间眉蹙柳，凤横钗畔鬓生逢。

寒灯漏影纱窗小，难与相思深夜中。

从以上越南所写汉诗来看，说明了越南文化与中华文化的密切关系。他们的哲学思想、政治历史、文学艺术都受到中国的深刻影响。中国文化在越南的广泛传播，并在很长一段时间内有统率的地位，是越南汉诗发展的先决条件。唐诗在亚洲汉语地区享有崇高威望，给了诗人莫大的鼓舞和启发。使他们对诗歌创作产生了深厚的兴趣。中国的大诗人屈原、李白、杜甫、苏轼在越南是家喻户晓的，也是文人崇拜的偶像。同时，越南汉诗在发展过程中，得到历代统治者的大力提倡，越南皇帝和贵族都爱好吟咏。陈朝皇帝太宗、仁宗，黎朝皇帝圣宗等，都有自己的专门诗集。在他们的带动和扶植下，汉诗创作蔚然成风，长盛不衰。

越南汉诗格调高雅，对仗工整，善于言情叙事，是越南文学中一串灿烂的珍珠，也是古代越南文人接受中华文化所孕育出来的硕果。在亚洲茂密的汉诗林中，越南汉诗占有一席光辉的位置。

缅甸文学史话

缅甸位于中南半岛的西北部，也是中南半岛上最大的国家，有两千年以上的悠久历史。早在 1 世纪，缅甸北部有掸族人建立了掸国，南部有孟族人建立了直通王国。后来有骠族人建立骠国。那时缅甸境内有许多分散的小王国，实行的是奴隶制。直到 11 世纪，才由缅族人建立了统一的封建王朝。到 19 世纪中叶英国人占领了缅甸，第二次世界大战中，缅甸又落入日本人之手，直到 1948 年 1 月 4 日才宣告独立。

中缅两国是山水相连的邻邦。缅甸的掸族和我国云南的傣族，缅甸的佤族和我国卡佤族，缅甸的克钦族和我国的景颇族，本属同一民族。缅甸人民习惯用“胞波”（意为“同胞”）称呼中国人民。中缅两国人民友好往来，有文字记载的可以追溯到两千年以前。据《后汉书》记载，东汉永元九年（97）和永宁元年（120），缅甸掸国曾先后遣使到中国访问，同时还有乐队和幻术队随同，并在洛阳王宫中演出。4 世纪，佛教由中国传入缅甸。唐高僧玄奘、义净去印度取经，先后访问过缅甸。唐德宗贞元十八年（802），缅甸骠国国王曾遣使团访问中国，随行的有一个歌舞团（35 人），在唐代首都长安作歌舞表演，成为一时盛事，白居易看了当时演出，写了长诗《骠国乐》，其中有句云：“玉螺一吹椎髻耸，铜鼓一击文身踊。珠缨炫转星宿摇，花鬘抖擞龙蛇动。”盛赞骠国歌舞团的动人表演。宋徽宗崇宁二年（1103），缅甸蒲甘国王遗使到中国，求取经籍六十九家，药书六十二部。崇宁四年（1105），缅甸赠白象给大理。宋绍兴二十六年（1156），缅甸遣使向宋朝赠送金银书《金刚经》三卷，金书大感德三卷。宋廷回赠了绣衣、金剑等物。元明两代中缅之间玉石贸易繁盛，缅甸政府曾从中国聘去大批开采玉石的工人。清代以后，中缅海上交通兴起，从我国福建、广东、云南迁去的华侨日益增多。他们和缅甸人民一道反对过英、日殖民统治。

一、古代文学

缅甸在11世纪以前，处于分裂状态。11世纪，缅族首领阿那律陀（1044—1077）统一了上、下缅甸，建都于蒲甘，称为蒲甘王朝，这是缅甸历史上出现的第一个统一的封建国家。确立佛教为国教。蒲甘一带佛塔寺庙林立，有“千塔之国”之称。蒲甘王朝维持了240余年。1287年，元军入侵，蒲甘王朝被掸族所灭。从此缅甸又分裂成若干小国。其中以占据上缅甸的掸族所建阿瓦王朝势力最大，与南部孟族建立的勃固王朝形成对峙局面，互相攻伐，两败俱伤。1559年，位于锡唐河流域的缅族人统一了缅甸，建立东呼王朝。但为时不长，又出现分裂状态，先后有良渊和孟王朝。1752年，在瑞波地区的缅族首领雍藉牙兴起，并于1755年再次统一了全缅，建立贡榜王朝。封建社会到此发展到鼎盛时期。一直维持到1885年，英国人占领缅甸为止。

缅甸古代文学，在11世纪以前为民间流传的口头创作，包括神话、故事和民歌等。其中以《月蚀》、《姆指哥儿》、《三个龙蛋》等神话传说在民间流传较广。书面文学开始于蒲甘王朝，用来记载的缅文也是当时创立的，故缅甸向有“文学始自蒲甘”的说法。当时主要的文学是宫廷文学和宗教文学，僧侣、贵族和官员拥有文化，他们是文学的主要作者。

蒲甘王朝保留下来的文字记载主要是碑铭，发掘到的有一千五百块以上。这和当时佛教兴盛有直接关系。人们在修建佛塔时，往往把施主姓名、建造佛塔缘起及祝词等铭刻在石碑上。其中最有名的是在蒲甘附近的妙齐提院内发掘到的一方四棱石柱，其中记载了有关蒲甘王子为其父祈寿，塑造金佛的事迹。这些碑铭为研究古代缅甸人民的生活、思想、信仰，提供了宝贵的资料，而且也具有文学价值。

蒲甘时期由于热衷于浮屠，别的文学记载就很少了。14世纪阿瓦王朝时期，文学得到较大的发展，18世纪贡榜王朝时期趋向繁荣。为了讲述方便，我们把古缅甸文学分作诗歌、戏剧和小说三部分来介绍。

（一）诗歌

缅甸诗歌形式较为多样，其中有四言长诗、四节短诗、连韵诗、摇篮歌、乐歌、纪事诗等。最早出现的诗歌是蒲甘碑铭中的四言诗。其中《卜巴神山》诗四章，被认为是迄今所知最古老的一首诗。诗中描写了一个少女的爱情悲剧。她由于爱慕虚荣嫁给了一个官员，抛弃了青梅竹马、两小无猜的男友。为此，她自怨自艾，悲切缠绵。蒲甘王朝另一首名诗是大臣阿难多都利耶写的《自然律》四章，表现了祸福无常、因果轮回的佛教思想。

阿瓦王朝时期盛行四言长诗。出现了两个著名的僧侣诗人。其一叫信摩诃蒂拉温达（1453－1518）。他被尊称为缅甸的“诗圣”，也是四言长诗（“比釉”诗）的创始者。他的诗歌题材多取自佛经，词句优美，结构严谨。著名的有长诗《修行》和《祈祷》，前者是描写释迦牟尼成佛前修行的故事，后者是写佛祖捐躯合堤以成正果的故事。宗教色彩较浓。但他的作品对缅甸诗歌和语言的发展有较大的影响。

另一位僧侣诗人叫信摩诃拉达塔拉（1468－1530）。他善于将巴利文的佛本生故事改写成诗歌。写有长诗《布利达》和《九章》等。《九章》是其代表作，也是根据佛教传说改写的。内容讲古时候有个波罗奈的国家，国师生的四个儿子都是天神下凡，国王要立他们中的一位为家嗣，但他们不愿安享荣华，一一出家修行，在他们感化下，举国上下也都虔诚奉教。

东呼王朝时期有诗人那信曩（1578－1612）善写“雅都”诗（赞歌）。他又是一位军事家。他的名诗《出征》，描写了出征时，对情人的怀念，感情细腻真挚，被誉为“雅都大师”。良渊时代有诗人巴德塔亚扎（1672－1751），他是一位大臣，善写“德耶钦”诗（乐歌），描写了下层人民及其生活，具有较浓厚的生活气息和民主思想。如《农民》、《爬棕榈树的人》、《船夫》、《运货船主》等。

18世纪贡榜王朝时期，出现了新的诗体：谐趣诗（“雅甘”）、连韵诗（“德塌”）和四节短诗（“雷西”）等。涌现了一批诗人如吴基、吴桑、列维通达拉、吴邦雅、塞耶佩，女诗人梅贵、玛妙格礼、兰太康丁等。其中吴基、吴桑的诗歌多描写农民生活，以梅贵为首的一批女诗人则以写情诗和哀怨诗为主。

列维通达拉是贡榜王朝前期的著名诗人。原名吴妙山，曾任枢密大臣。他曾根据佛本生故事写了四言长诗《达底纳》，对国王进行谏喻。1766年，诗人被流放，他以赞歌体写了两首思乡诗《美娑山脚》和《月色皎洁》，国王读后深受感动，便下令把他赦回。吴都（1751－1796）最著名的作品，是用谐趣诗形式写了《罗摩》，这是根据印度大史诗《罗摩衍那》改编的故事。吴邦雅（1812－1866）

写有纪事诗四篇，其中以《珍宝河志》最有名，记述了曼德勒运河开凿的事迹；讲道故事诗三十篇，多取材于佛本生故事，著名的有《六彩牙象王》等。

塞耶佩（1838－1894）是贡榜王朝末期的诗人，曾在缅王宫中任职。他是一个爱国诗人，以诗歌来抨击外国殖民主义者和民族败类。1874 年，因写诗讽刺英国总督，而被捕下狱。他的名诗《忆珊寺》揭露了英国殖民统治者的罪恶，《金钱》痛斥了民族败类，《钱能通神》则揭发了以金钱为中心的社会黑暗。由于塞耶佩对英国占领者的不满，晚年隐居山林，直至去世。

（二）戏剧

缅甸戏剧兴起于 18 世纪初期良渊时代。题材来自佛经或神话传说。巴德塔亚扎写的《红宝石眼神马》被认为是缅甸第一部剧作。作品描写波罗奈国王向神求子嗣，玉帝派白鹰衔来一枚枣子，皇后吃了枣肉，生下一个英俊的王子。枣核被母马吃了，生下一匹红宝石眼睛的神驹，作为王子的坐骑。故事系取材于佛经，富有传奇性和神话色彩。

18 世纪下半期，缅甸戏剧得到较大发展。原来在宫廷演出的戏剧也普及到民间，在重大节日，通宵达旦地进行演出。涌现了一批著名戏剧家如吴金吴、吴邦雅等。吴金吴（1773－1838）是缅甸民族戏剧的奠基人之一。他曾将编剧和演出紧密结合起来。据说他还组织过一个演员剧团，创作了适合通宵演出的剧本，留传下来的有《玛豪塔达》、《德瓦贡班》、《巴勃亨》三部剧本。《巴勃亨》是其代表作，描写巴勃亨和卓亚丁两王子争夺王位的故事。最后卓亚丁厌倦了尘世的荣华与争斗，退隐到山林去了。吴金吴的剧本，主要取材于佛本生故事和传说故事，情节曲折生动，人物性格鲜明，构思也较新颖，深受群众喜爱。

吴邦雅是继吴金吴之后著名的戏剧家。他生于一个宫廷斗争和民族斗争都十分激烈的时代。他曾几度出家又还俗，曾任宫廷诗人，并介入宫廷斗争。他所写的剧本对社会世态进行影射和讽喻。1855 年，他写了第一个剧本《巴杜玛》，嘲讽了皇妃淫乱的生活，继而写作《维沙耶》、《考达罗》、《威丹多耶》等剧本，都和宫廷斗争有一定关系。他的代表作是《卖水郎》，据说是影射当时国王与王储不和而写的。贫穷的卖水郎爱上了同命运的卖水女。他为了结婚，一心要取回藏在城墙缝中的四个铜板。国王用金银给他交换，他也不肯。后来国王封他为皇储。有一回，国王枕在他膝上睡着了，他顿生谋杀篡位的恶念，但终因良心发现，未曾下手。国王醒来，他向国王坦白了自己的想法。国王未责怪他，反而逊位于他，自己去过隐居的生活。卖水人也终于醒悟，不愿留恋城市荣华，要出家当和尚。作品宣扬了宽容和看破红尘的思想，佛教意识浓厚。1963 年，吴邦雅曾被世界和平理事会列为世界文化名人加以纪念。

（三）小说

缅甸小说创作开始于对佛教故事的编写，16 世纪阿瓦王朝的僧侣作家信摩诃蒂拉温达写的《天堂之路》（1501），被认为是缅甸迄今发现的最早的一部小说。当时作家为了宣传佛教思想，从巴利文的经典中，挑选了八位圣人的故事，把它们组合在一起，描写他们如何渡苦海，抵彼岸，升入天堂的事迹，宣扬了坚强的信念，不屈的意志，战胜困难的勇气。

18 世纪贡榜王朝时期，有一部著名的小说叫《宝镜》，共十一节。由作家瑞当底哈杜和吴达共同完成。瑞当底哈杜写了前面九节，吴达续写了两节。这是缅甸文学史上第一部宫廷小说。描写安达贡玛意王子与美貌公主惠如妙苏瓦缔结婚的故事。有一回，龙王被公主的美貌所迷，神魂颠倒，被咖咙神鸟捉住在空中耍弄，龙王无法挣脱，它用尾巴勾住御花园中的大树，咖咙却将大树连根拔起。正在花园中游玩的王子，看到这个情景，认为这是对他的侮辱。他用宝贝把龙王、咖咙双双打落下来，降为奴隶。龙王向王子讲述了惠如妙苏瓦公主的美貌，王子很想得到她。他在龙王帮助下，经过一番波折，终于达到了与公主结合的目的。作品歌颂了真诚的爱情。

二、现代文学

经过三次英国侵缅战争（1824、1852、1885）之后，到 1885 年，缅甸已沦为英国的殖民地。英帝国主义为推行其殖民统治，扼杀缅甸民族文化，以英语取代了缅语。随着殖民文化的输入，一批西方的和外国的文学名著也被介绍到缅甸。从 19 世纪下半期起，缅甸先后翻译出版了《伊索寓言》、《天方夜谭》、《鲁滨孙漂流记》等。一位律师詹姆斯·拉觉，还把法国的《基度山恩仇记》改写为缅文小说出版。与此同时，反帝文学也开始诞生。一些进步作家以自己的创作揭发了在英国统治下，缅甸人民的悲惨生活。如 1914 年，作家吴腊写的中篇小说《水比索》，通过一对青年男女的爱情故事的描写，揭露了西方文化对缅甸民族文化的侵蚀，以及对缅甸青年一代的毒害。他的长篇小说《茉莉花》则描写了在英国统治下，一个在王朝做官的家族的不幸遭遇。

继吴腊之后出现了德钦哥都迈（1875－1964）。他是一位爱国作家，被认为写作反帝文学的先锋。原名吴龙，当过排字工人，后任报刊编辑和大学教授。他写了许多以诗歌和散文间杂的文体，称为“注”，如《洋大人注》（1914）、《孔雀注》（1919）、《狗注》（1924）、《鲲鹏注》（1930）等。他的作品歌颂了缅甸民族的光荣传统，谴责了英国殖民当局对缅甸的蹂躏，号召人民为摆脱外国人的统治而斗争。如他在诗中写道：“抗外侮，迫眉睫，当机应立断，全民要团结。”他的长篇小说《嘱咐》（1919－1921）被认为是缅甸现代小说发展史上的里程碑。作品以当时具有普遍社会意义的家庭婚姻问题为题材，描写了一个爱慕虚荣的妇女钦翁的一生和她两次嫁人的故事，塑造了忠厚老实的缅甸农民貌波的典型形象，以及性格开朗坦率的出家还俗和尚吴觉兑的形象。由于这部小说描写的人物性格鲜明，构思也较巧妙，在缅甸有过较大的影响。德钦哥都迈在缅甸独立后，曾任缅甸作家协会名誉主席，1950 年获缅甸政府授予的“文学艺术卓越者”称号，1952 年访问中国，写有《访华长诗》。1955 年获斯大林和平奖金。

1920 年，缅甸爆发了第一次反帝学生运动，同年炼油厂和码头工人相继罢工。1926 年，缅甸瑞帽有三千农民举行起义，但先后遭到镇压。1930 年，“德钦党”（即“我缅人协会”）成立，德钦为“主人”的意思，表示缅甸人要自己当家做主，驱逐洋人。他们明确提出“缅甸是我们的国家，缅文是我们的文字，缅语是我们的语言”，提倡要以民族语言文字写作，抵制英语。德钦丁写了《我缅甸人歌》（1930），以缅甸民族的光荣历史，来激励人民为独立自由而斗争。

与此同时，在缅甸文学界掀起了“实验文学”运动。倡导者是仰光大学的学者和学生。主要人员有被称作“实验文学”运动三朵花的吴森丁（笔名德班貌瓦，1899－1942），吴登汉（笔名佐基）和吴温（笔名敏杜温），以及貌廷、固达等人。他们提倡文学要反映现实生活和斗争，提倡清新、质朴、通俗的文体风格，反对矫揉造作和追求华丽辞藻的不良倾向。他们的创作采用了人民喜闻乐见的形式，具有浓郁的民族特点，为缅甸现代文学的发展，开辟了新的道路。

1936 年，缅甸爆发了第二次爱国学生运动。“德钦党”中一部分年轻人，掀起了学习共产主义理论的热潮，并成立了专门翻译出版进步书籍的红龙出版社。主要领导人是德钦丹东、德钦梭等。出版了一批马列主义的书籍，和一些在当时引起社会强烈反响的文艺创作。如吴登佩敏（1914－1978）的长篇小说《摩登和尚》（1937），描写了一个披着宗教外衣、干尽罪恶勾当的和尚的丑恶面目，揭发了宗教界的黑暗。

第二次世界大战期间，日本占领了缅甸，文学创作受到压制。战后，作家貌廷，原名吴廷发，发表了著名长篇小说《鄂巴》(1947)，描写了贫困老实的农民鄂巴一家的悲惨遭遇，被认为是反映日本统治时期缅甸农民生活的一面镜子。小说被拍成电影。貌廷曾任缅甸作家协会副主席，1956年，曾应邀来中国参加纪念鲁迅逝世二十周年活动。

1948年1月4日，缅甸正式宣告独立，成立了缅甸联邦。以作家达贡达亚、八莫丁昂、妙丹丁为首，提出创作“新文学”的口号。主张作家要站在劳动人民的立场，反映他们的生活和斗争，推动社会向前发展。同时，他们反对文学脱离现实和为艺术而艺术的倾向。这是继“实验文学”之后的又一次文学革命运动，对缅甸文学的发展起了积极的推动作用。

达贡达亚原名吴泰锦，1950－1951年曾任缅甸作家协会主席。他的长篇小说《梅》，控诉了资本主义恶势力对一个善良妇女的迫害。他的报告文学《中国，我们的芳邻》，赞扬了中缅人民的友谊。妙丹丁是缅甸著名翻译家和作家。他写作了以监狱生活为题材和爱情悲剧为内容的长篇小说。如《第十次坐牢》、《在黑幕下》、《我的丈夫》等。他翻译了高尔基的《童年》，托尔斯泰的《战争与和平》，米切尔的《飘》，曹禺的《日出》、《雷雨》等。曾两度获得翻译文学奖，女作家玛玛礼写了长篇小说《不是由于恨》，描写了一个追求西方生活方式的缅甸女性的不幸遭遇和悲惨的结局，曾获得1955年缅甸文学宫奖。玛玛礼的丈夫吴漆貌是缅甸共产党的领导人之一。她曾经以她的丈夫为模特儿，写了长篇小说《像他那样的人》，表现了一个共产党员坚强不屈的一生。

此外，独立后较著名的作品还有作家昂敏写的以农民生活为题材的长篇小说《天下平原》(1948)，曾获得1948年第一届缅甸文学宫奖。德钦妙丹的长篇小说《人间》(1954)，描写了第二次大战后，缅甸劳动人民的苦难生活。吴登佩敏的长篇小说《旭日冉冉》，反映了缅甸人民为争取祖国独立的斗争，曾获得1958年的缅甸文学宫奖。历史题材作品有纳于写的长篇小说《缅甸北部》(1966)，敏觉的《江喜陀》(1971)等。

缅甸独立后，文学创作的主要成就是小说。而在众多的小说家中，八莫丁昂(1920－1978)的创作尤为突出。他出身于教师家庭，曾任缅甸作家协会主席。十八岁开始写小说。他的第一部成功的作品是1947年发表的长篇小说《独身者》。

1950年创办《鹰》杂志。他的长篇小说《母亲》，描写了一个献身于缅甸独立运动的普通妇女的英勇形象，是20世纪50年代的优秀作品。1960年，他写了中篇小说《玛玛基》，赞扬了一个善良的女教师玛玛基成全他人幸福，甘作牺牲的好品质。玛玛基已经31岁了，还未建立家庭。后来，她被介绍给死了妻子的法官吴埃敦。可是，吴埃敦却爱上了她的侄女肯。每次法官上她家去，她都误认为是去找她的。由于法官和肯的年龄差距较大，他怕肯的父母不答应，便去请玛玛基帮助。玛玛基含着泪水答应成全他们。吴埃敦和肯结婚后，玛玛基还担心肯不会料理家务，从而影响婆媳关系，主动前去指点和帮忙。但肯并不领情，反而嘲讽她，这使她很难过. 肯是个好虚荣、爱挥霍的姑娘，法官并不宽裕，于是新婚夫妇之间慢慢有了裂痕。有一回，肯在舞场认识了一位情场老手貌貌吞，两人打得火热。玛玛基看在眼里，便警告吴埃敦要管教自己的妻子。肯承认她原先并不爱已经结过婚、又有了孩子的吴埃敦，只是看不惯姑妈找丈夫那份着急的心情，她嫁给吴埃敦，就是要把姑妈嘴里的肉夺过来，有意气气她。不久，吴埃敦因为受贿，被捕入狱。肯也抛下孩子和貌貌吞一起私奔了。玛玛基主动承担起看护肯的孩子的职责，还到狱中去看望吴埃敦。在她心里，燃起了一种新的希望。貌貌吞是个不法奸商，他把肯玩腻了，便把她抛弃了。肯在外地病得很重。玛玛基知道后，立即把她接回家来。但肯的病已经没有什么希望了，临终前，她感到姑妈是个好人。她恳求吴埃敦在她死后，一定要娶玛玛基为妻。说完，她便咽气了。作品写得悱恻动人，并长于人物内心世界的刻画。曾获得1960年缅甸最佳文学奖。但由于作家对以往评奖工作有意见，拒绝接受。

1961年，八莫丁昂写了另一部名著《鄂奥》。这是一部长篇历史小说。鄂奥从小正直勇敢，同情穷人，爱打抱不平，乡亲们都很喜欢他。使女出身的梅瑛也深深爱上了他。但鄂奥却钟情于另一位姑娘达吉，她是地主吴汉达的女儿。由于鄂奥家庭破产，地主吴汉达便不许女儿和鄂奥来往。那时缅甸遭受英国殖民主义者统治。鄂奥经常和乡亲们议论要“把英国佬赶出缅甸去”。他带头和政府对抗，抗交人头税。为此，他多次被捕坐牢。后来，他逃到山上，加入了农民起义军。英军对起义军实行围剿，在一次激烈战斗中，鄂奥虽然冲出了敌人的包围，但他的部下遭到惨重伤亡。鄂奥没有气馁，他积集力量，准备和敌人斗争到底。这时，他收到女友达吉的来信。她在信中说，她已经脱离家庭，住到婶母家去了。今后，她愿意和鄂奥生活在一起。为此，鄂奥不听梅瑛的劝阻，到达吉婶母家去看达吉。

结果，中了敌人的埋伏，壮烈牺牲。作品的中心内容是对反英英雄鄂奥的歌颂。鄂奥是缅甸现代历史上的真实人物，曾参加1930年沙耶山领导的“咖咙会”的农民起义，屡建奇功。起义失败后，他在战斗中牺牲。八莫丁昂的小说便以这次“咖咙会”的起义为背景，反映了缅甸人民为争取民族独立，驱逐外敌，进行的艰苦卓绝的斗争。鄂奥由原来的劫富济贫的侠义英雄转变为捍卫人民利益、打击侵略者的民族英雄。

此外，八莫丁昂还写了歌颂中缅友谊的小说《银雾蒙蒙》。一位叫吞昂的缅甸大学生曾到中国寻求抗日经验，在中国结识了一位叫王梅的姑娘。后来，他返回缅甸，在一次云雾蒙蒙的早晨，他怀念王梅和憧憬中国人民解放后的幸福生活。八莫丁昂是一位题材广泛、创作丰富的进步作家。他的一些作品因涉及政治、社会内容，触怒了当局，在20世纪50年代曾2次被捕，在狱中度过了7年时间。他坚持作家要有明确的政治和道德观念，“因为瞎子是不能作领路人的”，这也就是他从事文艺创作的座右铭。

泰国文学史话

泰国是中南半岛上的一个美丽富饶的国家。东南濒暹罗湾，西南临安达曼海。泰国原名暹罗，1939 年 5 月 20 日改名为泰国。我国和泰国的友好往来，可追溯到三国时期。当时吴国官员朱应和康泰曾奉命出使扶南（今柬埔寨）等东南亚国家。他们回国后著有《扶南异物志》和《吴时外国传》，提到泰国地区的金陈国，称那里“地出银，人民多好猎大象，生得乘骑，死则取其牙齿”。7 世纪，我国隋朝与赤土国有交往，据考据这赤土国就是今天的泰国。12、13 世纪，泰国地区的罗斛国和素可泰王国，都曾遣使和中国往来。宋绍兴二十五年（1155），罗斛国曾给中国送来了一头大象。中国的陶瓷技术也在这时传入泰国。19 世纪初叶，中国的古典文学名著《三国演义》、《封神榜》、《水浒传》、《西游记》、《红楼梦》等相继被翻译和介绍到泰国。其中《三国演义》的泰文译本于 1914 年获得泰国文学学会优秀译作奖。

一、古代文学

泰国原来属于中南半岛较早崛起的扶南和真腊国。1238 年，居住在湄南河上游的泰族，在其首领坤邦克朗刀和坤波孟的领导下，驱逐了高棉人建立的真腊帝国的统治，在今泰国北部建立暹国，定都于素可泰城，称素可泰王朝。这是泰国历史上建立的第一个独立的国家。到 13 世纪末，已建立了以湄公河中下游地区为中心的统一强国。其版图甚至扩展到马来半岛。素可泰王朝三世兰甘亨在位时，为了发展泰族文化，摆脱高棉文化的影响，创立了泰国民族文字——泰语。

素可泰王朝时期的文学有两大标志：《兰甘亨碑文》和《三界经》。前者是至今发现的泰国最早的历史、文学作品。用泰文刻在一方石碑上，内容可分作三部分。第一部分是关于兰甘亨的自传，把他描述成一位贤明的君主。第二部分是关于素可泰王国的政治制度、风俗习惯、宗教信仰、人民生活的描述。第三部分记叙素可泰王朝的版图。为研究古代泰国人民生活提供了可贵的资料。碑文用语简练，而且押韵，刻于 1292 年。

《三界经》是一部佛教文学，也是泰国最早的古典文学作品。作者是兰甘亨的儿子里泰国王（1354—1376 在位）。他根据三十部佛典、吠陀本集，及钦教教义编辑而成，是一部涉及天文、地理、宗教、生物、神话等方面知识的作品。具体描述了“众生”所在的三个世界：欲界、色界、无色界的情况。劝人弃恶从善，以求“解脱”，否则，永远遭受“三界”轮回之苦。其中，对“地狱”和“天堂”作了这样的描绘：“地狱”是一座四方形的建筑，有四扇大门朝着世界的四方开启，这里塞满了罪人。给他们的惩罚是让他们的欲火不断燃烧，但永远达不到目的。“天堂”是个极乐的世界，它在克莱拉特山（银山）的周围。那里有清澈透明的湖泊，堆满金银的山洞，还有宫殿、凉亭和水榭，香花硕果，美丽异常。住在这里的都是些神灵或神化生物。其中，有一个叫乌塔拉库的世界，那里住着貌似人类的生物，他们遵守佛教的戒律，而且都很善良。这里有许多奇异的树，人们需要什么，树上就能长什么，因此，这里没有私有财产。由于《三界经》宣扬的是佛教的思想和佛教的宇宙观，在重大的宗教节日时，它成为一部布道书。

14 世纪中叶，泰国南部的罗斛国攻灭暹国，建都于阿瑜陀耶（意为“不可战胜之城”），称为阿瑜陀耶王朝。这时泰国逐渐形成一个封建制度的国家。由于当时文化全部掌握在宫廷和寺院手中，宗教文学和宫廷文学得到进一步的发展。在诗歌创作上，他们根据印度诗歌格律（由婆罗门祭司传入），把它衍化成泰国的诗赋格律，出现了缠达、戛普、莱依、格仑等格律。其中，宗教题材的诗歌通常是用缠达格律写的，世俗作品则用混合格律写。流传至今的有四部诗赋，它们是《水咒赋》、《大世赋》、《阮人的败北》、《帕罗》。

《水咒赋》是泰国第一部用格律写成的诗作。它是宫廷举行的忠君宣誓仪式时用的“咒语”。内容是宣扬国王受命于天，对国王不忠，必然会遭到上天的惩罚，从而说明君主制度是神圣不可侵犯的。《大世赋》是从印度的巴利文直接翻译成泰语的作品。它的主要内容是描述佛祖释迦牟尼圆寂前最后一次“轮回”的故事。用在寺院或重大宗教节日时朗诵。《阮人的败北》是阿瑜陀耶时期第一部宫廷文学。作者不详。诗歌以阿瑜陀耶王朝和北边的兰那国发生的战争作为背景，歌颂了国王波隆摩岱洛迦纳的英雄业绩，他的生平，战争发生的经过等。作品采用押韵散文和诗句互相交替的方式写成，辞藻华丽。

《帕罗》在四部格律诗赋中是最为优秀的一部。这是一部描写爱情悲剧的叙事长诗。关于他的作者和创作年代至今还有争论。多数认为它是国王波隆摩岱洛迦纳写的。悲剧发生的年代大约在1073年至1150年之间。当时有两个世仇的小国：舒翁和松格。松格的国王在战争中被舒翁的国王杀死。帕罗是舒翁国王的儿子，他长得很英俊，而且道德高尚。松格国有两位美丽的公主帕蓬和帕平。她们倾慕帕罗的人品，派女仆去请求树林的精灵把帕罗引诱到她们的宫中来。帕罗来了，他们夜夜聚会，倾心相爱。这事被松格国王后知道了，她想起丈夫的死，便命令士兵把帕罗及其随从杀死了。两位公主也以身殉情。长诗的结尾描写殡葬仪式，两国在血的教训中明白了由于世仇而铸成大错，于是两国言归于好。这部诗作与莎士比亚的《罗密欧与朱丽叶》有异曲同工之妙，宣扬邻邦之间消除封建纷争，才能为后代缔造幸福。

阿瑜陀耶王朝在纳莱大帝统治时期，文学最为兴盛。纳莱大帝经常和宫廷诗人相唱和，并涌现了一批较著名的宫廷诗人。其中有玛哈拉查克鲁、西巴拉、西玛霍索等。玛哈拉查克鲁写了两部长诗《萨姆塔柯》和《老虎和牛犊》（一说，这两部作品出自纳莱大帝之前的某一佚名作者的手笔）。《萨姆塔柯》系用缠达格律写的叙事诗。其内容是讲述王子萨姆塔柯在猎象时，躺在一棵无花果树下睡着了。树精把他带到拉姆崩国国王宫中，认识了温吐玛蒂公主，两人一见钟情。第二天，树精又把王子带走了。公主很伤心，她连这位王子的名字都未问清。她命令女仆把邻近各国王子的像都画出来。她从一张画像上，认出了萨姆塔柯，便祈求神灵帮助她成为萨姆塔柯的妻子。果然，她和王子成了亲。同时，他们得到洛珈山魔鬼赐赠的一把会飞行的魔剑。公主和王子驾着魔剑出游。一天夜里，魔剑被别的魔鬼偷走了。他们无奈，只好做了一只木筏，准备渡海回家。可是，海浪把木筏打翻了。公主被海浪冲上岸边，她卖掉了自己的钻石，开了一家皮影戏院，上演她和萨姆塔柯结婚及出游历险的故事。王子在海浪中被水手救起，他祈求神帮助，魔鬼便把魔剑还给了他。他驾起了魔剑飞回到公主身边。作品表现了男女坚贞不渝的爱情。

西巴拉（约1658－1693）是玛哈拉查克鲁的儿子，是一位被认为胜过乃父的诗人。据说他从小就表现出非凡的作诗才能。因此，国王把西巴拉（意为“大智”)的称号赐赠给他，并让他入宫当侍从。在京都他爱上了城防长官的女儿娘巴朗。不幸，娘巴朗被选作妃子。他写诗讽刺国王，被流放到南方的洛坤城。后来，娘巴朗又被赐给洛坤城首领为妾。西巴拉和她意外相逢，彼此相爱。他写情诗给她，被首领帕耶纳坤发觉，为此西巴拉被处死。国王闻讯后大怒，又把擅作主张的首领处死。

西巴拉的诗歌艳丽，保留下来的作品有两部：《阿尼鲁陀》和《悲歌》。前者是一部叙事诗，以《萨姆塔柯》的故事作为情节的基础，只是主人公的名字和部分情节有所更动。叙述大神印特喇化身为阿尼鲁陀王子。有一回，他在一棵树下睡着了，树精把他引入乌萨公主的宫里。他们倾心相爱。这事被国王知道了，要杀害王子。一位叫克里什纳的神，便骑着神鸟前来搭救他们，并使这对有情人圆满结合。《悲歌》是一部游记体的诗，带给诗人更高的声誉。它写于诗人被流放期间，全诗有1070行。描写诗人的悲惨身世和旅途见闻：他如何乘船，渡江越海，从京都来到遥远的洛坤城。赞颂了祖国美丽的河山，抒发了对情人的思念，以及对宫廷的讥刺。诗作清新瑰丽，想象丰富，比喻新颖，充分体现了诗人的才华，被当作诗歌写作技巧的典范。至今泰国学校还把《悲歌》当作教材。

阿瑜陀耶王朝后期，出现了著名诗人探玛蒂贝王子（1732－1758)。他少时性情乖戾，爱玩弄阴谋，一次因行刺王叔，引起国王愤怒。他为了逃避惩罚，出家当了和尚。在寺院中，他发愤攻读，翻译和改写了两部带宗教内容的长诗《南陀巴南屈》和《帕马来屈》。前者又叫《被魔法战败的南陀的故事》，描写国王南陀看到佛祖在他国土上空经过，他很不高兴。为了报复，他偷摘了天上的一颗星星。佛祖差门徒摩加南去惩罚他。摩加南熟悉魔法和咒语，他变作一只昆虫，从南陀的鼻孔钻入他的肚子，然后又变作一只神鸟，搞得南陀叫苦不迭，只好认输，皈依佛祖，并把星星送回天上。在佛教节日，寺院常把这部诗当作布道书来朗诵。《帕马来屈》是描写圣徒帕马来屈的冒险故事。他学会了各种咒语，曾到地狱去了解罪人为什么受苦，并接受罪人们的嘱托，回到人间后，劝罪人的亲友为他们积善，以减轻他们的罪过。后来，他又借助魔法升入天堂，拜见佛祖，还见到了著名的神灵西阿利亚。西阿利亚告诉他，将来他要下凡，把幸福带给人类。如果人们不行善积德，他就不下凡了。这部诗作，同样被寺院当作宗教布道书来宣讲。

探玛蒂贝王子的这两部长诗，诗句清丽优美，是泰国文学中优秀的佛教文学作品。他在寺院出家四年，后来，国王宽恕了他，让他回到宫廷。他连续写作了好几部宫廷诗歌，其中有歌颂自己爱情的长诗《普拉帕·坦冬代恩》，还有韵律优美动听的《船夫曲》。后一部诗作系描写国王泛龙舟的情景，以及诗人触景生情的见闻和各种体验，在泰国流传很广。探玛蒂贝王子回到宫廷后，仍然过着放荡不羁的生活。虽然他妻妾众多，但在暗中又追求他父亲的两个妃子。国王大怒，王子被笞毙，死时才 26 岁。

除宫廷、佛教文学外，在阿瑜陀耶王朝时期，民间故事和翻译故事也相当盛行。寺院僧侣曾从巴利文和梵文中，把印度古典名著的故事和印度民间故事翻译成泰文。同时，对泰国的民间故事也进行了加工和整理，出现了像《五十个故事》那样的童话、传说和故事集。其中流传较广的故事有《树屯和曼诺拉》、《十二个姑娘》、《金色的海螺》等。

阿瑜陀耶王朝前后统治了 417 年。到 1765 年，缅甸军队大举进攻泰国。1767 年，阿瑜陀耶城被攻陷，缅军把它付之一炬，大批文化遗产也化作灰烬，居民被迁往缅甸，生产遭到严重破坏。1768 年，中国血统的华人郑信，率兵驱逐了缅甸军队，被拥立为国王，迁都吞武里，是为吞武里王朝，但只维持了 15 年左右。1782 年，郑信被武将却克里推翻。却克里登上了渴望已久的王座，号称拉玛一世，迁都于曼谷，称曼谷王朝。拉玛家族的统治一直维持到 1932 年泰国资产阶级革命为止。

曼谷王朝时期，从拉玛一世到三世，泰国古典文学再次出现繁荣。特别是拉玛二世统治时期，被称作泰国文学的黄金时代。拉玛二世是个杰出的政治家、社会改革家，也是个天才的诗人。他根据阿瑜陀耶王朝后期蒙吞和恭吞两位公主写的诗剧《大伊瑙》和《小伊瑙》的脚本，改写出泰国古典文学名著《伊瑙》。这部诗剧有两万行诗，可供宫廷剧场演出之用。

《伊瑙》的情节源自流传于印尼的班基的故事，拉玛二世把它改写后，使它具有泰国民族的特色。作品内容讲王子伊瑙与达哈国王的公主布莎巴有婚约。后来，伊瑙爱上了表妹钦塔娜，寄信给达哈国要和公主退婚。达哈国王一气之下，把布莎巴许配给了扎拉戛王子。不久，戛芒谷宁国王和皇储率领大军侵犯达哈国，要抢夺布莎巴。达哈国王向伊瑙父亲求援。伊瑙奉命率军援救达哈国，一举击败戛芒谷宁父子，并把他们杀了。达哈国王为伊瑙举行庆功宴会。在宴会上，伊瑙看到布莎巴美貌非凡，便把她劫走了。他把她藏在丛林里，强迫她成了他的妻子。

有一回，布莎巴乘伊瑙外出，她化装成一个男孩，和女仆一同逃走了。

伊瑙失去了布莎巴十分伤心，他在妹妹维阿达的陪同下，寻访了爪哇、苏门答腊、马来西亚等地，到处都找不到布莎巴的踪影。反而，他的妹妹在旅途中被布莎巴的兄长夏特拉劫走。伊瑙决定为妹妹复仇。这时卡格兰国王出来调解，伊瑙无奈，只好把妹妹嫁给了夏特拉。最后，伊瑙几经波折，终于和布莎巴团聚了。伊瑙继承了王位，他和妻妾们过着幸福的生活。作品歌颂了真诚的爱情，较广泛地描写了泰国宫廷和社会的生活以及民情风俗。泰国政府把它列为文科的教科书。

在拉玛二世的倡导下，由十几位宫廷诗人编写了一部著名的叙事诗《昆昌与昆平》。其情节原来是泰国的一个民间故事，在阿瑜陀耶王朝时期，曾有人把它改编成长诗，但在泰缅战争中，这部长诗散佚。重新写作的长诗比原著更加驰名，成为泰国古典文学名著之一。故事描写在素攀府有三个出身于富裕家庭的孩子：昆平、昆昌和宛通。他们从小在一块游玩、嬉戏。昆平的父亲是员武将，因得罪了国王，被处决。昆平为此进入寺院当见习和尚。昆昌的父亲是个官员，后来被强盗杀死。为此，昆昌成了富裕家财的继承人。宛通是村长的女儿，长大后出落得十分标致。有一回，昆平遇见了宛通，他爱上了她。宛通也喜欢这位英俊的美男子。与此同时，丑陋而秃顶的昆昌也看上了宛通，向她求婚。宛通回绝了昆昌，而和昆平结了婚。过了不久，国王派昆平到黔通去镇压起义农民。昆昌散布谣言说昆平被杀，强迫宛通搬到他家居住。刚好这时，昆平班师回来，国王封赠给他“昆”的称号。宛通立即搬回昆平家里。这时，她遇见了昆平在征途中结婚的妻子劳冬，并和她吵了起来。昆平骂宛通不贞。宛通便把自己的委屈诉说了一遍。昆平迁怒于昆昌，拔剑要去杀他，被劳冬劝阻。第二天，宛通在无可奈何的情况下和昆昌成了亲。后来，昆平历尽艰险，率兵出征老挝，兵败，当过强盗，坐过牢。最后，他回到家园，想从昆昌手里把宛通夺回来。他多次与昆昌发生冲突。国王要宛通在两个男人之间挑选一个。宛通迟疑不决，她既同情昆昌，又眷恋昆平。国王对她很恼火，下令把宛通斩首。

《昆昌与昆平》全诗43000多行。情节曲折，引人入胜，较好地反映了泰国中世纪的社会生活，具有独特的民族风格。人物刻画也相当生动，三个主要人物性格各不相同：昆平英武，心地豁达；昆昌是个笨拙的小丑和倒霉鬼；宛通温顺善良，优柔寡断。这部作品在泰国流传很广，并且传入老挝、柬埔寨等地区。泰国政府也把它列为文科教材。

在曼谷王朝时期，著名的宫廷作家还有昭披耶帕康、顺吞蒲、帕兰拉玛努七和帕玛哈蒙德里等。其中昭披耶帕康曾将中国的历史小说《三国演义》移植到泰国。经他审定的译文语言准确、简练、优美、生动，被称为“三国”文体，对泰国散文体小说的发展影响很大。他的作品有长诗《加姬》和描述宫廷典礼的长诗《碧潘出征》等。

在宫廷诗人中，最负有盛名的是顺吞蒲（1786—1855）。他生活于拉玛二世到拉玛四世之间。这是泰国古典诗歌的鼎盛时期。他原名蒲，因他写的诗歌声调甜美悦耳，人们便叫他为顺吞蒲，意思是“声调甜美的蒲”。蒲出生后，父母就离婚了。父亲进寺院当了方丈，母亲在王宫当奶妈。蒲一直是跟母亲一道生活的。因此，他对宫廷生活很熟悉。他从小聪慧，有出色的诗歌天赋。20岁时，爱上了宫女詹，事泄，被治罪。后来，惩办他的亲王去世，他便和詹结了婚。在此前后，他写作了许多诗歌，大都寄托他对詹的怀念。拉玛二世登基后，欣赏他的才华，把他召进宫，成为宫廷诗人，颇受宠信。他参加校订了《伊瑙》、《昆昌和昆平》、《拉玛坚》等作品。其中一些章节还出自他的手笔。拉玛二世死后，他曾受到冷落。拉玛四世时他又被启用。诗人一生生活较为坎坷，放浪，家庭生活也不幸。他和詹生有一子，后来夫妻离异。蒲几次再婚，也都不长久。

顺吞蒲继承了泰国古代诗歌的优良传统，并吸收中国、印度等外国文学的养料，对泰国诗歌的发展作出了巨大的贡献。他善于采用格仑格律写诗，叙事生动，文辞优美，而且有创新精神，被誉为“格仑之父”。他写有游记诗九部，故事诗五部，剧本一部。其代表作是长篇叙事诗《帕阿派玛尼》（1828），是泰国古典文学名著之一，全诗25000余行。故事讲王子帕阿派玛尼被父王驱逐出宫廷。他在流浪中被海妖掳去，被迫和海妖过夫妻生活，八年后逃脱。他在海上遇见了帕惹国公主素婉玛丽，彼此爱慕，引起素婉玛丽的未婚夫乌沙林的嫉妒。在决斗中，帕阿派玛尼战胜了乌沙林，和公主一同回到帕惹国，并当上了国王。乌沙林不甘失败，领兵来犯，帕阿派玛尼把他生擒活捉。乌沙林受辱，羞愤而死。乌沙林的妹妹拉薇公主率领女兵前来为其兄长报仇。帕阿派玛尼贪恋拉薇公主的美色，不战而败。素婉玛丽十分气恼，领兵迎战，击溃了拉薇公主。后经道士调解，双方罢兵，拉薇公主也嫁给帕阿派玛尼，共享太平。最后，帕阿派玛尼遁入空门，素婉玛丽和拉薇公主也随他出家为尼。

《帕阿派玛尼》充满戏剧性的冲突和爱情纠葛，描写生动，刻画了社会上各个阶层的人物，以大自然、海洋作为背景，气势雄伟。帕阿派玛尼是个非凡的英雄。他作战勇敢，还善于吹奏魔笛，用奇异的曲子迷惑敌人。同时，他还富有柔情和仁爱心。作品博得泰国人民的喜爱。泰国政府把它作为中学泰语教学必读书。

二、近现代文学

曼谷王朝到拉玛四世至六世时期，泰国各邻邦相继成为西方的殖民地。泰国处于缓冲国的地位，被迫执行“夹缝外交”。曼谷王朝统治者眼看外国资本入侵，引起泰国封建社会解体，为了适应新的形势，保持其统治地位，从拉玛四世开始便提倡向西方学习。拉玛五世朱拉隆功大帝聘请了外国顾问，依靠外国人开展了一场自上而下的改革运动，从而促进了资本主义在泰国的发展。第一次世界大战后，泰国经济陷入困境。1928 年，泰国成立了资产阶级政党“民党”。他们提出推翻贵族专政，建立君主立宪政体的主张。1932 年 6 月，“民党”在一批军官率领和士兵的支持下，发动了维新政变，废除了君主专制，建立了君主立宪的国家。第二次世界大战期间，泰国加入了日本帝国主义的侵略集团。战后，由披汶军人集团上台执政。后来经历了沙立、他侬、克立、江萨、炳等政府。1975 年后，中泰建立了友好关系。

向西方学习，揭开了泰国近代文学的序幕。拉玛四世、五世和六世都是诗人和文学家。特别是拉玛六世帕蒙固告（1880－1925），曾留学英国，亲自翻译了莎士比亚的《皆大欢喜》、《罗密欧与朱丽叶》、《威尼斯商人》、《奥赛罗》等悲剧、喜剧。同时，他自己写作了泰国历史上最早的两部喜剧《迎接国王》和《夺权》。他被认为是泰国现代话剧的创始人。此外，他还写作了长诗《帕暖堪銮》、《玛他纳帕他》，话剧《爱神受辱》、《战士的心》等。

20 世纪 20 年代开始，由于资产阶级民主主义思想的传播，教育的普及，以及西方文学的翻译介绍，使泰国文学的内容和创作方法，起了很大的变化。原来占统治地位近一千年的宫廷文学和宗教文学，已开始被新文学代替了。文坛上涌现了一批非贵族出身的作家。这些新出现的作家有西巫拉帕、初披尼、阿卡丹庚、多迈索和古拉玛洛赫等。

西巫拉帕（1905－1974）被认为是泰国新文学的奠基人。他原名古腊·柿巴立，出身于职员家庭，从小酷爱文学。大学毕业后，曾任报刊主笔和泰国报业协会主席。在日本占领泰国期间，因参与反日活动，曾被捕入狱。1952 年，他被选为泰国保卫和平委员会副主席和世界和平理事会理事。同年年底，被加上“和平叛国者”的罪名，被捕入狱。1957 年出狱。1958 年，他率领泰国文化代表团访问中国。因国内发生政变，留居中国。1974 年 6 月 16 日在北京去世。

西巫拉帕于 20 年代下半期，开始文学创作活动，曾组织过文学团体“君子社”。他以写现实题材的小说为主。早期的作品渗透着人道主义的思想，同情劳动人民的艰难处境。1928 年，发表《男子汉》，是他的成名作，描写一个出身于木匠家庭的青年，他为人正直公道，重友谊。他通过勤奋学习，获得了大学毕业文凭，而且还考上了法官。表现了新一代知识分子的理想和追求，博得了广大读者的欢迎。小说《生活的战争》和《一幅画的后面》，均通过一对青年的恋爱悲剧，抨击了封建的婚姻制度和等级观念，追求个性解放。小说《新的道路》，描写进步的知识分子他侬，自动抛弃学位和爱情，去寻求造福人民的新道路。

长篇小说《向前看》是西巫拉帕的代表作，上集完成于 1955 年，下集完成于 1958 年。小说描写一个来自乡下的贫苦的孩子詹塔，在曼谷一个贵族家庭当小厮。贵族让他陪伴小主人去上学。在学校里，他和贫苦出身的优秀生尼塔和华侨钟表匠的儿子阿诚结成了好朋友。在尼塔的影响下，他逐渐认识到穷人和富人一样有享受教育、得到尊重的权利。小说通过詹塔在贵族公馆及贵族学校的遭遇，反映了 1932 年维新政变前后社会各阶层的思想面貌，歌颂了平民子弟的聪明才智，他们并不亚于贵族子弟，甚至比贵族子弟更加能干。下集描写了维新政变后，泰国政治局势的动荡，人民仍处于水深火热之中。接着，日本侵略泰国，加重了人民的苦难。詹塔和他的朋友们不断地在探求生活真理，决心为真理进行不懈的斗争。詹塔成了泰国觉醒了的青年一代的代表。《向前看》具有深远的社会意义，是泰国现实主义文学的一部力作。

阿卡丹庚（1905－1932）是另一著名的现代作家。他曾赴英、美留学，1928 年回国，4 年后，病故于香港。1929 年，他发表《生活的戏剧》，是一部以自己旅欧的经历为背景的长篇小说。作家提出人生即戏剧的观点，认为痛苦和幸福是无常的，也是难以逆料的。西方人的生活并不符合泰国人的理想。1930 年，发表姐妹篇《黄种人与白种人》，描写一对黄种人与白种人之间的恋爱悲剧，说明东西方的人，彼此间是难以理解的。这两部小说均以新颖奇特赢得了广大的读者。

多迈索（1905－1963）是泰国现代文学史上影响较大的女作家。她的作品多半写家庭日常生活和风俗习惯，善于表现人物的内心感受。她的长篇小说《她的敌人》，描写年青一代对封建社会的反抗。长篇小说《第一个错误》，描写一个因爱慕虚荣与浪荡子弟结婚，因而造成终身痛苦的妇女的悲剧。此外，她还写作了《如此世界》、《贵族》等小说。

20 世纪 40 年代，泰国作家对于文学的社会使命有不同的认识。多数作家热衷于描写个人和社会之间的心理冲突和社会冲突。第二次世界大战结束后，进步作家提出“为人生的艺术”的口号，进一步提倡用现实主义的创作方法进行创作，出现了一批影响较大的作家作品。如古拉玛洛赫的长篇小说《中国自由军》(1950)，巴莫的长篇历史小说《四朝代》(1953)，社尼・绍瓦篷的长篇小说《魔鬼》(1957)，沙塔巴纳瓦的长篇小说《这块土地属于谁》(1958) 等。

古拉玛洛赫（1908－1978）在 20 世纪 20 年代曾到香港学习中文和英文。1931 年他到中国燕京大学留学，5 年后回国。20 世纪 40 年代从事创作活动，曾任泰国作家协会主席。他的许多作品均以中国为题材或以中国作背景。1940 年，他写作长篇小说《北京——难忘的城市》，描写一位泰国青年在北京认识了一位白俄少女，同情她的身世和遭遇的故事。长篇小说《中国自由军》，描写了中国青年学生的抗日救亡活动，曾获得泰国金奖。但书中“自由军”，既不属于国民党，也不属于共产党，而是属于作家所标榜的政治上的“第三条道路”。

巴莫曾留学英国，回国后在大学任教，第二次世界大战后开始文学创作，著有长篇小说《四朝代》、《殊途同归》、《封建洋人》等。其中，长篇历史小说《四朝代》是其代表作，写于 1953 年。作品以曼谷王朝拉玛五世到八世的真实历史为背景，描写一个出身于贵族家庭的女主人公帕瑞一生的历史。帕瑞小时因父母离异，被送进宫廷教养。长大后和女友的哥哥南恋爱，但南进军官学校后，背叛了她的爱情。在父亲的逼迫下，她和禁卫军卫士比连结婚。不久，她父亲去世，兄弟姐妹为了争夺财产，吵得天翻地覆。比连因立功，获得了皇家勋章，并晋升为伯爵。帕瑞生了两男一女。老大达安进了军官学校，毕业后当了军官，驻扎在外省。二儿子达岸去法国留学，带了一个法国妻子回来。比连不断生病，只好辞去公务，在家赋闲，后坠马死去。

1932 年，帕瑞的二儿子达岸参加了维新政变。大儿子达安则极力反对，结果，他被送上军事法庭，判了死刑，幸遇大赦，获释。第二次世界大战时，帕瑞已五十多岁了。女婿因勾结日本人，生活过得很舒适。帕瑞家因遭到飞机轰炸，旧日生活连同房子一起被埋葬了。大战后，物价飞涨。日本人投降了，但别的外国人又来了。最后，帕瑞得了心脏病，她已无力再生活下去了。临终前，她感到自己也许活得太长了，看到了许多不想看到的东西。她从拉玛五世到八世，经历了四个王朝，两次世界大战，一次维新改变。她感到累了。

《四朝代》通过对帕瑞一生的描写，很好地反映了泰国从向西方学习到第二次世界大战后，半个多世纪的生活，展现了泰国历史上重大的事件，和各个时期人们的思想和精神面貌，同时，也流露出对封建世家没落的同情。巴莫的小说构思巧妙，人物性格鲜明，并富有哲理意味，影响较大。

社尼·绍瓦蓬是泰国现实主义文学的开拓者之一。他生于农民家庭。大学毕业后，曾任《黄金地报》国际新闻记者。1944 年进入泰国外交部，从事外交活动。早期写有小说、游记等，并以描写爱情和对人生探索为主，作品具有感伤情调和浪漫主义的气息。第二次世界大战后，他写了长篇小说《宛拉雅的爱情》、《魔鬼》等，表现了新思想。其中，《魔鬼》(1957) 是他的代表作，也是现代泰国文学史上的一部优秀作品。小说描写了一个出身农村的知识分子乃赛，他在大学毕业后，获得了律师职务，便为保护农民的利益而斗争。乃赛是一个蔑视封建权贵，公正、无私的新型知识分子。女主人公叻差妮虽然出身于贵族家庭，但她有冲破封建等级观念和家庭束缚的勇气，赞助乃赛的工作，并和他结成夫妻。作品对战后泰国农民生活的贫困和民间习俗作了较真实的描绘。同时，也揭发了贵族地主、高利贷者、官吏的虚伪丑恶的面目。他们残酷地剥削人民，道德败坏，过着酗酒玩乐的生活。

20 世纪 60、70 年代，泰国文学中涌现了几位著名的女作家。其中有格沙娜·阿速信，她的长篇小说《人类之船》(1969)，曾获得东盟组织的最佳文学奖。素婉妮·素坤塔写有长篇小说《他的名字叫甘》(1971)，也获得了东盟组织的最佳文学奖。女翻译家娜丽娅翻译了中国巴金的《春》和《秋》等。

印度尼西亚文学史话

印度尼西亚位于亚洲东南部，地跨赤道，由3000多个大小岛屿组成，号称“千岛之国”，也是世界上最大的群岛国家。印度尼西亚是由“东印度”和“岛屿”两个希腊字组成的。印度尼西亚即东印度群岛的意思。

印尼和我国有着两千年左右的友好交往的历史。据考古发掘，在印尼的爪哇、苏门答腊及加里曼丹等岛屿曾发掘出汉代的陶器。中国古籍记载，东汉顺帝永建六年（131）十二月，印尼叶调国曾遣使来华。414年，晋代高僧法显访问印度归国途中，遇台风，曾在印尼的耶婆提国居住了5个月。唐代高僧义净曾到过苏们答腊研究佛经，高僧会宁在爪哇居留3年之久，并和中爪哇名僧苦那跋陀共译《阿笈摩》经两卷。991年，印尼的室利佛逝王国曾派使节访问我国，并在广州住了一年。10世纪后，中国人移居印尼诸岛人数日渐增多。《诸蕃志》和《岛夷志略》等书中，均有中国移民的记载。

明永乐三年（1405），印尼渤尼国国王麻那惹加曾率家眷来中国访问，病死于中国，葬于南京安德门外。15世纪，郑和七次下“西洋”，每次都路经印尼，在印尼留下了许多史迹和传说故事。17世纪后，华侨和印尼人民曾并肩斗争，反对荷兰殖民主义者。

印度尼西亚民族来自亚洲大陆的中南半岛。大约在公元前2500年，古印度尼西亚人（或称澳斯特尼西亚人）就陆续移居到印尼诸岛。公元前2世纪后半期，印尼出现了最早的奴隶制国家叫叶调国。3至7世纪，又出现了古泰、达鲁马、耶婆提、干陀利和马来由等奴隶制国家。公元前后，印度的婆罗门教和印度文化传入印尼。5世纪佛教传入印尼。7世纪到13世纪，是印尼封建社会逐步形成和发展时期。7 世纪，在苏门答腊兴起一个封建王国叫室利佛逝，建都于巨港。据《新唐书》描写，这个国家的疆域“东西千里，南北四千里而远”。当时该国佛教比较兴盛。

与苏门答腊遥遥相对的爪哇岛上建立了马打兰王国。8 世纪，中爪哇建筑了举世闻名的婆罗浮屠大佛塔，塔墙上有 1400 多幅佛本生故事的浮雕。11 世纪，当室利佛逝王国衰落时期，马打兰王国也分裂了。东爪哇为戎牙路王国，西爪哇为谏义里王国。

1293 年，蒙古军攻打爪哇。谏义里被赶下台的新柯沙里王朝，不甘心旧王朝的复辟，借助蒙古军的力量，打垮了政敌，建立了麻喏巴歇王国。这是印尼历史上最强大的封建王朝。拥有现在印尼的大部分领土，实行中央集权制。13 世纪末，佛教衰落。伊斯兰教由印度传入印尼，并且迅速在印尼诸岛发展起来。到 15 世纪后期，麻喏巴歇王国崩溃，印尼又处于分裂状态。爪哇和苏门答腊的封建主纷纷独立，建立了许多小王国。其中较重要的有淡目、万丹、亚齐诸国。他们都信奉伊斯兰教。

16 世纪初叶，葡萄牙人入侵印尼。16 世纪下半叶，荷兰人入侵印尼。1602 年，荷兰政府在印尼建立“东印度公司”，对印尼经济进行搜括，并在印尼设置总督，实行政治统治，军事镇压。到 17 世纪，印尼已完全沦为荷兰殖民地。荷兰人的统治一直延续到第二次世界大战，前后 300 多年。第二次世界大战期间，印尼落入日本人手中。1945 年 8 月革命后，印尼才宣告独立，1950 年建立统一的共和国。

一、古代文学

印尼古代文学具有三大特点。第一，印尼列岛由于地域分散，古代没有建立起一个真正统一的国家，也没有统一的文化。诸王国处于分裂割据的状态，因此，出现多种文化和文学并存的局面。其中较主要的有爪哇、马来、巽达、巴厘等地区的文学。第二，大量接受外来文化和文学的影响。尤其是受印度文化和阿拉伯伊斯兰文化的影响很深。公元十四五世纪以前，印尼各族文学接受以印度两大史诗《摩诃婆罗多》和《罗摩衍那》为代表的梵语文学的影响。14、15 世纪以后，接受阿拉伯和波斯的神话传说故事和传奇小说的影响。第三，印尼有大量马来亚人（住苏门答腊一带），马来文化是古印尼文化的一支。因此，印尼古代文学和马来亚古代文学有共同的一面。如《杭·杜亚传》成为两国共同的文学遗产。

印尼古代文学的成就，主要是诗歌、故事和传奇小说。

（一）诗歌

印尼最早流传的是民间歌谣。如《美丽的梭罗河》原来就是一首古老的民歌。它充满着真挚而热烈的民族感情：

美丽的梭罗河，我为你歌唱！
你的光荣历史，我永远记在心上。
旱季来临，你轻轻流淌，
雨季时，波涛滚滚你流向远方。
你的源泉是来自梭罗，万里山送你一路前往，
滚滚的波涛流向远方，一直流入海洋。

梭罗河两岸土地肥沃，很早就有印尼人定居。梭罗河成为印尼民族的象征。

构成印尼最早诗歌形式的叫“板顿”诗，又叫“马来民歌”。这种诗为四行诗体，隔行押韵，有一定的格律。前两句为起兴，后两句点明主题，如著名的印尼民歌《哎哟，妈妈》就是一首“板顿”诗。

河里的水蛭从哪里来？
是从那水田向河里游来。
甜蜜的爱情从哪里来？
是从那眼睛里到心怀。

这首诗开头以水蛭起兴，以引起后面对男女爱情的歌咏。大部分“板顿”诗为即兴诗，有倾诉人间疾苦的，有抒发爱情或讽刺的。

10世纪，在爪哇岛的马打兰王国盛行一种诗体叫“格卡温”。这种诗是在翻译介绍印度两大史诗时，模仿梵体诗歌的形式和格律创造出来的，一般为长篇，用古爪哇文（卡威文）书写。题材也多半取自印度大史诗。其中著名的有宫廷诗人甘瓦写的《阿周那的姻缘》，塞达与巴努卢合写的《婆罗多大战记》，达尔玛查写的《爱神的焚烧》等，都是叙事诗。

《阿周那的姻缘》是取材于印度大史诗《摩诃婆罗多》的《森林篇》。故事描写天庭受到罗刹王的骚扰。主神因陀罗便求助于人间英雄阿周那。当时阿周那正在苦行修炼。因陀罗先派苏帕尔巴等七位仙女前去考验他，后自己又去考验他，认定他德行高尚后，便由大神湿婆赐给他神弓。阿周那便到天庭降妖，用神箭射

死了罗刹王。因陀罗为答谢阿周那，将仙女苏帕尔巴赐给他做妻子，并封他为王。一般认为这首诗是诗人甘瓦为庆贺马打兰国王爱尔卡朗的新婚而写的。作品中充满对国王歌颂的诗句，而且还出现了国王的名字。

《爱神的焚烧》写于谏义里王朝时期，也是一部取材于《摩诃婆罗多》的作品。故事描写天庭遭到罗刹的袭击，众神无法抵挡，只有大神湿婆生的儿子才能战胜强敌。但湿婆已离开天庭正在苦修。爱神卡玛扎耶为拯救天庭，便带领少女乌玛来到湿婆跟前。爱神向他发射情箭，湿婆在入定中醒来，便勾起对乌玛的爱恋，并和她生下一个象头人身的儿子。此子一举讨平了罗刹。湿婆知道自己的行为受到爱神的引诱，很生气。他睁开了额上的第三只眼睛，把爱神烧为灰烬，爱神的妻子赶来也被烧死。众神前来说情，要求湿婆恢复爱神夫妇的生命。湿婆不肯，他要让爱神夫妇永远活在男女心中，以繁衍后代。这首长诗的主旨仍然是歌颂国王的。诗歌中把谏义里国王说成是爱神第三次转世。

麻喏巴歇王朝时期，印尼诗歌创作朝向民族化的方向发展，印度梵文文学的影响削弱。宫廷诗人普拉班扎写的《纳卡拉克达卡玛》就是一部取材于印尼的长诗。作品歌颂了麻喏巴歇国王哈奄乌禄（1350－1389）和贤相玛达在振兴国家中的功绩。作品对王朝的兴盛、宗教的传播、国家的繁荣作了较具体的描写。

与此同时，爪哇地区兴起一种新的诗体叫“吉冬”诗。它是由爪哇民间唱词发展起来的，富有民族特色，取材也是以本国的历史事件或民间传奇为主。著名的有佚名的叙事诗《巽他衍那》，描写巽他公主和哈奄乌禄的婚姻。在迎亲时，两国发生激烈的冲突，巽他公主自杀身死。国王哈奄乌禄因得不到公主，也忧郁而亡。作品谴责了背信弃义的行为，在民间流传很广。此外，“吉冬”诗还有《达玛尔·乌兰》等。

（二）故事和传奇小说

印尼最初在民间流传的故事有神话故事、动物故事和谐谑故事。在麻喏巴歇王朝时期，有文人专门从事故事的编写工作。他们编写从印度大史诗中来的故事，也编写历史和民间故事。这些故事为当时盛行的皮影戏提供了脚本。其中，最著名的是关于拉登·班基的故事。班基是争加拉国王的第五子，他和格地里国王的公主色加尔泰齐订了婚约。但班基爱上了美丽的少女安格勒妮，并和她结了婚。格地里国王知道后认为这是背信弃义的行为，要派兵攻打争加拉王国。争加拉国王便要儿子再娶公主作正房。班基不愿再娶，他说在世上他只爱安格勒妮。争加拉国王便暗中指使太子把安格勒妮及其保姆杀了。班基知道妻子死后，悲痛欲绝，他整天抱着妻子的尸体，神魂颠倒。后来，他听从老大臣百拉山打的话，把妻子和保姆埋葬在昂梭卡树下，当坟穴挖好时，两个尸体都飞上天去。班基为了将来能和妻子重逢，便换姓改名和老大臣一同去航海，去征服别的王国，建立功勋。由于他英勇无敌，许多王国都被他打败了。有一回，格地里国王受到强敌墨大温国王的袭击，国王便请班基帮忙，答应班基战胜强敌后，便把色加尔泰齐嫁给他。这位公主长得和班基的妻子安格勒妮一模一样。班基把强敌墨大温国王打垮后，便和公主成亲。婚后，班基一直未说出他是争加拉国王的儿子，原先和公主有过婚约。

争加拉国王听说格地里国王把公主许配了别人，大为愤怒，命令太子率兵攻打格地里王国。太子领兵侵入格地里王国后，认出新郎就是他弟弟班基。两家罢兵。最后，班基来到他埋葬妻子的昂梭卡树下，见安格勒妮和保姆正坐在那里。他很后悔不该和色加尔泰齐公主结婚。这时仙人出现了，告诉他安格勒妮从世界上消失是神仙的旨意。安格勒妮和色加尔泰齐公主就像对分的槟榔一样相似，现在应该把两人合为一人，名字就叫做“月华”，她的容颜像月亮一样永远光辉、永远照耀！于是，安格勒妮和公主合二而一，和班基过着美满幸福的生活。这故事在印尼民间流传很广，甚至传到泰国、柬埔寨、缅甸，成为作家创作的题材。它的中心主题是歌颂纯洁忠贞的爱情。

13 世纪，随着伊斯兰教传入印尼，有关伊斯兰教先知的故事，如《穆罕默德传》、《阿米尔·哈姆扎传》，以及阿拉伯和波斯的神话传说也传入印尼。一时兴起传奇小说创作的热潮。这些传奇有的直接从阿拉伯、波斯的传奇中移植过来，有的是为帝王树碑立传的，情节多半杜撰，也有的是歌颂民族英雄的。这类作品较著名的有《巴赛王列传》、《亚齐王列传》、《布吉斯王谱》、《杭·杜亚传》等。

《杭·杜亚传》是传奇小说中最受欢迎的一部。作品描写 14、15 世纪马来民族英雄杭·杜亚的丰功伟绩。他诞生在马六甲王国的一个贫苦人的家庭，武艺超群。10 岁时就和 4 个结义的兄弟打败了海盗。他出使麻喏巴歇王国时，曾屡次挫败敌人对他的暗算，维护了国家的荣誉。他又多次击败葡萄牙殖民主义者的挑衅和侵犯，保障了国家的安全。他还多次出使外国，还到过中国，提高了国家的声誉。杭·杜亚是一个被夸张了的理想人物，作品竭力把他写成是一个文武全才、国家的栋梁。他成了马来民族勇敢和无畏的象征。

印尼古代文学除诗歌、故事和传奇小说外，我们还必须提到一部散文名著《马来由史话》。作者为敦·斯里·拉南。他原是马六甲柔佛王国的宰相，后来，柔佛王国被苏门答腊的亚齐王国攻灭。他和国王一同做了俘虏。1612 年，他在亚齐国奉命以过去流传的《马来由传记》作为基础，重新编写一部马来王朝兴盛的历史。全书共分三十四章。开头，描写马来王族是马其顿王亚历山大的后裔。接着，描写马六甲王朝和柔佛王朝的兴衰史，一直写到葡萄牙人入侵和王朝崩溃为止。作品对宫廷内幕、朝政大事作了真实的描写，不仅是一部历史著作，也具有文学价值，不少作家从中吸取创作题材。

17 世纪荷兰殖民主义者占领印尼后，先后爆发了 1674－1679 年的马都拉王子杜鲁怒佐约领导的武装抗荷斗争；1683－1706 年，由奴隶出身的苏拉巴蒂领导的人民抗荷斗争。但先后都被荷兰殖民主义者镇压下去了。在异族占领下，印尼文化发展缓慢。幸存的亚齐、马打兰宫廷只有少数诗人在创作。到 18 世纪中叶，马打兰王国在殖民压迫下，被分裂为日惹、梭罗两个小国。这时在梭罗宫廷出现了 3 个较著名的作家。他们是约索迪布洛父子，以写作爪哇古文诗歌为主；另一位叫朗哥瓦西多（1802－1873），是印尼近代最有代表性的作家。他继承了爪哇古典文学的传统，而且也吸收西方文学创作的新手法，进行文学的革新和创造。他的长篇叙事诗《卡拉帝达》把当时殖民统治时期称作“疯狂的时代”。这是一部揭露和描述上层统治者争权夺利和道德败坏的作品。作家认为生活在这样的一个时代里，“真叫人左右为难”。

二、现代文学

20 世纪，印尼的无产阶级和民族资产阶级开始壮大起来。民族的觉醒运动也在一些大中城市开展起来。1914 年，印尼先进知识分子和少数荷兰左翼社会民主党人共同发起组织“东印度社会民主联盟”，明确提出了“争取印尼独立，团结人民”的号召。在苏联十月革命影响下，1920 年 5 月 23 日“东印度社会民主联盟”在三宝垄召开了第七次代表大会，一致决定把“东印度社会民主联盟”改组为印尼共产党。1926 年 11 月，印尼共产党发动和领导了一次民族大起义，但由于准备和经验不足，遭到荷兰殖民主义者的血腥镇压。全印尼有两万多人被逮捕。印尼共产党被宣布为非法组织，数千名党员和革命群众遭到杀害和流放。1927 年 6 月，在苏加诺的倡议下，成立了“印尼民族主义者联盟”，次年改为“印尼民族党”，提出印尼独立的口号。1942 年 3 月，日本进攻爪哇，荷兰殖民主义者不战而降。1945 年 8 月，日本投降后，印尼宣告独立。但荷兰殖民主义者，在英军帮助下，卷土重来。于是，印尼人民展开了泗水保卫战，和一系列捍卫民族独立的斗争。一直到 1950 年，才结束殖民统治，宣告成立印尼共和国。

印尼现代文学便是在这样风风雨雨的斗争中成长和壮大的。首先，我们要提到的是 20 世纪 20 年代前后出现的无产阶级反帝斗争的文学。它为印尼现代文学增添了光辉的色彩。在当时的一些报刊上出现了无产阶级铿锵有力的战斗诗歌。如印尼共产党领导人之一的司马温于 1919 年写作了《卡迪温传》，是印尼文学史上第一部描写无产阶级革命斗争的小说。作品主人公卡迪温是一个热烈追求真理、向往自由的先进青年。共产党员作家马斯·马尔戈（1878－约 1930）被称为无产阶级反帝斗争的旗手。1926 年，印尼民族大起义时，他是梭罗地区的领导人之一。起义失败后，他被捕，接着被流放。他写作了诗集《香料诗篇》，小说《宫廷秘史》、《大学生希佐》等。他的代表作是长篇小说《自由的热情》（1924），描写一个印尼土著官吏家庭出身的青年苏占莫，如何对荷兰殖民统治下的黑暗现实不满，最终走上革命斗争的历程。作品号召人民起来消灭私有制，谋求民族的独立解放。

在民族意识普遍高涨下，20 世纪 20 年代，印尼的新诗创作和现实主义文学得到了较大的发展。诗人耶明（1903－1962）是印尼新诗的开拓者之一。他首先介绍了西方的十四行诗体，并把西方诗体和民族传统诗体结合起来，创作了新的诗歌形式。他提倡爱国主义，主张用民族语言写作。他的著名诗歌《祖国》（1922）就是用民族语言写的。他在诗歌中赞美祖国的大好河山，讴歌民族英雄和民族光荣历史，激发人民爱国热情和民族自尊心。在青年中引起强烈的反响。

小说创作方面，著名作家有鲁斯里和穆伊斯。鲁斯里（1889－1968）是印尼现代小说奠基者之一。他的代表作是长篇小说《西蒂·努儿巴维》（1922）。作品通过一对男女间爱情的悲剧，反映了新兴资产阶级知识分子与传统的封建势力的矛盾冲突。主人公萨姆素和西蒂互相爱恋，但他们的婚姻遭到乡绅兼商人的默灵吉破坏。西蒂为了给父亲偿还债务，被迫嫁给默灵吉。后来，她与萨姆素私奔不成，被默灵吉折磨死。萨姆素为了报仇，参加了荷兰殖民军。在战场上，他和仇人进行了一场决斗，结果同归于尽。这部作品在当时影响很大，一时间描写反对封建婚姻，批判旧势力的题材的作品增多起来。但是鲁斯里的小说只是反封建，没有和反殖民斗争结合起来。

穆伊斯（1886—1959）是印尼另一杰出的作家。他是伊斯兰联盟的领导人之一。1930年加入印尼民族党，曾被荷兰殖民政府软禁多年。他的代表作《错误的教育》(1928)，被认为是20世纪20年代最佳的长篇小说。主人公汉纳非是个印尼贵族的独生子，父亲死后，母亲和舅父把他送进荷兰人开办的学校念书，接受了西方教育。女主人公柯丽也是一个独生女，而且是个混血儿。父亲是法国人。她生得很秀丽，汉纳非和她从小在一起，青梅竹马，互相爱慕。在殖民教育下，汉纳非已变成一个"洋人"，他瞧不起自己的民族和文化、风俗。后来，他当上了副州长的秘书官，便向柯丽求婚。柯丽的父亲不同意他们的婚事，他以自己因娶了个东方女人，一生遭到冷遇为例，要女儿拒绝汉纳非的求婚。柯丽也感到欧洲人和马来人结婚不大合适，便有意躲开汉纳非，转学到雅加达去了。

汉纳非为此病倒。病愈后，他为了报答舅父供他上学的恩情，答应娶舅舅的女儿拉比雅为妻。但他们没有共同的语言。拉比雅善良、和气，对丈夫百依百顺。汉纳非却嫌她是土包子。有一回，汉纳非被疯狗咬伤了，送往雅加达医治。他决定乘此机会去找柯丽。刚好，这时柯丽死了父亲，感到异常孤独。他们见面后，便重温旧情。汉纳非为了和柯丽体面地结合，享受和白人同等权利，他申请加入欧洲籍。同时，他写信给母亲，宣布和妻子脱离关系。终于，他和柯丽结婚了。但婚姻并没有给他们带来幸福。无论印尼人或欧洲人都把他俩视作异端，不愿和他们来往。夫妻之间也由于高傲自信，互相摩擦。后来，汉纳非竟怀疑妻子有外遇，逼得柯丽从家里出走，最后，柯丽死在三宝垄的一家医院里。汉纳非带着后悔的心情回到母亲身边。他认为自己的不幸全在于"错误的教育"，并以自杀结束了自己的一生。作品较好地反映了殖民主义与印尼民族之间的矛盾，说明了殖民主义者奉行的种族歧视政策和推行奴化教育给印尼民族种下的恶果。当然造成印尼人民的不幸，根本还在于殖民统治，教育只是其中原因之一罢了。

穆伊斯在印尼独立后，又写作了著名的历史小说《苏拉巴蒂》。这是根据17世纪奴隶起义的首领苏拉巴蒂的有关事迹写成的长篇。苏拉巴蒂7岁时就当了荷兰殖民主义者慕尔的奴隶。慕尔为了把他培养成驯服的家奴，特许他和自己的女儿一块去上学。老师恩蒲是个具有民族气节的人，他经常和苏拉巴蒂谈论奴隶的悲惨命运。后来，苏拉巴蒂和慕尔的女儿素茶妮都长大了，他们间产生了爱情。但一个是主子，一个是奴隶。况且他们属于不同的肤色，无法结合。他们便请老师恩蒲主持婚礼，偷偷结成夫妻。不久，素茶妮怀孕了。慕尔知道后大发雷霆，把苏拉巴蒂和恩蒲都关进了监狱把女儿放逐到一个小岛上。苏拉巴蒂领导狱中难友举行越狱暴动。后来，他便当上了义军的首领，从事抗荷斗争。在捍卫爪哇的马打兰王国中，他立下了不朽的功勋。不久，他领导的义军在爪哇东部建立了政权，使人民过着安居乐业的生活。敌人不敢贸然进犯。1705 年，马打兰王国发生内乱，荷兰殖民主义者乘机攻取马打兰王国，使义军处于孤立无援的境地。接着，殖民者以重兵围攻，义军将士个个同仇敌忾，杀得敌人尸横遍野。但终因寡不敌众，苏拉巴蒂和部下都捐躯疆场。作品描写了一个为反抗殖民压迫，无所畏惧，勇于抗争的英雄形象。

1933 年 7 月，《新作家》杂志创刊。围绕这杂志周围出现了一个作家团体，被称作“新作家派”。他们关于建设什么样子的民族新文化问题，开展了激烈的争论。其中以杂志负责人阿里夏巴纳为首的一派，否定印尼古代文化，主张全盘欧化，他们被称作“西方派”。另一派以萨努西·巴奈为代表，他们推崇东方的古代文化，主张把东方的精神文明和西方的物质文明结合起来，被称作“东方派”。

阿里夏巴纳的长篇小说《扬帆》(1937) 是一部主张以西方精神改造印尼社会的范本。姐姐杜蒂和妹妹玛丽亚都同时爱上了大学生尤素夫。然而，两姐妹的性格完全不同，姐姐追求理想，热心妇女运动，是西方“新女性”的典型。妹妹重感情，缺乏理想。后来，玛丽亚染上了严重的肺病，她在临终时，交代杜蒂一定要和尤素夫结婚。于是，这位西方型的姐姐战胜了东方型的妹妹。作品以新婚夫妇杜蒂和尤素夫到玛丽亚坟地祭扫作结束。作品中的杜蒂实际是作家西方化观点的化身。

《新作家》杂志另一位创办人阿尔明·巴奈 (1908－1970) 的观点则不同。他主张艺术是社会的一面镜子，应当反映现实生活。他的代表作《枷锁》(1940) 就是这样的一部长篇小说。主人公多诺医生和女友蒂妮都受过西方的高等教育。他们有不同的恋爱观点。多诺喜欢妻子温柔、漂亮，对丈夫百依百顺。蒂妮希望丈夫地位高、受人尊敬，同时又能拜倒在她的石榴裙下。本来他们是无法结合的。但多诺出于要把大家追求的“校花”征服的心理，向蒂妮求婚。蒂妮也出于炫耀自己，把众女友喜欢的多诺俘虏过来的目的，答应和他成亲。婚后，家庭中产生了许多矛盾，两人都后悔这场不该结合的婚姻。多诺正在苦闷时，遇到了童年时期的女友罗哈雅，她的遭遇很不幸，当了一名歌妓。两人一见彼此同情，罗哈雅性格驯良，对待多诺就像女奴侍候主子一样。多诺认为这才是他梦寐以求的女性。

蒂妮发现丈夫有了外遇，妒恨交加，驱车去向罗哈雅兴师问罪。但罗哈雅毫无惧色，反而揭发蒂妮在当学生时就有不可告人的丑事。蒂妮只好认输，要罗哈雅不要把事情传扬出去。之后，她便到泗水一家孤儿院去工作了。蒂妮的出走，使罗哈雅认识到她是夹在他们中间的第三者。她必须离开多诺，否则，他们夫妇不可能重归于好。于是，她重新开始去过漂泊的生活。多诺送走妻子蒂妮后，来到罗哈雅住地，已经人去楼空。他感到无限惆怅，认识到自己该负的责任，以及几年来束缚自己的枷锁，决心把全部精力贡献给医学事业。作品较真实地描写了在殖民教育下，上层资产阶级知识分子爱慕虚荣，精神空虚，思想苦闷等特点。人物刻画生动而具体，尤其很好地解剖了他们的内心世界，体现了他们的精神面貌。结构也较严密，被认为是战前印尼文学中“贡献最大”的一部小说。

“新作家派”中第三位代表人物是阿米尔·哈姆扎（1911－1946），他被誉为“新作家派诗歌之王”。写有诗集《相思果》、《寂寞之歌》等。前期作品充满乐观明朗的色调和浪漫主义的气息。他歌颂大自然、故乡、母爱和心爱的姑娘。他在爪哇求学期间，爱上了一位爪哇姑娘。大学毕业后，他被迫和一位苏丹的女儿结婚，以继承爵位。为此，他感到理想的破灭，心里充满忧郁与悲伤。从而，使他后期的创作以写哀歌为主，调子比较低沉。但他的诗歌典雅清丽，讲究技巧。

在“新作家派”创作的推动下，20 世纪 30 年代的印尼文学发展较快，作家队伍也扩大了。女作家塞拉希以纤细的风格写了长篇小说《如果不幸》（1933），反映了印尼妇女的悲惨命运。巴厘作家迪斯纳写了小说《巴厘舞女苏克勒妮》，描写了巴厘岛的人情风俗。伊斯甘达尔的小说《真珠》，反映了亚齐人民的抗荷斗争。

1945 年，印尼八月革命后，以凯里尔·安哇尔（1922－1949）为首的一批青年诗人创立了“文坛社”，并在《策略》周刊上开辟文艺专栏，发表作品。安哇尔是第一个采用西方现代派的表现手法来写作新诗歌的人。他提倡“活力论”，认为“活力”是体现美的主要因素，强调表现自我感受与主观意志。他那新颖独特的诗歌形式，在年青一代诗人中影响很大。1949 年 6 月，安哇尔去世后，有人把围绕“文坛社”周围的作家，称作“四五年派”（也有不同意的，认为以安哇尔为首的“四五年派”并不能代表四五年的革命精神）。被列作“四五年派”的作家有才华横溢的著名作家杜尔。他的作品多半以八月革命为题材，歌颂民族独立，控诉荷兰殖民主义者的罪行，赞扬革命战士的战斗精神，也宣扬人道主义的思想。他著

二、高傲不屈的女性

温托索罗姨娘是印尼受压迫的妇女的优秀代表。作家在谈到《人世间》的创作时说："故事本身是描写一个受压迫的妇女，她正是由于受到压迫而变得坚强起来。"姨娘性格的发展，可分作三个阶段。

（一）忍受阶段

姨娘从 13 岁起，就被幽禁在家里。她只能在厨房、后厅、卧室这 3 个地方活动。14 岁时，父亲为了图自己的高升，把她卖给了比她父亲年纪还大的荷兰经理当侍妾。虽然她不愿意，但那时候"做女儿的必须顺从父母之命"。梅莱玛经理的胳膊比她大腿还粗，看到他那幅模样，她便全身颤抖。她曾想从他身边逃跑，"可是，我逃到哪里去呢？逃出以后，我又该怎么办呢？我不敢那样做。"她只能把怨气发泄到父母身上，从此，她不再会见他们。不久后，她便根据主人意旨去学习怎样侍候他，打扫房间，整理床铺，学习做西餐。

（二）发愤图强阶段

从现实生活和切身遭遇中，姨娘认识到社会上充满着你争我夺和尔虞我诈，"是一个胜者存，败者亡的世界"。她为了摆脱被人歧视和受奴役的地位，她运用自己的聪明才智，奋发图强。白天干活，晚上，她向梅莱玛先生学文化，学荷兰语，学饲养奶牛，学经营和管理农场。不论簿记，商务和银行打交道，她都学着做。开始，她暗暗地把钱积攒起来，后来，她把梅莱玛先生给她的薪金和赏钱向农场投资，农场有了她的股份。接着，她又提拔了达萨姆给她当保镖。这位忠实的马都拉人只听她一人的话。由于姨娘的干练，使梅莱玛先生也称赞起她来，认为她"比一般的欧洲妇女要强得多，比那些混血欧洲妇女更加能干"。后来，她摆脱了对梅莱玛先生的依赖地位，相反的，梅莱玛倒要依赖于她了。农场也以姨娘温托索罗名字的意思改为"逸乐农场"了。尽管这时她在社会上的地位仍然是奴仆，但她靠自己的本领已经成为家庭的主人了。她以自己的苦心经营促进了事业的发展。

明克认为姨娘在生活中自修了两门学问，首先是学会了自己如何做人，其次是学会了如何经营一个大的农场。

姨娘由于在婚姻上遭受痛苦的经历，她不愿意看到自己的儿女重复她那悲惨的命运，而是让她根据自己的意愿去选择配偶。她维护女儿的自由权利和人格尊严。正如医生在明克和安娜丽丝的结婚典礼上说的，姨娘“是一个光辉的形象，是一位船长，她能驾驶着航船绕过暗礁而使之不受损坏，更不会让它在急流险滩中沉没。正是在她正确的指导下，所以才有今天这样的喜事：使一位风华正茂的才子与一位花容月貌的佳人相结合”。

（三）反抗阶段

事情发生在梅莱玛先生的长子毛里茨来到印尼之后。毛里茨对父亲进行要挟，骂姨娘是姘妇，宣称他才有权继承家庭财产。尽管姨娘呵斥他滚到马路上去说，而梅莱玛却变得木头人一样，一声也不吭。从而使姨娘了解到什么是欧洲文明！这种文明就是“窥探别人的私生活，欺侮别人，时机一到就进行敲诈勒索”！此后，梅莱玛抛开家庭，住到妓院中去了。每当他偶尔回家时，姨娘交代孩子们不要理他，也不同他说话，对他表示极度轻蔑。明克第一次访问姨娘家时，梅莱玛还想摆摆欧洲主人的架子，姨娘便对他呵斥说：“我这个家里没有你说话的权利！你自己知道你应该到哪儿去！”最后，梅莱玛死在妓院里了，姨娘也表现出不屑一顾的态度。

姨娘憎恨殖民者及其野蛮的法律。她在法庭上控诉说；“是谁使我沦为别人的姘妇的？是谁逼迫土著妇女给欧洲人作姨娘的？是你们，是你们这些被尊为老爷的欧洲人！”她认为欧洲人只是“皮肤白一点而已，而他们的心上却长满了黑毛”。她在法庭上义正词严地揭发了欧洲人所谓的文明和自由的实质。荷兰人通过法律手段，剥夺了她所有的财产，但她不是在悲啼中失去这一切的，而是“尽了最大的努力，作了最体面的反抗”。

以上我们可以看到姨娘性格发展的过程：最初由一个无力反抗的少女，变成一个干练的实业家，最后成为与荷兰殖民主义者抗争的斗士。她是印尼受压迫妇女的一个伟大的典型。

三、民族意识开始觉醒的青年一代

明克在作品中是仅次于姨娘的一个重要人物，他的性格也是在发展中被揭示出来的。他是印尼知识界中觉醒最早的青年一代的代表。明克出身于印尼贵族家庭。他的祖先是爪哇武士，父亲是县太爷。由于这一贵族地位，使他有资格进入荷兰人办的高级中学学习，同时，也由于他的出身和接受欧化教育，使他比一般土著青年的思想更加复杂。他既正直，又爱虚荣；既有民族的自尊感，又羡慕欧洲文明；既有同情心，又自视高人一等。但他和同学苏霍夫等人比起来还是有明显的差别，他正直、善良，自尊感占据着上峰。他不愿当官，而要做一个自由的人。他公开对父亲说："我追求的不是官职地位，也不是金钱俸禄，更不是那营私舞弊的勾当。我的天地只有一个，那就是荆棘丛生的人间世界。"他要用自己的才能去开拓人生的路。

明克维护民族尊严，维护做人的权利。他对哥哥说；"如果个人的权利遭到蹂躏，那当爪哇人有什么意思？"当化妆师莫勒诺谈到在欧洲人没来之前，爪哇人还不懂穿衣服，上身、下身，从头到脚，都用一块布裹起来时，他感到这是一种刺痛人的嘲笑。当副州长的两位小姐谈起印尼人的祖先迷信时，他立即反驳道："你们欧洲人，荷兰人的祖先所干的蠢事也不见得比我的祖先少。"

明克初次去拜访姨娘，他只是把她看作没有廉耻的欧洲人的小老婆。但接触之后，他又感到温托索罗姨娘不同凡响，钦佩她的能干和没有奴颜婢膝的坚强个性，把她的事迹写成小说在报纸上发表。与此同时，他深深爱上了安娜丽丝，同情她的遭遇，不顾流言飞语和社会舆论的压力，和她们保持密切的来往，甚至搬到她们家去住。

但父亲的严厉斥责，副州长的拉拢，并不是对他没有产生影响，加上他在返回泗水途中，受到暗探的盯梢，他产生了要和姨娘家断绝来往的念头，以避免是非。当他读到副州长的女儿写来的鼓励信时，他"感到世界一片光明，前途灿烂辉煌"。然而，就在这时姨娘派人来叫他，告诉他安娜丽丝患了重病，如果他不去就难以康复，他顺从地去了，还责备了自己"不愿意付出代价"的私心。他再一次住进了姨娘家。

明克真正的觉醒是在荷兰法庭作出对姨娘和安娜丽丝不公正的判决之后。残酷的现实使他原先在书本上接受的欧洲文明的教育全部破产了。他说："欧洲人呀，你们原来是我的老师，怎么能干出这种勾当来呢？"从而，他联想起具有人道精神的女教师皮斯特被遣送回欧洲，不外乎是为了便于执行阿姆斯特丹法院的判决罢了。而他在毕业典礼上，被宣布为第二名，也是有意安排的一幕闹剧。这时，他明白了对荷兰统治者，只有"进行反抗，以维护我们的权利，一直到无法反抗为止，正如冉·马芮所讲述的亚齐族对付荷兰人一样"。他在报上发表文章，揭露荷兰人的罪行和法庭缺乏人性的判决，引起社会各界对姨娘一家的同情。虽然，最后他们的反抗失败了，但他们在异族面前决不奴颜婢膝。

如果说在《人世间》中，明克的反抗还带有个人性质，显得不够有力；那么，在《万国之子》中，他吸收了外来先进思想的影响，把个人的反抗和整个民族的反抗，汇合在一起了。

明克的妻子安娜丽丝天真、美丽、能干、勤劳，她和母亲一样是荷兰殖民主义者的受害者。但她缺乏母亲那样坚强的个性，她显得脆弱。

四、生活真实性和心理描写的抒情性的统一

杜尔在《人世间》一书中，通过姨娘和明克的母亲，阐发了作家的文艺观点。概括起来有三方面：

第一，文学作品要写人和描写人的生活。姨娘认为在这个世界上，故事无穷无尽，每天都在发展，应当把这种实生活写下来。同时，要写出生活中的矛盾及其悲剧的一面，要反对虚构以及对现实的粉饰。认为那些只写欢乐的作品是不会动人的，因为它“描写的不是凡人及其生活，而描写的是天堂。显然，在我们这个凡人俗世，是不可能发生那种乐事的”。

文学作品写人特别重要，但人的心理思想是很复杂的，要真正做到对他们的了解也不是轻而易举的事。“切勿将看上去如此质朴的视为草芥”，要知道“对人的认识仍将是不可能穷尽的”。

杜尔站在爱国主义和受种族压迫的立场上，主张写爪哇人和爪哇人的生活，而且要用民族语言来写。当明克的母亲知道他在用荷兰文字写作时，严厉地批评他说：“你用荷兰文写作，孩子，因为是你不想当爪哇人了。你为荷兰人写文章，你真把荷兰人当回事儿，那又何苦呢？他们吃的、喝的都是爪哇的东西。”又说：“你的上代祖先，那些爪哇王公，写的全是爪哇的事情。你可能因为自己是个爪哇人，没有当上荷兰人，就觉得脸上不光彩吧?”

第二，提倡写战斗性的文章，表现高昂的民族气节。姨娘对明克写的一些文章不满，批评说：“有的文章软弱无力，好像是一位幽禁闺房的少女写的。前一段的严峻考验难道还没有使你坚强起来吗？……现在你就用马来语写文章，孩子。马来语报纸有更多的读者。”

第三，文章中要进行人道的呼吁。明克写了一篇反对种族压迫和歧视的文章。他以向真主发问的口吻写道：“是你命令你的儿女们分成各个民族，各自繁衍后代……土著民是在你的容许下出生的，可是你却使欧洲混血儿在土著民的面前，

显得那么有权有势。这又是为什么呢?”文章得到女教师皮斯特的赞赏，认为确实是一篇呼吁人道主义的文章。这样的文章更能打动人们的心，使大家比较明智地去考虑问题。

杜尔在《人世间》中，正是实践了以上的文艺见解。这部作品之所以动人，就在于它对殖民压迫下的现实生活作了逼真的描绘，对人物的思想和心理作了细腻的刻画。

《人世间》描写的真实性体现在四个方面：

1. 以一个家庭的破灭具体而形象地反映了荷兰殖民主义者对印尼的压迫。

2. 以姨娘和安娜丽丝两代人婚姻的悲惨遭遇，对异国统治者进行了血泪的控诉。

3. 亚齐人和马都拉人的反抗，体现了历史描写和现实描写的统一。

4. 展现了青年一代对欧洲文明感到幻灭与民族意识觉醒的合乎逻辑的发展过程。

这场压迫是通过明克的所见、所闻、所历反映出来的，对他的心理思想作了诸多的描写，收到了亲切感人的效果。杜尔采用了以下的一些手法。

一是通过人物的感觉、印象来写人。如明克初次拜访姨娘，对她产生好感，但同时也在猜度她是何等样人?

> “我始终在钦佩着这位姨娘惊人的才能：她掌握着周围所有的人和一切事物，连我自己也不例外。她是这样博学，这样机敏，同时能以不同的方式处置不同的人。她到底受的是哪一种学校的教育?如果她曾毕业于某个学校，那她怎么会愿意接受这种给欧洲人当姘妇的社会地位呢?我百思而不得其解。”

明克对安娜丽丝的初次印象是：“真的，她美得简直能把你迷住。她在富丽堂皇之中显得高雅庄重，压倒周围一切精美豪华的陈设。”

二是内心的自我解剖。明克在考虑是否和姨娘断绝往来时，他得出了对自己的结论：

> “我渐渐地、十分肯定地领悟了一个道理：我的一切紧张都来自于不愿意付出代价，因为要进入幸福的、把梦想变成现实的世界，必须付出代价。穆尔塔图里和范·埃辛卡已经付出了代价，但他们并不是为个人谋求任何私利。我写的文章和他们的巨著相比，有何意义呢?我所希望和竭力想得到的东西

全然是为了个人。多羞耻呵!”

三是通过内心抒情来抨击封建陋俗和殖民统治。如明克被父亲派人押回家后，要他跪着走去见父亲。明克对这种封建习俗很是反感，他在内心说：

“啊，真主！啊，祖先！你们为什么要规定出这般损害自己子孙尊严的习俗呢？你们从未考虑过吧？你们做得太过分了！祖先啊，你们的后代无需侮辱你们，也会比你们更加高贵。我真是倒了大霉了！你们怎么能忍心把这样的习俗传给我呢?”

当安娜丽丝被法庭判处押送荷兰时，明克内心十分痛苦，他对殖民主义者发出了诅咒：

“瞧，在欧洲人面前，土著民竟是这样软弱可欺！欧洲人呀，你们本是我的老师，怎么能干出这种勾当来呢？我的妻子对你们了解不多，现在她竟连对自己的一块小天地也失去了信心。她在那块小天地里，已没有安宁，失去保障，只剩下她孤苦伶仃的一个人了。”

菲律宾文学史话

菲律宾向有“花园之国”、“东方明珠”的美称，是一个拥有两千多个岛屿的群岛国家。北隔巴士海峡与我国台湾省相望。早在东汉时期，我国人民已经知道从台湾到菲律宾的航线。唐宋时期，中菲贸易往来频繁，在菲律宾群岛上，考古学家多次发掘出我国唐宋时代的瓷器和钱币，还发现了唐高宗时期的古墓。据《明史》和《明实录》记载，在明代，菲律宾的吕宋、苏禄等国，曾 16 次派遣使团访问中国。其中，苏禄东王曾率领过 340 多人的庞大使团，在北京住了 27 天。归途中，苏禄东王病故，明成祖把他厚葬于山东德州。郑和七次下“西洋”，有三次访问过菲律宾。郑和的随员费信在《星槎胜览》一书中，曾写诗盛赞菲律宾的美丽富饶。诗曰：“幽然三岛国，花木茂常春。气质尤宜朴，裳衣不解纫。”清代以后，随着中菲友好往来，我国福建、广东等地居民移居菲律宾的人数日渐增多，他们把我国的生产技术和生产工具传入菲律宾。在反对西班牙的殖民统治时，中国华侨和菲律宾人民曾并肩战斗过。

菲律宾民族主要是由亚洲大陆移民构成的。历史上曾有过三批马来人进入菲律宾，并构成了最初的文化。公元前 3 世纪到公元 2 世纪，菲律宾已出现奴隶制小国。据我国史籍《宋史》、《文献通考》记载，约在 10 至 14 世纪，在民都洛岛上有过一个麻逸国。这个国家对外贸易很发达，他的商船曾到过我国广州。在菲律宾南部也有一个叫苏禄的国家。它的商业同样十分繁盛。14 至 15 世纪，菲律宾盛行奴隶买卖，甚至奴隶出口。16 世纪，西班牙先后派出六次远征军，入侵菲律宾，并把它沦为自己的殖民地。西班牙在菲律宾设立总督衙门，实行经济掠夺和政治压迫，曾引起菲律宾人民多次起义。西班牙人的统治，从 1565 年开始到 1898

年止，前后延续了300多年。

1898年，美国和西班牙争夺殖民地，发生战争。结果西班牙战败。同年12月签订《巴黎和约》，西班牙把菲律宾“转让给美国”。于是，菲律宾又沦为美国的殖民地。美国在菲律宾统治40多年，直到第二次世界大战，菲律宾落入日本手中为止。1946年7月4日，菲律宾宣告独立，美国驻菲最高专员公署改为美国大使馆。

菲律宾的古代文学，除民间歌谣、故事及叙事诗外，主要是外来文化。16世纪以前，马来文化占有统治地位。西班牙占领时期，流行西班牙的宗教文学和骑士文学，并以西班牙语当作菲律宾的国语。美国占领时期，推行英语。至今菲律宾还流行3种官方语文，即他加禄语（菲律宾国语）、西班牙语、英语。其中较为通用的是英语。菲律宾文学真正得到发展是在近代。

菲律宾第一个著名的诗人，是19世纪上半叶出现的爱国诗人巴尔塔萨尔（1815－1880）。他生于铁匠家庭，幼年当过佣工，早期诗作主要写爱情诗，47岁时，被情敌陷害而入狱。在狱中，他写了长诗《弗罗兰第和萝拉》（1838）。弗罗兰第是阿尔巴尼亚的民族英雄，他热爱萝拉，更热爱祖国。他和异族的侵略者展开了艰苦卓绝的斗争，最后终于获得了胜利。诗人采用中世纪欧洲骑士诗歌的形式，借用阿尔巴尼亚的题材，反映的是菲律宾的现实生活。诗人以这部充满爱国激情的诗篇，来反抗西班牙人的统治，斥责民族的叛徒，歌颂爱情与自由，被誉为菲律宾近代文学第一部杰作。巴尔塔萨尔不用西班牙文写诗，而是用菲律宾方言他加禄语写作。语言生动优美，而且包含辛辣的讽刺。他被称作“他加禄诗人之王子”。

19世纪下半叶，随着民族独立运动的高涨，菲律宾涌现了一批爱国主义的诗人和作家。其中，最为杰出的是黎萨尔（1861－1896）。他是一个爱国者和民族英雄，被西班牙殖民者杀害。他的作品充满复仇和反抗的声音。写作了诗歌、小说、剧本和故事等多种体裁，极大地丰富了菲律宾文学，奠定了菲律宾现代文学发展的基础。我们将另作专章介绍。

何塞·帕尔玛是著名的抒情诗人。1899年，他写作《菲律宾诺斯》一诗，充满高昂的格调，表现了菲律宾人愿为自由而献身的精神，被选作今日菲律宾国歌的歌词。他著有诗歌集《伤感集》。1898年8月，工人出身的波尼法秀曾发动了一场反抗西班牙的武装起义。在文学上，他曾留下一首著名的诗歌《对祖国的爱》。

作品表达了他对苦难深重的祖国的无限深情，和愿为祖国而献身的决心，“越是艰苦我们的爱越浓”。

20 世纪初叶，菲律宾沦为美国的殖民地。一时英语文学盛行起来，出现了一批用英语写作的作家，如加兰、卡劳、莱亚、布罗山、阿贵拉、科莱科等。其中，佐伊罗·姆·加兰是第一个用英语写作，并取得成就的作家。他写了长篇小说《忧伤之子》(1921)、《娜迪娅》(1929) 等，都以爱情为题材。《娜迪娅》描写一位菲律宾环球旅行家保尔·达兰德爱上了波兰女子娜迪娅的故事。由于种族和家庭的障碍，他们不能结合，结果娜迪娅自杀身亡。作品表现了青年男女对婚姻自由的追求、反叛和失败的经历。

小说家马克西莫·姆·卡劳在 1929 年写了长篇小说《菲律宾的起义者》，描写一个起义者朱安尼多在负伤掉队后，得到美丽温柔的姑娘约瑟法的照顾。他们约定在革命之后结婚。但美菲战争结束后，朱安尼多却和一位富人的女儿结婚了，并且当上了参议员。约瑟法受刺激后，发愤读书，并到美国去留学。不久，朱安尼多的妻子死了，岳父不再用金钱接济他。他便到香港去。在那儿，他遇见了路过香港的约瑟法，她现在已经成为大学的讲师了。朱安尼多要和她重温旧好。约瑟法置之不理，独自回国去了。作品谴责了男子的贪欲和负心行为。

朱安·斯·莱亚是教师出身的作家。他写了长篇小说《他的故乡》，曾获得菲律宾共和国文学一等奖。卡洛斯·布罗山 (1914－1956) 是战前较为著名的作家。他出身于贫苦的家庭，曾到美国当劳工，靠勤奋自学走上了文学创作的道路。1942 年，发表诗集《美国来信》。两年后，发表短篇小说集《我父亲的笑声》，他的小说具有讽刺幽默的特色。他的代表作是长篇自传体小说《美国在心中》，描写了他在美国当劳工时期的生活，表现了他的民族自尊心和追求真正平等与自由的理想，揭发了美国流行的种族歧视与压迫。作品发表后受到国内外好评。

1946 年，菲律宾独立后，政府曾提倡使用国语——他加禄语进行创作。20 世纪 50 年代后，使用他加禄语写作的作家逐渐多起来。政府为了鼓励文学创作，、设立了各种奖金，如“共和国文学创作比赛奖”、“共和国文化遗产文学奖”等。涌现了一批青年作家，其中较著名的有罗慕格、贾维拉纳、冈萨雷斯、华奎因、杜维拉等。

卡洛斯·帕·罗慕格是一位获得国际声誉的作家，也是一位政治活动家。他曾任联合国大会主席，获得过美国“普利策”文学奖金。他的名著是长篇小说

《联合者》(1951)，这是世界上第一部描写有关联合国的文艺作品。主人公是一位在第二次世界大战退役的军官麦克纳·金，他当上了美国驻联合国代表伯顿博士的助手。他在这里了解了联合国的内幕，认为有必要建立一种第三力量来争取世界和平。后来，他认识一位南美驻联合国代表的女儿安·特里萨，两人一见钟情。可是，不久爆发了朝鲜战争，他以联合国部队的名义上了前线。在战场上，他虽然保存了性命，但却成了俘虏。作品发表后，成为一时的畅销书。

贾维拉纳曾在大学学过法律，战时在班奈打游击。战后写作了长篇小说《没有见到黎明》(1947)，其中包括《白昼》和《黑夜》两部曲。《白昼》描写青年农民卡丁和妻子露辛，在孩子死了之后，搬到城里居住。卡丁在码头当搬运工，爱上了酒馆舞女罗辛。他妻子一气之下，返回故乡。不久，马丁经济陷入困境，回乡找露辛，和妻子言归于好，并生了一个儿子。正当他们过着美满生活时，第二次世界大战爆发了，马丁被编入菲律宾军队。《黑夜》描写卡丁听到他父亲和儿子都在日本人手下丧生，悲痛万分，转而参加了游击队，勇猛地抗击日本人。有一回，他被派去焚烧日本人的弹药库，可是，他没有完成任务。幸亏，他过去的情人罗辛把敌人的弹药库点着了火。不久，卡丁和罗辛被内奸告发，遭到日本人逮捕。罗辛为救卡丁，承担了一切责任。卡丁获得释放，他便杀死内奸，当上了游击队长。神出鬼没地袭击日本人。最后，他遭到敌人的伏击，卡丁英勇战死。作品描写了一个被逼上梁山的爱国者的故事，同时，也揭发和控诉了日本在菲律宾犯下的罪行。

冈萨雷斯是菲律宾获得文学奖最多的作家，16 岁开始写作。1940 年，他以故乡明多洛为背景，写了长篇小说《四月的风》，获得“共和国文学创作比赛奖”一等奖。之后，他又以故乡为背景写了长篇小说《沐恩的季节》(1956)。1959 年，写了描写当代社会生活的作品《竹竿舞演员》，获得 1960 年度“共和国文化遗产文学奖”。

华奎因出身于律师家庭，曾到香港学习过神学。第二次世界大战期间开始写作，发表短篇小说和诗歌。她最著名的作品是长篇小说《有两个肚脐的女人》，描写一个具有两种文化经历的女人的遭遇。曾获得 1960 年的“斯通希尔小说奖”。女作家图夫拉，写了小说《敌人的手》，描写女主人公默森为追求理想与爱情所作的斗争，获得 1961 年“斯通希尔小说奖”，1963 年，又获得“共和国文化遗产奖”。

总之，菲律宾在独立之后，小说创作获得可喜的丰收，而诗歌、戏剧的创作则发展较缓慢。诗歌方面较著名的诗人是巴东布亥，他发表了《我看见那割下来的头》、《圣诞树》等诗歌。戏剧创作较著名的有华奎因的剧本《作为菲律宾人的艺术家的肖像》等。

论黎萨尔的《不许犯我》

《不许犯我》是菲律宾著名的作家黎萨尔的代表作。黎萨尔是一位热烈的爱国主义者。鲁迅把他和密茨凯维支、裴多菲一起称作“复仇和反抗”的诗人，认为他的作品迸发出“真挚壮烈悲凉”的声音。黎萨尔的先祖是福建泉州人。他生于内湖省卡兰巴一个富裕的地主家庭。从小爱好诗歌。11 岁时，进入马尼拉的阿登尼奥学校学习，1876 年毕业。第二年，进入马尼拉圣托马斯大学念书。开始写作诗歌，并积极参加社会政治活动。他的第一首著名的爱国诗篇《献给菲律宾青年》，便是这时期写的。由于他的爱国活动，遭到西班牙殖民当局的敌视。1882 年，他出国留学，先后在西班牙马德里大学、法国巴黎大学、德国海德堡大学，从事医学、文学、哲学、历史学、心理学研究，历时近 10 年，获得硕士学位。在这时期，他虽然远离祖国，但他念念不忘菲律宾人民的反殖民斗争和民族的命运。写作了优秀诗歌《海德堡之花》、《玛丽亚·克拉腊之歌》等。

在留学期间，他还团结了一批旅欧的菲律宾青年，创办刊物，组织协会，抨击西班牙的殖民统治，揭发西班牙传教士的罪行，宣扬民族平等。为了唤起民众，传播爱国思想，他写作了长篇巨著《不许犯我》。此书于 1887 年在柏林出版，一部分书被偷运回国。同年 7 月，他回到菲律宾。由于殖民当局迫害，他在国内无法存身，便取道日本、美国，重返欧洲。1891 年，他在比利时发表第二部长篇小说《起义者》（或译《贪婪的统治》），直接号召菲律宾人民与西班牙殖民主义者开展武装斗争。

1892 年 6 月，黎萨尔再度从欧洲返回菲律宾。这时，他想通过和平合作的途径，争取民族独立，强调把菲律宾组成一个强大的“民族共同体”。于是，他在这